zmierzch

STEPHENIE MEYER

zmierzch

przełożyła
Joanna Urban

Wydawnictwo Dolnośląskie

Tytuł oryginału
Twilight

Projekt okładki
Gail Doobinin

Fotografia na okładce
© Roger Hagadone

Redakcja
Emil Kozłowski

Korekta
Dorota Sideropulu, Urszula Włodarska

Redakcja techniczna
Jacek Sajdak

ISBN 978-83-245-8915-9

Wydanie II

Wrocław

Wydawnictwo Dolnośląskie
50-010 Wrocław, ul. Podwale 62
oddział Publicat S.A. w Poznaniu
tel. 071 785 90 40, fax 071 785 90 66
e-mail: wydawnictwodolnoslaskie@publicat.pl
www.wydawnictwodolnoslaskie.pl

*Mojej starszej siostrze Emily, bez której być
może nigdy nie ukończyłabym tej książki*

Ale z drzewa poznania dobra i zła nie wolno ci jeść, bo gdy z niego spożyjesz, niechybnie umrzesz.

Księga Rodzaju 2, 17 (BT)

Prolog

Nigdy wcześniej nie zastanawiałam się nad tym, jak chciałabym umrzeć – nawet mimo wydarzeń ostatnich miesięcy. Ale choćbym próbowała, z pewnością nie wpadłabym na coś podobnego.

Sparaliżowana wpatrywałam się w ciemne oczy drapieżcy stojącego na przeciwległym końcu długiego pomieszczenia, a on przyglądał mi się z uśmiechem.

Oto miałam oddać życie za kogoś innego, za kogoś, kogo kochałam. To dobra śmierć, bez wątpienia. Szlachetny postępek. Coś znaczącego.

Gdybym nie przeniosła się do Forks, nie stałabym teraz oko w oko z mordercą, wiedziałam o tym dobrze, ale mimo to nie potrafiłam zmusić mego kołaczącego serca do tego, by żałowało decyzji o przeprowadzce. Właśnie tu spotkało mnie szczęście, o jakim nawet nie marzyłam, i nie warto było rozpaczać, że słodki sen dobiegał końca.

Nie zmieniając przyjaznego wyrazu twarzy, mroczny łowca ruszył w moją stronę, by zadać ostateczny cios.

1 *Pierwsze spotkanie*

Jadąc z mamą na lotnisko, szeroko otworzyłyśmy samochodowe okna. W Phoenix były dwadzieścia cztery stopnie w cieniu przy absolutnie bezchmurnym niebie. Miałam na sobie ulubioną koszulkę – bez rękawów, z białej siateczki – włożoną specjalnie z okazji wyjazdu. Do samolotu zamierzałam wziąć kurtkę.

Celem podróży było miasteczko Forks położone na północno-zachodnim krańcu stanu Waszyngton, na półwyspie Olympic. Pada tam częściej niż w jakimkolwiek innym miejscu w Stanach i jest to jedyna rzecz, jaka wyróżnia tę mieścinę. To właśnie przed tymi posępnymi, deszczowymi chmurami uciekła moja matka, gdy miałam zaledwie parę miesięcy. Ona uciekła, ale ja musiałam spędzać w Forks bite cztery tygodnie każdego lata. Wreszcie, jako czternastolatka, zbuntowałam się i od trzech lat jeździłam z tatą co roku na dwutygodniowe wakacje do Kalifornii.

Mimo to zgodziłam się tam wrócić. Sama skazałam się na wygnanie. Byłam przerażona. Nienawidziłam tego miejsca.

Za to Phoenix uwielbiałam. Kochałam je za słońce i upał, za bijącą od tego miasta żywotność, za tempo, z jakim się rozwijało.

– Bello – odezwała się mama w hali odlotów – pamiętaj, że nie musisz tego robić. – Powiedziała to po raz setny i niewątpliwie ostatni.

Moja mama wygląda zupełnie tak jak ja, jak ja z krótkimi włosami i pierwszymi zmarszczkami mimicznymi. Spojrzałam jej w oczy – ma wielkie oczy dziecka – i poczułam narastającą panikę. Jak mogłam zostawiać samą tak nieobliczalną i nieprzytomną osobę? Czy sobie poradzi? Oczywiście, miała teraz Phila, rachunki będą zatem płacone w terminie, lodówka i bak pełne, a jeśli się gdzieś zgubi, będzie miała do kogo zadzwonić, ale mimo to...

– Ja naprawdę chcę jechać – skłamałam. Nigdy nie byłam uzdolnionym kłamcą, ale ostatnio powtarzałam to zdanie tak często, że brzmiało już niemal przekonująco.

– Pozdrów ode mnie Charliego.

– Nie zapomnę.

– Niedługo się zobaczymy – powiedziała z przekonaniem w głosie. – Możesz wrócić do domu w każdej chwili. Tylko zadzwoń, a zaraz się pojawię.

Miałam świadomość, że ta obietnica sporo ją kosztuje.

– Nic się nie martw. Będzie fajnie. Kocham cię, mamo.

Przytuliła mnie mocno do siebie i trzymała tak długą chwilę, a potem wsiadłam do samolotu i już jej nie zabaczyłam.

Czekały mnie cztery godziny lotu z Phoenix do Seattle, potem godzina w awionetce do Port Angeles i wreszcie godzina jazdy z lotniska do Forks. Nie bałam się latania, tylko właśnie tej godziny w aucie sam na sam z moim tatą Charliem.

Do tej pory zachowywał się bez zarzutu. Najwyraźniej naprawdę się cieszył, że miałam z nim po raz pierwszy zamieszkać niemal na stałe. Zapisał mnie już do liceum i obiecał pomóc w kupnie auta.

Mimo to byłam pewna, że będziemy nieco skrępowani. Żadne z nas nie należało do ludzi gadatliwych, a i tak nie wiedziałabym za bardzo, o czym tu opowiadać. Zdawałam sobie sprawę, że moja decyzja go zaskoczyła – podobnie jak mama, nigdy nie ukrywałam niechęci do Forks.

Gdy wylądowałam w Port Angeles, padał deszcz, ale nie wzięłam tego za złą wróżbę – ot, było to po prostu nieuniknione. Pożegnałam się ze słońcem już kilka godzin wcześniej.

Charlie przyjechał po mnie radiowozem. Tego też się spodziewałam – tato jest w Forks komendantem policji. To właśnie dlatego, mimo poważnego braku funduszy, chciałam jak najszybciej sprawić sobie samochód – żeby nie wożono mnie po okolicy w aucie z kogutem na dachu. Nic tak nie zwalnia ruchu na drodze jak gliniarz.

Gdy schodziłam niezdarnie po schodkach na płytę lotniska, przytrzymał mnie odruchowo, jednocześnie jakby ściskając na powitanie jedną ręką.

– Jak dobrze cię widzieć, Bells. Nie zmieniłaś się zbytnio. Co słychać u Renée?

– U mamy wszystko w porządku. Też się cieszę, że cię widzę, tato. – Nie wolno mi było mówić do niego po imieniu.

Miałam zaledwie parę toreb, bo większość moich ubrań nie pasowała do klimatu stanu Waszyngton. Wprawdzie wysupłałyśmy z mamą trochę grosza na powiększenie mojej zimowej garderoby, ale i tak było tego niewiele. Wszystko bez trudu zmieściło się w bagażniku radiowozu.

– Znalazłem dobre auto, jak dla ciebie. Naprawdę tanie – oznajmił tato po zapięciu pasów.

– Jaka to marka? – Nie spodobało mi się to „jak dla ciebie".

– Chevrolet. Właściwie to pick-up.

– Gdzie go znalazłeś?

– Pamiętasz Billy'ego Blacka z La Push? – La Push to maleńki rezerwat Indian nad samym morzem.

– Nie.

– Jeździliśmy razem na ryby – podpowiedział Charlie.

To by wyjaśniało, dlaczego go nie pamiętałam. Jestem prawdziwą mistrzynią w wymazywaniu z pamięci bolesnych i niepotrzebnych wspomnień.

– Jeździ teraz na wózku inwalidzkim – ciągnął tato – więc nie może już prowadzić. Obiecał, że sprzeda mi go tanio.

– Jaki to rocznik? – Sądząc po jego minie, miał nadzieję, że nie zadam tego pytania.

– No cóż, Billy nieźle się napracował przy silniku, teraz jest prawie jak nowy.

Chyba nie wierzył, że poddam się tak łatwo.

– W którym roku kupił auto?

– Bodajże w 1984.

– I to rok produkcji?

– Hm, nie. Sądzę, że pochodzi z wczesnych lat sześćdziesiątych. Góra z późnych pięćdziesiątych – przyznał nieco zawstydzony.

– Wiesz, że nie znam się na samochodach, tato. Jeśli coś się zepsuje, sama sobie nie poradzę, a nie stać mnie na mechanika...

– Spokojnie, bryka pracuje bez zarzutu. Teraz już takich nie robią. Bryka? Hm... Może nie będzie tak źle. Przynajmniej nie musiałam już szukać ksywki dla samochodu.

– Tanio, czyli ile? – Tu nie mogłam iść na kompromis.

– Widzisz, skarbie, ja go już poniekąd kupiłem – Charlie zerknął na mnie nieśmiało, z nadzieją w oczach. – Jako prezent powitalny.

Bomba. Bryka za darmo.

– Och, naprawdę nie musiałeś. Byłam gotowa sama za wszystko zapłacić.

– To nic takiego. Chcę, żebyś była tu szczęśliwa. – Mówiąc to, tato patrzył prosto przed siebie na drogę. Zawsze wstydził się mówić o uczuciach. Odziedziczyłam to po nim, więc także odwróciłam głowę.

– To wspaniały gest, dziękuję. – A co do bycia szczęśliwą w Forks, po co wspominać, że żadne auto tu nie pomoże. To po prostu nierealne. Ale tato nie musiał o tym wiedzieć, a i ja nie miałam zamiaru zaglądać darowanemu pick-upowi pod maskę.

– Ech, no, nie ma za co – wymamrotał Charlie zmieszany moim podziękowaniem.

Wymieniliśmy jeszcze parę uwag dotyczących pogody – nadal padało – i to by było tyle. Wpatrywaliśmy się w drogę w milczeniu.

Okolica była niezaprzeczalnie piękna. Wszystko tonęło w zieleni: korony drzew, ich pokryte mchem pnie, porośnięta paprociami ziemia. Nawet powietrze wydawało się zielone w świetle sączącym się przez baldachim z igieł.

Przez tę wszechobecną zieleń czułam się jak na obcej planecie*. W końcu zajechaliśmy na miejsce. Charlie nadal mieszkał

---

* Bohaterka pochodzi z Phoenix, stolicy pustynnej Arizony (wszystkie przypisy pochodzą od tłumacza).

w niewielkim domku z dwiema sypialniami, kupionym jeszcze z matką tuż po ślubie. Zresztą wszystko, co zrobili jako mąż i żona, zrobili tuż po ślubie. Później nie byli już po prostu małżeństwem. Przed domem, który od lat wyglądał tak samo, stał nowy – nowy dla mnie – samochód. Miał wyblakły czerwony lakier, zaokrąglone zderzaki i staromodnie opływową szoferkę. O dziwo, z miejsca przypadł mi do gustu. Nie miałam pewności, czy zapali, ale umiałam sobie wyobrazić siebie za jego kierownicą. Na dodatek był to jeden z tych solidnych modeli, które są praktycznie niezniszczalne – jeden z tych, które w filmach nie mają choćby jednej rysy po staranowaniu jakiegoś zagranicznego sedana.

– Kurczę, tato, jest wystrzałowy! Dzięki! – Pozbyłam się przynajmniej jednej z ponurych wizji dotyczących pierwszego dnia w nowej szkole. Nie musiałam już wybierać pomiędzy trzykilometrowym spacerem w deszczu a zajechaniem na lekcje radiowozem.

– Cieszę się, że ci się podoba – szepnął Charlie zakłopotany.

Cały bagaż zdołaliśmy wnieść na piętro za jednym zamachem. Dostałam sypialnię wychodzącą na zachód, na podjazd przed domem, tę samą, w której spałam dawniej każdego lata. Drewniana podłoga, bladoniebieskie ściany, spadzisty sufit, pożółkłe firanki – wszystko to przywoływało wspomnienia. W kącie pokoju nadal stał mój miniaturowy fotel bujany. Jedyne zmiany, jakich Charlie kiedykolwiek tu dokonał, to wymiana łóżeczka na zwykłe łóżko i wstawienie biurka, gdy osiągnęłam wiek szkolny. Na owym biurku stał teraz komputer kupiony z drugiej ręki, z modemem podłączonym do gniazdka telefonicznego kablem przymocowanym do podłogi zszywkami. Internetu zażądała mama, abyśmy mogły kontaktować się z sobą bez przeszkód.

W domu była tylko jedna łazienka, niewielkie pomieszczenie u szczytu schodów. Miałam ją rzecz jasna dzielić z Charliem, ale o tym starałam się jeszcze nie myśleć.

Brak nadopiekuńczości jest jedną z najlepszych cech taty. Zostawił mnie samą, żebym się rozpakowała i rozgościła. Mama nie zdobyłaby się na coś takiego. Nareszcie mogłam przestać się uśmiechać. Wpatrywałam się przez chwilę zrezygnowana w ścianę deszczu za szybą i uroniłam kilka łez, ale tylko kilka. Resztę planowałam zachować na wieczór, jako gwałtowny akompaniament do rozmyślań o jutrzejszym dniu.

Do miejscowego gimnazjum i liceum* chodziło raptem trzystu pięćdziesięciu siedmiu (ze mną trzystu pięćdziesięciu ośmiu) uczniów, gdy w Phoenix tylko mój rocznik liczył siedemset osób. W dodatku wszystkie te dzieciaki z Forks dorastały razem – ba, nawet ich dziadkowie znali się od dzieciństwa! Miałam szansę stać się wytykanym palcami dziwadłem z wielkiego miasta.

Gdybym chociaż wyglądała, jak przystało na dziewczynę z gorącego południa, gdybym była opaloną, wysportowaną blondynką, taką, co to gra w szkolnej drużynie siatkówki albo występuje w zespole przed meczami, może wtedy wyróżniałabym się na korzyść. Ale nic z tego. Mój wygląd nie mógł mi pomóc.

Chociaż w Phoenix zawsze świeciło słońce, moja skóra przypominała odcieniem kość słoniową, a nie miałam ani niebieskich oczu, ani rudych włosów, które jakoś by ten fenomen tłumaczyły. Byłam szczupła, ale nie nabita, więc każdy widział, że żadna ze mnie sportsmenka. Do sportów brakowało mi po prostu niezbędnej koordynacji ruchowej, dlatego każde moje wyjście na boisko kończyło się publicznym upokorzeniem i obrażeniami, którym ulegali z mojej winy także inni zawodnicy.

Gdy skończyłam już układać ubrania w starej sosnowej komodzie, poszłam z kosmetyczką do łazienki odświeżyć się po podróży. Rozczesując splątane, wilgotne włosy, przyglądałam się swojemu odbiciu w lustrze. Może to tylko ta deszczowa pogoda za oknem, ale wyglądałam jak blada rekonwalescentka. Czasem bywałam nawet zadowolona ze swojej cery – nieskazitelnej, niemal przezroczystej – ale wszystko zależało od odpowiedniego oświetlenia. Tu jednak nie mogłam liczyć na nic lepszego.

---

* W Stanach Zjednoczonych jest to jedna szkoła, tzw. *high school*.

Patrząc tak na siebie, doszłam do wniosku, że nie ma co się oszukiwać. Nie chodziło tylko o wygląd. Skoro nie znalazłam dla siebie miejsca w szkole z trzema tysiącami uczniów, czy mogłam mieć nadzieję, że poradzę sobie w Forks?

Nawiązywanie kontaktów z rówieśnikami przychodziło mi z trudem. Tak naprawdę nawiązywanie kontaktów z kimkolwiek przychodziło mi z trudem. Nawet mama, która była mi najbliższą osobą pod słońcem, nie potrafiła do końca przebić się przez moją skorupę. Nigdy nie nadawałyśmy na tych samych falach. Czasami zastanawiałam się, czy naprawdę odbieram świat w ten sam sposób, co inni. Może mam coś z głową?

Mniejsza o przyczynę, liczył się efekt. A jutro to miał być dopiero początek.

Nie spałam za dobrze tej pierwszej nocy, nawet szlochanie w poduszkę mnie nie uspokoiło. Nie potrafiłam przywyknąć do ciągłego szumu wiatru i deszczowych werbli bijących o dach. Naciągnęłam na głowę starą, wyblakłą kołdrę, a potem dołożyłam jeszcze poduszkę, ale i tak zasnęłam dopiero po północy, kiedy ulewa przeszła w końcu w kapuśniak.

Rano za oknem widać było tylko gęstą mgłę i powoli zaczęła dawać mi się we znaki klaustrofobia. Bez błękitu nieba czułam się jak w klatce.

Przy śniadaniu nie rozmawialiśmy za dużo. Charlie życzył mi powodzenia, a ja podziękowałam grzecznie, pewna, że jego życzenie się nie spełni. Los nie miał w zwyczaju się do mnie uśmiechać. Tato pierwszy wyszedł z domu i pojechał na komisariat, który skutecznie zastępował mu żonę. Po jego wyjściu siedziałam przez dłuższą chwilę przy dębowym stole na jednym z trzech krzeseł, z których każde było inne, i lustrowałam wzrokiem niewielką kuchnię. Nic się tu nie zmieniło. Ściany wyłożone były ciemnym drewnem, szafki jaskrawożółte, a podłoga z linoleum. Szafki pomalowała osiemnaście lat wcześniej moja mama, usiłując rozjaśnić wnętrze domu. Nad niewielkim kominkiem w przylegającym do kuchni skromnym saloniku wisiał rząd fotografii: rodzice w dniu ślubu w Las Vegas, nasza trójka w szpitalu po moim narodzeniu (zdjęcie autorstwa uczynnej pielęgniarki) i wreszcie – liczne świadectwa mego dorastania, aż do ubiegłego roku. Kolekcja ta budziła we mnie pewne zażenowanie i planowałam namówić tatę, żeby ją usunął, przynajmniej do czasu mojego wyjazdu.

Cały wystrój domu był wyraźnym świadectwem tego, że Charlie nadal kocha moją mamę, i nie czułam się z tą myślą najlepiej.

Nie chciałam zjawić się w szkole zbyt wcześnie, ale nie mogłam też się spóźnić. Włożyłam więc kurtkę – miała w sobie coś z kombinezonu do usuwania odpadów radioaktywnych – i dzielnie wyszłam na deszcz.

Nadal mżyło, choć nie dość, żebym przemokła do suchej nitki, gdy sięgałam po klucz od drzwi wejściowych, jak zawsze schowany nieopodal pod okapem. Przekręciłam go w zamku i ruszyłam w stronę auta. Denerwowały mnie cmoknięcia, z jakim wodoodporne traperki zagłębiały się w błotnistej nawierzchni podjazdu. Brakowało mi znajomego odgłosu szurania w żwirze. Nie mogłam też niestety podziwiać dłużej furgonetki – spieszno mi było wydostać się z wilgotnej mgiełki, która przylepiała się do moich włosów mimo kaptura.

We wnętrzu samochodu było sucho i przytulnie. Ktoś – Billy lub Charlie – niewątpliwie tu posprzątał, ale beżowa tapicerka wozu nadal lekko pachniała tytoniem, benzyną i miętową gumą do żucia. Dzięki Bogu, silnik zapalił za pierwszym razem, ale wył doprawdy przeraźliwie. Cóż, tak sędziwe auto musiało mieć jakieś wady. Byłam jednak mile zaskoczona tym, że działa równie sędziwe radio.

Ze znalezieniem szkoły nie miałam kłopotów, chociaż nigdy w niej przedtem nie byłam. Jak wszystkie ważniejsze budynki, stała przy głównej drodze. Nie wyglądała zresztą na szkołę, ale upewniła mnie tablica. Liceum składało się z kilkunastu zbudowanych w podobnym stylu pawilonów z czerwonej cegły. Z początku nie potrafiłam ocenić, ile ich właściwie jest, tyle rosło wokół drzew i krzewów. To miejsce nie miało w sobie nic z placówki wychowawczej. Gdzie ogrodzenie z siatki, pomyślałam z nostalgią, gdzie wykrywacze metalu przy wejściu?

Zaparkowałam przed pierwszym budynkiem, ponieważ nad drzwiami dostrzegłam tabliczkę z napisem „dyrekcja". Nie stał tam żaden inny samochód, więc z pewnością parkowanie było w tym miejscu niedozwolone, ale stwierdziłam, że wolę zapytać w środku o drogę na parking, niż krążyć jak głupia w deszczu. Opuściwszy z niechęcią rdzewiejącą szoferkę, podążyłam do wejścia brukowaną ścieżką obramowaną ciemnym żywopłotem. Przed drzwiami wzięłam głęboki oddech.

W środku było cieplej i jaśniej, niż się spodziewałam. Podłogę pokrywała wytrzymała wykładzina w pomarańczowe ciapki, z boku stało kilka składanych krzesełek dla interesantów, a ściany upstrzone były trofeami i ogłoszeniami. Głośno tykał wielki zegar. Wszędzie stały rośliny w plastikowych donicach, jakby mało było zieleni na zewnątrz. Pomieszczenie przedzielał długi kontuar zastawiony przepełnionymi drucianymi koszyczkami na dokumenty, a każdy koszyczek oznaczony był jaskrawą naklejką. Za jednym z trzech znajdujących się za ladą biurek siedziała rudowłosa okularnica w fioletowym podkoszulku. Ten podkoszulek nieco zbił mnie z tropu.

Kobieta podniosła wzrok.

– W czym mogę pomóc?

– Nazywam się Isabella Swan – oświadczyłam. Oczy sekretarki rozbłysły – najwyraźniej doskonale wiedziała, kim jestem. Z pewnością byłam już tematem plotek. Tak, tak, to ja, córka pana komendanta i jego narwanej byłej żony.

– Oczywiście, oczywiście. – Kobieta zaczęła grzebać w przeraźliwie wysokiej stercie papierzysk na swoim biurku, aż wreszcie znalazła to, czego szukała. – Mam tutaj twój plan lekcji i mapkę szkoły. – Z plikiem kartek w dłoni podeszła do kontuaru.

Wyjaśniła mi, jak przemieszczać się w ciągu dnia z klasy do klasy, pokazując najdogodniejsze trasy na mapce, i wręczyła arkusz, na którym miał się podpisać każdy z moich nauczycieli; musiałam go jej oddać po lekcjach. Pożegnała mnie z uśmiechem, podobnie jak Charlie, życząc mi powodzenia. Odwzajemniłam uśmiech, mając nadzieję, że wygląda przekonująco.

Gdy wróciłam do auta, zaczęli się już zjeżdżać inni uczniowie. Żeby trafić na parking, wystarczyło jechać za nimi. Na szczęście większość samochodów była równie sędziwa jak mój, zero szpanu. W Phoenix mieszkałam w dzielnicy Paradise Valley, gdzie należałyśmy z mamą do uboższej mniejszości. Pod szkołami nieraz widywało się nowiutkie mercedesy i porsche. Tu jednak najlepszym wozem było lśniące volvo i niewątpliwie się wyróżniało. Mimo wszystko, gdy tylko mogłam, wyłączyłam ryczący silnik, żeby nie zwracać na siebie zbytniej uwagi.

Zanim wysiadłam, przestudiowałam dokładnie mapkę z nadzieją, że nie będę musiała później obnosić się z nią cały dzień. Wsunęłam papiery do torby, zarzuciłam ją na ramię i znowu wzięłam głęboki oddech. Poradzisz sobie, szepnęłam do siebie bez przekonania. Nikt cię przecież nie ugryzie. Westchnęłam i wyślizgnęłam się z auta.

Idąc w stronę pełnego nastolatków chodnika, starałam się chować twarz w kapturze. Z ulgą zauważyłam, że w zwykłej czarnej kurtce nie odstaję zbytnio od reszty.

Minąwszy stołówkę, z łatwością zlokalizowałam budynek nr 3, w którym miałam mieć pierwszą lekcję: na jego narożniku, na białym tle wymalowano wielką czarną trójkę. Podeszłam do drzwi, dysząc niczym ofiara hiperwentylacji, ale postanowiłam wziąć się w garść i weszłam do środka śladem dwóch młodocianych osób bliżej nieokreślonej płci.

Klasa nie była duża. Para przede mną zatrzymała się tuż za progiem, żeby powiesić kurtki na zamocowanych w ścianie haczykach. Poszłam za ich przykładem. Okazało się, że to dwie dziewczyny – blondynka o porcelanowej cerze i blada szatynka. Przynajmniej jednym miałam się tu nie wyróżniać.

Podeszłam do nauczyciela, żeby złożył podpis na moim arkuszu. Był to wysoki, łysiejący mężczyzna, niejaki Mason, jeśli wierzyć tabliczce na jego biurku. Gdy przeczytał moje nazwisko, przyjrzał mi się uważniej (nie było to zbyt miłe z jego strony), a ja oczywiście spłonęłam rumieńcem. Dzięki Bogu, kazał mi przynajmniej usiąść w pustej ławce z tyłu klasy, nie przedstawiając mnie najpierw wszystkim obecnym. Trudno im było gapić się na mnie, wykręcając głowy, ale to ich nie powstrzymywało, starałam się więc nie odrywać wzroku od otrzymanej przed chwilą listy lektur. Nie była zbytnio zaawansowana: Brontë, Szekspir, Chaucer*, Faulkner... Wszystko czytałam wcześniej. Było to trochę pocieszające, ale i zapowiadało nudę. Zaczęłam się zastanawiać, czy mama przysłałaby mi teczkę z moimi starymi wypracowaniami, czy też uznałaby to za oszustwo. Spędziłam lekcję, wymyślając, jak potoczyłaby się ta dyskusja, nauczyciel tymczasem tłumaczył coś monotonnym głosem.

Gdy zabrzęczał dzwonek, wyrośnięty pryszczaty chudzielec o kruczoczarnych włosach przechylił się nad przejściem między ławkami, żeby ze mną porozmawiać.

– Isabella Swan, prawda? – Wyglądał na przesadnie uczynnego chłopaka i członka koła szachowego.

– Bella Swan – poprawiłam. Siedzące w pobliżu osoby odwróciły się w moim kierunku.

– Gdzie masz następną lekcję?**

– Chwilka. – Musiałam wyjąć plan z torby. – WOS z Jeffersonem, w budynku nr 6.

Nie wiedziałam, gdzie podziać oczy. Zewsząd otaczały mnie ciekawskie spojrzenia.

---

* Najwybitniejszy pisarz angielski epoki średniowiecza.
** W Stanach Zjednoczonych każdy uczeń ma indywidualny plan zajęć, taki sam na każdy dzień.

– Ja idę do czwórki, mogę pokazać ci drogę. – Tak, facet był przesadnie uczynny. – Mam na imię Eric.

– Dzięki. – Uśmiechnęłam się niepewnie.

Włożyliśmy kurtki i wyszliśmy na deszcz, który tymczasem wezbrał na sile. Mogłabym przysiąc, że kilka osób specjalnie wlokło się za nami, by podsłuchiwać. Miałam nadzieję, że to nie początki paranoi.

– I co, inaczej tu niż w Phoenix, prawda? – spytał Eric.

– Bardzo.

– Chyba nie pada tam zbyt często?

– Trzy, cztery razy do roku.

– Kurczę, ciekawe, jak to jest.

– Jest słonecznie – odparłam.

– Nie jesteś zbytnio opalona.

– Moja mama jest w połowie albinosem.

Chłopak zaczął przyglądać mi się z zaciekawieniem. Westchnęłam zrezygnowana. Najwyraźniej wilgotny klimat działał destrukcyjnie na poczucie humoru. Jeszcze kilka miesięcy, pomyślałam, a zapomnę, co to jest sarkazm.

Ponownie obeszliśmy stołówkę i Eric odprowadził mnie pod same drzwi pawilonu koło sali gimnastycznej, chociaż ten był wyraźnie oznaczony.

– No cóż, powodzenia – powiedział, gdy już dotykałam klamki. – Może okaże się, że mamy razem jeszcze inną lekcję. – Wydawało się, że naprawdę mu na tym zależy.

Obdarzyłam go bladym uśmiechem i weszłam do środka.

Reszta przedpołudnia przebiegła według podobnego schematu. Pan Verner, nauczyciel trygonometrii, którego i tak bym nienawidziła ze względu na sam przedmiot, był jedynym, który kazał mi wyjść przed klasę i się przedstawić. Coś tam wyjąkałam, cała czerwona, i potknęłam się o własne buty, wracając do ławki.

Po dwóch lekcjach zaczęłam rozpoznawać pierwsze twarze. Zawsze też trafiał się ktoś śmielszy, kto podchodził do mnie, mówił, jak ma na imię, i wypytywał o to, jak mi się podoba w Forks.

Starałam się być dyplomatyczna, więc w dużej mierze po prostu kłamałam. Przynajmniej nie potrzebowałam już mapki.

Pewna dziewczyna usiadła przy mnie i na trygonometrii, i na hiszpańskim, a potem poszła ze mną do stołówki na lunch. Była niziutka, przy moich 162 cm niższa ode mnie przynajmniej o głowę, ale nie rzucało się to tak bardzo w oczy dzięki jej fryzurze – burzy skłębionych, ciemnych loków. Nie pamiętałam, jak ma na imię, uśmiechałam się więc tylko i kiwałam głową, przysłuchując się opisom lekcji i nauczycieli. Nie starałam się za tym wszystkim nadążać.

Usiadłyśmy na końcu stołu pełnego jej znajomych, których rzecz jasna mi przedstawiła, ale imiona wlatywały mi jednym uchem, a wylatywały drugim. Wszyscy zdawali się być pod wrażeniem tego, że moja towarzyszka miała odwagę mnie zagadnąć. Eric, chłopak poznany na angielskim, pomachał mi z drugiego końca sali.

To właśnie wtedy, jedząc lunch i próbując rozmawiać z siódemką wścibskich nieznajomych, po raz pierwszy ich zobaczyłam.

Siedzieli w kącie na przeciwległym krańcu stołówki. Było ich pięcioro. Nie rozmawiali i nie jedli, choć przed każdym stała taca nietkniętego posiłku. W odróżnieniu od większości uczniów nie gapili się na mnie, można się więc było im przyglądać bez obawy, że któreś mnie na tym przyłapie. Ale to nie ten brak zainteresowania moją osobą mnie zaintrygował.

Na pierwszy rzut oka nie byli do siebie ani trochę podobni. Z trzech chłopców jeden, brunet z loczkami, był naprawdę wielki – umięśniony jak zawodowy ciężarowiec. Drugi, wyższy i szczuplejszy, ale też dość napakowany, miał włosy koloru złocistego miodu. Trzeci, z rozczochraną, kasztanową czupryną, nie imponował budową ciała i wyglądał na najmłodszego z trójki. Tamci dwaj mogliby już chodzić do college'u albo nawet pracować tu jako nauczyciele.

Dziewczyny były swoimi przeciwieństwami. Ta wyższa miała posągową figurę modelki i długie do połowy pleców, delikatnie falujące blond włosy. Wystarczyło przebywać z nią w jednym pomieszczeniu, żeby stracić wiarę we własne wdzięki. Ta niższa, chudziutka i słodka, urodą przypominała chochlika. Miała krótką, kruczoczarną, nastroszoną fryzurkę.

Mimo to cała piątka wyróżniała się w podobny sposób. Wszyscy byli chorobliwie bladzi, bledsi niż jakikolwiek inny uczeń z tego nieznającego słońca miasteczka. Bledsi niż ja, potomek albinosa. Wszyscy, niezależnie od odmiennego koloru włosów, mieli także bardzo ciemne oczy, a pod oczami głębokie cienie – sine, niemal fioletowe. Jakby zarwali noc albo dochodzili do siebie po złamaniu nosa. Tyle że ich nosy i w ogóle rysy twarzy były idealne, bez jednej skazy.

Ale to jeszcze nie wszystko.

Nie mogłam oderwać wzroku od tej dziwnej grupy, ponieważ ich twarze, tak odmienne, a tak do siebie podobne, były porażająco, nieludzko wręcz piękne. Takich twarzy nie spotyka się w rzeczywistym świecie, co najwyżej na wygładzanych komputerowo fotografiach w czasopismach o modzie lub na obrazach starych mistrzów, gdzie należą do aniołów. Trudno było zdecydować, które z piątki jest najpiękniejsze – może jasnowłosa piękność albo chłopak o kasztanowych włosach?

Unikali wzroku innych uczniów, a i wzroku swoich kompanów – ich spojrzenia zdawały się prześlizgiwać po otoczeniu bez cienia zainteresowania. Niższa z dziewczyn wstała właśnie i podniosła ze stołu tacę – nawet nie otworzyła butelki z napojem ani nie nadgryzła jabłka – i odeszła z gracją spacerującej po wybiegu modelki. Przypatrywałam się oczarowana jej krokom godnym baletnicy, póki nie odstawiła tacy, by zniknąć za tylnymi drzwiami, co uczyniła szybciej, niż to się wydawało możliwe. Zerknęłam na pozostałą czwórkę, ale siedzieli nieporuszeni.

– Co to za jedni, u licha? – zapytałam dziewczynę poznaną na hiszpańskim, której imię wyleciało mi z głowy.

Kiedy podniosła głowę, żeby zobaczyć, o kogo chodzi – chociaż wywnioskowała to już prawdopodobnie z tonu mojego głosu – jeden z tamtych chłopaków, ten szczupły i chyba najmłodszy, spojrzał na nią znienacka. Trwało to zaledwie ułamek sekundy, potem zaś przeniósł wzrok na mnie.

Odwrócił się w okamgnieniu, szybciej niż ja sama, choć zawstydzona natychmiast spuściłam oczy. Jego twarz, widoczna przez chwilę w pełnej krasie, nie zdradzała żadnych emocji – jakby zareagował odruchowo, bo ktoś wymienił głośno jego imię, i zorientował się w porę, że nie musi odpowiadać.

Moja sąsiadka przy stoliku zachichotała zażenowana, rzucając w stronę grupki ukradkowe spojrzenie.

– To Edward i Emmett Cullenowie – wyszeptała – z Rosalie Hale i Jasperem Hale. Ta, która wyszła, to Alice Cullen. Wszyscy mieszkają u doktora Cullena i jego żony.

Zerknęłam w stronę niesamowitej czwórki. Chłopak z kasztanową czupryną wpatrywał się teraz w swoją tacę, rozrywając na drobne kawałki obwarzanek. Miał bardzo długie i blade palce. Poruszał przy tym niezwykle szybko ustami, choć jego idealne wargi były ledwie rozchylone. Pozostała trójka nadal nie patrzyła w jego kierunku, ale, nie wiedzieć czemu, byłam przekonana, że chłopak coś do nich mówi.

Dziwne imiona, pomyślałam, rzadko spotykane. Chyba że w pokoleniu naszych dziadków. Ale kto wie, może taka tu jest moda? Może to małomiasteczkowe imiona? Przypomniało mi się w końcu, że moja sąsiadka ma na imię Jessica. Przynajmniej to imię było zupełnie normalne. W Phoenix dwie Jessiki chodziły ze mną na historię.

– Całkiem fajni ci faceci – powiedziałam. Było oczywiste, że to niedopowiedzenie.

– O tak! – Jessica ponownie zachichotała. – Tyle że wszyscy są sparowani. No wiesz, Emmet chodzi z Rosalie, a Jasper z Alice. I mieszkają razem – podkreśliła. W jej głosie wyczułam prowincjonalne zgorszenie. Ale, jeśli miałam być szczera, podobny układ i w Phoenix byłby tematem plotek.

– Którzy to bracia Cullenowie? – spytałam. – Nie wyglądają na spokrewnionych.

– Bo i nie są. Doktor Cullen to jeszcze młody facet, ma góra trzydzieści parę lat. Cała piątka jest adoptowana. Ale Hale'owie, ci blondyni, to brat i siostra – bliźnięta.

– Takich starych to się chyba nie adoptuje, prawda?

– Pani Cullen przygarnęła Jaspera i Rosalie, gdy mieli osiem lat. Teraz mają osiemnaście. To chyba ich ciotka czy coś.

– Miło z ich strony. No wiesz, że zaopiekowali się tymi wszystkimi dziećmi, i to w młodym wieku.

– Pewnie tak – przyznała Jessica niechętnie, co wzbudziło moje podejrzenia, że z jakiegoś powodu nie przepada za doktorem Cullenem i jego żoną. Sądząc ze spojrzeń, jakie rzucała w stronę adoptowanej gromadki, powodem tym była zwykła zazdrość. – Myślę, że pani Cullen nie może mieć dzieci – dodała, jakby miało to umniejszyć szczodrość tej pary.

Co jakiś czas w ciągu tej rozmowy zerkałam w stronę stołu dziwnego rodzeństwa. Nadal wpatrywali się półprzytomnie w ściany i nic nie jedli.

– Ta rodzina to od dawna mieszka w Forks? – zapytałam. Powinnam ich była przecież zauważyć któregoś lata.

– Nie – odparła Jessica nieco zdziwiona, jakby nawet dla osoby nowo przybyłej powinno być to oczywiste. – Sprowadzili się tu dwa lata temu z jakiejś miejscowości na Alasce.

Wiadomość tę przyjęłam z ulgą. Nie byłam jedynym cudakiem z innego stanu i z pewnością nie wyróżniałam się tak wyglądem czy zachowaniem. Zrobiło mi się ich nawet trochę żal, że mimo urody są nie do końca akceptowanymi outsiderami.

Gdy tak się im przyglądałam, najmłodszy chłopak, a więc jeden z Cullenów, podniósł głowę i nasze oczy się spotkały. Tym razem jego mina niewątpliwie zdradzała zainteresowanie. Odwróciłam wzrok, ale miałam wrażenie, że spodziewał się po mnie jakiejś innej reakcji.

– Ten z rudawymi włosami to który? – spytałam. Kątem oka widziałam, że nadal na mnie patrzy, ale nie gapi się nachalnie tak jak inni wcześniej. Wydawał się czymś odrobinę zmartwiony. Po raz kolejny spuściłam oczy.

– To Edward. Wiem, wygląda zabójczo, ale nie zawracaj nim sobie głowy. Nie chodzi na randki. Najwyraźniej – żachnęła się, rozżalona – żadna z miejscowych dziewczyn nie jest dla niego dostatecznie ładna.

Zaczęłam się zastanawiać, kiedy mógł odrzucić jej zaloty, i musiałam przygryźć wargę, żeby ukryć uśmiech. Edward siedział teraz odwrócony do nas bokiem, ale wydawało mi się, że ma uniesiony policzek, jakby też się właśnie uśmiechał.

Po kilku minutach cała czwórka się oddaliła. Podobnie jak Alice, poruszali się z niezwykłą gracją – nawet ten z mięśniami ciężarowca. Trudno było patrzeć na to spokojnie. Edward już więcej na mnie nie zerkał.

Siedziałam w stołówce z Jessicą i jej znajomymi dłużej, niż gdybym była sama, nie chciałam jednak spóźnić się pierwszego dnia na żadną lekcję. W końcu okazało się, że jedna z moich nowych znajomych, która inteligentnie przypomniała mi, że ma na imię Angela, chodzi ze mną na biologię, więc poszłyśmy razem. Nie rozmawiałyśmy po drodze – ona też była nieśmiała.

Kiedy weszłyśmy do klasy, Angela usiadła przy jednym ze stołów laboratoryjnych z czarnym blatem, takich samych jak w mojej szkole w Phoenix. Niestety, miała już sąsiadkę. Właściwie to wszystkie miejsca były zajęte z wyjątkiem jednego na środku – koło Edwarda Cullena, którego rozpoznałam po oryginalnym kolorze włosów.

Podchodząc do biurka nauczyciela, żeby się przedstawić i poprosić o podpisanie arkusza, przyglądałam się chłopakowi ukradkiem. Kiedy go mijałam, cały zesztywniał i, co dziwne, rzucił mi rozwścieczone spojrzenie. Zaszokowana natychmiast odwróciłam wzrok i oblałam się rumieńcem. Potknęłam się o jakąś książkę i musiałam się podeprzeć o stół, żeby nie upaść. Siedząca przy nim dziewczyna zachichotała.

Zauważyłam, że oczy Edwarda były czarne jak węgiel.

Pan Banner podpisał mój arkusz i wydał mi podręcznik, nie zaprzątając sobie głowy jakimś idiotycznym przedstawianiem mnie klasie. Poczułam, że będzie nam się dobrze współpracować. Oczywiście, nie mając wyboru, musiał poprosić mnie, żebym usiadła koło

Cullena. Nie wiedząc, co myśleć o wrogiej reakcji chłopaka, starałam się wcale na niego nie patrzeć.

Położyłam swój podręcznik na stole i zajęłam miejsce. Zauważyłam przy tym kątem oka, że mój sąsiad zmienił w tym czasie pozycję. Odsunął się, jak mógł najdalej, niemal już spadał z krzesła i odwrócił twarz, jakbym wydzielała jakąś niemiłą woń. Dyskretnie powąchałam swoje włosy, ale czułam tylko ulubiony szampon o zapachu truskawek. Trudno było uwierzyć, że kogoś to odrzuca. Odgarnęłam włosy na prawe ramię, tak żeby w jakiś sposób nas oddzielały, i starałam się skupić na tym, co mówił nauczyciel.

Niestety, lekcja dotyczyła budowy komórki, którą już znałam. Mimo to robiłam staranne notatki.

Nie mogłam się powstrzymać i od czasu do czasu zerkałam na Edwarda zza kurtyny włosów. Przez całą godzinę się nie rozluźnił i nadal siedział na samym skraju ławki. Zauważyłam, że lewą dłoń oparł na udzie i zacisnął w pięść tak mocno, że widać było ścięgna. Tego uścisku także nie rozluźnił. Miał na sobie białą bluzę z długimi rękawami, ale te podwinął do łokci. Jego ręce okazały się z bliska zaskakująco mocne i muskularne. Wzięłam go wcześniej za chucherko pewnie dlatego, że siedział koło brata ciężarowca.

Lekcja zdawała się dłuższa niż inne. Może byłam już trochę zmęczona, a może czekałam na to, aż chłopak wreszcie rozluźni dłoń? Jak długo mógł ją tak ściskać? Do tego siedział całkiem nieruchomo i chyba wcale nie oddychał. O co chodziło? Zawsze się tak zachowywał, czy jak? Zaczęłam dochodzić do wniosku, że źle oceniłam Jessicę. Może jej niechęć nie wynikała ani z zazdrości, ani z odrzucenia?

To nie mogło mieć ze mną nic wspólnego. Ten facet widział mnie pierwszy raz w życiu.

Po raz kolejny zerknęłam w jego stronę i natychmiast tego pożałowałam. Znów na mnie patrzył, a jego czarne oczy pełne były obrzydzenia. Cała się skurczyłam, a do głowy przyszło mi wyrażenie „gdyby spojrzenia mogły zabijać".

W tym samym momencie zabrzęczał dzwonek i aż podskoczyłam na krześle. Edward Cullen zerwał się z miejsca kocim ruchem, cały czas odwrócony do mnie plecami – okazało się, że jest o wiele wyższy, niż mi się wcześniej wydawało – i wypadł na dwór, zanim ktokolwiek inny w klasie zdążył choćby wstać.

Siedziałam sparaliżowana, wpatrując się półprzytomnie w drzwi, za którymi zniknął. Co to za psychopata? To nie było fair. Zaczęłam powoli pakować swoje rzeczy. Starałam się przy tym pohamować narastający we mnie gniew, bałam się bowiem, że z oczu zaraz pociekną mi łzy. Nie wiedzieć czemu, jedno z drugim było u mnie powiązane. To żenujące, ale często płakałam ze zdenerwowania.

– Jesteś Isabella Swan, prawda? – zapytał męski głos.

Podniosłam wzrok. Koło mnie stał śliczny chłopak o słodkiej twarzy elfa i jasnych włosach pozlepianych żelem w pedantycznie rozmieszczone kolce. Ten tu z pewnością nie uważał, że śmierdzę.

– Bella Swan – uściśliłam z uśmiechem.

– Mike.

– Cześć, Mike.

– Może pomóc ci znaleźć następną salę?

– Idę do sali gimnastycznej, więc raczej nie powinnam mieć kłopotów z trafieniem.

– O, ja też mam WF. – Wydawał się tym zbiegiem okoliczności podekscytowany, choć w tak małej szkole nie było to przecież nic takiego.

Poszliśmy razem. Gadał jak najęty, za co właściwie byłam mu wdzięczna. Do dziesiątego roku życia mieszkał w Kalifornii, więc wiedział, jak musi mi brakować słońca. Dowiedziałam się, że chodzi też ze mną na angielski. Był najsympatyczniejszą osobą, jaką poznałam tu do tej pory.

Ale gdy wchodziliśmy już do szatni, spytał:

– Co to było z Edwardem Cullenem? Dźgnęłaś go ołówkiem? Zachowywał się jak wariat.

Wzdrygnęłam się. A więc nie tylko ja to zauważyłam. A jego reakcja odbiegała od normy. Postanowiłam udać, że nie wiem, o co chodzi.

– To ten, obok którego siedziałam na biologii?

– Zgadza się. Wyglądał, jakby go coś bolało.

– Hm... Nawet się do niego nie odezwałam.

– To dziwny gość. – Mike zatrzymał się na chwilę, zamiast iść do swojej szatni. – Gdybym to ja miał fuksa siedzieć koło ciebie, na pewno bym cię zagadnął.

Pożegnałam go uśmiechem. Był miły i bez wątpienia mu się spodobałam, ale na Cullena nadal byłam wściekła.

Nauczyciel WF-u, pan Clapp, uświadomił mi, że w tym stanie jego przedmiot jest obowiązkowy w każdej klasie liceum. W Arizonie wystarczyło zaliczyć dwa lata. Pobyt w Forks miał być najwyraźniej moją drogą krzyżową.

Trener znalazł dla mnie strój w odpowiednim rozmiarze, ale dzięki Bogu nie kazał mi się przebrać. Przyglądałam się więc tylko czterem meczom siatkówki rozgrywanym jednocześnie, wspominając, ileż to razy odniosłam obrażenia – i ilu innych zawodników uszkodziłam – uprawiając tę uroczą dyscyplinę. Na samą myśl o niej zbierało mi się na wymioty.

W końcu doczekałam się dzwonka i poczłapałam do sekretariatu oddać arkusz z podpisami. Nie padało już, ale przybrał na sile chłodny wiatr. Objęłam się rękoma. Wszedłszy do przytulnego biura, zbaraniałam i zapragnęłam natychmiast się wycofać. Przy kontuarze stał nie kto inny jak Edward Cullen. Rozpoznałam go po rozczochranych miedzianych włosach. Na szczęście nie zwrócił uwagi na to, że do pomieszczenia weszła nowa osoba. Przycisnęłam się do ściany, czekając na swoją kolej. Chłopak wykłócał się o coś z sekretarką. Miał niski, pociągający głos. Z zasłyszanych strzępków szybko zorientowałam się, w czym rzecz. Usiłował zmienić swój plan lekcji tak, aby chodzić z inną grupą na biologię.

Trudno mi było uwierzyć, że to wszystko przeze mnie. Musiała istnieć jakaś inna przyczyna, coś wydarzyło się w sali od biologii, zanim do niej weszłam. To dlatego, a nie przeze mnie, był taki wzburzony. Przecież nie mógł, ot tak, zapałać do mnie nienawiścią.

Ktoś otworzył drzwi i podmuch zimnego wiatru, który wpadł do sekretariatu, przekartkował dokumenty i pozostawił moje włosy w nieładzie. Nowo przybyła odłożyła tylko kartkę do jednego z koszyczków i zaraz wyszła, ale Edward Cullen zesztywniał. Obrócił się powoli i nasze oczy się spotkały. Jego twarz nadal była piękna – zważywszy na sytuację, absurdalnie piękna – ale wzrok miał przepełniony mieszaniną agresji i wstrętu. Przez chwilę bałam się, że się na mnie rzuci. Ciarki przebiegły mi po plecach. Spojrzenie chłopaka zmroziło mnie bardziej niż szalejąca za oknami wichura. Wszystko to trwało tylko kilka sekund.

– Trudno – powiedział do sekretarki aksamitnym głosem, odwróciwszy się do mnie na powrót plecami. – Widzę, że rzeczywiście nic nie da się zrobić. Dziękuję za fatygę. – I wyszedł, nie patrząc w moją stronę.

Podeszłam do kontuaru na miękkich nogach i podałam kobiecie arkusz z podpisami. Twarz musiałam mieć białą jak prześcieradło.

– I jak ci minął pierwszy dzień, złotko? – spytała sekretarka opiekuńczym tonem.

– Dobrze – skłamałam słabym głosem. Nie wyglądała na przekonaną.

Kiedy wsiadałam do samochodu, parking był już niemal zupełnie pusty*. Za kierownicą poczułam ulgę. Zdążyłam się już przywiązać do swojej furgonetki, była dla mnie namiastką domu w tej zarośniętej krzakami dziurze. Siedziałam tak przez jakiś czas pogrążona w myślach, ale wkrótce w szoferce zrobiło się chłodno, więc odpaliłam silnik. Całą drogę powrotną walczyłam z cisnącymi się do oczu łzami.

---

* W Stanach Zjednoczonych wszyscy uczniowie zaczynają i kończą lekcje o tej samej godzinie.

2 Otwarta księga

Następny dzień był lepszy i gorszy zarazem.

Lepszy, ponieważ rano jeszcze nie padało, chociaż niebo spowite było nieprzepuszczającymi światła chmurami. Wiedziałam też już, czego mogę się spodziewać. W szkole Mike usiadł ze mną na angielskim i odprowadził na następną lekcję, czemu Eric przyglądał się nienawistnie. Nie powiem, schlebiało mi to. Pozostali uczniowie rzadziej się na mnie gapili, a lunch zjadłam w towarzystwie Mike'a, Erica, Jessiki i paru innych osób, które już rozpoznawałam. Pamiętałam nawet, jak mają na imię. Nieśmiało budziła się we mnie nadzieja, że oto stąpam po wodzie, zamiast w niej tonąć.

Gorszy, bo byłam zmęczona po kolejnej zarwanej nocy. Nadal przeszkadzał mi huczący wkoło domu wiatr. Gorszy, ponieważ pan Verner wywołał mnie do odpowiedzi na trygonometrii, chociaż wcale się nie zgłaszałam, a nie znałam prawidłowego rozwiązania. Gorszy, bo grając w znienawidzoną siatkówkę, gdy jeden jedyny raz nie uciekłam przed piłką, trafiłam nią w głowę koleżanki z drużyny. A najokropniejsze było to, że Edward Cullen nie przyszedł do szkoły.

Cały ranek bałam się, że będzie obrzucał mnie wrogimi spojrzeniami w stołówce, a jednocześnie miałam ochotę spytać się go wprost, co jest grane. Przed zaśnięciem planowałam nawet, co mu powiem, choć znałam siebie zbyt dobrze, by wierzyć, że zdobędę się na odwagę.

Jednak kiedy weszłam z Jessicą do stołówki i nie mogąc się powstrzymać, zerknęłam w stronę stolika Cullenów, zobaczyłam, że siedzą przy nim tylko cztery osoby. Mojego prześladowcy wśród nich nie było.

Pojawił się Mike i wskazał nam drogę do swojego stolika. Jessica wydawała się zachwycona jego zainteresowaniem, a jej paczka szybko do nas dołączyła. Gdy wszyscy wokół mnie przekomarzali się wesoło, siedziałam jak na szpilkach, czekając na przybycie Edwarda. Modliłam się, żeby po prostu mnie zignorował. Mogłabym wtedy myśleć, że poprzedniego dnia źle zinterpretowałam fakty.

Z minuty na minutę robiłam się coraz bardziej spięta.

Wchodząc do gabinetu biologicznego, czułam się już nieco lepiej – chłopak nie przyszedł przecież na lunch. Mike, który charakterem przypominał golden retrievera, był rzecz jasna u mojego boku. Na progu wstrzymałam na chwilę oddech, ale zaraz przekonałam się, że i tu Edward nie dotarł. Odetchnąwszy z ulgą, ruszyłam w stronę swojego miejsca, Mike trajkotał tymczasem o zbliżającej się wycieczce nad morze. Stał jeszcze jakiś czas przy mojej ławce, a gdy zabrzęczał dzwonek na lekcję, uśmiechnął się smutno i poszedł usiąść koło jakiejś dziewczyny z aparatem na zębach i nieudaną trwałą. Wszystko wskazywało na to, że będę niedługo musiała podjąć jakąś decyzję w związku z Mikiem i nie będzie ona należała do łatwych. W mieście tak małym jak Forks, gdzie plotki i ostracyzm naprawdę potrafią uprzykrzyć człowiekowi życie, wskazana była dyplomacja. Miałam świadomość, że nie należę do osób przesadnie taktownych i brakuje mi doświadczenia w obchodzeniu się z chłopcami.

Wiedziałam, że powinnam być wniebowzięta, bo mam całą ławkę tylko dla siebie i nie muszę znosić obecności nieprzychylnego mi sąsiada, ale dręczyło mnie podejrzenie, że to z mojego powodu opuszcza lekcje. Ty mała egocentryczko, myślałam, przecież to nie ma sensu. Jak mogłabyś wzbudzić u kogoś podobnie silne uczucia? To niemożliwe. A mimo to martwiłam się, że moje przypuszczenia się sprawdzą.

Gdy lekcje wreszcie dobiegły końca i przybladł rumieniec, jaki zakwitł na mojej twarzy po wypadku na meczu, szybko przebrałam się z powrotem w dżinsy i granatowy sweter, żeby przy drzwiach damskiej szatni nie zastać mojego wiernego retrievera. Raźnym krokiem dotarłam na szkolny parking, gdzie kręciło się już sporo odjeżdżających uczniów. W aucie przeszukałam jeszcze torbę, aby upewnić się, czy mam wszystko, czego mi potrzeba.

Poprzedniego wieczoru odkryłam, że Charlie nie umie przygotować nic poza przysłowiową jajecznicą, poprosiłam więc, aby do mojego wyjazdu pozwolił mi objąć rządy w kuchni. Uczynił to z chęcią. Odkryłam również, że w domu nie ma żadnych zapasów. Uzbrojona w listę zakupów i nieco gotówki z ojcowskiego słoika z napisem „spożywka", planowałam pojechać po szkole do supermarketu.

Ignorując uczniów, którzy odwrócili głowy, słysząc huk silnika, dołączyłam do kolejki pojazdów, czekających na wyjazd. Próbowałam udawać, że to nie z mojego wozu wydobywają się te ogłuszające dźwięki. Zauważyłam Cullenów i bliźnięta Hale wsiadających do auta. Było to owo lśniące nowością volvo. No tak. Dopiero teraz zwróciłam uwagę na ich ubrania – przedtem zbytnio fascynowały mnie twarze tej czwórki. Strojem także się wyróżniali. Byli ubrani skromnie, ale można było poznać, że gustują w markach z najwyższej półki. Zresztą, z takim wyglądem mogliby chodzić w ścierkach do naczyń i nadal robić wrażenie. Mieli zatem i urodę, i pieniądze – wydawało się, że to trochę nie fair. Ale tak to już zwykle w życiu bywa. No i mimo wszystko nikt tu za nimi chyba nie przepadał.

Nie, tu już przesadziłam. Jeśli nie mieli przyjaciół, to tylko z własnego wyboru. Takie twarze musiały otwierać przed nimi wszystkie drzwi.

Gdy ich mijałam, podobnie jak pozostali odwrócili głowy, żeby zobaczyć, skąd dochodzi ten straszny hałas. Starałam się nie spuszczać wzroku z drogi i z ulgą opuściłam nareszcie teren szkoły.

Supermarket znajdował się zaledwie kilka przecznic dalej. Wnętrze sklepu wyglądało zupełnie normalnie, jak w pobliżu domu, co trochę poprawiło mi humor. W Phoenix robienie zakupów też należało do moich obowiązków i z przyjemnością oddałam się temu zajęciu. Hala była na tyle duża, że nie słyszałam bębnienia deszczu o dach, które przypominałoby mi o tym, gdzie jestem.

Po powrocie poupychałam kupione produkty w szafkach, mając nadzieję, że Charlie nie będzie miał nic przeciwko. Ziemniaki owinęłam folią aluminiową i włożyłam do piekarnika, a steki pokryłam marynatą i postawiłam w lodówce na chybotliwym nieco kartonie z jajkami.

Skończywszy przygotowania do obiadu, poszłam ze szkolną torbą na górę. Zanim zabrałam się do odrabiania zadań domowych, przebrałam się w parę suchych spodni od dresu, zebrałam wilgotne włosy w koński ogon i po raz pierwszy od przyjazdu sprawdziłam skrzynkę mailową. Miałam trzy nowe wiadomości.

Pierwsza była od mamy. Pisała:

Daj znać zaraz po przyjeździe. Jak ci minął lot? Pada? Już za tobą tęsknię. Niedługo skończę pakowanie przed Florydą, ale nigdzie nie mogę znaleźć swojej różowej bluzki. Wiesz może, gdzie ją położyłam? Masz pozdrowienia od Phila. Mama

Westchnęłam i otworzyłam następnego maila. Wysłano go osiem godzin po pierwszym.

Bello, dlaczego nie odpisujesz? Na co czekasz? Mama

Ostatni przyszedł dziś rano.

Isabello, jeśli nie odpiszesz do 17.30, dzwonię do Charliego.

Zerknęłam na zegar. Miałam jeszcze godzinę, ale mama znana była z popędliwości.

Spokojnie, Mamo. Już odpisuję. Nie wszczynaj alarmu. Bella

Wysłałam wiadomość i zaczęłam pisać nową.

Jest fantastycznie. Oczywiście pada. Chciałam napisać dopiero, jak będzie o czym. Szkoła niezła, tylko trochę monotonnie. Poznałam parę fajnych osób, które siadają teraz ze mną w stołówce.

Twoja bluzka jest w pralni chemicznej. Miałaś ją odebrać w zeszły piątek.

Nie uwierzysz, Charlie kupił mi furgonetkę! Zakochałam się w niej od pierwszego wejrzenia. Jest stara, ale solidna – dla mnie wystarczy. Też za tobą tęsknię. Niedługo znowu napiszę, ale nie mam zamiaru sprawdzać skrzynki co pięć minut. Wyluzuj, weź głęboki wdech. Kocham cię.

Bella

Postanowiłam poprzedniego dnia, że przeczytam ponownie *Wichrowe wzgórza*, które właśnie przerabialiśmy na angielskim – ot tak, dla zabicia czasu – i gdy Charlie wrócił do domu, byłam pogrążona w lekturze. Straciłam poczucie czasu. Popędziłam na dół, by wyjąć ziemniaki z piekarnika i usmażyć steki.

– Bella? – zawołał ojciec, słysząc mnie na schodach.

A któż by inny, pomyślałam.

– Cześć, tato. Witaj w domu.

– Hej. – Odpiął kaburę i zdjął wysokie buty, przyglądając się, jak krzątam się po kuchni. O ile wiedziałam, nigdy na służbie nie użył broni, ale zawsze miał ją w gotowości. Kiedy byłam mała, zaraz po powrocie do domu wyjmował z niej naboje. Najwyraźniej uważał teraz, że jestem już dość duża, by nie postrzelić się przez pomyłkę, a także nie na tyle zdesperowana, żeby popełnić samobójstwo.

– Co na obiad? – zapytał nieufnie. Moja mama była kucharką pełną fantazji i jej eksperymenty nie zawsze nadawały się do spożycia. Zaskoczył mnie smutno tym, że nadal o tym pamiętał.

– Steki z ziemniakami – odpowiedziałam. Wyglądał na usatysfakcjonowanego.

Chyba czuł się niezręcznie, stojąc tak z założonymi rękami, poszedł więc do saloniku oglądać telewizję. Dla obojga z nas było to najlepsze rozwiązanie. Gdy steki smażyły się na patelni, przyrządziłam sałatkę i nakryłam do stołu.

Zawołałam, że obiad jest już gotowy. Zapach, wypełniający kuchnię, przywitał uśmiechem.

– Ładnie pachnie, Bell.

– Dzięki.

Przez kilka minut jedliśmy w zupełnym milczeniu. Było nam z tym dobrze, cisza nas nie krępowała. Poniekąd nadawaliśmy się do mieszkania razem.

– A jak tam w szkole? Masz już jakieś koleżanki? – odezwał się w końcu ojciec, sięgając po dokładkę.

– Chodzę na kilka przedmiotów z taką jedną Jessicą. Siadam z jej paczką w stołówce. Jest jeszcze Mike. Bardzo uczynny chłopak. W ogóle wszyscy są raczej mili.

Z jednym bardzo ciekawym wyjątkiem.

– To jak nic Mike Newton. Miły dzieciak. Porządna rodzina. Jego ojciec ma sklep ze sprzętem sportowym za miastem. Forks leży na szlaku, więc dobrze zarabia na tych wszystkich turystach, których tu pełno.

– Znasz może rodzinę Cullenów? – zapytałam ostrożnie.

– Doktora Cullena? Jasne. To wielki człowiek.

– Ich dzieci... Trochę się wyróżniają. Chyba nie znalazły sobie miejsca w szkole.

Zdziwiła mnie jego zagniewana mina.

– Ech, ci ludzie – burknął. – Doktor Cullen to doskonały chirurg, który mógłby pewnie pracować w każdym szpitalu na świecie i zarabiać dziesięć razy więcej niż teraz. – Wzburzony, stopniowo podnosił głos. – Mamy szczęście, że osiedlił się tutaj. Że jego żona zgodziła się zamieszkać w małym mieście. To prawdziwy skarb, a wszystkie jego dzieci są dobrze wychowane. Też miałem wątpliwości, kiedy się tu sprowadzili z piątką adoptowanych nastolatków. Bałem się, że będą z nimi jakieś problemy. Ale okazało się, że to dojrzali młodzi ludzie i nigdy nie musiałem zaprzątać sobie nimi głowy. A nie mogę tego powiedzieć o pociechach wielu z tych, którzy mieszkają tu od pokoleń. Trzymają się razem, jak przystało na kochającą się rodzinę – co drugi weekend jeżdżą razem pochodzić po górach... Tylko dlatego, że są nowi, ludzie się na nich uwzięli.

Była to najdłuższa przemowa Charliego, jaką w życiu słyszałam. Musiał naprawdę przejmować się tymi plotkami.

Postanowiłam nie opowiadać mu o swoich doświadczeniach z Edwardem.

– Wydają się mili. Po prostu zauważyłam, że trzymają się razem. I bombowo wyglądają – dodałam, żeby udobruchać tatę.

– Żałuj, że nie widziałaś samego doktora – roześmiał się Charlie. – Dzięki Bogu, że jego małżeństwo jest udane. Wiele pielęgniarek ze szpitala ma trudności z koncentracją, kiedy Cullen kręci się w pobliżu.

Obiad dokończyliśmy w milczeniu. Zabrałam się do mycia naczyń – nie było zmywarki – a tato posprzątał ze stołu i wrócił przed telewizor. Gdy skończyłam, poszłam niechętnie na górę zrobić zadanie z matematyki. Przeczuwałam, że tak oto będzie wyglądał nasz rozkład dnia.

Noc nareszcie była cicha i zmęczona szybko zasnęłam.

Reszta tygodnia przebiegła bez zakłóceń. Przyzwyczaiłam się do kolejności zajęć. Do piątku nauczyłam się rozpoznawać niemal wszystkich uczniów, poznałam też imiona większości z nich. Dziewczyny z mojej drużyny siatkówki wiedziały już, że nie należy podawać mi piłki i trzeba stawać przede mną, gdy przeciwnik celuje w moją stronę. Byłam zadowolona z tak obranej taktyki.

Edward nie przyszedł do szkoły ani razu.

Każdego dnia cała w nerwach czekałam, aż Cullenowie pojawią się w stołówce. Dopiero wtedy mogłam się odprężyć i włączyć do prowadzonych przy stole rozmów. Dotyczyły głównie wycieczki do La Push Ocean Park, której termin wypadał za dwa tygodnie, a organizował ją Mike. Przyjęłam jego zaproszenie jedynie z grzeczności – plaże w moim przekonaniu powinny być suche i gorące.

W piątek weszłam do sali od biologii, zupełnie już nie myśląc o tym, czy zastanę w środku Edwarda. Najwyraźniej postanowił rzucić szkołę. Chcąc nie chcąc, martwiłam się jednak trochę, że to przeze mnie opuszcza lekcje, choć przypuszczenie to wydawało się absurdalne.

Również w mój pierwszy weekend w Forks nie wydarzyło się nic szczególnego. Charlie, nienawykły do przesiadywania w domu, większość czasu spędził po prostu w pracy. Sprzątnęłam cały dom, odrobiłam zadania domowe i napisałam do mamy fałszywie optymistyczny mail. W sobotę podjechałam też do miejscowej biblioteki, ale była tak marnie zaopatrzona, że nie było sensu się zapisywać. Stwierdziłam, że wybiorę się niedługo do Olympii lub Seattle w poszukiwaniu jakiejś dobrej księgarni. Zastanawiałam się przez chwilę, ile też moje auto może palić na setkę, i nieco się przeraziłam.

Przez cały weekend padało, ale niezbyt mocno, mogłam więc wysypiać się bez przeszkód.

W poniedziałek na parkingu co rusz ktoś mnie pozdrawiał. Nie pamiętałam imion wszystkich tych ludzi, ale uśmiechałam się do każdego i odmachiwałam. Było zimno, ale na szczęście nie lało. Na angielskim jak zwykle siedziałam z Mikiem. Mieliśmy niezapowiedziany test z *Wichrowych wzgórz*, ale był prosty, bez żadnych podchwytliwych pytań.

Nigdy bym nie pomyślała, że po tygodniu będę się czuć w szkole tak pewnie, że będę taka zadomowiona. Przekraczało to moje najśmielsze oczekiwania.

Kiedy wyszliśmy na dwór, powietrze wypełniały wirujące, białe drobinki. Do moich uszu dotarły wesołe okrzyki. Zimny wiatr osmagał mi nos i policzki.

– Fajno – powiedział Mike. – Pada śnieg.

Spojrzałam na kłębki waty zbierające się wzdłuż krawężników, a potem na te kołujące chaotycznie wokół mojej głowy.

– Hm? – No tak. Śnieg. Żegnaj, udany dniu.

Mike wyglądał na zaskoczonego.

– Nie lubisz śniegu?

– Nie. Oznacza, że już za zimno na deszcz. – Czy to nie oczywiste? – Poza tym, gdzie się podziały te słynne płatki? No wiesz, każdy jedyny w swoim rodzaju i takie tam. Te tu przypominają końce wacików do uszu.

– Nigdy nie widziałaś, jak pada śnieg? – spytał z niedowierzaniem w głosie.

– Jasne, że widziałam. W telewizji.

Chłopak wybuchł śmiechem i w tym samym momencie dostał w tył głowy obrzydliwą, topniejącą śnieżką. Odwróciliśmy się natychmiast, by zobaczyć, kto ją rzucił. Stawiałam na Erica, który oddalał się właśnie pospiesznie – i to nie w kierunku budynku, w którym miał następną lekcję. Mike chyba również go podejrzewał, bo przykucnął i zaczął formować z puchu własny pocisk.

– Zobaczymy się na lunchu, dobra? – rzuciłam, odchodząc. – Wolę siedzieć w środku, kiedy ludzie zaczynają w siebie ciskać tym mokrym paskudztwem.

Skinął tylko głową, wpatrzony w oddalającą się sylwetkę przeciwnika.

Przez cały ranek wszyscy trajkotali wielce podekscytowani o śniegu – najwyraźniej padał po raz pierwszy w tym roku. Nie brałam udziału w tych rozmowach. Biały puch był niby suchszy od deszczu, ale przecież topniał i tylko moczył skarpetki.

Do stołówki wybrałam się rozważnie w towarzystwie Jessiki. W powietrzu aż roiło się od śnieżek. W ręku trzymałam skoroszyt, gotowa w razie potrzeby użyć go jako tarczy. Jessica uważała, że zachowuję się dziwnie, ale coś w moich oczach kazało jej przestać wychwalać tę brutalną rozrywkę.

Mike dołączył do nas w drzwiach, uśmiechnięty od ucha do ucha, z kawałkami topniejącego lodu we włosach, niszczącymi jego misterną fryzurę. Gdy stawaliśmy na końcu kolejki, dyskutowali z Jessicą zawzięcie o walce na śnieżki. Z przyzwyczajenia zerknęłam w stronę stolika dziwacznego rodzeństwa i zamarłam. Siedziała przy nim cała piątka.

Jessica pociągnęła mnie za rękaw.

– Hej, Bella, co dziś bierzesz?

Odwróciłam wzrok. Piekły mnie uszy. Nie przejmuj się, uspokajałam się w myślach. Nie zrobiłaś nic złego.

– Co z nią? – Mike coś zauważył.

– Nic, nic – odpowiedziałam. – Wezmę tylko napój. – I przesunęłam się z kolejką o dwa kroki do przodu.

– Nie jesteś głodna? – spytała Jessica.

– Zrobiło mi się tak jakoś niedobrze – powiedziałam ze wzrokiem nadal wbitym w podłogę.

Sączyłam powoli napój, a głód skręcał mi kiszki. Niepotrzebnie zatroskany Mike dwukrotnie starał się dowiedzieć, jak się czuję. Powiedziałam mu, że to nic takiego, zastanawiając się jednocześnie, czy może nie wykorzystać niedyspozycji i nie przeczekać biologii w gabinecie pielęgniarki.

Co za idiotyczny pomysł. Dlaczego miałabym uciekać?

Postanowiłam zerknąć jeden jedyny raz w stronę stolika Cullenów. Jeśli ten agresywny dziad się na mnie gapi, mam prawo stchórzyć i opuścić następną lekcję.

Zerknęłam pod osłoną rzęs, nie odwracając głowy. Żadne z piątki nie patrzyło w moim kierunku, odważyłam się więc przyjrzeć im z nieco większą śmiałością.

Właśnie się śmiali. Chłopcy mieli włosy zupełnie mokre od topniejącego w nich puchu. Emmet potrząsnął specjalnie głową, żeby dokuczyć dziewczynom, a te odchyliły się do tyłu. Jak wszyscy inni, cieszyli się pierwszym śniegiem – tyle że, ze względu na ich urodę, wyglądało to jak scena z filmu.

To rozbawienie było niewątpliwie czymś nowym w ich zachowaniu, ale zmieniło się coś jeszcze, nie potrafiłam tylko określić dokładnie co. Przyjrzałam się badawczo Edwardowi. Nie był już taki blady – być może od zabaw na śniegu – a cienie pod jego oczami nie raziły już tak intensywną barwą. Ale to nie wszystko... Wciąż nie wiedziałam, o co mi chodzi, patrzyłam więc dalej, starając się coś wyłapać.

– Co jest, Bella? – Jessica zerknęła w tę samą stronę, co ja.

W tym samym momencie Edward odwrócił się i nasze spojrzenia się spotkały.

Spuściłam wzrok, pozwalając, by twarz zakryły mi włosy. Byłam jednak pewna, że nie dostrzegłam w jego oczach nic z dawnej wrogości czy obrzydzenia. Znów wyglądał jedynie na nieco zaciekawionego i jakby odrobinę zniecierpliwionego.

– Edward Cullen się na ciebie gapi – szepnęła mi do ucha Jessica, chichocząc.

– I nie jest wściekły, prawda? – Nie mogłam się powstrzymać.

– Skąd – zdziwiła się. – A ma jakieś powody?

– Chyba za mną nie przepada – zwierzyłam się. Nadal nie czułam się za dobrze. Przytuliłam policzek do ramienia.

– Cullenowie nikogo nie lubią, zresztą trudno, żeby lubili, skoro na nikogo nie zwracają uwagi. Ale on nadal się na ciebie gapi.

– A ty na niego. Przestań – syknęłam.

Żachnęła się, ale posłuchała. Podniosłam głowę, żeby sprawdzić, czy naprawdę tak się stało, gotowa posunąć się do przemocy, jeśli obstawałaby przy swoim.

Wtedy przerwał nam Mike. Planował urządzić po szkole wielką bitwę na śnieżki na parkingu i chciał wiedzieć, czy się dołączymy. Jessica przystała na tę propozycję z entuzjazmem – widać było, że dla niego jest gotowa na wszystko. Ja nic nie odpowiedziałam, decydując w myślach, że przeczekam bitwę w sali gimnastycznej.

Przez resztę lunchu nie rozglądałam się już na boki. Stwierdziłam też, że skoro Edward nie wygląda na zagniewanego, muszę spełnić daną sobie obietnicę i iść na biologię. Na myśl, że znowu mam koło niego siedzieć, przechodziły mnie zimne dreszcze.

Nie chciałam iść na lekcję w towarzystwie Mike'a, który był popularnym celem dla śniegowych snajperów, ale kiedy podeszliśmy do drzwi stołówki, wszyscy prócz mnie chórem jęknęli z żalu. Padał deszcz i cały śnieg znikał szybko, ściekając z chodników lodowatymi strużkami. Uśmiechając się w duchu, naciągnęłam na głowę kaptur. Mogłam iść do domu zaraz po WF-ie!

W drodze do budynku nr 4 musiałam wysłuchiwać narzekań mojego oddanego kolegi.

Wszedłszy do klasy, dostrzegłam z ulgą, że moja ławka jest pusta. Pan Banner kładł właśnie na każdej po mikroskopie i pudełku z zestawem szkiełek z gotowymi preparatami. Do dzwonka zostało jeszcze parę minut i salę wypełniał szmer uczniowskich rozmów. Usiadłam i zaczęłam bazgrolić po okładce zeszytu, starając się nie patrzeć na drzwi.

Usłyszałam wyraźnie, że ktoś odsuwa stojące obok krzesło, ale skupiłam wzrok na swoim rysunku.

– Hej – powiedział cichym, melodyjnym głosem.

Podniosłam głowę, porażona tym, że do mnie mówi. Znów siedział na przeciwległym krańcu ławki, ale odwrócony w moją stronę. Włosy miał potargane i mokre, ale i tak wyglądał, jakby dopiero co skończył kręcić reklamówkę żelu do włosów. Spoglądał na mnie przyjaźnie, z delikatnym uśmiechem na boskich wargach, widać było jednak, że ma się na baczności.

– Nazywam się Edward Cullen – ciągnął. – Nie miałem okazji przedstawić się w zeszłym tygodniu. A ty musisz być Bellą Swan.

Nie wiedziałam, co o tym wszystkim myśleć. Czyżby w zeszły poniedziałek dręczyły mnie omamy? Teraz zachowywał się zupełnie normalnie i grzecznie. Czekał, musiałam się odezwać. Tyle że nic zwyczajowego nie przychodziło mi do głowy.

– Skąd wiesz, jak mam na imię? – wymamrotałam z trudem.

Zaśmiał się cicho, był przy tym taki czarujący.

– Ach, sądzę, że wszyscy tu wiedzą, jak masz na imię. Całe miasteczko żyło twoim przyjazdem.

Skrzywiłam się. Podejrzewałam, że tak było.

– Nie o to mi chodziło – drążyłam uporczywie. – Skąd wiedziałeś, że powinieneś powiedzieć „Bella"?

Coś mu się nie zgadzało.

– Wolisz Isabellę?

– Nie, Bellę – powiedziałam – ale myślałam, że Charlie, to znaczy mój tata, nazywa mnie za moimi plecami Isabellą. Nikt inny w szkole nie użył tego zdrobnienia, witając się ze mną. – Czułam, że robię z siebie kompletną idiotkę.

– Ach tak. – Nie podjął tematu. Zmieszana odwróciłam głowę. Na szczęście w tej samej chwili pan Banner postanowił rozpocząć lekcję i musiałam skoncentrować się na jego instrukcjach. Preparaty w pudełkach przedstawiały różne fazy mitozy komórek z czubka korzenia cebuli, ale nie były ułożone po kolei. Pracując w parach, mieliśmy ustalić właściwą kolejność i odpowiednio oznaczyć wszystkie szkiełka. Nie mogliśmy korzystać z podręczników. Za dwadzieścia minut nauczyciel miał zrobić rundkę i sprawdzić, komu się udało.

– Do dzieła – zakomenderował.

– Jak sądzisz, partnerko – zapytał Edward – panie przodem? – Podniosłam wzrok i zobaczyłam, że uśmiecha się zawadiacko. Był taki piękny, że zaniemówiłam z wrażenia i znów wyszłam na idiotkę.

– Albo może ja zacznę, jeśli nie masz nic przeciwko. – Przestał się uśmiechać. Niechybnie zastanawiał się, czy aby nie jestem opóźniona umysłowo.

– Już się biorę do roboty – odparłam, rumieniąc się.

Trochę się popisywałam, ale tylko odrobinkę. Przerabiałam już to w Phoenix i wiedziałam, czego szukać. Umieściłam pierwsze szkiełko we właściwym miejscu, nastawiłam czterdziestokrotne powiększenie i zerknęłam w okular.

– To profaza – oświadczyłam z przekonaniem.

– Pozwolisz, że zajrzę? – spytał, gdy przymierzałam się do zmienienia szkiełka. By mnie powstrzymać, położył swoją dłoń na mojej. Jego palce były lodowate, jakby przed lekcją trzymał je w śnieżnej zaspie. Ale to nie dlatego odskoczyłam, cofając rękę. Kiedy mnie dotknął, przeszła jakaś iskra, poczułam się tak, jakby poraził mnie prądem.

– Przepraszam – bąknął, zostawił mnie w spokoju i sięgnął po mikroskop. Nadal, nieco rozdygotana, przyglądałam się, jak bada próbkę. Zajęło mu to jeszcze mniej czasu niż mnie.

– Profaza – potwierdził, wpisując to słowo w pierwszą rubrykę naszego arkusza. Zgrabnym ruchem wymienił szkiełko na następne i przyjrzał mu się pobieżnie.

– Anafaza – mruknął pod nosem, wypełniając kolejną rubrykę.

– Pozwolisz? – Starałam się przybrać obojętny ton.

Uśmiechnął się z wyższością i przesunął mikroskop w moją stronę. Z ochotą przypięłam się do okularu, ale spotkało mnie rozczarowanie. Skurczybyk miał rację.

– Preparat numer trzy? – Nie patrząc na Edwarda, wyciągnęłam rękę.

Podał mi go z wielką ostrożnością. Wydawało się, że nie chce za nic drugi raz popełnić tego samego błędu i dotknąć mojej skóry.

Ambitnie ledwo zerknęłam na komórki.

– Interfaza. – Podałam mu mikroskop, zanim o niego poprosił. Rzucił okiem na próbkę i zapisał nazwę fazy. Mogłam sama to zrobić, ale onieśmielał mnie jego niezwykle schludny i elegancki charakter pisma. Nie chciałam oszpecić arkusza swoimi kulfonami.

Skończyliśmy z dużą przewagą nad pozostałymi. Widziałam, że Mike i jego partnerka, niezdecydowani, porównywali bez końca dwa preparaty, a inna para trzyma pod stołem otwarty podręcznik.

W rezultacie nie miałam nic do roboty poza pilnowaniem się, żeby nie zerkać na sąsiada. Nic z tego. Okazało się, że znów się we mnie wpatruje, z tą samą niewytłumaczalną frustracją w oczach, co w stołówce. Nagle zorientowałam się, jaka to zmiana zaszła w wyglądzie całej piątki.

– Nosisz szkła kontaktowe? – spytałam bez zastanowienia.

Odniosłam wrażenie, że to niespodziewane pytanie zbiło go z tropu.

– Nie.

– Ach – zmieszałam się. – Nic takiego. Wydawało mi się, że miałeś jakieś takie inne oczy.

Wzruszył tylko ramionami. Przestałam patrzeć w jego stronę.

Coś się nie zgadzało. Mogłabym przysiąc, że w zeszłym tygodniu, kiedy wpatrywał się we mnie z wściekłością, były ciemne. Pamiętałam wyraźnie ich matową czerń kontrastującą z jego bladą skórą i kasztanowymi włosami. Dziś miały zupełnie inny kolor: dziwny odcień ochry, ciemniejszy od kajmaku, ale w podobny sposób złocisty. Zachodziłam w głowę, jak to możliwe – chyba że, z jakichś powodów, nie chciał się przyznać, że nosi kontakty. Albo to Forks miało na mnie taki wpływ i po prostu stopniowo traciłam rozum.

Zerknęłam pod ławkę. Edward znów ścisnął dłoń w pięść.

Pan Banner podszedł do naszego stołu sprawdzić, czemu nie pracujemy. Zauważywszy wypełniony arkusz z odpowiedziami, uspokoił się i ocenił, że są prawidłowe.

– Nie pomyślałeś, Edwardzie, że byłoby grzecznie dać szansę Isabelli? – spytał.

– Belli – poprawił go odruchowo chłopak. – Sama zidentyfikowała trzy na pięć.

Nauczyciel przyjrzał mi się sceptycznie.

– Omawiałaś to już wcześniej?

– Nie z komórkami cebuli. – Uśmiechnęłam się nieśmiało.

– Na blastuli siei?

– Tak.

Pokiwał głową.

– W Phoenix chodziłaś na biologię dla zaawansowanych?

– Tak.

– Cóż – skwitował po chwili namysłu. – W takim razie dobrze się złożyło, że siedzicie razem. – Odchodząc, wymamrotał coś jeszcze. Powróciłam do gryzmolenia po okładce zeszytu.

– Szkoda, że ze śniegu nic nie zostało, prawda? – spytał Edward. Odniosłam wrażenie, że zmusza się do rozmowy. Paranoja znów dawała mi się we znaki. Zaczęłam się bać, że podsłuchał, jak rozmawiałam z Jessicą przy lunchu, i teraz będzie próbował przekonać mnie do zimowej aury.

– Ja tam się cieszę – odpowiedziałam szczerze, zamiast udawać normalną. Wszystko dlatego, że nie mogłam się skupić, wciąż gnębiona idiotycznymi podejrzeniami.

– Nie lubisz zimna. – To nie było pytanie.

– Ani wilgoci.

– Musisz się tu męczyć.

– Nawet nie wiesz, jak bardzo.

Dziwne, ale wydał się tym zafascynowany. Jego twarz mnie rozpraszała. Postanowiłam ograniczyć kontakt wzrokowy z rozmówcą do absolutnego minimum.

– To dlaczego tu przyjechałaś?

Nikt wcześniej nie zadał mi tego pytania, a przynajmniej nie tak bezceremonialnie.

– To trochę skomplikowane.

– Chyba się nie pogubię – naciskał.

Zamyśliłam się na chwilę, a potem popełniłam błąd – odwróciłam głowę i nasze oczy się spotkały. Zmieszana odpowiedziałam bez namysłu:

– Moja mama ponownie wyszła za mąż.

– To akurat nie jest zbyt skomplikowane – wtrącił, ale zaraz dodał zaskakująco przyjaznym tonem terapeuty: – Kiedy dokładnie?

– We wrześniu. – Zdziwiłam się, słysząc smutek we własnym głosie.

– A ty nie przepadasz za ojczymem? – zasugerował delikatnie Edward.

– Nie, jest w porządku. Może trochę za młody, ale miły.

– Dlaczego nadal z nimi nie mieszkasz?

Nie wiedziałam, czemu go to tak interesuje. Przyglądał mi się badawczo, jakby historia mojego życia była dla niego czymś niezwykle ważnym.

– Phil dużo podróżuje. Jest zawodowym baseballistą. – Uśmiechnęłam się blado.

– Czy istnieje możliwość, że znam jego nazwisko? – spytał, odwzajemniając uśmiech.

– Raczej nie. Nie jest jakiś specjalnie dobry. Nigdy nie trafił do pierwszej ligi. Często się przeprowadza.

– I matka przysłała cię tutaj, żeby móc z nim jeździć. – Znów było to stwierdzenie, a nie pytanie.

Wysunęłam brodę do przodu.

– Nikt mnie nie przysyłał. Sama się przysłałam.

Zmarszczył czoło.

– Nie rozumiem – przyznał. Nie wiedzieć czemu, najwyraźniej był tym faktem zmartwiony.

Westchnęłam. Po co w ogóle zaczęłam mu to wszystko tłumaczyć? Nadal przyglądał mi się z nieukrywanym zaciekawieniem.

– Z początku została ze mną, ale tęskniła. Było jej ciężko. Postanowiłam, że będzie lepiej, jeśli nareszcie spędzę trochę czasu z Charliem. – To ostatnie zdanie powiedziałam już niemal grobowym tonem.

– Ale teraz to tobie jest ciężko – przypomniał mi.

– No to co? – spytałam prowokująco.

– To chyba nie fair. – Wzruszył ramionami, ale w jego oczach żarzyły się iskierki buntu.

Zaśmiałam się gorzko.

– Nikt cię jeszcze nie uświadomił? Takie jest życie.

– Chyba coś obiło mi się o uszy – przyznał chłodno.

– Życie nie jest fair i tyle – podsumowałam, zastanawiając się, po kiego licha się we mnie tak wpatruje.

Patrzył się teraz tak, jakby mnie oceniał.

– Robisz dobrą minę do złej gry – oświadczył, starannie dobierając słowa. – Ale założę się, że nie dajesz po sobie poznać, jak bardzo tak naprawdę cierpisz.

Skrzywiłam się tylko i odwróciłam wzrok, choć miałam ochotę pokazać mu język niczym pięciolatka.

– Czy się mylę?

Próbowałam go zignorować.

– Nie sądzę – dodał pewnym tonem.

– Co cię to w ogóle obchodzi? – warknęłam poirytowana, nie patrząc w jego stronę. Nauczyciel nadal krążył po klasie, sprawdzając wyniki poszczególnych par.

– Dobre pytanie – szepnął tak cicho, jakby sam zaczął zastanawiać się, co nim kieruje. Spodziewałam się jakiejś odpowiedzi, ale po kilku sekundach ciszy zorientowałam się, że nic z tego.

Westchnęłam i wlepiłam wzrok w tablicę.

– Drażnię cię? – spytał. Wydawał się rozbawiony.

Po raz kolejny zerknęłam na niego nierozważnie, w rezultacie mówiąc prawdę.

– Niezupełnie. Jestem raczej zła na siebie. Tak łatwo się czerwienię. Mama zawsze powtarza, że moja twarz to otwarta księga.
– Nachmurzyłam się.

– Wręcz przeciwnie. Trudno mi cię przejrzeć. – Chociaż tyle mu o sobie opowiedziałam i tylu rzeczy się domyślił, o dziwo, zabrzmiało to szczerze.

– Pewnie zwykle nie masz z tym kłopotów.

– Zazwyczaj nie. – Uśmiechnął się szeroko, odsłaniając rząd prościutkich, śnieżnobiałych zębów.

Na szczęście pan Banner poprosił klasę o uwagę i z ulgą odwróciłam się w jego stronę. Trudno mi było uwierzyć, że ten piękny, dziwny chłopak, którego stosunek do mnie pozostawał zagadką, dopiero co nakłonił mnie do zwierzeń. Dziwne – choć wydawał się zaabsorbowany naszą rozmową, widziałam teraz kątem oka, że znów odsunął się ode mnie jak najdalej, a obie dłonie zacisnął nerwowo na kancie blatu.

Bezskutecznie próbowałam skupić uwagę na wyświetlanych właśnie przez nauczyciela na ścianie poszczególnych fazach mitozy, których rozróżnianie nie nastręczało mi trudności nawet przez mikroskop.

Kiedy zabrzęczał upragniony dzwonek, Edward poderwał się i wyszedł przed wszystkimi, podobnie jak to zrobił tydzień wcześniej, a ja, tak jak wtedy, odprowadziłam go do drzwi pełnym zdumienia spojrzeniem.

Mike znalazł się w okamgnieniu u mego boku i zaczął pakować moje rzeczy. Brakowało mu tylko merdającego ogona.

– Co za koszmarne ćwiczenie – jęczał. – Wszystkie wyglądały identycznie. Szczęściara z ciebie, że miałaś Cullena do pomocy.

– Wcale nie potrzebowałam pomocy – palnęłam obruszona i ugryzłam się w język. – Już to przerabiałam – dodałam natychmiast, żeby nie wyjść na samochwałę.

– Cullen był dziś milusi, prawda? – zauważył Mike, wkładając kurtkę. Nie był raczej tym spostrzeżeniem zachwycony.

– Nie mam pojęcia, co go naszło w zeszły poniedziałek – powiedziałam kłamliwie obojętnym tonem.

Idąc z moim wiernym towarzyszem do sali gimnastycznej, nie potrafiłam skoncentrować się na tym, co mówi, a i lekcja WF-u nie wyrwała mnie z zamyślenia. Dzięki Mike'owi, który grał ze mną w jednej drużynie i pilnował rycersko także mego kawałka boiska, mogłam fantazjować do woli, przerywając jedynie na serwy. Pozostali zawodnicy, nauczeni doświadczeniem, umykali wówczas przezornie na boki.

Gdy szłam na parking, mżyło tylko delikatnie, ale i tak z ulgą zamknęłam się w suchej szoferce. Włączając ogrzewanie, po raz pierwszy nie przejmowałam się rykiem silnika. Rozpięłam kurtkę, spuściłam kaptur na plecy i rozczesałam palcami włosy, strosząc je przy tym nieco, żeby łatwiej było im wyschnąć w drodze do domu.

Rozejrzałam się, żeby sprawdzić, czy nic nie jedzie. Nagle zauważyłam nieruchomą postać w bieli. Edward Cullen stał trzy auta dalej, opierając się o przednie drzwiczki swojego volvo, i nie spuszczał ze mnie wzroku. Natychmiast spojrzałam w inną stronę i pospiesznie wrzuciłam wsteczny – mało brakowało, a staranowałabym rdzewiejącą toyotę corollę. Na szczęście w porę wcisnęłam hamulec. Taką toyotę moja solidna furgonetka jak nic rozniosłaby na strzępy. Nadal ignorując chłopaka, wzięłam głęboki wdech i ostrożnie ponowiłam manewr. Tym razem poszło lepiej. Opuściłam parking ze wzrokiem wbitym w jezdnię, ale mogłabym przysiąc, że kiedy mijałam volvo, Edward się śmiał.

3 Niesamowite zdarzenie

Kiedy następnego ranka otworzyłam oczy, coś mi się nie zgadzało.

Było jakoś jaśniej.

Sypialnię nadal wypełniało szarozielone światło właściwe pochmurnemu dniu w środku lasu, ale zdecydowanie jaskrawsze. W dodatku zdałam sobie sprawę, że na zewnątrz nie zalega mgła. Rzuciłam się do okna i jęknęłam zdegustowana.

Zarówno podjazd, jak i drogę pokrywała cienka warstwa śniegu. Nawet dach mojego auta wyglądał jak obsypany mąką. Ale nie to było najgorsze. Pozostałości wczorajszego deszczu zamieniły się w lód, przyozdabiając igły drzew niesamowitymi, bajkowymi koronkami. Jednym słowem: gołoledź. Miałam dość kłopotów z utrzymaniem się na nogach przy cieplejszej pogodzie — najchętniej wcale nie wychodziłabym z łóżka.

Kiedy zeszłam na dół, Charlie zdążył już pojechać do pracy. Mieszkając z nim, czułam się poniekąd tak, jakbym była dorosła i miała własny dom. Nie było mi z tym źle — rozkoszowałam się samotnością.

Zjadłam szybko miskę płatków i wypiłam trochę soku pomarańczowego. Byłam podekscytowana i nieco mnie to przerażało. Wiedziałam, co jest grane. Nie było mi spieszno ani chłonąć wiedzę, ani gwarzyć z nowymi znajomymi. Jeśli chciałam być wobec siebie szczera, musiałam przyznać, że cieszę się strasznie na myśl o kolejnym dniu w szkole, ponieważ nie mogę się doczekać ponownego spotkania z Edwardem Cullenem. Bardzo to było niemądre z mojej strony.

Uważałam, że poprzedniego dnia zrobiłam z siebie idiotkę i powinnam raczej zacząć go unikać. No i czemu kłamał, że nie nosi kontaktów? To było podejrzane. Nadal bałam się także wrogości, jaka czasem od niego biła, i traciłam rozum, gdy tylko przypominałam sobie, jak idealne ma rysy twarzy. Zdawałam sobie sprawę, że to facet z innej bajki — górował nade mną na każdym polu. Po co zawracać sobie głowę kimś takim?

Przejście od drzwi wejściowych do furgonetki wymagało wyjątkowego skupienia. Tuż przy aucie straciłam na chwilę równowagę, ale udało mi się w porę podeprzeć o boczne lusterko. Dzień zapowiadał się koszmarnie.

W drodze do szkoły nareszcie zapomniałam na jakiś czas o lęku przed upadkiem na lodzie i tajemniczym Edwardzie, zaczęłam za to analizować zachowanie Mike'a i Erica. Nigdy wcześniej nie miałam takiego powodzenia u chłopców, choć przecież od wyjazdu z Phoenix nie zmieniłam się wcale fizycznie. Może po prostu moi starzy koledzy traktowali mnie wciąż jak niezgrabną małolatę, którą w końcu byłam przez parę dobrych lat? Może miejscowi faceci byli spragnieni nowości? Rzadko widywali nowe twarze. Wreszcie, może uważali moją niezdarność za coś uroczego i chcieli się mną po rycersku zaopiekować? Tak czy siak, nie wiedziałam za bardzo, co począć z moim golden retrieverem i jego rywalem. Chyba jednak wolałam, kiedy nie zwracano na mnie uwagi.

Mój samochód dobrze się spisywał na lodzie. Mimo to jechałam bardzo powoli, nie chcąc doprowadzić do karambolu na głównej ulicy miasteczka.

Gdy wysiadłam pod szkołą, zobaczyłam, czemu zawdzięczam tę niezwykłą przyczepność. Mignęło mi coś srebrnego, podeszłam więc do tylnych kół sprawdzić, co to. Przezornie cały czas trzymałam się wozu. Okazało się, że każda opona owinięta jest siatką cienkich łańcuchów, tworzących na czarnym tle mozaikę ze srebrnych rombów. Charlie musiał wstać Bóg wie jak wcześnie, żeby zamocować te zabezpieczenia. Wzruszenie chwyciło mnie za gardło. Nie byłam przyzwyczajona do tego, żeby ktoś się o mnie troszczył. Czuły gest taty zupełnie mnie zaskoczył. Może nie mówił za dużo, ale o mnie myślał.

Stałam tak za swoją furgonetką, walcząc z falą roztkliwienia, kiedy moich uszu dobiegł jakiś dziwny dźwięk.

Przypominał przykry, wysoki odgłos, jaki czasem w zetknięciu z tablicą wydaje kreda, ale nie ustawał, a nawet przybierał na sile. Zaniepokojona odwróciłam głowę.

Choć nic nie ruszało się w zwolnionym tempie, jak to bywa w filmach, dostrzegłam wiele rzeczy naraz. Widocznie raptowny wyrzut adrenaliny polepszył moją zdolność postrzegania. Cztery auta dalej stał Edward Cullen i wpatrywał się we mnie z przerażeniem w oczach. To jego twarz zapamiętałam najlepiej, choć ze strachu zamarli i pozostali uczniowie. Ale nie to było w tej scenie najważniejsze. Po oblodzonej powierzchni parkingu, wirując bezładnie, pędził granatowy van. Jego system kierowniczy odmówił posłuszeństwa, hamulce piszczały ostatkiem sił. Pędził wprost na mój samochód, a ja stałam mu na drodze. Nie zdążyłam nawet zamknąć oczu.

Tuż przed tym, jak usłyszałam porażający zgrzyt vana, który wygiął się przy zderzeniu, niemal owijając wokół tyłu furgonetki, coś mnie uderzyło, mocno i nie z tego kierunku, z którego się spodziewałam. Walnęłam głową o lodowaty asfalt i poczułam, że przyciska mnie do ziemi coś dużego i chłodnego. Leżałam nieopodal beżowego auta, koło którego zaparkowałam, nie mogłam jednak się rozejrzeć, ponieważ, odbiwszy się od przeszkody, wygięty van nadal sunął rotacyjnym ruchem w moim kierunku. Lada chwila znów miałam szansę stać się jego ofiarą.

Usłyszałam wymówione cicho przekleństwo i uświadomiłam sobie, że nie leżę sama. Tego głosu nie sposób było pomylić. Dwie obejmujące mnie od tyłu ręce rozluźniły uścisk i wyprostowały się, jakby ich właściciel miał nadzieję, że zdoła zatrzymać zbliżające się auto. Van zatrzymał się jakieś trzydzieści centymetrów od mojej twarzy, tak że dłonie mojego towarzysza spoczywały teraz w głębokim wgnieceniu w boku pojazdu, które zrządzeniem losu miało pasujący do nich kształt.

I znów wszystko przyspieszyło. Jedna z dłoni znalazła się nagle celowo gdzieś pod wrakiem vana, a coś odciągnęło mnie raptownie do tyłu, szorując moimi nogami po asfalcie, jakby należały do szmacianej lalki, aż wreszcie uderzyły o oponę beżowego samochodu. W tym samym momencie van obrócił się odrobinę do akompaniamentu ogłuszającego szczęku blach i pękła jedna z jego szyb, pokrywając asfalt setkami odłamków. To właśnie w tym miejscu jeszcze przed sekundą znajdowały się moje nogi.

Zapanowała cisza. Trwała zapewne ledwie sekundę, a potem rozległy się krzyki. Mimo harmidru udało mi się kilkakrotnie wyłapać swoje imię. Ale przede wszystkim słyszałam niski szept zdenerwowanego Edwarda:

– Bello? Nic ci nie jest?

– Nie. – Mój głos brzmiał jakoś dziwnie. Chciałam usiąść, kiedy zdałam sobie sprawę, że chłopak trzymał mnie cały ten czas w żelaznym uścisku.

– Uważaj – ostrzegł mnie, widząc, że staram się podnieść. – Sądzę, że uderzyłaś się w głowę naprawdę mocno.

Rzeczywiście – dopiero teraz poczułam silny, pulsujący ból nad lewym uchem.

– Au! – syknęłam zaskoczona.

– A nie mówiłem? – Zdawało mi się, że pomimo naszego położenia, musi hamować śmiech.

– Jak, u licha… – przerwałam, żeby przypomnieć sobie dokładnie przebieg wypadku. – Jakim cudem udało ci się podbiec tak szybko?

– Stałem tuż obok, Bello – odpowiedział, tym razem poważnym tonem.

Ponownie spróbowałam usiąść. Tym razem wypuścił mnie z objęć i odsunął się, jak mógł najdalej przy tak ograniczonej przestrzeni. Przyglądał mi się niewinnie, z troską. Magnetyczne spojrzenie jego złotych oczu znów podziałało na mój mózg paraliżująco. O czym to ja mówiłam?

I wtedy nas znaleźli. Szybko otoczył nas tłum zapłakanych, rozhisteryzowanych ludzi.

– Tylko się nie ruszajcie – ktoś nam poradził.

– Wyciągnijcie Tylera z auta! – krzyknął ktoś inny. Zaczęła się nerwowa krzątanina. Chciałam wstać, ale powstrzymała mnie lodowata dłoń Edwarda.

– Siedź spokojnie.

– Zimno mi – pożaliłam się. Ze zdziwieniem zauważyłam, że znów stłumił prychnięcie. – Tam stałeś – przypomniało mi się nagle i już nie było mu do śmiechu. – Koło swojego samochodu.

– Wcale nie – zaprotestował agresywnie.

– Sama widziałam. – Wokół nas panował chaos. Do moich uszu dotarły surowe głosy pierwszych przybyłych dorosłych. Uparcie ciągnęłam tę absurdalną kłótnię. Wiedziałam, że mam rację. Facet musi się przyznać.

– Bello, stałem obok ciebie i w porę popchnąłem. – Wpatrywał się we mnie z porażającą mocą, jakby chciał mi w ten sposób coś przekazać.

– Nieprawda. – Zacisnęłam zęby.

– Proszę, Bello. – Złote oczy rozbłysły.

– Czemu miałabym to robić? – drążyłam uparcie.

– Zaufaj mi – poprosił swoim zniewalającym głosem.

Moich uszu doszło wycie syren.

– Obiecujesz, że wszystko mi później wyjaśnisz?

– Obiecuję – rzucił zniecierpliwiony.

– Dobra. – Ale byłam na niego zła.

Dopiero sześciu sanitariuszy i dwóch nauczycieli – pan Verner i trener Clapp – zdołało przesunąć vana na tyle, żeby można było dojść do nas z noszami. Edward stanowczo odmówił skorzystania z tej formy transportu, ale gdy próbowałam iść w jego ślady, zdrajca powiedział ekipie ratunkowej, że uderzyłam się w głowę i mogę mieć wstrząs mózgu. Kiedy założono mi na szyję kołnierz ortopedyczny, niemal umarłam z upokorzenia. Chyba cała szkoła wyległa przyglądać się, jak wsadzają mnie do ambulansu. Edward załapał się na miejsce koło kierowcy. Swoją butą działał mi na nerwy.

Co gorsza, zanim ruszyliśmy, na miejscu wypadku pojawił się komendant Swan.

– Bella! – krzyknął przerażony, kiedy zorientował się, kto leży na noszach.

– Nic mi nie jest, Cha... tato – westchnęłam. – Naprawdę, nie ma się czym przejmować.

Zaczepił pierwszego z brzegu sanitariusza z prośbą o szczegóły. Nie słuchałam, o czym rozmawiają, odpłynęłam. Głowę miałam pełną chaotycznych, niespokojnych strzępków wspomnień. Niektórych faktów nie potrafiłam sobie wytłumaczyć. Chwilę temu, kiedy transportowano mnie na noszach, miałam okazję rzucić okiem na głębokie wgłębienie powstałe w zderzaku beżowego wozu – bardzo charakterystyczne wgłębienie, pasujące jak ulał do kształtu ramion Edwarda... Jakby chłopak miał w sobie dość siły, żeby wgnieść zderzak, po prostu napierając na niego...

Albo twarze jego braci i sióstr, przyglądających się nam z pewnej odległości: malowały się na nich różne uczucia, od dezaprobaty po wściekłość, ale żadne z rodzeństwa nie wydawało się ani trochę przestraszone.

Usiłowałam znaleźć jakieś logiczne wytłumaczenie dla tych spostrzeżeń – wytłumaczenie inne niż to, że oszalałam.

Do szpitala zajechaliśmy, rzecz jasna, w eskorcie policji. Gdy wynoszono mnie z karetki, czułam, że robię z siebie pośmiewisko. W dodatku Edward wszedł do budynku energicznym krokiem, jak gdyby nigdy nic. Odprowadziłam go nienawistnym spojrzeniem.

Trafiłam na miejscową urazówkę, długą salę z rzędem łóżek oddzielonych od siebie pastelowymi zasłonkami. Pielęgniarka owinęła mi rękę mankietem ciśnieniomierza, a pod językiem umieściła termometr. Ponieważ nikt nie pofatygował się, żeby zaciągnąć zasłonki i zapewnić mi nieco prywatności, stwierdziłam, że pewnie nic takiego mi nie jest i nie muszę już mieć na sobie tego idiotycznego kołnierza ortopedycznego. Gdy tylko siostra odeszła, szybko go zdjęłam i cisnęłam pod łóżko.

Po chwili w licznej asyście wniesiono kolejne nosze i koło mnie spoczął nowy pacjent. Rozpoznałam Tylera Crowleya, który chodził ze mną na WOS. Głowę miał ciasno owiniętą zakrwawionymi bandażami, wyglądał więc dużo gorzej ode mnie, ale mimo to przyglądał mi się z niepokojem.

– Bello, nie wiem, jak cię prosić o wybaczenie.

– Nic się nie stało, Tyler. A co z tobą, jak się czujesz? – Pielęgniarki odwijały właśnie jego bandaże, odsłaniając niezliczone płytkie nacięcia na czole i policzku.

Moje pytanie puścił mimo uszu.

– Myślałem, że cię zabiję! Jechałem za szybko i przez ten lód...

– Skrzywił się, kiedy jedna z sióstr zaczęła przemywać mu skaleczenia.

– Spokojnie. Najważniejsze, że we mnie nie wjechałeś.

– Jak ci się udało uciec? Stałaś koło auta i nagle już cię nie było.

– Eee... Edward skoczył i pociągnął mnie ze sobą.

– Kto taki? – zdziwił się Tyler.

– Edward Cullen. Wiesz, stał tuż obok. – Zawsze był ze mnie kiepski kłamca. Nie zabrzmiało to zbytnio przekonująco.

– Cullen? Jakoś go przegapiłem. No, ale wszystko działo się tak szybko. Nic mu nie jest?

– Chyba nie. Też tutaj trafił, ale nie kazali mu leżeć na noszach.

Wiedziałam już przynajmniej, że nie zwariowałam. Ale jakim cudem Edward mnie uratował? Pozostawało to zagadką.

Później odwieziono mnie na wózku na prześwietlenie głowy. Upierałam się, że nic mi nie jest, i miałam rację. Nic nie wskazywało choćby na wstrząs mózgu. Spytałam się, czy mogę już iść do domu, ale pielęgniarka kazała mi poczekać na lekarza. Uwięziona na oddziale, musiałam znosić tyrady korzącego się Tylera. Obiecywał, że mi to wszystko jakoś wynagrodzi, i zadręczał się, choć powtarzałam, że nic takiego się nie stało. W końcu zamknęłam po prostu oczy i zaczęłam go ignorować. Teraz mógł tylko mamrotać coś pod nosem.

– Czy ona śpi? – zapytał nagle melodyjny głos.

Edward stał w nogach mojego łóżka i uśmiechał się nonszalancko. Spojrzałam na niego z wyrzutem, choć łatwiej byłoby mi gapić się, śliniąc.

– Cześć, Edward. – Tyler znalazł sobie nową ofiarę. – Naprawdę, tak mi...

Cullen uciszył go zdecydowanym gestem.

– Nie ma krwi, nie ma żalu – powiedział, odsłaniając przy okazji swoje fantastyczne, śnieżnobiałe zęby. Przysiadł na skraju łóżka Tylera, odwrócony w moją stronę, i znów się uśmiechnął.

– No i jaka diagnoza? – zapytał.

– Nic mi nie jest, ale muszę tu siedzieć – pożaliłam się. – Jak ci się udało uniknąć noszy, co?

– Mam znajomości – odparł. – Nic się nie martw. Zaraz wyjdziesz na wolność.

W tym samym momencie na horyzoncie pojawił się lekarz i chcąc nie chcąc, rozdziawiłam usta. Przy tym porażająco przystojnym blondynie wysiadali wszyscy znani mi gwiazdorzy filmowi. Miał jednak bladą, zmęczoną twarz i ciemne sińce pod oczami. Sądząc z opisu Charliego, musiał być to nie kto inny jak doktor Cullen.

– A zatem, panno Swan – powiedział niezwykle sympatycznym tonem – jak się czujemy?

– Dobrze – odparłam, mając nadzieję, że już nikt nie zada mi dziś tego pytania.

Mężczyzna podszedł do podświetlanej tablicy wiszącej nad moim łóżkiem, włączył ją i przyjrzał się rentgenowi.

– Wygląda ładnie – stwierdził. – Głowa cię nie boli? Edward mówił, że naprawdę mocno się uderzyłaś.

– Nic mi nie jest – westchnęłam zmęczona, zerkając na chłopaka z wyrzutem.

Lekarz zaczął naciskać różne punkty na mojej czaszce swoimi chłodnymi palcami. Zauważył, że się skrzywiłam.

– Boli?

– Nie za bardzo. Bywało gorzej.

Edward się żachnął. Podniosłam wzrok i zobaczyłam, że uśmiecha się z wyższością. Miałam go powyżej uszu.

– No cóż, twój ojciec czeka na zewnątrz – może cię zabrać do domu. Ale wróć, jeśli będziesz miała zawroty głowy albo jakieś kłopoty ze wzrokiem.

– Nie mogę wrócić na lekcje? – spytałam, wyobrażając sobie Charliego, jak stara się być opiekuńczy.

– Chyba powinnaś sobie dzisiaj odpuścić.

Zerknęłam na jego syna.

– A on wraca do szkoły?

– Ktoś musi zanieść im dobrą nowinę. Żyjemy – wtrącił się Edward, jakby koniecznie chciał mnie zdenerwować.

– W samej rzeczy, większość uczniów czeka na zewnątrz – poinformował nas doktor Cullen.

– O nie – jęknęłam, zakrywając twarz dłońmi.

Lekarz uniósł brwi.

– Chcesz zostać?

– Nie, nie! – zaprotestowałam, wyskakując pospiesznie z łóżka. Zatoczyłam się i mężczyzna był zmuszony mnie przytrzymać. Nieco go to zaniepokoiło.

– Nic mi nie jest – powtórzyłam. Nie było sensu tłumaczyć, że zawsze mam takie problemy z koordynacją.

– Weź tylenol, jakby mocno bolało – doradził.

– Nie jest tak źle.

– Wszystko wskazuje na to, że miałaś wielkie szczęście – powiedział doktor Cullen, składając zamaszysty podpis na mojej karcie.

– Miałam szczęście, że Edward stał tuż obok – poprawiłam go, rzucając mojemu wybawcy spojrzenie pełne niechęci.

– Ach, no tak – lekarz przyznał mi rację, przeglądając z nagłym zapałem trzymane w ręku papiery, po czym, unikając mojego wzroku, przeszedł do kolejnego pacjenta. Intuicja podpowiadała mi, że to kolejny dowód – ojciec Edwarda dobrze wiedział, jak było naprawdę.

– Obawiam się – informował właśnie Tylera – że jeśli o ciebie chodzi, będziesz musiał zabawić u nas nieco dłużej.

I zabrał się do oglądania jego zadrapań. Gdy tylko odwrócił się do mnie plecami, podeszłam do Edwarda.

– Możemy pogadać? – szepnęłam. Chłopak zrobił krok do tyłu i zacisnął nerwowo szczęki.

– Ojciec na ciebie czeka – wycedził.

Zerknęłam na Tylera i doktora Cullena.

– Chciałabym rozmówić się z tobą na osobności, jeśli nie masz nic przeciwko – naciskałam.

Spojrzał na mnie gniewnie i ruszył do drzwi, nie patrząc, czy idę za nim. Musiałam niemal biec, żeby dotrzymać mu kroku. Gdy tylko znaleźliśmy się w jakimś odosobnionym korytarzyku za rogiem, obrócił się na pięcie i zmierzył mnie wzrokiem.

– Czego chcesz? – spytał chłodno.

Jego wrogość nieco mnie wystraszyła i nie udało mi się odezwać do niego podobnie surowym tonem.

– Obiecałeś mi wszystko wyjaśnić – przypomniałam.

– Uratowałem ci życie. Starczy.

Rzucił to z taką niechęcią w głosie, że niemal się skuliłam.

– Obiecałeś.

– Bello, uderzyłaś się w głowę, pleciesz jakieś bzdury. – Chciał się mnie pozbyć.

Doprowadzona do szewskiej pasji, nie dawałam za wygraną.

– Z moją głową jest wszystko w porządku.

– Co chcesz ode mnie wyciągnąć? – Jego oczy rzucały gniewne błyski.

– Chcę poznać prawdę – powiedziałam. – Chcę wiedzieć, dlaczego kazałeś mi kłamać.

– A co według ciebie się niby wydarzyło? – burknął.

– Wiem tylko, że wcale nie stałeś tak blisko – zaczęłam wyrzucać z siebie pospiesznie wszystkie swoje spostrzeżenia. – Tyler też cię nie widział, więc nie mów, że uderzyłam się w głowę i miałam omamy. A potem van pędził prosto na nas, ale mimo to nas nie staranował, a twoje dłonie zostawiły w jego boku wgniecenia. W tym drugim aucie też zresztą zrobiłeś wgniecenie. I nic ci się nie stało. A potem van mógł zwalić się na moje nogi, ale go podniosłeś... – Przerwałam, zawstydzona tym, jakie niestworzone historie wygaduję. Byłam taka wściekła, że oczy nabiegły mi łzami. Żeby nie popłynęły po policzkach, zacisnęłam zęby.

Edward wpatrywał się we mnie z politowaniem. Ale coś w jego twarzy mówiło mi, że jest spięty.

– Uważasz, że podniosłem vana? – spytał z pogardliwym nie-dowierzaniem. W tonie jego głosu było jednak coś podejrzanego, sztucznego, jakby to aktor wygłaszał swoją kwestię.

Skinęłam głową w milczeniu.

– Przecież wiesz, że nikt ci nie uwierzy – dodał nieco prze-śmiewczym tonem.

– Nie zamierzam tego rozgłaszać – powiedziałam powoli, sta-rając się opanować gniew.

Zaskoczyłam go.

– Więc po co to wszystko?

– Dla mnie samej – wyjaśniłam. – Nie lubię kłamać, a skoro muszę, wolałabym poznać powód.

– Nie możesz mi po prostu podziękować i zapomnieć o sprawie?

– Dziękuję. – Spodziewałam się, że czymś mi to wynagrodzi.

– Nie masz zamiaru sobie odpuścić, prawda?

– Nie.

– W takim razie... Mam nadzieję, że lubisz rozczarowania.

Mierzyliśmy się wzrokiem jak dwa psy przed walką. Odezwa-łam się pierwsza, pilnując, żeby nie rozproszyła mnie ta jego cu-downa, piękna twarz mrocznego anioła.

– Po co w ogóle się fatygowałeś? – spytałam ostro.

Przez chwilę wyglądał na zbitego z tropu, jakby zabrakło mu argumentów.

– Nie wiem – wyszeptał.

A potem odwrócił się i odszedł.

Byłam taka zła, że przez kilka minut stałam jak sparaliżowana. Gdy już odrobinę ochłonęłam, ruszyłam powoli w stronę wyjścia.

W poczekalni było gorzej, niż się spodziewałam. Zdawało się, że są tu wszyscy, absolutnie wszyscy ludzie z Forks, jakich znałam choćby z widzenia, i gapią się na mnie. Charlie natychmiast do mnie podbiegł, ale nie miałam ochoty na publiczną demonstrację uczuć.

– Nic mi nie jest – zapewniłam go sucho. Nadal byłam wzbu-rzona, nie nadawałam się do pogawędki.

– Co powiedział lekarz?

– Zbadał mnie doktor Cullen, nic nie znalazł i zwolnił do domu – westchnęłam. Kątem oka dostrzegłam Mike'a, Jessicę i Erica, skorych do rozmowy. – Chodźmy już – popędziłam ojca.

Charlie objął mnie ramieniem, ledwie mnie dotykając, i wyprowadził przez szklane drzwi. Pomachałam nieśmiało do kolegów i koleżanek, mając nadzieję, że ten gest ich uspokoi. Po raz pierwszy ucieszyłam się, że wsiadam do radiowozu.

Jechaliśmy w milczeniu. Pogrążona w rozmyślaniach, ledwo zdawałam sobie sprawę z obecności taty. Byłam przekonana, że agresywne zachowanie Edwarda na korytarzu potwierdza trafność moich wcześniejszych spostrzeżeń, choć w to, co widziałam, nadal trudno mi było uwierzyć.

Charlie odezwał się dopiero pod domem.

– Hm... Powinnaś teraz zadzwonić do Renée. – Tato zwiesił głowę zawstydzony.

– Powiedziałeś jej! – Wiedział, że się rozgniewam.

– Przepraszam.

Wysiadając, trzasnęłam drzwiczkami samochodu nieco mocniej, niż to było konieczne.

Mama oczywiście odchodziła od zmysłów. Nim się uspokoiła, musiałam co najmniej trzydzieści razy powtórzyć, że nic, ale to nic mi nie jest. Błagała mnie, żebym wróciła do domu – choć ten stał teraz pusty – ale odmówiłam jej z zadziwiającą łatwością, ponieważ zżerała mnie ciekawość. Chciałam poznać tajemnicę młodego Cullena, a i on sam nie pozostawał mi obojętny. Głupia gęś. Wariatka. Idiotka. Każdy zdrowy na umyśle uciekłby z Forks, gdzie pieprz rośnie. Ale nie ja.

Postanowiłam wcześnie położyć się do łóżka. Charlie przyglądał mi się wciąż z niepokojem, wolałam zatem zejść mu z oczu. W łazience łyknęłam trzy tabletki tylenolu. Pomogły. Ból zelżał i zasnęłam bez kłopotów.

Tej nocy po raz pierwszy śniłam o Edwardzie Cullenie.

4 Zaproszenia

W moim śnie było bardzo ciemno, a jedynym źródłem bladego światła wydawała się skóra Edwarda. Nie widziałam jego twarzy, tylko plecy. Odchodził, pozostawiając mnie samą w ciemnościach. Choć biegłam ile sił w nogach, nie mogłam go dogonić; choć głośno krzyczałam, ani razu się nie obrócił. Obudziłam się w środku nocy zlana potem i długo, przynajmniej tak mi się wydawało, nie mogłam zasnąć. Odtąd śnił mi się każdej nocy, ale zawsze gdzieś z boku, niedostępny.

Pierwszy miesiąc po wypadku był dla mnie trudny, pełen napięcia, a pierwszy tydzień niezwykle krępujący.

Ku mojej konsternacji, po powrocie do szkoły znalazłam się w centrum uwagi. Tyler Crowley, ogarnięty obsesją zadośćuczynienia, nie dawał mi spokoju. Próbowałam go przekonać, że niczego tak bardzo nie pragnę, jak wymazania całej tej sprawy z pamięci – zwłaszcza że z wypadku wyszłam bez szwanku – ale uporczywie obstawał przy swoim. Na przerwach nie odstępował mnie ani na krok i dosiadł się do naszego stołu w stołówce, przy którym widywałam teraz zresztą wiele nowych twarzy. Mike i Eric darzyli go nawet większą niechęcią niż siebie nawzajem, co jeszcze bardziej psuło mi humor.

Nikt nie zawracał sobie głowy Edwardem, chociaż powtarzałam wciąż, że uratował mi życie – odepchnął na bok, a potem sam cudem uniknął staranowania. Starałam się, żeby moja historyjka brzmiała przekonująco, ale Mike, Eric, Jessica i wszyscy inni twierdzili, że nie wiedzieli nawet, że jest ze mną, dopóki nie odciągnięto vana.

Zastanawiałam się, dlaczego nikt nie zauważył, że chłopak stał tych kilka aut dalej i nie miał szans dobiec do mnie w porę. W końcu doszłam do wniosku, że powód może być prosty – po prostu nikt prócz mnie nie śledził bez przerwy Cullena wzrokiem, nie przejmował się, czy jest w pobliżu. Byłam doprawdy żałosna.

Uczniowie unikali Edwarda jak zwykle i nikt ciekawski jakoś nie namawiał go do zwierzeń. Tajemnicza piątka siadywała tam, gdzie zawsze: nie jedli lunchu, rozmawiali tylko ze sobą i żadne z rodzeństwa, a zwłaszcza mój wybawca, ani razu nie zerknęło w moją stronę.

Na lekcji biologii, siedząc najdalej, jak to było możliwe, Edward całkowicie ignorował moją osobę. Od czasu do czasu zaciskał jednak znienacka dłonie w pięści – aż bielały mu kłykcie – co pozwalało mi sądzić, że ta nonszalancka poza to tylko pozory i chłopak żywi wobec mnie jakieś negatywne uczucia.

Zapewne żałował, że wypchnął mnie spod kół vana Tylera – żadne inne wyjaśnienie nie przychodziło mi do głowy.

Bardzo pragnęłam z nim porozmawiać i próbowałam go zagadnąć już dzień po wypadku. Wprawdzie kiedy widzieliśmy się po raz ostatni, pod drzwiami urazówki, oboje byliśmy wyjątkowo rozwścieczeni i nadal miałam do niego żal, że nie chce mi zaufać, chociaż przecież zgodnie z naszą umową podtrzymywałam jego wersję, niemniej, niezależnie od tego, jak to zrobił, facet niewątpliwie uratował mi życie. Przez noc gniew zelżał i czułam się teraz przede wszystkim bardzo wdzięczna.

Kiedy zjawiłam się w sali od biologii, tkwił już w ławce, patrząc prosto przed siebie. Siadając, spodziewałam się, że spojrzy w moją stronę, ale zdawał się mnie nie zauważać.

– Cześć, Edward – powiedziałam z sympatią w głosie, aby pokazać mu, że nie mam zamiaru robić scen.

Odwrócił się może o milimetr, skinął głową, unikając mojego wzroku, i powrócił do poprzedniej pozycji.

Wtedy to po raz ostatni udało mi się nawiązać z nim jakikolwiek kontakt, choć przecież widywaliśmy się codziennie i dzieliliśmy jedną ławkę. Nie mogąc się powstrzymać, przyglądałam mu się czasami, ale tylko z daleka – w stołówce albo na parkingu. Zauważyłam przy okazji, że jego złote oczy z dnia na dzień robią się znów coraz ciemniejsze. W klasie ignorowałam go jednak tak samo, jak on mnie. Źle znosiłam tę sytuację. A co noc wracały sny.

Mimo naszpikowanych kłamstwami maili Renée wyczuła mój depresyjny nastrój i zmartwiona kilkakrotnie zadzwoniła. Starałam się przekonać ją, że to tylko wina pogody.

Przynajmniej Mike był zadowolony z zaistniałej sytuacji. Z początku martwił się, że bohaterski czyn Edwarda mógł mi zaimponować i zbliżyć do niego, odetchnął więc z ulgą, widząc, że jest wręcz odwrotnie. Zrobił się bardziej śmiały i przed lekcją biologii przesiadywał na brzegu mojej ławki, ignorując Cullena, tak jak on ignorował nas.

Po owym dniu groźnej gołoledzi śnieg zniknął na dobre. Mój wierny towarzysz żałował, że nie będzie miał już okazji zorganizować bitwy na śnieżki, ale i cieszył się, bo pogoda miała sprzyjać planowanej wycieczce nad morze. Na razie czekaliśmy na słoneczny weekend. W deszczu mijały kolejne tygodnie.

Jessica uświadomiła mi, że zbliża się też inny termin. W pierwszy wtorek marca zadzwoniła z pytaniem, czy nie miałabym nic przeciwko, gdyby zaprosiła Mike'a na bal z okazji powitania wiosny, który miał się odbyć za dwa tygodnie. Zgodnie z tradycją to dziewczęta wybierały, z kim chciałyby iść.

— Jesteś pewna, że mogę? Może miałaś go na oku? — drążyła, chociaż powiedziałam wyraźnie, że daję jej wolną rękę.

— Nie, Jess. W ogóle się tam nie wybieram. — Zgrabne poruszanie się w tańcu bez wątpienia nie leżało w zasięgu moich możliwości.

— Będzie naprawdę fajnie. — Chyba nie do końca była skora przekonać mnie do przyjścia. Odnosiłam wrażenie, że woli raczej odcinać kupony od mojej popularności, niż znosić me towarzystwo.

— Bawcie się dobrze — zakończyłam zachęcająco.

Następnego dnia zauważyłam, że jest wyraźnie przybita. Na przerwach milczała i bałam się spytać ją, co jest grane. Jeśli Mike dał jej kosza, z pewnością byłam ostatnią osobą, której chciałaby się zwierzać.

Moje podejrzenia pogłębiły się w czasie lunchu, kiedy usiadła tak daleko od niego, jak to było możliwe, zajęta ożywioną rozmową z Erikiem. Mike z kolei, po raz pierwszy, odkąd się poznaliśmy, milczał jak zaklęty.

Idąc ze mną na biologię, nadal nie był rozmowny, a jego zmartwiona mina nie wróżyła nic dobrego. Nie poruszył jednak tematu balu, dopóki nie znaleźliśmy się w klasie, gdzie jak zwykle przysiadł na skraju mojej ławki. Jeśli chodzi o sąsiada, nie musiałam nawet na niego patrzeć, żeby czuć jego elektryzującą obecność. Był na wyciągnięcie ręki, a mimo to niedostępny niczym wytwór mojej wyobraźni.

– Wiesz – zaczął Mike, wpatrując się w podłogę – Jessica zaprosiła mnie na tę imprezę za dwa tygodnie.

– Świetnie – odparłam, niby to wielce ucieszona. – Na pewno będziecie się dobrze bawić.

Zasępił się.

– Widzisz… – nie wiedział, jak mi to powiedzieć. – Poprosiłem ją o trochę czasu do namysłu.

– A to dlaczego? – udałam dezaprobatę, choć w głębi ducha ucieszyłam się, że nie postąpił brutalniej.

Znów wbił wzrok w podłogę i się zarumienił. Żal zmiękczył mi serce. Może go jednak zaprosić?

– Myślałem, że może, no wiesz, może, może ty chciałaś…

Przez chwilę dałam się ponieść wyrzutom sumienia, ale kątem oka zauważyłam, że Edward przechylił głowę, jakby czekał na moją odpowiedź.

– Mike, sądzę, że powinieneś przyjąć zaproszenie.

– Już z kimś idziesz? – Czy Edward dostrzegł, że Mike zerknął z niepokojem w jego stronę?

– Nie, skąd. Nawet się nie wybieram.

– Czemu nie? – chciał wiedzieć Mike.

Nie miałam ochoty przyznać, że tańcząc, stanowię zagrożenie dla siebie i innych, więc szybko wpadłam na pewien pomysł.

– Jadę w ten dzień do Seattle – wyjaśniłam. Już od dawna chciałam się stąd wyrwać, a teraz zyskałam dobry pretekst.

– Nie możesz pojechać kiedy indziej?

– Niestety, nie – powiedziałam. – Nie trzymaj Jess dłużej w niepewności, nie wypada.

– Tak, masz rację – wymamrotał i odrzucony powlókł się na swoje miejsce. Zacisnęłam powieki i przytknęłam palce do skroni, starając się wyprzeć współczucie i wyrzuty sumienia. Pan Banner zaczął coś mówić. Westchnęłam i postanowiłam wrócić do życia.

Och.

Edward przyglądał mi się uważnie, a w jego czarnych oczach malowało się jeszcze większe zmartwienie niż kiedyś.

Zaskoczona nie odwróciłam wzroku, przekonana, że zaraz sam to zrobi. Patrzył jednak dalej, zaglądał w zakamarki duszy, hipnotyzował. Nie mogłam się ruszyć. Zaczęły mi drżeć dłonie.

– Cullen? – To nauczyciel prosił go o udzielenie odpowiedzi na jakieś pytanie, którego nawet nie usłyszałam.

– Cykl Krebsa – rzucił Edward, niechętnie, jak mi się zdawało, przenosząc wzrok na pana Bannera.

Uwolniona z pęt jego magnetycznego spojrzenia, natychmiast zajrzałam do podręcznika, chcąc znaleźć odpowiedni fragment. Tchórzliwa jak zawsze, zgarnęłam włosy na prawe ramię, żeby przesłonić twarz. Nie mogłam uwierzyć, że był w stanie aż tak wyprowadzić mnie z równowagi – tylko dlatego, że spojrzał na mnie po raz pierwszy od sześciu tygodni. Nie mogłam pozwolić na to, by miał nade mną tak wielką władzę. Było to żałosne, więcej, było to niezdrowe.

Przez resztę lekcji próbowałam wmówić sobie, że go tam wcale nie ma, a dokładniej, ponieważ było to niemożliwe, przynajmniej udawać przed nim, że jeśli o mnie chodzi, to go tam wcale nie ma. Kiedy w końcu zabrzęczał dzwonek, zaczęłam się pakować odwrócona do swojego sąsiada plecami, spodziewając się, że wyjdzie z klasy pierwszy, jak to miał w zwyczaju.

– Bello? – Byłam na siebie zła, że ten głos budzi we mnie takie uczucie, jakbym znała go od dzieciństwa, a nie zaledwie od paru tygodni.

Obróciłam się powoli, niechętnie. Miałam się na baczności. Wiedziałam, że i jego twarz wzbudzi we mnie emocje, z których nie byłam dumna. Spojrzałam mu w oczy. Milczał, a jego mina nie zdradzała, jakie ma zamiary.

– Co? – powiedziałam w końcu. – Nagle chce ci się ze mną gadać? – W moim głosie dało się wyczuć niezamierzoną nutę rozdrażnienia.

Jego wargi zadrgały, ale się nie uśmiechnął.

– Nie, nie za bardzo – przyznał.

Zacisnęłam powieki i zaczęłam oddychać powoli przez nos, świadoma tego, że niemal zgrzytam zębami ze złości. Edward nadal czekał na jakąś reakcję z mojej strony.

– No to o co ci chodzi? – warknęłam, nie otwierając oczu. Tylko w ten sposób byłam w stanie się kontrolować.

– Wybacz mi. – O dziwo, zabrzmiało to szczerze. – Wiem, że moje zachowanie jest karygodne. Ale, uwierz, to najlepsze rozwiązanie.

Otworzyłam oczy. Miał bardzo poważny wyraz twarzy.

– Nie rozumiem. O co chodzi? – spytałam, zachowując spokój.

– Lepiej będzie, jeśli nie będziemy utrzymywać ze sobą bliższych kontaktów – wyjaśnił. – Zaufaj mi.

Skrzywiłam się. Stara śpiewka.

– Szkoda tylko, że dopiero teraz na to wpadłeś – wycedziłam. – Nie miałbyś przynajmniej czego żałować.

– Co takiego? – Wzmianką o żalu i zjadliwym tonem najwyraźniej zbiłam go z pantałyku. – Czego żałować?

– Że cię poniosło i wypchnąłeś mnie spod kół samochodu.

Moje przypuszczenie go zaszokowało. Patrzył na mnie z niedowierzaniem.

Gdy w końcu się odezwał, słychać było, że traci cierpliwość.

– Myślisz, że żałuję, iż uratowałem ci życie?

– Ba, jestem o tym przekonana.

– Wydajesz osąd w sprawie, o której nie masz najmniejszego pojęcia – stwierdził wściekły.

Odwróciłam gwałtownie głowę, z trudem powstrzymując się przed wykrzyczeniem mu w twarz wszystkich oskarżeń, jakie miałam w zanadrzu. Zebrałam z blatu swoje rzeczy, zerwałam się i ruszyłam w stronę wyjścia. Zamierzałam wyjść z gracją godną tej dramatycznej sceny, ale oczywiście zaczepiłam o coś butem i książki rozsypały mi się po podłodze. Przez chwilę zastanawiałam się, czy ich tam nie zostawić. W końcu westchnęłam i zabrałam się do zbierania, ale nim zdążyłam się schylić, Edward mnie wyręczył. W jego oczach nie było widać jednak cienia sympatii.

– Dziękuję – powiedziałam chłodno.

Spojrzał na mnie z niechęcią.

– Nie ma za co.

Ponownie odwróciłam się do niego plecami i odeszłam szybko do sali gimnastycznej, nie oglądając się za siebie.

WF był koszmarny. Przeszliśmy do koszykówki. Członkowie mojej drużyny, dzięki Bogu, nigdy nie podawali mi piłki, ale często się przewracałam, nieraz pociągając za sobą innych. A dziś szło mi jeszcze gorzej niż zwykle, bo głowę miałam pełną Edwarda. Próbowałam koncentrować się na swoich stopach, ale w najważniejszych momentach gry znów wkradał się do moich myśli.

Jak zwykle odetchnęłam z ulgą, gdy mogłam wreszcie pojechać do domu. Niemal dobiegłam do furgonetki – w szkole roiło się od ludzi, których wolałam unikać. Moje auto wyszło z wypadku prawie bez szwanku – musiałam tylko wymienić tylne światła, lakier i tak wszędzie odłaził. Tymczasem rodzice Tylera sprzedali swój wóz na części.

Gdy wyszłam zza rogu i zobaczyłam, że ktoś wysoki czeka na mnie przy samochodzie, stanęłam jak wryta. Mało brakowało, żebym dostała zawału. Po chwili zorientowałam się jednak, że to tylko Eric, i uspokojona podeszłam bliżej.

– Cześć.

– Cześć, Bella.

– Jak tam lekcje? – spytałam bez większego zainteresowania, otwierając drzwiczki. Nie zwróciłam uwagi na to, że jest nieco zakłopotany, więc zupełnie zaskoczył mnie swoim pytaniem.

– Zastanawiałem się, czy, no, czy nie poszłabyś ze mną na ten bal na powitanie wiosny. – Z trudem dobrnął do końca.

– Myślałam, że to dziewczyny wybierają. – Z wrażenia zapomniałam o dyplomacji.

– No, właściwie to tak – przyznał zawstydzony.

Doszłam już do siebie i zdobyłam się na ciepły uśmiech. – To bardzo miło z twojej strony, ale akurat w tę sobotę jadę do Seattle.

– Ach. No cóż, może innym razem.

– Tak, innym razem. – Miałam nadzieję, że nie potraktuje tego jak obietnicę.

Odszedł przygarbiony w kierunku szkoły. Ktoś prychnął.

Edward mijał właśnie moją furgonetkę, patrząc prosto przed siebie, z zaciśniętymi ustami. Otworzyłam pospiesznie drzwiczki szoferki, wskoczyłam do środka i zatrzasnęłam je z hukiem za sobą. Zmuszając silnik do wycia, wycofałam gwałtownie i byłam już gotowa ruszyć w stronę szosy, gdy na drodze stanął mi samochód Cullena, który także dopiero co opuścił parking. Jego kierowca wyłączył silnik i najwyraźniej zamierzał poczekać na rodzeństwo – widziałam, jak się zbliżają, ale byli jeszcze daleko. Miałam ochotę staranować tył jego lśniącego volvo, ale doszłam do wniosku, że jest za dużo świadków. Zerknęłam w lusterko. Zaczynała się formować kolejka. Tuż za mną, w kupionej niedawno używanej sentrze, siedział Tyler Crowley. Pomachał mi przyjaźnie, ale byłam zbyt zdenerwowana, by bawić się w uprzejmości. Wbiłam wzrok w jakiś kąt, byle tylko nie widzieć obu chłopaków.

Nagle ktoś zapukał w szybę po mojej lewej stronie. To był Tyler. Zdziwiona sprawdziłam w lusterku, że słuch mnie nie myli – nie wyłączył nawet silnika, a drzwiczki zostawił otwarte na oścież. Chwyciłam korbkę i z wielkim trudem otworzyłam okno tylko do połowy.

– Przepraszam. To Cullen mnie blokuje. – Zirytowałam się jeszcze bardziej, bo chyba każdy widział, że korek nie powstał z mojej winy.

– Ach to. Wiem, jasne. Chciałem cię tylko o coś zapytać przy okazji. – Uśmiechnął się promiennie.

Tylko nie to, pomyślałam.

– Zaprosiłabyś mnie na ten bal wiosenny?

– Jadę na cały dzień do Seattle. – Zabrzmiało to chyba nieco niegrzecznie i zrobiło mi się głupio. Przecież to nie jego wina, że Mike i Eric zdążyli już zużyć moją dzienną rację cierpliwości.

– No tak, Mike coś wspominał – przyznał Tyler. – Miałem nadzieję, że to tylko taka gadka, żeby go spławić.

No dobra, facet sam był jednak sobie winny.

– Przykro mi – powiedziałam, starając się ukryć rozdrażnienie – ale naprawdę tego dnia nie będzie mnie w Forks.

– Nie ma sprawy. Przed nami jeszcze bal absolwentów*.

Zanim zdążyłam coś powiedzieć, obrócił się na pięcie i wrócił do swojego auta. Musiałam wyglądać na osobę w głębokim szoku. Sprawdziłam sytuację na drodze. Alice, Rosalie, Emmett i Jasper sadowili się właśnie w volvo. W lusterku ich wozu dostrzegłam oczy Edwarda. Nie było najmniejszych wątpliwości, że chłopak trzęsie się ze śmiechu, jakby doszło jego uszu każde słowo Tylera. Moja oparta o pedał gazu stopa zadrżała niecierpliwie. Jedno małe wgniecenie nikomu by nie zaszkodziło, a lakier volvo świecił tak kusząco... Wcisnęłam pedał.

Niestety, cała piątka zdążyła już wsiąść i Edward ruszył w tym samym momencie. Jechałam do domu powoli i ostrożnie, mamrocząc pod nosem.

Na obiad postanowiłam przyrządzić tortille nadziewane kurczakiem. Miałam nadzieję, że skupiona nad tym pracochłonnym daniem będę mogła odegnać uporczywe myśli. Kiedy podsmaża-

---

* Na bal absolwentów, organizowany niekoniecznie na samo zakończenie roku, mogą przyjść także uczniowie innych klas.

łam cebulę z papryczkami chilli, zadzwonił telefon. Niechętnie podniosłam słuchawkę, bojąc się, że to jedno z rodziców.

Dzwoniła podekscytowana Jessica – Mike złapał ją po szkole i przyjął zaproszenie. Pogratulowałam jej, mieszając zawartość rondla. Jess nie miała dla mnie zbyt wiele czasu, chciała jeszcze podzielić się nowiną z Angelą i Lauren. Ta pierwsza była tą nieśmiałą dziewczyną, która chodziła ze mną na biologię, a druga, nieco nadęta, siedziała z nami w stołówce, ale nie zwracała na mnie uwagi. Zasugerowałam tonem niewiniątka, że może Angela mogłaby zaprosić Erica, a Lauren Tylera, który, jak niby słyszałam, był nadal wolny. Mój pomysł przypadł koleżance do gustu. Uspokojona zgodą Mike'a, tym razem szczerze zachęcała mnie do pójścia na zabawę. Po raz kolejny wymigałam się zakupami w Seattle.

Po rozmowie z Jess próbowałam skoncentrować się na obiedzie, zwłaszcza przy krojeniu kurczaka w kostkę – nie uśmiechała mi się kolejna wizyta na pogotowiu. Nie było to jednak łatwe, bo wciąż wracałam myślami do tego, co Edward mi dziś powiedział, analizowałam każde jego słowo. Dlaczego uważał, że nie powinniśmy zostać przyjaciółmi?

Nagle zrozumiałam i poczułam się jak zupełna idiotka. Tak, to musiało być to. Zauważył, jak na niego reaguję, jak śledzę go wzrokiem. Tu nie chodziło o przyjaźń, więc po co miałby mnie nią łudzić. Po co dawać mi nadzieję? Nie byłam w jego typie, nie miałam szans.

Przecież to oczywiste, że nie mam u niego szans, pomyślałam, ganiąc się za naiwność. Oczy mnie piekły, ale to dlatego, że parę minut wcześniej kroiłam cebulę. To on z nas dwojga był chodzącym ideałem, prawda? Co za facet! Intrygujący, błyskotliwy, przystojny, tajemniczy... A do tego najprawdopodobniej potrafił podnosić auta jedną ręką.

Będę twarda, obiecałam sobie. Mogę dać sobie z nim spokój. Dam sobie z nim spokój. Przetrwam dobrowolne zesłanie, a potem, jeśli mi się poszczęści, jakaś szkoła z południowego zachodu albo Hawajów zaoferuje mi stypendium. Pakując tortille do piekarnika, wyobrażałam sobie palmy i gorące plaże.

Charlie wyglądał na zaniepokojonego, kiedy po powrocie do domu wyczuł zapach zielonej papryki. Miał prawo być podejrzliwy – najbliższa meksykańska knajpa, w której można było się stołować bez obaw, znajdowała się zapewne w południowej Kalifornii. Ale jako gliniarz, choćby i z małego miasta, zebrał w sobie dość odwagi, by spróbować mojego dzieła. I chyba mu smakowało. Przyjemnie było obserwować, jak stopniowo nabiera zaufania do mojej kuchni.

– Tato? – spytałam, gdy już kończył posiłek.

– Co tam, Bello?

– W przyszłą sobotę chcę się wybrać na cały dzień do Seattle. To jest, jeśli nie masz nic przeciwko. – Zamierzałam nie prosić o pozwolenie, żeby nie ustanawiać niewygodnego precedensu, ale w końcu wyrzuciłam to z siebie, żeby ojciec nie poczuł się obrażony.

– Do Seattle? Ale po co? – Charliemu najwyraźniej nie mieściło się w głowie, że można mieć potrzeby, których nie da się zaspokoić w Forks.

– Chciałabym kupić parę książek, bo tutejsza biblioteka nie jest najlepiej zaopatrzona, i może połazić trochę po sklepach z ciuchami. – Miałam większe oszczędności niż zwykle, bo dzięki hojności ojca nie musiałam zapłacić za furgonetkę. Chociaż rachunki za paliwo zwalały z nóg.

– Wydasz majątek na benzynę – zauważył Charlie, jakby czytał w moich myślach.

– Wiem. Będę musiała zatrzymać się w Montesano i w Olympii, może jeszcze w Tacomie, jeśli będzie trzeba.

– I pojedziesz tak zupełnie sama? – Nie wiedziałam, czy boi się, że auto mi padnie, czy że ukrywam przed nim, że mam chłopaka.

– Zupełnie sama.

– Seattle to wielkie miasto – postraszył mnie. – Możesz się zgubić.

– Tato, Phoenix jest pięć razy większe, no i przecież wezmę plan. Poradzę sobie.

– Może mam pojechać z tobą?

Wzdrygnęłam się w duchu na samą myśl o tym, ale nie dałam tego po sobie poznać. Postanowiłam użyć starego babskiego chwytu.

– Czy ja wiem, cały dzień spędzę pewnie w przymierzalniach...

– No dobra, niech ci będzie – uciął szybko. Nawet kwadrans w sklepie z odzieżą damską byłby dla niego udręką.

– Dziękuję. – Uśmiechnęłam się przymilnie.

– Zdążysz na bal?

Dobry Boże, ojciec też o nim wiedział. W tej mieścinie było to chyba wydarzenie roku.

– Nie idę, nie... nie lubię tańczyć. – Miałam nadzieję, że kto jak kto, ale on zrozumie prawdziwy powód. W końcu nie odziedziczyłam problemów z koordynacją ruchową po mamie.

I zrozumiał.

– No tak, jasne – mruknął po namyśle.

Następnego ranka pod szkołą zaparkowałam jak najdalej od srebrnego volvo. Wolałam nie wystawiać się na pokuszenie, a i nie stać by mnie było na pokrycie ewentualnych szkód. Wysiadając z auta, upuściłam niechcący kluczyki prosto w kałużę. Schyliłam się, żeby je podnieść, ale ktoś błyskawicznie sprzątnął mi je sprzed nosa – mignęła mi tylko blada dłoń. Wyprostowałam się szybko, zaskoczona. Tuż obok mnie stał Edward Cullen, oparty nonszalancko o bok mojej furgonetki.

– Jak to, u licha, zrobiłeś? – spytałam zdumiona i poirytowana zarazem.

– Co takiego? – Upuścił kluczyki na moją wyciągniętą dłoń.

– Zmaterializowałeś się czy co? Przed sekundą cię tu jeszcze nie było.

– Bello, to doprawdy nie moja wina, że jesteś nadzwyczaj mało spostrzegawcza. – Głos miał jak zwykle cichy, aksamitny, przytłumiony.

Spojrzałam mu prosto w twarz. Jego oczy zdążyły pojaśnieć i stały się miodowozłociste. W głowie mi zawirowało. Musiałam spuścić wzrok, żeby zebrać myśli.

– A może wyjaśniłbyś mi, po co wczoraj blokowałeś wyjazd z parkingu? – zażądałam, nadal wpatrując się w ziemię. – Myślałam, że masz zamiar udawać, że nie istnieję, a nie doprowadzać mnie do szału.

– Nie chodziło o ciebie, tylko o Tylera – szydził. – Mam dobre serce. I chłopczyna mądrze skorzystał z okazji.

– Ty... – Zabrakło mi słów. Zagotowało się we mnie. Spodziewałam się niemal, że Edward odskoczy naprawdę oparzony, ale cała ta sytuacja wydawała się go wyłącznie bawić.

– Nie udaję też wcale, że nie istniejesz – dodał.

– A więc masz zamiar doprowadzać mnie do szału, tak? Aż w końcu szlag mnie trafi? No cóż, jakoś trzeba się mnie pozbyć, skoro vanowi Tylera się nie udało.

Rozgniewałam go. Zacisnął wargi. Pobłażliwy uśmiech zniknął.

– Twoje przypuszczenia są absurdalne – powiedział lodowatym tonem.

Aż świerzbiły mnie ręce, tak bardzo chciałam coś uderzyć. Zaskoczyło mnie to, nigdy wcześniej nie było we mnie tyle agresji. Odwróciłam się na pięcie i zaczęłam iść w kierunku szkoły.

– Czekaj! – zawołał. Szłam dalej, gniewnie rozbryzgując wodę w mijanych kałużach, ale zaraz mnie dogonił.

– Przepraszam, zachowałem się niegrzecznie – powiedział. Puściłam tę uwagę mimo uszu. – Nie mówię, że odwołuję to, co powiedziałem – ciągnął – niemniej było to niegrzeczne.

– Dlaczego się ode mnie nie odczepisz? – rzuciłam opryskliwie.

– Chciałem cię o coś spytać, ale nie dałaś mi dojść do głosu – zaśmiał się. Najwyraźniej szybko wrócił mu dobry humor.

– Masz rozdwojenie jaźni? – skomentowałam.

– Widzisz, znowu zaczynasz.

Westchnęłam.

– Dobra. O co chciałeś zapytać?

– W następną sobotę jest ten bal wiosenny...

– Myślisz, że jesteś dowcipny? – przerwałam mu, przystając raptownie i zwracając się w jego stronę. Musiałam podnieść głowę i deszcz lał mi się prosto na twarz.

Uśmiechał się jak złośliwy chochlik.

– Pozwolisz, że skończę?

Zagryzłam wargi i splotłam dłonie, żeby opanować wszelkie gwałtowne odruchy.

– Słyszałem, że zamiast na bal wybierasz się tego dnia do Seattle. Może miałabyś ochotę załapać się na darmowy transport?

Tego się nie spodziewałam.

– Co? – Nie byłam pewna, czy dobrze zrozumiałam.

– Chciałabyś się załapać na darmowy transport?

– A kto jedzie do Seattle? – Trudno mi się przy nim myślało. Jakoś nikt nie przychodził mi do głowy.

– Ja, a któż by inny? – Popatrzył na mnie, jakby miał do czynienia z kimś opóźnionym umysłowo.

Byłam w szoku.

– Skąd taki gest?

– I tak zamierzałem pojechać jakoś w tym miesiącu. Poza tym, szczerze mówiąc, nie wierzę, że twoja furgonetka dojedzie do celu.

– Jestem wzruszona twoją troską, ale nie martw się, auto świetnie się spisuje. – Ruszyłam w stronę szkoły, zostawiając Edwarda z tyłu, choć, zaskoczona propozycją, nie byłam już na niego taka zła.

– Ale na jednym baku nie dojedzie, prawda? – zawołał, zrównując się ze mną.

– A co cię to obchodzi? – Ach, ci zarozumiali posiadacze volvo.

– Wszyscy powinni przeciwstawiać się marnotrawieniu nieodnawialnych źródeł energii.

– Wiesz co, Edward... – Gdy wymawiałam jego imię, przeszył mnie dreszcz, i bardzo mi się to nie spodobało. – Naprawdę nie nadążam za tobą. Jeszcze nie tak dawno twierdziłeś, że nie chcesz się ze mną kolegować.

– Powiedziałem, że lepiej będzie, jeśli nie będziemy utrzymywać ze sobą bliższych kontaktów, a nie że nie chcę ich utrzymywać.

– Dzięki, teraz już wszystko rozumiem – rzuciłam z sarkazmem. Zorientowałam się, że znowu przystanęliśmy. Tym razem jednak przed deszczem chronił nas daszek nad wejściem do stołówki i mogłam uważniej przyjrzeć się memu rozmówcy. Co, rzecz jasna, nie pomagało mi w koncentracji.

– Byłoby... roztropniej, gdybyśmy nie zostali przyjaciółmi – wyjaśnił. – Ale mam już dość zmuszania się do ignorowania ciebie, Bello.

Przy tym ostatnim zdaniu w jego oczach pojawiło się jakieś silne, nienazwane uczucie. Niski głos amanta pieścił uszy. Zapomniałam, jak się nazywam.

– Pojedziesz ze mną do Seattle? – spytał takim tonem, jakby chodziło o oświadczyny.

Mowę mi odjęło, więc skinęłam tylko głową.

Po jego twarzy przemknął uśmiech, ale szybko przybrał poważną minę.

– Co nie zmienia faktu, że naprawdę powinnaś się trzymać ode mnie z daleka – ostrzegł. – Do zobaczenia na biologii.

Odwrócił się i odszedł w kierunku, z którego przyszliśmy.

5 Grupa krwi

Idąc na angielski, nie wiedziałam, co się ze mną dzieje. W klasie nie zauważyłam nawet, że lekcja się już zaczęła.

– Dziękujemy za zaszczycenie nas swoją obecnością, panno Swan – głos pana Masona sprowadził mnie na ziemię.

Zarumieniłam się i pospiesznie zajęłam miejsce.

Dopiero gdy zabrzęczał dzwonek, zdałam sobie sprawę, że Mike postanowił nie siadać dziś koło mnie. Na chwilę wróciły wyrzuty sumienia. Dołączył do mnie przy drzwiach z Erikiem, więc nie obraził się tak do końca. Gdy tak szliśmy chodnikiem, stopniowo odzyskiwał typowy dla siebie entuzjazm, zwłaszcza że cieszyła go prognoza pogody na nadchodzący weekend. Zapowiadane krótkotrwałe rozpogodzenie mogło wreszcie umożliwić planowany od dawna wypad nad morze. Starałam się okazywać zainteresowanie, żeby wynagrodzić chłopakowi wczorajsze rozgoryczenie. Przychodziło mi to z pewnym wysiłkiem. Owszem, fajnie, gdyby nie padało, ale tak czy siak na plaży będzie góra dziesięć stopni.

Całe przedpołudnie trwałam w dziwnym oszołomieniu. Trudno mi było uwierzyć, że Edward mógł mówić do mnie takim tonem i patrzeć na mnie w taki sposób. Może tylko śniłam tak sugestywnie, że wzięłam majaki za rzeczywistość? Taka wersja wydawała się bardziej prawdopodobna niż to, że cokolwiek we mnie go pociąga.

Nic dziwnego, że gdy wchodziłyśmy z Jessicą do stołówki, byłam zniecierpliwiona i podenerwowana. Chciałam go zobaczyć i upewnić się, że nie jest już tym chłodnym, ignorującym mnie człowiekiem, z którym miałam do czynienia przez kilka ostatnich tygodni. Albo też, jeśli miałam wierzyć w cuda, że jest człowiekiem, który powiedział dziś rano to, co wydawało mi się, że powiedział. Jessica paplała jak najęta, zupełnie nieświadoma tego, co przeżywam. Lauren i Angela zaprosiły pozostałych dwóch chłopców, tak jak to sugerowałam, i wybierali się na bal wszyscy razem.

Zerknęłam w stronę stołu tajemniczego rodzeństwa i spotkało mnie ogromne rozczarowanie. Edwarda z nimi nie było. Czyżby pojechał do domu? Przybita podążyłam za rozgadaną koleżanką do kolejki. Straciłam nagle apetyt – kupiłam tylko butelkę lemoniady. Chciałam już tylko usiąść i oddać się ponurym rozmyślaniom.

– Edward Cullen znowu się na ciebie gapi – szepnęła Jessica. Nie słuchałam za bardzo tego, co przedtem do mnie mówiła, ale ta informacja dotarła do mnie natychmiast. – Ciekawe, czemu usiadł dziś sam.

Wyprostowałam się jak struna i szybko odszukałam wzrokiem odpowiedni stolik. Trudno było o miejsce bardziej odległe od tego, gdzie siadywały zawsze dzieci doktora. Edward uśmiechał się zawadiacko. Kiedy nasze oczy się spotkały, kiwnął na mnie palcem, jakby chciał, żebym do niego dołączyła. Zamurowało mnie. Przez chwilę po prostu wpatrywałam się w niego z niedowierzaniem. Widząc to, puścił do mnie perskie oko.

– Czy on ma c i e b i e na myśli? – Jessica była tak szczerze zdumiona, że mogłabym się na nią obrazić.

– Może potrzebuje pomocy przy zadaniu domowym z biologii – podpowiedziałam jej bez przekonania. – Lepiej pójdę zobaczyć, o co mu chodzi.

Odchodząc, czułam na sobie jej wzrok.

Stanęłam za krzesłem naprzeciwko Edwarda, nie wiedząc, jak się zachować.

– Może usiadłabyś dzisiaj ze mną? – spytał wesoło.

Odruchowo spełniłam jego prośbę, przyglądając mu się nieco podejrzliwie. Nadal się uśmiechał. Trudno było uwierzyć, że ktoś tak piękny istnieje naprawdę. Bałam się, że lada chwila chłopak zniknie w kłębach dymu i okaże się, że to tylko sen.

Wydawało mi się, że czeka, aż coś powiem.

– Nie do tego mnie przyzwyczaiłeś – udało mi się w końcu wydusić.

– No cóż… – przerwał, a potem wyrzucił z siebie szybko: – Doszedłem do wniosku, że skoro i tak skończę w piekle, to mogę po drodze zaszaleć.

Milczałam, czekając, aż powie wreszcie coś, co ma jakiś sens, ale nic takiego się nie stało.

– Słuchaj, nie mam zielonego pojęcia, o co ci chodzi – oświadczyłam w końcu odważnie.

– Wiem. – Znowu się uśmiechnął, a potem nagle zmienił temat. – Myślę, że twoi znajomi mają mi za złe, że im ciebie podkradłem.

– Jakoś to przeżyją. – Czułam na plecach ciekawskie spojrzenia całej paczki.

– Mogę cię już im nie oddać – powiedział ze złowrogim błyskiem w oku.

Przełknęłam głośno ślinę.

Zaśmiał się.

– Boisz się?

– Skąd. – Ale, ku memu zdziwieniu, głos mi przy tym zadrżał.

– Jestem raczej zaskoczona. Skąd ta zmiana?

– Już ci mówiłem – mam już dość tego, że muszę cię ignorować. Więc daję sobie z tym spokój. – Nadal się uśmiechał, ale oczy miał pełne powagi.

– Spokój? – powtórzyłam zdezorientowana.

– Nie chcę dłużej być grzecznym chłopcem. Od teraz będę robił to, na co mam ochotę, i niech się dzieje, co chce. – Gdy to mówił, uśmiech stopniowo znikał z jego twarzy, a głos nabierał hardości.

– Znów nic nie rozumiem.

Wrócił zawadiacki uśmiech, od którego dech mi zaparło w piersiach.

– Przy tobie zawsze się niepotrzebnie rozgaduję. Mam z tym problem. Jeden z wielu zresztą.

– Nie martw się. I tak nigdy nie wiem, o co ci chodzi – stwierdziłam drwiąco.

– Na to też liczę.

– Czyli, w normalnym języku, zostajemy przyjaciółmi?

– Przyjaciółmi... – nie wydawał się do końca przekonany.

– Albo i nie – szepnęłam.

Uśmiechnął się szeroko.

– Sądzę, że możemy spróbować. Ale uprzedzam cię, że przyjaźń ze mną to nie przelewki. – Mimo wesołej miny naprawdę chciał mnie ostrzec.

– W kółko to powtarzasz – zauważyłam niby to obojętnie, usiłując zignorować dziwne rozedrganie pod sercem.

– Bo mnie nie słuchasz. Nadal czekam, aż potraktujesz mnie poważnie. Jeśli jesteś bystra, sama zaczniesz mnie unikać.

– No tak, teraz już wiemy dokładnie, jak oceniasz moje zdolności intelektualne. Piękne dzięki. – Znowu mnie rozgniewał.

Uśmiechnął się przepraszająco.

– Podsumowując, póki nie przejrzę na oczy, możemy próbować się zaprzyjaźnić, zgadza się? – Tyle właśnie zrozumiałam z tej dziwnej wymiany zdań.

– Tak to mniej więcej wygląda.

Zaczęłam przyglądać się swoim dłoniom splecionym wokół butelki z lemoniadą, nie wiedząc, co powinnam zrobić.

– O czym myślisz? – spytał z zaciekawieniem.

Gdy spojrzałam w jego złociste oczy, jak zwykle zakręciło mi się w głowie i palnęłam szczerze:

– Zastanawiam się, kim naprawdę jesteś.

Na jego twarzy pojawiły się oznaki napięcia, ale zapanował nad sobą i ani na chwilę nie przestał się uśmiechać.

– I jak ci idzie? – zapytał takim tonem, jakby tak naprawdę nie za bardzo go to interesowało.

– Kiepsko.

Zaśmiał się krótko i serdecznie.

– Masz jakieś hipotezy?

Zarumieniłam się. Przez ostatni miesiąc wahałam się pomiędzy Bruce'em Wayne'em a Peterem Parkerem*. O przyznaniu się do snucia podobnych rojeń nie było mowy.

– Powiesz mi? – Edward przekrzywił głowę i uśmiechnął się nadzwyczaj kusząco.

Pokręciłam przecząco głową.

– Spaliłabym się ze wstydu.

– To takie frustrujące – pożalił się.

– Nie rozumiem, co w tym takiego frustrującego – zaoponowałam z zapałem. – Tylko dlatego, że ktoś nie chce ci się zwie-

---

* Bruce Wayne to Batman, Peter Parker – Spiderman.

rzyć, a jednocześnie co rusz czyni jakieś enigmatyczne uwagi, nad których zrozumieniem człowiek biedzi się po nocy, bo z nerwów nie może zasnąć? Gdzie tu, u licha, powód do frustracji?

Chłopak skrzywił się.

– Albo jeszcze lepiej – ciągnęłam, dając upust gromadzonej od tygodni irytacji. – Taka osoba może nie tylko mówić, ale i robić różne dziwne rzeczy. Jednego dnia, dajmy na to, ratuje ci życie, przecząc prawom fizyki, a nazajutrz traktuje cię jak pariasa, bez jednego słowa wyjaśnienia, choć obiecała, że wszystko wytłumaczy. Przecież to błahostka, którą nie ma się co przejmować.

– Nie powiem, masz charakterek.

– Nie lubię hipokrytów i ludzi, którzy nie dotrzymują słowa.

Mierzyliśmy się wzrokiem. Edward już się nie uśmiechał.

Nagle zobaczył coś za mną i ni stąd, ni zowąd, prychnął.

– Co jest? – spytałam.

– Twój chłopak zdaje się sądzić, że jestem wobec ciebie chamski. Zastanawia się, czy tu nie podejść i nie wszcząć bójki. – Znów prychnął lekceważąco.

– Nie wiem, o kim mówisz, ale tak czy siak na pewno jesteś w błędzie – oświadczyłam chłodno.

– Nie mylę się. Mówiłem ci, większość ludzi łatwo rozszyfrować.

– Poza mną, rzecz jasna.

– Tak, z wyjątkiem ciebie. – Po czym nieoczekiwanie rozmarzonym tonem dodał: – Ciekawe, dlaczego tak jest.

Spojrzał na mnie z takim uczuciem, że musiałam odwrócić wzrok. Skupiłam się na odkręcaniu butelki. Pociągnęłam łyk, patrząc na blat stołu niewidzącymi oczami.

Lemoniada przypomniała o czymś Edwardowi.

– Nie jesteś głodna?

– Nie. – Nie miałam ochoty tłumaczyć, że to jego wina. – A ty? – Poza moją butelką na stole niczego nie było.

– Nie, nie jestem głodny – powiedział takim tonem, jakbym go rozbawiła. Po raz kolejny nie wiedziałam, o co mu chodzi.

– Zrobisz coś dla mnie? – spytałam po chwili namysłu.

Zrobił się podejrzliwy.

– To zależy.

– Nic takiego – zapewniłam.

Zaciekawiłam go, ale miał się na baczności.

– Czy nie mógłbyś... uprzedzić jakoś, kiedy następnym razem postanowisz mnie ignorować dla mojego własnego dobra? Chcę być przygotowana. – Wpatrywałam się przy tym uparcie w butelkę, krążąc małym palcem po otworze szyjki.

– Rzeczywiście, tak będzie bardziej fair. – Gdy na niego zerknęłam, tłumił wybuch śmiechu.

– Dzięki.

– Czy dostanę w zamian jedną szczerą odpowiedź?

– Strzelaj.

– Zdradź mi choć jedną ze swoich hipotez.

O nie.

– Poproszę o inny zestaw pytań.

– Obiecałaś – przypomniał mi. – I nie określiłaś kategorii.

– Sam nie dotrzymujesz obietnic – odgryzłam się.

– Jedna mała hipoteza. Nie będę się śmiał.

– Będziesz, będziesz. – Byłam tego pewna.

Spuścił na moment oczy, a potem rzucił mi niby to błagalne spojrzenie zza wachlarza czarnych rzęs.

– Proszę – szepnął, pochylając się nad stołem.

Zamrugałam nerwowo. Z wrażenia zapomniałam, o czym tak właściwie rozmawialiśmy. Dobry Boże, pomyślałam, jak on to robi?

– Co? – wymamrotałam oszołomiona.

– Proszę, zdradź mi jedną ze swoich hipotez. – Nadal przeszywał mnie wzrokiem.

– Czy ja wiem, ugryzł cię radioaktywny pająk? – Może był hipnotyzerem? Albo to mną dawało się tak rozpaczliwie łatwo manipulować.

– Niezbyt to oryginalny pomysł.

– Sorry, nic więcej nie przychodzi mi do głowy.

– Nie zbliżyłaś się do rozwiązania zagadki nawet o milimetr – naigrawał się.

– Żadnych pająków?

– Żadnych.

– Zero radioaktywności?

– Nic z tych rzeczy.

– Cholera – westchnęłam ciężko.

– Kryptonit* też na mnie nie działa – zachichotał.

– Miałeś się nie śmiać, pamiętasz?

Opanował się z trudem.

– Kiedyś zgadnę – ostrzegłam.

– Lepiej nie próbuj. – Znów przybrał poważny ton.

– Bo co?

– A jeśli nie jestem pozytywnym bohaterem komiksu, tylko jedną z tych mrocznych postaci, z którymi walczy? – Uśmiechnął się przy tym, ale jego oczy były nieprzeniknione.

– Och. – Nagle udało mi się dopasować do siebie kilka kawałków układanki. – Rozumiem.

– Tak? – Wyglądał tak, jakby przestraszył się, że powiedział zbyt dużo.

– Jesteś niebezpieczny? – spytałam cicho i w tej samej chwili zdałam sobie sprawę, że tak właśnie jest. Jego osoba naprawdę stanowiła dla mnie zagrożenie. Sam przecież wciąż to powtarzał. Serce zaczęło mi bić szybciej.

– Ale nie jesteś zły – dodałam, kręcąc głową. – Nie, w to nie uwierzę.

– Mylisz się. – Ledwo było go słychać. Spojrzał na blat, sięgnął po nakrętkę od butelki i zaczął kręcić nią jak bąkiem. Wpatrywałam się w niego, zastanawiając się, czemu nie czuję lęku. Nie kłamał, co do tego nie było wątpliwości, ale mimo to byłam tylko spięta, podenerwowana, a przede wszystkim... zafascynowana. Jak zawsze zresztą, gdy miałam z nim do czynienia.

---

* Kryptonit to kosmiczny minerał szkodzący Supermanowi. Pająk z kolei ugryzł Spidermana.

Trwaliśmy tak jakiś czas bez słowa, aż zdałam sobie sprawę, że stołówka jest już niemal pusta.

– Spóźnimy się na lekcję – przestraszyłam się.

– Ja nie idę – odparł, obracając nakrętką coraz szybciej.

– Czemu?

– Dobrze człowiekowi robi powagarować od czasu do czasu. – Uśmiechnął się, ale w jego oczach malował się niepokój.

– Ja tam nie wagaruję – oświadczyłam. Byłam zbyt wielkim tchórzem, żeby ryzykować.

Przeniósł wzrok z powrotem na nakrętkę.

– W takim razie do zobaczenia.

Zawahałam się rozdarta, ale na dźwięk dzwonka ruszyłam szybko w stronę klasy. Gdy zerknęłam na Edwarda po raz ostatni, upewniłam się, że nie ruszył się ani o milimetr.

Trudno mi było poukładać sobie to wszystko w głowie. Moje myśli wirowały szybciej niż nakrętka od lemoniady. Na tak niewiele pytań dostałam odpowiedzi, a tyle nowych się pojawiło. Dobrze, że chociaż deszcz przestał padać.

Miałam szczęście – pana Bannera nie było jeszcze w sali. Pospiesznie zajęłam swoje miejsce, świadoma tego, że Mike i Angela mi się przypatrują. Mike wyglądał na urażonego, na twarzy Angeli malowało się z kolei coś na kształt nabożnej czci.

Pojawił się nauczyciel i przywołał uczniów do porządku. Przyniósł ze sobą kilka kartonowych pudełek, które postawił na ławce Mike'a, prosząc go o puszczenie ich w obieg.

– W porządku, zaczynamy. Niech każdy weźmie po jednej sztuce z każdego pudełka. – Z kieszeni fartucha wyjął parę jednorazowych rękawiczek i naciągnął je na dłonie, co skojarzyło mi się nieprzyjemnie z chirurgiem przed operacją lub szalonym naukowcem. Guma cmoknęła złowrogo o nadgarstki mężczyzny. – W pierwszym pudełku są karty ze wskaźnikami – ciągnął, pokazując nam białą tekturkę z wydrukowanymi czterema kwadratami. – W drugim czterozębne aplikatory. – Podniósł coś przypominającego bardzo rzadki grzebień. – W trzecim jednorazowe igły. – Wyjął z pudełka kawałeczek błękitnej folii i rozerwał ją. Nie byłam w stanie dostrzec z tej odległości srebrnego drucika, ale na samą myśl o nim zrobiło mi się niedobrze.

– Podejdę wpierw do każdego z biuretą, żeby skroplić wasze wskaźniki, więc do tego czasu proszę wstrzymać się z eksperymentami. – Zaczął od ławki Mike'a, ostrożnie umieszczając po kropli wody na każdym z kwadratów. – Potem chcę, żebyście delikatnie nakłuli sobie palec igłą... – Złapał Mike'a za rękę i dźgnął go w opuszek. Tylko nie to. Na czoło wystąpiły mi krople potu.

– Nanieście po kropli krwi na każdy z zębów aplikatora – kontynuował pan Banner, ściskając palec Mike'a, aż pokazała się krew. Zaczęło mi się zbierać na wymioty.

– A następnie umieśćcie je na karcie. – Skończywszy całą operację, zademonstrował nam ociekający czerwienią arkusik. Zamknęłam oczy, żeby jedynie go słuchać, ale utrudniało mi to głośne dzwonienie w uszach.

– Czerwony Krzyż organizuje w przyszły weekend akcję krwiodawczą w Port Angeles, pomyślałem więc, że każde z was powinno poznać wcześniej swoją grupę krwi – wyjaśnił nauczyciel z niejaką dumą w głosie. – Ci z was, którzy nie ukończyli jeszcze osiemnastu lat, będą potrzebowali zgody rodziców. Na biurku mam odpowiednie formularze.

Gdy przeszedł do kolejnej ławki, oparłam się policzkiem o chłodny blat, starając się nie stracić przytomności. Moich uszu dochodziły piski, narzekania i chichoty kolegów, przekłuwających sobie palce. Oddychałam powoli przez usta.

– Wszystko w porządku, Bello? – usłyszałam nad sobą zmartwiony głos.

– Znam już swoją grupę krwi, proszę pana – powiedziałam cicho. Bałam się unieść głowę.

– Mdli cię? Kręci ci się w głowie?

– Tak. – Przeklinałam się w duchu za to, że nie poszłam jednak na wagary.

– Czy ktoś mógłby odprowadzić Bellę do gabinetu pielęgniarki? – zawołał nauczyciel.

Wiedziałam, że Mike pierwszy zgłosi się na ochotnika.

– Będziesz w stanie dojść? – spytał pan Banner.

– Tak – szepnęłam. Mogę się czołgać, pomyślałam, byle znaleźć się stąd jak najdalej.

Mike objął mnie ochoczo w talii i położył sobie moją rękę na ramieniu. Wyszłam z klasy, polegając głównie na jego wsparciu.

Szliśmy bardzo powoli. Gdy skręciliśmy za stołówkę, gdzie nie mógł nas już zobaczyć nauczyciel, przystanęłam.

– Pozwolisz, że usiądę na minutkę? – poprosiłam.

Mike pomógł mi przycupnąć na skraju chodnika.

– Tylko pamiętaj, za nic nie wyjmuj ręki z kieszeni – ostrzegłam go. Nadal było mi niedobrze, bałam się, że zaraz odlecę. Położyłam się na lewym boku i zamknęłam oczy. Na policzku czułam lodowatą wilgoć cementu. Trochę mi się polepszyło.

– Kurczę, Bella, jesteś zielona. – Mike robił się coraz bardziej niespokojny.

– Bello? – zawołał ktoś z oddali.

Głos był mi znajomy. Bardzo dobrze znajomy. Oby to były tylko omamy, pomyślałam.

– Co jej jest? Co się stało? – To działo się naprawdę. Edward był coraz bliżej i martwił się o mnie. Zacisnęłam powieki, pragnąc stać się niewidzialna. Modliłam się, żeby przynajmniej nie zwymiotować.

– Chyba zemdlała – powiedział spanikowany Mike. – Dziwne, nawet nie zdążyła sobie nakłuć tego palca.

– Bello. – Edward pochylił się nade mną. Słowa Mike'a najwyraźniej go uspokoiły. – Słyszysz mnie?

– Nie – jęknęłam. – Daj mi spokój.

Zachichotał.

– Prowadziłem ją właśnie do pielęgniarki – wyjaśnił Mike, chcąc się jakoś usprawiedliwić – ale nie chciała iść dalej.

– Zastąpię cię. Wracaj do klasy – oświadczył Edward. Z tonu jego głosu wywnioskowałam, że nadal się uśmiecha.

– Ale to ja ją miałem zaprowadzić – zaczął protestować Mike.

Nagle poczułam, że unoszę się w powietrzu. Przerażona natychmiast otworzyłam oczy. Edward wziął mnie na ręce z taką łatwością, jakbym ważyła pięć kilo, a nie pięćdziesiąt, i ruszył szybkim krokiem przed siebie.

— Postaw mnie na ziemi! — zażądałam, modląc się, żeby na niego nie zwymiotować.

— Hej! — zawołał za nami Mike.

Porywacz nie miał zamiaru się zatrzymywać.

— Wyglądasz okropnie — powiedział mi, szczerząc zęby w uśmiechu.

— Puść mnie, do cholery! — wyjęczałam. Kołysanie w rytm kroków było nie do zniesienia. Co ciekawe, Edward nie przytulał mnie do siebie, tylko trzymał przed sobą na wyciągniętych rękach. Nie sprawiało mu to żadnego kłopotu.

— A więc mdlejesz na widok krwi? — spytał. Najwyraźniej uważał, że to niezwykle zabawne.

Nie odpowiedziałam. Skupiona na walce z mdłościami, zacisnęłam mocno powieki i usta.

— I to nawet nie swojej własnej? — chłopak ciągnął rozbawiony.

Nie wiem, jak udało mu się otworzyć drzwi, ale nagle zrobiło się ciepło, więc wiedziałam, że weszliśmy do budynku.

— Matko Boska! — usłyszałam zaskoczony kobiecy głos.

— Zasłabła na lekcji biologii — wyjaśnił Edward.

Otworzyłam oczy. Byliśmy w sekretariacie. Mijaliśmy właśnie kontuar dla interesantów, a rudowłosa sekretarka, pani Cole, podbiegała do drzwi gabinetu pielęgniarki, żeby je przed nami otworzyć. Zaskoczona naszym wtargnięciem pielęgniarka podniosła wzrok znad czytanej powieści. Przypominała dobroduszną babcię z bajek. Edward położył mnie delikatnie na kozetce, której brązowy, plastikowy materac nakryty był płachtą szeleszczącego papieru, po czym stanął pod przeciwległą ścianą. Był mocno podekscytowany.

— To nic takiego — uspokoił poruszoną pielęgniarkę. — Zrobiło jej się tylko niedobrze i zakręciło w głowie. Ustalali dziś grupy krwi na biologii.

Starsza kobieta pokiwała głową ze zrozumieniem.

– Tak, tak, zawsze się jedno takie trafi.

Edward musiał stłumić prychnięcie.

– Poleż sobie chwilkę, słoneczko. Samo minie.

– Wiem, wiem – westchnęłam. Mdłości już ustępowały.

– Często ci się to zdarza? – spytała pielęgniarka.

– Czasami – przyznałam. Edward rozkasłał się, żeby ukryć kolejny wybuch śmiechu.

– Możesz już wrócić na lekcję – zwróciła się do niego.

– Mam z nią zostać – odparł z taką stanowczością, że choć kobieta zacisnęła wargi, zdecydowała się nie wdawać z nim w dalsze dyskusje.

– Przyniosę ci trochę lodu na czoło, złotko – powiedziała i zostawiła nas samych.

– Miałeś rację – wyjęczałam, zamykając na powrót oczy.

– Zwykle mam. A o co dokładniej chodzi?

– Te wagary to był jednak dobry pomysł. – Starałam się oddychać równomiernie.

– Przestraszyłem się trochę, gdy zobaczyłem cię z Newtonem – przyznał Edward po chwili milczenia. – Wyglądało to tak, jakby ciągnął twoje zwłoki do lasu, żeby je gdzieś zakopać.

– Ha, ha, ha – skomentowałam z sarkazmem. Wracały mi siły.

– Serio. Byłaś bardziej zielona na twarzy niż niejeden trup. Myślałem już, że będę musiał cię pomścić.

– Biedny Mike. Musi być wściekły.

– Nie ma co, facet mnie nienawidzi – stwierdził Edward wesoło.

– Skąd wiesz? – spytałam zaczepnie, ale zaraz pomyślałam, że może rzeczywiście potrafi wyczuć takie rzeczy.

– Było to widać po jego minie.

– Jak nas zauważyłeś? Miałeś się urwać z lekcji. – Doszłam już niemal zupełnie do siebie. Mdłości minęłyby pewnie szybciej, gdybym zjadła coś na lunch. Z drugiej strony, może jednak lepiej, że nic nie jadłam, pomyślałam.

– Siedziałem w aucie. Słuchałem muzyki. – Zaskoczyło mnie tak prozaiczne wyjaśnienie.

Drzwi się otworzyły i weszła pielęgniarka z zimnym okładem w dłoni.

– Proszę bardzo. – Położyła mi kompres na czole. – Wyglądasz dużo lepiej – dodała.

– Chyba już wszystko w porządku – oświadczyłam, siadając. Nie kręciło mi się w głowie, tylko jeszcze trochę dzwoniło w uszach. Miętowozielone ściany gabinetu przestały wirować.

Pielęgniarka już chciała mnie poprosić, żebym się położyła, ale w tym samym momencie ktoś nacisnął klamkę i w uchylonych drzwiach pokazała się głowa pani Cole.

– Mamy następnego – oznajmiła.

Zeskoczyłam z kozetki, żeby zwolnić miejsce dla kolejnego pacjenta.

– Proszę. – Oddałam kompres. – Już go nie potrzebuję.

Na progu gabinetu stanął Mike, podtrzymujący bladego jak ściana Lee Stephensa, który też chodził z nami na biologię. Odsunęliśmy się z Edwardem.

– Cholera – szepnął. – Bello, wyjdź do sekretariatu, dobra?

Rzuciłam mu zdziwione spojrzenie.

– Zaufaj mi. No, idź już.

Odwróciłam się i wymknęłam przez zamykające się za nowo przybyłymi drzwi. Edward wyszedł tuż za mną.

– Kurczę, posłuchałaś mnie. – Był pod wrażeniem.

– Poczułam zapach krwi – wyjaśniłam, marszcząc nos. Lee nie zjawił się tu dlatego, że tak jak mnie zrobiło mu się niedobrze.

– Ludzie nie potrafią wyczuć zapachu krwi – zaoponował Edward.

– No cóż, ja potrafię. To od niego mnie mdli. Krew pachnie jak rdza... i sól.

Przyglądał mi się badawczo.

– Co jest? – spytałam.

– Nic, nic.

Z gabinetu wyszedł Mike. Spojrzał na mnie, a potem na Edwarda. Rzeczywiście, w jego oczach malowała się niechęć. Znów skierował wzrok na mnie i nachmurzył się.

— Wyglądasz dużo lepiej — powiedział oskarżycielskim tonem.

— Tylko nie wyciągaj ręki z kieszeni — ponowiłam ostrzeżenie.

— Już nie krwawi — burknął. — Wracasz na lekcję?

— Chyba żartujesz. Zaraz musiałabym tu wrócić.

— No tak... To co, jedziesz nad to morze? — Rzucił jednocześnie gniewne spojrzenie w stronę Edwarda, który bez ruchu stał przy kontuarze wpatrzony w przestrzeń.

— Jasne, przecież obiecałam — odparłam jak najbardziej przyjaźnie.

— Zbiórka jest w sklepie ojca o dziesiątej. — Ponownie zerknął na Edwarda, zastanawiając się, czy nie wyjawia zbyt wielu szczegółów. Mową ciała wyraźnie dawał do zrozumienia, że pewne osoby nie będą tam mile widziane.

— Będę na pewno — przyrzekłam.

— No to do zobaczenia na WF-ie. — Mike ruszył w kierunku drzwi z wahaniem, jakby miał ochotę coś jeszcze powiedzieć.

— Na razie — zawołałam. Zerknął na mnie po raz ostatni z nieco naburmuszoną miną i wyszedł powoli, mocno przygarbiony. Zrobiło mi się go żal. Może do meczu mu przejdzie. Do meczu?

— WF! — jęknęłam z rozpaczą.

— Zajmę się tym — szepnął mi Edward do ucha. Nie zauważyłam, kiedy podszedł tak blisko. — Siadaj i postaraj się wyglądać blado.

Żaden kłopot — blada byłam od urodzenia, a twarz nadal miałam niezdrowo spoconą. Usiadłam na jednym z chybotliwych krzesełek, oparłam głowę o ścianę i przymknęłam powieki. Napady mdłości zawsze mnie wyczerpywały.

— Proszę pani — Edward zwrócił się do sekretarki tonem anioła. Nie zauważyłam, że wróciła na swoje miejsce.

— Tak?

— Bella ma zaraz WF, a moim zdaniem nie jest jeszcze w formie. Czy nie powinienem odwieźć jej do domu? Byłaby pani tak dobra i usprawiedliwiła tę nieobecność? — Jego aksamitnemu głosowi nie można się było oprzeć. I jeszcze ten wzrok! Potrafiłam sobie wyobrazić, jakie cuda wyczyniał właśnie z rzęsami.

– Czy ciebie też usprawiedliwić? – Pani Cole jadła mu z ręki. Czemu ja nie miałam takich zdolności?

– Nie trzeba. Mam lekcję z panią Goff. Nie będzie robić problemów. Słyszałaś, Bello? – zawołał. – Wszystko załatwione. Lepiej ci już? – Kiwnęłam powoli głową, grając swą rolę, jak najlepiej umiałam.

– Możesz iść czy znów wziąć cię na ręce? – Odwrócony do sekretarki plecami mógł sobie pozwolić na szyderczy uśmieszek.

– Poradzę sobie.

Wstałam ostrożnie. Żadnych niepokojących objawów. Czułam się już zupełnie dobrze. Edward przepuścił mnie grzecznie w drzwiach, przypatrując się złośliwie. Na dworze było chłodno, właśnie zaczęło mżyć, ale po raz pierwszy od przyjazdu nie miałam nic przeciwko temu. Wilgotna mgiełka obmyła moją twarz z lepkiego potu.

– Dziękuję – odezwałam się do Edwarda, który wyszedł za mną. – Niemal warto było zasłabnąć, żeby opuścić WF.

– Do usług. – Patrzył przed siebie, mrużąc w deszczu oczy.

– Pojechałbyś z nami nad to morze? Wiesz, w tę sobotę? – Miałam nadzieję, choć było to mało prawdopodobne. Trudno mi było sobie wyobrazić, że pakuje się z czeredą dzieciaków do jednego z podstawionych wozów. Nie pasowałby tam. Chciałam jednak choć trochę cieszyć się na ten wyjazd.

– To dokąd właściwie jedziecie? – Nadal patrzył w przestrzeń, a jego twarz nie wyrażała żadnych emocji.

– Na plażę nr 1 w La Push. – Przyglądałam mu się uważnie, próbując odgadnąć jego myśli. Wydawało mi się, że odrobinę się skrzywił.

Zerknął w moją stronę, uśmiechając się ni to gorzko, ni to ironicznie.

– Nie sądzę, żebym był zaproszony.

Westchnęłam.

– Przecież dopiero co cię zaprosiłam.

– Dość już zaleźliśmy Mike'owi za skórę w tym tygodniu. Nie chcemy chyba, żeby stracił cierpliwość, prawda? – Ale widać było, że sam nie miałby nic przeciwko temu.

– A tam Mike – mruknęłam, rozkoszując się użytą przez mojego towarzysza liczbą mnogą. Wiedziałam, że nie powinnam się tym tak ekscytować.

Doszliśmy do parkingu. Zamierzałam skręcić w lewo, w kierunku swojej furgonetki, ale już po pierwszym kroku coś pociągnęło mnie do tyłu.

– A dokąd to? – rozległ się gniewny głos. Edward trzymał mnie za kurtkę.

Zdziwiłam się.

– No, jadę do siebie.

– Nie słyszałaś, jak obiecywałem, że odstawię cię do domu? Myślisz, że pozwolę ci kierować w takim stanie? – Nadal był oburzony.

– W jakim znowu stanie? – jęknęłam. – I co będzie z furgonetką?

– Poproszę Alice, żeby ją odwiozła – odparł, holując mnie za kurtkę w stronę swojego auta. Chcąc nie chcąc, truchtałam za nim tyłem, inaczej pewnie wlókłby mnie po ziemi.

– Przestań! – rozkazałam, ale zignorował mnie i puścił dopiero przy volvo. Zatoczywszy się, uderzyłam o drzwiczki od strony pasażera.

– Boże, ale z ciebie tyran!

– Są otwarte – powiedział tylko i zasiadł za kierownicą.

– Nic mi nie jest! Sama się odwiozę! – awanturowałam się, stojąc przy aucie. Deszcz przybrał na sile, a ponieważ całą drogę szłam bez kaptura, z włosów ściekała mi po plecach strużka wody.

Edward opuścił automatycznie szybę z mojej strony i pochylił się nad siedzeniem pasażera.

– No już, wsiadaj.

Nie odpowiedziałam. Zastanawiałam się właśnie, czy zdążę dobiec do swojej furgonetki, zanim chłopak mnie złapie, i doszłam do wniosku, że raczej nie mam szans.

– Przywlokę cię z powrotem – zagroził domyślnie.

Wsiadłam do volvo, starając się zachować resztki godności, ale nie za bardzo mi to wychodziło – wyglądałam jak zmokła kura, a od wilgoci skrzypiały mi buty.

– Niepotrzebnie zawracasz sobie głowę – rzuciłam chłodno.

Puścił moją uwagę mimo uszu, zajęty włączaniem ogrzewania i ściszaniem muzyki. Gdy wyjeżdżaliśmy z parkingu, zrobiłam minę obrażonej księżniczki, gotowa milczeć całą drogę do domu, ale wtem rozpoznałam dochodzący z głośników utwór i ciekawość wzięła górę nad intencjami.

– *Clair du Lune?* – spytałam zaskoczona.

– Znasz Debussy'ego? – teraz to on się zdziwił.

– Nie za dobrze – przyznałam bez bicia. – Moja mama często słucha w domu muzyki poważnej, ale po tytułach znam tylko swoje ulubione kawałki.

– Ja też ten lubię. – Patrzył przed siebie w deszcz, pogrążony w myślach.

Słuchałam muzyki rozparta wygodnie w fotelu obitym jasnoszarą skórą. Znajoma melodia koiła zmysły, jej terapeutycznemu działaniu nie można się było oprzeć. Deszcz zmieniał krajobraz za oknem w mozaikę szarozielonych smug. Migały ciemniejsze plamy budynków. Gdyby nie one, nie zdawałabym sobie sprawy, że jedziemy aż tak szybko. Samochód sunął bez najmniejszego drżenia i nie czuło się w nim prędkości.

– Jaka jest twoja matka? – zapytał znienacka Edward.

Odwróciłam głowę i zobaczyłam, że patrzy na mnie z zaciekawieniem.

– Hm. Fizycznie jesteśmy do siebie bardzo podobne, z tym, że ona jest ładniejsza – zaczęłam. Edward skwitował tę uwagę uniesieniem brwi. – Mam w sobie zbyt dużo z Charliego. Mama jest też bardziej otwarta niż ja, śmielsza. Jest nieodpowiedzialna i nieco ekscentryczna, a w kuchni robi dzikie eksperymenty. No i jest moją najlepszą przyjaciółką. – Umilkłam. Smutno mi się robiło, gdy tak o niej opowiadałam.

– Ile masz lat, Bello? – Nie wiedzieć czemu, w jego głosie słychać było troskę. Zatrzymał samochód i uświadomiłam sobie, że jesteśmy już na miejscu. Dom ledwie było widać spoza ściany deszczu. Miałam wrażenie, że auto jest po dach zanurzone w wodzie.

– Siedemnaście – odpowiedziałam, nie wiedząc, skąd to pytanie.

– Nie zachowujesz się jak siedemnastolatka.

Powiedział to z takim wyrzutem, że się roześmiałam.

– Co jest? – spytał zaciekawiony.

– Mama powtarza zawsze, że urodziłam się jako trzydziestopięciolatka i z roku na rok robię się coraz bardziej poważna – prychnęłam, a potem dodałam smutniejszym tonem: – Cóż, ktoś w domu musi być dorosły. Poza tym – dodałam po chwili – ty też nie przypominasz przeciętnego licealisty.

Skrzywił się i zmienił temat.

– Dlaczego twoja matka wyszła za Phila?

Byłam zaskoczona, że zapamiętał jego imię. Wspomniałam je tylko raz, prawie dwa miesiące temu. Musiałam się nieco zastanowić, nim odpowiedziałam na to pytanie.

– Mama... ma duszę bardzo młodej osoby. A przy Philu czuje się chyba jeszcze młodziej. Jakkolwiek by było, szaleje na jego punkcie. – Pokręciłam głową. Nie miałam pojęcia, co w nim widzi.

– Nie masz nic przeciwko temu?

– Czy to ważne? – odparłam. – Chcę, żeby była szczęśliwa. A to właśnie jego najwyraźniej potrzeba jej do szczęścia.

– Bardzo ładnie z twojej strony. Ciekawe...

– Co?

– Czy zachowałabyś się w podobny sposób, gdyby chodziło o ciebie? Jak sądzisz? Zaaprobowałaby twój wybór? – Zrobił się nagle poważny i przyglądał mi się badawczo.

– Chyba tak – wyjąkałam – ale jest w końcu matką. Z rodzicami to trochę inna sprawa.

– No co, nie przeraziłby jej absztyfikant z piekła rodem? – podjudził Edward.

Wyszczerzyłam zęby w uśmiechu.

– Z piekła rodem, czyli co? Taki gość z tatuażami i masą kolczyków w twarzy?

– Definicje mogą być różne.

– A jaka jest twoja?

Zignorował jednak to pytanie, a zadał kolejne:

– Uważasz, że można by się mnie bać? – Uniósł jedną brew, a jego twarz rozświetlił delikatny uśmiech.

Zastanowiłam się, czy lepiej będzie skłamać, czy powiedzieć prawdę. Zdecydowałam się na to drugie.

– Hm... Myślę, że tak, gdybyś się postarał.

– A teraz się mnie boisz? – Nagle znów spoważniał na twarzy.

– Nie. – Ale odpowiedziałam zbyt szybko. Kpiarski uśmiech powrócił.

– To co, może teraz ty opowiesz mi o swojej rodzinie? – Tym razem to ja zmieniłam temat. – Z tego, co wiem, twoja historia bije moją na głowę.

Zrobił się podejrzliwy.

– Co chciałabyś wiedzieć?

– Cullenowie cię adoptowali, tak? – upewniłam się.

– Tak.

Zawahałam się przez chwilę.

– Co stało się z twoimi rodzicami?

– Zmarli wiele lat temu. – Nie wydawał się tym faktem poruszony.

– Przykro mi – wymamrotałam.

– Nie pamiętam ich za dobrze. Od lat za rodziców mam Carlisle'a i Esme.

– I kochasz ich. – Nie było to pytanie. Dało się to wyczytać z jego głosu.

– Tak. – Uśmiechnął się. – To para ludzi najlepszych pod słońcem.

– Masz szczęście.

– Wiem.

– A twoje rodzeństwo?

Zerknął na zegar na desce rozdzielczej.

– Moje rodzeństwo, a także Jasper i Rosalie, nie będą zachwyceni, jeśli każę im czekać w deszczu.

– Och, przepraszam. Już mnie nie ma. – Mogłabym tu tak siedzieć godzinami.

– I pewnie chcesz, żeby twoja furgonetka wróciła przed komendantem Swanem, żebyś nie musiała opowiedzieć mu o tym incydencie na biologii? – Uśmiechnął się.

– Pewnie już wie. W Forks nie da się mieć tajemnic – westchnęłam.

Zaśmiał się, jakbym powiedziała coś bardzo zabawnego.

– Miłej zabawy nad morzem. Oby pogoda bardziej sprzyjała opalaniu. – Spojrzał znacząco na ścianę deszczu za oknem.

– Nie zobaczymy się jutro?

– Nie. Robimy sobie z Emmetem długi weekend.

– Jakie macie plany? – Chyba jako potencjalnej przyjaciółce wypadało mi zadać to pytanie? Miałam też nadzieję, że Edward nie słyszy, jak bardzo jestem zawiedziona.

– Jedziemy na Kozie Skały, to na południe od Rainier.

Rzeczywiście, Charlie wspominał, że Cullenowie często robią takie wypady.

– No to bawcie się dobrze. – Zdobyłam się na odrobinę entuzjazmu w głosie, ale nie sądzę, żeby dał się zwieść. W kącikach jego ust czaił się złośliwy uśmieszek.

– Zrobisz coś dla mnie w ten weekend? – Spojrzał na mnie, wykorzystując w pełni moc swojego spojrzenia.

Bezwolna pokiwałam głową.

– Nie obrażaj się, ale sprawiasz wrażenie osoby, która przyciąga wypadki jak magnes, więc postaraj się i nie wpadnij do oceanu albo pod samochód czy coś tam, dobra? – Posłał mi szelmowski uśmiech.

Moje rozmarzenie ustąpiło rozdrażnieniu.

– Zobaczę, co da się zrobić – burknęłam, wysiadając. Lało jak z cebra. Zatrzasnęłam z hukiem drzwiczki.

Edward odjechał z uśmiechem na twarzy.

6 Historie mrożące krew w żyłach

Siedziałam w swoim pokoju, starając się skupić na trzecim akcie *Makbeta*, ale tak naprawdę nasłuchiwałam, kiedy pojawi się Alice. Wydawało mi się, że mimo głośnego szumu ulewy będę mogła usłyszeć silnik zbliżającej się furgonetki. Przeceniłam własne możliwości – kiedy po raz kolejny wyjrzałam przez okno, stała już pod domem.

W piątek nie miałam wielkiej ochoty iść do szkoły i okazało się, że rzeczywiście nie było po co. Rzecz jasna, nie obyło się bez kilku komentarzy – zwłaszcza Jessica nie mogła zapomnieć o mojej przygodzie. Na szczęście Mike trzymał język za zębami, więc chyba nikt nie wiedział o interwencji Edwarda. Niemniej Jessica była bardzo ciekawa, co zaszło między nami w stołówce.

– Czego chciał od ciebie wczoraj Edward Cullen? – spytała mnie na trygonometrii.

– Tak właściwie to nie wiem – odpowiedziałam szczerze. – Jakoś nie mógł dotrzeć do sedna sprawy.

– Wyglądałaś, jakby bardzo cię zdenerwował – drążyła.

– Naprawdę? – Nie dawałam nic po sobie poznać.

– To dziwne. Jeszcze nigdy nie widziałam, żeby chciał siedzieć z kimś spoza rodziny.

– Zgadzam się. Podejrzana sprawa.

Jessica wyglądała na zawiedzioną. Zapewne liczyła na jakieś rewelacje, które mogłaby puścić w obieg.

Ja z kolei byłam zła na siebie, bo chociaż Edwarda miało nie być w szkole, cały czas, jak idiotka, żywiłam nadzieję, że może jednak się pojawi. Wchodząc do stołówki w towarzystwie Mike'a i Jessiki, nie mogłam się oprzeć, by nie zerknąć na stolik Cullenów. Rosalie, Alice i Jasper siedzieli pochyleni ku sobie, o czymś zawzięcie dyskutując. Zrobiło mi się strasznie smutno na myśl, że mam czekać nie wiadomo ile dni, aż znowu zobaczę ich brata.

Paczka Jessiki rozprawiała przy swoim stoliku głównie o planach na nadchodzący dzień. Mike nie tracił dobrego humoru, ufając miejscowemu synoptykowi, który przepowiadał słońce. Ja z wybuchem radości czekałam na bezchmurne niebo. Musiałam jednak przyznać, że było znacznie cieplej – niemal piętnaście stopni. Kto wie, pomyślałam, może nad tym morzem nie będzie beznadziejnie?

W czasie lunchu zauważyłam kilkakrotnie, że Lauren spogląda na mnie nieprzyjaźnie, ale dopiero gdy wychodziliśmy ze stołówki, dowiedziałam się przypadkiem, o co chodzi. Szłam tuż za nią, z czego nie zdawała sobie widać sprawy. Jej lśniąca, jasna kitka majtała mi tuż przed nosem.

– Doprawdy nie wiem – rzuciła do Mike'a z sarkazmem – czemu nasza droga Bella nie usiadła dziś z Cullenami. – Dopiero teraz zauważyłam, że dziewczyna ma nieprzyjemny, nosowy głos. Zaskoczyła mnie jej wrogość. Nie znałyśmy się zbyt dobrze, z pewnością nie dość dobrze, żeby miała już powody mnie nie lubić – a przynajmniej tak mi się wydawało.

– To moja koleżanka – odparł Mike lojalnie. – Siedzi zawsze z nami. – Kierowały nim też jednak jakieś plemienne odruchy. Pozwoliłam, żeby wyprzedziły mnie Jessica z Angelą. Nie miałam ochoty usłyszeć kolejnego komentarza.

Przy obiedzie Charlie ucieszył się na wieść, że wybieram się do La Push. Miał pewnie wyrzuty sumienia, że w weekendy siedziałam zawsze sama w domu, ale zbyt wiele lat żył w określony sposób, żeby to teraz zmieniać. Znał oczywiście wszystkich pozostałych uczestników wycieczki i ich rodziców. Ba, prawdopodobnie także imiona ich prapradziadków! Nie miał nic przeciwko planowanej na sobotę wyprawie. Zastanawiałam się, czy równie łatwo zgodziłby się na mój wyjazd z Edwardem do Seattle – nie żebym zamierzała mu o tym powiedzieć.

– Tato, czy znasz coś takiego jak Kozie Skały? – spytałam obojętnym tonem. – To chyba gdzieś na południe od Rainier.

– Tak, a bo co?

Wzruszyłam ramionami.

– Koledzy mi mówili, że jadą tam na weekend.

– Toż to nie miejsce na biwak – zdziwił się. – Pełno niedźwiedzi. Ludzie zapuszczają się tam raczej tylko w sezonie polowań.

– Och. – Opuściłam wzrok. – Może coś mi się poplątało.

Zamierzałam pospać dłużej, ale obudziło mnie niezwykle jaskrawe światło. Do pokoju wlewało się słońce. Nie wierzyłam własnym oczom. Podbiegłam sprawdzić do okna. Wisiało na niebie zbyt nisko i jakby dalej niż w Arizonie, ale niewątpliwie było to słońce. Na horyzoncie zalegały chmury, ale poza tym niebo jaśniało błękitem. Nie mogłam oderwać się od szyby, bojąc się, że cudowne zjawisko zniknie, gdy tylko wyjdę na schody.

Sklep Newtonów znajdował się na północnym skraju miasteczka. Mijałam go już wcześniej, ale nigdy nie zaglądałam do środka – jakoś nie pociągały mnie piesze wycieczki po okolicy, nie potrzebowałam więc nic ze sprzedawanego w nim sprzętu. Na parkingu dla klientów rozpoznałam auta Mike'a i Tylera, a przed tym pierwszym dostrzegłam grupkę ludzi. Był tam Eric z dwoma kolegami, bodajże Benem i Connerem, Jess z Angelą i Lauren, i trzy inne dziewczyny, w tym ta, którą przewróciłam w piątek na WF-ie. Gdy wysiadałam z furgonetki, moja ofiara spojrzała na mnie z niechęcią i szepnęła coś do Lauren. Blondynka pokręciła głową z dezaprobatą i zmierzyła mnie wzrokiem.

Nie ma co, czekał mnie kolejny wspaniały dzień.

Przynajmniej Mike ucieszył się na mój widok.

– Fajnie, że jesteś! – zawołał uradowany. – A nie mówiłem, że pogoda dopisze?

– Przecież ci obiecałam – przypomniałam mu.

– Czekamy jeszcze tylko na Lee i Samanthę. Chyba że kogoś zaprosiłaś? – dodał.

– Nie – skłamałam, mając nadzieję, że prawda nie wyjdzie na jaw. Z drugiej strony niczego tak bardzo nie pragnęłam, jak tego, by Edward jakimś cudem się jednak pojawił.

Mike wyglądał na zadowolonego.

– Pojedziesz moim wozem? Do wyboru jest jeszcze minivan mamy Lee.

– Jasne.

Uśmiechnął się promiennie. Tak łatwo było go uszczęśliwić. Niestety, najwyraźniej nie potrafiłam tego robić bez ranienia uczuć Jessiki. Kiedy Mike oświadczył, że mogę usiąść z przodu, spojrzała na nas oboje wilkiem.

Szczęście mi jednak sprzyjało. Lee przywiózł z sobą dwóch znajomych, przez co wynikł problem z liczbą miejsc i udało mi się wepchnąć Jess między siebie a Mike'a. Chłopak nie był tym zbytnio zachwycony, ale przynajmniej jej poprawił się humor.

Z Forks do La Push było tylko piętnaście mil. Droga wiodła niemal cały czas przez wspaniałe, gęste lasy iglaste, a dwukrotnie przekraczaliśmy szeroko rozlaną rzekę Quillayute. Cieszyłam się, że trafiło mi się miejsce z brzegu. Okno, jak i pozostałe, było otwarte, bo w dziewiątkę dostalibyśmy klaustrofobii. Zachłannie wystawiłam twarz do słońca.

Jako małe dziecko często jeździłam latem z Charliem nad morze w te okolice, znałam więc długi na milę półksiężyc plaży nr 1. Był to przecudny widok. Fale oceanu, ciemnoszare nawet w słońcu, znaczone białymi grzywami, kołysały się miarowo u stóp skalistych formacji wybrzeża. Z wód zatoki wynurzały się stromo wysepki o poszarpanych wierzchołkach obrośniętych strzelistymi jodłami. Cienki pasek piaszczystej plaży okalał rumowisko niezliczonych gładkich głazów, z daleka jednakowo burych, z bliska we wszystkich możliwych barwach właściwych skałom: rdzawych, zielonkawych, fioletowych, błękitnoszarych, bladozłotych. Przypływ naznosił gałęzi i pni, które działanie soli upodobniło do wielkich kości. Niektóre leżały w stertach tuż pod lasem, inne samotnie na piasku poza zasięgiem fal.

Od morza wiał rześki, chłodny, słonawy wiatr. Nad głowami brodzących pelikanów kołował orzeł i gromady mew. Nieliczne chmury nie pozwalały zapomnieć o kaprysach aury, ale na razie na błękitnej połaci nieba królowało słońce.

Zaczęliśmy schodzić ku plaży. Mike zaprowadził nas do ułożonego z pni kręgu, najwyraźniej nieraz używanego przez grupy takie jak nasza. W jego środku czerniało popiołem miejsce na ognisko. Eric z chłopakiem, który miał chyba na imię Ben, przynieśli spod lasu naręcza opału i wkrótce na zgliszczach poprzedniego stosu zbudowali z gałęzi coś w rodzaju wigwamu.

– Widziałaś kiedyś, jak płonie drewno wyrzucone przez morze? – spytał mnie Mike. Przysiadłam na jednej z prowizorycznych ław. Inne dziewczyny, zbite w grupki po moich bokach, plotkowały zawzięcie. Mike kucnął przy gotowym stosie, przytykając suchy patyk do płomienia zapalniczki.

– Nie – odparłam, przyglądając się, jak ostrożnie umieszcza płonącą gałązkę w wigwamie.

– Spodoba ci się. Zwróć uwagę na kolor. – Zapalił kolejny patyk i dołożył do stosu. Suche drewno zajęło się szybko.

– Niebieski – zauważyłam zaskoczona.

– To sprawka soli. Ładnie, prawda? – Powtórzył całą operację jeszcze raz, żeby ognisko paliło się równomiernie, po czym zajął miejsce koło mnie. Na szczęście Jess siedziała po jego drugiej ręce – odwróciła się do niego i wciągnęła w rozmowę. Ja tymczasem podziwiałam niecodzienny kolor strzelających ku niebu płomieni.

Po półgodzinie pogaduszek część chłopców zapragnęła wybrać się na spacer do pobliskich jeziorek, które morze zostawiło za sobą, cofając się w porze odpływu. Byłam w rozterce. Z jednej strony uwielbiałam takie sadzawki. Kiedy spędzałam wakacje w Forks, mało co wzbudzało we mnie tyle entuzjazmu. Jednak często do nich wtedy wpadałam – żaden kłopot dla siedmiolatki pod opieką ojca – a Edward prosił mnie przecież, żebym nie kusiła losu.

Decyzję podjęła za mnie Lauren, która wolała zostać na plaży, nie mając odpowiednich butów. Z dziewczyn chętne na spacer były tylko Jessica i Angela. Poczekałam, aż zdeklarują się Tyler i Eric, i gdy oświadczyli, że zostają, bez słowa dołączyłam do gotowej do wyruszenia grupy. Mike powitał mnie w ich gronie szerokim uśmiechem.

Do jeziorek nie szło się zbyt długo, ale drzewa przesłoniły tak drogi mi błękit nieba. Zalegające pod stropem gałęzi zielone światło miało w sobie coś mrocznego i złowieszczego, co kłóciło się z beztroskim zachowaniem moich kompanów, którzy przekomarzali się tylko i co rusz wybuchali śmiechem. Stąpałam powoli, wypatrując wystających korzeni i zwieszających się zbyt nisko gałęzi, przez co wkrótce zostałam nieco w tyle. W końcu wyszliśmy z lasu na skały w miejscu, gdzie do morza wpadała rzeka. Był odpływ, lecz płytkie sadzawki wzdłuż jej pokrytych kamyczkami brzegów nie wysychały nigdy i teraz też tętniły życiem.

Uważałam bardzo, żeby nie wychylić się nadto i nie wpaść do jednej z nich, ale inni nie mieli takich oporów – a to stawali na samym ich skraju, a to skakali ze skały na skałę. Znalazłszy nad jednym z największych zbiorników głaz wyglądający na stabilny, usiadłam na nim ostrożnie i zaczęłam przypatrywać się z zachwytem stworzonemu przez naturę akwarium. Przy brzegu kłębiły się ukryte w nieforemnych muszlach kraby, bukiety zjawiskowych ukwiałów falowały targane niewidzialnym prądem, rozgwiazdy czepiały się skał i siebie nawzajem, a wśród jaskrawozielonych wodorostów, czekając na powrót oceanu, wił się czarny węgorzyk w białe paski. Obserwacja morskiego świata pochłonęła mnie niemal całkowicie, ale niewielka część mojego mózgu wciąż zajęta była rozmyślaniem o Edwardzie. Zastanawiałam się, co teraz porabia i o czym rozmawialibyśmy, gdyby mi towarzyszył.

Po pewnym czasie chłopcy zgłodnieli i postanowili wrócić, podniosłam się więc zesztywniała, żeby podążyć za nimi. Tym razem starałam się dotrzymać im w lesie kroku, co, rzecz jasna, przypłaciłam kilkoma upadkami. Otarłam sobie jednak tylko dłonie i poplamiłam kolana dżinsów na zielono. Mogło być gorzej.

Kiedy znaleźliśmy się z powrotem na plaży nr 1, dostrzegliśmy, że przy ognisku jest więcej osób niż przedtem. Nowo przybyli mieli lśniące czarne włosy i miedzianą skórę, co oznaczało, że to nasi rówieśnicy z rezerwatu, chcący się wspólnie zabawić. Właśnie rozdawano prowiant, więc chłopcy przyspieszyli kroku, żeby się na coś jeszcze załapać. Z Angelą podeszłyśmy do kręgu jako ostatnie. Tak jak i pozostałych, przedstawił nas Eric. Zauważyłam, że jeden z Indian, słysząc moje imię, zerknął na mnie zaciekawiony. Usiadłam koło Angeli, a Mike przyniósł nam kanapki i różne napoje gazowane do wyboru, najstarszy z gości wymieniał tymczasem imiona swoich siedmiu kolegów i koleżanek. Zapamiętałam tylko, że jedna z dziewczyn to też Jessica, a na chłopca, który na mnie spojrzał, wołają Jacob.

Miło było tak siedzieć przy Angeli, przeżuwając kanapki, bo nie czuła potrzeby zagłuszania ciszy bezmyślną paplaniną. Dawało się przy niej odpocząć, pozwalała mi rozmyślać bez przeszkód. A myślałam akurat o tym, że czas w Forks mija mi dwojako. Zwykle wspominałam miniony dzień jak przez mgłę, wyróżniały się najwyżej jakieś pojedyncze obrazy czy sceny. Zdarzały się jednak takie chwile, kiedy znacząca była każda sekunda, a wszystkie szczegóły zapadały w pamięć jak nigdy. Wiedziałam dobrze, co jest przyczyną tego zjawiska, i nie czułam się z tym najlepiej.

Gdy jedliśmy, niebo z wolna zaczęło zasnuwać się chmurami. Obłoki rzucały na piasek długie cienie, plamiły ciemno grzbiety fal, a co jakiś czas przesłaniały na chwilę tarczę słońca. Skończywszy posiłek, ludzie rozpierzchli się po plaży. Część poszła nad wodę, gdzie mimo licznych grzywaczy, próbowali zabawiać się, puszczając kaczki, inni namawiali się na kolejny spacer do sadzawek. Mike w towarzystwie oddanej mu Jessiki wyruszył do jedynego w wiosce sklepu, zabrało się z nimi także kilku miejscowych. Ja siedziałam nadal na kłodzie przy ognisku. Naprzeciwko Lauren i Tyler majstrowali przy odtwarzaczu CD, który ktoś pomysłowy przywiózł ze sobą. W kręgu pozostało również trzech mieszkańców rezerwatu, w tym Jacob i najstarszy z chłopaków, który wcześniej wszystkich przedstawiał.

Kilka minut po tym, jak Angela odeszła w stronę jeziorek, Jacob zajął nieśmiało jej miejsce u mego boku. Wyglądał na jakieś czternaście, piętnaście lat. Miał wystające kości policzkowe, ciemne, głęboko osadzone oczy i długie, lśniące włosy związane w luźną kitkę. Jedwabista skóra chłopca przypominała kolorem cynamon, a jakaś miękkość w owalu twarzy zdradzała, że jeszcze niedawno był dzieckiem. Piękna twarz, pomyślałam. Niestety, pierwsze słowa, które padły z ust nieznajomego, popsuły to dobre wrażenie.

– Jesteś Isabella Swan, prawda? – zapytał.

Wrócił koszmar pierwszego dnia w szkole.

– Bella – poprawiłam zrezygnowana.

– Jacob Black. – Wyciągnął dłoń na przywitanie. – Kupiłaś furgonetkę mojego taty.

– Ach tak. – Odetchnęłam z ulgą. Uścisnęliśmy sobie ręce. – Syn Billy'ego. Pewnie powinnam ciebie kojarzyć.

– Raczej nie, ja jestem najmłodszy w rodzinie. Ale moje dwie starsze siostry chyba pamiętasz?

– Rachel i Rebecca – przypomniałam sobie nagle. Charlie i Billy zostawiali nas razem, kiedy łowili ryby, ale byłyśmy wszystkie zbyt nieśmiałe, żeby zaprzyjaźnić się jak należy. Poza tym tak często dostawałam wtedy napadów złości, że tato przestał mnie ze sobą zabierać, zanim skończyłam jedenaście lat.

– Siostry też tu są? – Przyjrzałam się dziewczynom stojącym nad wodą, zastanawiając się, czy udałoby mi się je rozpoznać.

– Nie. – Jacob pokręcił głową. – Rachel dostała stypendium i mogła wyjechać na uniwersytet stanowy, a Rebecca wydała się za surfera z Samoa. Mieszka teraz na Hawajach.

– Kurczę, już po ślubie. – Byłam w szoku. Bliźniaczki miały niespełna dziewiętnaście lat.

– I jak ci przypadła do gustu nasza furgonetka?

– Uwielbiam ją. Świetnie się spisuje.

– Ale wolno jeździ – zaśmiał się. – Naprawdę się ucieszyłem, kiedy Charlie ją kupił. Tata nie pozwalał mi zabrać się do klecenia nowego wozu, tłumacząc, że temu przecież nic nie brakuje.

– Nie jest tak źle – zaoponowałam.

– Próbowałaś jechać powyżej sześćdziesięciu mil na godzinę?

– Nie.

– I dobrze – zażartował. – Lepiej nie próbuj.

Odwzajemniłam uśmiech.

– Jest za to świetna w kolizjach – dodałam na jej obronę.

– Chyba nawet czołg nie dałby staruszce rady.

– A więc remontujesz auta? – Byłam pod wrażeniem.

– Kiedy mam czas. I odpowiednie części. Może wiesz, gdzie mógłbym dostać cylinder do volkswagena rabbita, rocznik 1986? – znowu zażartował. Miał przyjemny, niski, nieco ochrypły głos.

– Przykro mi, nie mam pojęcia – parsknęłam śmiechem. – Ale będę miała oczy szeroko otwarte. – Nawet nie wiedziałam, co to ten cylinder. Łatwo mi się z Jacobem rozmawiało.

Uśmiechnął się serdecznie, najwyraźniej mnie polubił. Ale nie tylko ja to zauważyłam.

– To wy się znacie z Bellą? – spytała go Lauren. Ton jej głosu wydał mi się szyderczy.

– Można by powiedzieć, że od urodzenia.

– Jak miło – stwierdziła, prychając nieprzyjemnie. Widać było w jej spojrzeniu, że chce mi jakoś dokuczyć.

– Właśnie mówiłam Tylerowi – zwróciła się do mnie, przyglądając mi się badawczo – jaka to wielka szkoda, że żadne z Cullenów się dziś nie pojawiło. Czy nikomu nie przyszło do głowy, żeby ich zaprosić? – Trudno było uwierzyć, że boleje nad ich nieobecnością.

Zanim zdążyłam cokolwiek odpowiedzieć, ku irytacji Lauren odezwał się najstarszy z Indian. Był już raczej dorosłym mężczyzną niż chłopcem i mówił basem.

– Masz na myśli dzieci doktora Cullena?

– Tak, a co, znasz ich? – odparła dziewczyna, traktując obcego z góry.

– Cullenowie tu nie przyjeżdżają – stwierdził, ignorując jej pytanie, i tym samym zamknął temat.

Tyler zrobił się trochę zazdrosny i spytał Lauren, co sądzi o jakiejś płycie, zostawiła nas więc w spokoju.

Spojrzałam na Indianina zdziwiona, chcąc dowiedzieć się czegoś więcej, ale patrzył w zamyśleniu na las za naszymi plecami.

W jego słowach kryło się coś więcej. Podkreślił wyraz „nie" w sposób, który kazał się domyślać, że rodzina ta nie jest tu mile widziana, nie ma pozwolenia tu bywać. Odkrycie to wstrząsnęło mną głęboko i nie potrafiłam go zbagatelizować.

Jacob przerwał te rozważania.

– A jak tam Forks, dostajesz już kręćka?

– Ach, mało powiedziane – wywróciłam oczami. Uśmiechnął się ze zrozumieniem.

Nadal wracałam myślami do wzmianki o Cullenach, aż nagle wpadłam na pewien pomysł, głupi, ale nic innego nie przychodziło mi do głowy. Miałam tylko nadzieję, że Jacob nie ma jeszcze większego doświadczenia w obchodzeniu się z dziewczynami i nie połapie się, że nie o flirt mi chodzi. Zresztą, nawet prawdziwa próba flirtowania w moim wykonaniu musiałaby wypaść żałośnie.

– Przejdziemy się po plaży? – zapytałam, próbując naśladować sztuczkę Edwarda z patrzeniem spod rzęs. Z pewnością nie mogło to dać podobnego efektu, ale chłopak i tak okazał się chętny.

Ruszyliśmy na północ po wielobarwnych głazach ku skupisku wyrzuconych przez morze konarów. Chmury przesłoniły właśnie na niebie ostatni skrawek błękitu – wody zatoki ściemniały i zrobiło się zimno. Wcisnęłam dłonie głęboko w kieszenie kurtki.

– Ile masz lat, szesnaście? – spytałam, trzepocząc rzęsami jak jakaś panienka z głupawego serialu. Starałam się nie wyjść przy tym na kompletną idiotkę.

– Dopiero co skończyłem piętnaście – przyznał się mile połechtany.

– Naprawdę? – udałam niedowierzanie. – Dałabym głowę, że więcej.

– Jestem dość wysoki jak na swój wiek – wyjaśnił.

– Często bywasz w Forks? – ciągnęłam, jakby odpowiedź twierdząca miałaby mnie bardzo ucieszyć. Żenada, pomyślałam, bojąc się, że Jacob oskarży mnie zaraz o dziewczyńskie gierki, ale moje słowa nadal mu schlebiały.

– Raczej nie. – Zmarszczył czoło. – Ale jak tylko wykończę auto, będę mógł wpadać do woli. Gdy już będę miał prawko – dodał.

– Co to za chłopak, z którym rozmawiała Lauren? Chyba jest już trochę za stary na ogniska z nastolatkami. – Celowo podkreśliłam różnicę wieku, żeby Jacob nie poczuł się zagrożony.

– To Sam. Ma dziewiętnaście lat.

– Powiedział coś dziwnego o rodzinie doktora.

– O Cullenach? No tak, mają zakaz wstępu na teren rezerwatu. – Spojrzał gdzieś w bok, w stronę wyspy Jamesa. A więc miałam rację.

– Dlaczego?

Chłopak przeniósł wzrok na mnie i zagryzł wargi.

– Kurczę, tak właściwie nie powinienem ci o tym mówić.

– Nie puszczę pary z ust. Po prostu jestem ciekawa. – Uśmiechnęłam się przy tym przymilnie, zastanawiając się, czy nie przesadzam z tym graniem.

Ale Jacob połknął haczyk, odwzajemnił uśmiech. Gdy ponownie się odezwał, głos miał jeszcze bardziej zachrypnięty.

– Lubisz mrożące krew w żyłach historie? – zaczął złowieszczo.

– Ubóstwiam – zapewniłam go, przybierając odpowiednią minę.

Chłopak podszedł do przyniesionego przez przypływ drzewa, którego sterczące na boki korzenie przypominały nogi ogromnego, bladego pająka. Przysiadł na jednym z nich, a ja przycupnęłam na pniu. Przez chwilę spoglądał tylko na skały, a w kącikach jego szerokich warg czaił się uśmiech. Widać było, że obmyśla, jak to wszystko najlepiej opowiedzieć. Skupiłam się na okazywaniu zainteresowania, które przecież odczuwałam naprawdę.

– Znasz którąś z naszych legend o tym, skąd się wzięliśmy? No wiesz, my, plemię Quileute?

Zaprzeczyłam.

– Dużo ich, niektóre cofają się w czasie aż do potopu. Ponoć starożytni Quileuci przywiązali swoje kanoe do czubków najwyższych z rosnących w górach drzew, żeby przetrwać podobnie jak

Noe w arce. – Uśmiechnął się, żeby pokazać mi, że nie za bardzo w to wszystko wierzy. – Inna legenda głosi, że pochodzimy od wilków i że są one nadal naszymi braćmi. Kto je zabija, łamie prawo plemienne. Są wreszcie podania o Zimnych Ludziach – dodał z powagą.

– O Zimnych Ludziach? – Zamarłam. Nie musiałam już grać.

– Tak. Niektóre z nich są równie stare, co te o wilkach, ale inne pochodzą ze znacznie bliższych nam czasów. Ponoć kilku z nich znał mój pradziadek. To on zawarł z nimi pakt o zostawieniu naszych ziem w spokoju.

– Twój własny pradziadek? – wtrąciłam zachęcająco.

– Zasiadał w starszyźnie plemienia, tak jak tato. Widzisz, ci Zimni są naturalnymi wrogami wilka. No, nie wilka, ale wilków, które zmieniają się w ludzi, tak jak nasi przodkowie. Dla was to wilkołaki.

– Wilkołaki mają wrogów?

– Tylko jednego.

Wpatrywałam się w niego niecierpliwie, starając się udawać, że to tylko zachwyt i zaciekawienie.

– Teraz rozumiesz – ciągnął Jacob – że Zimni to wedle tradycji nasi wrogowie. Ale ci, którzy przybyli tu za życia mojego pradziadka, byli inni. Nie polowali, tak jak reszta tej rasy. Ponoć nie stanowili zagrożenia dla plemienia. Dlatego właśnie mógł być zawarty pakt. Oni obiecali trzymać się od naszych ziem z daleka, my, że nie wydamy ich bladym twarzom. – Chłopak mrugnął porozumiewawczo.

– Po co to wszystko, skoro nie byli niebezpieczni? – drążyłam, pilnując, żeby mój rozmówca nie zauważył, że traktuję te podania zupełnie na serio.

– Zwykli ludzie nigdy nie mogą czuć się przy Zimnych bezpieczni, choćby, jak ta ekipa od pradziadka, twierdzili, że się ucywilizowali. Nigdy nie wiadomo, kiedy najdzie ich taki głód, że stracą nad sobą kontrolę. – Teraz to Jacob grał, przybierając ton narratora opowieści grozy.

– Ucywilizowali się, czyli co?

– Utrzymywali, że nie polują na ludzi. Jakoś się tam przestawili i starczały im zwierzęta.

– A co to ma do Cullenów? – spytałam, niby ot tak. – Też są tacy jak ci Zimni twojego pradziadka?

– Nie. – Jacob zamilkł na chwilę dla lepszego efektu. – To dokładnie ta sama rodzina.

Musiał chyba wziąć moją minę za przejaw strachu. Zadowolony ze swoich zdolności gawędziarskich, uśmiechnął się i wrócił do opowieści.

– Teraz jest ich więcej, doszła jedna para, ale reszta to ci sami. W czasach pradziadka znano już ich przywódcę, Carlisle'a. Był tutaj i wyjechał, zanim jeszcze pojawili się biali.

– Czyli Zimni zabijają ludzi? – spytałam w końcu.

Jacob uśmiechnął się złowrogo.

– Piją ich krew. Wy, biali, nazywacie takich wampirami.

Przeniosłam wzrok na bijące o brzeg fale, nie mając pewności, jakie uczucia zdradza moja twarz.

– Dostałaś gęsiej skórki – zauważył Jacob z zachwytem.

– Masz talent – pochwaliłam go, nadal wpatrzona w dal.

– Ale historyjka niezła, prawda? Nic dziwnego, że tata nie pozwala nam jej rozgłaszać.

Nadal wolałam nie patrzeć w jego stronę, żeby nie odgadł, co się dzieje w moim sercu.

– Nie martw się. Nikomu nic nie powiem.

– Chyba właśnie złamałem jedno z postanowień paktu – zaśmiał się.

– Zabiorę ze sobą twoją tajemnicę do grobu – obiecałam i ciarki przebiegły mi po plecach.

– A tak na serio, nie mów nic Charliemu. Wściekł się na tatę, kiedy się dowiedział, że część z naszych nie chodzi do szpitala, odkąd zaczął tam pracować doktor Cullen.

– Jasne, buzia na kłódkę.

– No i co, myślisz teraz, że jesteśmy bandą przesądnych dzikusów? – spytał, niby w żartach, ale i odrobinę niepewnie. Nadal wpatrywałam się w ocean.

Odwróciłam się do niego i obdarzyłam jak najbardziej normalnym uśmiechem.

– Skąd. Świetny z ciebie gawędziarz. Widzisz – pokazałam mu rękę – cały czas mam gęsią skórkę.

– Super – ucieszył się.

Nagle usłyszeliśmy, że ktoś się zbliża – chybotliwe głazy uderzały jeden o drugi. Jednocześnie odwróciliśmy głowy i okazało się, że to Mike z Jessicą. Byli jakieś pięćdziesiąt metrów od nas. Mike pomachał do mnie.

– Tu jesteś, Bello! – zawołał. Widocznie się o mnie niepokoił.

– To twój chłopak? – spytał Jacob, zaalarmowany zaborczą nutą w głosie mojego kolegi. Zdziwiłam się, że uczucia Mike'a tak łatwo rozszyfrować.

– Chyba żartujesz – szepnęłam. Byłam dozgonnie wdzięczna Indianinowi za zdradzenie mi sekretu plemienia, nie chciałam więc, żeby cokolwiek zepsuło mu humor. Mrugnęłam do niego filuternie, pilnując jednak, żeby nie zobaczył tego Mike. Jacob uśmiechnął się. Moje niezdarne zaloty przypadły mu do gustu.

– Czyli, kiedy już zrobię prawo jazdy... – zaczął.

– Wpadnij do Forks. Wyskoczymy gdzieś razem. – Miałam wyrzuty sumienia, że tak go niecnie wykorzystałam, ale z drugiej strony był naprawdę fajny. Moglibyśmy zostać dobrymi przyjaciółmi.

Mike był tuż-tuż, Jess kilka kroków za nim. Chłopak przyjrzał się Jacobowi podejrzliwie i wyraźnie uspokoił, gdy zobaczył, że mój towarzysz jest tak młody.

– Gdzie się podziewałaś? – spytał, choć odpowiedź była chyba oczywista.

– Jacob opowiadał mi miejscowe legendy – odpowiedziałam. – Bardzo ciekawe. – Obdarzyłam Indianina ciepłym uśmiechem, a on go odwzajemnił.

– Ach tak. – Mike zamilkł na chwilę, zastanawiając się, co ma myśleć o tym przejawie zażyłości. – Zbieramy się. Chyba zaraz lunie.

Skierowaliśmy wszyscy wzrok ku niebu. Rzeczywiście, na to wyglądało.

– W porządku – zerwałam się. – Już idę.

– Miło było cię znowu widzieć – powiedział Jacob, podkreślając słowo „znowu". Chciał pewnie się odrobinkę z Mikiem podroczyć.

– Mnie też. Obiecuję, że zabiorę się z Charliem, kiedy będzie jechał do Billy'ego następnym razem.

– Bomba. – Był wniebowzięty.

– I jeszcze raz wielkie dzięki – dodałam szczerze.

W drodze powrotnej na parking naciągnęłam kaptur. Pierwsze krople deszczu znaczyły głazy pojedynczymi czarnymi kropkami. Kiedy dotarliśmy do aut, inni już się przy nich krzątali. Wcisnęłam się na tylne siedzenie między Angelę a Tylera, oświadczając, że jeśli chodzi o miejsce koło kierowcy, kolej na kogoś innego. Angela przyglądała się w milczeniu początkom burzy za oknem, a Tylera zajęła rozmową siedząca przed nim Lauren, mogłam więc, nieniepokojona przez nikogo, zamknąć oczy, oprzeć wygodnie głowę i spróbować absolutnie o niczym nie myśleć.

7 Koszmar

Powiedziałam Charliemu, że mam dużo zadane i nie chcę nic jeść. Oglądał właśnie jakiś superważny dla siebie mecz koszykówki – nie miałam oczywiście pojęcia, co w tym sporcie może być fascynującego – więc nic dziwnego, że nie zwrócił uwagi na zmianę w moim głosie czy wyrazie twarzy.

Drzwi do pokoju zamknęłam na klucz, po czym z czeluści biurka wygrzebałam stare słuchawki i podłączyłam je do przenośnego odtwarzacza CD. Z płyt wybrałam tę, którą Phil kupił mi na

Gwiazdkę. Był to album jego ulubionego zespołu – trochę za dużo basu i wrzasków jak na mój gust. Położyłam się na łóżku, wcisnęłam „play" i podkręciłam głośność tak, że hałas aż ranił uszy. Zamknęłam oczy, ale nadal przeszkadzało mi dzienne światło, więc zakryłam sobie górną połowę twarzy poduszką.

Całą swoją uwagę skoncentrowałam na muzyce. Próbowałam wychwycić wszystkie słowa tekstów piosenek i zanalizować skomplikowane rytmy perkusji. Przesłuchując płytę po raz trzeci, znałam już na pamięć wszystkie refreny. Doszłam też do wniosku, że album zyskuje przy bliższym poznaniu. Obiecałam sobie podziękować Philowi przy najbliższej okazji.

Najważniejsze było jednak to, że obrana przeze mnie metoda podziałała. Wsłuchana w ogłuszający łomot, nie myślałam o niczym innym, i o to właśnie chodziło. Leżałam tak i leżałam, zaczęłam już nawet bezbłędnie wtórować wokaliście, aż w końcu zmorzył mnie sen.

Kiedy otworzyłam oczy, okazało się, że nie jestem w swojej sypialni, ale w zupełnie innym, choć znajomym miejscu. Tylko jakiś przebłysk świadomości podpowiadał mi, że śnię.

Otaczało mnie zielonkawe światło przybrzeżnego lasu. Słyszałam, jak fale oceanu rozbijają się nieopodal o skały, i wiedziałam, że jeśli wyjdę na plażę, zobaczę na powrót słońce. Chciałam już podążyć za tym kojącym dźwiękiem, gdy wtem zjawił się Jacob Black, chwycił mnie za rękę i zaczął ciągnąć ku najmroczniejszej części boru.

– Jacob? Czy coś się stało? – spytałam. Twarz miał wykrzywioną strachem. Mocował się ze mną, starając się przełamać mój opór, bo nie miałam zamiaru wchodzić w ciemny gąszcz.

– Biegnij, Bello! Musisz uciekać! – szepnął zatrwożony.

– Tędy, Bello! – Rozpoznałam głos Mike'a. Dochodził z głębi lasu, choć jego samego nie było widać.

– Ale dlaczego? O co chodzi? – Nadal wyrywałam się w stronę słońca.

Nagle Jacob rozluźnił uścisk, jęknął głośno i wstrząsany dreszczami padł na ściółkę.

– Jacob! – krzyknęłam przerażona, ale po chłopaku nie było już śladu. Zamiast niego leżał przede mną wielki wilk o czarnych oczach. Zwierzę skierowało pysk w stronę wybrzeża i najeżyło się. Spomiędzy obnażonych kłów wydobył się niski charkot.

– Bello, uciekaj! – zawołał znowu Mike gdzieś z tyłu, nie odwróciłam się jednak. Jak zaczarowana przyglądałam się zbliżającemu się od plaży światłu.

Zza drzew wyszedł Edward. Jego skóra jarzyła się delikatnie, a oczy były groźne i czarne jak noc. Kiedy skinął na mnie, wilk u mych stóp zawarczał ostrzegawczo.

Zrobiłam krok do przodu. Edward się uśmiechnął. Miał ostre, spiczasto zakończone zęby.

– Zaufaj mi – zamruczał przyjaźnie.

Zrobiłam kolejny krok.

Wilk poderwał się znienacka i rzucił na wampira, celując w jego szyję.

– Nie! – krzyknęłam, podnosząc się raptownie do pozycji siedzącej.

Tkwiące nadal w uszach słuchawki pociągnęły za sobą odtwarzacz CD, który spadł z hukiem ze stolika nocnego na drewnianą podłogę.

Światło w pokoju było włączone, a ja siedziałam na łóżku, ubrana i w butach. Zdezorientowana zerknęłam na zegarek na komodzie. Wskazywał piątą trzydzieści rano.

Z jękiem zwaliłam się z powrotem na łóżko i przekręciłam na brzuch, zsuwając buty, było mi jednak niewygodnie i nie mogłam zasnąć. Wróciwszy do poprzedniej pozycji, rozpięłam dżinsy i zsunęłam je niezdarnie, usiłując się nie podnosić. Teraz uwierał mnie jeszcze warkocz. Położyłam się na boku, ściągnęłam z włosów gumkę, a splot rozczesałam pospiesznie palcami. Na koniec znów naciągnęłam na głowę poduszkę.

Oczywiście wszystko to na nic się nie zdało. Moja podświadomość raczyła mnie właśnie obrazami, o których starałam się zapomnieć. Chcąc nie chcąc, musiałam się z nimi zmierzyć.

Gdy usiadłam na łóżku, zakręciło mi się w głowie, odczekałam więc, aż krew spłynie w dół ciała. Wszystko po kolei, pomyślałam, biorąc do ręki kosmetyczkę, zadowolona poniekąd, że mogę odwlec to nieco w czasie.

Wzięłam prysznic, ale minęło zaledwie parę minut. Potem specjalnie starannie wysuszyłam włosy. Niestety, wkrótce nie miałam w łazience już nic do roboty. Owinięta ręcznikiem, wróciłam do swojego pokoju. Nie wiedząc, czy Charlie jeszcze śpi, czy też dokądś pojechał, wyjrzałam przez okno. Radiowóz zniknął. Tato znów wybrał się na ryby.

Ubrałam się powoli w najwygodniejszy ze swoich dresów i pościeliłam łóżko, choć normalnie nigdy tego nie robiłam. Teraz pozostawało mi tylko zabrać się do dzieła. Podeszłam do biurka i włączyłam komputer.

Korzystanie z internetu w Forks było męczarnią. Modem miał już swoje lata, a darmowy pakiet usług standardem znacznie odbiegał od normy. Samo łączenie się z siecią ciągnęło się bez końca. Postanowiłam w tym czasie zjeść miskę płatków z mlekiem.

Jadłam powoli, dokładnie przeżuwając każdy kęs. Skończywszy posiłek, umyłam miskę i łyżkę, wytarłam je ścierką i odłożyłam na miejsce. Powlokłam się na górę jak na stracenie. Zanim zasiadłam przed komputerem, podniosłam z podłogi odtwarzacz CD i postawiłam go na samym środku stolika, a słuchawki schowałam do szuflady biurka. Włączyłam tę samą płytę co wczoraj, tym razem ciszej, tylko jako tło.

Z westchnieniem spojrzałam wreszcie na ekran. Wypełniały go, rzecz jasna, automatycznie otwierające się okna reklamowe. Zajęłam miejsce przy biurku i zaczęłam je wszystkie zamykać. W końcu mogłam wejść na stronę swojej ulubionej wyszukiwarki. Pozbywszy się kilku kolejnych natrętnych reklam, wpisałam jedno jedyne słowo.

„Wampiry".

Po dłuższej chwili na ekranie wyświetliły się rezultaty poszukiwań. Większość z nich nadawała się do kosza. Było tam wszystko – od filmów i programów telewizyjnych po RPG, alternatywny metal i kosmetyki do makijażu dla fanów Marilyna Mansona.

Jedna ze stron wydała mi się jednak obiecująca – nazywała się „Wampiry od A do Z". Czekałam cierpliwie, aż się otworzy, kasując metodycznie kolejne reklamy. W końcu ściągnęła się w całości. Wyglądała skromnie, akademicko – czarna czcionka na białym tle. Strona startowa witała gości dwoma cytatami:

W mrocznym, przepastnym świecie duchów i demonów nie masz istoty równie strasznej, równie odpychającej, a mimo to darzonej taką fascynacją, bojaźnią przesyconą, co wampir, który ni demonem, ni duchem nie jest, lecz jeno tajemnicze i potworne cechy obojga dzieli – wielebny Montague Summers*.

Jeśli ma człowiek na co w świecie dowody, to na istnienie wampirów. Nie brakuje niczego: raporty oficjalne, zeznania obywateli szanowanych, chirurgów, urzędników, księży. Lecz mimo to któż w wampiry wierzy? – Rousseau.

Resztę strony głównej zajmowała alfabetyczna lista wszystkich podań o wampirach z całego świata. Kliknęłam najpierw na hasło Danag. Okazało się, że to wampir z Filipin, który ponoć zapoczątkował w tym kraju uprawę jadalnych bulw taro. Pracował z ludźmi przez wiele lat, aż któregoś dnia pewna kobieta zacięła się przy nim w palec. Danag zaczął ssać jej ranę, co spodobało mu się tak bardzo, że wypił z ofiary całą krew.

Czytałam z uwagą kolejne opisy, wypatrując czegoś, co brzmiałoby znajomo albo przynajmniej prawdopodobnie. Większość mitów koncentrowała się na pięknych kobietach w rolach demonów oraz dzieciach w rolach ofiar. Wydawało się, że historie te powstały po to, by uzasadnić wysoką śmiertelność wśród najmłodszych i usprawiedliwić mężowskie skoki w bok. Do popularnych wątków należały także poczynania bezcielesnych duchów

---

* Montague Summers (1880–1948), brytyjski duchowny katolicki, autor wielu publikacji o wampirach.

i ostrzeżenia przed nieprawidłowymi pochówkami. Nic z tego nie przypominało zbytnio znanych mi filmowych fabuł, a tylko w paru legendach, na przykład w hebrajskiej o Estrie czy w polskiej o upiorze, wspominano w ogóle o piciu krwi.

Zaledwie trzy hasła tak naprawdę przykuły moją uwagę: o rumuńskim Varacolaci, potężnej istocie, która przybierała postać pięknego, bladego mężczyzny; o słowackim Nelapsi, obdarzonym taką zręcznością i siłą, że potrafił zmasakrować całą wioskę w ciągu godziny; i wreszcie o Stregoni benefici.

O tym ostatnim było tylko jedno zdanie: *Stregoni benefici – wampir włoski, ponoć stojący po stronie dobra, śmiertelny wróg wszystkich złych wampirów.*

Poczułam ulgę, że znalazłam choć jedną króciutką wzmiankę o istnieniu dobrych wampirów.

Czytając, próbowałam porównywać poszczególne opisy wampirów z tym, co już o nich niby wiedziałam. Według Jacoba Zimni Ludzie byli nieśmiertelni, pili krew, mieli chłodną skórę i występowali przeciwko wilkołakom. Z moich własnych obserwacji wynikało z kolei, że istoty te są nadludzko piękne, silne i szybkie, mają bladą cerę, a ich oczy potrafią zmieniać barwę. Niestety, żaden z mitów nie wspominał choćby o kilku z tych cech naraz.

Nie zgadzało się coś jeszcze. Zarówno w znanych mi horrorach, jak i w wielu podaniach z internetu, wampiry nie mogły przebywać na słońcu, które spalało je na popiół. Dnie spędzały, śpiąc w trumnach, a wychodziły po zmroku.

Zdenerwowana wyłączyłam jednym ruchem komputer, nie zawracając sobie głowy wyjściem z programu jak należy. Oprócz irytacji czułam także zażenowanie. Co za głupota. Niedzielny poranek, a ja szukam informacji o wampirach. Co mi strzeliło do głowy? Doszłam do wniosku, że winowajcą jest nieszczęsne Forks, a może i cały półwysep Olympic.

Miałam ogromną potrzebę wyjścia z domu, ale od wszystkich miejsc, w których chciałabym się znaleźć, dzieliło mnie ze trzy dni jazdy. Mimo to włożyłam buty, zeszłam na dół, narzuciłam na siebie kurtkę i nie sprawdzając nawet, jaka jest pogoda, nie wiedząc, dokąd właściwie zmierzam, wyszłam na podjazd.

Niebo było zachmurzone, ale jeszcze nie padało. Minęłam obojętnie swoją furgonetkę i ruszyłam na wschód, w las. Po chwili dom i droga znikły mi z oczu, a jedynymi dźwiękami, jakie dochodziły mych uszu, były mlaskanie błota i pokrzykiwania sójek.

Gdyby nie wyraźnie widoczna ścieżka, nigdy nie odważyłabym się iść tak sama. Nie potrafiłam orientować się w terenie. Nie przerywałam marszu, byłam coraz dalej od szosy, szlak tymczasem wiódł nieprzerwanie na wschód, a przynajmniej tak mi się wydawało. Wił się wśród świerków, choin, cisów i klonów. Nie byłam zbyt dobra w rozróżnianiu drzew, ale pamiętałam to i owo z dzieciństwa, kiedy to Charlie miał w zwyczaju pokazywać mi różne gatunki z samochodu. Wielu nie znałam w ogóle, inne trudno było rozpoznać, ponieważ pokrywały je gęsto zielone jemioły.

W głąb lasu popchnął mnie gniew, który z czasem zelżał i zwolniłam kroku. Ze stropu gałęzi wysoko w górze spadały pojedyncze krople, ale nie umiałam ocenić, czy to początki ulewy, czy tylko resztki z wczoraj zalegające na liściach. Zaledwie parę metrów od ścieżki świeżo powalone drzewo – wiedziałam, że stało się to niedawno, bo kory nie pokrywał jeszcze mech – tuliło się do pnia jednej ze swych sióstr, tworząc coś w rodzaju przytulnej ławeczki. Przedarłam się ku niej przez paprocie i ostrożnie usiadłam na wilgotnym siedzisku, upewniając się wpierw, że dotykam go tylko kurtką, a nie innymi częściami ubrania. O drugie żywe drzewo oparłam zakapturzoną głowę.

Ten spacer to nie był najlepszy pomysł. Zielony las zbytnio przypominał scenerię z ostatniego koszmaru, żebym mogła zapomnieć o tym, co mnie trapi, ale dokąd miałam niby pójść? Odkąd usiadłam i ucichły odgłosy moich kroków, panująca w puszczy cisza stała się nie do zniesienia. Nawet ptaki zamilkły. Kropli przybywało, więc zapewne ponad koronami drzew zaczął padać deszcz. Wokół rozrastały się tak bujne paprocie, że z niedalekiej ścieżki musiałam być zupełnie niewidoczna.

W takim otoczeniu było mi jednak łatwiej uwierzyć w internetowe historie, których niedorzeczność rano mnie zażenowała. Tu nic nie zmieniło się od tysięcy lat. Legendy z całego świata wydawały się bardziej realne w zielonkawym świetle niż w czterech ścianach zwyczajnej sypialni.

Z niechęcią zmusiłam się do skoncentrowania na dwóch najważniejszych zagadnieniach, z którymi powinnam się uporać.

Po pierwsze, musiałam podjąć decyzję, czy to, co Jacob opowiadał o Cullenach, może być prawdą.

Mój umysł nie chciał przyjąć tego do wiadomości. Rodzina wampirów – to brzmiało tak idiotycznie. Ale jeśli nie to, to co? Nie dało się na przykład wytłumaczyć racjonalnie, w jaki sposób Edward uratował mi życie. A co z nadludzką siłą i urodą, bladą skórą, szybkim przemieszczaniem czy oczami zmieniającymi barwę z czarnych na złote i z powrotem? Stopniowo przypominałam sobie coraz więcej szczegółów: rodzeństwo poruszało się z niebywałym wdziękiem i chyba nigdy nie jadało. A on sam? Czasami mówił z dziwną, jakby przedwojenną intonacją, potrafił też użyć jakiegoś słowa czy zwrotu rodem ze stuletniej powieści, a nie licealnej klasy w dwudziestym pierwszym wieku. Kiedy badaliśmy grupy krwi, poszedł na wagary. Zanim zgodził się pojechać ze mną na wycieczkę nad morze, spytał, dokąd się wybieramy, i dopiero wtedy odmówił. Potrafił czytać innym ludziom w myślach – to znaczy wszystkim oprócz mnie. Twierdził, że jest groźny.

Czyżby Cullenowie naprawdę byli wampirami?

Cóż, czymś z pewnością byli. Ich cechy i zdolności odróżniały ich zbytnio od zwykłych ludzi. Czy wierzyć w indiańskie podania, czy w moje własne teorie wysnute z komiksów, jedno było pewne – Edward i ja nie należeliśmy do tej samej rasy.

Wersja Jacoba była zatem prawdopodobna. Prawdopodobna, nic więcej. Na razie musiałam się tym zadowolić.

Pozostawało jeszcze jednak drugie, najważniejsze pytanie – co zrobię, jeśli Edward naprawdę jest wampirem?

Przerażała mnie ta możliwość. Edward wampirem. Co począć? Przede wszystkim wiedziałam, że nie powinnam tego rozgłaszać. Mnie samej trudno było w to wszystko uwierzyć. Jak nic, ktoś życzliwy wsadziłby mnie do domu wariatów.

Pozostawało więc wziąć sobie do serca radę Edwarda: pójść po rozum do głowy i zacząć unikać go za wszelką cenę. Zachowywać się odtąd tak, jakby nie istniał. Podczas lekcji biologii udawać, że dzieli nas mur. Odwołać nasz wspólny wyjazd do Seattle. Powiedzieć mu, żeby zostawił mnie w spokoju – tym razem jak najbardziej na serio.

Gdy zaczęłam sobie wyobrażać, jak to będzie, żal ścisnął mi serce. Na szczęście, w tym samym momencie, przyszła mi do głowy pewna myśl.

Edward może i był niebezpieczny, ale do tej pory mnie nie skrzywdził. Wręcz przeciwnie – gdyby nie on, auto Tylera zgniotłoby mnie na miazgę. W dodatku zareagował tak błyskawicznie, że mogło to być z jego strony odruchowe. Czy mógł być taki zły, przekonywałam siebie samą, skoro miał odruch ratowania życia? Pytanie to pozostawało na razie bez odpowiedzi.

Poza tym byłam głęboko przekonana – co ostatnimi czasy zdarzało mi się rzadko – że złowrogi Edward z koszmaru nie był prawdziwym Edwardem, a jedynie reakcją na rewelacje Jacoba. Co więcej, gdy ten niby-Edward, a więc ucieleśnienie mojego lęku przed wampirami, został we śnie zaatakowany przez wilka, krzyknęłam: „Nie", bo to o niego się bałam, a nie o zwierzę. Stał tam z obnażonymi, ostrymi zębami, a ja mimo to drżałam o jego życie.

Taka była prawda o moich uczuciach. Nie wiedziałam, czy w ogóle mam jakiś wybór. Znałam prawdę – jeśli to rzeczywiście była prawda – ale nic więcej nie mogłam zrobić. Wystarczyło, że pomyślałam o nim: o jego głosie, jego hipnotycznym spojrzeniu, magnetycznej sile jego osobowości… Niczego tak bardzo nie chciałam, jak tego, by z nim być. Nawet jeśli… Nie, nie chciałam teraz o tym myśleć. Nie tu, w samotności, w środku lasu. Zaczął padać deszcz, zrobiło się tak ciemno, jakby zapadał już zmierzch. Werbel kropel na ściółce przypominał odgłos ludzkich kroków. Zadrżałam.

Zerwałam się z miejsca, przepełniona irracjonalnym lękiem, że deszcz rozmył ścieżkę.

Na szczęście nic jej się nie stało. Nadal była widoczna i wiodła ku wyjściu z ociekającego wilgocią, zielonego labiryntu. Ruszyłam nią pospiesznie, z kapturem naciągniętym na głowę, dopiero teraz uświadamiając sobie ze zdziwieniem, jak daleko zawędrowałam. Po pewnym czasie zaczęłam się nawet bać, że idę w złą stronę, coraz głębiej zanurzam się w leśne ostępy, ale zanim zdążyłam ulec panice, dostrzegłam wśród gałęzi pierwsze skrawki wolnej przestrzeni. Chwilę potem usłyszałam warkot przejeżdżającego samochodu. Byłam uratowana. Przede mną rozciągał się znajomy trawnik, a dom Charliego kusił wizją ciepłego kominka i pary suchych skarpetek.

Było jeszcze wcześnie, niedawno minęło południe. Poszłam do swojego pokoju, gdzie przebrałam się w dżinsy i podkoszulek – nie zamierzałam już tego dnia nigdzie wychodzić. Gdy zasiadłam do pisania wypracowania o *Makbecie*, nie miałam żadnych problemów z koncentracją. Nie czułam się tak dobrze od... jeśli mam być szczera, od czwartkowego popołudnia.

Poniekąd mnie to nie zdziwiło, taka byłam od zawsze. Podejmując decyzje, okropnie się męczyłam, ale kiedy zostały podjęte, ogarniał mnie spokój i zaczynałam po prostu działać według planu, szczęśliwa, że najgorsze mam już za sobą. Czasami, rzecz jasna, pozostawało przygnębienie – tak jak wtedy, gdy postanowiłam przyjechać do Forks – ale było to lepsze niż ciągłe rozpatrywanie różnych opcji.

Tym razem pogodzenie się z podjętą decyzją poszło łatwo. Niebezpiecznie łatwo.

Dzień minął mi zatem spokojnie i produktywnie – wypracowanie skończyłam przed ósmą. Charlie wrócił z połowu obładowany, zanotowałam więc sobie w myślach, żeby kupić książkę z przepisami na przyrządzanie ryb, kiedy będę w Seattle. Na myśl o tej wyprawie nadal przebiegały mnie ciarki, ale zupełnie takie same jak przed rozmową z Jacobem. Wiedziałam, że powinnam być przerażona, ale nic z tego nie wychodziło. Zamiast lękać się o własne życie, potrafiłam co najwyżej ekscytować się i denerwować tym, jak to będzie.

Wymęczona wczorajszymi koszmarami i wczesną pobudką, tej nocy nie miałam żadnych snów, a rano, po raz drugi od przyjazdu do Forks, zostałam obudzona promieniami słońca. Podbiegłam w podskokach do okna, nie mogąc się nadziwić czystości nieba. Nieliczne chmury były ledwie puszystymi barankami, które z pewnością nie niosły w sobie deszczu. Otworzyłam okno – o dziwo, tyle lat nie były w użyciu, a zawiasy nawet nie skrzypnęły – i zachłysnęłam się łapczywie niemal suchym powietrzem. Było prawie ciepło i bezwietrznie. Krew zaczęła mi raźniej krążyć w żyłach.

Gdy zeszłam na dół, Charlie kończył śniadanie. Od razu zorientował się, w jakim jestem nastroju.

– Ładna dziś pogoda – stwierdził.

– O tak – potwierdziłam z uśmiechem.

Odwzajemnił go. W kącikach jego piwnych oczu pojawiły się urocze zmarszczki. Co prawda nie ulegał już romantycznym porywom serca, brązowe loki, które po nim odziedziczyłam, zaczęły z wolna ustępować lśniącej połaci czoła, ale kiedy się uśmiechał, łatwiej było mi zrozumieć, dlaczego z matką tak szybko zdecydowali się na ślub. Umiałam wyobrazić sobie tego wesołego młodego człowieka, który uciekł z nią, gdy była zaledwie dwa lata starsza ode mnie.

Dobry humor nie opuszczał mnie i przy śniadaniu. Jadłam, obserwując, jak drobinki kurzu tańczą w promieniach słońca. Charlie krzyknął z przedsionka, że wychodzi, i usłyszałam odgłos zapalanego silnika. Przed wyjściem z domu zawahałam się nad kurtką – kusiło mnie, żeby ją zostawić. W końcu z westchnieniem przełożyłam ją przez rękę. Za drzwiami powitało mnie najjaskrawsze światło, jakie dane mi było widzieć od kilku tygodni.

W furgonetce tak długo męczyłam się z korbkami, aż udało mi się całkowicie otworzyć okna. Parking szkolny ział pustkami – tak mi było spieszno na dwór, że nawet nie sprawdziłam, która godzina.

Odstawiwszy samochód, skierowałam się ku rzadko używanym stolikom z ławkami znajdującym się koło stołówki. Drewno było jeszcze nieco wilgotne, więc usiadłam na kurtce, zadowolona, że na coś się przyda. Jako że nie należałam do osób aktywnych towarzysko, odrobiłam w weekend wszystkie zadania domowe, chciałam jednak sprawdzić kilka wyników z trygonometrii. Wyciągnęłam podręcznik, ale odpłynęłam już w połowie pierwszego zadania i zaczęłam wpatrywać się w grę światła i cienia na czerwonawej korze okolicznych drzew. Po kilku minutach uświadomiłam sobie, że naszkicowałam bezwiednie parę czarnych oczu. Czym prędzej je wymazałam.

– Bella! – usłyszałam. Zgadłam, że to Mike.

Rozejrzałam się. Gdy siedziałam zamyślona, pojawiło się więcej uczniów. Wszyscy byli w podkoszulkach, niektórzy nawet w szortach, choć temperatura nie mogła przekraczać piętnastu stopni. Mike miał na sobie krótkie bojówki i koszulkę w paski. Szedł w moim kierunku, machając przyjaźnie.

– Cześć – zawołałam, machając. Pogoda sprzyjała serdeczności.

Usiadł koło mnie, uśmiechając się szeroko. Jego misterna fryzura lśniła w słońcu. Był tak uradowany moim widokiem, że aż miło było patrzeć.

– Nie zauważyłem wcześniej, że twoje włosy mają rudawy odcień. – Schwycił w palce jeden z kosmyków unoszonych przez delikatny, wiosenny wietrzyk.

– Tylko w słońcu to widać. – Zatknął mi lok za uchem i przez ten czuły gest poczułam się nieco skrępowana.

– Fantastyczna pogoda, co nie? – spytał.

– Taka, jak lubię.

– Co porabiałaś wczoraj? – Wydał mi się odrobinę zbyt zaborczy.

– Głównie pisałam wypracowanie. – Żeby nie wyjść na chwalipiętę, nie dodałam, że już je skończyłam.

Chłopak pacnął się w czoło.

– No tak. Mamy czas do czwartku, prawda?

– Myślę, że do środy.

– Do środy? – zmartwił się. – To niedobrze... A o czym piszesz?

– Sprawdzam, czy Szekspir nie był mizoginem, analizując sposób, w jaki przedstawia postacie kobiece.

Mike spojrzał na mnie tak, jakbym przemówiła po łacinie.

– W takim razie wypadałoby zabrać się do niego dziś wieczorem – powiedział i westchnął smutno. – Zamierzałem cię gdzieś zaprosić.

– Hę? – Zupełnie mnie zaskoczył. Dlaczego nie mógł zachowywać się jak kolega? Ostatnio robił się coraz śmielszy i tylko mnie to krępowało.

– Wiesz, moglibyśmy zjeść razem kolację, czy coś. Wypracowanie zdążę napisać później.

– Mike... – Znalazłam się w kłopotliwej sytuacji. – To chyba nie najlepszy pomysł.

Zasmucił się.

– Dlaczego? – Spojrzał na mnie podejrzliwie. Przed oczami stanął mi Edward. Ciekawe, czy i Mike właśnie o nim pomyślał.

– Sądzę, że... Tylko nikomu tego nie mów, bo zostanie z ciebie krwawa miazga! – postraszyłam. – Sądzę, że nie byłoby to fair w stosunku do Jessiki.

Teraz to ja go zaskoczyłam. Taka możliwość najwyraźniej nie przyszła mu do głowy.

– Jessiki?

– Ślepy jesteś czy co?

– Och – wydukał oszołomiony. Zdecydowałam, że czas na mnie, i zaczęłam się pakować. – Zaraz zacznie się lekcja – oświadczyłam. – Nie chcę się znowu spóźnić.

Poszliśmy razem, Mike pogrążony w myślach. Miałam nadzieję, że wyciągnie właściwe wnioski.

Kiedy spotkałam Jessicę na trygonometrii, tryskała wprost entuzjazmem. Po południu jechała z Angelą i Lauren do Port Angeles po sukienki na bal i namawiała mnie, żebym zabrała się z nimi. Nie wiedziałam, czy się zgodzić, czy nie. Z przyjemnością wyskoczyłabym do miasta z koleżankami, ale trudno było do takich zaliczyć wrogą mi Lauren. Poza tym, kto wie, co było mi pisane na dziś wieczór... Miałam świadomość, że nie powinnam sobie robić żadnych nadziei, ale nie potrafiłam się opanować. Nie mogłam się też doczekać lunchu. Tak, tak – wyjątkowo ładna pogoda tylko częściowo odpowiadała za mój euforyczny nastrój.

Powiedziałam Jessice, że najpierw muszę porozmawiać z tatą. Gdy szłyśmy na hiszpański, mówiła tylko o balu, a po lekcji podjęła znów ten sam temat. Szłyśmy do stołówki, więc coraz bardziej podekscytowana nie przysłuchiwałam się jej zbyt uważnie. Spieszno mi było zobaczyć nie tylko Edwarda, ale i całe jego rodzeństwo, aby porównać ich zachowanie i wygląd z moimi niedzielnymi przemyśleniami. Wchodząc na salę, poczułam jednak strach – co, jeśli umieją czytać mi w myślach? A potem przypomniało mi się coś jeszcze. Czy Edward znów będzie czekał na mnie, siedząc osobno?

Jak zwykle zerknęłam na stolik Cullenów i zmartwiałam. Nikogo przy nim nie było. Podłamana zaczęłam przeszukiwać wzrokiem stołówkę – była jeszcze szansa, że usiadł gdzieś sam. Hiszpański przedłużył się o pięć minut, pozajmowano więc już niemal wszystkie miejsca. Na próżno jednak wypatrywałam oczy. W stołówce nie było ani śladu Edwarda i jego rodziny. Powlokłam się za Jessicą zrezygnowana, nawet nie udając, że jej słucham.

Przy naszym stoliku siedziała już cała paczka. Zignorowałam wolne miejsce koło Mike'a, wybierając to koło Angeli. Kątem oka zauważyłam, że chłopak grzecznie odsunął krzesło dla Jessiki. W odpowiedzi wyraźnie się rozpromieniła.

Angela zadała mi kilka pytań o wypracowanie z *Makbeta*, na które odpowiedziałam jak najbardziej naturalnym tonem, choć pogrążałam się w coraz głębszej rozpaczy. Dziewczyna ponowiła zaproszenie Jessiki i tym razem przyjęłam je, licząc na to, że choć na chwilę zapomnę o Cullenach.

Gdy weszłam do sali od biologii, zdałam sobie sprawę, że od lunchu tlił się we mnie jeszcze płomyk nadziei. A może tu? Zobaczyłam jednak tylko puste krzesło Edwarda i zalała mnie kolejna fala rozczarowania.

Pozostałe lekcje dłużyły się niemiłosiernie, a słońce nie cieszyło tak jak przedtem. Na WF-ie musieliśmy wysłuchać wykładu o zasadach gry w badmintona – kolejnej zaplanowanej dla mnie torturze – ale przynajmniej siedziałam i słuchałam, zamiast robić z siebie pośmiewisko na korcie. Najlepsze było to, że trener nie zmieścił się w czasie i odpadała także następna lekcja. Za to za dwa dni, uzbrojona w rakietkę, miałam siać spustoszenie wśród pozostałych zawodników.

Cieszyłam się, że wracam już do domu, gdzie przed wyjazdem do Port Angeles mogłam poużalać się nad sobą do woli. Niestety, gdy tylko stanęłam w progu, Jessica zadzwoniła, odwołując nasz wypad, bo Mike zaprosił ją na kolację. Przyjęłam tę wiadomość z ulgą – chyba coś do chłopaka dotarło – ale i nie w smak było mi zostać sam na sam ze swoimi myślami, stąd moja udawana radość brzmiała raczej fałszywie. Zakupy przełożyłyśmy na następny dzień.

Nie wiedziałam, co ze sobą począć. W kuchni nie miałam nic do roboty – ryba leżała w marynacie, a sałatka została z wczoraj. Na jakiś czas zajęłam się odrabianiem lekcji, ale w pół godziny ze wszystkim się uwinęłam. W końcu zabrałam się do czytania zaległych maili od mamy, z każdym kolejnym coraz bardziej poirytowana. Po ostatnim westchnęłam i wystukałam krótką odpowiedź.

Przepraszam, Mamo. Dużo przebywałam poza domem. Byłam nad morzem ze znajomymi. I musiałam napisać wypracowanie.

Moje wymówki brzmiały żałośnie, więc dałam sobie spokój.

Dziś świeci piękne słońce – wiem, też jestem w szoku. Zamierzam siedzieć na dworze i naprodukować tyle witaminy D, ile się tylko da. Kocham Cię,

Bella

Postanowiłam zabić czas, czytając coś niezwiązanego ze szkołą. Przywiozłam ze sobą do Forks niewielką biblioteczkę, w której najbardziej zaczytanym tomem było wydanie zawierające kilka po-

wieści Jane Austen. Wybrałam je i tym razem, a następnie, z wy-
służoną pikowaną kapą znalezioną w bieliźniarce u szczytu schodów, poszłam do ogródka na tyłach domu.

Ogródek Charliego był niewielkim kwadratem. Położyłam się
na brzuchu na złożonej na pół kapie, tam dokąd nie sięgały cienie
okolicznych drzew, na gęstym trawniku, który zawsze był odrobinę wilgotny, nawet w największe upały. Zgięłam nogi tak, by móc
spleść łydki w powietrzu, i zaczęłam kartkować tom, chcąc wybrać coś wyjątkowo absorbującego. Najbardziej lubiłam *Dumę
i uprzedzenie* oraz *Rozważną i romantyczną*, a jako że tę pierwszą
czytałam dość niedawno, zabrałam się ochoczo do drugiej. Niestety, już na początku trzeciego rozdziału uświadomiłam sobie ze
zgrozą, że przecież ukochany głównej bohaterki ma na imię ni
mniej, ni więcej tylko Edward. Rozzłoszczona przerzuciłam się na
Mansfield Park, ale wkrótce natknęłam się tam na podobnie
brzmiącego Edmunda. Doprawdy, czy na początku dziewiętnaste-
go wieku nie było innych imion pod ręką? Zamknęłam książkę
z hukiem, obróciłam się na plecy, podwinęłam wysoko rękawy
i zamknęłam oczy. Nadal wiał tylko delikatny zefirek, ale mimo to
kilka łaskoczących kosmyków znalazło się na mojej twarzy. Szybko zgarnęłam wszystkie włosy do góry, aż utworzyły wachlarz
wkoło mojej głowy. Nie będę myśleć o niczym prócz ciepła promieni na skórze, obiecałam sobie solennie. Słońce rozlewało się
po moich powiekach, policzkach, wargach, szyi i ramionach,
przenikało cienki materiał bluzy...

Obudził mnie odgłos zajeżdżającego pod dom samochodu
Charliego. Podniosłam się zdziwiona. Kiedy, u licha, zasnęłam?
Słońce było już za drzewami. Poczułam nagle, że nie jestem sama,
i rozejrzałam się bacznie.

– Charlie? – Nikt mi nie odpowiedział, trzasnęły tylko drzwi
frontowe.

Idiotycznie podenerwowana zerwałam się na równe nogi
i złożyłam wilgotną już kapę. Gdy wbiegłam do kuchni, żeby zrobić
spóźniony obiad, Charlie odpinał właśnie kaburę.

– Przepraszam, że jeszcze niegotowe. Zasnęłam w ogródku. – Ziewnęłam, przesłaniając usta dłonią.

– Nic nie szkodzi. I tak chciałem najpierw sprawdzić wynik meczu.

Po obiedzie, z braku pomysłów, zasiadłam z Charliem przed telewizorem. Nie leciało nic, na co miałabym ochotę, ale tato wiedział, że nie lubię baseballu, znalazł więc jakiś głupawy sitcom, którego oglądanie ani jemu, ani mnie nie sprawiało przyjemności. Wydawał się jednak zadowolony, że spędzamy wspólnie czas, a i ja zapominałam o swoich smutkach, widząc, że go to cieszy.

– Tato – odezwałam się w trakcie reklam – Angela i Jessica wybierają się jutro po południu do Port Angeles kupić sukienki na bal i prosiły, żebym zabrała się z nimi i pomogła im w wyborze. Mogę jechać?

– Jessica Stanley? – upewnił się.

– I Angela Weber – uściśliłam z westchnieniem.

Coś mu się nie zgadzało.

– Ale przecież nie idziesz na bal?

– Nie, to im mam pomóc znaleźć odpowiednie kreacje. No wiesz, podpowiedzieć coś obiektywnie. – Kobiecie nie trzeba by było tego tłumaczyć.

– No dobrze. – Nadal nie rozumiał, po co jadę, ale pojął, że to dlatego, iż jest mężczyzną. – Ale co z zadaniami domowymi?

– Pojedziemy zaraz po szkole, żeby wrócić wcześnie. Poradzisz sobie z obiadem, prawda?

– Bells, pamiętaj, że żywiłem się sam przez siedemnaście lat.

Cud, że przeżył, pomyślałam, a głośno dodałam:

– Zostawię w lodówce pieczeń na zimno i różne takie. Będziesz miał pożywne kanapki.

Rano znowu było słonecznie, a we mnie w żenujący sposób odżyła nadzieja. Odważyłam się włożyć niebieską bluzkę z dekoltem, którą w Phoenix nosiłam wyłącznie w środku zimy.

Tak jak to sobie zaplanowałam, zajechałam pod szkołę na ostatnią chwilę. Krążyłam po parkingu, wypatrując wolnego miejsca, a przy okazji i srebrnego volvo. Posmutniałam, bo nigdzie nie było go widać. Stanęłam w końcu w ostatnim rzędzie. Do klasy wpadłam zadyszana, ale udało mi się zdążyć przed dzwonkiem.

Wszystko potoczyło się podobnie jak poprzedniego dnia. Co chwila spotykało mnie nowe rozczarowanie, co nie przeszkadzało mi łudzić się resztkami nadziei, najpierw przed lunchem, a potem przed biologią, lecz w klasie czekała na mnie pusta ławka.

Na szczęście jechałyśmy do Port Angeles, w dodatku bez Lauren, bo nie pasował jej nowy termin. Cieszyłam się, że wyrwę się z miasteczka i przestanę tak obsesyjnie się rozglądać, licząc na to, iż Edward stanie niespodziewanie u mojego boku, jak to miał w zwyczaju. Obiecałam sobie, że postaram się być w dobrym humorze, żeby nie zepsuć dziewczynom tych wyjątkowych zakupów. Sama też mogłam się za tym i owym rozejrzeć. Nie dopuszczałam do siebie myśli, że nadchodzący weekend spędzę, włócząc się samotnie po sklepach Seattle. Edward by mnie chyba powiadomił, gdyby chciał wszystko odwołać.

Po szkole wpadłam na chwilę do domu zostawić książki i liścik dla Charliego, w którym objaśniałam jeszcze raz, co może zrobić sobie na obiad. Wyszczotkowawszy szybko włosy, przełożyłam wyświechtany portfel z plecaka do rzadko używanej torebeczki, a Jessica podjechała po mnie swoim starym białym fordem. Następnym przystankiem był dom Angeli. Choć entuzjazm wzbierał we mnie od końca lekcji, poddałam się temu uczuciu na dobre dopiero, gdy minęłyśmy granice miasteczka.

8 Port Angeles

Jess prowadziła auto szybciej od ojca, więc do Port Angeles dotarłyśmy przed czwartą. Dawno już nie spędzałam wolnego czasu w towarzystwie koleżanek, a okazało się, że dodaje mi ono energii. Po drodze słuchałyśmy romantycznych ballad rockowych oraz Jessiki, obgadującej chłopców ze swojej paczki. Z kolacji z Mikiem była bardzo zadowolona i miała nadzieję, że na sobotnim balu wreszcie się pocałują. Taki rozwój wypadków także mnie ucieszył. Angela przyznała, że nie zależy jej na Ericu, ale na samym balu, więc Jess próbowała wyciągnąć od niej, kto jest w jej typie. Czym prędzej zagadałam ją o sukienki i Angela posłała mi pełne wdzięczności spojrzenie.

Port Angeles było miłą miejscowością turystyczną, bardziej cywilizowaną i urokliwą niż Forks. Moje towarzyszki znały go jednak dobrze, więc zamiast na malowniczą promenadę nad zatoką, pojechałyśmy prosto do jedynego w mieście dużego domu towarowego, kilka przecznic od owych przyciągających innych przybyszów atrakcji.

Sobotni bal miał być czymś pośrednim pomiędzy prawdziwym balem a dyskoteką, nie wiedziałyśmy więc dokładnie, jakich kreacji szukać. Przy okazji wyszło na jaw, że nigdy w życiu nie uczestniczyłam w podobnej imprezie. Moje koleżanki przyjęły to z niedowierzaniem.

— Naprawdę nigdy nie byłaś na jakiejś dużej imprezie, no wiesz, tak z chłopakiem? – dopytywała się Jess, gdy wchodziłyśmy do sklepu.

— Nigdy – przyznałam. Nie miałam ochoty zwierzać się z moich kłopotów z koordynacją ruchową, więc dodałam: – Tak właściwie to nigdy nie miałam chłopaka czy kogoś takiego. W Phoenix nie udzielałam się towarzysko.

— Dlaczego? – drążyła Jessica.

— Nikt mnie nigdzie nie zapraszał – odpowiedziałam szczerze. Przyjrzała mi się sceptycznie.

— Tu masz powodzenie i dajesz chłopakom kosza – przypomniała mi. Doszłyśmy już do działu młodzieżowego i przeczesywałyśmy wzrokiem wieszaki w poszukiwaniu sukni wieczorowych.

— No, z wyjątkiem Tylera – wtrąciła Angela.

— Co takiego? – wykrztusiłam zaskoczona. – Czyżbym o czymś nie wiedziała?

– Tyler rozpowiada na prawo i lewo, że idziecie razem na bal absolwentów – poinformowała Jessica, przyglądając mi się podejrzliwie.

– Rozpowiada? – Myślałam, że się przewrócę.

– A nie mówiłam, że facet zmyśla? – wypomniała Angela Jessice.

Zamilkłam. Szok ustępował z wolna irytacji. Nie dałam jednak poznać tego po sobie, bo akurat znalazłyśmy sukienki i trzeba było zabrać się do dzieła.

– To dlatego Lauren ciebie nie lubi – zachichotała Jess, przeglądając ubrania.

Zrobiłam kwaśną minę.

– Czy sądzisz, że jeśli przejadę Tylera furgonetką, przestanie mieć powypadkowe wyrzuty sumienia? Da mi spokój, bo wyrównamy wreszcie rachunki?

– Kto wie? – Uśmiechnęła się nieco złośliwie. – Jeśli tylko dlatego tak się zachowuje.

Wybór nie był zbyt duży, ale dało się znaleźć po kilka rzeczy do przymierzenia. Usiadłam koło trójskrzydłowego lustra przed kabinami, starając się opanować nerwy.

Jess była rozdarta pomiędzy długą, prostą, czarną kreacją bez ramiączek a jaskrawoturkusową z ramiączkami i do kolan. Namawiałam ją na tę drugą, ponieważ podkreślała barwę jej oczu. Angela zdecydowała się na sukienkę w kolorze bladego różu, która leżała na niej zgrabnie mimo wysokiego wzrostu dziewczyny, a w dodatku wydobywała miodowe refleksy w jej jasnobrązowych włosach. Obsypałam obie komplementami i przydałam się na coś, odnosząc na miejsce odrzucone modele. Wszystko to zabrało o wiele mniej czasu niż podobne zakupy z Renée – ograniczony wybór miał jednak swoje zalety.

Następnie przeszłyśmy do obuwia i dodatków. Gdy przymierzały kolejne pary, przyglądałam się tylko, rzucając od czasu do czasu jakieś przychylne uwagi. Wprawdzie sama też potrzebowałam nowych butów, ale zdenerwowała mnie historia z Tylerem i nie byłam już w odpowiednim nastroju. Mój entuzjazm zelżał, za to wróciła melancholia.

– Słuchaj, Angela – zaczęłam z wahaniem. Przymierzała właśnie różowe sandałki na obcasie, uszczęśliwiona, że ma na bal dostatecznie wyższego od siebie partnera. Byłyśmy same, bo Jessica odeszła do stoiska z biżuterią.

– Co? – Wyprostowała nogę, wyginając ją w łydce, żeby mieć lepszy widok na pantofel.

Stchórzyłam.

– Te mi się podobają.

– No. Chyba je kupię, choć nie sądzę, żeby pasowały do czegokolwiek prócz tej sukienki.

– Kup, kup. Są przecenione – zachęciłam. Uśmiechnęła się, nakładając wieczko na pudełko z bardziej praktycznymi, kremowymi butami.

Zebrałam się na odwagę.

– Ehm, Angela... – Podniosła wzrok.

– Czy to normalne, że... Cullenów... nie ma często w szkole? – Niestety, mimo wysiłku nie udało mi się przybrać obojętnego tonu. Wpatrywałam się uparcie w różowe sandałki.

– O tak – odparła cicho, również przyglądając się swoim pantoflom. – Kiedy pogoda sprzyja, w kółko wyjeżdżają w góry, nawet doktor. Prawdziwi z nich fanatycy wędrówek.

Nie zadała mi ani jednego pytania. Zaczynałam ją naprawdę lubić. Jessica na jej miejscu wierciłaby mi dziurę w brzuchu.

– Rozumiem. – Widząc zbliżającą się Jessicę, nie dodałam już nic więcej. Pokazała nam biżuterię z imitacji diamentów, pasującą do wybranych wcześniej srebrnych butów.

Planowałyśmy iść na obiad do włoskiej knajpki przy promenadzie, ale uwinęłyśmy się szybko i zostało jeszcze sporo czasu. Moje towarzyszki postanowiły zatem przyjść nad zatokę dopiero po odniesieniu zakupów do auta. Ja z kolei chciałam poszukać jakiejś księgarni, więc umówiłyśmy się, że spotkamy się w restauracji za godzinę. Chciały wprawdzie iść ze mną, ale przekonałam je, że to nie najlepszy pomysł – myszkowanie wśród półek zbytnio mnie absorbowało, wolałam nie zabawiać przy tym nikogo rozmową. Jess wskazała mi drogę i obie odeszły zagadane.

Księgarnię znalazłam bez trudu, ale nie o taką mi chodziło. Na wystawie sklepu pełno było amuletów, kryształów i wahadełek, a większość tytułów sugerowała związki z medycyną alternatywną. Nawet nie weszłam do środka. Przez szybę uśmiechała się do mnie zachęcająco stojąca za ladą podstarzała hipiska z rozpuszczonymi siwymi włosami. Doszłam do wniosku, że mogę sobie darować pogaduszki o duszy i ziołach. W mieście musiała być inna księgarnia.

Wielu ludzi wracało właśnie z pracy i ruch był spory. Wędrowałam nieznanymi ulicami, mając nadzieję, że zmierzam w kierunku centrum. Na nadziei się kończyło – pogrążona w coraz większym smutku, nie zwracałam należytej uwagi na to, czy dobrze idę. Starałam się bardzo nie myśleć ani o Edwardzie, ani o tym, co powiedziała mi Angela. Przede wszystkim jednak próbowałam wmówić sobie, że z soboty nic nie wyjdzie i nie ma czym się ekscytować, bałam się bowiem, że nie zniosę tak wielkiego rozczarowania. Poczułam się jeszcze gorzej, gdy dostrzegłam jakieś srebrne volvo przy krawężniku. Głupi, nieodpowiedzialny wampir, pomyślałam.

Z daleka zauważyłam kilka budynków z wystawami, więc z nadzieją podeszłam bliżej, ale okazało się, że to tylko warsztat i lokal do wynajęcia. Miałam jeszcze dużo czasu do spotkania z koleżankami i wiedziałam, że muszę wcześniej dojść do siebie. Nim skręciłam za róg, wzięłam kilka głębokich oddechów i kilkakrotnie przeczesałam palcami włosy.

Stopniowo zaczęłam sobie uświadamiać, że zamiast do centrum trafiłam na obrzeża. Przechodnie zmierzali raczej na północ, czyli w przeciwnym kierunku, a przy ulicy, którą szłam, stały niemal same hale i magazyny. Postanowiłam skręcić w najbliższą przecznicę, na wschód, a potem zawrócić na północ, licząc na to, że może tak trafię na promenadę.

Tymczasem zza rogu właśnie wyszła grupka czterech mężczyzn. Sądząc po stroju, ani nie wracali z biura do domu, ani nie byli turystami. Po chwili zdałam sobie sprawę, że są niewiele starsi ode mnie. Żartowali głośno, rżąc i popychając się przyjaźnie. Zaczęłam iść skrajem chodnika, żeby ustąpić im miejsca. Maszerowałam raźno, patrząc prosto przed siebie.

– Hej tam! – zawołał jeden z chłopaków, kiedy mnie mijali. Ponieważ nikogo innego na ulicy nie było, odruchowo na nich zerknęłam. Dwóch z czwórki już się zatrzymało. Zagadał do mnie chyba ten stojący bliżej, przysadzisty ciemnowłosy dwudziestolatek. Miał na sobie rozpiętą flanelową koszulę, brudnawy podkoszulek, sandały i obcięte nożyczkami dżinsy. Zrobił krok w moją stronę.

– Hej – mruknęłam, znowu odruchowo. Odwróciłam wzrok i przyspieszyłam kroku. Za sobą usłyszałam wybuch śmiechu.

– Czekaj no! – krzyknął któryś, ale z pochyloną głową znikałam już za rogiem, żegnana rechotem.

Nowy chodnik biegł wzdłuż podjazdów przed zapleczami ponurych magazynów, z których każdy miał specjalne wielkie odrzwia do rozładowywania ciężarówek, teraz zamknięte na noc na kłódkę. Po drugiej stronie ulicy chodnika nie było wcale, tylko płot z metalowej siatki zwieńczonej drutem kolczastym chronił przed intruzami coś jakby plac do składowania części samochodowych. Ta część Port Angeles z pewnością nie była przeznaczona dla moich oczu. Robiło się coraz ciemniej, a z zachodu nadciągały dawno niewidziane chmury. Resztki czystego nieba szarzały znaczone smugami różu i pomarańczu. Ponieważ zostawiłam kurtkę w aucie, wieczorny chłód zaczął dawać mi się we znaki. Przeszedł mnie nagły dreszcz i objęłam się rękami. Wokół nie było żywej duszy, tylko raz przejechał jakiś van.

W pewnej chwili, gdy resztki słońca skryły się za chmurami i odwróciłam głowę, żeby rzucić im karcące spojrzenie, zauważyłam z przerażeniem, że kilka metrów za mną idzie dwóch młodych mężczyzn.

Obaj należeli do mijanej przeze mnie niedawno czwórki, choć żaden nie był owym brunetem w sandałach. Wyprostowałam się szybko i przyspieszyłam kroku. Znów zadrżałam, lecz tym razem nie z zimna. Torebkę miałam przewieszoną przez ramię, tak żeby trudniej było mi ją wyrwać. Przypomniałam sobie, że mój spray pieprzowy nadal leży nierozpakowany w torbie turystycznej pod łóżkiem. Nie miałam przy sobie zbyt wielu pieniędzy, ledwie dwadzieścia parę dolarów, pomyślałam więc, że mogłabym „przypadkowo" upuścić torebkę i odejść. Wystraszony głosik w mojej głowie podpowiadał mi jednak, że może nie chodzić im o coś tak błahego jak kradzież.

Wsłuchiwałam się z napięciem w odgłos kroków nieznajomych. Stąpali cicho, co kłóciło się z ich wcześniejszym luzackim zachowaniem. Najwyraźniej nie mieli też na razie zamiaru mnie doganiać. Oddychaj spokojnie, powiedziałam sobie. Nie wiesz, że cię śledzą. Szłam tak szybko, jak tylko mogłam, bez rzucania się do ucieczki, skupiona na najbliższym zakręcie, od którego dzieliło mnie jeszcze parę metrów. Mężczyźni wciąż się nie przybliżali. Z południa nadjechał niebieski samochód i zastanawiałam się, czy nie wyskoczyć przed niego na jezdnię, ale zawahałam się, czy mam powód, i przegapiłam okazję.

Niestety, najbliższa przecznica była tylko drogą dojazdową, kończącą się ślepo na tyłach kolejnego smutnego budynku. Zaczęłam już skręcać, musiałam więc niezdarnie skorygować kurs. Moja wiodąca na wschód ulica kończyła się znakiem stopu na następnym skrzyżowaniu. Miałam ochotę puścić się biegiem, ale wiedziałam, że nie miałoby to sensu – nawet gdyby udało mi się nie potknąć, jak nic by mnie dogonili. Cały czas nasłuchiwałam uważnie i odniosłam wrażenie, że odległość między nami się zwiększyła. Odważyłam się zerknąć przez ramię. Rzeczywiście, zwiększyła się, i to dwukrotnie, ale obaj mężczyźni nie odrywali ode mnie wzroku.

Wydawało mi się, że nigdy nie dotrę do skrzyżowania. Trzymałam równe tempo, a moi domniemani prześladowcy szli coraz wolniej. Pomyślałam, iż może zorientowali się, że mnie niechcący nastraszyli. Przecznicą, do której było mi tak spieszno, przejechały dwa samochody, co mogło świadczyć o tym, że za rogiem będzie większy ruch, także pieszy. Chciałam wreszcie zostawić za sobą tę bezludną okolicę. Skręciłam, wydając westchnienie ulgi.

I stanęłam jak wryta.

Po obu stronach ulicy ciągnęły się pozbawione okien czy drzwi ściany. W oddali, dwa skrzyżowania dalej, widać było latarnie uliczne, auta i przechodniów, ale nie miało to już znaczenia. Nie miało, ponieważ w połowie drogi, oparci o mur, czekali na mnie dwaj pozostali mężczyźni. Moją reakcję przyjęli z uśmiechem.

Uświadomiłam sobie, że nie byłam śledzona, tylko osaczana.

Zatrzymałam się tylko na sekundę, która wydawała się wiecznością, a potem przeszłam szybko na drugą stronę ulicy, choć, coraz bardziej zrozpaczona, zdawałam sobie sprawę, że ten manewr na wiele się nie zda.

Kroki za moimi plecami były coraz głośniejsze.

– Kogo my tu mamy! – Aż podskoczyłam, gdy głos krępego bruneta przerwał raptownie ciszę. W gęstniejących ciemnościach zdawało się, że dwudziestolatek patrzy gdzieś za mnie. Nie przerywałam marszu.

– Spoko – zawołał ktoś głośno za mną. Znów drgnęłam. – Poszliśmy se tylko okrężną drogą.

Zwolniłam, nie chcąc zbliżyć się do tych z przodu zbyt szybko. Miałam nadzieję, że jeszcze coś wymyślę. Potrafiłam nieźle krzyczeć, nabrałam więc w płuca powietrza, aby móc lada moment skorzystać z tej możliwości. Nie byłam jednak pewna, na co będzie mnie stać, bo gardło miałam bardzo wysuszone. Przeciągnęłam pasek torebki ponad głową i schwyciłam w prawą dłoń. Mogłam ją teraz oddać bez szarpaniny lub w razie potrzeby użyć jako broni.

W tym samym momencie brunet oderwał się od ściany i zaczął przechodzić przez jezdnię.

– Trzymaj się ode mnie z daleka – warknęłam, starając się zabrzmieć groźnie. Wyszło cicho, bo gardło rzeczywiście było zbyt wysuszone.

– Nie bądź taka ostra, maleńka. – Prześladowcy za mną parsknęli śmiechem.

Stanęłam w lekkim rozkroku. Starałam się skupić i przypomnieć podstawy samoobrony. Kantem dłoni wyrzuconym gwałtownie w górę mogłam rozbić któremuś nos, a nawet wgnieść go w mózg. Palec wbić w oczodół i wydłubać oko. Miałam też do wyboru standardowy kop kolanem w krocze. Strachliwy głosik w mojej głowie mówił mi, że nie miałabym szans z jednym, a co dopiero z czterema, ale kazałam mu się zamknąć, zanim zupełnie sparaliżował mnie strach. Nie zamierzałam poddać się bez walki. Zaczęłam przełykać ślinę, żeby móc wrzasnąć jak należy.

Nagle zza rogu wyskoczył samochód. Brunet musiał odskoczyć na chodnik, żeby nie wpaść pod koła. W desperacji rzuciłam się na jezdnię. Trudno, pomyślałam, albo się zatrzyma, albo mnie przejedzie. Auto wyminęło mnie w ostatniej chwili i zatrzymało się bokiem w poślizgu. Ktoś uchylił drzwi od strony pasażera.

– Wsiadaj! – usłyszałam gniewny rozkaz.

Obezwładniający lęk znikł w okamgnieniu. Jeszcze stojąc na ulicy, poczułam się bezpieczna. A wszystko to przez ten boski głos. Wskoczyłam do środka, zatrzaskując za sobą drzwiczki.

Wewnątrz panowała ciemność. Nawet gdy drzwiczki były otwarte, nie paliła się żadna lampka. W bijącej od deski rozdzielczej poświacie było widać tylko zarys twarzy kierowcy. Wcisnął gaz do dechy, aż wozem zarzuciło w stronę oszołomionych napastników. Kątem oka dostrzegłam, jak uskakują. Z piskiem opon ruszyliśmy na północ, ku zatoce.

– Zapnij pasy – zakomenderował mój wybawca. Zdałam sobie sprawę, że dłonie mam kurczowo zaciśnięte na brzegach fotela. Posłuchałam i sięgnęłam po sprzączkę, która zanurzyła się w blokadzie z głośnym kliknięciem. Skręciwszy ostro w lewo, pędziliśmy przed siebie, mijając bez zatrzymywania kolejne znaki stopu. Mimo to czułam się stuprocentowo bezpieczna i nie zaprzątałam sobie nawet głowy tym, dokąd jedziemy.

Spojrzałam na mojego towarzysza uszczęśliwiona, i to nie tylko dlatego, że tak niespodziewanie wybawił mnie z opresji. Czekając, aż unormuje mi się oddech, zaczęłam studiować wyłaniające się z mroku nieskazitelne rysy chłopaka. Wtem dotarło do mnie, że najwyraźniej jest wściekły.

– Wszystko w porządku? – zapytałam. Zaskoczyło mnie to, jak bardzo jestem zachrypnięta.

– Nie – burknął agresywnie, cały czas skupiony na jeździe.

Nie wypytując o nic więcej, wpatrywałam się w jego ściągniętą gniewem twarz. Nagle samochód się zatrzymał. Rozejrzałam się dokoła, ale nie zauważyłam nic prócz ciemnych sylwetek drzew majaczących wzdłuż pobocza. Wyjechaliśmy poza granice miasta.

– Bello? – Tym razem postarał się opanować emocje.

– Tak? – Wciąż byłam zachrypnięta. Spróbowałam dyskretnie odchrząknąć.

– Nic ci nie jest? – Nadal wbijał wzrok w jezdnię, a na jego twarzy malowała się furia.

– Nie – zagruchałam.

– Bądź tak dobra i opowiedz mi coś – poprosił.

– Opowiedz?

Westchnął krótko.

– Ach, pleć po prostu o jakichś błahostkach, dopóki się nie uspokoję – wyjaśnił, zamykając oczy, po czym ścisnął sobie kość nosową dwoma palcami.

– Ehm... – Szukałam w głowie odpowiedniego tematu. – Na przykład... jutro po szkole zamierzam przejechać Tylera Crowleya furgonetką.

Nie otworzył oczu, ale kąciki jego ust zadrżały.

– Dlaczego?

– Rozpowiada na prawo i lewo, że idziemy razem na bal absolwentów. Albo zwariował, albo chce mi jakoś wynagrodzić to, co się stało... No, sam wiesz kiedy. Uważa widocznie, że ten bal to idealna okazja. Wydedukowałam, że jeśli narażę jego życie na niebezpieczeństwo, to sobie odpuści, bo wyrównamy rachunki. Może gdy zobaczy to Lauren, też mi przy okazji odpuści – naprawdę, nie potrzebuję wrogów. Ha, będę musiała się przyłożyć. Jeśli jego nissan trafi na złomowisko, Tyler na pewno nikogo nie zaprosi na bal, bo jak to tak, bez samochodu...

– Słyszałem, jak się chwalił. – Jego głos był już spokojniejszy.

– Naprawdę? – spytałam z niedowierzaniem. Poczułam przypływ irytacji. – Hm – mruknęłam, planując coś lepszego. – Jeśli będzie sparaliżowany od szyi w dół, to też z balu absolwentów nici.

Edward westchnął i otworzył wreszcie oczy.

– I co, lepiej ci?

– Nie za bardzo.

Odczekałam chwilę, ale się nie odezwał. Oparł głowę o zagłówek i wbił wzrok w dach auta. Jego twarz nie wyrażała żadnych uczuć.

– Co ci jest? – szepnęłam.

– Widzisz, Bello – odpowiedział cicho – czasami mam problem z porywczością. – Zacisnął usta i wyjrzał przez okno. – Tylko napytałbym sobie biedy, gdybym dopadł tych... – Przerwał, żeby ponownie się opanować. – A przynajmniej to próbuję sobie wmówić.

– Och. – Powinnam była dodać coś jeszcze, ale nic nie przychodziło mi do głowy.

Zapanowała cisza. Zerknęłam na zegar na desce rozdzielczej. Było już wpół do siódmej.

– Jessica i Angela będą się o mnie martwić – wymamrotałam. – Jesteśmy umówione.

W milczeniu zapalił silnik, zawrócił i ruszył w kierunku miasta, nadal nie zważając na ograniczenie prędkości. Wkrótce pojawiły się pierwsze uliczne latarnie. Na biegnącym wzdłuż promenady bulwarze zgrabnie wymijał powolniejsze pojazdy, by w końcu zaparkować między innymi autami przy krawężniku. Nigdy bym nie pomyślała, że zmieści się tam volvo, ale Edward wślizgnął się w wolną przestrzeń bez żadnych dodatkowych manewrów kierownicą. Przez okno dostrzegłam rozświetloną włoską knajpkę, z której wychodziły właśnie moje zatroskane koleżanki.

– Skąd wiedziałeś, gdzie…? – zaczęłam, ale w końcu tylko pokręciłam głową. Edward otworzył drzwiczki po swojej stronie.

– Co robisz? – zdziwiłam się.

– Zabieram cię na kolację. – Uśmiechnął się delikatnie, ale jego oczy pozostały poważne. Gdy wysiadł, wyplątałam się pospiesznie z pasów bezpieczeństwa i dołączyłam do niego na chodniku.

Odezwał się pierwszy:

– Biegnij złapać dziewczyny, zanim ich też będę musiał szukać. Jeśli znów wpadnę na tych typków, nie będę umiał się pohamować.

Zadrżałam, słysząc agresję w jego głosie.

– Jess! Angela! – krzyknęłam. Pomachałam, kiedy się odwróciły. Podbiegły natychmiast. Malująca się na ich twarzach ulga ustąpiła zaskoczeniu, gdy zobaczyły, kto mi towarzyszy. Zawahały się i stanęły kilka kroków od nas.

– Gdzie się podziewałaś? – spytała Jessica podejrzliwie.

– Zgubiłam się – przyznałam ze wstydem. – A potem – wskazałam na niego – wpadłam na Edwarda.

– Czy mogę do was dołączyć? – odezwał się swoim popisowym aksamitnym głosem, któremu nikt nie potrafił się oprzeć. Sądząc po minach dziewczyn, jeszcze nigdy go na nich nie wypróbował.

– Ehm… Jasne – wydukała Jessica.

– Tak właściwie to już jesteśmy po, Bello – wyznała Angela. – Przepraszam, tak długo na ciebie czekałyśmy.

– Nie ma sprawy. Nie jestem głodna.

– Uważam, że powinnaś coś zjeść – powiedział Edward cicho, ale stanowczym tonem. A zwróciwszy się do Jessiki, dodał głośniej: – Czy zgodzisz się, żebym odwiózł Bellę? Nie będziecie musiały czekać, aż skończy.

– Czy ja wiem, chyba to dobry pomysł... – Dziewczyna usiłowała odczytać z mojej miny, czy nie mam nic przeciwko temu. Puściłam do niej perskie oko. O niczym tak nie marzyłam, jak o rozmowie w cztery oczy z moim etatowym wybawcą. Tyle pytań cisnęło mi się na usta.

– No to załatwione. – Angela szybciej od koleżanki połapała się, co jest grane. – Do jutra. – Chwyciła Jessicę za rękę i pociągnęła w kierunku samochodu, który stał nieopodal. Gdy wsiadały do środka, Jess pomachała mi na pożegnanie. Widać było, że umiera z ciekawości. Odmachałam jej i odwróciłam się do Edwarda dopiero, gdy wreszcie odjechały.

– Naprawdę nie jestem głodna. – Próbowałam odgadnąć, o czym myśli, ale bez rezultatu.

– Zrób to dla mnie. – Podszedł do drzwi restauracji, otworzył je przede mną i spojrzał na mnie wyczekująco. Nie było mowy o dalszej dyskusji. Weszłam do środka, wzdychając ciężko.

Knajpka, jak to poza sezonem, świeciła pustkami. Właścicielka zmierzyła Edwarda spojrzeniem od stóp do głów, po czym przywitała nas z przesadną serdecznością. Ku swojemu zdziwieniu poczułam ukłucie zazdrości. Kobieta miała farbowane na blond włosy i dobrze ponad metr siedemdziesiąt.

– Prosimy stolik dla dwojga. – Nie wiedziałam, czy było to zamierzone, ale mój towarzysz znów użył swego aksamitnego głosu. Właścicielka przeniosła teraz wzrok na mnie i wyraźnie ucieszyła ją moja pospolitość oraz fakt, że nie trzymamy się za ręce. Zaprowadziła nas do stołu w najbardziej tłocznej części restauracji, przy którym swobodnie mogłyby biesiadować cztery osoby.

Chciałam usiąść, ale Edward pokręcił przecząco głową.

– Zależałoby nam na większej prywatności – oświadczył właścicielce. Nie byłam pewna, ale chyba niezwykle dyskretnie wręczył jej napiwek. Poza starymi filmami nigdy przedtem nie widziałam, żeby ktoś nie zaakceptował stolika.

– Oczywiście. – Kobieta była najwyraźniej równie zdumiona, co ja. Podążyliśmy za nią za przepierzenie, gdzie stoliki, wszystkie puste, stały w przytulnych wnękach. – Czy to państwu odpowiada?

– Idealnie. – Posłał jej oszałamiający uśmiech.

– Ehm... – Blondynka spojrzała na boki i zamrugała nerwowo. – Kelnerka zaraz przyjdzie. – Odeszła niepewnym krokiem.

– Nie powinieneś wykręcać ludziom takich numerów – zganiłam Edwarda. – To nie fair.

– Jakich numerów?

– Twoje zachowanie mąci ludziom w głowie. Biedaczka ma pewnie teraz palpitacje.

Nie wiedział, o co mi chodzi.

– Nie powiesz mi chyba, że nie zdajesz sobie z tego sprawy?

Przechylił głowę na bok i spojrzał na mnie zaciekawiony.

– Mącę w głowach?

– Nie zauważyłeś? A dlaczego niby wszyscy tańczą, jak im zagrasz?

Puścił te pytania mimo uszu.

– Tobie też mącę?

– Bardzo często – przyznałam.

W tej samej chwili pojawiła się podekscytowana kelnerka. Właścicielka musiała jej widocznie opowiedzieć to i owo. Cóż, dziewczyna nie wyglądała na zawiedzioną. Zatknęła za ucho niesforny kosmyk i wyszczerzyła zęby.

– Dobry wieczór, mam na imię Amber i będę dziś państwa obsługiwać. Co mogę podać państwu do picia? – Nie zwracała na mnie najmniejszej uwagi.

Edward spojrzał na mnie pytająco.

– Dla mnie colę.

– Dwie cole – uściślił.

– Już się robi – zapewniła go kelnerka, nadal uśmiechając się z przesadną uprzejmością. Nie widział tego jednak. Patrzył na mnie.

– Co jest? – zapytałam, gdy dziewczyna odeszła.

– Jak się czujesz?

– Dobrze – odparłam, speszona nieco tym natarczywym spojrzeniem.

– Nie jest ci niedobrze, nie kręci ci się w głowie...?

– A powinno?

Prychnął, słysząc moje zadziwienie.

– Cóż, czekam na jakieś objawy szoku. – Uśmiechnął się tak szelmowsko, że aż zaparło mi dech w piersiach.

– Chyba się nie doczekasz – odpowiedziałam po krótkiej chwili. – Mam talent do tłumienia w sobie takich rzeczy.

– Tak czy siak, wolałbym, żebyś coś zjadła. Przyda ci się trochę cukru we krwi.

W tej samej chwili wróciła kelnerka z colą i koszyczkiem pieczywa. Rozładowując tacę, stanęła do mnie tyłem.

– Czy mogę już przyjąć zamówienie? – spytała Edwarda.

– Bello? – oddał mi pałeczkę. Dziewczyna z niechęcią obróciła się w moją stronę. Mój wybór padł na pierwszą potrawę, którą wypatrzyłam w menu. – Hm... poproszę ravioli z grzybami.

– A dla pana? – Kelnerka obdarzyła go kolejnym uśmiechem.

– Dziękuję, nie będę jadł.

Prawda, zapomniałam.

– Proszę dać mi znać, jeśli zmieni pan zdanie. – Kelnerka starała się, ale Edward przeniósł już wzrok na mnie. Odeszła niepocieszona.

– Duszkiem – rozkazał.

Posłusznie przypięłam się do rurki. Nie wiedziałam, że tak bardzo chciało mi się pić. Zanim zorientowałam się, że skończyłam, podsunął mi swoją szklankę.

– Dzięki – wymamrotałam, nadal spragniona. Lodowaty napój sprawił, że po moim ciele rozszedł się chłód i zadrżałam.

– Zimno ci?

– To od lodu w coli.

– Nie masz kurtki? – spytał z przyganą.

– Mam, mam. – Zerknęłam na puste siedzenie koło mnie. – Ach – przypomniało mi się – została w aucie Jessiki.

Edward zaczął usłużnie zdejmować swoją. Nagle uświadomiłam sobie, że ani razu nie zwróciłam uwagi na to, co miał na sobie – nie tylko dzisiaj, ale w ogóle nigdy. Postanowiłam nadrobić zaległości. Kurtka, którą ściągał, była beżowa, skórzana, a pod spodem miał obcisły kremowy golf, który opinał jego muskularny tors.

Niestety, zaraz podał mi okrycie i musiałam przestać się gapić.

– Dzięki. – Wsunąwszy ręce w rękawy, znów zadrżałam. Podszewka była chłodna, jak w mojej własnej kurtce z samego rana, po nocy na wieszaku w niedogrzanym przedsionku. Wydzielała za to niesamowicie cudowny zapach. Chcąc go zidentyfikować, wzięłam głęboki wdech i doszłam do wniosku, że nie może to być żadna woda kolońska. Jednocześnie musiałam zawinąć rękawy, bo były dla mnie o wiele za długie.

– Ślicznie ci w niebieskim – stwierdził Edward, nadal mi się przyglądając. Zaskoczona spuściłam wzrok, oblewając się rumieńcem.

Chłopak przesunął w moją stronę koszyczek z pieczywem.

– Uwierz mi – zaprotestowałam. – Nie mam zamiaru mdleć z głodu i nadmiaru wrażeń.

– Normalna osoba byłaby teraz w głębokim szoku, a ty nie wydajesz się nawet poruszona. – Moja odporność jakby go zaniepokoiła. Po raz pierwszy dziś spojrzałam mu prosto w oczy i dostrzegłam, że są jasne jak nigdy dotąd. Miały barwę lipowego miodu.

– Przy tobie czuję się bardzo bezpieczna – wyznałam, jak zwykle w takich chwilach tracąc kontrolę nad tym, co mówię.

Nachmurzył się i pokręcił głową.

– To się robi bardziej skomplikowane, niż myślałem – powiedział cicho, bardziej do siebie niż do mnie.

Wyjęłam z koszyczka podłużną, chrupiącą bułkę i zaczęłam ją powoli jeść, obserwując twarz Edwarda. Zastanawiałam się, jak rozpoznać dobry moment na zadawanie pytań.

– Zazwyczaj, kiedy masz złociste oczy, jesteś w lepszym humorze – zauważyłam, licząc na to, że zmiana tematu wyrwie go z przygnębienia.

Zaskoczyłam go.

– Co takiego?

– To z czarnymi robisz się bardziej drażliwy, wtedy mam się na baczności. Próbowałam to sobie jakoś wytłumaczyć...

– Nowa teoria? – Zmarszczył czoło.

– Aha. – Odgryzłam kolejny kęs bułki.

– Mam nadzieję, że tym razem bardziej się postarałaś... A może nadal podkradasz pomysły z komiksów? – Uśmiechał się delikatnie i nieco szyderczo, ale widać było, że niepokoi go moja dociekliwość.

– Nie, już nie, choć muszę przyznać, że nie wpadłam na to sama.

– No i? – zachęcił mnie do kontynuowania.

Zza przepierzenia wynurzyła się kelnerka. Odskoczyliśmy od siebie jak oparzeni – dopiero po tym zorientowałam się, że od jakiegoś czasu siedzieliśmy pochyleni ku sobie. Dziewczyna postawiła przede mną talerz z zachęcająco wyglądającą potrawą, po czym obróciła się szybko w stronę Edwarda.

– Czy zmienił pan może zdanie? – spytała. – Mogę czymś służyć?

Pewnie poniosła mnie wyobraźnia, ale doszukałam się w jej słowach podwójnego znaczenia.

– Nie, dziękuję, tylko jeszcze po coli. – Wskazał na dwie puste szklanki przede mną.

– Oczywiście. – Zabrała je i odeszła.

– Wróćmy do twoich teorii – powiedział Edward.

– Opowiem ci w samochodzie. Jeśli... – zawahałam się.

– Będą po temu odpowiednie warunki? – dokończył złowróżbnym tonem, unosząc jedną brew.

– Nie ukrywam, że mam kilka pytań.

– Nie dziwię ci się.

Wróciła kelnerka z dwiema szklankami coli. Tym razem postawiła je bez słowa i już jej nie było.

Upiłam łyk.

– Proszę, strzelaj – zachęcił mnie Edward, choć jego głos brzmiał nadal srogo.

Zaczęłam od najbardziej niewinnego, a przynajmniej tego, które wydawało mi się najbardziej niewinne.

– Dlaczego przyjechałeś do Port Angeles?

Splatając powoli dłonie, wbił wzrok w blat stołu, po czym zerknął na mnie spode łba. Na jego twarzy malował się cień złośliwego uśmieszku.

– Następne proszę.

– Ależ to jest najłatwiejsze!

– Następne proszę.

Zestresowana spuściłam wzrok. Odwinęłam z serwetki sztućce i wbiłam widelec w ravioli. Nie spieszyłam się, potrzebowałam czasu do namysłu. Starannie przeżułam pierwszy kęs. Grzyby były wyśmienite. Upiłam kolejny łyk coli i dopiero teraz spojrzałam ponownie na mojego rozmówcę.

– Dobra – zaczęłam powoli. – Załóżmy zatem, że... ktoś... potrafi czytać ludziom w myślach, z kilkoma wyjątkami.

– Z jednym wyjątkiem – uściślił. – Załóżmy, że z jednym.

– Może być z jednym – Ucieszyłam się, że zaczyna ze mną współpracować, ale starałam się nie dać tego po sobie poznać. – Jaki jest tego mechanizm? Jakie ograniczenia? Jak... ten ktoś... mógłby zlokalizować kogoś innego? Skąd wiedziałby, że ta osoba jest w opałach?

– Hipotetycznie, rzecz jasna?

– Tylko hipotetycznie.

– Cóż, jeśli ten... ktoś...

– Nazwijmy go Joe – zasugerowałam.

Uśmiechnął się kwaśno.

– Niech będzie Joe. Cóż, jeśli chodzi o zadziałanie w odpowiedniej chwili, Joe musiałby tylko mieć się na baczności, nic więcej. – Edward wzniósł oczy ku niebu, kręcąc głową. – Tylko tobie mogło się przydarzyć coś podobnego w tak spokojnym miasteczku. Popsułabyś im statystyki kryminalne na najbliższych dziesięć lat.

– Nie omawialiśmy żadnego konkretnego przypadku – przypomniałam mu chłodno.

Zaśmiał się. Tym razem w jego oczach pojawiła się serdeczność.

– Wiem, wiem – powiedział. – Jeśli chcesz, możemy mówić na ciebie Jane.

– Skąd wiedziałeś? – Nie potrafiłam pohamować ciekawości. Zdałam sobie sprawę, że znów pochyliłam się do przodu.

Widać było, że walczy ze sobą, wydawał się wewnętrznie rozdarty. Spojrzał mi prosto w oczy. Pomyślałam, że zastanawia się właśnie nad tym, czy po prostu nie powiedzieć mi prawdy.

– Możesz mi zaufać – wyszeptałam. Odruchowo wyciągnęłam rękę, by dotknąć jego splecionych na blacie dłoni, ale cofnął je szybko i musiałam dać za wygraną.

– Chyba nie mam innego wyboru. – Ledwo było go słychać. – Popełniłem błąd. Nie spodziewałem się, że jesteś aż tak spostrzegawcza.

– Sądziłam, że nigdy się nie mylisz.

– Tak było kiedyś. – Znów pokręcił głową. – Pomyliłem się także co do innej rzeczy. Nie przyciągasz wyłącznie wypadków – to nie dość szeroka definicja. Ty, Bello, przyciągasz wszelakie kłopoty. Jeśli ktoś lub coś w promieniu dziesięciu mil stanowi zagrożenie, z pewnością stanie na twojej drodze.

– A ty zaliczasz się do tej kategorii? – zgadłam.

Z twarzy Edwarda odpłynęły wszelkie uczucia.

– Bez wątpienia.

Ignorując jego niechęć, znów wyciągnęłam rękę, by opuszkami palców dotknąć nieśmiało jego dłoni. Była chłodna i twarda, niczym kamień.

– Dziękuję – szepnęłam z wdzięcznością w głosie. – To już drugi raz.

Rozluźnił się nieco.

– Ale na tym kończymy, zgoda?

Skrzywiłam się, ale skinęłam głową. Odsunął swoją dłoń od mojej, po czym obie schował pod stół. Mimo to pochylił się w moją stronę.

– Śledziłem cię do Port Angeles – przyznał. Mówił teraz bardzo szybko. – Nigdy przedtem nie próbowałem roztaczać pieczy nad jakąś konkretną osobą i nie przypuszczałem, że jest to takie trudne. Ale to już zapewne twoja zasługa, zwykłym ludziom nie przytrafia się tyle katastrof. – Zamilkł na chwilę. Zastanowiłam się, czy to, że mnie śledzi, powinno mnie niepokoić. Tymczasem moja próżność została mile połechtana. Edward przyglądał mi się uważnie, być może ciekawy, czemu kąciki moich ust podnoszą się w mimowolnym uśmiechu.

Żeby przywołać się do porządku, zadałam kolejne pytanie:

– Czy nie przyszło ci nigdy do głowy, że może śmierć była mi pisana, i ratując mnie po raz pierwszy, pod szkołą, wystąpiłeś przeciwko przeznaczeniu?

– Śmierć była ci już pisana wcześniej – wyszeptał cicho, spuściwszy wzrok. – Gdy spotkaliśmy się po raz pierwszy.

Strach chwycił mnie za krtań. Przypomniało mi się, ile agresji widziałam w jego czarnych oczach owego dnia. Zarówno wspomnienie, jak i lęk zniknęły jednak niemal od razu, tak bardzo czułam się teraz przy Edwardzie bezpieczna. Kiedy na mnie spojrzał, nie było po nich śladu.

– Pamiętasz? – spytał z poważną miną.

– Tak – odparłam spokojnie.

– I mimo to nadal tu siedzisz – dodał z nutką niedowierzania w głosie.

– Tak, ale... tylko dzięki tobie. Ponieważ jakimś cudem wiedziałeś, gdzie mnie dzisiaj znaleźć. – Miałam nadzieję, że nareszcie mi to wyjaśni.

Zacisnął usta. Znów zastanawiał się, co może mi zdradzić. Nagle zauważył mój pełny talerz.

– Opowiem ci więcej, jeśli będziesz jadła – zaproponował.

Z miejsca wpakowałam sobie do ust jedno ravioli.

– Trudno się ciebie tropi, trudniej niż innych. Zazwyczaj nie mam z tym żadnego problemu; wystarczy, że już kiedyś słyszałem czyjeś myśli. – Spojrzał na mnie uważnie, chcąc sprawdzić moją reakcję, i zorientowałam się, że zamarłam zasłuchana. Zmusiłam się do przełknięcia ravioli, po czym natychmiast zastąpiłam go nowym.

– Uczepiłem się Jessiki, choć niezbyt uważnie – jak już wspominałem, tylko tobie mogło się tu coś przytrafić – i przegapiłem moment, w którym się odłączyłaś. Kiedy zdałem sobie z tego sprawę, poszedłem cię najpierw szukać w znanej Jessice księgarni. Mogłem ustalić, że nie weszłaś do środka i udałaś się na południe, wiedziałem więc, że prędzej czy później zawrócisz. Czekając na ciebie, sprawdzałem wyrywkowo myśli przechodniów, licząc na to, że w ich wspomnieniach zobaczę, gdzie się znajdujesz. Z pozoru nie miałem powodów do niepokoju, ale dręczyło mnie dziwne przeczucie... – Zamyślony patrzył gdzieś za mnie, widząc rzeczy, których nie potrafiłam sobie wyobrazić

– Zacząłem robić autem rundki po okolicy, nadal... nasłuchiwałem. Zapadał już zmrok Miałem właśnie zacząć szukać cię na piechotę, gdy wtem... – Przerwał, zaciskając szczęki w nagłym ataku furii. Opanował się z wyraźnym wysiłkiem.

– Co się stało? – wyszeptałam. Nadal unikał mojego wzroku.

– Usłyszałem ich myśli – jęknął, a na jego twarzy pojawił się grymas. – Zobaczyłem w jego myślach twoją twarz. – Przesłonił dłonią oczy. Wyjął ją spod stołu tak szybko, że zaskoczona aż odskoczyłam.

– Było mi... bardzo... ciężko... – nawet nie wiesz jak – tak po prostu odjechać i... darować im życie. – Rękaw swetra tłumił jego słowa. – Mogłem ci pozwolić odjechać z koleżankami, ale bałem się, że zacznę ich szukać, gdy tylko zostanę sam.

Milczałam oszołomiona tym wyznaniem. Edward siedział wciąż pochylony, przypominając wyrzeźbionego w kamieniu myśliciela. W końcu spojrzał na mnie. Złote oczy zdradzały, że i jego trapi wiele pytań.

– Chcesz już wracać do domu? – spytał.

– Mogę jechać choćby zaraz. – Cieszyłam się, że czeka nas godzina wspólnej jazdy. Nie byłam jeszcze gotowa się z nim pożegnać.

Natychmiast pojawiła się kelnerka, jakby to ona czytała nam w myślach. Albo obserwowała nas zza przepierzenia.

– I jak tam? – zapytała Edwarda.

– Poprosimy o rachunek. – Spojrzał na nią wyczekująco. Mówił nadal cicho, a po naszej trudnej rozmowie jego głos nie zdążył jeszcze stracić pewnej szorstkości. Kelnerkę zbiło to nieco z tropu.

– Ja... jasne – zająknęła się. – Proszę bardzo. – Z kieszeni czarnego fartucha wyciągnęła skórzaną okładkę.

Edward trzymał już w ręku odpowiedni banknot. Wsunął go w okładkę i wręczył kobiecie.

– Reszty nie trzeba – oświadczył z uśmiechem, podnosząc się z miejsca. Niezdarnie poszłam za jego przykładem.

– Miłego wieczoru. – Kelnerka rozchmurzyła się i odwzajemniła uśmiech.

Edward podziękował jej grzecznie, ale spoglądając na mnie. Musiałam powstrzymać parsknięcie.

Choć szedł blisko mnie, wyraźnie unikał kontaktu fizycznego. Przypomniało mi się, że Jessica i Mike po pierwszej kolacji są już niemal na etapie pocałunków, i z piersi wyrwało mi się głębokie westchnienie. Edward usłyszał je chyba, bo zerknął na mnie ciekawie. Wbiłam oczy w chodnik, dziękując Bogu, że mój towarzysz mimo wszystko nie potrafi czytać w mych myślach.

Przytrzymał przede mną drzwiczki od strony pasażera. Gdy obchodził auto, śledziłam go wzrokiem, po raz kolejny zachwycona gracją jego ruchów. Powinna mi się już opatrzyć, ale nie. Zrodziło się we mnie podejrzenie, że Edward nie należy do osób, do których wyjątkowości można się przyzwyczaić.

Zasiadłszy za kierownicą, zapalił silnik i podkręcił ogrzewanie – wieczór zrobił się bardzo chłodny. Przypuszczałam, że na ładną pogodę znów trzeba będzie trochę poczekać. W pożyczonej kurtce było mi jednak ciepło, a kiedy zdawało mi się, że Edward nie patrzy, rozkoszowałam się jej pięknym zapachem.

Ruszyliśmy w stronę autostrady. Edward płynnie wyprzedzał kolejne pojazdy, najwyraźniej nie potrzebując lusterek.

– Teraz twoja kolej – odezwał się po chwili.

9 *Teoria*

– Czy mogę ci zadać jeszcze tylko jedno pytanie? – poprosiłam. Pędziliśmy z nadmierną prędkością jakąś pustą ulicą. Edward zdawał się nie zwracać najmniejszej uwagi na to, co dzieje się na drodze.

Westchnął.

– Tylko jedno – podkreślił i napiął mięśnie twarzy, jakby szykował się na przyjęcie ciosu.

– Hm... Mówiłeś, że wiedziałeś, iż nie weszłam do księgarni, a potem poszłam na południe. Jak to odgadłeś?

Spojrzał gdzieś w bok, znów zastanawiając się nad właściwą odpowiedzią.

– Myślałam, że już nic przed sobą nie ukrywamy.

Nieomal się uśmiechnął.

– Dobrze, już dobrze. Zwęszyłem twój trop. – Przeniósł wzrok na drogę, żeby nie krępować mnie tym, że widzi moją zdziwioną minę. Nie wiedziałam, jak to skomentować, postanowiłam jednak przemyśleć później, co też daje mu taka zdolność. Na razie szukałam w głowie kolejnego pytania – Edward nareszcie zaczął mówić i musiałam to w pełni wykorzystać.

– Nie odpowiedziałeś na jedno z moich pierwszych pytań... – Grałam na zwłokę.

Spojrzał na mnie nieprzychylnie.

– Na które?

– Jak to działa? Jaki jest mechanizm tego czytania w myślach? Potrafisz prześwietlić każdego, niezależnie od tego, gdzie jest? Jak to robisz? Czy reszta twojej rodziny...? – Czułam się dziwnie, wypytując o umiejętność rodem z filmów fantastycznonaukowych.

– To więcej niż jedno – wytknął mi Edward. Nie poprawiłam się, czekałam tylko na odpowiedź.

– Prócz mnie nikt z rodziny tego nie potrafi. Nie usłyszę też każdego niezależnie od jego oddalenia. Muszę znajdować się dość blisko. Im lepiej dany „głos" znam, tym mi łatwiej. Mimo to maksymalna odległość to zaledwie parę mil. – Zamyślił się na chwilę. – Można by to przyrównać do przebywania w wielkiej, wypełnionej ludźmi sali. Słyszy się szmer setek rozmów, lecz każdej z nich z osobna się nie śledzi. Dopiero gdy się skupić na jednej, jej sens staje się jasny. Najczęściej po prostu się wyłączam, za dużo bodźców. Łatwiej też wtedy udawać „normalnego". – Nachmurzył się, wymawiając to słowo. – Inaczej nawiązywałbym do myśli rozmówcy zamiast do jego wypowiedzi.

– Jak sądzisz, dlaczego mnie nie słyszysz?

Przyjrzał mi się z zagadkowym wyrazem twarzy.

– Nie wiem. Jedynym wytłumaczeniem, na które wpadłem, jest to, że twój umysł funkcjonuje inaczej niż umysły innych ludzi. Można by rzec, że nadajesz na falach krótkich, a ja odbieram tylko UKF. – Rozbawiło go to własne skojarzenie.

– Mój mózg nie pracuje normalnie? Jestem stuknięta? – Przejęłam się tym bardziej, niżby wypadało. I nic dziwnego. Od zawsze podejrzewałam, że psychicznie coś jest ze mną nie tak, a teraz miałam na to konkretny dowód. Poczułam się nieswojo.

– Ja tu słyszę w głowie głosy, a ty się przejmujesz, że jesteś wariatką – zaśmiał się Edward. – Nie martw się, to tylko teoria. – Jego twarz nagle stężała. – Właśnie, a co z twoją teorią?

Westchnęłam. Od czego by tu zacząć?

– Myślałem, że już nic przed sobą nie ukrywamy – powtórzył mój wyrzut.

Zastanawiając się, co powiedzieć, po raz pierwszy oderwałam wzrok od jego twarzy i przypadkiem zerknęłam na szybkościomierz.

– Matko Boska! – zawołałam. – Natychmiast zwolnij!

– Coś nie tak? – zapytał zdumiony, ignorując moją prośbę.

– Jedziesz sto sześćdziesiąt na godzinę! – Wciąż nie mogłam się uspokoić. Rozejrzałam się spanikowana, ale w ciemnościach niewiele było widać. Światła volvo odbijały się niebieskawo w odcinku szosy tuż przed kołami. Las po obu stronach drogi przypominał czarny mur – twardy jak stal, gdybyśmy mieli wbić się w niego przy tej prędkości.

– Spokojnie. – Nie miał najmniejszego zamiaru zwolnić.

– Chcesz nas zabić?

Przewrócił oczami.

– Wierz mi, nic nam nie grozi.

– Dokąd ci się tak spieszy? – Wymusiłam na sobie bardziej opanowany ton.

– Zawsze tak jeżdżę – odpowiedział z szelmowskim uśmiechem.

– Patrz na jezdnię!

– Nigdy nie spowodowałem wypadku, Bello. Ba, nawet nie dostałem mandatu. – Popukał się w czoło. – Mam tu wbudowany wykrywacz radarów.

– Ha, ha, ha – rzuciłam z sarkazmem. – Pamiętaj, że Charlie jest gliniarzem. Zostałam wychowana w poszanowaniu dla prawa. Poza tym, jeśli zmienisz ten wóz w owinięty wokół drzewa precel, pewnie po prostu otrzepiesz się i pójdziesz do domu.

– Pewnie tak – przyznał prychając. – Ale ty nie – westchnął. Wskazówka szybkościomierza zaczęła przesuwać się ku liczbie sto dwadzieścia. Odetchnęłam z ulgą. – Zadowolona?

– Prawie.

– Nie cierpię tak się wlec – burknął pod nosem.

– To jest dla ciebie wleczenie?

– Skończmy już temat mojego stylu jazdy – zniecierpliwił się. – Nadal czekam, aż zdradzisz mi swoją najnowszą teorię.

Przygryzłam wargę. Spojrzał na mnie niemalże z czułością. Tego się nie spodziewałam.

– Nie będę się śmiać – obiecał.

– Boję się raczej, że się rozgniewasz.

– Aż tak źle?

– Obawiam się, że tak.

Czekał. Wbiłam wzrok w dłonie, nie widziałam więc wyrazu jego twarzy.

– Do dzieła – zachęcił delikatnie.

– Nie wiem, od czego zacząć – odpowiedziałam szczerze.

– Może od samego początku? Wspominałaś, że nie wpadłaś na to sama.

– Zgadza się.

– Co ci pomogło? Film? Książka?

– Pojechałam w sobotę nad morze. – Odważyłam się na niego zerknąć. Wyglądał na zaskoczonego.

– Spotkałam przypadkiem kolegę z dzieciństwa, Jacoba Blacka – ciągnęłam. – Nasi ojcowie przyjaźnią się od lat.

Nadal nie rozumiał, do czego zmierzam.

– Ojciec Jacoba jest członkiem starszyzny Quileutów. – Edward zamarł. – Poszliśmy na spacer... – Postanowiłam nie wspominać nic o mojej intrydze. – Opowiadał mi różne miejscowe legendy – chyba chciał mnie nastraszyć. Jedna z nich była o... – zawahałam się.

– Mów dalej.

– O wampirach. – Zdałam sobie sprawę, że szepczę. Nie miałam już śmiałości patrzeć na swego towarzysza, ale dostrzegłam, że mocniej zacisnął dłonie na kierownicy.

– I od razu pomyślałaś o mnie? – Wciąż nie tracił panowania nad sobą.

– Nie. To Jacob zdradził mi tajemnicę twojej rodziny.

Edward milczał, wpatrując się w jezdnię przed nami.

Nagle przestraszyłam się, że Jacobowi może grozić niebezpieczeństwo.

– Miał to wszystko za głupie przesądy – dodałam szybko. – Nie spodziewał się, że mu uwierzę.

Nie brzmiało to dostatecznie przekonująco – musiałam się przyznać.

– To moja wina, to ja to od niego wyciągnęłam.

– Dlaczego?

– Lauren dokuczała mi, że nie przyjechałeś z nami, chciała mnie sprowokować. Wtedy jeden z Indian powiedział, że twoja rodzina nie zapuszcza się na teren rezerwatu, ale wyczułam, że za tym stwierdzeniem kryje się coś więcej. Postarałam się więc, żebyśmy zostali z Jacobem sam na sam i pociągnęłam go za język.

Edward zaskoczył mnie wybuchem śmiechu. Spojrzałam na niego. Śmiał się, ale w jego oczach czaiło się napięcie.

– Ciekawe, jakich sztuczek użyłaś.

– Próbowałam z nim flirtować. Poszło zaskakująco łatwo. – W moim głosie słychać było niedowierzanie.

– Szkoda, że tego nie widziałem. – Jego śmiech miał w sobie coś złowrogiego. – Biedny Black. A ty twierdzisz, że to ja mącę ludziom w głowach.

Wyjrzałam przez okno, żeby ukryć rumieniec.

– Co zrobiłaś potem? – spytał Edward po chwili milczenia.

– Szukałam informacji w internecie.

– I twoje podejrzenia się potwierdziły? – Gdyby nie zaciśnięte kurczowo na kierownicy dłonie, można by było pomyśleć, że nic go to nie obchodzi.

– Nie. Nic nie układało się w logiczną całość. Roiło się tam od różnych głupot. Aż w końcu... – urwałam.

– Co w końcu?

– Doszłam do wniosku, że to i tak nie ma znaczenia – wyszeptałam.

– Nie ma znaczenia? – powiedział takim tonem, że podniosłam wzrok. Twarz Edwarda nareszcie zdradzała jakieś uczucia: niedowierzanie z niewielką domieszką gniewu.

– Nie – odparłam pogodnie. – Nie obchodzi mnie to, kim jesteś.

– Nawet jeśli nie jestem człowiekiem? – prychnął z sarkazmem. – Jeśli jestem potworem?

– To naprawdę nie ma znaczenia.

Milczał z ponurą, zaciętą miną.

– Zdenerwowałeś się – westchnęłam. – Nie powinnam była nic mówić.

– Nie – powiedział tonem pasującym do wyrazu twarzy. – To dobrze, że wiem, co o mnie myślisz. Chociaż to szaleństwo.

– Ta hipoteza to bzdura? – Chciałam uzyskać jakieś potwierdzenie z jego strony.

– Nie o to mi chodzi. „To nie ma znaczenia"! – zacytował wzburzony.

– A więc mam rację? – wyszeptałam podekscytowana.

– Czy to ważne?

Wzięłam głęboki wdech.

– Nie – potwierdziłam. – Ale jestem ciekawa.

Chyba dał za wygraną.

– Co chciałabyś wiedzieć?

– Ile masz lat?

– Siedemnaście – odparł bez namysłu.

– I od jak dawna masz tych siedemnaście lat?

Wargi Edwarda drgnęły. Patrzył przed siebie.

– Jakiś czas – przyznał w końcu.

– Okej. – Ucieszyło mnie to, że jest ze mną szczery. Przyjrzał mi się uważnie, tak jak wtedy, gdy bał się, że doznałam szoku. Uśmiechnęłam się szerzej, żeby go uspokoić, ale w odpowiedzi zmarszczył czoło.

– Tylko się nie śmiej... Dlaczego możesz pokazywać się w dzień?

I tak zachichotał.

– To mit.

– Słońce was nie spala?

– Też mit.

– A co ze spaniem w trumnach?

– Mit. – Zawahał się przez chwilę, po czym dodał zmienionym głosem: – Ja nie śpię.

– Wcale?

– Nigdy. – Ledwie go było słychać. Spojrzał na mnie ze smutkiem. Zapomniałam, nad czym się zastanawiam, i zatonęłam w jego złotych oczach. Ocknęłam się dopiero, gdy odwrócił wzrok.

– Nie zadałaś mi najważniejszego pytania – oświadczył grobowym tonem.

Zamrugałam kilkakrotnie, nadal odrobinę oszołomiona.

– To znaczy?

– Nie interesuje cię moja dieta? – naigrawał się ze mnie.

– Ach, to – mruknęłam.

– Tak, to. Nie chcesz wiedzieć, czy piję krew?

Wzdrygnęłam się.

– Jacob coś wspominał...

– Co powiedział?

– Że... że nie polujecie na ludzi. Stwierdził, że ponoć nie jesteście niebezpieczni, ponieważ ograniczacie się do zwierząt.

– Powiedział, że nie jesteśmy niebezpieczni? – powtórzył z głębokim sceptycyzmem.

– Niezupełnie. Że ponoć nie jesteście niebezpieczni. Ale plemię Quileute na wszelki wypadek nie wpuszcza was na swój teren.

Edward znów spojrzał przed siebie. Chyba nie zwracał uwagi na jezdnię.

– To prawda? Nie polujecie na ludzi? – Starałam się zachować spokój.

– Quileuci mają dobrą pamięć – wyszeptał Edward.

Potraktowałam to jako odpowiedź twierdzącą.

– Tylko się z tego powodu nie rozluźniaj – ostrzegł. – Dobrze robią, trzymając się od nas z daleka. Jesteśmy nadal niebezpieczni.

– Nie rozumiem.

– Staramy się, jak możemy – wyjaśnił powoli – i zazwyczaj nam wychodzi. Czasami jednak popełniamy błędy. Tak jak na przykład ja, pozwalając ci być ze mną sam na sam.

– To błąd? – Zasmuciłam się. Nie byłam pewna, czy to zauważył.

– Błąd, który może nas drogo kosztować.

Zamilkliśmy. Obserwowałam poblask świateł volvo, biorące przed nami zakręty. Co rusz pojawiał się nowy. Tempo było szaleńcze, czułam się jak w grze komputerowej. Wiedziałam, że wkrótce dojedziemy do Forks, i bardzo się bałam, że już nigdy więcej nie będziemy mogli ze sobą tak otwarcie porozmawiać. Tymczasem Edward uznał najwyraźniej temat za zakończony. Nie mogłam się z tym pogodzić, nie chciałam tracić ani minuty.

– Opowiedz coś więcej – poprosiłam błagalnym tonem, byle tylko choć raz jeszcze usłyszeć jego głos.

Zerknął na mnie zadziwiony tą zmianą.

– Co jeszcze chciałabyś wiedzieć?

– Może powiedz – zasugerowałam – dlaczego polujecie na zwierzęta zamiast na ludzi. – Mój głos nadal brzmiał jękliwie, a oczy miałam pełne łez. Spróbowałam powstrzymać ogarniającą mnie rozpacz.

– Nie chcę być potworem – powiedział cicho.

– Ale same zwierzęta nie wystarczają?

Zamyślił się.

– Oczywiście nie mogę mieć pewności, ale można by to chyba przyrównać do żywienia się serkiem tofu i mlekiem sojowym – w żartach nazywamy siebie wegetarianami. Taka dieta głodu, czy też raczej pragnienia, do końca nie zaspokaja, ale mamy dość sił, by nie ulegać pokusom. Zazwyczaj – sprostował złowieszczo. – Czasem jest naprawdę ciężko.

– Czy teraz musisz walczyć ze sobą?

Westchnął.

– Muszę.

– Ale teraz nie jesteś głodny – oświadczyłam z przekonaniem.

– Dlaczego tak uważasz?

– Zgaduję po oczach. Mówiłam ci już, mam pewną teorię. Zauważyłam, że ludzie, a zwłaszcza mężczyźni, robią się drażliwi, kiedy doskwiera im głód.

Edward parsknął śmiechem.

– Jesteś spostrzegawcza, nie ma co!

Nie odpowiedziałam. Rozkoszowałam się tylko jego śmiechem, starając się zapisać ten cudowny dźwięk w swej pamięci.

– Czy w weekend polowałeś z Emmettem? – spytałam, gdy zamilkł.

– Tak. – Zawahał się na moment, ale postanowił jednak z czegoś się zwierzyć. – Nie miałem ochoty wyjeżdżać, ale było to konieczne. Łatwiej mi z tobą przebywać, gdy nie odczuwam pragnienia.

– Czemu nie chciałeś wyjechać?

– Jestem... jestem nieswój, kiedy... nie ma cię w pobliżu.

– Gdybym stała, zmiękłyby mi kolana. – Nie kpiłem, prosząc w czwartek, żebyś nie wpadła do oceanu lub pod samochód. Cały weekend martwiłem się o ciebie. A po tym, co cię dzisiaj spotkało, dziwię się, że zdołałaś przetrwać kilka dni bez żadnych obrażeń. – Nagle coś sobie przypomniał i dodał: – No, niezupełnie.

– O co ci chodzi?

– O twoje dłonie. – Spojrzałam w dół. Otarcia z soboty były już niemal niewidoczne. Nic się przed nim nie ukryło.

– Przewróciłam się – westchnęłam.

– Tak też myślałem. – Kąciki jego ust uniosły się lekko. – Ale, jako że ty to ty, mogło ci się przytrafić coś znacznie gorszego. Przez cały wyjazd nie dawało mi to spokoju. To były okropne trzy dni. Biedny Emmett miał ze mną piekło.

– Trzy? Nie wróciliście dzisiaj?

– Nie, w niedzielę.

– To czemu nie pojawiliście się w szkole? – jęknęłam. Prawie się rozgniewałam na wspomnienie owej serii bolesnych rozczarowań.

– No cóż, pytałaś, czy słońce nam szkodzi. Nie szkodzi, ale nie możemy wychodzić na dwór w wyjątkowo słoneczne dni – a przynajmniej nie przy świadkach.

– Dlaczego?

– Kiedyś ci pokażę – obiecał.

Przez chwilę zastanawiałam się nad tym, z czego mi się zwierzył.

– Mogłeś do mnie zadzwonić – zadecydowałam.

Zdziwił się.

– Przecież wiedziałem, że nic ci nie grozi.

– Ale ja nie wiedziałam, co się z tobą dzieje. Widzisz... – Spuściłam oczy.

– Co takiego? – ośmielił mnie aksamitnym głosem.

– Było mi źle. Że cię nie widuję. Też czułam się nieswojo. – Zawstydziłam się własnej szczerości i poczerwieniałam.

Milczał. Zerknęłam z obawą i dostrzegłam w jego oczach ból.

– A więc tak to wygląda – szepnął. – To bardzo niedobrze.

– Co ja takiego powiedziałam? – Nie wiedziałam, o co mu chodzi.

– Nie pojmujesz, Bello? To, że ja się zadręczam, to jeszcze nic takiego, ale jeśli i ty jesteś tak zaangażowana uczuciowo... – Spoglądał teraz na jezdnię, a mówił tak szybko, że trudno było mi za nim nadążyć. – Nawet nie chcę o tym słyszeć – rzucił cichym, acz stanowczym głosem. – Tak nie może być. To niebezpieczne. Ja jestem niebezpieczny. Wbij to sobie wreszcie do głowy, dziewczyno. – Jego słowa raniły moje serce.

– Przestań. – Starałam się z całych sił nie wyglądać jak nadąsane dziecko.

– Nie żartuję.

– Ja też nie. I powtarzam – to, kim jesteś, nie ma dla mnie znaczenia. Już za późno, by coś zmienić.

– Nigdy tak nie mów – warknął.

Przygryzłam wargę. Dobrze, że nie potrafił czytać w moich myślach i nie wiedział, jak mocno to przeżywam. Wyjrzałam przez okno. Jechaliśmy tak szybko, że lada chwila powinniśmy być na miejscu.

– O czym myślisz? – spytał. Nadal był wzburzony. Nie mając pewności, czy jestem w stanie wykrztusić choć słowo, pokręciłam przecząco głową. Czułam na sobie jego spojrzenie, ale mimo to nie odwróciłam wzroku.

– Płaczesz? – Wydawał się tym faktem zgorszony. Nie zdawałam sobie sprawy, że łzy, które jakiś czas temu napłynęły mi do oczu, ściekały już po policzkach, zdradzając mój stan ducha. Otarłam je prędko wierzchem dłoni.

– Nie – burknęłam łamiącym się głosem.

Wyciągnął ku mnie powoli rękę, ale wstrzymał się i odłożył ją z powrotem na kierownicę.

– Wybacz. – Przemawiała przez niego ogromna żałość. Wiedziałam, że przeprasza za coś więcej niż tylko raniące słowa.

Za oknami auta przesuwała się w ciszy ciemność.

– Wyjaśnij mi coś – odezwał się po paru minutach. Słychać było, że zmusza się do przybrania lżejszego tonu.

– Tak?

– Powiedz mi, o czym myślałaś tam, na ulicy, tuż przed tym, jak wyjechałem zza rogu? Twoja mina mnie zaskoczyła. Nie wyglądałaś na wystraszoną, tylko jakbyś próbowała się na czymś intensywnie skoncentrować.

– Usiłowałam przypomnieć sobie, jak unieszkodliwić napastnika – no wiesz, podstawy samoobrony. Zamierzałam wgnieść temu gościowi nos w mózg. – Wspomnienie bruneta przepełniło mnie nienawiścią.

– Chciałaś się z nimi bić? – zdenerwował się. – Mogłaś po prostu rzucić się do ucieczki

– Często się potykam i przewracam – wyznałam.

– A co z krzyczeniem „ratunku"?

– Właśnie się do tego zabierałam.

Pokręcił głową z dezaprobatą.

– Miałaś rację. Sprzeciwiam się przeznaczeniu, próbując utrzymać cię przy życiu.

Westchnęłam. Gdy minęliśmy granicę miasteczka, Edward nareszcie zwolnił. Trasę z Port Angeles pokonaliśmy w niespełna dwadzieścia minut.

– Jutro będziesz już w szkole?

– Będę, będę. Też mam wypracowanie do oddania. – Uśmiechnął się. – Zajmę dla ciebie miejsce w stołówce.

Było mi głupio, że po tym wszystkim, co razem przeszliśmy owego wieczoru, właśnie ta błaha obietnica poruszyła mnie najbardziej. Na chwilę zaparło mi dech w piersiach.

Podjeżdżaliśmy już pod dom Charliego. W oknie świeciła lampa, na podjeździe stała moja furgonetka – wszystko to było takie realne, takie normalne. Poczułam się jak osoba wybudzona z głębokiego snu. Edward zatrzymał wóz, ale nie było mi spieszno wysiadać.

– Słowo honoru, że będziesz jutro w szkole?

– Słowo.

Zastanowiwszy się nad tym przez chwilę, pokiwałam głową, po czym zdjęłam pożyczoną kurtkę, wąchając ją po raz ostatni.

– Zatrzymaj ją. Nie będziesz miała w co się rano ubrać – przypomniał mi Edward.

– Nie chcę się tłumaczyć przed Charliem – wyjaśniłam.

– Jasne – prychnął.

Nadal nie wysiadałam, choć trzymałam już dłoń na klamce, próbując jakoś przedłużyć nasz wspólny wieczór.

– Bello? – spytał zmienionym, poważnym tonem. Znów nie był pewien, czy może być wobec mnie szczery.

– Tak? – odwróciłam się w jego stronę z przesadną gorliwością.

– Obiecasz mi coś?

– Oczywiście. – Natychmiast pożałowałam tej przedwczesnej zgody. Co, jeśli pragnął, żebym trzymała się od niego z daleka? Takiej obietnicy nie potrafiłabym dotrzymać.

– Nie chodź sama po lesie, dobrze?

Tego się nie spodziewałam.

– Ale dlaczego?

– Nie jestem jedyną niebezpieczną istotą w okolicy. Nic więcej nie musisz wiedzieć.

Wzdrygnęłam się, ale i poczułam ulgę. Tego zalecenia łatwo było mi przestrzegać.

– Nie ma sprawy.

– Do jutra – rzucił. Zrozumiałam, że mam już sobie iść.

– Cześć. – Z niechęcią zabrałam się do otwierania drzwi.

– Bello? – Odwróciłam się. Pochylił się w moją stronę, aż nasze twarze dzieliło zaledwie kilka centymetrów. Zamarłam.

– Miłych snów – powiedział i owionął mnie jego oddech. Poczułam ten sam cudowny zapach, który wydzielała kurtka, tyle że jeszcze bardziej intensywny. Oszołomiona przez chwilę nie wiedziałam, co się ze mną dzieje. Tymczasem Edward powrócił do poprzedniej pozycji.

Musiałam poczekać, aż mój mózg zacznie ponownie działać. Potem wysiadłam niezdarnie, wspierając się na stopniu. Wydawało mi się, że usłyszałam za sobą chichot, ale dźwięk był zbyt cichy, by mieć całkowitą pewność.

Edward zapalił silnik, gdy dowlokłam się do ganku. Obserwowałam, jak srebrne auto znika za rogiem. Dopiero wtedy zdałam sobie sprawę, jak bardzo jest mi zimno.

Machinalnie sięgnęłam po klucz i otworzyłam drzwi.

– To ty, Bella? – zawołał Charlie z saloniku.

– Cześć, tato. – Weszłam do pokoju, żeby się przywitać. Oglądał mecz baseballowy. – Wcześnie wróciłaś.

– Naprawdę? – odparłam zdziwiona.

– Jeszcze nie ma ósmej. I co, bawiłyście się dobrze?

– Tak, było super. – Nadal kręciło mi się w głowie. Spróbowałam sobie przypomnieć, co właściwie robiłam z dziewczynami. – Obie kupiły sukienki.

– Wszystko w porządku?

– Jestem tylko zmęczona. Dużo chodziłam.

– Może połóż się dziś wcześniej – doradził z troską w głosie. Zastanowiłam się, jak też musi wyglądać moja twarz.

– Tylko zadzwonię do Jessiki.

– Przecież przed chwilą się z nią widziałaś.

– Tak, ale... zostawiłam w jej aucie kurtkę. Muszę jej przypomnieć, żeby przyniosła mi ją jutro do szkoły.

– Może najpierw daj jej wrócić do domu?

– No tak – przyznałam mu rację.

Poszłam do kuchni i padłam na krzesło. Nadal nie mogłam dojść do siebie. Może to spóźniony szok powypadkowy, pomyślałam. Ach, weź się w garść, dziewczyno.

Nagle zadzwonił telefon i aż podskoczyłam.

– Halo? – wybąkałam sparaliżowana.

– Bella, to ty?

– Cześć, Jess. Właśnie miałam do ciebie dzwonić.

– Już w domu? – Zdawała się pokrzepiona tą wiadomością, ale i... zaskoczona.

– No, tak. Wiesz, zostawiłam u ciebie w samochodzie kurtkę. Przyniosłabyś mi ją może jutro?

– Jasne. Ale błagam, zdradź mi teraz trochę szczegółów.

– Ehm, lepiej w szkole. Na trygonometrii? Co na to powiesz?

Zrozumiała od razu.

– Ach, twój tata?

– Właśnie.

– Dobrze, w takim razie pogadamy jutro. Hej! – Słychać było jednak, że jest zniecierpliwiona.

– Cześć.

Weszłam powoli po schodach, coraz bardziej zamroczona, i jak automat zaczęłam się szykować do snu. Dopiero parząca woda prysznica otrzeźwiła mnie na tyle, że ponownie poczułam przenikający mnie chłód. Stałam tak kilkanaście minut targana gwałtownymi dreszczami, czekając, aż wysoka temperatura rozluźni moje zesztywniałe mięśnie. I tak byłam zbyt zmęczona, by ruszyć się z miejsca.

W końcu musiałam wyjść, bo skończyła się ciepła woda. Owinęłam się zaraz starannie ręcznikiem, licząc na to, że nie stracę szybko ciepła, więc dreszcze nie wrócą. W tym samym celu, przebrawszy się pospiesznie w piżamę, skuliłam się niczym embrion pod kołdrą. Zadrżałam jeszcze kilkakrotnie, ale słabiej.

Głowę wypełniał mi chaotyczny korowód obrazów i faktów, z których części nie rozumiałam, a o części pragnęłam jak najszybciej zapomnieć. Z początku nic nie układało się w logiczną całość, ale przekraczając granicę snu, byłam już absolutnie pewna kilku rzeczy.

Po pierwsze, Edward pochodził z rodziny wampirów. Po drugie, dręczyło go pragnienie – na ile był je w stanie pohamować, tego nie wiedziałam – pragnienie, by posmakować mojej krwi. Po trzecie wreszcie, byłam w tym wampirze bezwarunkowo i nieodwołalnie zakochana.

10 Przesłuchania

Rano z wielkim trudem przekonywałam trzeźwiejszą część mojej osoby, że to, co stało się wczoraj, nie było jedynie snem. Zapamiętane wydarzenia przeczyły zdrowemu rozsądkowi. W argumentacji pomagały jednak takie szczegóły, jak na przykład ów cudowny zapach, którego z pewnością nie byłabym w stanie wymyślić.

Widok za oknem przesłaniała mgła, co bardzo mnie ucieszyło – Edward nie miał powodu, by nie zjawić się w szkole. Ubrałam się ciepło, pamiętając, że kurtkę odzyskam dopiero na lekcjach. Był to zresztą kolejny dowód na prawdziwość moich wspomnień.

Gdy zeszłam na dół, Charlie pojechał już do pracy. Nie wiedziałam, że jest tak późno. Za śniadanie musiał mi zatem starczyć batonik zbożowy popity mlekiem wprost z kartonu. Zamykając za sobą drzwi frontowe, miałam nadzieję, że przed moim spotkaniem z Jessicą nie zacznie padać.

Gdyby nie lodowata wilgoć oblepiająca mi twarz, pomyślałabym, że podjazd przed domem spowija dym z szalejącego gdzieś w pobliżu pożaru. Nie mogłam się już doczekać włączenia ogrzewania w furgonetce. Mgła była tak niezwykle gęsta, że dopiero po kilku krokach dostrzegłam drugie auto. Srebrne. Moje serce zadrżało, stanęło na moment, a potem zaczęło bić dwa razy szybciej niż zwykle.

Nagle znikąd pojawił się Edward. Stał przy drzwiczkach pasażera, uchylając je zapraszająco.

– Chciałabyś może pojechać dziś ze mną? – spytał rozbawiony moją miną. W ciągu kilku sekund zdążył mnie dwukrotnie zaskoczyć. W jego głosie wyczułam niepewność. Przyjechał, nie mogąc się opanować, ale teraz dawał mi wolną rękę, licząc na to, że to ja odmówię. Przeliczył się jednak.

– Chętnie – odpowiedziałam, starając się opanować emocje. Wsiadając do nagrzanego samochodu, zauważyłam przewieszoną przez zagłówek pasażera skórzaną kurtkę, którą nosiłam wczoraj. Edward zatrzasnął za mną drzwiczki i w nadprzyrodzony sposób niemal od razu zasiadł za kierownicą.

– Przywiozłem ci kurtkę – oświadczył. – Nie chciałem, żebyś się przeziębiła. – Sam miał na sobie tylko obcisły szary podkoszulek z dekoltem w serek, z długimi rękawami, podobnie jak golf, podkreślający idealną muskulaturę właściciela. Tylko dzięki wyjątkowej urodzie twarzy Edwarda byłam w stanie oderwać wzrok od jego umięśnionego ciała.

– Nie jestem znowu taka delikatna – odparłam hardo, ale mimo to sięgnęłam po okrycie. Byłam ciekawa, czy nie idealizowałam we wspomnieniach owej woni przesycającej podszewkę, ale okazało się, że jest jeszcze bardziej zachwycająca, niż myślałam.

– Doprawdy? – mruknął Edward tak cicho, jakby mówił tylko do siebie.

Pędziliśmy przez mgłę z zawrotną szybkością. Czułam się nieco zakłopotana. Czy i dzisiaj mogliśmy być wobec siebie szczerzy? Nie mając pewności, nie wiedziałam, co powiedzieć. Czekałam, aż to on się odezwie.

– Co? – Uśmiechnął się drwiąco. – Koniec przesłuchania?

Odetchnęłam w duchu z ulgą.

– Denerwują cię te wszystkie pytania?

– Nie tak bardzo, jak twoje odpowiedzi. – Trudno było mi stwierdzić, czy tylko żartuje.

Zmarszczyłam czoło.

– Irytują cię moje reakcje?

– W tym cały problem. Przyjmujesz każdą rewelację ze stoickim spokojem, to nienaturalne. Nie wiem, co naprawdę myślisz.

– Zawsze ci mówię, co o czym sądzę.

– Ale jesteś przy tym wybiórcza – wypomniał mi.

– Nie za bardzo.

– Dość, żeby doprowadzać mnie do szału.

– O pewnych rzeczach nie chcesz słyszeć – przypomniałam cicho i natychmiast ugryzłam się w język. Słychać było w moim głosie, jak bardzo mnie tymi słowami zranił – mogłam mieć tylko nadzieję, że przeoczy tę nutę rozżalenia.

Nie odpowiedział, więc przestraszyłam się, że popsułam mu humor. Jego twarz pozostawała nieodgadniona. Na szczęście wjeżdżaliśmy już na szkolny parking i inny szczegół przykuł moją uwagę.

– A gdzie twoje rodzeństwo? – Cieszyłam się, że jesteśmy sami, ale przecież zazwyczaj volvo było pełne po brzegi.

– Przyjechali wozem Rosalie. – Skinął głową w stronę lśniącego czerwienią kabrioletu z postawionym dachem, obok którego zamierzał właśnie zaparkować. – Robi wrażenie, prawda?

– A niech mnie – gwizdnęłam. – Jeśli ma coś takiego, po co jeździ twoim?

– Zwraca uwagę. Staramy się nie rzucać w oczy.

– Nie za bardzo wam to wychodzi – zaśmiałam się, kręcąc głową. Wysiadłam bez pośpiechu, bo dzięki szaleńczemu stylowi jazdy Edwarda spóźnienie na lekcje zupełnie mi już nie groziło. – Więc dlaczego Rosalie wzięła dziś swój wóz, skoro jest taki szpanerski?

– Nie zauważyłaś? Łamię teraz wszystkie zasady. – Ruszyliśmy w stronę budynków szkolnych ramię w ramię. Pragnęłam czegoś więcej, chciałam go dotknąć, objąć, ale bałam się, że nie będzie z tego zadowolony.

– Dlaczego w ogóle macie takie auta, skoro zależy wam na unikaniu rozgłosu?

– To taka słabostka – przyznał z uśmiechem chochlika. – Wszyscy uwielbiamy szybką jazdę.

– Jasne – mruknęłam pod nosem.

Pod okalającym stołówkę daszkiem czekała Jessica z moją kurtką. Na nasz widok o mało co nie dostała apopleksji.

– Cześć, Jess – rzuciłam z daleka. – Dzięki, że pamiętałaś. – Wręczyła mi kurtkę w milczeniu.

– Dzień dobry, Jessico – przywitał się grzecznie Edward. To, co wyczyniał swoim głosem i rzęsami, to naprawdę nie była jego wina.

– Ehm... Hej – wydukała, przenosząc wzrok na mnie, żeby łatwiej pozbierać myśli. – Do zobaczenia na trygonometrii. – Spojrzała na mnie znacząco. Powstrzymałam westchnienie. Co, u licha, miałam jej powiedzieć?

– Na razie.

Odeszła, dwukrotnie zerkając w naszą stronę przez ramię, ja tymczasem przebrałam się w moją kurtkę.

– Co zamierzasz jej powiedzieć? – spytał cicho Edward.

– Hej! Myślałam, że nie potrafisz czytać w moich myślach!

– Nie potrafię – zdziwił się, ale zaraz zrozumiał i wyjaśnił: – Ona też tak sobie pomyślała. Chce wycisnąć z ciebie wszystko.

Jęknęłam z rozpaczą.

– No to co zamierzasz jej powiedzieć?

– Może jakąś podpowiedź? – poprosiłam. – Co ją najbardziej interesuje?

Pokręcił przecząco głową, szczerząc zęby w uśmiechu.

– To nie fair.

– Nie, nie. Nie fair jest to, że mi odmawiasz.

Zastanawiał się chwilę, aż doszliśmy pod budynek, w którym miałam pierwszą lekcję.

– Jess zachodzi w głowę, czy jesteśmy parą – oświadczył w końcu. – Jest też ciekawa, co do mnie czujesz.

– Kurczę. I co mam jej powiedzieć? – udałam niewiniątko. Mijający nas uczniowie pewnie się gapili, ale ledwie byłam świadoma ich obecności.

– Hm... – Zamyśliwszy się, schwycił w dwa palce niesforny kosmyk moich włosów i wplótł go we właściwe miejsce. Serce zaczęło mi bić jak szalone. – Sądzę, że na jej pierwsze pytanie odpowiedź może brzmieć „tak", rzecz jasna, jeśli nie masz nic przeciwko temu. To najprostsze wytłumaczenie z możliwych.

– Nie ma sprawy – odparłam słabym głosem.

– A co do tego drugiego pytania... z chęcią posłucham waszej rozmowy w jej myślach i zobaczę, jak sobie poradzisz. – Tu obdarzył mnie kolejnym szelmowskim uśmiechem. Nie byłam w stanie wykrztusić ani słowa. Edward odwrócił się na pięcie i ruszył przed siebie.

– Zobaczymy się w stołówce – zawołał na pożegnanie. Trzy osoby, które właśnie wchodziły do klasy, stanęły jak wryte.

Zarumieniona i podirytowana weszłam za nimi. Ach, ten Edward. Teraz tym bardziej nie wiedziałam, co powiedzieć Jess. Przy swoim krześle ze złością rzuciłam torbę na podłogę.

– Cześć, Bella. – Mike siedział jak zwykle tuż obok. Wydał mi się jakiś nieswój, jakby czymś podłamany. – I co, fajnie było w Port Angeles?

– No... – zawahałam się. Żadne słowo nie było w stanie należycie oddać atmosfery wczorajszego wieczoru. – Tak, fajnie. Jessica kupiła sobie prześliczną sukienkę.

– Wspominała coś o naszej kolacji? – spytał z nadzieją. Ucieszyłam się, że tylko to go interesuje.

– Twierdziła, że świetnie się bawiła.

– Naprawdę? – ożywił się.

– Przysięgam.

Przerwał nam pan Mason, prosząc klasę o oddanie wypracowań.

Cały angielski i WOS byłam półprzytomna. Martwiłam się tym, jak przebiegnie moja rozmowa z Jessicą i czy Edward będzie się wszystkiemu przysłuchiwał, lustrując jej myśli. Jego umiejętność potrafiła być bardzo uciążliwa, kiedy nie służyła do ratowania ludzkiego życia.

Pod koniec drugiej lekcji mgła rozwiała się niemal całkowicie, ale słońce wciąż przesłaniały ciężkie, ciemne chmury. Jak nigdy, wprawiło mnie to w dobry humor.

Edward miał oczywiście rację. Kiedy weszłam do sali od trygonometrii, Jessica czekała już w ostatnim rzędzie, niemalże podskakując na krześle z ekscytacji. Ruszyłam z niechęcią w jej kierunku, tłumacząc sobie, że lepiej mieć to jak najszybciej za sobą.

– Opowiedz mi o wszystkim! – rozkazała, jeszcze zanim zdążyłam usiąść.

– O czym dokładnie?

– Co się działo po naszym odjeździe?

– Postawił mi obiad i odwiózł do domu.

Przekrzywiła głowę ze sceptycyzmem w oczach.

– I już przed ósmą byłaś w domu?

– Jeździ jak wariat. Umierałam ze strachu. – Miałam nadzieję, że to akurat Edward podsłucha.

– Umówiliście się jakoś wcześniej?

O tym nie pomyślałam.

– Skądże znowu. Zdziwiłam się bardzo, gdy na niego wpadłam.

Wyczuła moją szczerość. Była wyraźnie rozczarowana brakiem jakiejkolwiek intrygi.

– Ale za to dziś podwiózł cię do szkoły? – spróbowała inaczej.

– Też mnie nieźle zaskoczył. Zauważył wczoraj, że nie miałam kurtki, to dlatego.

– To co, wybieracie się jeszcze gdzieś razem?

– Zaoferował się, że podrzuci mnie w sobotę do Seattle, bo nie wierzy, że moja furgonetka to przeżyje. Czy to się liczy jako randka?

– O tak.

– No to wybieramy się gdzieś razem.

– Kurczę, dziewczyno. – Pokręciła głową z uznaniem. – Edward Cullen.

– Wiem. – „Kurczę" to jeszcze było za mało.

– Czekaj! – Zamachała rękami, jakby chciała wstrzymać ruch uliczny. – Pocałował cię?

– Nie – wymamrotałam. – To nie tak...

Wyglądała na zawiedzioną. Ja pewnie też.

– Myślisz, że może w sobotę...?

– Raczej wątpię. – Kiepsko maskowałam własne zniechęcenie.

– A o czym rozmawialiście? – szepnęła. Choć zaczęła się już lekcja, rozmawiało jeszcze kilka innych par, ale pan Verner jakoś nie zwracał dziś na to uwagi.

– Czy ja wiem, dużo tego było. O, na przykład coś o wypracowaniu z angielskiego. – „Coś" to było za dużo powiedziane. Edward ledwie o nim wspomniał.

– Błagam. Zdradź mi trochę więcej szczegółów.

– Eee... Dobra, mam. Żałuj, że nie widziałaś, jak podrywała go kelnerka. Naprawdę, kobieta przechodziła samą siebie. Ale on zupełnie ją ignorował. – Jeśli słucha, pomyślałam, ciekawe, co na to powie.

– Dobry znak. Ładna chociaż była?

– Bardzo ładna. I miała góra dwadzieścia lat.

– Jeszcze lepiej. Facet musi coś do ciebie czuć.

– Też tak myślę, ale trudno powiedzieć. Jest taki skryty – dodałam, wzdychając. Miałam nadzieję, że usłyszał.

– Nie wiem, skąd w tobie tyle odwagi, żeby być z nim sam na sam – oświadczyła Jess.

– A co? – Przestraszyłam się, że coś podejrzewa, ale nie o to jej chodziło.

– Bardzo mnie onieśmiela. Zapomniałabym języka w gębie. – Przewróciła oczami, zapewne przypominając sobie dzisiejszy poranek lub wczorajsze pożegnanie, kiedy to Edward wypróbowywał na niej nieświadomie siłę swojego magnetycznego spojrzenia.

– Nie powiem, też mi się wszystko plącze – przyznałam.

– Zresztą, mniejsza o to. Jest nieziemsko przystojny. – Moja koleżanka sądziła widocznie, że cecha ta wynagradza wszelkie wady i niedogodności.

– To jeszcze nie wszystko

– Naprawdę?

Żałowałam, że z tym wyskoczyłam. Miałam też coraz większą nadzieję, że Edward tylko żartował z tym podsłuchiwaniem.

Spojrzałam gdzieś w bok.

– Trudno mi to dokładnie wyjaśnić, ale... wewnętrznie też jest naprawdę niesamowity. – Będąc wampirem, ratował przecież ludzi z opresji, żeby nie być do końca potworem.

– Czy to możliwe? – zachichotała Jess.

Zaczęłam udawać, że przysłuchuję się nauczycielowi.

– Zależy ci na nim, prawda? – Moja rozmówczyni nie dawała za wygraną.

– Tak.

– To znaczy, tak zupełnie na serio ci zależy? – drążyła głębiej.

– Tak – powtórzyłam, czerwieniejąc jak piwonia. Oby takich rzeczy nie można było odczytać telepatycznie, pomyślałam.

Znudziły jej się moje monosylabiczne odpowiedzi.

– Jak bardzo ci na nim zależy?

– Za bardzo – odszepnęłam. – Bardziej niż jemu. Ale nic na to nie mogę poradzić.

Na szczęście w tym samym momencie pan Verner wywołał Jess do odpowiedzi. Później miałyśmy zbyt dużo pracy, a gdy zadźwięczał dzwonek, byłam gotowa użyć podstępu.

– Mike spytał mnie na angielskim, jak ci się podobało w poniedziałek – wypaliłam.

– Żartujesz! – Połknęła haczyk. – I co mu powiedziałaś?

– Że się świetnie bawiłaś. Wyglądał na zadowolonego.

– Powtórz dokładnie, o co się spytał, i dokładnie, co mu odpowiedziałaś.

Całą drogę do następnej sali zabrała nam analiza składniowa owych wypowiedzi, a większość hiszpańskiego przegadałyśmy o obu minach Mike'a. Robiłam wszystko, co w mojej mocy, żeby tylko Jess nie straciła zainteresowania i nie zmieniła tematu.

W końcu dzwonek obwieścił przerwę na lunch. Zerwawszy się z miejsca na równe nogi, zaczęłam wrzucać do torby wszystko jak leci, co nie uszło uwagi mojej koleżanki.

– Zjesz lunch z Edwardem, a nie z nami, prawda?

– Nie sądzę. – Wolałam się nie łudzić. Nadal istniało prawdopodobieństwo, że znów gdzieś zniknie.

Tymczasem niespodzianka czekała mnie już zaraz za drzwiami klasy – oparty o ścianę stał tam młody grecki bóg. Jessica zerknęła tylko w jego stronę i wzniosła oczu ku niebu.

– Do zobaczenia – rzuciła mi na odchodnym znaczącym tonem. Trzeba będzie wyłączyć dzwonek w telefonie, pomyślałam.

– Cześć. – Edward wydawał się rozbawiony i poirytowany jednocześnie. To, że nas wcześniej podsłuchiwał, nie było wątpliwości.

– Hej.

Nic więcej poza powitaniem nie przychodziło mi do głowy. On także milczał, zapewne czekając na dogodniejszy moment, do stołówki szliśmy więc w milczeniu. Czułam się zupełnie tak jak pierwszego dnia w szkole – wszyscy się na nas gapili.

Edward dołączył do kolejki po jedzenie. Wciąż się nie odzywał, ale co jakiś czas zerkał na mnie w zamyśleniu. Obserwując jego twarz, odniosłam wrażenie, że irytacja zaczyna przeważać nad rozbawieniem. Koiłam nerwy, majstrując przy zamku błyskawicznym kurtki.

Doszedłszy do lady, mój towarzysz zapełnił tacę różnymi produktami.

– Co ty wyprawiasz? – zaprotestowałam. – Ja tyle nie zjem.

Edward przesunął się do kasy.

– Połowa jest dla mnie – wyjaśnił.

Zdumiałam się.

Ruszył pierwszy do miejsca, w którym siedzieliśmy ostatnim razem. Wybraliśmy krzesła po przeciwległych stronach blatu. Z drugiego końca długiego stolika przyglądała nam się grupka uczniów z rocznika wyżej. Edward nic sobie z tego nie robił.

– Bierz, co chcesz – powiedział, przesuwając ku mnie tacę.

Wybrałam jabłko i zaczęłam obracać je w dłoniach.

– Jestem ciekawa, co byś zrobił, gdyby ktoś rzucił ci wyzwanie i kazał coś zjeść.

– Zawsze jesteś taka ciekawska – skrzywił się, kręcąc głową, po czym patrząc mi prosto w oczy, podniósł z tacy kawałek pizzy, odgryzł spory kęs, przeżuł go i połknął. Przyglądałam się temu oniemiała.

– Gdyby ktoś założył się z tobą, że nie odważysz się zjeść trochę ziemi, zjadłabyś, prawda? – spytał protekcjonalnym tonem.

Zmarszczyłam nos.

– Po prawdzie zjadłam kiedyś trochę ziemi... dla zakładu. Nie była taka zła.

Zaśmiał się.

– Chyba nie powinienem być zaskoczony. – Jego uwagę przykuło coś za mną. – Jessica poddaje analizie każdy mój gest. Zamierza podzielić się z tobą później swoimi spostrzeżeniami. – Przesunął resztę pizzy w moją stronę. Widać było, że widok Jessiki przypomniał mu powód niedawnego poirytowania.

Czując, że lada chwila podejmie ten temat, spuściłam wzrok, odłożyłam jabłko i zabrałam się do jedzenia pizzy.

– Zatem kelnerka była ładna, tak? – spytał niby to od niechcenia.

– Naprawdę nie zauważyłeś?

– Miałem wtedy głowę zajętą czymś innym.

– Biedaczka. – Teraz mogłam być wspaniałomyślna.

– Hm... Powiedziałaś coś takiego Jessice... co mi się nie spodobało. – Edward postanowił jednak dać upust swoim żalom, a głos zrobił mu się przy tym przyjemnie chrapliwy. Spoglądał na mnie z wyrzutem spod wachlarzy rzęs.

– Nic dziwnego – odparłam. – Taki już los tych, którzy podsłuchują.

– Ostrzegałem cię, że będę się przysłuchiwał.

– A ja ostrzegałam cię, że wolałbyś nie mieć wglądu we wszystkie moje myśli.

– Ostrzegałaś – przyznał, ale nie miał zamiaru odpuścić. – Tyle że nie miałaś do końca racji. Chciałbym wiedzieć, co o czym myślisz, bez wyjątku. Jest mi tylko przykro, że na kilka spraw wyrobiłaś sobie taki a nie inny pogląd.

Rzuciłam mu gniewne spojrzenie.

– To duża różnica.

– Mniejsza z tym, nie o to mi teraz chodzi.

– A o co? – Oboje pochylaliśmy się teraz nad blatem: on oparł brodę o splecione dłonie, ja prawą ręką gładziłam się z tyłu po szyi. Co chwila musiałam sobie przypominać, że przebywamy w zatłoczonej stołówce, najprawdopodobniej pod obstrzałem wielu ciekawskich spojrzeń. Tak łatwo było dać porwać się naszym prywatnym rozgrywkom...

– Czy naprawdę uważasz, że zależy ci na mnie bardziej niż mnie na tobie? – spytał Edward cicho, przysuwając się jeszcze bliżej. Jego ciemnozłote oczy po raz kolejny poraziły mnie swym magnetyzmem. Musiałam spuścić wzrok, żeby wrócił mi oddech.

– Znowu to robisz – wymamrotałam.

– Co takiego?

– Mącisz mi w głowie. – Skupiłam się i spojrzałam mu prosto w twarz, starając się nie tracić wątku.

– Ach tak.

– To nie twoja wina – westchnęłam. – Nic na to nie poradzisz.

– Czy odpowiesz na moje pytanie?

Nie wytrzymałam i wbiłam wzrok w blat stolika.

– Tak.

– Tak, odpowiesz, czy tak, tak właśnie myślisz. – Znów się nieco zirytował.

– Tak, tak właśnie myślę. – Zapadła cisza. Milczałam z uporem, studiując imitowane słoje drewna, którymi pokryty był laminat. Musiałam tylko powstrzymywać się, żeby nie sprawdzić, jaką Edward ma minę.

Kiedy się w końcu odezwał, głos miał słodki jak miód.

– Mylisz się.

Zerknęłam w górę. Patrzył na mnie niemalże z czułością.

– Tego nie możesz być pewnym – wyszeptałam hardo, choć w głębi ducha w nic tak bardzo nie chciałam wierzyć, jak w to, że się mylę.

– Masz jakieś dowody? – Przyglądał mi się badawczo, starając się zapewne – bez rezultatu – przeniknąć mój umysł, by poznać prawdę. Ja z kolei próbowałam skoncentrować się na sformułowaniu odpowiedzi, co w obecności pary przenikliwych złotych oczu przychodziło mi z ogromnym trudem. Trwało to jakiś czas i widać było, że Edward zaczyna się niecierpliwić.

– Zastanawiam się – wyjaśniłam. Rozchmurzył się nieco – sądził najwyraźniej, że się obraziłam. Splotłam dłonie na blacie i przez chwilę bawiłam się palcami. – Cóż, pomijając pewne oczywistości, czasami... – Zawahałam się. – Nie mam pewności, w odróżnieniu od ciebie nie umiem czytać w myślach, ale czasami odnoszę wrażenie, że mówisz o czym innym, a tak naprawdę próbujesz mnie odepchnąć. – Chodziło mi o te chwile, kiedy jego zachowanie i słowa sprawiały mi ból. Lepiej nie umiałam tego opisać.

– Wnikliwe – skomentował i znów zabolało, uznałam bowiem, że w takim razie przyznaje mi rację. – Ale tu się właśnie mylisz – zaczął tłumaczyć. Nagle coś mu się przypomniało. – Co to za „oczywistości"?

– Spójrz tylko na mnie – powiedziałam niepotrzebnie, bo nie odrywał ode mnie wzroku. – Jestem zupełnie przeciętna, nijaka – no, chyba żeby wziąć pod uwagę to, że w kółko pakuję się w kłopoty i okropna ze mnie niezdara. A ty? – Machnęłam ręką w jego stronę. – Gdzie mi tam do ciebie?

Zmarszczywszy na moment czoło, spojrzał na mnie z pobłażaniem.

– Przyznam, że z wadami trafiłaś w samo sedno – zaśmiał się ponuro – ale nie jesteś zbytnio świadoma własnych zalet. Nie wiesz, co każdy chłopak z tej szkoły myślał sobie, kiedy pojawiłaś się tu pierwszego dnia.

Zupełnie mnie zaskoczył.

– No co ty... – wymamrotałam zażenowana.

– Choć raz mi zaufaj. Jesteś absolutnym przeciwieństwem przeciętnej dziewczyny. – W jego oczach pojawiło się uznanie, które bardziej mnie zawstydziło, niż ucieszyło.

– To co z tym odpychaniem? – wypaliłam, żeby zmienić temat.

– Nie rozumiesz? To dlatego wiem, że to ja mam rację. Mnie bardziej na tobie zależy, bo jestem w stanie się poświęcić. Odepchnąć cię, choć i mnie sprawia to ból, bo tylko w ten sposób mogę zapewnić ci bezpieczeństwo.

– I uważasz, że ja nie byłabym zdolna do takiego poświęcenia? – rozgniewałam się.

– Nigdy nie będziesz stała przed podobnym wyborem – oświadczył Edward z powagą, po czym niemal natychmiast uśmiechnął się łobuzersko. Jego zmiany nastroju były doprawdy nieprzewidywalne. – Oczywiście, utrzymywanie cię przy życiu to coraz bardziej zajęcie na pełny etat, wymagające mojej stałej obecności.

– Dzisiaj jakoś nikt nie próbował mnie zabić. – Byłam mu wdzięczna za ten żart, bo na dalszą rozmowę o rozstaniach nie miałam ochoty. Pomyślałam sobie, że jeśli będzie trzeba, celowo narażę się na niebezpieczeństwo, byle tylko go przy sobie zatrzymać. Szybko jednak odegnałam od siebie tę myśl, by Edward nie odczytał jej z wyrazu mojej twarzy. Jak nic wściekłby się na mnie.

– Jeszcze nie – sprostował.

– Jeszcze nie – zgodziłam się. Wprawdzie w to nie wierzyłam, ale wolałam, żeby spodziewał się najgorszego.

– Mam kolejne pytanie – oznajmił rozluźniony.

– Strzelaj.

– Naprawdę musisz jechać w sobotę do Seattle, czy to taka wymówka, żeby przegonić adoratorów?

Aż się skrzywiłam na ich wspomnienie.

– Wiesz – ostrzegłam go – jeszcze ci nie wybaczyłam tej blokady parkingu. To przez ciebie Tyler łudzi się, że pójdziemy razem na bal absolwentów.

– Och, chłopina poradziłby sobie beze mnie. Chciałem tylko zobaczyć, jaką zrobisz minę. – Edward parsknął śmiechem. Byłam gotowa się rozzłościć, ale urok tego śmiechu zupełnie mnie rozbroił. – A gdybym to ja cię zaprosił, zgodziłabyś się? – spytał wesoło.

– Pewnie tak – przyznałam – a parę dni później wykręciła się chorobą albo kontuzją nogi.

– Dlaczego? – zdziwił się.

Pokręciłam ze smutkiem głową.

– Wpadnij kiedyś na salę, jak będę miała WF, to zrozumiesz.

– Czyżbyś piła do tego, że nie potrafisz pokonać bez potknięcia prostego odcinka o gładkiej, stabilnej nawierzchni?

– Oczywiście.

– Żaden kłopot – odparł z przekonaniem. – W tańcu wszystko zależy od tego, jak prowadzi partner. – Widząc, że chcę zaprotestować, dodał szybko: – To w końcu jak? Jedziemy do Seattle czy robimy coś innego?

Skoro obie wersje zakładały wspólnie spędzoną sobotę, było mi wszystko jedno.

– Jestem otwarta na propozycje – oświadczyłam – pod jednym wszakże warunkiem.

Jak zawsze w takich sytuacjach, zrobił się nieco podejrzliwy.

– Jakim?

– Możemy pojechać moim wozem?

– Dlaczego twoim? – skrzywił się.

– Głównie przez wzgląd na Charliego. Spytał, czy jadę do Seattle sama, i potwierdziłam, bo tak to wtedy wyglądało. Jeśli spyta jeszcze raz, raczej nie skłamię, tyle że jest mało prawdopodobne, iż jeszcze raz spyta, a gdybym zostawiła furgonetkę, musiałabym się ze wszystkiego niepotrzebnie tłumaczyć. A poza tym panicznie boję się twojego stylu jazdy.

Edward przewrócił oczami.

– Tyle rzeczy grozi ci z mojej strony, a ty boisz się akurat mojego stylu jazdy – stwierdził zniesmaczony. – Nie powiesz ojcu, że jedziesz ze mną? – Czułam, że w tym pytaniu kryje się jakieś drugie dno.

– Taki już jest, że lepiej nie mówić mu wszystkiego. – Co do tego nie miałam najmniejszych wątpliwości. – A tak w ogóle, to dokąd się wybieramy?

– Zapowiada się ładny dzień, więc będę trzymał się z dala od ludzi. Możesz potrzymać się z dala od nich ze mną... jeśli chcesz. – Znów dawał mi wolną rękę.

– I pokażesz mi, co się dzieje z wami w słońcu? – Byłam podekscytowana możliwością poznania kolejnej tajemnicy.

– Jasne. – Uśmiechnął się, a potem dodał poważnym tonem: – Ale jeśli ci to nie odpowiada, wolałbym mimo wszystko, żebyś nie jechała sama do Seattle. Ciarki mnie przechodzą na myśl, co mogłoby ci się przytrafić w tak dużym mieście.

– Phoenix ma trzy razy więcej mieszkańców – obruszyłam się.

– A jeśli chodzi o powierzchnię...

– Tyle że w Phoenix – wtrącił – śmierć nie była ci jeszcze najwyraźniej pisana. Wolałbym więc, żebyś była blisko. – Znów wypróbował na mnie nieświadomie magnetyczną moc swoich oczu.

Trudno było z tym spojrzeniem czy z pobudkami Edwarda walczyć, zresztą żadna decyzja jeszcze nie zapadła.

– Nie martw się, sobota sam na sam z tobą najzupełniej mi odpowiada.

– Wiem – westchnął ciężko – ale lepiej powiedz Charliemu.

– Po co?

Twarz Edwarda znienacka stężała.

– Dzięki temu będę miał trochę większą motywację, żeby pozwolić ci wrócić do domu.

Przełknęłam głośno ślinę, ale już po chwili byłam gotowa odpowiedzieć:

– Sądzę, że podejmę to ryzyko.

Łypnął na mnie gniewnie i odwrócił wzrok.

– Może porozmawiamy o czym innym? – zasugerowałam.

– O czym byś chciała porozmawiać? – Nadal był wzburzony.

Rozejrzałam się wokół, aby się upewnić, że nikt nas nie podsłucha, i odkryłam, że siostra Edwarda, Alice, patrzy prosto na mnie. Reszta rodzeństwa przypatrywała się swemu bratu. Odwróciłam się pospiesznie w jego stronę i zadałam pierwsze pytanie, jakie przyszło mi do głowy:

– Po co pojechaliście w zeszły weekend do Kozich Skał? Polować? Charlie mówił, że to nie najlepsze miejsce na biwak, bo roi się tam od niedźwiedzi.

Mina Edwarda świadczyła o tym, że przegapiłam coś bardzo oczywistego.

– Niedźwiedzie? – wykrztusiłam. Uśmiechnął się. – To nie sezon polowań – dodałam surowym tonem, by ukryć to, jak bardzo jestem zszokowana.

– Przeczytaj i przekonaj się sama – poradził. – Przepisy zakazują tylko polowań z zastosowaniem broni. – Przyglądał mi się z rozbawieniem, ciekawy, jak zareaguję na ukrytą w tym zdaniu aluzję.

– Niedźwiedzie? – powtórzyłam.

– To Emmett gustuje w grizzly – rzucił niby od niechcenia, choć musiał się martwić, czy to mnie nie wystraszy.

Postanowiłam wziąć się w garść, ale potrzebowałam trochę czasu.

– No, no – powiedziałam, sięgając po pizzę. Jedząc, nie musiałam na niego patrzeć. Żułam niespiesznie, a potem napiłam się jeszcze coli. Kiedy w końcu podniosłam wzrok, Edward zaczynał już się niepokoić. – A ty w czym gustujesz?

Widać było, że nie spodobało mu się to pytanie.

– W pumach.

– Ach tak – odparłam grzecznie, acz obojętnie, po czym wróciłam do picia coli.

– Rzecz jasna – ciągnął, imitując ton mojego głosu – to, że nie przestrzegamy prawa łowieckiego, nie zwalnia nas od troski o środowisko naturalne. Staramy się koncentrować na obszarach z nadwyżką drapieżników. Zawsze też łatwo o sarnę lub łosia. Nadają się, ale to żadna zabawa. – Tu uśmiechnął się prowokująco.

– W istocie, żadna – mruknęłam dystyngowanie znad pizzy.

– Najlepsza pora na niedźwiedzie to według Emmetta właśnie wczesna wiosna. Dopiero co przebudziły się ze snu zimowego, więc są bardziej drażliwe. – Przymknął oczy, wspominając jakieś wesołe wydarzenie.

– Ach, nie ma jak rozdrażniony grizzly. Ubaw po pachy. – Pokiwałam głową ze znawstwem.

Prychnął.

– Proszę, powiedz, co naprawdę o tym wszystkim myślisz.

– Usiłuję to sobie wyobrazić, ale nie potrafię – wyznałam. –
Jak można polować na niedźwiedzie bez broni?

– Och, mamy broń. – Na sekundę obnażył swoje lśniące bielą
zęby. Już miałam się wzdrygnąć, ale powstrzymałam się, żeby nie
okazać lęku. – Tyle że prawo łowieckie nie bierze jej pod uwagę.
A jeśli masz kłopoty z wyobrażeniem sobie Emmetta w akcji, przy-
pomnij sobie, jak wygląda atak niedźwiedzia, jeśli widziałaś taki
w telewizji.

Kolejnego wzdrygnięcia nie udało mi się już opanować. Zerknęłam na Emmetta, dziękując Bogu, że nie patrzy akurat w moją
stronę. Jego silnie umięśnione ramiona i muskularny tors niemalże napawały mnie przerażeniem.

Edward też zerknął na brata i znowu prychnął. Spojrzałam na
niego poruszona.

– Czy też atakujesz jak niedźwiedź? – spytałam cicho.

– Ponoć bardziej przypominam pumę – oświadczył pogodnie.
– Być może ma to coś wspólnego z preferencjami smakowymi.

– Być może. – Zmusiłam się do bladego uśmiechu. Nadal
trudno mi było się z tym wszystkim pogodzić. – Mogę kiedyś zobaczyć takie polowanie?

Zbladł raptownie.

– W żadnym wypadku! – warknął rozwścieczony. Odskoczyłam do tyłu. Nigdy bym się przed nim do tego nie przyznała, ale
przeraziła mnie tak gwałtowna reakcja. Edward też się cofnął,
splótłszy ręce na piersi.

– Za duży szok jak dla mnie? – spytałam, gdy już doszłam do
siebie.

– Gdyby chodziło tylko o szok – powiedział cierpko – wziął-
bym cię do lasu choćby dzisiaj. Powinnaś się wreszcie porządnie
przestraszyć. Wyszłoby ci to na zdrowie.

– Więc czemu? – drążyłam z uporem, ignorując jego rozdrażnienie.

Wpatrywał się we mnie jakiś czas w milczeniu.

– Później ci wyjaśnię. – Ani się obejrzałam, już stał. – Spóźnimy się.

Zdałam sobie sprawę, że stołówka jest niemal pusta. Przy Edwardzie nigdy nie zwracałam uwagi na czas i otoczenie. Poderwałam się z miejsca, podnosząc wiszącą na oparciu krzesła torbę.

– Niech będzie później. – Byłam gotowa poczekać.

11 Komplikacje

Gdy podchodziliśmy do naszej ławki w sali od biologii, wszyscy pozostali uczniowie się na nas gapili. Zrezygnowawszy z siedzenia przy najdalszym krańcu stołu, Edward przysunął swoje krzesło tak blisko mojego, że niemal stykaliśmy się ramionami.

Pan Banner, jak zwykle punktualny, pojawił się w klasie chwilę po nas. Ciągnął za sobą wysoką metalową szafkę na kółkach, mieszczącą masywny, przestarzały telewizor oraz wideo. Lekcja z filmem! Wszystkim od razu poprawił się humor.

Nauczyciel wsunął kasetę do stawiającego opór otworu odtwarzacza, po czym podszedł do ściany, żeby zgasić światło.

Ciemność wyostrzyła moje zmysły. Byłam teraz, co mnie zadziwiło, jeszcze bardziej świadoma bliskości Edwarda. Moja skóra stała się jakby naelektryzowana, a ciało przeszywały przyjemne, delikatne dreszcze. Owładnęło mną przemożne pragnienie, by choć raz musnąć dłonią policzek mojego sąsiada. Nie chcąc mu się poddać, skrzyżowałam ręce na piersiach, a obie dłonie, mocno zaciśnięte, wetknęłam pod pachy. Byłam bliska szaleństwa.

Na ekranie telewizora pokazała się czołówka filmu, co rozjaśniło nieco mrok. Natychmiast mimowolnie spojrzałam na Edwarda. Uśmiechnęłam się nieśmiało, widząc, że przyjął identyczną obronną pozycję i także zerka w moją stronę. On też się ucieszył. Jego oczy nawet w ciemnościach zachowały swoją porażającą moc, musiałam więc szybko spuścić wzrok, by uniknąć palpitacji serca. Było mi strasznie głupio, że tak na niego reaguję.

Lekcja ciągnęła się w nieskończoność. Nie potrafiłam skoncentrować się na filmie – nie wiedziałam nawet, o czym właściwie jest. Próbowałam się rozluźnić, ale bez powodzenia. Od czasu do czasu pozwalałam sobie zerknąć na Edwarda, wiedziałam więc, że i on nadal siedzi sztywno. I wciąż biła od niego ta elektryzująca aura. Mimo upływu czasu pragnienie, by go dotknąć, nie słabło, aż w końcu zaczęły mnie boleć zaciśnięte kurczowo palce.

Gdy nareszcie rozbłysły światła, odetchnęłam z ulgą i wyprostowawszy przed sobą ręce, zaczęłam przebierać w powietrzu zesztywniałymi palcami. Edward prychnął.

– Nie ma co, ciekawe doświadczenie – mruknął ponuro.

– Ehm. – Tylko tyle potrafiłam z siebie wydusić.

– Idziemy? – spytał, podnosząc się z miejsca jednym zwinnym ruchem.

Niemal jęknęłam: nadeszła pora WF-u. Wstałam ostrożnie, nie mając pewności, czy owa dziwna chwila bliskości w ciemnościach nie wpłynęła negatywnie na mój zmysł równowagi.

Edward odprowadził mnie do samych drzwi sali gimnastycznej. Odwróciłam się, żeby się pożegnać, i poraził mnie wyraz jego twarzy. Malowało się na niej jakieś wewnętrzne rozdarcie, na granicy bólu, a była przy tym tak oszałamiająco piękna, że znów musiałam walczyć ze sobą, by jej nie dotknąć. Słowa pożegnania uwięzły mi w gardle.

Edward podniósł z wahaniem rękę, podejmując jakąś niezwykle trudną decyzję. Wreszcie opuszkami palców musnął przelotnie mój policzek. Skórę miał jak zawsze lodowatą, ale jego dotyk dziwnie rozgrzewał – jakbym się oparzyła, tylko nie czuła jeszcze bólu. Zaraz potem odszedł szybko bez słowa.

Weszłam do środka półprzytomna, słaniając się na nogach. Nawet nie wiem, jak znalazłam się w szatni, przebierałam się jak w transie, ledwie świadoma obecności innych ludzi. Ocknęłam się dopiero, gdy wręczono mi rakietkę do badmintona. Nie była ciężka, ale i tak bałam się, że zrobię nią komuś krzywdę – kilka osób rzuciło mi zresztą pełne obawy spojrzenia.

Pan Clapp kazał nam dobrać się w pary, miałam jednak szczęście, bo Mike nadal był gotowy trwać wiernie u mego boku.

– Chcesz tworzyć ze mną drużynę? – zaoferował się.

– Dzięki, ale pamiętaj, nie musisz tego robić.

– Spokojna głowa. – Uśmiechnął się. – Będę się trzymał od ciebie z daleka.

Czasami naprawdę łatwo było darzyć go sympatią .

Oczywiście nie obyło się bez wpadki. Udało mi się zdzielić siebie rakietą po głowie i zahaczyć o ramię Mike'a dosłownie za jednym zamachem. Resztę godziny lekcyjnej spędziłam w tylnym rogu kortu z rakietą schowaną dla bezpieczeństwa za plecami. Z drugiej strony, mimo tego utrudnienia, mój partner poradził sobie świetnie, wygrał bowiem trzy spośród czterech rozegranych meczów. Kiedy zaś gwizdkiem ogłoszono koniec lekcji, przybił ze mną piątkę, na co zupełnie sobie nie zasłużyłam.

– A więc to oficjalne? – spytał po zejściu z boiska.

– Co takiego?

– No wiesz, ty i Cullen. – Nie wydawał się z tego zadowolony.

Moja sympatia wyparowała bez śladu.

– Nic ci do tego – warknęłam, przeklinając w duchu gadatliwość Jessiki, ale Mike zignorował to ostrzeżenie.

– Ten facet mi się nie podoba.

– I nie musi.

– Patrzy na ciebie tak... tak... – ciągnął – jakbyś była czymś do jedzenia.

Zdusiłam wybuch histerycznego śmiechu, ale nie powstrzymałam chichotu. Mike spojrzał na mnie ponuro. Pomachałam mu na pożegnanie i umknęłam do szatni, gdzie w okamgnieniu zapomniałam o naszej krótkiej rozmowie. Miałam teraz ważniejsze rzeczy na głowie, przebierając się, aż dygotałam ze strachu i podekscytowania zarazem. Czy Edward będzie na mnie czekał przy wyjściu, czy w samochodzie? A co, jeśli będzie tam jego rodzeństwo? Tu po raz pierwszy przestraszyłam się zupełnie na poważnie. Czy Cullenowie wiedzą, że ja wiem? Czy powinnam wiedzieć, że wiedzą, że wiem, czy też nie?

Wychodząc z szatni, postanowiłam, że najlepiej będzie, jeśli pójdę do domu pieszo, nawet nie zerkając na parking. Okazało się jednak, że zadręczałam się niepotrzebnie. Edward czekał na mnie oparty o ścianę zaraz za drzwiami, a jego cudownych rysów nie szpecił już żaden grymas. Od razu poczułam się lepiej.

– Hej.

– Cześć. – Jego uśmiech był porażający. – Jak tam WF?

Odrobinę zrzedła mi mina.

– W porządku – skłamałam.

– Na pewno? – Nie dał się zwieść. Nagle zauważył kogoś za moimi plecami i zacisnął zęby. To Mike znikał właśnie za zakrętem.

– O co chodzi?

Przeniósł wzrok na mnie, ale usta nadal miał pogardliwie wykrzywione.

– Ten Newton działa mi na nerwy.

– Czytałeś w jego myślach? – Nie spodobało mi się to. Dobry nastrój prysł niczym bańka mydlana.

– Głowa już nie boli? – spytał Edward z niewinną troskliwością w głosie.

– Jesteś niemożliwy! – Odwróciłam się na pięcie i ruszyłam w stronę parkingu, choć wciąż nie wykluczałam, że będę musiała iść pieszo.

Z łatwością dotrzymał mi kroku.

– Sama wspominałaś, że powinienem zobaczyć, jak ci idzie na WF-ie. Byłem ciekawy. – Nie kajał się, więc puściłam to mimo uszu.

Gdy doszliśmy do samochodu, jeszcze mu nie wybaczyłam. Tak właściwie nie doszliśmy do samego auta, ponieważ wokół kłębił się tłum chłopców. Volvo nic się jednak nie stało – chodziło im rzecz jasna o kabriolet Rosalie. W oczach gapiów płonęło pożądanie; nawet nie podnieśli wzroku, gdy Edward zaczął się przepychać do drzwiczek od strony kierowcy. Pospiesznie zajęłam swoje miejsce, również niezauważona.

– Robi wrażenie – skwitował.

– Co to w ogóle za auto?

– M3.

– Czyli?

– Bmw. – Nie patrząc na mnie, przewrócił oczami. Nawet on musiał się teraz nieco skupić, żeby nikogo nie przejechać przy wycofywaniu.

Pokiwałam głową. Tę nazwę znałam.

– Wciąż się gniewasz? – spytał, manewrując.

– Gniewam.

Westchnął.

– Wybaczysz mi, jeśli przeproszę?

– Może. Pod warunkiem że to nie będą udawane przeprosiny. I jeśli obiecasz, że to się nie powtórzy.

– A co powiesz – oświadczył przebiegle – jeśli przeproszę szczerze, a do tego pozwolę ci prowadzić w sobotę?

Doszłam do wniosku, że nic więcej nie wskóram, odrzekłam więc:

– Umowa stoi.

– Przepraszam zatem, że sprawiłem ci przykrość – powiedział ze szlachetnym wyrazem twarzy, po czym uśmiechnął się szelmowsko i dodał: – A w sobotę rano stawię się pod twoim domem.

– Będę musiała się tłumaczyć przed Charliem, czyje to volvo.

– Nie mam zamiaru przyjechać volvo – odparł pobłażliwym tonem.

– Więc jak?

– Tym się nie kłopocz. Będę ja, volvo nie będzie.

Dałam sobie spokój. Inne sprawy czekały na wyjaśnienie.

– Czy już jest później? – W moim pytaniu kryła się pewna aluzja.

Zmarszczył czoło.

– Sądzę, że tak.

Czekałam z grzeczną minką na jakąś dalszą wypowiedź.

Edward zatrzymał wóz. Zaskoczona wyjrzałam przez okno. No tak, staliśmy już pod domem Charliego, zaraz za furgonetką. Łatwiej mi było jeździć volvo bez spoglądania na drogę. Gdy przeniosłam wzrok z powrotem na Edwarda, przyglądał mi się badawczo.

– Nadal chcesz wiedzieć, czemu nie możesz zobaczyć, jak poluję? – Był poważny, choć wyczuwałam w jego głosie nutkę rozbawienia.

– Cóż, bardziej zaciekawiła mnie twoja reakcja na moją prośbę.

– Przestraszyłem cię? – Tak, to na pewno było rozbawienie.

– Nie – skłamałam, ale nie uwierzył.

– Przepraszam, że cię przestraszyłem. – Rozbawienie ustąpiło zatroskaniu, uśmiechał się jednak delikatnie. – Sama myśl, że mogłabyś się znaleźć w naszym pobliżu... – Spochmurniał.

– Groziłoby mi niebezpieczeństwo?

– Ogromne – wycedził.

– Bo...

Wziął głęboki oddech i wyjrzał przez okno na gęste zwały chmur, których masa zdawała się ciążyć ku ziemi niemal na wyciągnięcie ręki.

– Kiedy polujemy – zaczął wolno, niechętnie – nie jesteśmy w pełni świadomi, dajemy się porwać zmysłom. Zwłaszcza zmysłowi powonienia. Gdybym w tym stanie wyczuł, że jesteś gdzieś w pobliżu... – Zasępiony pokręcił głową, wpatrując się w szare niebo.

Zerknął na mnie, ciekawy mojej reakcji, ale spodziewałam się tego i cały ten czas robiłam wszystko, co w mojej mocy, żeby zachować spokojny wyraz twarzy. Nie potrafił wprawdzie odczytać moich uczuć, ale gdy nasze oczy się spotkały, coś się zmieniło. To mnie bardziej zaczęła ciążyć wisząca w powietrzu cisza, a od Edwarda znów popłynął ku mnie ów znany mi już prąd. Zaparło mi dech w piersiach, zakręciło mi się w głowie. Wreszcie, nabierając głośno powietrza do płuc, chcąc nie chcąc, przerwałam tę magiczną chwilę. Zamknął oczy.

– Bello, sądzę, że powinnaś już iść do domu – szepnął surowym tonem, wzrok wbił w chmury.

Gdy otworzyłam drzwiczki, nieco otrzeźwił mnie mroźny powiew wiatru, nie na tyle jednak, żebym nie bała się wywrotki. Wysiadłam ostrożnie, nie patrząc za siebie, i doszłabym tak do samego domu, gdyby nie dźwięk spuszczanej automatycznie szyby.

– Bello, jeszcze coś – zawołał spokojniej. Siedział pochylony ku otwartemu oknu i uśmiechał się delikatnie.

– Tak?

– Jutro moja kolej.

– Kolej na co?

Wyszczerzył zęby.

– Na zadawanie pytań. – Volvo zniknęło za rogiem, nim zdążyłam wymyślić ripostę. Uśmiechnęłam się. Jedno było pewne – mieliśmy się jutro zobaczyć.

Tej nocy Edward jak zwykle pojawił się w moich snach, ale zmieniła się panująca w nich atmosfera – były teraz przesycone ową elektryzującą aurą. Przewracałam się z boku na bok i często budziłam. Męczące majaki pozwoliły mi usnąć spokojnie dopiero przed świtem.

Rano byłam zmizerowana i podenerwowana. Z westchnieniem włożyłam brązowy golf i standardowe tu już dżinsy – tak bardzo tęskniłam za szortami i bluzeczkami na ramiączkach. Do śniadania zasiedliśmy z Charliem, rzecz jasna, w milczeniu. Usmażył sobie jajka, a ja zabrałam się do mojej codziennej porcji płatków. Zastanawiałam się, czy nie zapomniał o sobocie, ale sam podjął ten temat, wstawszy od stołu.

– Co do soboty... – zaczął, odkręcając kurek przy zlewie.

A jednak, pomyślałam z niechęcią.

– Tak, tato?

– Nadal wybierasz się do Seattle?

– Taki był plan. – Miałam nadzieję, że nie zmusi mnie wypytywaniem do uwikłania się w sieć kłamstw.

Charlie zaczął szorować gąbką skropiony płynem do mycia naczyń talerz.

– Jesteś pewna, że nie uda ci się wrócić w porę na bal?

– Nie idę na bal. – Zaczynał działać mi na nerwy.

– Nikt cię nie zaprosił? – Próbował ukryć zatroskanie, płucząc swój talerz wyjątkowo starannie.

– Tym razem to dziewczyny wybierają – udało mi się wyplątać.

– Ach tak. – Zamilkł, zbity z tropu.

Rozumiałam jego ojcowskie rozterki, musiało być mu trudno. Z jednej strony, żył w strachu, że znajdę sobie chłopaka, z drugiej, martwił się, że go sobie nie znajdę. Jak bardzo musiałby się czuć, gdyby zaczął choćby podejrzewać, w jakim typie mężczyzn, czy też raczej stworów, gustuję. Wzdrygnęłam się na samą myśl o tym.

Charlie wyszedł, pomachawszy mi na pożegnanie, a ja poszłam na górę umyć zęby i zabrać rzeczy do szkoły. Gdy usłyszałam, że odjeżdża, nie mogłam się powstrzymać i zaledwie po kilku sekundach doskoczyłam do okna. Nie zawiodłam się – miejsce samochodu ojca zajmowało już srebrne volvo. Czym prędzej zbiegłam na dół, zastanawiając się po drodze, jak długo jeszcze Edward ma zamiar wozić mnie do szkoły. Miałam nadzieję, że do końca świata. Byłam w takim stanie, że nawet nie zamknęłam drzwi na klucz.

Czekał w aucie, najwyraźniej nie patrząc, czy idę. Otworzyłam nieśmiało drzwiczki i wślizgnęłam się do środka. Jak zwykle poraził mnie swoją urodą. Był uśmiechnięty i rozluźniony.

– Dzień dobry – przywitał mnie aksamitnym głosem. – Jak się miewasz? – Przyjrzał mi się uważnie, jakby nie chodziło mu o zwykłą grzeczność, lecz konkretne informacje.

– Dobrze, dziękuję. – Przy nim zawsze czułam się dobrze, wręcz fantastycznie.

Zauważył, że mam podkrążone oczy.

– Wyglądasz na zmęczoną.

– Nie spałam najlepiej – przyznałam, machinalnie zasłaniając mankamenty profilu włosami.

– Ja też nie – zażartował, odpalając silnik. Przyzwyczaiłam się już do cichego pomruku volvo. Byłam pewna, że przestraszyłabym się warkotu furgonetki, gdybym miała się teraz do niej z powrotem przesiąść.

– Sądzę, że spałam tylko odrobinę dłużej niż ty.

– Założę się, że tak właśnie było.

– I co porabiałeś ubiegłej nocy?

– O, nie, nie. Dzisiaj to ja zadaję pytania.

– Rzeczywiście. W takim razie, co chciałbyś wiedzieć? – Zachodziłam w głowę, co mogłoby go interesować.

– Jaki jest twój ulubiony kolor? – spytał ze śmiertelnie poważną miną.

Przewróciłam oczami.

– To się zmienia z dnia na dzień.

– No to jaki jest twój ulubiony kolor dzisiaj?

– Chyba brązowy. – Miałam w zwyczaju ubierać się zgodnie ze swoim nastrojem.

Edward zarzucił powagę i prychnął.

– Brązowy?

– Czemu nie? To taki ciepły kolor. Tu w Forks bardzo mi go brakuje. Wszystko, co powinno być brązowe – pożaliłam się – pnie drzew, skały, ziemia... wszystko pokrywa taki zielony, wilgotny nalot. Mech czy inne paskudztwo.

Wydawał się zafascynowany moim zrzędzeniem. Przez chwilę zastanawiał się nad tym, co powiedziałam, patrząc mi w oczy.

– Masz rację – stwierdził z powagą. – Brąz jest ciepły. – Szybkim gestem, choć jednak było w nim jakieś wahanie, odgarnął mi włosy za ramię, odsłaniając policzek.

Parkowaliśmy już przed szkołą.

– Jakie CD jest teraz w twoim odtwarzaczu? – spytał takim tonem, jakby żądał ode mnie przyznania się do morderstwa.

Uświadomiłam sobie, że nie wyjęłam jeszcze albumu, który dostałam od Phila. Kiedy rzuciłam nazwę zespołu, Edward uśmiechnął się szelmowsko i tajemniczo zarazem, po czym sięgnął do schowka i podał mi jedną z około trzydziestu upchanych tam płyt. Był to ten sam album.

– To i Debussy? – spytał, unosząc jedną brew.

Trwało to cały dzień. Czy to przed angielskim, po hiszpańskim, czy na lunchu, nieprzerwanie zasypywał mnie błahymi pytaniami. Opowiadałam mu więc o swoich ulubionych i znienawidzonych filmach, o tych paru miejscach, w których byłam, i mnóstwie tych, które chciałabym zobaczyć, a przede wszystkim o książkach, po prostu bez końca.

Nie pamiętałam, kiedy ostatni raz mówiłam tak dużo. Często robiło mi się głupio, byłam bowiem przekonana, że go nudzę. Edward wydawał się jednak skupiony, a jego ciekawość nie słabła, nie przerywałam więc przesłuchania. Większość pytań była zresztą łatwa, tylko przy kilku spąsowiałam, ale też każdy rumieniec prowokował dalszą ich serię.

W jednym przypadku chodziło o mój ulubiony kamień szlachetny. Gdy zagapiłam się i bezmyślnie palnęłam „topaz", Edward natychmiast zasypał mnie gradem pytań. Czułam się niczym osoba biorąca udział w jednym z tych testów psychologicznych, w których należy odpowiadać pierwszym skojarzeniem. Byłam pewna, że nie dopytywałby się tak, gdyby nie moja reakcja, a spiekłam raka, ponieważ do niedawna moim ulubionym kamieniem był granat. Wpatrując się w miodowe oczy Edwarda, nie sposób było zapomnieć, co wywołało tę zmianę. On z kolei za wszelką cenę pragnął dowiedzieć się, skąd to zawstydzenie.

– Powiedz mi – rozkazał, gdy nie pomogły perswazje – a nie pomogły, bo przezornie spuściłam wzrok.

Poddałam się.

– Takiego koloru są dziś twoje oczy – westchnęłam, bawiąc się nerwowo kosmykiem włosów. – Spytaj mnie za dwa tygodnie, to pewnie odpowiem, że onyks. – Wyjawiłam mu więcej, niż zamierzałam, co zmartwiło mnie bardzo, ponieważ do tej pory, gdy dawałam po sobie poznać, jak bardzo obsesyjnym uczuciem go darzę, zawsze reagował atakiem furii.

Tym razem jednak zamilkł tylko na sekundę, a potem spytał o moje ulubione odmiany kwiatów. Odetchnęłam z ulgą. Mogliśmy kontynuować naszą dziwną sesję bez przeszkód.

W końcu znaleźliśmy się w sali od biologii, gdzie przesłuchanie trwało aż do przyjścia nauczyciela. I tu pojawił się problem – pan Banner znów ciągnął za sobą sprzęt audio-wideo. Nim zgasły światła, zauważyłam, że Edward odrobinę się ode mnie odsunął. Nie pomogło. Gdy tylko sala pogrążyła się w ciemnościach, podobnie jak poprzedniego dnia, poczułam, że moje ciało przebiega prąd, i z całej mocy zapragnęłam pogłaskać Edwarda po chłodnym policzku.

Aby sobie pomóc, oparłam brodę o złożone na stole ręce, z całych sił zaciskając palce na kancie stołu. W dodatku ani razu nie zerknęłam w bok. Gdybym odkryła, że i on na mnie patrzy, jeszcze trudniej byłoby mi zwalczyć pokusę. Oprócz poskramiania romantycznych odruchów starałam się też skoncentrować na treści filmu, ale mimo szczerych chęci znów nic nie zapamiętałam.

Gdy nareszcie włączono światło, natychmiast spojrzałam na Edwarda. Spoglądał na mnie z nieodgadnionym wyrazem twarzy. Podniósłszy się w milczeniu, poczekał, aż się spakuję, po czym odprowadził pod salę gimnastyczną, gdzie znów pożegnał mnie bez słów czułym gestem – pogłaskał mnie wierzchem dłoni od skroni aż po wargi.

Lekcja WF-u minęła mi szybko na oglądaniu jednoosobowego show Mike'a na boisku. Mój partner nie odzywał się dziś do mnie. Albo dał mi spokój, bo wyglądałam na półprzytomną, albo obraził się, że nie biorę sobie do serca jego ostrzeżeń. Gdzieś w głębi duszy miałam z tego powodu wyrzuty sumienia, ale byłam zbyt podekscytowana, żeby przejmować się jego osobą.

W szatni, spięta, spieszyłam się bardzo, chcąc jak najszybciej dołączyć do Edwarda. Zdenerwowanie potęgowało wrodzoną niezdarność, ale w końcu wypadłam na dwór. Podobnie jak wczoraj, odetchnęłam z ulgą na jego widok, a twarz opromienił mi szeroki uśmiech. Edward też się uśmiechnął, a następnie wznowił przesłuchanie.

Pytania, które teraz zadawał, były inne, wymagały bardziej przemyślanych odpowiedzi. Chciał wiedzieć, czego mi w Forks brakuje, i upierał się, bym opisywała mu wszystko, z czym nie był zaznajomiony. Siedzieliśmy w zaparkowanym przed domem Charliego aucie długie godziny. Tymczasem niebo pociemniało i zerwała się gwałtowna ulewa.

Chcąc nie chcąc, musiałam opowiadać o rzeczach tak trudnych do opisania, jak wysokie odgłosy wydawane w lipcu przez cykady, ledwie opierzona nagość drzew, ogrom rażącego czystością błękitu nieba, zapach kreozotu – gorzki, odrobinę żywiczny, lecz mimo to przyjemny – czy prosta linia horyzontu zakłócona jedynie przez niskie góry pokryte fioletowymi wulkanicznymi skałami. Największy problem sprawiało mi wytłumaczenie, dlaczego to wszystko wydawało mi się takie piękne – urok krajobrazu Arizony nie opierał się przecież na roślinności, którą reprezentowały głównie nieliczne, jakby na wpół umarłe sukulenty, ale raczej na braku wszelkich ozdobników, co wysuwało na pierwszy plan samo ukształtowanie terenu – płytkie misy dolin okolone pasmami skalistych wzgórz – oraz sposób, w jaki ziemia poddawała się słońcu. W pewnym momencie zorientowałam się, że w opisach wspomagam się gestami.

Edward, choć natarczywy, przepytywał mnie z dużą delikatnością, dzięki czemu rozluźniłam się i rozgadałam, nie wstydząc się już być w centrum uwagi. Wreszcie, gdy skończyłam opisywać szczegółowo mój zagracony pokój w Phoenix, nie padło żadne nowe pytanie.

– Co to, koniec? – ucieszyłam się.

– Do końca jeszcze daleko, ale twój ojciec wkrótce wróci do domu.

– Charlie! – Zupełnie zapomniałam o jego istnieniu. Spojrzałam na pociemniałe od nawałnicy niebo, ale nie znalazłam na nim odpowiedzi. – Która to już? – Zerknęłam na samochodowy zegar. Rzeczywiście, przyznałam zaskoczona, Charlie powinien być lada chwila.

– Zmierzcha – szepnął Edward refleksyjnie, spoglądając ku zachodowi na przesłonięty chmurami horyzont. Wydawało się, że myślami jest daleko stąd.

Wpatrywałam się w niego jak zaczarowana. Po pewnym czasie przeniósł wzrok na mnie.

– To dla nas najbezpieczniejsza pora dnia – odpowiedział na malujące się w moich oczach pytanie. – Najłatwiejsza. Ale poniekąd i najsmutniejsza... Kolejny dzień dobiega końca, nastaje noc. Mrok jest tak przewidywalny, prawda? – Uśmiechnął się smutno.

– Lubię noc. Gdyby nie ciemność, nigdy nie zobaczylibyśmy gwiazd. Choć tu akurat chyba zbyt często ich się nie widuje – westchnęłam.

Edward parsknął śmiechem i zaraz zrobiło się trochę weselej.

– Cóż, za parę minut wróci Charlie, więc jeśli nie chcesz, żebym powiedział mu o sobocie...

– Nie chcę, nie. Czas na mnie. – Zaczęłam się zbierać. Dopiero teraz zdałam sobie sprawę, jak bardzo zesztywniałam od długiego siedzenia w bezruchu. – Czy w takim razie jutro moja kolej na zadawanie pytań?

– Ani się waż! – udał wzburzenie. – Mówiłem ci, jeszcze z tobą nie skończyłem.

– O co tu się jeszcze pytać?

– Jutro zobaczysz. – Wyciągnął się przede mną, żeby otworzyć drzwiczki, i serce zaczęło mi bić od tej bliskości jak szalone.

Nie nacisnął jednak klamki.

– Niedobrze – mruknął.

– Co jest? – Ze zdziwieniem zauważyłam, że zacisnął zęby, a w oczach miał niepokój.

Zerknął na mnie przelotnie.

– Kolejna komplikacja – odparł ponuro.

Otworzył drzwiczki jednym, szybkim ruchem i odsunął się natychmiast, jakby bał się, że coś go ugryzie.

W strugach deszczu zalśniły światła obcego czarnego samochodu, który zatrzymywał się właśnie przy krawężniku dwa, trzy metry przed nami.

– Charlie jest już za rogiem – ostrzegł mnie Edward, nie spuszczając z oczu nieznajomego mi pojazdu.

Nie wiedząc, co o tym wszystkim myśleć, wyskoczyłam szybko z wozu. Krople głośno odbijały się od mojej kurtki.

Usiłowałam dostrzec pasażerów auta, ale bez powodzenia – było za ciemno. Za to jego reflektory dobrze oświetlały Edwarda. Siedział nieruchomo wpatrzony w kogoś lub coś, czego niedane mi było zobaczyć. Na jego twarzy malowała się frustracja przemieszana z pogardą.

A potem ruszył z piskiem opon i już go nie było.

– Cześć, Bella! – zawołał ktoś z czarnego samochodu znajomym, ochrypłym głosem.

– Jacob? – zdumiałam się, usiłując dostrzec go przez deszcz. W tym samym momencie, oświetlając twarze przybyszów, nadjechał Charlie.

Jacob już wysiadał, a jego szeroki uśmiech był widoczny nawet mimo mroku. Na miejscu pasażera siedział z kolei jakiś starszawy, tęgi mężczyzna o zapadających w pamięć rysach twarzy. Policzki wylewały mu się na ramiona, a poorana zmarszczkami, miedziana skóra przywodziła na myśl znoszoną kowbojską kurtkę. No i te oczy, zaskakująco znajome, jednocześnie zbyt młode i zbyt sędziwe jak dla tej twarzy.

Mężczyzną tym był Billy Black, ojciec Jacoba. Chociaż nie widziałam go od ponad pięciu lat, a kiedy Charlie wspomniał po raz pierwszy o furgonetce, nie wiedziałam o kogo chodzi, teraz poznałam go od razu. Przyglądał mi się uważnie, więc uśmiechnęłam się nieśmiało. Zorientowałam się jednak, że jest czymś bardzo poruszony – przestraszony lub zszokowany – i mój uśmiech szybko zgasł.

„Kolejna komplikacja", powiedział Edward.

Billy nie spuszczał ze mnie wzroku. Zaczęłam się martwić. Czyżby rozpoznał Edwarda? Czy naprawdę wierzył w owe niesamowite legendy, z których śmiał się jego własny syn?

Tak właśnie było. Mina Indianina nie pozostawiała co do tego najmniejszych wątpliwości.

12 *Balansowanie*

– Billy! – zawołał Charlie serdecznie, gdy tylko wysiadł z samochodu.

Skinąwszy na Jacoba, wślizgnęłam się pod daszek ganku, ojciec tymczasem witał głośno gości.

– Tym razem przymknę oko na to, że kierowałeś, Jake – powiedział do chłopca z dezaprobatą w głosie.

– W rezerwacie wydają prawko młodszym – zażartował Jacob. Przysłuchując się, otworzyłam drzwi i zapaliłam lampę nad wejściem.

– Jasne – zaśmiał się Charlie.

– Muszę się jakoś przemieszczać – usprawiedliwił syna Billy. Jego głos z miejsca przeniósł mnie do krainy dzieciństwa. Mimo upływu lat nic się nie zmienił.

Weszłam do środka, zostawiając za sobą otwarte drzwi, a przed zdjęciem kurtki zapaliłam światło. Potem wróciłam na próg i widziałam, jak Charlie i Jacob sadzają Billy'ego na wózku inwalidzkim. Po chwili cała trójka była już w sieni i strząsała z kurtek krople deszczu.

– Co za niespodzianka – powiedział ojciec.

– Za długo zwlekałem – przyznał Billy. – Mam nadzieję, że nie zjawiliśmy się nie w porę. – Nasze oczy znowu się spotkały, ale nie byłam w stanie stwierdzić, o czym myśli.

– Skąd, bardzo się cieszę. Mam nadzieję, że zostaniecie na mecz.

– Poniekąd o to nam chodziło. – Jacob uśmiechnął się łobuzersko. – Telewizor już od tygodnia nie działa.

– No i rzecz jasna Jacob nie mógł się doczekać kolejnego spotkania z Bellą – Billy odpłacił mu pięknym za nadobne. Chłopiec rzucił ojcu gniewne spojrzenie i zmieszany odwrócił głowę, ja zaś starałam się zdusić wyrzuty sumienia. Może na plaży byłam jednak zbyt przekonująca?

– Głodni? – spytałam, ruszając w kierunku kuchni. Nie miałam ochoty na to, żeby Billy dłużej mi się przyglądał.

– Nie, dzięki – odezwał się Jacob. – Jedliśmy tuż przed wyjściem.

– A ty, Charlie? – zawołałam już z kuchni.

– Jasne. – Słychać było, że przechodzi do saloniku, a w ślad za nim jedzie wózek Billy'ego.

Zrobiłam grzanki z serem, które wrzuciłam na patelnię, i kroiłam właśnie pomidora, kiedy zorientowałam się, że ktoś za mną stoi.

– Jak leci? – spytał Jacob.

– Nie narzekam. – Uśmiechnęłam się. Dobry nastrój chłopaka był zaraźliwy. – A co u ciebie? Wykończyłeś już ten samochód?

– Nie. – Spochmurniał. – Wciąż brakuje mi części. Ten czarny jest pożyczony. – Skinął głową w stronę podjazdu.

– Szkoda, że nie mamy tego tam... co to było?

– Cylinder. – Znów się szeroko uśmiechnął. – Z furgonetką wszystko w porządku?

– Tak, a co? – zdziwiłam się.

– Nic, zastanawiałem się tylko, dlaczego nią nie jeździsz.

Wbiłam wzrok w patelnię, sprawdzając stan spodu grzanki.

– Kolega mnie podwiózł.

– Niezła bryka. – W głosie Jacoba słychać było szczery zachwyt. – Nie rozpoznałem kierowcy. Dziwne, myślałem, że znam tu wszystkich.

Machinalnie pokiwałam głową, obracając grzanki.

– Ale tato go chyba skądś zna – dodał Indianin.

– Byłbyś tak miły i podał mi talerze? Są w szafce nad zlewem.

– Już się robi.

Miałam nadzieję, że to koniec tematu.

– Kto to był, ten gość? – spytał Jacob, stawiając koło mnie dwa talerze.

Poddałam się z westchnieniem.

– Edward Cullen.

Ku mojemu zdziwieniu chłopak parsknął śmiechem. Podniosłam wzrok. Wyglądał na nieco zażenowanego.

– To wszystko wyjaśnia – stwierdził. – Zachodziłem w głowę, czemu tato tak dziwnie na niego reaguje.

– No tak. – Udałam niewiniątko. – On przecież nie przepada za Cullenami.

– Jaki on, kurczę, przesądny – mruknął Jacob pod nosem.

– Jak sądzisz, nie powie nic Charliemu, prawda? – szepnęłam, nie mogąc się powstrzymać.

Jacob przypatrywał mi się przez krótką chwilę z nieodgadnionym wyrazem twarzy.

– Raczej nie – odpowiedział w końcu. – Ostatnim razem naprawdę porządnie się o tych Cullenów pokłócili. Prawie ze sobą nie rozmawiają od tamtego czasu. Ta nasza dzisiejsza wizyta to takie symboliczne wyciągnięcie ręki na zgodę. Małe szanse, żeby tato poruszył ten temat.

– Aha – rzuciłam, niby to niezbyt zainteresowana.

Zaniósłszy Charliemu jedzenie, zostałam w saloniku i udawałam, że oglądam mecz, przysłuchując się paplaninie Jacoba, tak naprawdę śledziłam jednak rozmowę obu mężczyzn. Starałam się wyczuć moment, w którym Billy będzie chciał zdradzić moją tajemnicę, zastanawiając się jednocześnie, jak go powstrzymać, jeśli już zacznie.

Zaczynałam się niecierpliwić. Robiło się późno, miałam dużo zadane, ale bałam się opuścić posterunek. Wreszcie mecz dobiegł końca.

– Wybierasz się może wkrótce znowu ze znajomymi na plażę? – spytał Jacob, manewrując wózkiem ojca nad progiem drzwi frontowych.

– Jeszcze nie wiem – wykręciłam się.

– Dzięki za miły wieczór, Charlie – powiedział Billy.

– Wpadnijcie i na następny mecz – zachęcił go tato.

– Z przyjemnością. No to jesteśmy umówieni. Dobranoc. – Indianin przeniósł wzrok na mnie, a uśmiech zniknął z jego twarzy. – Uważaj na siebie, dziecko – doradził mi poważnym tonem.

– Jasne – wymamrotałam, patrząc gdzieś w kąt.

Gdy Charlie machał gościom na pożegnanie, ruszyłam w kierunku schodów.

– Bella, czekaj no! – zawołał za mną.

Zamarłam. Czyżby Billy zdążył mu coś przekazać, zanim przyszłam z grzankami?

Obróciwszy się, zrozumiałam jednak, że nie o to chodzi. Zadowolona mina ojca świadczyła o tym, że nadal przeżywa niezapowiedzianą wizytę Blacków.

– Nie miałem okazji zamienić z tobą ani słowa. Jak ci minął dzień?

– Dobrze. – Poszukałam w pamięci jakiegoś neutralnego wydarzenia, o którym mogłabym mu opowiedzieć. – Moja drużyna badmintona wygrała wszystkie cztery mecze.

– No, no. Nie wiedziałem, że umiesz grać w badmintona.

– Tak właściwie to nie umiem, ale mój partner świetnie sobie radzi.

– A z kim jesteś w parze? – zapytał z wyraźnym zainteresowaniem.

– Z... z Mikiem Newtonem – odpowiedziałam niechętnie.

– A tak, wspominałaś, że się kolegujecie – ożywił się. – Porządna rodzina. – Zastanawiał się nad czymś przez chwilę, po czym dodał: – A może byś tak jego zaprosiła na ten bal?

– Tato! – jęknęłam. – Mike kręci z Jessicą, są już niemal parą. A poza tym, wiesz dobrze, że nie umiem tańczyć.

– A tak – stropił się, a potem uśmiechnął przepraszająco. – Chyba to jednak dobrze, że cię nie będzie w sobotę. Umówiłem się na ryby z chłopakami z komisariatu. Ma być ponoć naprawdę ładnie. Ale gdybyś wolała przełożyć ten wyjazd, tak żeby mógł pojechać z tobą ktoś ze szkoły, zostanę w domu. Wiem, że za dużo siedzisz tu sama.

– Nie martw się, wcale mnie nie zaniedbujesz – pocieszyłam go, mając nadzieję, że nie widzi, jak bardzo się ucieszyłam na wieść o tych rybach. – Lubię być sama, wrodziłam się w ciebie. – Posłałam mu perskie oko, a on odpowiedział tym uroczym uśmiechem, przy którym miał zmarszczki wokół oczu.

Tej nocy spałam lepiej, zbyt zmęczona, by śnić, a rano niebo powitało mnie perłową szarością. Obudziłam się w wyśmienitym nastroju. Billy wydawał mi się już niegroźny i postanowiłam nie zaprzątać sobie głowy jego osobą. W łazience, spinając włosy klamrą, pogwizdywałam wesoło, a później zbiegłam w podskokach na dół. Nie uszło to uwagi Charliego.

– Widzę, że humor ci dziś dopisuje – stwierdził przy śniadaniu.

– Jest piątek. – Rozłożyłam ręce: piątek, co poradzić.

Spieszyłam się ze wszystkim, żeby móc wyjść tuż po nim, ale mimo że wypadłam z domu zaraz po tym, jak zniknął za zakrętem, lśniący wóz Edwarda stał już na podjeździe, a nawet miał wyłączony silnik i spuszczone szyby.

Tym razem nie zawahałam się przed wsiadaniem, byle tylko jak najszybciej zobaczyć jego twarz. Na mój widok uśmiechnął się szelmowsko, co po raz kolejny zaparło mi dech w piersiach. Nie wierzyłam, że anioły mogą być piękniejsze. W Edwardzie już nic nie dałoby się udoskonalić.

– Jak się spało? – spytał, zapewne nieświadomy tego, jaką rozkoszą dla uszu jest jego głos.

– Doskonale. A tobie jak minęła noc?

– Przyjemnie. – Wydawał się rozbawiony. Poczułam się tak, jakbym przegapiła coś dowcipnego.

– Czy mogę spytać, co robiłeś?

– Nie. – Uśmiechnął się jeszcze szerzej. – Dziś nadal moja kolej.

Tym razem wypytywał mnie o ludzi: o Renée, jej zainteresowania i to, jak spędzałyśmy razem czas; o moją babcię, jedyną, którą znałam; o nielicznych znajomych z poprzedniej szkoły. Zawstydził mnie pytaniem o to, z kim umawiałam się na randki. Właściwie to cieszyłam się, że nigdy nie miałam chłopaka, bo dzięki temu nie było teraz o czym opowiadać. Edward zdziwił się tylko, podobnie jak Jessica i Angela, że w moim dotychczasowym życiu brakowało romantycznych uniesień.

– Nigdy nie spotkałaś nikogo, z kim chciałabyś chodzić? – spytał poważnym tonem, który kazał mi się zastanowić, do czego też mój rozmówca zmierza.

– W Phoenix nie – sprostowałam z wymuszoną szczerością.

Zamilkł, zacisnąwszy usta.

Korzystając z chwili przerwy, wgryzłam się w bajgla, byliśmy bowiem w stołówce. W oczekiwaniu na kolejne spotkanie lekcje miały nadzwyczaj szybko – zaczęłam się już do tego nowego porządku dnia przyzwyczajać.

– Powinienem był ci pozwolić przyjechać dziś do szkoły furgonetką – oznajmił Edward ni stąd, ni zowąd.

– Dlaczego?

– Po lunchu zabieram Alice i już nie wracam.

– Och. – Byłam zaskoczona i rozczarowana. – Nic nie szkodzi, przejdę się, nie mam znowu tak daleko.

Zdenerwował się nieco, że mam o nim takie mniemanie. – Nie mam zamiaru zmuszać cię do spaceru. Podstawimy dla ciebie furgonetkę pod szkołę.

– Nie mam przy sobie kluczyków – westchnęłam. – Naprawdę, przejdę się, nie ma sprawy. – Żałowałam tylko, że mieliśmy się już nie zobaczyć.

Edward pokręcił głową.

– Furgonetka będzie stała pod szkołą z kluczykami w stacyjce. Chyba że się boisz, że ktoś ją ukradnie. – Zaśmiał się na tę myśl.

– No dobra. – Wzruszyłam ramionami. Byłam niemal stuprocentowo pewna, że kluczyki są w kieszeni dżinsów, które miałam na sobie w środę, te zaś leżą w pralni pod stosem brudów. Nawet gdyby Edward włamał się do mojego domu, czy co tam planował, za nic nie byłby w stanie ich znaleźć.

Wyczuł, że nie wierzę w powodzenie jego misji, i spojrzał na mnie z wyższością.

– A dokąd się wybieracie? – spytałam jak najspokojniej.

– Na polowanie. – Spochmurniał. – Skoro mam być z tobą w sobotę długo sam na sam, muszę zachować wszelkie środki ostrożności. Możesz jeszcze wszystko odwołać – dodał niemal błagalnie.

Spuściłam wzrok, bojąc się przekonującej siły jego oczu. Uporczywie odpędzałam od siebie myśl o tym, że mogłabym się go bać, bez względu na to, jak wielkie groziło mi niebezpieczeństwo. Powtarzałam sobie, że to nie ma znaczenia.

– Nie – szepnęłam, patrząc mu w twarz. – Nie mogę.

– Może masz i rację – mruknął ponuro. Miałam wrażenie, że jego oczy zaczęły przybierać ciemniejszą barwę.

Postanowiłam zmienić temat.

– O której się jutro spotkamy? – spytałam. Płakać mi się chciało na myśl, że dopiero jutro.

– To zależy. Nie wolałabyś pospać trochę dłużej w weekend?

– Nie. – Odpowiedziałam tak szybko, że się nie uśmiechnął.

– W takim razie o tej co zawsze. Czy Charlie będzie w domu?

– Jedzie na ryby – poinformowałam Edwarda uradowana.

Zareagował ostro.

– A co sobie pomyśli, gdybyś nie wróciła?

– Nie mam pojęcia – odparłam, nie tracąc rezonu. – Wie, że planowałam duże pranie. Może stwierdzi, że wpadłam do pralki.

Edward rzucił mi gniewne spojrzenie. Odpowiedziałam mu tym samym. W jego wykonaniu robiło to znacznie większe wrażenie.

– Na co będziecie polować? – odezwałam się, gdy już zyskałam pewność, że przegrałam ten krótki pojedynek.

– Na to, co się napatoczy. Nie jedziemy daleko. – Wydawał się odrobinę zawstydzony swobodą, z jaką wypytywałam go o jego sekretne życie.

– Dlaczego akurat z Alice? – zainteresowałam się.

– Jest bardzo... To ona z rodziny najbardziej mnie wspiera. – Zasępił się odrobinę.

– A pozostali? – spytałam nieśmiało.

– Przeważnie są pełni sceptycyzmu.

Zerknęłam przez ramię na stolik czwórki. Każde wpatrywało się w inny punkt sali, zupełnie jak za pierwszym razem, gdy ich zobaczyłam. Zmieniło się tylko jedno – ich miedzianowłosy brat siedział teraz przede mną z zatroskaną miną.

– Nie lubią mnie.

– Nie o to chodzi – zaoponował, ale przesadnie. – Nie pojmują, dlaczego nie potrafię zostawić cię w spokoju.

Uśmiechnęłam się krzywo.

– No to witam w klubie.

Edward pokręcił głową, przewracając oczami.

– Już ci tłumaczyłem, że nie potrafisz ocenić siebie obiektywnie. Tak bardzo się wyróżniasz – nigdy nie spotkałem kogoś takiego jak ty. Fascynujesz mnie.

Przyglądałam mu się z powątpiewaniem, pewna, że się naigrawa.

Zauważył to i uśmiechnął się.

– Dzięki moim zdolnościom – tu dotknął dyskretnie swojego czoła – znacznie lepiej niż inni znam się na ludzkiej naturze. Ludzie są przewidywalni. Ale ty... Nigdy nie robisz tego, czego oczekuję. Bez przerwy mnie zaskakujesz.

Spojrzałam gdzieś w bok i moje oczy znów zatrzymały się na pozostałych Cullenach. Wypowiedź Edwarda zawstydziła mnie i nie dała satysfakcji. A więc stanowiłam tylko ciekawy obiekt badań? Chciało mi się śmiać z własnej naiwności. Byłam żałosna, spodziewając się czegoś więcej.

– To jeszcze łatwo wyjaśnić – ciągnął – ale reszta... reszta wymyka się opisowi. Sądzę...

Czułam, że patrzy na mnie, ale bałam się, że jeśli się odwrócę, zorientuje się, jak bardzo jestem rozgoryczona. Gdy mówił, nadal wpatrywałam się w jego rodzeństwo. Nagle spojrzała na mnie jego siostra Rosalie, ta oszałamiająca urodą blondynka. „Spojrzała" to za łagodne określenie, przeszywała mnie lodowatym wzrokiem. Nie mogłam się poruszyć – jej ciemne oczy miały paraliżującą moc.

Edward przerwał w pół słowa i wydał z siebie gniewny pomruk, niemal syk. Rosalie odwróciła głowę. Byłam wolna. Spojrzałam mu prosto w twarz, wiedząc, że muszę wyglądać na zdezorientowaną i wystraszoną. On sam wydawał się spięty.

– Bardzo cię przepraszam za zachowanie siostry. Po prostu się martwi. Widzisz... nie tylko ja wpakuję się w niezłe tarapaty, jeśli najpierw będę się z tobą wszędzie pokazywał, a potem... – Spuścił wzrok.

– Co potem?

– A potem coś ci się stanie. – Schował twarz w dłoniach, tak jak wtedy wieczorem w Port Angeles. Widać było, że cierpi, i z całego serca pragnęłam go pocieszyć, nie wiedziałam jednak, jak się do tego zabrać. Odruchowo wyciągnęłam w jego stronę rękę, ale zrezygnowałam w pół drogi, obawiając się, że czuły gest tylko pogorszy sprawę. Stopniowo dotarło do mnie, że powinnam się była przestraszyć, tymczasem zamiast paraliżującego lęku czułam współczucie. Współczucie i jeszcze może frustrację. Byłam zła, że Rosalie przerwała Edwardowi w tak ciekawym momencie. Nic nie wskazywało na to, żeby miał zamiar dokończyć swoją myśl, a nie mogłam raczej o to poprosić wprost. Nadal nie zmieniał pozycji.

– Musisz jechać tak wcześnie? – spytałam jak najbardziej rozluźnionym głosem.

– Tak. – Podniósł wzrok. Przez chwilę był poważny, ale zaraz się uśmiechnął. – Tak chyba będzie najlepiej. Na biologii zostało jeszcze piętnaście minut tego nieszczęsnego filmu. Nie sądzę, żebym zdołał na nim wysiedzieć w spokoju.

Znienacka u boku Edwarda pojawiła się Alice. Aż podskoczyłam, tak było to niespodziewane. Elfią twarz dziewczyny otaczała aureola krótkich, kruczoczarnych włosów. Była drobna i nawet gdy stała zupełnie nieruchomo, wyglądała jak zawodowa baletnica.

– Witaj, Alice – powiedział Edward, nie spuszczając ze mnie wzroku.

– Witaj, Edwardzie – odpowiedziała melodyjnym sopranem. Jej głos był niemal równie uroczy jak jego.

– Alice, poznaj Bellę. Bello, to Alice – przedstawił nas, wspomagając się ruchami rąk, z ni to smutną, ni to lekko rozbawioną miną.

– Cześć. Miło cię wreszcie poznać – przywitała się grzecznie. Jej oczy koloru obsydianu były nieprzeniknione, ale uśmiech przyjazny. Mimo to Edward spojrzał na nią karcąco.

– Hej – wymamrotałam nieśmiało.

– Gotowy? – zwróciła się do brata.

– Prawie – odparł takim tonem, jakby chciał dać jej do zrozumienia, że nie powinna go popędzać. – Spotkamy się przy samochodzie.

Odwróciła się na pięcie i odeszła bez słowa. Na widok jej zwinnych ruchów ogarnęła mnie zawiść.

– Czy popełnię straszne *faux pas*, życząc ci miłej zabawy? – spytałam, przenosząc wzrok na Edwarda.

– Nie, może być – zgodził się ze śmiechem.

– Na to miłej zabawy. – Starałam się, żeby zabrzmiało to serdecznie, ale Edward oczywiście przejrzał mnie na wylot.

– Zrobię, co w mojej mocy. – Nadal się uśmiechał. – A ty uważaj na siebie.

– Piątek w Forks bez obrażeń? Cóż za wyzwanie.

– Dla ciebie tak. – Spoważniał. – Obiecaj.

– Przyrzekam mieć się na baczności – wyrecytowałam posłusznie. – Mam w planach duże pranie. To niemal sport ekstremalny.

– Tylko nie wpadnij do bębna.

– Postaram się.

Wstaliśmy oboje.

– Do jutra – westchnęłam.

– Wydaje ci się, że to wieczność?

Ponuro pokiwałam głową.

– Będę czekał na ciebie rano – obiecał z tak ukochanym przeze mnie szelmowskim uśmiechem. Na pożegnanie pogłaskał mnie po twarzy. Odprowadziłam go wzrokiem.

Miałam wielką pokusę, aby iść na wagary, a przynajmniej uciec z lekcji WF-u, ale powstrzymała mnie pewna myśl. Mike i inni jak nic doszliby do wniosku, że jestem z Edwardem, jego zaś martwiły podobne skojarzenia. A jeśli coś by mi się stało...? Powstrzymałam się od drążenia tego tematu, a w zamian postanowiłam skoncentrować się na unikaniu sytuacji, które mogłyby zaszkodzić nie mnie, lecz Edwardowi właśnie.

Intuicja podpowiadała, że nasze jutrzejsze spotkanie będzie przełomowe i że Edward także zdaje sobie z tego sprawę. Dłuższe lawirowanie wśród niedomówień nie miało racji bytu. Mogliśmy albo zostać parą, albo przestać się spotykać raz na zawsze, a decyzja należała wyłącznie do niego. Z mojej strony klamka zapadła już dawno, jeszcze zanim podjęłam świadomy wybór. Aby wcielić swój plan w życie, byłam gotowa na wszystko, wiedziałam bowiem, że nic nigdy nie sprawi mi takiego bólu i nie przepełni taką rozpaczą jak rozstanie z Edwardem. Nie mogłam samej sobie zrobić czegoś takiego.

Weszłam do sali od biologii z poczuciem, że spełniam swój obowiązek, ale przez całą godzinę lekcyjną nie miałam pojęcia, co się wokół mnie dzieje. Potrafiłam myśleć wyłącznie o tym, co może się jutro wydarzyć. Na WF-ie Mike życzył mi, żebym dobrze bawiła się w Seattle, okazując tym samym, że nie jest już na mnie obrażony. Wyjaśniłam, że zrezygnowałam z wycieczki z obawy, że moja furgonetka jej nie wytrzyma.

— A więc — Mike spochmurniał — pewnie wybierasz się z Cullenem na bal?

— Nie wybieram się na bal ani z nim, ani z nikim innym.

— To co będziesz robić? — zapytał zainteresowany.

Miałam ochotę coś palnąć, ale skłamałam tylko zgrabnie:

— Pranie, a potem poucze się na test z trygonometrii, bo inaczej go zawalę.

— Cullen będzie ci pomagał w matmie?

— Edward — poprawiłam. — Nie, nie będzie mi pomagał. Wyjechał dokądś na cały weekend. — Zauważyłam ze zdziwieniem, że kłamanie przychodzi mi łatwiej niż zwykle.

— Och — ożywił się Mike. — To może pójdziesz z nami na bal? Będzie fajnie. Obiecuję, że wszyscy z tobą zatańczymy.

Wyobraziłam sobie minę Jessiki, dlatego odpowiedziałam zbyt ostrym tonem:

— Nie idę na żaden bal, zrozumiano?

— Dobra, dobra. — Znów posmutniał. — Tylko proponowałem.

Po lekcjach poszłam bez entuzjazmu na parking. Tak naprawdę nie uśmiechał mi się spacer do domu, a nie wierzyłam, że Edwardowi udała się sztuczka z kluczykami. Dopiero zaczynałam przyzwyczajać się do myśli, że nic nie jest dla niego niemożliwe. Okazało się jednak, że powinnam pokładać większą wiarę w jego siły, bo furgonetkę zastałam w tym samym miejscu, gdzie rano zostawiliśmy volvo. Otworzyłam drzwiczki, kręcąc z niedowierzaniem głową. Kluczyki czekały wetknięte w stacyjkę.

Na siedzeniu kierowcy leżała złożona kartka papieru. Usiadłam za kierownicą i odczytałam wiadomość. Były to trzy starannie wykaligrafowane słowa:

Uważaj na siebie.

Tak jak myślałam, warkot zapalanego silnika nieźle mnie wystraszył. Prychnęłam śmiechem i wyjechałam na szosę.

Drzwi frontowe do domu zastałam zatrzaśnięte, ale nie zamknięte na klucz – tak jak je zostawiłam rano. Pierwsze kroki skierowałam do pralni. I tam nic od rana się nie zmieniło. Wygrzebałam ze stosu ubrań noszone w środę dżinsy, żeby sprawdzić kieszenie. Były puste. Może jednak odwiesiłam kluczyki na miejsce, pomyślałam.

Kierując się tym samym instynktem, który nakazał mi skłamać przy Mike'u, zadzwoniłam teraz do Jessiki pod pretekstem, że chcę jej życzyć udanego balu, a kiedy wyraziła nadzieję, że i ja będę się dobrze bawić z Edwardem, poinformowałam ją o zmianie planów. Była bardziej rozczarowana, niż przystało na osobę postronną. Zamieniłam z nią jeszcze tylko kilka słów, po czym szybko zakończyłam rozmowę.

Podczas obiadu Charlie był mocno zamyślony. Być może miał jakieś problemy w pracy, niepokoiła go sytuacja w tabeli po ostatnich rozgrywkach albo po prostu rozmarzył się nad wyjątkowo smaczną zapiekanką – był takim milczkiem, że trudno było odgadnąć.

– Wiesz co, tato – zaczęłam, przerywając jego rozmyślania.

– Co, Bell?

– Myślę, że masz rację z tym Seattle. Poczekam i zabiorę się z Jessiką czy jeszcze kimś innym.

– Och. – Zaskoczyłam go. – No, dobra. To co, mam zostać w domu?

– Nie, nie. Nie chcę, żebyś zmieniał plany. Mam masę rzeczy do załatwienia: lekcje, pranie... Muszę zrobić małe zakupy i iść do biblioteki. Będę wychodzić z domu... Naprawdę, jedź z kolegami i baw się dobrze.

– Jesteś pewna?

– Jedź, jedź. Poza tym w zamrażarce zaczyna już brakować ryb. Zapasy starczą na góra dwa, trzy lata.

– Nie ma co, łatwo się z tobą mieszka pod jednym dachem. – Uśmiechnął się.

– I *vice versa*. – Udałam tylko, że się śmieję, ale nie zwrócił na to uwagi. Poczułam tak silne wyrzuty sumienia, że niemal posłuchałam rady Edwarda i powiedziałam mu, z kim spędzę cały dzień. Jednak nie puściłam pary z ust.

Po obiedzie zajęłam się składaniem ubrań i suszeniem kolejnych ich porcji w suszarce.

Niestety, praca ta zajmowała wyłącznie ręce. Moje myśli mogły hasać wolno, a emocje sięgały zenitu i zaczynałam tracić nad nimi kontrolę. Z jednej strony niecierpliwie wyczekiwałam jutra, z drugiej mimo wszystko zaczynałam się bać. Musiałam sobie przypominać, że podjęłam decyzję, i nie zamierzałam się wycofywać. Częściej, niż to było potrzebne, sięgałam po liścik Edwarda, aby po raz kolejny rozważać jego słowa. Nie chce, żeby stała mi się krzywda, powtarzałam sobie bez końca. Musiałam wyrobić w sobie głębokie przekonanie, że właśnie to pragnienie przeważy. Bo i cóż innego mi pozostawało? Miałabym go ignorować? Byłoby to nie do zniesienia. Odkąd przeprowadziłam się do Forks, wokół Edwarda kręciło się całe moje życie.

A jednocześnie cichy głosik w zakamarkach mej duszy zadawał pytanie, czy będzie bardzo bolało, jeśli... coś pójdzie nie tak?

Ucieszyłam się, gdy zrobiło się na tyle późno, że wypadało mi już iść spać. Wiedziałam, że z nerwów i tak nie zasnę, posunęłam się więc do czegoś, czego jeszcze nigdy wcześniej nie robiłam. Zażyłam silny środek nasenny, taki, który miał mnie zmorzyć na pełnych osiem godzin. W innej sytuacji nie pozwoliłabym sobie na podobne zachowanie, ale uznałam, że będzie lepiej, jeśli w tak ważnym dniu nie wstanę półprzytomna. Czekając, aż tabletka zacznie działać, wysuszyłam bardzo starannie włosy, obmyślając, w co by się tu ubrać.

Przygotowawszy wszystko na rano, położyłam się do łóżka, ale byłam tak podekscytowana, że nie mogłam przestać się wiercić. W końcu wstałam, pogrzebałam chwilę w pudełku po butach, które służyło mi za pojemnik na CD, i wybrałam płytę z nokturnami Chopina. Nastawiwszy ją bardzo cicho, wróciłam do łóżka, gdzie próbowałam koncentrować uwagę na różnych częściach swojego ciała z osobna, i mniej więcej w połowie tego ćwiczenia odpłynęłam.

Dzięki zażytemu nieco lekkomyślnie środkowi nasennemu spałam jak zabita, bez snów czy zbędnych pobudek. Ocknęłam się o świcie. Przez chwilę czułam się mile wypoczęta, ale wkrótce wróciło znane mi z poprzedniego wieczoru rozdygotanie. Ubrałam się w pośpiechu, nerwowo wygładzając kołnierzyk i kilkakrotnie obciągając na sobie jasnobrązowy sweterek, tak żeby wreszcie leżał na dżinsach jak należy. Wyjrzałam przez okno. Charliego już nie było, a niebo przesłaniała przejrzysta warstwa chmur, które wyglądały tak, jakby lada chwila miały się rozpierzchnąć.

Śniadanie zjadłam obojętna na smaki i zapachy, a zaraz potem zabrałam się do zmywania. Ponownie wyjrzałam przez okno. Nic się nie zmieniło. Dopiero gdy umyłam zęby i schodziłam po schodach, usłyszałam od strony ganku ciche pukanie.

Serce zaczęło mi walić jak oszalałe. Rzuciłam się do drzwi. Miałam pewien kłopot z zamkiem, ale w końcu udało mi się je otworzyć i zobaczyłam Edwarda. Zdenerwowanie zniknęło bez śladu. Odetchnęłam z ulgą – teraz, gdy stał przede mną, wszystkie moje wczorajsze obawy wydawały się bezzasadne.

Z początku minę miał pełną powagi, ale obejrzawszy mnie od stóp do głów, wyraźnie się rozpogodził.

– Dzień dobry – przywitał się, chichocząc.

– Co jest? – Zerknęłam w dół, żeby sprawdzić, czy czasem nie zapomniałam włożyć czegoś istotnego, takiego jak buty czy spodnie.

– Jesteśmy identycznie ubrani – wyjaśnił z uśmiechem. Rzeczywiście, dopiero teraz zauważyłam, że miał na sobie błękitne dżinsy i jasnobrązowy sweter, spod którego wystawał biały kołnierzyk koszuli. Też się zaśmiałam, choć jednocześnie zrobiło mi się trochę przykro – czemu on wyglądał jak model, a ja w tym samym stroju nie?

Zamknęłam drzwi na klucz, a Edward podszedł do furgonetki. Czekał tam na mnie z miną męczennika. Nietrudno go było zrozumieć.

– Umówiliśmy się – przypomniałam, wskakując do szoferki i otwierając mu od środka drzwiczki od strony pasażera. – Dokąd jedziemy?

– Najpierw zapnij pasy. Już się denerwuję.

Posłuchałam go, ale i zmroziłam wzrokiem.

– Sto jedynką na północ – poinstruował.

Nie spodziewałam się, że aż tak trudno będzie mi prowadzić, czując na sobie jego spojrzenie. Nie potrafiąc dostatecznie skoncentrować się na drodze, musiałam jechać ostrożniej niż zwykle, mimo że trasa o tej porze wciąż świeciła pustkami.

– Czy planując wyprawę do Seattle, liczyłaś na to, że uda ci się wyjechać z Forks przed zapadnięciem zmroku?

– Trochę więcej szacunku – odparowałam. – Moja furgonetka mogłaby być babcią twojego volvo.

Wbrew obawom Edwarda wkrótce przekroczyliśmy granice miasteczka, a przydomowe trawniki ustąpiły miejsca gęstej roślinności.

– Skręć w prawo w sto dziesiątkę – usłyszałam, gdy właśnie miałam o to zapytać – i jedź tak długo, aż skończy się asfalt.

Wyczuwałam, że się uśmiecha, ale nie odważyłam się na niego zerknąć, by to sprawdzić, ze strachu, że zahaczę kołami o pobocze, udowadniając tym samym, jaki ze mnie beznadziejny kierowca.

– A dalej?

– A dalej zaczyna się szlak.

– Będziemy chodzić po lesie? – Dzięki Bogu, miałam na nogach tenisówki.

– A co? – spytał takim tonem, jakby spodziewał się, że zaprotestuję.

– Nic, nic. – Miałam nadzieję, że nie widać po mnie zdenerwowania. Myślał, że moja furgonetka jest powolna? Niech tylko zobaczy mnie na szlaku!

– Nie martw się, to tylko jakieś osiem kilometrów i nigdzie nie musimy się spieszyć.

Osiem kilometrów? Milczałam, żeby nie wyczuł w moim głosie narastającej paniki. Osiem kilometrów zdradliwych korzeni i swobodnie leżących kamieni, które tylko czyhały na moje stopy i inne części ciała. Zapowiadał się dzień pełen upokorzeń.

Przez chwilę jechaliśmy w zupełnej ciszy. Rozmyślałam o tym, co mnie czeka.

– O czym myślisz? – spytał zniecierpliwiony Edward.

– Zastanawiam się, dokąd wiedzie ten szlak – skłamałam.

– Do pewnego miejsca, które lubię odwiedzać, gdy dopisuje pogoda. – Obydwoje spojrzeliśmy na niebo. Chmury stopniowo się przerzedzały.

– Charlie mówił, że będzie ciepło – przypomniało mi się.

– Powiedziałaś mu, jakie masz na dzisiaj plany?

– Nie.

– Ale jest jeszcze Jessica, prawda? – Edward próbował się pocieszyć. – Myśli, że pojechaliśmy razem do Seattle.

– Powiedziałam jej przez telefon, że się wycofałeś. Poniekąd nie skłamałam.

– Więc nikt nie wie, że jesteś teraz ze mną? – Był coraz bardziej rozzłoszczony.

– Czy ja wiem... Zakładam, że powiedziałeś Alice?

– Naprawdę, bardzo mnie wspierasz, Bello.

Puściłam tę sarkastyczną uwagę mimo uszu.

– Czy Forks działa na ciebie aż tak depresyjnie, że postanowiłaś targnąć się na własne życie?

– Sam mówiłeś, że możesz mieć kłopoty, jeśli będziemy często pokazywać się razem.

– Ach, więc boisz się, że to mnie będzie coś groziło po tym, jak znikniesz w tajemniczych okolicznościach? Ha!

Pokiwałam głową, patrząc przed siebie.

Zaczął mamrotać coś niewyraźnie pod nosem, ale tak szybko, że nic z tego nie zrozumiałam.

Resztę drogi pokonaliśmy w milczeniu. Edward był na mnie wściekły, a ja nie miałam pojęcia, co powiedzieć.

Tam, gdzie kończył się asfalt, zaczynała się wąska ścieżka oznaczona drewnianym palikiem. Zaparkowałam na poboczu i wysiadłam, nie wiedząc, co ze sobą począć. Gdy kierowałam autem, przynajmniej nie musiałam na niego patrzeć.

Na zewnątrz było teraz ciepło, cieplej niż kiedykolwiek, odkąd przyjechałam do Forks, niemal parno. Zdjęłam sweter i przewiązałam go sobie w talii, zadowolona, że zdecydowałam się włożyć pod spód lekką koszulkę bez rękawów, zwłaszcza że czekał mnie ośmiokilometrowy marsz.

Trzasnęły drzwiczki i odruchowo odwróciłam głowę. Edward też zdjął sweter. Wpatrywał się w ciemną ścianę lasu.

— Tędy — oświadczył, zerkając w moją stronę. Nadal był na mnie zły. Nie oglądając się na mnie, zanurkował pomiędzy drzewa.

— A co ze szlakiem? — jęknęłam, ruszając w ślad za nim.

— Powiedziałem tylko, że zaparkujemy tam, gdzie zaczyna się ścieżka, a nie, że to właśnie nią pójdziemy.

— Tak bez żadnych oznaczeń? — nie ukrywałam przerażenia.

— Przy mnie się nie zgubisz — rzucił kpiarskim tonem, po czym zatrzymał się i odwrócił, żeby zaczekać, aż do niego dołączę. Miał rozpiętą koszulę. Musiałam zdusić westchnienie zachwytu. Muskularny tors, który do tej pory miałam okazję podziwiać jedynie pod obcisłymi pulowerami, teraz prezentował się w całej okazałości. Zarówno kolorytem skóry, jak i budową ciała Edward przypominał marmurowe greckie posągi. Jest zbyt idealny, pomyślałam z rozpaczą. Nie powinnam była się łudzić, że ktoś taki jest mi przeznaczony.

Edward opacznie odczytał moją zbolałą minę i posmutniał, choć z innego powodu niż ja.

— Chcesz wrócić do domu? — odezwał się cicho.

– Nie, nie. – Szybko podeszłam bliżej, by nie stracić ani jednej sekundy z tych, jakie dane mi było spędzić w jego obecności.

– Coś nie tak? – spytał z troską.

– Nie jestem zbyt dobrym piechurem – wyznałam. – Będziesz musiał uzbroić się w cierpliwość.

– Potrafię być cierpliwy. Jeśli się bardzo postaram. – Uśmiechnął się, usiłując mnie jakoś pocieszyć. Spróbowałam odwzajemnić uśmiech, ale nie wyszło to zbyt przekonująco. Edward przyjrzał mi się uważnie. – Odwiozę cię do domu.

Trudno było powiedzieć, czy obiecuje mi właśnie, że nie zrobi mi krzywdy, czy też, iż rezygnuje jednak ze spaceru. Tak czy siak, sądził najwyraźniej, że się go boję. Byłam wdzięczna losowi, że mój towarzysz nie potrafi czytać właśnie w moich myślach.

– Radziłabym ci się pospieszyć – oświadczyłam oschle – jeśli chcesz, żebym pokonała tych osiem kilometrów przed zachodem słońca.

Zmarszczył czoło, nie wiedząc, jak interpretować moją minę i zachowanie. Po chwili namysłu dał jednak za wygraną i ruszył przodem.

Szło mi całkiem nieźle. Teren był płaski, a Edward przytrzymywał dla mojej wygody frędzle mchów i wilgotne paprocie. Gdy drogę zagradzały nam powalone pnie drzew lub stosy głazów, pomagał mi, podtrzymując mnie pod łokciem, choć zwalniał uścisk tak szybko, jak to było możliwe. Czując chłodny dotyk jego skóry, za każdym razem dostawałam palpitacji, Edward zaś dwukrotnie przy takiej okazji obrzucił mnie spojrzeniem. Wówczas zrozumiałam, że doskonale słyszy bicie mojego serca. Usiłowałam nie zerkać na jego nagie ciało, ale nie mogłam pochwalić się silną wolą. Uroda mojego przyjaciela napawała mnie teraz smutkiem.

Głównie milczeliśmy, ale od czasu do czasu Edward zadawał mi jakieś pytanie, o którym zapomniał widocznie podczas ostatnich przesłuchań. Opowiedziałam mu zatem, jak zwykłam spędzać urodziny i jakich miałam nauczycieli w podstawówce, a także wyznałam, że po doprowadzeniu do śmierci trzeciej rybki akwariowej z rzędu zrezygnowałam z posiadania jakiegokolwiek zwierzątka. Śmiał się z tej historyjki, i to głośniej niż zazwyczaj, aż po lesie rozeszło się dźwięczne jak dzwon echo.

Choć szliśmy tak ładnych parę godzin, Edward ani razu nie okazał zniecierpliwienia. Nigdy też nie zawahał się, jaki kierunek obrać. Wydawał się pewny siebie i rozluźniony, zadomowiony w zielonym labiryncie sędziwych drzew. Mnie potęga lasu przerażała i zaczęłam się martwić, że nie znajdziemy drogi powrotnej.

W pewnym momencie dało się zauważyć, że niewidoczne dla nas chmury rozstąpiły się nareszcie, bo sączące się sponad koron iglastych olbrzymów światło zmieniło odcień otaczającej nas zieloności z oliwkowego na szmaragdowy. Po raz pierwszy, odkąd zeszliśmy z drogi, poczułam radosne podniecenie, które szybko ustąpiło miejsca zniecierpliwieniu.

– Daleko jeszcze? – spytałam, udając zagniewaną marudę.

– Zaraz będziemy na miejscu – odparł, zadowolony, że poprawił mi się humor. – Widzisz to przejaśnienie wśród drzew?

Wytężyłam wzrok.

– A powinnam?

Na twarzy Edwarda pojawił się lekko złośliwy uśmieszek.

– Rzeczywiście, może to nieco za wcześnie jak na twoje oczy.

– Czas na wizytę u okulisty – mruknęłam. Edward uśmiechnął się jeszcze bardziej złośliwie.

Po pokonaniu jakichś stu metrów mogłam już jednak dostrzec przebijające się przez gąszcz jaskrawe światło i przyspieszyłam kroku. Moje podekscytowanie rosło z sekundy na sekundę. Edward puścił mnie przodem, a sam bezszelestnie podążał za mną.

Wreszcie minęłam ostatnie drzewa i przedarłszy się przez wyznaczający skraj lasu pas paproci, znalazłam się w najurokliwszym miejscu, jakie w życiu widziałam. Była to niewielka, idealnie okrągła polana usiana żółtymi, białymi i fioletowymi kwiatami. Moich uszu dochodził słodki szmer płynącego nieopodal strumienia. Słońce wisiało na niebie tuż nad naszymi głowami, zalewając łąkę strumieniami ciepłego, złotawego światła. Oszołomiona ruszyłam powoli przed siebie po miękkiej trawie. Po kilku krokach odwróciłam się, by podzielić się z Edwardem swoim zachwytem, ale nikogo za mną nie było. Serce podskoczyło mi do gardła. Rozejrzałam się na boki. Okazało się, że przystanął w cieniu drzew na skraju polany, skąd przyglądał mi się badawczo. Piękno tego miejsca zupełnie mnie rozpraszało. Dopiero teraz przypomniałam sobie, że Edward obiecał mi dziś zademonstrować, co dzieje się z nim pod wpływem słonecznego światła.

Zrobiłam krok w jego stronę, bardzo tego zjawiska ciekawa. Widać było po Edwardzie, że stara się być ostrożny, że się waha. Uśmiechnęłam się zachęcająco i skinęłam na niego ręką. Chciałam podejść bliżej, ale powstrzymał mnie ostrzegawczym gestem. Odczekał chwilę, wziął chyba głęboki oddech i wyszedł na zalaną południowym słońcem polanę.

13 *Wyznania*

Byłam w szoku. Chociaż nie odrywałam od Edwarda wzroku przez całe popołudnie, za nic nie mogłam się przyzwyczaić. Rano jego skóra była jak zwykle mlecznobiała, odrobinę tylko zaróżowiona po trudach wczorajszego polowania. Teraz, w słońcu, nie, nie lśniła, po prostu się iskrzyła. Jakby jej powierzchnię przyozdobiono milionami mikroskopijnych brylancików. Edward leżał w trawie zupełnie nieruchomo, a jego nagi tors i odsłonięte przedramiona wyglądały jak obsypane gwiezdnym pyłem. Oczy miał zamknięte, choć, rzecz jasna, nie spał. Bladofioletowe powieki również wyglądały na pokryte brokatem. Przypominał wspaniały posąg o idealnych proporcjach, wyrzeźbiony z nieznanego kamienia – gładkiego niczym marmur, połyskującego jak kryształ.

Od czasu do czasu zaczynał szybko poruszać wargami, nie wydając przy tym żadnego dźwięku. Za pierwszym razem pomyślałam, że to jakieś drgawki, ale gdy spytałam go o to, wyjaśnił, że śpiewa – zbyt cicho, bym mogła go usłyszeć.

Ja także rozkoszowałam się piękną pogodą. Miałam tylko jedno zastrzeżenie – powietrze było zbyt wilgotne jak na mój gust. Z chęcią poszłabym w ślady Edwarda i rozłożyła się na trawie z twarzą zwróconą ku słońcu, ale jako że nie mogłabym wówczas mu się przyglądać, siedziałam uparcie w kucki z brodą opartą o kolana. Łagodny wietrzyk poruszał źdźbłami traw i główkami kwiatów. Co jakiś czas musiałam odgarniać z twarzy przywiany podmuchem kosmyk.

Z początku miejsce to wydawało mi się magiczne – teraz uroda Edwarda przyćmiewała pocztówkową malowniczość łąki. Mimo że zaszliśmy w naszej znajomości tak daleko, wciąż bałam się, że to tylko piękny sen, a obiekt mych uczuć lada chwila rozpłynie się w powietrzu.

Nieśmiało wyciągnęłam przed siebie rękę i jednym palcem pogłaskałam wierzch iskrzącej się dłoni. Znów zachwyciła mnie jej niezwykła faktura, satynowa gładkość połączona z chłodem kamiennej posadzki. Kiedy podniosłam wzrok, okazało się, że Edward na mnie patrzy. Jego miodowe ostatnio oczy pojaśniały po polowaniu. Uśmiechnął się, co skierowało moją uwagę na idealny wykrój jego ust.

– Boisz się mnie? – spytał, niby to się ze mnie naigrawając. Wychwyciłam w jego aksamitnym głosie nutę zaniepokojenia, wiedziałam więc, że naprawdę interesuje go to, co odpowiem.

– Nie bardziej niż zwykle.

Uśmiechnął się szerzej. Białe zęby błysnęły w słońcu.

Przysunąwszy się odrobinę bliżej, zaczęłam wodzić opuszkami palców po konturach mięśni jego przedramienia. Trzęsła mi się ręka – byłam pewna, że to zauważy.

– Mam przestać? – zapytałam, bo zamknął powieki.

– Nie – odparł, nie otwierając oczu. – Nawet nie potrafisz sobie wyobrazić, co czuję, gdy tak robisz – westchnął.

Podążając szlakiem wyznaczonym przez ledwie widoczne, niebieskawe żyły, dotarłam do zagłębienia łokcia, drugą ręką zaś spróbowałam delikatnie odwrócić jego dłoń. Zorientowawszy się, co zamierzam uczynić, Edward obrócił ją błyskawicznie, jak zawsze, gdy robił coś tak niesamowicie szybko, zbijając mnie z tropu. Zaskoczona przestałam przesuwać palcami po jego ciele.

– Wybacz – mruknął. Znów miał zamknięte oczy. – W twoim towarzystwie zbyt łatwo jest mi być sobą.

Uniosłam odwróconą dłoń i zaczęłam sprawdzać, jak się mieni zależnie od nachylenia, po czym zbliżyłam ją do swojej twarzy, by wypatrywać na skórze ukrytych diamencików.

– Zdradź mi, o czym myślisz? – szepnął, spoglądając na mnie z zaciekawieniem. – Wciąż nie potrafię przywyknąć do tego, że nie wiem.

– My, szaraczki, mamy tak cały czas.

– Musi wam być ciężko. – Czy tylko mi się wydawało, czy trochę nam tego zazdrościł? – Nie odpowiedziałaś na moje pytanie.

– Żałowałam właśnie, że nie wiem, o czym ty myślisz. I jeszcze... – Zamilkłam.

– Co takiego?

– Myślałam jeszcze o tym, że chciałabym uwierzyć, że jesteś prawdziwy. I marzyłam, że nie czuję strachu.

– Nie chcę, żebyś się bała – szepnął miękko. Usłyszałam to, co tak naprawdę pragnęłam usłyszeć, a czego nie mógł powiedzieć mi z ręką na sercu: że mój lęk jest irracjonalny, że nie mam się czego bać.

– Niedokładnie o to mi chodziło, ale twoje słowa z pewnością dają mi wiele do myślenia.

Edward po raz kolejny poruszył się z niezwykłą prędkością – przegapiłam moment, w którym zmienił pozycję. Nagle półleżał koło mnie wsparty na prawej ręce, a jego twarz anioła znajdowała się tylko parę centymetrów od mojej. Nadal trzymałam go za lewą dłoń. Mogłam, powinnam była natychmiast się odsunąć, ale porażona spojrzeniem miodowych oczu nie byłam w stanie się poruszyć.

– To czego się boisz?

Nie potrafiłam wykrztusić z siebie ani słowa, nawet nie próbowałam. Tak jak wtedy w aucie, owionął mnie chłodny, słodki oddech Edwarda. Jego woń była tak apetyczna, że ślina napłynęła mi do ust. Nie przypominała żadnego znanego mi zapachu. Skuszona nią, bezwiednie przysunęłam się bliżej.

Wyrwał gwałtownie dłoń z mojego uścisku i nim zdążyłam choćby mrugnąć, stał już w cieniu wielkiego świerka na skraju polany. Spoglądał stamtąd na mnie z nieokreślonym wyrazem twarzy.

Na mojej twarzy musiał malować się szok i ból. Puste ręce piekły.

– Wybacz mi... proszę... – szepnęłam, wiedząc, że mnie słyszy.

– Jedną chwilę – zawołał, pamiętając, że mój słuch nie jest tak wyostrzony. Siedziałam nieruchomo jak trusia.

Po jakichś dziesięciu sekundach, które ciągnęły się dla mnie w nieskończoność, ruszył wolnym jak na siebie krokiem. Stanąwszy kilka metrów ode mnie, usiadł jednym zgrabnym ruchem, jakby miał zapaść się pod ziemię. Przez cały ten czas nie spuszczał mnie z oczu. Dwukrotnie odetchnął głęboko, a potem uśmiechnął się przepraszająco.

– Wybacz. – Zawahał się na moment. – Czy zrozumiałabyś, co mam na myśli, gdybym powiedział, że jestem tylko człowiekiem?

Skinęłam głową, nie do końca potrafiąc śmiać się z jego żartu. Docierało do mnie powoli, że oto przed sekundą o włos uniknęłam śmiertelnego niebezpieczeństwa. Moje naczynia krwionośne pulsowały adrenaliną. Wyczuł to i dodał sarkastycznie:

– Czyż nie jestem najdoskonalszym drapieżnikiem na świecie? Wszystko we mnie cię przyciąga, pociąga, kusi – mój głos, moja twarz, nawet mój zapach! I po co to wszystko? – Niespodziewanie znów zerwał się na równe nogi i zniknął w lesie, by okrążywszy w pół sekundy polanę, znaleźć się pod tym samym świerkiem co poprzednio. – I tak mi nie uciekniesz – zaśmiał się gorzko.

Objął od spodu gruby na ponad pół metra konar i samym naciskiem przedramienia złamał go bez wysiłku z ogłuszającym trzaskiem. Przez chwilę balansował belką na dłoni, po czym cisnął nią przed siebie z oszałamiającą prędkością. Kawał drewna trafił w inne sędziwe drzewo, które zatrzęsło się od uderzenia. Edward był już tymczasem obok mnie, stał nieruchomo niczym rzeźba.

– I tak mnie nie pokonasz – dokończył łagodniejszym tonem.

Siedziałam jak sparaliżowana. Z poszarzałą twarzą i szeroko rozwartymi oczami musiałam przypominać zwierzątko zahipnotyzowane spojrzeniem węża. Bałam się go teraz bardziej niż kiedykolwiek. Po raz pierwszy bez najmniejszego skrępowania pokazał mi swoje prawdziwe oblicze. Nigdy nie wydawał mi się równie nieludzki... albo równie piękny.

W trakcie tego pokazu siły cudowne złote oczy rozbłysły dziko, ale potem zaczęły stopniowo przygasać. Na twarzy Edwarda malował się teraz głęboki smutek.

– Nie bój się – szepnął tym swoim uwodzicielskim głosem. – Obiecuję... Przysięgam, że cię nie skrzywdzę.

Wydawało się, że najbardziej pragnie przekonać o tym samego siebie.

– Nie bój się – powtórzył, robiąc krok do przodu. Usiadł, świadomie spowalniając swoje ruchy. Był tak blisko, że mogłabym pogłaskać go po policzku. – Wybacz mi, proszę. Naprawdę potrafię siebie kontrolować. Po prostu nie spodziewałem się takiego zachowania z twojej strony. Teraz będę już przygotowany.

Czekał, aż coś powiem, ale nadal nie mogłam.

– Zaręczam ci, nie czuję dziś pragnienia. – Mrugnął z łobuzerską miną. Na to nie mogłam nie zareagować. Parsknęłam śmiechem, ale głos jeszcze mi się trząsł.

– Nic ci nie jest? – spytał z troską, ostrożnie wsuwając z powrotem swoją marmurową dłoń w moją.

Spojrzałam na nią, a potem w jego oczy. Spoglądał na mnie przyjaźnie, wyraźnie skruszony. Przeniosłam wzrok na jego dłoń, a potem wróciłam do badania jej faktury opuszkiem palca. Zerknęłam na Edwarda i uśmiechnęłam się nieśmiało.

Odpowiedział mi tak uszczęśliwioną miną, że niemal poczułam zawroty głowy.

– O czym to rozmawialiśmy, zanim ci tak brutalnie przerwałem? – spytał, nie ukrywając nieco staroświeckiej wymowy.

– Szczerze, nie pamiętam.

Zawstydził się trochę, że aż tak wytrącił mnie z równowagi. – Wydaje mi się, że o tym, czego się lękasz, oprócz tego, co oczywiste.

– A, tak.

– No i?

Wbiłam wzrok w jego dłoń, nadal jej dotykając. Mijały kolejne sekundy.

– Jakże łatwo się niecierpliwię – westchnął Edward. Zerknąwszy w jego oczy, zrozumiałam, że mimo lat nieznanych mi doświadczeń sytuacja, w której się obecnie znalazł, jest dla niego równie nowa i trudna jak dla mnie. To odkrycie mnie ośmieliło.

– Bałam się, ponieważ, cóż, z oczywistych względów nie powinnam przebywać z tobą sam na sam. A obawiam się, że tego właśnie bym chciała i jest to stanowczo zbyt silne uczucie. – Mówiąc, przyglądałam się własnym dłoniom. Ciężko mi było się do tego przed nim przyznawać.

– Rozumiem – odparł w zamyśleniu. – Rzeczywiście, jest czego się bać. Pójście za głosem serca w takim wypadku z pewnością nie leży w twoim interesie.

Spochmurniałam.

– Powinienem był zostawić cię w spokoju – westchnął. – Powinienem teraz wstać i odejść w siną dal. Tylko nie wiem, czy potrafię.

– Nie chcę, żebyś sobie poszedł – wymamrotałam żałośnie ze wzrokiem wbitym w ziemię.

– I właśnie dlatego powinienem tak uczynić. Ale nie martw się, z natury jestem samolubną istotą. Pragnę twego towarzystwa zbyt mocno, by słuchać głosu rozsądku.

– Cieszy mnie to.

– Więc lepiej przestań się cieszyć! – rzucił ostro, cofając dłoń, choć tym razem delikatniej niż ostatnio. Ton głosu mógł mieć szorstki, ale głos sam w sobie nadal był aksamitnie miękki, piękniejszy niż u każdego z ludzi. Za zmianami nastroju Edwarda trudno mi było nadążyć, niezmiennie zbijały mnie z pantałyku.

– Pragnę nie tylko twojego towarzystwa! Nigdy o tym nie zapominaj! Nigdy! Dla nikogo innego prócz ciebie nie stanowię tak ogromnego zagrożenia. – Niewidzącym wzrokiem uciekł gdzieś w bok, w las.

Przez chwilę zastanawiałam się nad tym, co powiedział.

– Obawiam się, że nie rozumiem do końca, co masz na myśli. Chodzi mi o to ostatnie zdanie.

Edward spojrzał na mnie z uśmiechem, raptownie poweselały.

– Hm, jak by ci to wyjaśnić... Tak, żeby znów cię nie wystraszyć... – Nie wydając się wcale głowić nad odpowiedzią, ponownie podał mi dłoń, a ja schwyciłam ją mocno obiema rękami. Zerknął na nie.

– Zadziwiająco przyjemne to ciepło – przyznał.

Przez jakiś czas szukał w głowie odpowiedniej analogii.

– Ludzie gustują w różnych smakach, prawda? – zaczął. – Jedni lubią lody czekoladowe, inni truskawkowe.

Kiwnęłam głową.

– Przepraszam za to kulinarne porównanie, ale nie wpadłem na nic lepszego.

Uśmiechnęłam się pocieszająco. Był nieco zawstydzony.

– Widzisz, każda osoba pachnie w inny sposób, każda ma swój specyficzny... smak. Teraz wyobraź sobie, że zamykamy alkoholika w pomieszczeniu pełnym zwietrzałego piwa. Zapewne wszystko chętnie by wypił. Ale gdyby był zdrowiejącym alkoholikiem, powstrzymałby się. Zostawmy więc takiemu w środku kieliszek stuletniej brandy albo, powiedzmy, rzadki wykwintny koniak, a pokój wypełnijmy aromatem owych alkoholi po podgrzaniu. Jak sądzisz, jak się teraz zachowa?

Siedzieliśmy w ciszy, patrząc sobie w oczy, starając się odczytać nawzajem swoje myśli.

Pierwszy odezwał się Edward.

– Może to nie najlepsze porównanie. Zapomnijmy o tej nieszczęsnej brandy. Weźmy zamiast alkoholika człowieka uzależnionego od heroiny.

– Usiłujesz powiedzieć, że jestem twoim ulubionym gatunkiem heroiny? – zażartowałam, żeby polepszyć atmosferę.

Na twarzy Edwarda zagościł przelotny uśmiech – doceniał moje wysiłki.

– Tak, trafiłaś w samo sedno.

– Często tak się zdarza?

Zastanawiając się nad odpowiedzią, przeniósł wzrok ponad czubki drzew.

– Rozmawiałem o tym z moimi braćmi – odezwał się, nie odwracając głowy. – Dla Jaspera każde z was jest tak samo pociągające. Jest zmuszony bezustannie walczyć sam ze sobą, żeby powstrzymać się od ataków. Widzisz, dołączył do nas jako ostatni. Nie miał dość czasu, by wyrobić sobie wrażliwość na różnice w smaku i zapachu. – Edward zerknął na mnie odrobinę spłoszony. – Wybacz, może nie powinienem tak wprost...

– Naprawdę, nic nie szkodzi. Nie przejmuj się, że mnie obrazisz, przestraszysz, czy co tam jeszcze. Tak po prostu jest. Rozumiem, co czujecie, a przynajmniej staram się to zrozumieć. Po prostu wyjaśnij mi wszystko, jak umiesz najlepiej.

Wziął głęboki oddech.

– Jasper nie miał zatem pewności, czy kiedykolwiek napotkał na swej drodze kogoś, kto byłby dla niego równie... – usiłował dobrać odpowiednie słowo – równie pociągający smakowo jak ty dla mnie. Sądzę, że tak się istotnie nie stało. Pamiętałby. Emmett, że tak to ujmę, siedzi w tym dłużej i wiedział, o co mi chodzi. Powiedział, że zdarzyło mu się to dwukrotnie, przy tym w jednym wypadku uczucie było silniejsze.

– A tobie ile razy się to zdarzyło?

– Nigdy.

Zdawało się, że echo tego słowa dźwięczy jeszcze jakiś czas w powietrzu.

– I jak postąpił Emmett? – przerwałam ciszę.

Było to wysoce niewłaściwe pytanie. Edward odwrócił wzrok, zasępił się, a dłoń, którą trzymałam, zacisnął w pięść. Czekałam na jakąś odpowiedź, ale nadaremno.

– Chyba wiem – powiedziałam w końcu.

Spojrzał na mnie błagalnie, ze smutkiem w oczach.

– Nawet najsilniejsi z nas czasem ulegają pokusom, nieprawdaż?

– Czego ode mnie chcesz? Przyzwolenia? – Mój głos zabrzmiał surowiej, niż to miałam w planach. Wiedząc, ile kosztują go te szczere wyznania, spróbowałam jednak się uspokoić. – A zatem nie ma nadziei? – Z jakim opanowaniem potrafiłam dyskutować o własnej śmierci!

– Nie, skąd – oburzył się. – Oczywiście, że jest nadzieja! To znaczy, nie mam najmniejszego zamiaru... – Pozwolił sobie nie dokończyć tego zdania. Jego złote oczy płonęły. – My to co innego. Kiedy Emmett... To byli dla niego obcy ludzie. Zresztą zdarzyło się to dawno, dawno temu, gdy nie był jeszcze tak... wprawiony we wstrzemięźliwości, tak ostrożny jak teraz.

Zamilkłszy, przyglądał mi się uważnie, ciekawy, jak zareaguję na jego słowa.

– Więc gdybyśmy wpadli na siebie w ciemnym zaułku...

– Przeszedłem samego siebie, starając się nie rzucić na ciebie wtedy na biologii, w klasie pełnej dzieciaków. – Zamilkł na moment i znów odwrócił głowę. – Kiedy mnie minęłaś, w jednej chwili mogłem zniweczyć wysiłki Carlisle'a. Gdybym nie ćwiczył się w ignorowaniu swego pragnienia przez ostatnie, cóż, przez wiele lat, nie potrafiłbym się wówczas opanować.

Oboje przypomnieliśmy sobie tę scenę. Edward uśmiechnął się gorzko.

– Musiałaś dojść do wniosku, że jestem chory psychicznie.

– Nie rozumiałam, co takiego się stało. Jak mogłeś tak szybko mnie znienawidzić?

– Według mnie byłaś demonem zesłanym z piekieł na moją zgubę. Zapach twojej skóry... Ach, byłem bliski szaleństwa. Siedząc z tobą w ławce, wymyśliłem ze sto różnych sposobów na to, jak cię wywabić z klasy. Przy każdym z nich walczyłem z pokusą, myśląc o mojej rodzinie, o tym, jak mógłbym zrobić im coś takiego. Po lekcji wybiegłem czym prędzej, byle tylko nie poprosić cię, żebyś poszła gdzieś ze mną.

Edward przerwał ten ciąg bolesnych wspomnień, by spojrzeć na moją zmienioną szokiem twarz. Przesłonięte wachlarzem rzęs miodowe oczy spoglądały groźnie i hipnotyzująco zarazem.

– A poszłabyś – dodał z przekonaniem.

Starałam się zachować spokój.

– Bez wątpienia – szepnęłam.

Gdy przeniósł wzrok na moje dłonie, poczułam się tak, jakby ktoś uwolnił mnie z wnyków.

– Potem, co nie miało zresztą większego sensu, próbowałem zmienić swój plan zajęć, by móc cię unikać, i właśnie wtedy musiałaś wejść do sekretariatu. W tak niewielkim, tak ciepłym pomieszczeniu zapachy rozchodzą się wyjątkowo łatwo. Twój też. To było nie do zniesienia. O mało co nie rzuciłem się do ataku. Świadkiem byłaby zaledwie jedna słaba kobieta – jakże szybko mógłbym się z nią później uporać.

Drżałam w ciepłych promieniach słońca, przeżywając te chwile na nowo z jego punktu widzenia, dopiero teraz świadoma grożącego mi wówczas niebezpieczeństwa. Biedna pani Cope, wzdrygnęłam się ponownie. Niewiele brakowało, a stałabym się poniekąd odpowiedzialna za jej śmierć.

– Sam nie wiem, jak się powstrzymałem. Zmusiłem się, by nie czekać na ciebie pod szkołą, by ciebie nie śledzić. Na dworze twój zapach ginął w masie świeżego powietrza, było mi więc łatwiej trzeźwo myśleć. Odstawiłem rodzeństwo do domu – wiedzieli, że coś jest nie tak, ale wstyd mi było przyznać się przed nimi do własnej słabości – a potem pojechałem prosto do szpitala, do Carlisle'a, powiedzieć mu, że wyjeżdżam, na dobre.

Otworzyłam szeroko oczy ze zdziwienia.

– Wymieniliśmy się samochodami, bo miał pełny bak, a ja nie chciałem zwlekać. Nie ośmieliłem się zajrzeć do domu, by stanąć twarzą w twarz z Esme. Nie pozwoliłaby mi wyjechać bez strasznej awantury. Usiłowałaby mnie przekonać, że nie jest to konieczne...

– Nazajutrz rano byłem już na Alasce. – Edward powiedział to takim tonem, jakby przyznawał się do wielkiego tchórzostwa. – Spędziłem tam dwa dni wśród starych znajomków, ale... tęskniłem za domem. Źle mi było z tym, że sprawiłem przykrość Esme i wszystkim innym, całej mojej przyszywanej rodzinie. W górach na północy powietrze jest tak czyste... Nabrałem do wszystkiego dystansu. Trudno mi było uwierzyć w to, że tak bardzo nie mogłem ci się oprzeć. Wytłumaczyłem sobie, że uciekając, okazałem się słaby. Wcześniej odczuwałem pokusy, nie tak silne, rzecz jasna, nieporównywalnie słabsze, ale jakoś sobie z nimi radziłem. Do czego to podobne, myślałem, żeby jakaś dziewczynka – tu Edward uśmiechnął się – jakaś zwykła uczennica zmuszała mnie do opuszczenia rodzinnego domu. Więc wróciłem.

Nie mogłam dobyć głosu.

– Do naszego następnego spotkania przygotowałem się odpowiednio, polowałem więcej niż zwykle. Byłem pewien, że mam w sobie dość siły, by traktować cię jak każdego innego człowieka. Podszedłem do całej sprawy z wielką arogancją. Na domiar złego nie potrafiłem czytać w twoich myślach, aby przewidywać twoje reakcje. Nie byłem przyzwyczajony to tego rodzaju problemów, a tu nagle musiałem wyłapywać twoje wypowiedzi we wspomnieniach Jessiki, która jest dość płytką osobą, denerwowało mnie więc, że upadłem tak nisko. W dodatku nie mogłem mieć pewności, czy przy niej nie kłamałaś. Wszystko to szalenie mnie irytowało.

Nawet opowiadając o tym, marszczył gniewnie czoło.

— Pragnąłem, żebyś zapomniała o tym feralnym pierwszym dniu, starałem się więc rozmawiać z tobą jak z każdą inną osobą. Poniekąd nie mogłem się już tych pogawędek doczekać, mając nadzieję, że uda mi się wreszcie odczytać twoje myśli. Ale okazało się, że nie jesteś taka jak wszyscy inni... Byłem zafascynowany. A od czasu do czasu ruchem dłoni lub włosów nieświadomie przyspieszałaś cyrkulację powietrza i twój zapach znów mnie oszałamiał...

— A potem ten wypadek na szkolnym parkingu. Później wymyśliłem świetną wymówkę, dlaczego zareagowałem tak, a nie inaczej. Gdyby na moich oczach polała się krew, nie potrafiłbym się opanować i pokazałbym swoją prawdziwą twarz. Tyle że wpadłem na to dopiero po fakcie. W tamtej chwili przez głowę przemknęło mi jedynie: „Błagam, tylko nie ona".

Zamknął oczy, rozpamiętując to dramatyczne wydarzenie, ja tymczasem czekałam niecierpliwie na ciąg dalszy. Rozsądek podpowiadał mi, że powinnam być przerażona, ale potrafiłam jedynie cieszyć się tym, że wreszcie wszystko jest dla mnie jasne. Mimo że zwierzał mi się, jak bardzo pragnie odebrać mi życie, współczułam mu, że tak bardzo się męczy.

W końcu wróciła mi mowa, choć głos miałam jeszcze słaby.

— A w szpitalu?

Edward spojrzał mi prosto w oczy.

— Czułem do siebie wstręt. Jak mogłem narazić swoją rodzinę na tak wielkie niebezpieczeństwo? Mój los, nasz los był w twoich rękach. Właśnie twoich! Co za ironia. Jakby tego mi było trzeba — kolejnego motywu, by chcieć cię zabić. — Tu wzdrygnęliśmy się oboje.

— Przyniosło to jednak przeciwny efekt — ciągnął Edward. — Rosalie, Emmett i Jasper zasugerowali, że oto nadeszła pora... Nigdy przedtem nie kłóciliśmy się tak zajadle. Carlisle stanął po mojej stronie, podobnie Alice. – Nie wiedzieć czemu, skrzywił się, wymawiając jej imię. – Esme oświadczyła z kolei, że mam zrobić wszystko, co w mojej mocy, by móc zostać w Forks. – Pokręcił głową z pobłażliwym wyrazem twarzy.

– Cały następny dzień spędziłem, podsłuchując myśli twoich rozmówców. Byłem zaszokowany, że dotrzymywałaś słowa. Nie mogłem pojąć, co tobą kieruje. Wiedziałem jedno – że nie powinienem kontynuować tej znajomości. O ile było to możliwe, trzymałem się zatem od ciebie z daleka. Tylko ten twój zapach, na twojej skórze, w oddechu, we włosach... Wciąż działał na mnie tak samo silnie jak pierwszego dnia.

Nasze spojrzenia znów się spotkały i w oczach Edwarda dostrzegłam zaskakująco dużo czułości.

– A mimo to – dodał – lepiej bym na tym wyszedł, gdybym jednak zdemaskował nas wszystkich owego pierwszego dnia, niż gdybym miał rzucić się na ciebie tu i teraz, w leśnym zaciszu, bez żadnych świadków.

Byłam tylko człowiekiem, spytałam więc:

– Dlaczego?

– Isabello – wymówił starannie moje imię, wolną dłonią mierzwiąc mi pieszczotliwie włosy. Gest ten był tak swobodny, że przeszył mnie dreszcz. – Bello, nie potrafiłbym żyć z myślą, że pomogłem ci zejść z tego świata. Nawet nie wiesz, jak mnie ta wizja prześladuje. – Spuścił oczy ze wstydem. – Twoje ciało, blade, zimne, nieruchome... Już nigdy miałbym nie zobaczyć twoich rumieńców i tego błysku intuicji w oczach, gdy domyślasz się prawdy... Nie, tego bym nie zniósł. – Spojrzał na mnie z twarzą wykrzywioną bólem. – Jesteś teraz dla mnie najważniejsza. Jesteś najważniejszą rzeczą w całym moim życiu.

Od słów Edwarda zakręciło mi się w głowie. Nie spodziewałam się, że ta rozmowa przybierze taki obrót. Oto jeszcze przed chwilą wysłuchiwałam wesołych historyjek o tym, kiedy to mogłam zginąć, a tu nagle taka deklaracja uczuć. Czekał na jakąś reakcję z mojej strony i choć wpatrywałam się w nasze dłonie, czułam, że mnie obserwuje.

– Wiadomo ci już oczywiście, co ja czuję – powiedziałam. – Siedzę teraz tu z tobą, co oznacza, że wolałabym umrzeć, niż trzymać się od ciebie z daleka. – Skrzywiłam się. – Co za idiotka ze mnie.

– Bez wątpienia – zgodził się, parskając śmiechem. Też się zaśmiałam, zaglądając w jego miodowe oczy. To, że siedzieliśmy tu teraz razem, było idiotyczne i nieprawdopodobne.

– A to dopiero – mruknął Edward. – Lew zakochał się w jagnięciu. – Spuściłam wzrok, drżąc z ekscytacji na dźwięk tego najcudowniejszego ze słów.

– Biedne, głupie jagnię – westchnęłam.

– Chory na umyśle lew masochista. – Przez dłuższą chwilę wpatrywał się w ciemną ścianę lasu i zaczęłam się zastanawiać, o czym rozmyśla.

– Dlaczego…? – Przerwałam, nie wiedząc, jak to powiedzieć. Przeniósłszy wzrok na mnie, znów się uśmiechnął. Jego piękna twarz lśniła w słońcu.

– Tak?

– Powiedz mi, proszę, dlaczego wtedy ode mnie odskoczyłeś? Spochmurniał.

– Dobrze wiesz dlaczego.

– Nie, nie. Chodzi mi o to, co dokładnie zrobiłam nie tak. Będę musiała odtąd mieć się na baczności, więc lepiej, żebym nauczyła się, czego unikać. To, na przykład – pogłaskałam go po ręce – jakoś ci nie przeszkadza.

Rozpogodził się.

– To nie była twoja wina, Bello, tylko wyłącznie moja.

– Ale, mimo wszystko, mogę ci przecież jakoś pomóc, ułatwić życie.

– Cóż… – Zamyślił się na chwilę. – To dlatego, że byłaś tak blisko. Większość ludzi instynktownie nas unika, nasza odmienność ich odrzuca. Nie spodziewałem się, że się do mnie przysuniesz. I ten zapach bijący od twojej szyi… – Zamilkł, niepewny, jak to przyjmę.

– Nie ma sprawy – rzuciłam swobodnie, chcąc rozładować atmosferę. Podciągnęłam koszulkę pod brodę. – Zakaz eksponowania szyi. Zachichotał; podziałało.

– Nie, nie musisz, wierz mi, ważniejszy był element zaskoczenia. Podniósł powoli rękę i ostrożnie przyłożył mi dłoń do szyi. Siedziałam zupełnie nieruchomo. Nieludzki chłód skóry Edwarda powinien mnie odstraszać, ale nie odczuwałam lęku, kłębiło się za to we mnie wiele innych emocji…

– Sama widzisz. Wszystko w porządku.

Żałowałam, że nie potrafię kontrolować swojego oszalałego tętna. Z pewnością niepotrzebnie Edwarda drażniło.

– Tak słodko się rumienisz – zamruczał, oswobadzając delikatnie swoją drugą rękę, po czym pogłaskawszy mnie wpierw po policzku, ujął moją twarz w dłonie.

– Nie ruszaj się – poprosił szeptem, jakbym nie była już jak sparaliżowana.

Powoli, cały czas patrząc mi prosto w oczy, pochylił się do przodu. Przez chwilę opierał się lodowatym policzkiem o wgłębienie pod moim gardłem, a ja, wsłuchana w jego wyrównany oddech, obserwowałam iskierki słonecznego światła igrające w bujnej, miedzianej czuprynie. Najbardziej ludzkie były w nim właśnie te włosy.

Dłonie Edwarda zaczęły ześlizgiwać się niespiesznie ku mojej szyi. Zadrżałam. Wstrzymał na moment oddech, ale jego dłonie nie przerwały swojej wędrówki i spoczęły na moich ramionach. Wreszcie, musnąwszy nosem obojczyk, oparł głowę na mojej piersi.

Słuchał, jak bije mi serce.

Westchnął.

Nie wiem, jak długo siedzieliśmy tak nieruchomo. Być może trwało to kilka godzin. Tętno w końcu mi się uspokoiło, ale Edward ani razu się nie odezwał, ani nie zmienił pozycji. Byłam świadoma tego, że w każdej chwili może z nadmiaru wrażeń stracić nad sobą kontrolę, a wtedy przypłacę chwile szczęścia życiem. Być może zadziałałby tak szybko, że nawet bym nie zauważyła… Mimo wszystko nadal nie odczuwałam strachu. Potrafiłam myśleć tylko o tym, że Edward mnie dotyka.

Gdy wypuścił mnie z objęć, nie miałam jeszcze dosyć.

Bił od niego spokój.

– Następnym razem nie będzie to już takie trudne – oświadczył z satysfakcją w głosie.

– Bardzo musiałeś ze sobą walczyć?

– Myślałem, że będzie gorzej. A jak ty się czułaś?

– Nie było źle. To znaczy, mnie nie było źle.

Uśmiechnął się, słysząc to sprostowanie.

– Wiesz, co mam na myśli.

Teraz ja się uśmiechnęłam.

– Zobacz. – Chwycił moją dłoń i przyłożył sobie do policzka. – Czujesz, jaki ciepły?

Trudno mi jednak było skoncentrować się na temperaturze, bo właśnie po raz pierwszy dotykałam jego twarzy. Było to coś, o czym marzyłam, odkąd go poznałam.

– Nie ruszaj się – szepnęłam.

Edward umiał znieruchomieć jak nikt inny. W okamgnieniu zmienił się w marmurowy posąg.

Starałam się obchodzić z nim jeszcze ostrożniej niż on ze mną. Pogładziłam go po policzku, przejechałam opuszkiem palca po powiece, po sinych cieniach pod jego oczami. Zbadałam kształt idealnie zbudowanego nosa, a potem ust. Wargi Edwarda rozwarły się pod moim dotykiem i poczułam na skórze dłoni jego zimny oddech. Zapragnęłam przysunąć się bliżej, aby napawać się jego słodką wonią, więc opuściwszy rękę, cofnęłam się, żeby nie kusić losu.

Otworzył oczy i było w nich widać głód, nie przestraszyłam się jednak. Tylko moje ciało zareagowało odruchowo: serce zaczęło bić szybciej, a mięśnie się napięły.

– Żałuję – powiedział Edward cicho – żałuję, że nie możesz poczuć tego, co ja czuję. Tej złożoności targających mną emocji, tego zamętu, jaki mam w głowie.

Powolnym ruchem odgarnął mi włosy z twarzy.

– Opowiedz mi o tym.

– Raczej nie potrafię. Mówiłem ci już, z jednej strony jest głód, pragnienie. Pożądam twojej krwi. To takie żałosne. Sądzę, że to akurat jesteś w stanie zrozumieć, przynajmniej do pewnego stopnia. Byłoby ci łatwiej – uśmiechnął się nieco zjadliwie – gdybyś była narkomanką czy kimś takim. Ale to nie wszystko. – Dotknął palcami moich warg i znów przeszedł mnie dreszcz. – Do tego dochodzą jeszcze inne pragnienia. Pragnienia, których nie znam i których nie rozumiem.

– Cóż, istnieje możliwość, że wiem, o co ci chodzi, lepiej, niż ci się to wydaje.

– Nie jestem przyzwyczajony do ludzkich odruchów. Często się tak czujesz?

– Jak teraz przy tobie? – Przełknęłam ślinę. – Nie. To pierwszy raz.

Ujął moje dłonie. Wydały mi się takie kruche w jego silnym uścisku.

– Nie wiem, jak mam się zachowywać, gdy jestem tak blisko ciebie – przyznał. – Nie wiem, czy potrafię być tak blisko.

Dając mu znać oczami, co zamierzam uczynić, pochyliłam się ostrożnie do przodu i oparłam policzkiem o jego nagi tors. Milczał, słychać było tylko jego oddech.

– Tyle wystarczy – szepnęłam, zamykając oczy.

Bardzo ludzkim gestem przycisnął mnie mocniej do siebie, wtulając jednocześnie twarz w moje włosy.

– Dobrze ci idzie – zauważyłam.

– Kryje się we mnie wiele człowieczych instynktów. Są schowane głęboko, ale gdzieś tam są.

Zastygliśmy tak znów na dłuższą chwilę. Chciałam, żeby to trwało wiecznie, i zastanawiałam się, czy i on myśli podobnie. Po pewnym czasie zdałam sobie jednak sprawę, że słońce znika powoli za koronami drzew, a te rzucają coraz dłuższe cienie.

– Czas na ciebie.

– A myślałam, że nie potrafisz czytać w moich myślach.

– Coraz łatwiej mi zgadywać – odparł wesoło.

Położył mi dłonie na ramionach i spojrzał prosto w oczy.

– Czy mógłbym ci coś pokazać? – Nagle zrobił się podekscytowany.

– Co takiego?

– Pokazałbym ci, jak przemieszczam się po lesie, kiedy jestem sam. – Zauważył, że zrzedła mi mina. – Nie martw się, włos ci z głowy nie spadnie, a zaoszczędzimy sporo czasu. – Obdarował mnie jednym ze swoich łobuzerskich uśmiechów, po których zawsze byłam bliska omdlenia.

– Zamierzasz zamienić się w nietoperza? – spytałam podejrzliwie.

Zaśmiał się głośniej niż kiedykolwiek.

– I co jeszcze? Może w Batmana?

– Tak się pytam. Skąd mam wiedzieć?

– No dobra, tchórzu, koniec dyskusji. Wskakuj mi na plecy.

Zawahałam się, myśląc, że żartuje, ale najwyraźniej mówił na serio. Widząc moją reakcję, uśmiechnął się tylko i bezceremonialnie przyciągnął do siebie. Serce zaczęło mi bić jak szalone – zdradzało wszystko, Edward nie musiał umieć czytać w moich myślach. Bez najmniejszego trudu wsadził mnie sobie na barana, pozostawało mi jedynie objąć go mocno nogami i tak kurczowo uczepić się jego szyi, że każdy normalny człowiek na jego miejscu by się udusił. Odniosłam wrażenie, że przytuliłam się do głazu.

– Ważę trochę więcej niż przeciętny plecak – ostrzegłam.

– Też mi coś! – prychnął, przewracając oczami. Jeszcze nigdy nie widziałam go w tak dobrym humorze.

Nagle schwycił moją dłoń i przycisnął sobie do twarzy. Serce podskoczyło mi do gardła.

– Idzie mi coraz lepiej – szepnął, biorąc kilka głębokich oddechów. Zrozumiałam, że Edwardowi chodzi o mój zapach.

A potem, bez ostrzeżenia, puścił się biegiem.

Jeśli kiedykolwiek wcześniej drżałam w jego obecności o swoje życie, było to niczym w porównaniu z tym, co czułam teraz.

Pędził niczym pocisk, niczym strzała, świadczyły o tym jednak tylko migające po obu stronach pnie drzew. Moich uszu nie dochodził żaden dźwięk, który byłby dowodem na to, że stopy Edwarda w ogóle dotykają ziemi. Wydawał się wcale nie męczyć, nawet nie zaczął szybciej oddychać.

Cudem mijał o milimetry kolejne przeszkody. Byłam tak przerażona, że zapomniałam zamknąć oczy, choć twarz smagał mi boleśnie chłodny, leśny wiatr. Czułam się tak, jakbym wystawiła głowę przez okno, lecąc samolotem, i po raz pierwszy w życiu marzyłam o zażyciu aviomarinu.

Gdy już chciałam błagać o litość, Edward zatrzymał się raptownie. Powrót z łąki, do której szliśmy całe przedpołudnie, zajął mu ledwie kilkanaście minut.

– Świetna zabawa, nieprawdaż? – wykrzyknął rozochocony.

Czekał, aż z niego zejdę, ale nie mogłam się ruszyć. Ruszało się za to wszystko wokół mnie. A raczej wirowało.

– Bello? – zaniepokoił się.

– Chyba muszę się położyć – jęknęłam.

– Oj, przepraszam. – Stał dalej nieruchomo, ale kończyny wciąż odmawiały mi posłuszeństwa.

– Raczej sama nie dam rady – wyznałam.

Zaśmiawszy się cicho, Edward delikatnie rozplątał moje dłonie zaciśnięte na jego szyi – poddały się do razu. Następnie przesunął mnie sobie na brzuch, tuląc do siebie niczym małe dziecko, potrzymał tak przez chwilę, po czym ostrożnie położył na kępie paproci.

– Jak się czujesz?

Trudno mi to było ocenić, tak bardzo kręciło mi się w głowie.

– Mam zawroty głowy.

– To schowaj ją między kolana.

Zastosowałam się do tej rady i rzeczywiście trochę pomogło. Oddychałam powoli, starając się nie wykonywać gwałtownych ruchów, a mój towarzysz usiadł tuż obok. Po pewnym czasie poczułam się pewniej i wyprostowałam. Dzwoniło mi jeszcze tylko w uszach.

– To chyba nie był najlepszy pomysł – stwierdził Edward zawstydzony.

Chciałam go jakoś pocieszyć, ale głos miałam wciąż słaby.

– Skąd, bardzo ciekawe doświadczenie.

– Akurat. Jesteś blada jak ściana. Jak ja!

– Coś mi się wydaje, że powinnam była jednak zamknąć oczy.

– Następnym razem już nie zapomnisz.

– Następnym razem?!

Edward zaśmiał się. Dobry humor nadal mu dopisywał.

– Szpanować mu się zachciało – mruknęłam.

– Otwórz oczy, Bello – poprosił cicho.

Niemal dotykaliśmy się nosami. Jego uroda mnie oszałamiała – nie mogłam przyzwyczaić się do nadmiaru piękna.

– Biegnąc, pomyślałem sobie, że chciałbym... – Nie dokończył.

– Że chciałbyś nie trafić w jakieś drzewo?

– Głuptasku, taki bieg to dla mnie pestka. Wymijam je instynktownie.

– Znowu się popisujesz.

Uśmiechnął się.

– Pomyślałem sobie – dokończył – że chciałbym spróbować czegoś jeszcze. – Po raz drugi tego dnia ujął moją twarz w dłonie.

Zaparło mi dech w piersiach.

Zawahał się – ale nie tak, jak zwykły człowiek.

Nie jak chłopak, który nie jest pewien, czy ma pocałować dziewczynę, i bada, jak ona reaguje na jego zachowanie, żeby wiedzieć, czy nie zostanie odrzucony. Albo jak chłopak, który świadomie przedłuża moment oczekiwania, wiedząc, że ta słodka chwila potrafi być czasem bardziej ekscytująca niż sam pocałunek.

Edward odczekał chwilkę, by upewnić się, że nic mi nie grozi, że jest w stanie trzymać swoje pragnienie w ryzach.

A potem jego chłodne, marmurowe wargi powoli, delikatnie dotknęły moich.

Żadne z nas nie przewidziało jednak mojej reakcji.

Krew we mnie zawrzała, moje usta zapłonęły, wargi rozwarły się. Zaczęłam niemalże dyszeć, a palcami wpięłam się we włosy Edwarda, by przyciągnąć go jeszcze bliżej do siebie. Jego cudowny zapach mącił mi w głowie.

Zamarł natychmiast i delikatnie, acz stanowczo mnie odsunął. Otworzyłam oczy. Był bardzo spięty.

– Oj – szepnęłam przepraszająco.

– „Oj" to mało powiedziane.

Oczy miał dzikie, a szczęki zaciśnięte, ale nadal potrafił się zgrabnie wysłowić. Nasze usta dzieliło ledwie parę centymetrów. Byłam gotowa mdleć z zachwytu.

– Może lepiej będzie... – Spróbowałam wyrwać się z jego objęć, żeby mógł w spokoju dojść do siebie, ale jego silne ręce nie pozwoliły mi się ruszyć ani o milimetr.

– Nie, nie, poczekaj – powiedział spokojnym, opanowanym głosem. – Wytrzymam.

Obserwowałam, jak w jego oczach z wolna wygasa podniecenie.

Nagle uśmiechnął się zaskakująco figlarnie.

– No i proszę – stwierdził, najwyraźniej bardzo z siebie zadowolony.

– Wytrzymasz?

Zaśmiał się głośno.

– Mam silniejszą wolę, niż przypuszczałem. To miło.

– Szkoda, że o mnie tego nie można powiedzieć. Przepraszam za to, co się stało.

– No cóż, w końcu jesteś tylko człowiekiem.

– Wielkie dzięki – wycedziłam.

Podniósł się nie wiadomo kiedy i wyciągnął ku mnie rękę, by pomóc mi wstać. Cały czas zaskakiwał mnie takimi gestami, bo przyzwyczaiłam się do tego, że unika kontaktów cielesnych. Dopiero gdy schwyciłam jego lodowatą dłoń i spróbowałam wstać, poczułam, jak bardzo potrzebowałam asysty. Wciąż z trudem utrzymywałam równowagę.

– To jeszcze po biegu czy tak doskonale całuję? – Edward zachowywał się teraz przy mnie zupełnie swobodnie – widać było, jak bardzo przedtem musiał się kontrolować. Był taki rozluźniony, taki pogodny, taki przy tym ludzki. Czułam, że jestem nim jeszcze bardziej oczarowana. Gdybyśmy mieli się teraz rozstać, sprawiłoby mi to fizyczny ból.

– Sama nie wiem. I to, i to. Nadal kręci mi się w głowie.

– Sądzę, że powinnaś dać mi poprowadzić.

– Oszalałeś? – zaprotestowałam.

– Co tu dużo kryć, jestem lepszym kierowcą od ciebie – zaczął ze mnie żartować. – Nawet w najbardziej sprzyjających warunkach masz ode mnie gorszy refleks.

– Zgadzam się w zupełności, nie wiem tylko, czy moje nerwy i moja furgonetka zniosą twój styl jazdy.

– Bello, okażże mi choć trochę zaufania.

Włożyłam rękę do kieszeni, wymacałam kluczyki i zrobiwszy minę rozkapryszonego dziecka, pokręciłam głową.

– Nie ma mowy.

Uniósł w zdumieniu brwi.

Zrobiłam pierwszy krok w kierunku drzwiczek od strony kierowcy. Kto wie, może Edward nawet by mnie przepuścił, gdybym nie zachwiała się odrobinkę. A może nie. W każdym razie zachwiałam się i natychmiast chwycił mnie w talii.

– Bello, nie po to przechodziłem samego siebie, ratując cię z licznych opresji, żeby pozwolić ci zasiąść za kierownicą, kiedy ledwo trzymasz się na nogach. A poza tym jazda po pijanemu to przestępstwo.

– Po pijanemu? – obruszyłam się.

– Sama moja obecność działa na ciebie upajająco – powiedział, po raz kolejny uśmiechając się kpiarsko.

– Cóż mogę powiedzieć – westchnęłam. Byłam bezsilna, nie umiałam mu niczego odmówić. Upuściłam kluczyki, wyciągnąwszy wpierw rękę wysoko w górę. Edward schwycił je z szybkością jastrzębia, nawet nie brzęknęły. – Tylko spokojnie – upomniałam go. – Moja furgonetka ma już swoje lata.

– Bardzo rozsądna decyzja – pochwalił.

– A na ciebie moja obecność nie ma żadnego wpływu? – spytałam nieco urażonym tonem.

Nie odpowiedział od razu. Spojrzał na mnie ciepło, a potem pochylił się ku mnie i musnął wargami mój policzek, wzdłuż linii szczęki, od ucha po usta i z powrotem. Zadrżałam.

– Mniejsza o to – oświadczył w końcu. – I tak mam lepszy refleks.

14 *Siła woli*

Musiałam przyznać, że gdy przestrzegał ograniczenia prędkości, prowadził bardzo dobrze. Była to też kolejna czynność, która zdawała się nie sprawiać mu żadnego wysiłku. Prowadził jedną ręką, bo drugą trzymał moją, a choć rzadko kiedy spoglądał na drogę, koła auta nie zbaczały na boki ani o centymetr. Czasem przyglądał się zachodzącemu słońcu, czasem zerkał na mnie – moją twarz, moje włosy powiewające przy otwartym oknie, nasze splecione na siedzeniu dłonie.

Nastawił radio na stację nadającą same stare przeboje. Leciała akurat jakaś piosenka z lat pięćdziesiątych i okazało się, że Edward zna wszystkie słowa. Ja nigdy wcześniej nawet jej nie słyszałam.

– Lubisz takie kawałki? – spytałam.

– Muzyka w latach pięćdziesiątych to było to. Następne dwie dekady – koszmarne – wzdrygnął się na samo wspomnienie. – Dopiero lata osiemdziesiąte były znośne.

– Powiesz mi kiedyś wreszcie, ile masz lat? – spytałam ostrożnie, nie chcąc popsuć mu nastroju.

– Czy to ma jakieś znaczenie? – Na szczęście nie przestawał się uśmiechać.

– Nie, po prostu jestem ciekawa. Wiesz, jak człowieka coś nurtuje, to nie śpi po nocach.

– Czy ja wiem, może będziesz zszokowana. – Zamyślił się zapatrzony w widoczną na niebie łunę, od której jego skóra połyskiwała czerwonawo.

– No, wypróbuj mnie – zachęciłam po chwili milczenia.

Westchnąwszy, spojrzał mi prosto w oczy, zupełnie zapominając na jakiś czas o drodze. Nie wiem, co odczytał z mojego wyrazu twarzy, ale widocznie to go przekonało. Przeniósł wzrok z powrotem na gasnące słońce i przemówił:

– Urodziłem się w Chicago w 1901 roku. – Przerwał, by sprawdzić, jak zareaguję na tę rewelację. Chcąc dowiedzieć się jak najwięcej, miałam się jednak na baczności i nie dostrzegł w mojej twarzy ani cienia zdumienia. Uśmiechnął się delikatnie. – Carlisle natrafił na mnie w szpitalu latem 1918. Miałem wówczas siedemnaście lat i umierałem na grypę hiszpankę.

Musiałam chyba wziąć głębszy oddech, bo zerknął na mnie zaniepokojony. Sama ledwie co usłyszałam.

– Nie pamiętam tego za dobrze. Minęło tyle lat, ludzkie wspomnienia blakną. – Zamilkł na moment, jakby starał się coś sobie przypomnieć. – Pamiętam jednak, jak się czułem, gdy Carlisle mnie ratował. Cóż, to w końcu wydarzenie, o którym trudno zapomnieć.

– Co z twoimi rodzicami?

– Zmarli na grypę przede mną. Byłem sam na świecie. Dlatego mnie wybrał. W chaosie szalejącej epidemii nikt nie zwrócił uwagi na to, że zniknąłem.

– Jak cię... ratował?

Wydało mi się, że próbuje starannie dobrać słowa.

– To trudne. Niewielu z nas potrafi się dostatecznie kontrolować. Ale Carlisle zawsze miał w sobie tyle szlachetnego człowieczeństwa, tyle współczucia... Nie znajdziesz drugiego takiego w annałach naszej historii, nie sądzę. – Przerwał, by dodać po chwili: – Co się zaś mnie tyczy, doświadczenie to było po prostu niezwykle bolesne.

Poznałam po jego minie, że już nic więcej mi na ten temat nie powie i choć nie przyszło mi to łatwo, poskromiłam własną ciekawość. Teraz, gdy już znałam historię Edwarda, musiałam przemyśleć sobie pewne kwestie. Wiele pytań z pewnością jeszcze nawet nie przyszło mi do głowy. Nie miałam wątpliwości, że dzięki lotności swego umysłu on zna je już wszystkie doskonale.

Moje rozmyślania przerwał dalszy ciąg jego opowieści.

– Kierowała nim samotność. Zwykle to właśnie ona jest powodem, dla którego postanawia się kogoś uratować. Byłem pierwszym członkiem rodziny Carlisle'a. Esme dołączyła do nas wkrótce potem. Spadła z klifu. Trafiła prosto do szpitalnej kostnicy, ale jakimś cudem jej serce nadal biło.

– Więc trzeba być umierającym, żeby zostać... – zawiesiłam głos. Nigdy nie używaliśmy tego słowa i teraz również nie przeszło mi przez usta.

– Nie, nie. To tylko Carlisle tak postępuje. Nie mógłby zrobić tego komuś, kto miał inny wybór. – Za każdym razem, gdy Edward mówił o swoim przyszywanym ojcu, w jego głosie słychać było ogromny szacunek. – Chociaż, nie przeczę, wspominał, że gdy tętno wybranej osoby niknie, łatwiej trzymać się w ryzach. – Przeniósł wzrok na ciemną już zupełnie szosę i wyczułam, że i ten temat został właśnie zakończony.

– A Emmett i Rosalie?

– Carlisle sprowadził Rosalie pierwszą. Bardzo długo nie zdawałem sobie sprawy, że liczył na to, iż stanie się ona dla mnie tym, kim Esme stała się dla niego. Dbał o to, by nie rozmyślać przy mnie o swoich planach. – Tu Edward wzniósł oczy ku niebu. – Zawsze jednak traktowałem ją wyłącznie jak siostrę. Dwa lata później znalazła Emmetta – mieszkaliśmy wtedy w Appalachach. Pewnego dnia, podczas polowania, natrafiła na chłopaka, którego zaatakował niedźwiedź. Natychmiast zaniosła go na rękach do

Carlisle'a, choć miała do przebycia ponad sto mil. Bała się, że sama nie da rady. Dopiero teraz zaczynam powoli rozumieć, jaką ciężką próbą musiała być dla niej ta podróż. – Zerknąwszy na mnie znacząco, uniósł nasze splecione dłonie, by pogłaskać mnie wierzchem dłoni po policzku.

– Ale udało się jej – zauważyłam dopingującym tonem, odwracając wzrok. Piękno jego oczu było nie do zniesienia.

– Udało – przyznał. – Zobaczyła coś takiego w jego twarzy, co dało jej tę siłę. I od tamtego czasu są parą. Czasem mieszkają osobno, jako młode małżeństwo, ale im młodszych udajemy, tym dłużej możemy zostać w danym miejscu. Forks wydało nam się idealne, więc cała nasza piątka poszła tu do szkoły. – Zaśmiał się. – Za parę lat wyprawimy im zapewne wesele. Znowu.

– Zostali jeszcze Alice i Jasper.

– Alice i Jasper to dwa bardzo rzadkie przypadki. Oboje „nawrócili się", jak to określamy, bez żadnej ingerencji z zewnątrz. Jasper był członkiem innej... rodziny, hm, bardzo osobliwej rodziny. Wpadł w depresję, odłączył się od grupy. Wtedy znalazła go Alice. Podobnie jak ja, obdarzona jest pewnymi zdolnościami, które nawet wśród nas uważane są za niezwykłe.

– Naprawdę? – przerwałam mu zafascynowana. – Ale przecież mówiłeś, że tylko ty potrafisz czytać ludziom w myślach.

– Zgadza się. Ona wie o innych rzeczach. Widzi... widzi rzeczy, które mogą zdarzyć się w przyszłości. Ale tylko mogą. Przyszłość nie jest pewna. Wszystko może się zmienić.

Powiedziawszy to, zerknął na mnie, zaciskając zęby, ale trwało to ułamek sekundy i nie miałam pewności, czy mi się to nie przywidziało.

– Co na przykład widzi?

– Zobaczyła Jaspera i wiedziała, że jej szuka, zanim on sam o tym wiedział. Zobaczyła Carlisle'a i naszą rodzinę i postanowili nas odnaleźć. Jest szczególnie wyczulona na istoty nieludzkie, wie zawsze, na przykład, kiedy inna grupa pojawia się w okolicy. I czy tamci stanowią jakieś zagrożenie.

– Czy dużo jest takich... jak wy? – Zaskoczyła mnie ta informacja. Ilu też mogło ich żyć wśród ludzi bez bycia zdemaskowanymi?

– Nie, niezbyt dużo. Większość nie osiedla się nigdzie na stałe. Tylko ci, którzy, tak jak my, zrezygnowali z polowania na ludzi – tu Edward spojrzał na mnie badawczo – potrafią z nimi dowolnie długo koegzystować. Natrafiliśmy tylko na jedną rodzinę podobną do naszej, w pewnej wiosce na Alasce. Mieszkaliśmy nawet przez jakiś czas razem, ale tylu nas było, że za bardzo rzucaliśmy się w oczy. Ci z nas, którzy zarzucili... pewne obyczaje, trzymają się zazwyczaj razem.

– A pozostali?

– Najczęściej to nomadowie. Zdarzało się, że i któreś z nas wędrowało samotnie, ale z czasem, jak zresztą wszystko inne, robi się to nużące. Chcąc nie chcąc, musimy na siebie wpadać, bo większość preferuje północ.

– Dlaczego północ?

Staliśmy już przed moim domem, silnik zamilkł. Było bardzo cicho i ciemno, nie świecił księżyc. Nikt nie zapalił lampy na ganku, miałam więc pewność, że ojciec nie wrócił jeszcze do domu.

– Gdzie miałaś oczy na łące? – zadrwił. – Czy sądzisz, że mógłbym wyjść na ulicę przy słonecznej pogodzie, nie powodując wypadków samochodowych? Wybraliśmy tę część stanu Waszyngton właśnie dlatego, że to jedno z najbardziej pochmurnych miejsc na świecie. Miło jest móc wyjść z domu w dzień. Nawet nie wiesz, jak bardzo można mieć dość nocy po niemal dziewięćdziesięciu latach.

– To stąd wzięły się legendy?

– Prawdopodobnie.

– Czy Alice, tak jak Jasper, była kiedyś członkiem innej rodziny?

– Nie, i tu jest pies pogrzebany. To dla nas zagadka. Alice nie pamięta w ogóle, żeby była wcześniej człowiekiem. Nie wie też, kto ją stworzył. Gdy się ocknęła, nikogo przy niej nie było. Ktokolwiek to jej zrobił, odszedł w siną dal. Żadne z nas nie pojmuje, dlaczego, jak mógł. Gdyby nie była obdarzona wyjątkowymi zdolnościami, gdyby nie przewidziała, że spotka Jaspera, a potem dołączy do nas, być może skończyłaby jako dzika bestia.

Tyle miałam teraz do przemyślenia, tyle nasuwało mi się pytań. Tymczasem, najzwyczajniej w świecie, zaburczało mi w brzuchu. Zawstydziłam się okropnie. Od nadmiaru wrażeń zapomniałam o głodzie. Zdałam sobie sprawę, że mogłabym zjeść konia z kopytami.

– Wybacz. Pewnie marzysz o kolacji.

– To nic takiego, nie przejmuj się.

– Rzadko kiedy spędzam tyle czasu z kimś, kto odżywia się w tradycyjny sposób. Wyleciało mi to z głowy.

– Nie chcę się z tobą rozstawać. – Łatwiej było mi wyznać to w ciemności, choć wiedziałam, że mój głos i tak zdradzi to, jak bardzo jestem od Edwarda uzależniona.

– Może zaprosisz mnie do środka? – zaproponował.

– A chciałbyś? – Nie umiałam sobie tego wyobrazić: półbóg na odrapanym krześle w kuchni Charliego.

– Jeśli nie masz nic przeciwko temu.

Ledwie usłyszałam, jak cicho zamyka za sobą drzwiczki auta, a już otwierał przede mną moje.

– Cóż za ludzkie odruchy – pochwaliłam.

– Wraca to i owo.

Gdy ruszyliśmy w kierunku domu, co chwila musiałam na niego zerkać, bo stąpał bezszelestnie, jakby go wcale nie było przy moim boku. W mroku wyglądał o wiele normalniej. Nadal był blady, nadal piękny jak marzenie, ale jego skóra nie lśniła już w tak niesamowity sposób.

Dotarł do drzwi pierwszy i otworzył je przede mną. Chciałam już wejść, ale zatrzymałam się na progu.

– Drzwi były otwarte?

– Nie, użyłem klucza spod okapu.

Zapalałam właśnie lampę na ganku. Odwróciłam się z wyrazem zdziwienia na twarzy. Byłam przekonana, że nigdy mu nie pokazywałam, gdzie chowamy klucz.

– Byłem ciekawy, jaka jesteś – usprawiedliwił się.

– Podglądałeś mnie? – Jakoś nie umiałam należycie się oburzyć. Pochlebiało mi jego zainteresowanie.

– Co innego pozostaje do roboty po nocy? – odparł bez cienia skruchy.

Postanowiłam na razie nie drążyć tego tematu i poszłam do kuchni. Edward wyprzedził mnie, nie potrzebując przewodnika, po czym usiadł na tym samym krześle, na którym próbowałam go sobie wcześniej wyobrazić. Jego uroda rozświetliła całe pomieszczenie. Potrzebowałam dłuższej chwili, by móc oderwać od niego wzrok.

Zajęłam się przygotowaniem późnego obiadu. Wyjęłam z lodówki wczorajszą zapiekankę, przełożyłam porcję na talerz i wstawiłam do mikrofalówki. Wkrótce kuchnię wypełnił aromat pomidorów i oregano. Nie spuszczając oczu z obracającego się talerza, spytałam obojętnym tonem:

– Jak często?

– Co, co? – Musiał chyba rozmyślać o czym innym.

– Jak często tu przychodzisz? – Nadal stałam odwrócona do Edwarda plecami.

– Niemal każdej nocy.

Zaskoczona odwróciłam się.

– Dlaczego?

– Jesteś interesującym obiektem obserwacji – powiedział zupełnie poważnie. – Mówisz przez sen.

– O nie! – jęknęłam, zalewając się rumieńcem. Schwyciłam się kuchennego blatu, żeby nie stracić równowagi. Wiedziałam od mamy, że mówię przez sen. Nie sądziłam tylko, że tu, w Forks, będę musiała się tym przejmować.

– Bardzo się gniewasz? – spytał zaniepokojony.

– To zależy! – Byłam zbulwersowana i dało się to wyczuć.

Odczekał chwilę.

– Od czego? – spytał w końcu, nie mogąc się doczekać dalszych wyjaśnień.

– Od tego, co podsłuchałeś! – wykrzyknęłam zażenowana.

Nawet nie wiem, kiedy znalazł się u mojego boku. Ostrożnie ujął moje dłonie.

– Nie gniewaj się, proszę.

Pochylił się tak, by nie patrzeć na mnie z góry, i zajrzał mi w twarz. Poczułam się jeszcze bardziej skrępowana. Próbowałam odwrócić wzrok.

– Tęsknisz za mamą – wyszeptał. – Martwisz się o nią. Kiedy pada, od szumu deszczu rzucasz się w łóżku. Dawniej mówiłaś dużo o domu, ale ostatnio coraz rzadziej. A raz powiedziałaś: „Tu jest za zielono!". – Zaśmiał się łagodnie. Domyśliłam się, że sam z siebie nie powie mi wszystkiego, obawiając się, że mnie urazi.

– Co jeszcze? – zażądałam.

Wiedział doskonale, do czego piję.

– No cóż, słyszałem parę razy swoje imię.

Westchnęłam pokonana.

– Ile razy? Często?

– Co masz dokładnie na myśli, mówiąc „często"?

– O nie! – Zwiesiłam głowę.

Wziął mnie pod brodę, delikatnie, swobodnie.

– Nie przejmuj się – szepnął mi do ucha. – Gdybym mógł śnić, śniłbym tylko o tobie. I nie wstydziłbym się tego.

Naszych uszu jednocześnie doszedł dźwięk kół hamujących na podjeździe przed domem. W widocznych za przedsionkiem oknach od frontu błysnęły samochodowe światła. Zamarłam w jego ramionach.

– Czy chcesz mnie przedstawić ojcu? – spytał Edward.

– Nie wiem... – Próbowałam zebrać myśli.

– No to innym razem.

I już go nie było.

– Edward! – syknęłam.

Zaśmiał się, ale nie zmaterializował.

Charlie przekręcił klucz w zamku.

– Bella? – zawołał. Denerwował mnie tym dawniej – kogo innego mógł się spodziewać? Tymczasem okazało się, że jest ktoś taki.

– Tu jestem! – Miałam nadzieję, że nie usłyszy w moim głosie histerycznej nuty. Wyjęłam swój talerz z mikrofalówki i gdy Charlie wszedł do kuchni, siedziałam już przy stole. Po całym dniu spędzonym z Edwardem jego kroki wydały mi się takie głośne.

– Mnie też odgrzejesz? Padam z nóg. – Oparłszy się o krzesło Edwarda, przydepnął sobie czubek jednego z butów, żeby się z niego wyswobodzić.

Wyjęłam drugą porcję zapiekanki, a jedząc swoją, przy okazji oparzyłam się w język. Wstawiwszy talerz do mikrofalówki, nalałam dwie szklanki mleka i upiłam spory łyk, żeby złagodzić ból. Dopiero teraz zauważyłam, jak bardzo trzęsą mi się ręce. Charlie usiadł na krześle, o które się wcześniej opierał. Był tak niepodobny do jego poprzedniego użytkownika, że niemal parsknęłam śmiechem.

– Wielkie dzięki – powiedział, gdy postawiłam przed nim parujący talerz.

– Jak ci minął dzień? – spytałam zniecierpliwiona. Marzyłam o tym, żeby jak najszybciej umknąć do swojego pokoju.

– Fajnie. Ryby brały. A co ty porabiałaś? Załatwiłaś wszystko to, co miałaś w planach?

– Nie za bardzo. Trudno było przy takiej pogodzie usiedzieć w domu.

– Miły dzień.

Miły to mało powiedziane, pomyślałam.

Zjadłam szybko resztkę zapiekanki i dopiłam mleko.

Charlie zaskoczył mnie swoją spostrzegawczością.

– Spieszysz się?

– Tak, jestem jakaś zmęczona. Chcę się dziś wcześniej położyć.

– Wyglądasz na podekscytowaną – zauważył. Boże, czemu akurat dzisiaj postanowił zwracać na mnie uwagę?

– Naprawdę? – wybąkałam. Czym prędzej rzuciłam się do zlewu, aby umyć nasze talerze, po czym odłożyłam je do góry dnem na suchej ściereczce.

– Dziś sobota – rzucił Charlie.

Nie zareagowałam.

– Nie masz jakichś planów na wieczór?

– Już mówiłam, że chcę iść wcześniej spać.

– Żaden miejscowy chłopak nie przypadł ci do gustu, co? – Był podejrzliwy, ale starał się ukryć swoje zaniepokojenie.

– Nie, żaden chłopak jakoś nie wpadł mi w oko. – Z jednej strony, mówiąc „chłopak", nie kłamałam, a chciałam przecież w miarę możliwości być z Charliem szczera, z drugiej strony bałam się jednak, że wymówiłam te słowo ze zbytnią emfazą i ojciec zrozumie jeszcze coś opacznie.

– Miałem nadzieję, że może ten Mike Newton... Mówiłaś, że jest bardzo miły.

– To tylko kolega.

– Ech, i tak tutejsi nie dorastają ci do pięt. Może lepiej będzie, jeśli poczekasz z tym, aż pójdziesz do college'u. – Każdy ojciec marzy o tym, żeby córka była daleko od domu, zanim zaczną w niej szaleć hormony.

– Popieram – oświadczyłam, zaczynając wchodzić po schodach. Udawałam przy tym, że ze zmęczenia powłóczę nogami.

– Dobranoc, skarbie – zawołał za mną. Byłam pewna, że zamierzał nasłuchiwać cały wieczór, czy nie próbuję się potajemnie wymknąć na randkę.

– Dobranoc. – Tak, tak. Wślizgniesz mi się do pokoju o północy, aby sprawdzić, czy na pewno leżę w łóżku.

Drzwi od sypialni zamknęłam za sobą na tyle głośno, żeby usłyszał, a potem natychmiast podbiegłam na palcach do okna. Otworzywszy je na oścież, wyjrzałam w mrok, przeczesując wzrokiem ciemną ścianę lasu.

– Edward? – szepnęłam, czując się jak kompletna idiotka.

Zza moich pleców dobiegł stłumiony chichot.

– Tu jestem.

Odwróciłam się na pięcie. Ze zdumienia dłoń sama powędrowała mi pod szyję.

Edward leżał wyciągnięty w swobodnej pozie na moim łóżku, z rękami pod głową i szerokim uśmiechem na twarzy.

– Ach! – Musiałam aż przysiąść na podłodze.

– Przepraszam. – Zacisnął usta, próbując ukryć swoje rozbawienie.

– Uff. Potrzebuję minutki, żeby dojść do siebie.

Podniósł się powoli, żeby mnie znów nie wystraszyć, po czym nachylił się, wyciągając ku mnie swoje długie ramiona i podciągnął za ręce do góry jak małe dziecko. Tak pokierowana, usiadłam koło niego na łóżku.

– Tak lepiej. – Położył swoją chłodną dłoń na mojej. – Jak tam tętno?

– Sam mi powiedz. Jestem pewna, że słyszysz je sto razy lepiej ode mnie.

Zaśmiał się cicho, ale z taką siłą, że aż się łóżko zatrzęsło.

Siedzieliśmy tak przez chwilę w milczeniu, nasłuchując, jak moje serce się uspokaja. Myślałam, jak to wszystko rozegrać z Edwardem w swoim pokoju i Charliem na dole.

– Pozwolisz, że jakiś czas poświęcę prozaicznym ludzkim czynnościom?

– Proszę bardzo. – Machnął wolną ręką, by pokazać, że daje mi pełną swobodę.

– Tylko nigdzie nie wychodź – rozkazałam, usiłując zrobić surową minę.

– Tak jest. – Żartując ze mnie, natychmiast zastygł w bezruchu.

Wzięłam piżamę z podłogi i kosmetyczkę z biurka, a wychodząc, zgasiłam światło i zamknęłam drzwi.

Z dołu słychać było telewizor. Zatrzasnęłam za sobą głośno drzwi łazienki, żeby Charlie nie przyszedł czasem do mojego pokoju o coś zapytać.

Chciałam uwinąć się jak najszybciej. Umyłam zęby gwałtownymi ruchami szczoteczki, aby utrzymać odpowiednie tempo, a zarazem usunąć wszelkie pozostałości zapiekanki. Pod prysznicem nie mogłam sobie jednak pozwolić na pośpiech. Gorąca woda ukoiła nerwy, rozluźniła mięśnie. Znajomy zapach szamponu pozwalał mi przypuszczać, że jestem nadal tą samą osobą, która używała go rano. Starałam się nie myśleć o tym, że Edward czeka na mnie w moim pokoju, bo wówczas musiałabym zacząć cały ten proces relaksacyjny od początku. W końcu trzeba było zakończyć ablucje. Przyspieszyłam tempo i wytarłszy się ekspresowo, włożyłam piżamę, na którą składały się dziurawy podkoszulek oraz szare spodnie od dresu. Nie było sensu wyrzucać sobie, że nie wzięłam do Forks tej jedwabnej z Victoria's Secret*, prezentu od mamy na piętnaste urodziny. Leżała teraz w jakiejś szufladzie w Phoenix, z nienaruszonymi metkami.

Kiedy już wysuszyłam i wyszczotkowałam pobieżnie włosy, cisnęłam ręcznik do kosza na brudy, a szczotkę i szczoteczkę schowałam do kosmetyczki. Gotowe. Popędziłam jeszcze na dół, żeby pokazać Charliemu, że jestem w piżamie i mam wilgotne włosy.

– Dobranoc, tato.

– Dobranoc, Bello. – Wyglądał na zaskoczonego moim wyglądem i strojem. Miałam nadzieję, że uwierzy, iż nigdzie się nie wybieram, i nie złoży mi w nocy niespodziewanej wizyty.

Biegnąc na górę, choć starałam się nie robić hałasu, brałam po dwa stopnie, a wpadłszy do swojego pokoju, zamknęłam jak najszczelniej drzwi. Podczas mojej nieobecności Edward nie poruszył się ani o centymetr. Przypominał posąg Adonisa, który przycupnął na mojej wyblakłej kapie. Kiedy uśmiechnęłam się na jego widok, wargi rzeźby zadrgały, nagle ożyły.

Edward zlustrował mnie wzrokiem, po czym uniósł jedną brew.

– Ładnie ci tak.

Skrzywiłam się.

– Naprawdę, nie kłamię.

---

* Znana firma bieliźniarska.

– Dzięki – szepnęłam. Usiadłam obok niego na łóżku po turecku i zaczęłam przypatrywać się szparom w drewnianej podłodze.

– Po co to całe przedstawienie?

– Charlie myśli, że mam zamiar wymknąć się na randkę.

– Ach tak. – Zamyślił się na chwilę. – Skąd ten pomysł? – Jakby nie wiedział lepiej ode mnie, co ojcu właśnie chodziło po głowie.

– Najwyraźniej wydałam mu się nieco zbyt podekscytowana. Edward wziął mnie pod brodę i przyjrzał mi się uważnie.

– Cóż, z pewnością wyglądasz na rozgrzaną po prysznicu.

Pochylił się ostrożnie i przyłożył swój chłodny policzek do mojego. Zamarłam. Edward zaczerpnął powietrza.

– Mmm... – westchnął, rozkoszując się moim zapachem.

Oszołomiona jego dotykiem nie mogłam zebrać myśli. Sformułowanie jednego zdania zabrało mi dobrą minutę.

– Mam wrażenie, że coraz łatwiej ci ze mną przebywać.

– Tak sądzisz? – zamruczał, sunąc nosem do góry. Poczułam, że ruchem delikatniejszym od skrzydła ćmy odgarnia do tyłu moje wilgotne włosy, by móc dotknąć ustami wgłębienia pod moim uchem.

– O wiele łatwiej. – Usiłowałam oddychać równomiernie.

– Hm.

– I jestem ciekawa... – Przerwałam, tracąc wątek, bo Edward przesunął pieszczotliwie palce wzdłuż linii mojego obojczyka.

– Czego jesteś ciekawa? – wyszeptał.

– Tego, skąd ta zmiana. – Głos mi zadrżał i zawstydziłam się, że nie panuję nad sobą.

– Siła woli – parsknął. Poczułam na szyi jego chłodny oddech. Zaczęłam się odsuwać. Edward zastygł w miejscu, wstrzymując oddech. Przez chwilę mierzyliśmy się wzrokiem, aż wreszcie rozluźnił zaciśnięte szczęki i zrobił niepewną minę.

– Zrobiłem coś nie tak?

– Nie, wręcz przeciwnie. Doprowadzasz mnie do szaleństwa.

– Hm. – Zamyślił się. – Naprawdę? – dodał głosem pełnym samozadowolenia. Na jego twarzy pojawił się triumfalny uśmiech.

– Mam może bić brawo? – spytałam z sarkazmem.

Puścił do mnie perskie oko.

– Jestem po prostu mile zaskoczony – wyjaśnił. – Tyle lat już żyję. Nigdy nie wierzyłem, że coś takiego mi się przytrafi. Że kiedykolwiek spotkam kogoś, z kim będę chciał być, a nie tylko przebywać, tak jak z moim rodzeństwem. A potem jeszcze okazuje się, że choć wszystko to jest dla mnie nowe, radzę sobie z tym... byciem z tobą całkiem dobrze.

– Jesteś dobry we wszystkim – stwierdziłam.

Edward wzruszył ramionami, nie chcąc się kłócić. Oboje zaśmialiśmy się cicho.

– Ale dlaczego teraz jest ci łatwiej? – naciskałam. – Dziś po południu...

– To wcale nie takie łatwe – westchnął. – A dziś po południu byłem jeszcze... niezdecydowany. Wybacz, to niewybaczalne, że się tak zachowałem.

– Niewybaczalne?

– Dziękuję za wyrozumiałość. – Uśmiechnął się. – Widzisz – ciągnął ze wzrokiem wbitym w kapę – nie miałem pewności, czy jestem w stanie dostatecznie się kontrolować... – Podniósł moją dłoń i przyłożył sobie do policzka. – Cały czas istniała możliwość, że dam się porwać... pragnieniu. – Upajał się zapachem mojego nadgarstka. – Cały czas byłem... podatny. Póki nie zdałem sobie sprawy, że mam w sobie jednak dość siły, nie wierzyłem ani trochę, że ty... że my... że kiedykolwiek będę mógł...

Po raz pierwszy w mojej obecności brakowało mu słów. Było to takie... ludzkie.

– A teraz już wierzysz?

– Siła woli – powtórzył, błyskając w ciemności zębami.

– Kurczę, poszło jak z płatka.

Odrzucił głowę do tyłu, śmiejąc się bezgłośnie.

– Chyba tobie – stwierdził, muskając mi czubek nosa opuszkiem palca.

A potem nagle spoważniał.

– Robię, co w mojej mocy – wyszeptał. Głos miał przepojony bólem. – Jestem prawie stuprocentowo pewny, że w razie czego będę w stanie szybko stąd uciec.

Skrzywiłam się. Nie chciałam nawet myśleć o tym, że mamy się dziś rozstać.

– Jutro będzie mi znowu trudniej – zdradził. – Dziś, po całym dniu przebywania z tobą, zobojętniałem na twój zapach w zadziwiającym stopniu, ale po kilku godzinach rozłąki będę musiał zaczynać wszystko od początku. No, może niezupełnie od samego początku.

– No to nie odchodź – poprosiłam, nie potrafiąc ukryć, jak bardzo o tym marzę.

– Chętnie zostanę – uśmiechnął się delikatnie. – Przynieś kajdany, o pani. Jam więźniem twego serca. – Ale mówiąc te słowa, sam zacisnął dłonie na mych nadgarstkach. I zaśmiał się, cicho, melodyjnie. Tego wieczoru zaśmiał się już więcej razy niż przez całą naszą znajomość.

– Jesteś dziś taki wesoły – zauważyłam. – Nigdy cię jeszcze takim nie widziałam.

– Chyba tak ma być, prawda? – Znów się uśmiechnął. – Pierwsza miłość odurza, upaja i takie tam. To niesamowite, jak wielka jest różnica pomiędzy czytaniem o czymś, oglądaniem o tym filmów a doświadczeniem tego czegoś w prawdziwym życiu, nie uważasz?

– Różnica jest ogromna – przyznałam. – Nie wyobrażałam sobie, że uczucia potrafią być tak silne.

– Na przykład zazdrość – rozgadał się tak bardzo, że z trudem za nim nadążałam. – Czytałem o niej setki razy, widziałem odgrywających ją aktorów na scenie i na ekranie. Myślałem, że wiem, jak to mniej więcej jest. Byłem taki zaskoczony... – Pokręcił głową. – Pamiętasz ten dzień, w którym Mike zaprosił cię na bal?

Pamiętałam, ale z innego powodu.

– To wtedy znów zacząłeś ze mną rozmawiać.

– Poczułem taki gniew, niemalże wpadłem w furię. Z początku nie wiedziałem, co się ze mną dzieje. To, że nie słyszę twoich myśli, denerwowało mnie jeszcze bardziej niż zwykle. Dlaczego mu odmówiłaś? Czy tylko dla dobra koleżanki? Czy już kogoś masz? Zdawałem sobie sprawę, że nie powinno mnie to obchodzić. Starałem się tym nie przejmować. A potem ta kolejka na parkingu...

– Zachichotał. Zrobiłam obrażoną minę.

– Zablokowałem wyjazd, bo nie mogłem się opanować. Musiałem usłyszeć twoją odpowiedź, zobaczyć twoją minę. Nie mogę zaprzeczyć – poczułem ulgę, widząc, jak bardzo Tyler cię drażni. Ale nadal nie miałem pewności.

– Tej nocy przyszedłem tu po raz pierwszy. Przyglądałem się, jak śpisz, walcząc z myślami. Z jednej strony wiedziałem, co powinienem zrobić, co jest etyczne, rozsądne, właściwe. Z drugiej strony było to, co zrobić chciałem. Mógłbym cię ignorować, mógłbym zniknąć na kilka lat i wrócić po twoim wyjeździe, ale wówczas, pewnego dnia, przyjęłabyś w końcu zaproszenie Mike'a czy kogoś jego pokroju. Ta myśl doprowadzała mnie do szału.

– A potem – wyszeptał – powiedziałaś przez sen moje imię. Tak wyraźnie, że pomyślałem najpierw, iż się obudziłaś. Przewróciłaś się jednak tylko na drugi bok, wymamrotałaś moje imię jeszcze raz i westchnęłaś. Zalała mnie fala... sam nie wiem czego. To było niesamowite uczucie. Odtąd wiedziałem, że muszę zacząć działać. – Zamilkł, zapewne wsłuchany w bicie mojego serca, które niespodziewanie przyspieszyło.

– Ech, zazdrość to dziwna rzecz. Nie sądziłem, że potrafi być tak silna. I taka irracjonalna! Choćby przed chwilą, kiedy Charlie spytał cię o tego przebrzydłego Newtona... Uch! – prychnął rozzłoszczony.

– Powinnam była się domyślić, że będziesz podsłuchiwał! – jęknęłam.

– Oczywiście, że słuchałem.

– I naprawdę ta wzmianka o Mike'u wywołała u ciebie zazdrość?

– Dopiero przy tobie zaczęły się we mnie odzywać człowiecze odruchy. To dla mnie zupełna nowość, więc wszystko odczuwam bardziej intensywnie.

– Że też przejąłeś się czymś takim – powiedziałam, chcąc się z nim podroczyć. – A co ja mam powiedzieć? Mieszkasz pod jednym dachem z Rosalie, tą olśniewająco piękną Rosalie. Sprowadzono ją specjalnie dla ciebie. Jest wprawdzie Emmett, ale mimo wszystko jak mogę z nią konkurować?

– O konkurencji nie ma mowy. – Edward uśmiechnął się szeroko i owinął sobie moje ręce wokół pleców, tak że byłam teraz przytulona do jego torsu. Starałam się siedzieć nieruchomo, a nawet oddychać ostrożniej.

– Dobrze o tym wiem – wymamrotałam, niemal całując przy tym jego chłodną skórę. – I w tym cały problem.

– Nie zaprzeczam, Rosalie jest na swój sposób piękna, ale nawet gdybym nie traktował jej od lat jak siostry, nawet gdyby nie znalazła Emmetta, nigdy nie byłaby dla mnie choćby w jednej dziesiątej, ba, w jednej setnej, równie atrakcyjna co ty. – Po namyśle dodał z powagą: – Przez niemal dziewięćdziesiąt lat napotykałem na swej drodze i twoich, i moich pobratymców, cały ten czas uważając, że dobrze mi samemu, cały ten czas nieświadomy, że kogoś szukam. A i nikogo nie znalazłem, bo ciebie jeszcze nie było na świecie.

– To nie fair – szepnęłam, półleżąc z głową na jego piersi, wsłuchana w rytm jego oddechu. – Ja nie czekałam wcale. Skąd takie fory?

– Rzeczywiście – przyznał mi rację rozbawiony. – Powinienem był coś wymyślić, żebyś bardziej się nacierpiała. – Puścił jeden z moich nadgarstków, choć zaraz schwycił go drugą ręką, a uwolnioną dłonią pogłaskał mnie po włosach, od czubka głowy po talię. – Przebywając ze mną, w każdej sekundzie ryzykujesz życie, ale to przecież drobnostka. No i do tego jesteś zmuszona wyrzec się własnej natury, unikać ludzi... Czy to nie wysoka cena?

– Nie. Nie mam wrażenia, że coś mnie omija.

– Jeszcze nie. – Głos Edwarda przesycony był starczym żalem.

Próbowałam się wyprostować, żeby spojrzeć mu w twarz, ale trzymał moje dłonie w żelaznym uścisku.

– Co... – zaczęłam, ale drgnął czymś zaalarmowany. Zamarłam, a nagle już go nie było. Omal nie padłam na twarz.

– Kładź się! – syknęło gdzieś w ciemnościach.

Natychmiast posłusznie wczołgałam się pod kołdrę, przyjmując typową dla siebie skuloną pozycję. Zaraz potem usłyszałam, że uchylają się drzwi. To Charlie przyszedł sprawdzić, czy jestem tam, gdzie być miałam. Starałam się oddychać miarowo, może nawet zbyt miarowo, markując głęboki sen.

Każda sekunda wydawała się godziną. Nasłuchiwałam, ale nie miałam pewności, czy drzwi już się zamknęły. Znienacka pod kołdrą pojawił się Edward. Objąwszy mnie ramieniem, szepnął mi do ucha:

– Nędzna z ciebie aktorka. Radziłbym zapomnieć o karierze filmowej.

– Zwariowałeś? – wymamrotałam. Serce znów biło mi jak szalone.

Edward zaczął nucić jakąś nieznaną mi melodię. Brzmiała jak kołysanka.

Po jakimś czasie przerwał.

– Chcesz, żebym cię uśpił w ten sposób?

– Świetny dowcip. Myślisz, że mogę spać tak z tobą przy boku?

– Do tej pory ci się udawało – zauważył.

– Bo nie wiedziałam o twojej obecności – przypomniałam mu cierpko.

Puścił tę uwagę mimo uszu.

– No cóż, jeśli nie chce ci się spać...

Boże święty, pomyślałam.

– Jeśli nie chce mi się spać, to co?

Zachichotał.

– To na co miałabyś ochotę?

Z początku nie mogłam wydusić z siebie ani słowa.

– Czy ja wiem... – wybąkałam w końcu.

– Daj mi znać, gdy się na coś zdecydujesz.

Czułam jego chłodny oddech na szyi. Sunął nosem po moim policzku, głęboko się zaciągając.

– Mówiłeś, że po całym dniu zobojętniałeś.

– To, że nie piję wina – oświadczył – nie znaczy jeszcze, że nie mogę upajać się jego bukietem. Pachniesz tak kwiatowo, lawendą... albo frezją. Aż ślinka napływa do ust.

– Tak, wiem. Ludzie w kółko mi to mówią.

Znów zachichotał, a potem westchnął.

– Już wiem, co chcę robić – powiedziałam. – Chcę się dowiedzieć czegoś więcej o tobie.

– Możesz pytać o wszystko.

Pytań miałam wiele, musiałam więc się zastanowić, które są najważniejsze.

– Dlaczego robisz to wszystko? Nadal nie pojmuję, po co tak bardzo walczysz ze swoją naturą. Proszę, nie zrozum mnie źle, cieszę się, że pracujesz nad sobą. Nie wiem po prostu, co cię do tego skłoniło.

Zawahał się, zanim odpowiedział.

– To dobre pytanie i nie jesteś pierwszą osobą, która mi je zadała. Większość z moich pobratymców jest zupełnie zadowolona ze swojego... trybu życia. Oni też zachodzą w głowę, po co moja rodzina się ogranicza. Ale zrozum, to, że jesteśmy, kim jesteśmy, nie znaczy, że nie wolno nam próbować być lepszymi, że nie wolno nam próbować zmierzyć się z przeznaczeniem, które zostało nam narzucone. Pragniemy pozostać jak najbardziej ludzcy.

Leżałam w bezruchu, nieco oszołomiona tym wyznaniem.

– Śpisz? – wyszeptał po paru minutach.

– Nie.

– Czy to już wszystko?

– Skąd – żachnęłam się.

– Co jeszcze chciałabyś wiedzieć?

– Dlaczego potrafisz czytać w myślach? Dlaczego tylko ty? Alice jest jasnowidzem... Skąd to się bierze?

Poczułam, że wzruszył ramionami.

– Nie wiemy dokładnie. Carlisle ma pewną teorię... Wierzy, że z poprzedniego życia zostały nam najsilniejsze cechy naszej ludzkiej osobowości, tyle że wzmocnione, podobnie jak nasze umysły i zmysły. Uważa, że już wcześniej musiałem być wrażliwy na to, co myślą ludzie znajdujący się wokół mnie. A Alice, cokolwiek by przedtem nie robiła, miała wyjątkowo dobrze wykształconą intuicję.

– A co on wniósł ze sobą do nowego życia? I pozostali?

– Carlisle współczucie, Esme wielkie serce, Emmett siłę, a Rosalie wytrwałość, choć w jej przypadku to raczej ośli upór. – Edward po raz kolejny zachichotał. – Jasper... Hm, Jasper to bardzo ciekawa postać. W poprzednim życiu był dość charyzmatyczny, zdolny wywierać duży wpływ na otoczenie, tak by wszystko potoczyło się po jego myśli. Teraz potrafi manipulować emocjami innych, na przykład uspokoić gniewny tłum i na odwrót. To bardzo subtelna umiejętność.

Wszystko to wydało mi się takie nieprawdopodobne, że na chwilę pogrążyłam się w rozmyślaniach. Edward czekał cierpliwie.

– To jak... jak się to wszystko zaczęło? No wiesz, Carlisle zmienił ciebie, ktoś musiał zmienić go wcześniej, i tak dalej.

– A ty, skąd się wzięłaś? W wyniku ewolucji? Bóg cię stworzył? Powstaliście wy, powstaliśmy i my, jak w całym świecie zwierząt – jest drapieżnik, jest i ofiara. Jeśli nie wierzysz, że wszystko to powstało samo z siebie, co i mnie trudno przyjąć do wiadomości, czy tak trudno pogodzić się z faktem, że ta sama siła, dzięki której istnieje zarówno rekin, jak i delikatny skalar, drapieżna orka, jak i mała słodka foczka, że ta sama siła stworzyła oba nasze gatunki?

– Czyli, o ile dobrze rozumiem, jestem małą słodką foczką, tak?

– Zgadza się. – Zaśmiał się i coś, chyba jego wargi, dotknęło moich włosów. Chciałam się obrócić, żeby się upewnić, ale powstrzymałam się – obiecałam, że będę grzeczna. Znacznie trudniej byłoby mu się wtedy kontrolować.

– Będziesz już zasypiać, czy masz więcej pytań? – Głos Edwarda przerwał ciszę.

– Ach, tylko parę milionów.

– Będzie jeszcze jutro i pojutrze, i popojutrze – przypomniał. Uśmiechnęłam się szeroko na samą myśl o tym.

– Jesteś pewien, że nie znikniesz o świcie, gdy kur zapieje?

– Nie opuszczę cię – powiedział podniosłym głosem

– No to mam jeszcze tylko jedno życzenie na dzisiaj... – Zarumieniłam się. Ciemność na nic się tu nie zdawała – Edward na pewno wyczuł zmianę w ciepłocie mojej skóry.

– Jakie?

– Nie, nie. Zmieniłam zdanie. Zapomnijmy o tym.

– Bello, możesz pytać mnie o wszystko.

Milczałam. Edward jęknął.

– Ciągle się łudzę, że z czasem przywyknę do tego, że nie słyszę twoich myśli, a tymczasem coraz bardziej mnie to irytuje.

– Dzięki Bogu, że tego nie potrafisz. Starczy, że podsłuchujesz, co wygaduję przez sen.

– Proszę. – Jego głosowi tak trudno było się oprzeć...

Pokręciłam głową.

– Jeśli mi nie powiesz – postraszył – uznam niesłusznie, że masz na myśli coś wyjątkowo paskudnego. Proszę – dodał błagalnym tonem.

– No cóż – zaczęłam, zadowolona, że nie widzi mojego wyrazu twarzy.

– Tak?

– Wspominałeś, że Rosalie i Emmett niedługo się pobiorą. Czy... małżeństwo... polega u was na tym samym co u ludzi?

Zrozumiał, o co mi chodzi, i wybuchnął śmiechem.

– Do tego pijesz!

Poruszyłam się nerwowo, skrępowana.

– Tak, w dużej mierze tak – powiedział. – Już ci mówiłem, kryje się w nas większość ludzkich odruchów i pragnień, są tylko przesłonięte tymi silniejszymi, nowymi.

– Och. – Tylko tyle byłam w stanie z siebie wydusić.

– Czy za twoją ciekawością stoją jakieś konkretne plany?

– No wiesz, nie powiem, zastanawiałam się, czy ty i ja... może kiedyś...

Spoważniał raptownie. Wyczułam to, ponieważ napiął wszystkie mięśnie. I ja zamarłam odruchowo.

– Nie sądzę... żeby... żeby... żeby było to dla nas możliwe.

– Bo trudno by ci było się kontrolować, gdybyśmy... gdybym była zbyt... blisko?

– Z pewnością byłby to spory kłopot, ale to nie wszystko. Jesteś taka... miękka, taka delikatna – mruczał mi słodko do ucha. – Cały czas muszę się mieć na baczności, żebyś nie odniosła jakichś obrażeń. Bello, przecież ja mógłbym cię nawet niechcący zabić! Gdybym na moment stał się zbytnio popędliwy, gdybym choć na sekundę się rozproszył... Wyciągnąłbym dłoń, by cię pogłaskać, i przez przypadek wgniótłbym ci ją może w czaszkę. Nie zdajesz sobie sprawy, jak bardzo jesteś krucha. Nigdy nie będę mógł sobie pozwolić na to, by w twojej obecności się zapomnieć.

Czekał na to, co powiem, coraz bardziej zaniepokojony moim milczeniem.

– Przestraszyłem cię? – zapytał w końcu.

Odczekałam jeszcze minutę, aby móc odpowiedzieć z ręką na sercu:

– Nie, wszystko w porządku.

Widać było, że rozważa coś przez chwilę.

– Skoro już jesteśmy przy temacie – odezwał się, na powrót rozluźniony – nasunęło mi się jedno pytanie. Przepraszam, jeśli jestem zbyt wścibski, ale czy ty, kiedykolwiek... – Celowo nie skończył.

– Oczywiście, że nie. – Spąsowiałam. – Już ci mówiłam, że do nikogo nigdy czegoś takiego nie czułam, nawet odrobinę.

– Pamiętam, ale mając wgląd w ludzkie myśli, wiem też, że pożądanie nie zawsze idzie w parze z miłością.

– U mnie idzie. A przynajmniej teraz, gdy wreszcie je poznałam.

– To miło – ucieszył się. – Przynajmniej to jedno mamy wspólne.

– A co do twoich ludzkich odruchów... – zaczęłam. Czekał cierpliwie. – Czy ja w ogóle cię pociągam, tak normalnie?

Zaśmiał się i pieszczotliwie zmierzwił mi włosy na głowie.

– Może nie jestem człowiekiem, ale wciąż jestem mężczyzną – zapewnił mnie.

Mimowolnie ziewnęłam.

– Odpowiedziałem na twoje pytania – rzekł stanowczym tonem – teraz czas na sen.

– Nie jestem pewna, czy uda mi się zasnąć.

– Mam sobie iść?

– Nie, nie! – odpowiedziałam gwałtownie.

Edward zaśmiał się i zaczął nucić tę samą melodię co wcześniej, ową nieznaną mi kołysankę. Anielski głos pieścił moje uszy.

Wyczerpana długim, pełnym wrażeń dniem i emocjami, których nie doznałam nigdy wcześniej, zasnęłam kamiennym snem w jego chłodnych ramionach.

15 Cullenowie

Obudziło mnie matowe światło kolejnego, pochmurnego dnia. Byłam wciąż półprzytomna, ręką przesłaniałam oczy. Coś, jakiś sen nieskory odejść w niepamięć, próbowało mozolnie przebić się do mojej świadomości. Z jękiem przewróciłam się na drugi bok, mając nadzieję, że uda mi się jeszcze zdrzemnąć. I wtedy przypomniały mi się wydarzenia minionego dnia.

– Ach! – Podniosłam się na łóżku tak szybko, że zakręciło mi się w głowie.

– Twoja fryzura przypomina stóg siana, ale i tak mi się podoba – dobiegło z bujanego fotela w kącie.

– Edward! Zostałeś! – zawołałam uradowana. Bez namysłu przebiegłam przez pokój i usiadłam mu na kolanach. Nagle moje myśli dogoniły czyny. Zastygłam w bezruchu, zszokowana tym niekontrolowanym wybuchem entuzjazmu. Spojrzałam na Edwarda, bojąc się, że przesadziłam.

Śmiał się tylko.

– Oczywiście, że zostałem – odpowiedział. Trochę go zaskoczyłam, ale wydawał się zadowolony, że tak zareagowałam. Głaskał mnie po plecach.

Położyłam mu ostrożnie głowę na ramieniu, wdychając cudowną woń jego skóry.

– Myślałam, że to wszystko mi się tylko śniło.

– Nie masz tak bogatej wyobraźni – zażartował.

– Charlie! – Znów się zapomniałam, podskoczyłam i rzuciłam do drzwi.

– Wyjechał godzinę temu. Mogę też poświadczyć, że wpierw podłączył ci na powrót akumulator. Muszę przyznać, że się rozczarowałem. Czy naprawdę powstrzymałaby cię byle awaria samochodu?

Stałam wciąż przy drzwiach. Korciło mnie, żeby wrócić do Edwarda, ale przypomniało mi się, że nie myłam jeszcze zębów po nocy.

– Zazwyczaj nie jesteś rano taka skołowana – zauważył, wyciągając ku mnie ręce w zapraszającym geście.

– Ludzkie potrzeby wzywają mnie do łazienki – wyznałam.

– Idź, idź. Zaczekam.

Wypadłam z pokoju w podskokach. Nie wiedziałam, co się ze mną dzieje. Nie rozpoznawałam ani swoich uczuć, ani odbicia w lustrze. Oczy miałam błyszczące, a skórę na kościach policzkowych usianą czerwonymi plamkami. Umywszy zęby, doprowadziłam do porządku swoje włosy, a następnie spryskałam twarz zimną wodą, usiłując się uspokoić. Na próżno. Do sypialni wróciłam biegiem.

Trudno mi było uwierzyć w to, że Edward nadal jest w pokoju i czeka na mnie z otwartymi ramionami. Gdy tylko go zobaczyłam, wróciły palpitacje.

– Witaj – zamruczał, przyciągając mnie od siebie.

Kołysał mnie przez chwilę w milczeniu. Dopiero teraz zauważyłam, że jest inaczej ubrany i ma starannie przyczesane włosy.

– A jednak opuściłeś posterunek? – spytałam retorycznie oskarżycielskim tonem, dotykając kołnierzyka jego świeżej koszuli.

– Jak mógłbym wyjść rano w tym samym ubraniu, w którym wszedłem wczoraj? Co by sąsiedzi powiedzieli?

Przewróciłam oczami.

– Spałaś mocno, nic nie przegapiłem. – Uśmiechnął się łobuzersko. – Rozmowna byłaś wcześniej.

– O nie! Co znowu wygadywałam?

Spojrzał na mnie z czułością.

– Powiedziałaś, że mnie kochasz.

– To już wiesz – przypomniałam mu, spuszczając wzrok.

– Ale zawsze miło usłyszeć.

Wtuliłam twarz w jego ramię.

– Kocham cię – szepnęłam.

– Jesteś całym moim życiem.

Nie trzeba było nic dodawać. Na dłuższą chwilę zapadła cisza. Kołysaliśmy się miarowo, a za oknem robiło się coraz jaśniej.

– Czas na śniadanie – oświadczył Edward znienacka. Chciał mi zapewne udowodnić, że tym razem pamięta o wszystkich moich człowieczych potrzebach.

Podniosłam dłoń do gardła i spojrzałam na niego z przerażeniem w oczach. Wyraźnie zbiłam go z tropu.

– Żartuję – prychnęłam. – A twierdziłeś, że kiepska ze mnie aktorka!

Skrzywił się.

– To nie było zabawne.

– To było bardzo zabawne i dobrze o tym wiesz – powiedziałam, ale przyjrzałam się uważniej jego złotym oczom, żeby upewnić się, czy mi wybaczył. Chyba wybaczył.

– Mam to sformułować inaczej? – spytał. – Proszę bardzo. Czas, żebyś zjadła śniadanie.

– Okej.

Przerzucił mnie sobie przez ramię, delikatnie, ale i tak z zapierającą mi dech w piersiach zręcznością. Zniósł mnie po schodach, ignorując moje protesty, a w kuchni bezceremonialnie posadził na krześle.

Wszystkie ściany i szafki błyszczały wesoło, jakby mój nastrój udzielał się nawet rzeczom martwym.

– Co na śniadanie? – zapytałam uradowana.

– Hm... – Znów zbiłam go z pantałyku. – Czy ja wiem... A na co masz ochotę?

Podniosłam się z miejsca z szerokim uśmiechem na twarzy.

– Już dobrze, sama świetnie sobie radzę. Ty patrz, a ja ruszam na małe polowanie.

Czując, że Edward nie spuszcza mnie z oczu ani na moment, przygotowałam dla siebie miskę płatków z mlekiem. Już miałam usiąść, ale się zawahałam.

– Może coś ci podać? – Nie chciałam być niegościnna.

Rzucił mi pobłażliwe spojrzenie.

– Po prostu jedz, Bello.

Gdy wcinałam płatki, przyglądał mi się uważnie. Nieco mnie to krępowało. Chrząknęłam znacząco.

– Jakie mamy plany na dzisiaj?

– Hm... – Zastanowił się, jak mi to zaproponować. – Co powiesz na spotkanie z moją rodziną?

Przełknęłam głośno ślinę.

– Boisz się? – spytał z nadzieją.

– Tak – przyznałam. Kłamstwo nie miało sensu – i tak odczytałby prawdę z moich oczu.

– Nie martw się. – Uśmiechnął się krzywo. – Ze mną będziesz bezpieczna.

– Nie ich się boję – wyjaśniłam – tylko tego, że nie przypadnę im do gustu. Będą chyba, hm, zaskoczeni, jeśli przyprowadzisz kogoś takiego jak ja. Czy wiedzą, że znam ich sekret?

– Wiedzą o wszystkim. – Uśmiechał się, ale w jego głosie słychać było niechęć. – Wczoraj nawet zakładali się o to, czy mi się uda. Nie wiedzieć czemu, żadne, oprócz Alice, nie dawało mi szans. Ha! Tak czy siak, w rodzinie nie mamy przed sobą tajemnic. Trudno, by było inaczej, skoro ja czytam w myślach, a Alice przewiduje przyszłość.

– Tak, a Jasper owija cię sobie wokół palca tak, że nawet nie wiesz, kiedy zacząłeś się zwierzać.

– Pamiętasz – pochwalił.

– Od czasu do czasu coś mi zostaje w głowie – stwierdziłam z lekkim sarkazmem. – To Alice miała wizję, z której wynikało, że jednak złożę wam nazajutrz wizytę?

Edward zareagował dziwnie.

– Coś w tym rodzaju – bąknął, odwracając twarz. Przyglądałam mu się zaciekawiona.

– Dobre to chociaż? – spytał po chwili, zerkając na moje śniadanie. – Nie wygląda zachęcająco.

– Cóż, nie jest to rozdrażniony grizzly... – Spojrzał na mnie spode łba, ale go zignorowałam. Przez resztę posiłku zachodziłam w głowę, czemu tak dziwnie się zachował. Tymczasem Edward stał na środku kuchni, wyglądając bez specjalnego zainteresowania przez okna. Znów przypominał posąg Adonisa.

Nagle przeniósł wzrok na mnie i uśmiechnął się tak, jak lubiłam najbardziej.

– Sądzę, że ty też powinnaś przedstawić mnie swojemu ojcu.

– Już cię zna.

– Chodzi mi o to, że powinnaś uświadomić go, że jestem twoim chłopakiem.

– Dlaczego? – Zrobiłam się podejrzliwa.

– Tak się chyba robi, nieprawdaż? – spytał niewinnie.

– Nie mam pojęcia – przyznałam szczerze. Zupełnie nie miałam doświadczenia w tych sprawach. Poza tym trudno było nazwać nas przeciętną parą, którą obowiązują te same zasady co wszystkich. – Można by się bez tego obejść. Nie oczekuję... To znaczy, nie musisz dla mnie udawać.

– Niczego nie udaję – odpowiedział spokojnie.

Zaczęłam gmerać nerwowo w misce.

– Zamierzasz powiedzieć Charliemu, że jestem twoim chłopakiem, czy nie?

– A jesteś? – Wzdrygałam się na samą myśl o tym, że Charlie i Edward mogliby znaleźć się w tym samym pokoju i miałoby jednocześnie paść słowo „chłopak".

– Cóż, przyznaję, w moim wypadku to określenie jest nieco naciągane.

– Odniosłam wrażenie, że jesteś kimś więcej – zwierzyłam się, wpatrując w blat.

– Ale zgodzisz się chyba, że możemy zataić przed Charliem tę radosną nowinę. – Pochylił się nad stołem i wziął mnie pod brodę. – Niemniej twój ojciec będzie musiał się dowiedzieć, dlaczego ciągle kręcę się wokół jego córki. Nie chcę, żeby komendant Swan nałożył na mnie zakaz zbliżania się do ciebie.

– Naprawdę będziesz się przy mnie kręcił? – spytałam, bo nagle zrobiłam się niespokojna. – Będziesz przy mnie?

– Jak długo zechcesz – zapewnił mnie Edward.

– Jak najdłużej. Już zawsze.

Podszedł do mnie powoli z nieodgadnionym wyrazem twarzy i przyłożył opuszki palców do mojego policzka.

– Zasmuciłam cię?

Nie odpowiedział. Przez dłuższą chwilę zaglądał mi tylko głęboko w oczy.

– Skończyłaś już? – spytał znienacka.

– Tak. – Zerwałam się.

– No to biegnij się ubrać. Poczekam tu na ciebie.

Z powrotem w sypialni wpatrywałam się długo w garderobę, nie wiedząc, na co się zdecydować. Wątpiłam w istnienie jakichkolwiek poradników dotyczących etykiety, w których tłumaczono by, jaki strój jest odpowiedni na pierwszą wizytę w rodzinnym domu ukochanego, jeśli taki jest akurat wampirem. Ucieszyłam się, że choć w myślach odważyłam się wreszcie użyć tego słowa. Zdawałam sobie sprawę z tego, że świadomie go unikam.

W końcu wybór padł na moją jedyną spódnicę – długą, w kolorze khaki, o sportowym kroju. Włożyłam też ciemnoniebieską bluzkę z dekoltem, w której, jak stwierdził Edward we wtorek, ślicznie wyglądam. Zerknąwszy w lustro, upewniłam się, że moja fryzura pozostawia wiele do życzenia, więc związałam włosy w koński ogon.

– Jest dobrze – mruknęłam do siebie, zbiegając po schodach. – Nic zbytnio uwodzicielskiego.

Nie spodziewałam się, że Edward czeka w przedsionku, i wpadłam na niego z impetem. Pomógł mi złapać równowagę, przytrzymał chwilę na wyciągnięcie ręki, a potem przyciągnął do siebie.

– Mylisz się – zamruczał mi do ucha. – Wyglądasz bardzo uwodzicielsko. Tak kusząco... Nie, to nie fair.

– Jak bardzo kusząco? – spytałam. – Mogę się przebrać.

Westchnął i pokręcił głową.

– Nie bądź niemądra.

Pocałował mnie delikatnie w czoło. Woń jego oddechu nie pozwalała mi się skupić, ściany pomieszczenia zaczęły wirować.

– Czy mam wyjaśnić, jak bardzo jesteś kusząca? – Było to najwyraźniej pytanie czysto retoryczne. Z dłońmi przyciśniętymi do jego torsu czekałam, co będzie dalej. Palce Edwarda sunęły w dół po moich plecach, a oddech przyspieszył. Znów zaczęło mi się kręcić w głowie. On tymczasem pochylił się i wolno, ostrożnie, po raz drugi złożył na mych ustach pocałunek. Moje wargi rozwarły się odrobinę...

A potem była już tylko ciemność.

– Bello? – Edward tulił mnie mocno do siebie, żebym nie upadła. Słychać było, że się o mnie boi.

– Zemdlałam... Przez ciebie – oskarżyłam go słabym głosem.

– I co ja mam z tobą począć, dziewczyno? – jęknął. – Kiedy pocałowałem cię wczoraj, rzuciłaś się na mnie, a dziś straciłaś przytomność!

Zaśmiałam się cicho. Nie doszłam jeszcze zupełnie do siebie.

– A niby jestem we wszystkim dobry – westchnął.

– W tym cały problem. Jesteś za dobry. O wiele za dobry.

– Mdli cię? – spytał. Widywał już mnie w tym stanie.

– Nie, to było coś zupełnie innego. Nie wiem, co się stało. Wydaje mi się, że zapomniałam o oddychaniu.

– Lepiej będzie, jeśli zostaniesz jednak w domu.

– Nic mi nie jest. Zresztą, co za różnica. Twoja rodzina i tak pomyśli, że jestem stuknięta.

Przyglądał mi się przez chwilę.

– Lubię, gdy jesteś taka blada – oświadczył ni stąd, ni zowąd. Zarumieniłam się i odwróciłam wzrok, ale było mi miło.

– Słuchaj, czy nie moglibyśmy już jechać? Mam dosyć zamartwiania się, jak to będzie.

– Chcę mieć jasność. Zamartwiasz się nie dlatego, że jedziemy do domu pełnego wampirów, tylko dlatego, że mogą cię nie zaakceptować, tak?

– Zgadza się. – Nie dałam po sobie poznać, jak bardzo mnie zaskoczył, używając z taką swobodą unikanego do tej pory słowa.

Pokręcił głową.

– Jesteś niesamowita.

Edward prowadził. Dopiero gdy minęliśmy centrum miasteczka, zorientowałam się, że nie mam zielonego pojęcia, gdzie znajduje się dom Cullenów. Przejechaliśmy nad rzeką Calawah, a potem skierowaliśmy się na północ. Domy stały tu coraz rzadziej i były coraz bardziej okazałe. Po pewnym czasie siedziby ludzkie zupełnie znikły nam z oczu. Jechaliśmy przez zasnuty mgłą las. Zastanawiałam się właśnie, czy nie spytać, ile jeszcze, gdy skręciliśmy raptownie w jakąś nieutwardzoną drogę. Była nieoznaczona, ledwie widoczna wśród kęp paproci, i to tylko na kilka metrów, bo wiła się bardzo i znikała co chwila za pniem kolejnego olbrzymiego drzewa.

Po paru milach las zaczął rzednąć i nagle znaleźliśmy się na niewielkiej polanie, która być możne pełniła również funkcję trawnika. Nie było tu jednak jaśniej, ponieważ cały teren ocieniały skutecznie gęste gałęzie sześciu sędziwych cedrów. Otaczały one centralnie położone domostwo, które okalała również pogrążona w mroku weranda.

Nie wiem, czego się właściwie spodziewałam, ale z pewnością nie tego. Zgrabny, foremny budynek liczył sobie jakieś sto lat, a próbę czasu przeszedł z pewnością zwycięsko. Zbudowany na planie prostokąta, miał dwa piętra i ściany w kolorze złamanej bieli. Okna i drzwi były albo oryginalne, albo świetnie zrekonstruowane. Przed domem nie stał żaden samochód. Słychać było szum pobliskiej rzeki, ale kryła się widocznie gdzieś za ciemną ścianą lasu.

– No, no.

– Podoba ci się?

– Hm... Ma pewien specyficzny urok.

Śmiejąc się, Edward pociągnął mnie za kucyk

– Gotowa? – spytał, otwierając drzwiczki.

– Ani trochę. Ale chodźmy. – Usiłowałam się roześmiać, lecz stres ściskał mi gardło. Nerwowym gestem przygładziłam włosy.

– Wyglądasz ślicznie. – Zupełnie spontanicznie chwycił moją dłoń.

Przeszliśmy przez szeroką, ciemną werandę. Wiedziałam, że Edward potrafi wyczuć moje napięcie – żeby dodać mi otuchy, rysował kciukiem kółka na wierzchu mojej dłoni.

Otworzył przede mną frontowe drzwi.

Wystrój wnętrza był mniej przewidywalny niż wygląd samego domu, zaskoczył mnie. Powitała mnie ogromna, jasna przestrzeń. Niegdyś parter składał się zapewne z wielu pokoi, ale większość ścian usunięto. Wychodząca na południe ściana naprzeciw wejścia była jednym wielkim oknem, za którym, w cieniu cedrów, ciągnął się trawnik sięgający brzegu szerokiej rzeki. Nad częścią po prawej górowały masywne, drewniane, zakręcające schody. Zewsząd biły w oczy różne odcienie bieli – białe były deski podłogi, ściany, grube kilimy, a także belkowany sufit.

Na lewo od drzwi, na podwyższeniu, tuż koło imponującego, koncertowego fortepianu, czekali gotowi się przywitać rodzice Edwarda.

Doktora Cullena widziałam już oczywiście wcześniej, ale mimo to poraziła mnie jego uroda i zadziwiająco młody wygląd. U jego boku, jak się domyślałam, stała Esme – jedyny nieznany mi jeszcze członek rodziny. Była tak samo blada i piękna jak pozostali, a coś w jej twarzy o kształcie serca i miękkich, falistych, jasnobrązowych włosach przywodziło na myśl niewinne dziewczęta z epoki kina niemego. Natura poskąpiła jej wzrostu, ale i zbędnych kilogramów, choć z pewnością miała bardziej zaokrąglone kształty niż reszta. Oboje byli ubrani na luzie, a jasne kolory ich ubrań harmonizowały z wystrojem domu. Uśmiechnęli się na mój widok, nie podeszli jednak bliżej. Domyśliłam się, że nie chcą mnie przestraszyć.

– Carlisle, Esme – głos Edwarda przerwał ciszę – oto Bella.

– Serdecznie witamy. – Carlisle podszedł do mnie, bacząc na każdy swój krok, i z rezerwą wyciągnął rękę w moim kierunku. Uścisnęliśmy sobie dłonie.

– Miło znowu pana widzieć, panie doktorze.

– Proszę, mów mi Carlisle.

– Carlisle. – Uśmiechnęłam się ciepło, zdziwiona nagłym przypływem pewności siebie. Poczułam, że Edwardowi ulżyło.

Esme poszła w ślady męża. Tak jak się spodziewałam, jej dłoń była lodowata, a uścisk silny.

– Miło cię poznać, Bello. – Zabrzmiało to szczerze.

– Mnie również jest miło. – Nie kłamałam. Czułam się tak, jakbym znalazła się w bajce. Oto przede mną stało żywe wcielenie królewny Śnieżki.

– Gdzie Alice i Jasper? – spytał Edward, ale nikt mu nie odpowiedział, ponieważ oboje pojawili się właśnie u szczytu schodów.

– Cześć, Edward! – zawołała wesoło Alice. Zbiegła po schodach tak szybko, że tylko mignęły mi jej czarne włosy i biała skóra. Udało jej się jednak z wdziękiem zatrzymać tuż przede mną. Carlisle z Esme spojrzeli na dziewczynę karcąco, ale spodobało mi się jej zachowanie. Było takie naturalne – przynajmniej jak na nią.

– Cześć, Bella! – Alice przyskoczyła do mnie radośnie i pocałowała w policzek. Carlisle i Esme zamarli. Mnie też zaskoczyła, ucieszyłam się jednak, że aż do tego stopnia mnie akceptuje. Zerknęłam na Edwarda. Wyczułam wcześniej, że cały zesztywniał, ale jego miny nie dało się rozszyfrować.

– Rzeczywiście cudnie pachniesz – powiedziała Alice. – Nigdy wcześniej nie zwróciłam na to uwagi. – Tym stwierdzeniem bardzo mnie zawstydziła.

Zapadła krępująca cisza. Na szczęście w tej samej chwili dołączył do nas Jasper. Ten wysoki chłopak miał w sobie coś z lwa. Z miejsca poczułam się rozluźniona, przestałam przejmować się tym, gdzie się znajduję. Dostrzegłam, że Edward przygląda się bratu krzywo, podnosząc jedną brew, i przypomniało mi się, jakie zdolności posiada ten blondyn.

– Hej – powiedział. On jeden trzymał się na dystans, nie wyciągnął dłoni na powitanie. Mimo to nie sposób było czuć się przy nim skrępowanym.

– Cześć, Jasper. – Uśmiechnęłam się blado, najpierw do niego, a potem i do pozostałych. – Miło was wszystkich poznać. Macie piękny dom – dodałam konwencjonalnie.

– Dziękujemy – odezwała się Esme. – Cieszymy się bardzo, że przyszłaś. – W jej głosie pobrzmiewał pewien ton, którego nie rozpoznałam od razu, ale w końcu zdałam sobie sprawę, że przyszywana matka Edwarda uważa, iż przychodząc do ich domu, postąpiłam bardzo odważnie.

Spostrzegłam, że wśród nas nie ma Rosalie oraz Emmetta, i przypomniałam sobie, że gdy spytałam Edwarda, czemu jego rodzeństwo mnie nie lubi, on zaprzeczał, że tak jest, z podejrzaną gorliwością.

Zastanawiałabym się dalej nad nieobecnością tej pary, ale moją uwagę przykuła mina Carlisle'a. Spojrzał znacząco na Edwarda, a kątem oka zauważyłam, że mój towarzysz kiwa głową.

By nie wyjść na podejrzliwą, zaczęłam wędrować wzrokiem po pokoju. Instrument na podwyższeniu doprawdy robił wrażenie. Nagle przypomniało mi się moje marzenie z dzieciństwa. Obiecywałam sobie, że jeśli kiedykolwiek wygram w totka, kupię taki fortepian mamie. Nie była jakoś specjalnie uzdolniona w tym kierunku – grywała wyłącznie w domowym zaciszu na naszym pianinie z drugiej ręki – ale ubóstwiałam ją wówczas oglądać. Była taka radosna i zaabsorbowana, wydawało mi się, że to zupełnie inna osoba, jakaś tajemnicza istota, która wstąpiła w tak dobrze mi znaną mamusię. Rzecz jasna byłam zmuszana do uczęszczania na lekcje gry, ale jak chyba większość dzieciaków, tak długo marudziłam, aż dano mi spokój.

Esme dostrzegła moje zainteresowanie.

– Grasz? – spytała, wskazując fortepian.

Pokręciłam przecząco głową.

– Skąd, ale jest tak piękny. To twój?

– Nie – zaśmiała się. – Edward nie mówił ci, że jest muzykalny?

– Muzykalny? – zerknęłam z wyrzutem na mojego kompana. Zrobił minę niewiniątka. – Powinnam była się domyślić.

Esme nie wiedziała, o co mi chodzi.

– Nie ma rzeczy, której by nie potrafił, czyż nie? – wyjaśniłam.

Jasper prychnął, a Esme spojrzała na Edwarda z przyganą w oczach.

– Mam nadzieję, że się zbytnio nie popisywałeś – stwierdziła. – Tak nie przystoi.

– Tylko odrobinkę. – Na dźwięk jego swobodnego śmiechu twarz Esme rozpogodziła się. Wymienili znaczące spojrzenia, których nie zrozumiałam. Wyglądała teraz na bardzo czymś ukontentowaną.

– Edward jest raczej zbyt skromny – uściśliłam.

– No to zagraj dla niej – zachęciła go Esme.

– Przed chwilą powiedziałaś, że nie przystoi się popisywać.

– Od każdej reguły są wyjątki.

– Z chęcią posłucham, jak grasz – wtrąciłam.

– No to załatwione. – Esme popchnęła Edwarda w stronę instrumentu. Pociągnął mnie za sobą i razem zasiedliśmy przy fortepianie.

Zanim dotknął klawiatury, zerknął na mnie z taką miną, jakbym go do czegoś zmuszała.

A potem jego zwinne palce poszły w tany, tylko migały na tle kości słoniowej. Pokój wypełniła piękna melodia o tak skomplikowanej kompozycji, że sposób, w jaki radzi sobie z nią jedna para rąk, przechodził ludzkie pojęcie. Mimowolnie otworzyłam usta. Reszta rodziny, widząc moją reakcję, wybuchła stłumionym śmiechem.

Edward przeniósł wzrok na mnie, nie przerywając gry, i mrugnął.

– I jak, podoba ci się?

– Sam to skomponowałeś? – Nareszcie to do mnie dotarło.

Przytaknął milcząco.

– To ulubiony utwór Esme – dodał.

Zamknąwszy oczy, pokręciłam głową.

– Coś nie tak?

– Czuję się jak ostatnie zero.

Melodia zwolniła, zrobiła się bardziej nastrojowa. Ze zdumieniem rozpoznałam w niej rozbudowaną wersję wczorajszej kołysanki.

– Napisałem ją specjalnie dla ciebie – szepnął Edward. Trudno było jej słuchać i nie rozczulić się, niczym na widok słodkiego niemowlęcia.

Ze wzruszenia odebrało mi mowę.

– Zauważyłaś? Lubią cię. Zwłaszcza Esme.

Zerknęłam za siebie, ale pokój opustoszał.

– Gdzie się wszyscy podziali?

– Myślę, że ulotnili się dyskretnie, żeby zapewnić nam nieco prywatności.

Westchnęłam.

– Ci tu może mnie lubią, ale Emmett i Rosalie... – Zamilkłam, nie wiedząc, jak wyrazić moje podejrzenia.

Edward zmarszczył czoło.

– Rosalie się nie przejmuj – powiedział stanowczym tonem. – Jeszcze zmieni zdanie.

Nie dowierzając, zacisnęłam zęby.

– A Emmett?

– Cóż, uważa, że oszalałem, ale to mnie się czepia, a nie ciebie. Próbuję przekonać do ciebie Rosalie.

– Dlaczego tak ją drażnię? – Nie byłam pewna, czy chcę poznać odpowiedź na to pytanie.

Teraz to Edward westchnął.

– Z całej naszej rodziny Rosalie najbardziej męczy to, że... że musi być tym, kim jest. Ciężko jej pogodzić się z tym, że ktoś z zewnątrz zna jej sekret. No i jest odrobinę zazdrosna.

– Zazdrosna? Zazdrości mi czegoś? – Trudno mi było w to uwierzyć. Jak ten chodzący ideał urody mógł mi czegokolwiek zazdrościć? Czego, u licha?

– Jesteś człowiekiem. – Edward wzruszył ramionami. – Ona też by tak chciała.

– Ach... – bąknęłam oszołomiona. – Jest jeszcze Jasper. On też raczej nie...

– To akurat moja wina – przyznał Edward. – Jak ci mówiłem, dołączył do nas jako ostatni. Poradziłem mu, że lepiej będzie, jeśli zachowa dystans.

Przypomniało mi się, dlaczego miałby tak postępować, i zadrżałam.

– A co sądzą o całej tej sytuacji Esme i Carlisle? – odezwałam się szybko, żeby nie zauważył mojej reakcji.

– Cieszą się z mojego szczęścia. Poniekąd Esme zaakceptowałaby cię nawet, gdyby okazało się, że masz trzecie oko i błonę między palcami. Martwiła się o mnie od wielu lat. Bała się, że coś jest ze mną nie tak, że zbyt wcześnie zostałem przemieniony. Odetchnęła z ulgą. Za każdym razem, gdy cię dotykam, niemal zachłystuje się z ekscytacji.

– Alice też wydaje się pełna entuzjazmu.

– Alice postrzega świat po swojemu – odparł Edward przez zaciśnięte usta.

– Ale nic więcej mi na ten temat nie powiesz, prawda?

Zrozumieliśmy się bez słów. On wiedział już, że jestem świadoma tego, iż coś przede mną ukrywa, ja zaś, że nic mi nie wyjawi. Przynajmniej nie teraz.

– A co takiego Carlisle przekazał ci telepatycznie, że skinąłeś głową?

– Zauważyłaś? – zdziwił się.

– Oczywiście.

Edward pogrążył się na chwilę w myślach.

– Przekazał mi pewne informacje. Nie był pewien, czy chciałbym, żebyś się o tym dowiedziała.

– A dowiem się?

– Musisz, ponieważ przez następnych kilka dni, a nawet tygodni, będę wobec ciebie trochę... nadopiekuńczy. Nie chcę, żebyś pomyślała, iż jestem urodzonym tyranem.

– O co chodzi?

– Właściwie to nic takiego. Alice przewidziała, że będziemy mieli gości. Wiedzą, że tu mieszkamy, i są nas ciekawi.

– Gości?

– Tak... Rozumiesz, nie są tacy jak my. To znaczy, jeśli chodzi o samokontrolę. Pewnie nawet nie pojawią się w mieście, ale do ich wyjazdu z pewnością ani na minutę nie spuszczę cię z oka.

Wzdrygnęłam się.

– Nareszcie jakieś normalne zachowanie! – mruknął. – Zaczynałem się już zastanawiać, gdzie się podział twój instynkt samozachowawczy.

Puściłam tę uwagę mimo uszu i zaczęłam rozglądać się po pokoju.

— Nie tego się spodziewałaś, prawda? — spytał Edward z satysfakcją w głosie.

— Nie — przyznałam.

— Żadnych trumien, żadnych stosów czaszek w kątach. Chyba nie uświadczysz tu nawet pajęczyny. Musiało cię spotkać wielkie rozczarowanie — ciągnął z sarkazmem.

Zignorowałam go.

— Tak tu jasno. I przestronnie.

— To jedyne miejsce, w którym możemy być sobą — spoważniał.

Grana przez Edwarda melodia, moja melodia, coraz bardziej melancholijna, dobiegła wreszcie końca. Ostatnia nuta pobrzmiewała jeszcze jakiś czas przejmująco.

— Dziękuję — szepnęłam. W oczach miałam łzy. Zawstydzona otarłam je szybko wierzchem dłoni.

Edward dotknął delikatnie miejsca, w którym jedną przeoczyłam, po czym podniósł dłoń do oczu i przyjrzał się przechwyconej kropli. Tak szybko, że nie mogłam mieć pewności, czy naprawdę byłam tego świadkiem, włożył palec do ust i zlizał słony płyn.

Spojrzałam na niego pytająco i długo patrzyliśmy sobie w oczy. W końcu się uśmiechnął.

— Chcesz zobaczyć resztę domu?

— I nie będzie żadnych trumien? — upewniłam się, nie do końca pokrywając ironią lekkie podenerwowanie.

Śmiejąc się, ujął moją dłoń i poprowadził w stronę schodów.

— Żadnych trumien — przyrzekł.

Zaczęliśmy się wspinać po masywnych stopniach, ja z ręką na wyjątkowo gładkiej poręczy. Zarówno ściany, jak i podłogę hallu na piętrze wyłożono drewnem o barwie miodu.

— Tam jest pokój Rosalie i Emmetta, tam gabinet Carlisle'a, tam sypialnia Alice… — Przerwał, bo stanęłam jak wryta na widok ozdoby ściennej, wiszącej tuż nad moją głową. Musiałam wyglądać na mocno zbitą z tropu, bo zachichotał.

— Bez obaw, możesz parsknąć śmiechem — powiedział. — Groteskowy efekt jest zamierzony.

Nie zaśmiałam się jednak, tylko odruchowo podniosłam rękę, jakbym chciała dotknąć owego artefaktu. Był to spory, drewniany krzyż. Pociemniały ze starości kształt odcinał się od jasnej ściany. Nie odważyłam się sprawdzić, czy w dotyku jest tak jedwabisty, jak mi się to wydawało.

– Musi być bardzo stary.

Edward wzruszył ramionami.

– Lata trzydzieste siedemnastego wieku, tak mniej więcej.

Przeniosłam wzrok na mojego towarzysza.

– Czemu to tu trzymacie?

– To pamiątka rodzinna. Należał do ojca Carlisle'a.

– Zbierał antyki? – zapytałam z powątpiewaniem.

– Nie, sam go wyrzeźbił. Był wikarym. Ten krzyż wisiał na ścianie nad pulpitem, zza którego głosił kazania.

Nie byłam pewna, czy moja twarz zdradza, jak bardzo jestem zszokowana. Na wszelki wypadek wolałam wpatrywać się w krzyż. Czyli miał ponad trzysta siedemdziesiąt lat! Próbowałam sobie z wysiłkiem wyobrazić taki szmat czasu.

– Wszystko w porządku? – spytał Edward z troską.

Nie odpowiedziałam.

– To ile lat ma Carlisle? – szepnęłam, nie odrywając wzroku od sędziwego krzyża.

– Niedawno obchodził trzysta sześćdziesiąte drugie urodziny.

Przeniosłam wzrok na Edwarda. Nasuwały mi się setki pytań.

Opowiadając, przyglądał mi się bacznie.

– Carlisle urodził się w Londynie w latach czterdziestych siedemnastego wieku, a przynajmniej tak podejrzewa, ponieważ prości ludzie w owych czasach nie zaprzątali sobie zbytnio głowy kalendarzem. W każdym razie było to tuż przed ustanowieniem protektoratu Cromwella.

Świadoma tego, że jestem obserwowana, starałam się zachować kamienną twarz – najłatwiej było po prostu traktować to wszystko jak bajkę.

– Był jedynym synem anglikańskiego pastora, matka zmarła przy porodzie. Jego ojciec był człowiekiem wielce nietolerancyjnym. Gdy do władzy doszli protestanci, z entuzjazmem włączył się do prześladowania katolików oraz wyznawców innych religii. Wierzył także głęboko w realną obecność szatana na ziemi. Przewodził polowaniom na czarownice, wilkołaki... i wampiry.

Na dźwięk tego ostatniego słowa znieruchomiałam. Edward nie mógł tego przeoczyć, lecz mimo to nie przerwał opowieści.

– Spalili na stosie wielu niewinnych ludzi, bo rzecz jasna ci, których z taką pasją szukał, nie dawali się tak łatwo złapać.

– Kiedy pastor się zestarzał, obowiązki głównego łowczego przekazał swemu synowi. Z początku Carlisle nie spisywał się najlepiej – miał trudności z szafowaniem oskarżeniami i dostrzeganiem demonów tam, gdzie ich nie było. Był jednak sprytniejszy od ojca i wytrwały. Odkrył w końcu, że grupa prawdziwych wampirów mieszka w kanałach pod miastem. Wychodziły stamtąd tylko nocą, na polowanie. Potwory nie należały wówczas do świata legend i mitów i wiele z nich tak właśnie musiało egzystować.

– Ludzie zabrali z sobą widły i pochodnie – Edward zaśmiał się ponuro – i otoczyli miejsce, w którym według Carlisle'a wampiry wydostawały się na ulicę. Rzeczywiście, po pewnym czasie jeden wyszedł.

Mówił teraz tak cicho, że z trudem wyłapywałam poszczególne słowa.

– Musiał być bardzo stary i osłabiony głodem. Wyczuwszy nosem obecność tłumu, po łacinie ostrzegł pozostałych, a potem ruszył pędem przed siebie ulicami miasta. Carlisle przewodził pogoni – miał wtedy dwadzieścia trzy lata i był szybkim biegaczem. Wampir potrafiłby umknąć im z łatwością, lecz, jak sądzi Carlisle, jego głód wziął górę. Potwór odwrócił się nagle i zaatakował. Wpierw rzucił się na Carlisle'a, ale nadbiegli inni ludzie. Musiał się bronić. Zabił dwóch mężczyzn i uprowadził trzeciego, Carlisle tymczasem wykrwawiał się na bruku.

Edward zamilkł na chwilę. Wyczułam, że dokonuje pewnej korekty faktów, ponieważ pragnie coś przede mną zataić.

– Wiedział, co się teraz stanie – ciała zostaną spalone. On sam również. Zawsze niszczyli wszystko, co miało kontakt z istotami ciemności. Instynktownie postąpił więc tak, by ocalić swoje życie. Tłum pognał za wampirem. Korzystając z okazji, Carlisle poczołgał się do pobliskiej piwniczki, gdzie spędził trzy dni ukryty w stercie gnijących kartofli. To cud, że nikt go nie znalazł, że nie zdradził się szmerem czy jękiem. A potem było już po wszystkim i uświadomił sobie swoją przemianę.

Nie wiem, jaką miałam minę, ale Edward nagle przerwał.

– Dobrze się czujesz?

– Tak, tak. – Zagryzłam wargi, żeby nie zarzucić go gradem pytań, ale widać ciekawość biła mi z oczu.

Uśmiechnął się.

– Spodziewam się, że masz do mnie parę pytań.

– Kilka się znajdzie.

Uśmiechnąwszy się jeszcze szerzej, pociągnął mnie za rękę w głąb korytarza.

– No to chodź – powiedział. – Coś ci pokażę.

16 Carlisle

Zatrzymaliśmy się przed drzwiami pokoju, który, według opisu Edwarda, służył jego przyszywanemu ojcu za gabinet.

– Wejdźcie, proszę – zachęcił nas głos Carlisle'a.

Sufit był tu bardzo wysoko, a okna wychodziły na zachód. Podobnie jak w holu, ściany pokrywała boazeria, tym razem z ciemniejszego drewna, można było ją jednak podziwiać jedynie w kilku miejscach, ponieważ większość przestrzeni zajmowały sięgające sufitu regały. Jeszcze nigdy, poza biblioteką, nie widziałam tylu książek.

Doktor siedział w obitym skórą fotelu za wielkim mahoniowym biurkiem. Umieszczał właśnie zakładkę pomiędzy stronicami opasłego tomu. Tak właśnie wyobrażałam sobie zawsze gabinet dziekana jakiegoś słynnego college'u, tyle że Carlisle wyglądał stanowczo zbyt młodo jak na profesora.

– Czym mogę wam służyć? – spytał uprzejmym tonem, podnosząc się z miejsca.

– Chciałem przybliżyć Belli naszą historię – wyjaśnił Edward.

– Tak właściwie to twoją historię, nie naszą.

– Mam nadzieję, że nie przeszkadzamy – wtrąciłam.

– Nie, skąd. Od czego chcielibyście zacząć?

– Od tego, skąd się wzięła twoja filozofia życiowa – oświadczył Edward. Położył mi rękę na ramieniu, po czym odwrócił delikatnie tak, abym stała przodem do drzwi. Za każdym razem, gdy mnie dotykał, choćby nie wiem jak swobodnie, serce zaczynało mi walić jak dzwon. Teraz słyszał to nie tylko on, ale i Carlisle, i było mi z tego powodu jeszcze bardziej wstyd niż zwykle.

Ściana, na którą teraz patrzyłam, była inna niż pozostałe. Zamiast półek z książkami pokrywały ją ramy i ramki: różnorakie szkice, obrazy, zdjęcia i ryciny wszystkich możliwych formatów, niektóre wielobarwne, inne czarno-białe. Przez chwilę błądziłam po nich wzrokiem, próbując się domyślić, jaki jest temat przewodni tej kolekcji, ale na próżno.

Edward podprowadził mnie pod wiszący po lewej stronie obrazek olejny w skromnej, kwadratowej, drewnianej ramie. Namalowany różnymi odcieniami sepii, nie wyróżniał się zbytnio – sporo tu było większych prac o żywszych kolorach. Obrazek ów przedstawiał panoramę jakiegoś miasta sprzed kilku wieków – nad gęstwiną stromych dachów górowało kilka kościelnych wież. Pierwszy plan wypełniała szeroka rzeka z jednym jedynym mostem pokrytym czymś w rodzaju miniaturowych katedr.

– Londyn w połowie siedemnastego wieku – wyjaśnił Edward.

– Londyn z czasów mojej młodości – dodał doktor. Okazało się, że stoi za nami. Drgnęłam – nie zauważyłam, kiedy podszedł.

– Chcesz sam jej wszystko opowiedzieć? – Odwróciłam się, żeby zobaczyć reakcję Carlisle'a. Nasze oczy spotkały się, a on sam się uśmiechnął.

– Z chęcią bym się wami zajął, ale zrobiło się już późno, muszę się zbierać. Rano dzwonili ze szpitala – doktor Snow się rozchorował. Poza tym – dodał, spoglądając na Edwarda – znasz te historie równie dobrze jak ja.

Brzmiało to wszystko bardzo groteskowo. Oto przeciętny, zapracowany lekarz z małego miasteczka tłumaczy się, czemu nie może opowiedzieć mi o swoim życiu w siedemnastowiecznym Londynie.

Czułam się też dziwnie, ponieważ zdawałam sobie sprawę, że wypowiada swoje myśli na głos tylko ze względu na mnie.

Obdarowawszy mnie kolejnym ciepłym uśmiechem, Carlisle pospieszył do szpitala.

Po jego wyjściu przez dłuższy czas wpatrywałam się w panoramę jego rodzinnego miasta.

– To co się stało, kiedy uświadomił sobie przemianę? – spytałam w końcu obserwującego mnie Edwarda.

Przeniósł wzrok na inny z wiszących na ścianie obrazów. Było to jedno z większych płócien, krajobraz o stonowanych jesiennych barwach. Przedstawiał pustą, zacienioną polanę. Za lasem, na horyzoncie, majaczył samotny skalisty szczyt.

– Carlisle wiedział, czym się stał – powiedział Edward cicho – i nie miał zamiaru się z tym pogodzić. Chciał ze sobą skończyć, ale nie było to takie proste.

– Co takiego robił? – wymknęło mi się.

– Rzucał się z wielkich wysokości, próbował się utopić – wymienił Edward beznamiętnym tonem – ale był za silny, a od przemiany upłynęło za mało czasu. To niesamowite, że miał dość samokontroli, by nie zacząć polować. Na samym początku pragnienie przesłania wszystko. Czuł do siebie jednak tak wielkie obrzydzenie, że wolał umrzeć z głodu, niż zniżyć się do mordu. To ten wstręt właśnie pomagał mu się powstrzymać.

– Czy możecie zagłodzić się na śmierć? – spytałam słabym głosem.

– Nie. Istnieje bardzo niewiele sposobów, w jaki można nas zabić.

Chciałam o nie zapytać, ale szybko podjął przerwaną opowieść.

– Robił się coraz bardziej głodny, a w rezultacie coraz słabszy. Zdawał sobie sprawę, że maleje też siła jego woli, dlatego trzymał się jak najdalej od siedzib ludzkich. Długie miesiące wędrował nocami w poszukiwaniu takich bezpiecznych miejsc, nadal niepogodzony ze swoją nową naturą.

– Pewnego razu jego kryjówkę mijało stado jeleni. Był już oszalały z głodu, nie wytrzymał, zaatakował. Gdy się nasycił i wróciły mu siły, zorientował się, że oto odkrył sposób na to, jak żyć, nie mordując ludzi. Zwierzęta nie budziły w nim wyrzutów sumienia – przecież w poprzednim życiu też nie stronił od dziczyzny. Tak narodziła się jego nowa filozofia życiowa, którą dopracowywał przez kolejne miesiące. Nie musiał być potworem. Pogodził się ze swoim przeznaczeniem.

– Wiedząc, że ma przed sobą nieskończenie wiele lat życia, zaczął lepiej wykorzystywać dany mu czas. Zawsze był bystry, skory do nauki. Po nocach czytał, za dnia planował, co dalej. Przepłynął kanał La Manche i we Francji…

– Przepłynął kanał La Manche?

– Nie on jeden tego dokonał, Bello – Edward przypomniał mi cierpliwie.

– No tak. Po prostu w tym kontekście zabrzmiało tak jakoś nieprawdopodobnie. Mów dalej.

– Jesteśmy dobrymi pływakami, bo…

– We wszystkim jesteście dobrzy.

Rzucił mi rozbawione spojrzenie.

– Już dobrze, dobrze. Więcej nie będę przerywać, obiecuję.

Prychnął i dokończył:

– Bo tak właściwie nie musimy oddychać.

– Nie...

– Obiecałaś! – Śmiejąc się, przyłożył mi palec do ust. – Chcesz w końcu usłyszeć tę historię czy nie?

– Nie możesz wyskakiwać co chwila z czymś takim i spodziewać się, że będę siedzieć jak mysz pod miotłą – wymamrotałam zza przyłożonego palca.

Widząc, że ta metoda nie działa, przeniósł dłoń na moją szyję. Serce mi przyspieszyło, ale pieszczota nie zadziałała na tyle, żebym zapomniała o tym, co mnie nurtowało.

– Nie musicie oddychać? – żądałam wyjaśnień.

– Nie jest to niezbędne. To po prosu kwestia przyzwyczajenia. – Edward wzruszył ramionami.

– I jak długo tak możecie?

– Chyba bez końca. Nie wiem, nie próbowałem. Czuję się trochę nieswojo z nieczynnym węchem.

– Trochę nieswojo? – powtórzyłam oszołomiona.

Musiałam zrobić przy tym jakąś szczególną minę, bo Edward spoważniał nagle i opuścił rękę. Stał tak nieruchomo przez dłuższy czas, wpatrując się we mnie ze smutkiem.

– O co chodzi? – szepnęłam, dotykając jego skamieniałej twarzy. Mój gest sprawił, że rozchmurzył się nieco.

– Wciąż czekam, kiedy to nastąpi – westchnął.

– Co takiego?

– Jestem przekonany, że w pewnym momencie powiem coś takiego lub będziesz świadkiem czegoś, co zupełnie wytrąci cię z równowagi i uciekniesz z krzykiem. – Uśmiechnął się smutno. – Nie będę cię wtedy zatrzymywał. Po prawdzie chciałbym, żeby do tego doszło, bo zależy mi na twoim bezpieczeństwie. Zależy, ale pragnę również być z tobą. Tych dwóch rzeczy nigdy nie da się pogodzić...

– Nie mam zamiaru uciekać.

– Zobaczymy.

Zmarszczyłam czoło.

– No, dalej, opowiadaj. Carlisle popłynął do Francji i...

Edward nie zaczął mówić od razu – wpierw zerknął na kolejny z obrazów. Miał on nie tylko najbardziej ozdobną ramę ze wszystkich, ale wyróżniał się także najżywszą kolorystyką i rozmiarami, był bowiem dwukrotnie szerszy od drzwi, koło których wisiał. Roiło się na nim od jaskrawych postaci w rozwianych szatach, krzątających się w kolumnadach bądź wyglądających z marmurowych balkonów. Część postaci unosiła się w powietrzu, wśród chmur. Nie umiałam powiedzieć, czy to scena mitologiczna, czy biblijna.

– Carlisle popłynął do Francji, a później przemierzył całą Europę, odwiedzając uniwersytety. Nocami zgłębiał muzykologię, przyrodoznawstwo, medycynę – i to właśnie ona okazała się jego powołaniem. Ratowanie ludzkiego życia stało się dla niego formą pokuty za bycie potworem. – Po minie Edwarda widać było, jak wielkim podziwem darzył Carlisle'a. – Nie jestem w stanie opisać, ile wysiłku włożył w to, by osiągnąć swój cel. Przez dwa stulecia w mękach pracował nad samokontrolą. Teraz jest zupełnie obojętny na zapach ludzkiej krwi i może wykonywać pracę, którą kocha, nie cierpiąc katuszy. Tam, w szpitalu, odnalazł wreszcie spokój... – Przez dłuższą chwilę Edward spoglądał w przestrzeń niewidzącym wzrokiem, aż nagle ocknął się i postukał palcem ramę największego z obrazów.

– Kiedy studiował we Włoszech, natrafił tam na pobratymców, różnili się oni jednak znacznie od włóczęgów z londyńskich kanałów. Byli wszechstronnie wykształceni i mieli doskonałe maniery.

Wskazał na cztery postacie na najwyższym z balkonów, które w odróżnieniu od całej reszty zdawały się stać nieruchomo, lustrując ze spokojem panujący w dole chaos. Przyjrzawszy się im uważniej, zdałam sobie ze zdumieniem sprawę, że jedna z nich jeszcze nie tak dawno przebywała z nami w tym samym pokoju.

– To Solimena*. Nowi znajomi Carlisle'a często byli dlań inspiracją. Nieraz przedstawiał ich jako bogów. – Edward prychnął. – Aro, Marek i Kajusz, nocni mecenasi sztuki.

---

* Francesco Solimena (1657–1747), malarz włoski, przedstawiciel późnego baroku.

– Ciekawe, co się z nimi później stało – zastanowiłam się na głos, niemal dotykając palcem płótna. Dwóch z mężczyzn miało kruczoczarne włosy, trzeci bielusieńkie.

– Nadal tam są. – Edward wzruszył ramionami. – Nikt nie wie, ile to już tysiącleci. Carlisle towarzyszył im zaledwie przez kilkadziesiąt lat, podziwiał ich obycie, ich wyrafinowanie. Niestety, uporczywie usiłowali go wyleczyć z awersji do, jak to określali, „przyrodzonego źródła strawy". Oni starali się przekonać jego, on ich – bez skutku. W końcu Carlisle postanowił sprawdzić, jak żyje się w Nowym Świecie. Był bardzo samotny. Marzył, że znajdzie tam kogoś, kto będzie podzielał jego poglądy.

– Przez dłuższy czas nie napotkał nikogo z naszych, ale ponieważ ludzie stopniowo przestawali wierzyć w istnienie jemu podobnych istot, odkrył, że łatwiej mu się z nimi integrować – po prostu niczego nie podejrzewali. Zaczął praktykować jako lekarz. Mimo wszystko nie mógł jednak ryzykować bliższej znajomości z człowiekiem, nadal więc doskwierał mu brak towarzystwa.

– Kiedy wybuchła epidemia hiszpanki, pracował na nocną zmianę w szpitalu w Chicago. Przez wiele lat dojrzewał w nim pewien pomysł – teraz był wreszcie gotowy wcielić go w życie. Skoro nie udało mu się znaleźć kompana, trudno, sam go dla siebie stworzy. Długo się wahał. Nie miał pewności, jak taki zabieg przeprowadzić, a i nie dopuszczał do siebie myśli, że miałby komuś odebrać dawne życie, tak jak odebrano jemu. I wtedy trafił na mnie. Nie było dla mnie nadziei, leżałem już na oddziale dla umierających. Carlisle opiekował się wcześniej moimi rodzicami, wiedział więc, że zostałem sam na świecie. Postanowił spróbować...

Te ostatnie słowa Edward wypowiedział niemal szeptem, po czym wpatrzony w las za oknem zamyślił się głęboko. Byłam ciekawa, jakież to obrazy stają mu teraz przed oczami – z własnej przeszłości, czy też te znane z opowieści przyszywanego ojca. Nie chciałam mu przerywać.

Kiedy w końcu na mnie spojrzał, na jego twarzy malował się delikatny, anielski uśmiech.

– I tak oto wróciliśmy do punktu wyjścia – podsumował.

– I już nigdy się nie rozstawaliście?

– Prawie nigdy. – Objął mnie w talii i poprowadził do drzwi. Na progu zerknęłam po raz ostatni na ścianę pełną obrazów, zastanawiając się, czy kiedykolwiek poznam pozostałe historie.

Edward nie powiedział nic więcej, więc w holu spytałam:

– Prawie nigdy?

Westchnął. Najwyraźniej nie był skory zdradzić mi więcej szczegółów.

– Cóż, jak każdy młody człowiek nieco się buntowałem. Nie byłem przekonany do abstynencji, byłem zły na Carlisle'a, że mnie ogranicza. Jakieś dziesięć lat po moich narodzinach, przemianie, czy jak by to nazwać, spędziłem trochę czasu, wędrując samotnie.

– Naprawdę? – Zaintrygował mnie tym raczej, niż przestraszył, a poniekąd powinnam była się przestraszyć.

Edward wyczuł w moim głosie zainteresowanie.

– To cię nie przeraża?

– Nie.

– Dlaczego?

– Czy ja wiem... Wydaje mi się, że była to całkiem sensowna decyzja.

Zaśmiał się krótko i głośno.

Weszliśmy już po schodach na drugie piętro. Hall tutaj też był wyłożony drewnem.

– Z początkiem nowego życia – podjął opowieść Edward – zyskałem dar czytania w myślach zarówno swoich pobratymców, jak i ludzi. To dlatego dopiero po dziesięciu latach przeciwstawiłem się Carlisle'owi – od podszewki znałem jego szlachetne pobudki, rozumiałem doskonale, co nim kieruje.

– Starczyło kilka lat, żebym przekonał się do jego sposobu postępowania i wrócił. Doszedłem do wniosku, że uniknę w ten sposób... ech... depresji... depresji, która bierze się z wyrzutów sumienia. Z początku nie miałem takich problemów. Znając ludzkie myśli, umiałem wybierać na swoje ofiary wyłącznie zwyrodnialców. Skoro mogłem w ciemnym zaułku zajść drogę niedoszłemu mordercy, który śledził właśnie jakąś dziewczynę, skoro ratowałem jej życie, nie byłem chyba taki zły.

Wzdrygnęłam się, wyobrażając sobie z detalami podobną scenę – jakże niedawno sama znalazłam się w podobnej sytuacji. Zaułek, noc, wystraszona dziewczyna i złowrogi cień podążającego za nią krok w krok mężczyzny. I Edward, Edward na polowaniu, straszny, a zarazem porażający urodą niczym młody bóg. W takiej chwili nic nie mogło go powstrzymać. Ale czy dziewczyna była mu po wszystkim wdzięczna, czy może jeszcze bardziej przerażona?

– Z biegiem lat zacząłem jednak coraz bardziej postrzegać siebie jako potwora. Nie mogłem sobie wybaczyć, że odebrałem życie aż tylu ludziom, niezależnie od tego, jak bardzo na to zasługiwali. Wreszcie wróciłem do Carlisle'a i Esme. Powitali mnie jak syna marnotrawnego. Nie zasługiwałem na takie przyjęcie.

Stanęliśmy przed ostatnimi drzwiami korytarza.

– Mój pokój – wyjaśnił Edward, otwierając drzwi. Puścił mnie przodem.

Jedną ścianę pomieszczenia, podobnie jak na parterze, zajmowało ogromne, wychodzące na południe okno. Przypuszczałam, że cała elewacja ogrodowa jest ze szkła. Rzeka Sol Duc wiła się przez dziewiczą puszczę aż po pasmo gór Olympic, które były bliżej, niż przypuszczałam.

Drugą ścianę, tę po prawej, zajmowały półki z płytami CD. Było ich tu więcej niż w przeciętnym sklepie muzycznym. W rogu stała ekskluzywnie wyglądająca wieża stereo, jedna z tych, których bałam się choćby tknąć, przekonana, że zaraz coś uszkodzę. Nie było łóżka, tylko szeroka, wygodna kanapa obita czarną skórą. Podłogę pokrywała gruba, złocista wykładzina, a na ścianach udrapowano zwoje ciemniejszej o ton tkaniny.

– To dla lepszej akustyki? – odgadłam. Skinął głową z uśmiechem.

Włączył wieżę pilotem. Muzyka nie była głośna, a jazzowy utwór należał do spokojniejszych, ale zdawało się, że zespół znajduje się w tym samym pokoju co my. Podeszłam do regałów, by przyjrzeć się zapierającej dech w piersiach kolekcji płyt.

– Masz je poukładane w jakiś specjalny sposób? – spytałam, nie mogąc doszukać się żadnego klucza.

– Ehm... – Wyrwałam go z zamyślenia. – Rokiem wydania, a potem od najbardziej ulubionych.

Odwróciłam się. Przyglądał mi się z dziwnym wyrazem twarzy.

– Co jest?

– Myślałem, że poczuję ulgę. Wiesz już wszystko, nie muszę nic przed tobą ukrywać. Ale to coś o wiele, wiele więcej. I podoba mi się. Jestem taki... szczęśliwy. – Wzruszył ramionami, uśmiechając się niepewnie.

– Cieszę się. – I ja się uśmiechnęłam. Martwiłam się, że będzie żałował swojej szczerości. Dobrze było wiedzieć, że tak nie jest.

Tymczasem Edward nagle spochmurniał.

– Wciąż się spodziewasz, że lada chwila rzucę się do ucieczki? Kąciki jego ust uniosły się lekko ku górze. Pokiwał głową.

– Przykro mi, że sprowadzam cię z chmur na ziemię, ale wcale nie jesteś taki straszny, jak ci się wydaje. Ja to już w ogóle się ciebie nie boję. – Rzecz jasna, kłamałam jak z nut.

Spojrzał na mnie z niedowierzaniem, ale zaraz uśmiechnął się dziko.

– Jeszcze pożałujesz, że to powiedziałaś – rzucił.

Wpierw wydał z siebie niski, gardłowy warkot, odsłaniając rząd idealnych prostych zębów, a następnie zamarł napięty w półprzysiadzie, niczym wielkie lwisko gotowe do skoku.

Zrobiłam kilka kroków do tyłu, nie odrywając od niego wzroku.

– Chyba żartujesz...

Nawet nie zauważyłam, kiedy na mnie skoczył – wszystko działo się zbyt szybko. Poczułam tylko, że coś podrywa mnie do góry, a potem padliśmy z impetem na sofę, uderzając nią z hukiem o ścianę. Edward trzymał mnie przy tym w żelaznym uścisku, który zamortyzował siłę wyrzutu. Mimo tej ochrony oddychałam teraz szybciej, zapewne od nadmiaru adrenaliny.

Próbowałam usiąść prosto, ale mój kompan miał inne plany – ułożoną w pozycji płodowej przytulił mnie mocno do piersi. Równie dobrze mogłabym próbować zerwać żelazne łańcuchy. Obleciał mnie strach, ale gdy zerknęłam na twarz Edwarda, znikły wszelkie moje obawy. Kontrolował się znakomicie, szczęki miał rozluźnione, a oczy błyszczały mu wyłącznie z podekscytowania.

– Coś mówiłaś? – zamruczał z ironią w głosie.

– Tylko to, że jesteś bardzo, bardzo strasznym potworem. – Wciąż ciężko dyszałam, więc moja żartobliwa odpowiedź nie zabrzmiała zbyt przekonująco.

– Tak lepiej.

– Czy mogę już usiąść normalnie? – spytałam, niezdarnie wyrywając mu się z objęć.

Tylko się zaśmiał.

– Można? – miły głos zapytał zza otwartych drzwi.

Ponowiłam próbę wyswobodzenia się, ale Edward ani myślał mnie puścić – usadził mnie jedynie na swoich kolanach nieco bardziej przyzwoicie. Na progu stała Alice, a za nią Jasper. Spiekłam raka, Edward jednak nie okazał zmieszania.

– Zapraszam. – Nadal trząsł się ze śmiechu.

Alice nie wydawała się ani trochę zdziwiona tym, w jakiej pozie nas zastała. Przeszedłszy tanecznym krokiem na środek pokoju, z niesamowitą gracją usiadła na podłodze. Jasper zawahał się jednak w drzwiach ze ździebko zszokowaną miną. Wpatrywał się przy tym w Edwarda. Byłam ciekawa, czy sonduje właśnie atmosferę w pokoju, korzystając ze swojej nadzwyczajnej wrażliwości na ludzkie nastroje.

– Tak łupnęło – oświadczyła Alice – że myśleliśmy już, iż kosztujesz Belli na lunch, i przyszliśmy zobaczyć, czy i nam coś nie skapnie.

Zamarłam na sekundę, ale rozluźniłam się, gdy zdałam sobie sprawę, że Edward uśmiecha się szeroko. Nie wiedziałam tylko, czy rozbawiło go to, co powiedziała Alice, czy też cieszy się, że nareszcie częściej się boję.

– Przykro mi, nie podzielę się. Nie mam jej jeszcze dosyć.

Jasper wszedł wreszcie do pokoju, mimowolnie się uśmiechając.

– Tak naprawdę to Alice twierdzi, że wieczorem zapowiada się niezła burza, więc Emmett rzucił hasło „mecz". Będziesz grał?

Każda wiadomość z osobna zabrzmiałaby niewinnie, jednak słysząc je w takim połączeniu, nie potrafiłam zrozumieć, co ma burza do jakiegoś meczu. Wiedziałam jedno – Alice przewidywała pogodę nie gorzej od biura prognoz.

Edward ożywił się natychmiast, ale zawahał się z odpowiedzią.

– Oczywiście możesz przyprowadzić Bellę – zaszczebiotała Alice. Wydało mi się, że Jasper zerknął na nią zaskoczony.

– Co ty na to? – zwrócił się do mnie Edward. Bardzo był tą wizją podekscytowany.

– Dla mnie bomba. – Za nic nie chciałam, żeby tak cudowny uśmiech zniknął z jego twarzy. – A tak w ogóle, to dokąd chodzicie grać?

– Najpierw czekamy na pioruny. Inaczej się nie da. Zobaczysz dlaczego – obiecał Edward.

– Będę potrzebować parasola?

Cała trójka wybuchła śmiechem.

– Będzie? – spytał Jasper Alice.

– Nie, nie – odparła z przekonaniem. – Burza rozpęta się nad miasteczkiem. U nas na polanie nikt nie zmoknie.

– Fajno. – Entuzjazm Jaspera był zaraźliwy.

Poczułam nagle, że mam wielką ochotę do nich dołączyć, chociaż jeszcze przed chwilą byłam pełna obaw.

Alice w kilku podskokach pokonała drogę do drzwi. Na jej widok każda balerina załamałaby się nerwowo.

– Zobaczymy, może i Carlisle da się namówić – rzuciła.

– Jakbyś już nie wiedziała – żachnął się Jasper, zamykając za obojgiem drzwi.

– W co będziemy grać? – spytałam Edwarda.

– Ty będziesz tylko widzem – sprostował. – A my pogramy w baseball.

Przewróciłam oczami.

– To wampiry lubią baseball?

– To w końcu amerykański sport narodowy – oświadczył Edward z udawaną powagą.

Pozostawało mi tylko czekać do wieczora.

17 *Mecz*

Gdy skręciliśmy w moją ulicę, akurat zaczęło mżyć. Do tej chwili nie miałam najmniejszych wątpliwości, że Edward będzie mi towarzyszył przez tych kilka godzin, jakie miałam spędzić w bardziej rzeczywistym otoczeniu.

Tymczasem na podjeździe przed domem Charliego zastaliśmy ni mniej, ni więcej tylko znajomego podniszczonego czarnego forda. Edward wymamrotał coś gniewnie pod nosem.

Na wąskim ganku, z trudem kryjąc się przed deszczem, za wózkiem inwalidzkim swojego ojca stał Jacob Black. Gdy zaparkowaliśmy przy krawężniku, Billy ani drgnął, za to chłopak wyraźnie się zawstydził.

– To już przesada – warknął mój towarzysz.

– Przyjechał ostrzec Charliego? – odgadłam, bardziej przestraszona niż zagniewana.

Edward pokiwał tylko głową. Z hardą miną patrzył teraz Billy'emu prosto w oczy.

Byłam wdzięczna Bogu, że Charlie jeszcze nie wrócił. Na samą myśl o tym, że mogło być inaczej, robiło mi się słabo.

– Pozwól, że ja się tym zajmę – zaproponowałam. Edward nie wydawał się zdolny do negocjacji.

Ku mojemu zdziwieniu nie zgłosił żadnych obiekcji.

– Tak chyba będzie najlepiej – zgodził się od razu. – Tylko ostrożnie z dzieciakiem, on o niczym nie wie.

Ten „dzieciak" nie za bardzo przypadł mi do gustu.

– Jacob jest tylko trochę młodszy ode mnie – przypomniałam.

Edward zerknął na mnie, błyskawicznie się rozchmurzając.

– Wiem o tym doskonale – zapewnił mnie z uśmiechem.

Westchnęłam tylko i położyłam dłoń na klamce.

– Wpuść ich do środka – poinstruował mnie Edward. – Wrócę o zmierzchu.

– Pożyczyć ci furgonetkę? – spytałam, zachodząc jednocześnie w głowę, jak wyjaśnię Charliemu, gdzie ją podziałam.

Edward wzniósł oczy ku niebu.

– Wierz mi, pieszo dojdę do domu szybciej.

– Nie musisz sobie iść – powiedziałam ze smutkiem.

Ucieszył się, słysząc, że nie chcę się z nim rozstawać.

– Muszę, muszę. Kiedy już się ich pozbędziesz – skinął głową w stronę Blacków, a w jego oczach pojawił się złowrogi błysk – będziesz potrzebowała trochę czasu na przygotowanie Charliego. Nie co dzień poznaje się chłopaka swojej córki. – Uśmiechnął się tak szeroko, że odsłonił przy tym wszystkie zęby.

– Piękne dzięki – jęknęłam.

Edward zmienił uśmiech na łobuzerski, mój ulubiony.

– Niedługo wrócę – przyrzekł. Zerknął jeszcze raz na ganek, a potem pochylił się i cmoknął mnie na pożegnanie w szyję. Serce niemal wyskoczyło mi z piersi. I ja spojrzałam w stronę Blacków. Twarz Billy'ego zdradzała wreszcie jakieś emocje, a dłonie zacisnął kurczowo na oparciach wózka.

– Niedługo – rzuciłam stanowczym tonem, wysiadając z auta.

Idąc szybkim krokiem w kierunku domu, czułam na plecach spojrzenie Edwarda.

– Dzień dobry – przywitałam się, siląc się na serdeczny ton. – Charlie wyjechał na cały dzień. Mam nadzieję, że nie czekaliście długo.

– Niedługo – odparł Billy stłumionym głosem, przeszywając mnie wzrokiem. – Chciałem tylko wam to podrzucić. – Wskazał na trzymaną na kolanach papierową brązową torebkę.

– Super. – Nie miałam pojęcia, co też może ona zawierać. – Zapraszam do środka, wysuszycie się.

Udawałam, że nie dostrzegłam nic dziwnego w tym, jak Indianin mi się przygląda. Otworzyłam drzwi kluczem i puściłam gości przodem. Zamykając za sobą drzwi, po raz ostatni pozwoliłam sobie zerknąć na Edwarda. Siedział w furgonetce zupełnie nieruchomo, z poważną miną.

– Czy mogę? – zapytałam Billy'ego, wyciągając ręce po pakunek.

– Schowaj to lepiej do lodówki – doradził, wręczając mi torbę. – W zimnie nie rozmięknie. To specjalna panierka do ryb Harry'ego Clearwatera. Domowej roboty. Charlie ją uwielbia.

– Super – powtórzyłam, tym razem szczerze. – Brakuje mi już pomysłów na przyrządzanie ryb, a Charlie z pewnością przywiezie dziś nową dostawę.

– Znów na rybach? – zainteresował się Billy. – Tam gdzie zawsze? Może odwiedzimy go w drodze do domu.

– Nie, nie – skłamałam szybko, czując, że cała się najeżam. – To jakieś nowe miejsce, ale nie mam pojęcia gdzie.

Moja reakcja nie uszła jego uwagi. Postanowił zmienić strategię.

– Jake – zwrócił się do syna, wciąż bacznie mi się przyglądając. – Może byś tak skoczył do auta i przyniósł to najnowsze zdjęcie Rebeki? Też je zostawimy dla Charliego.

– A gdzie jest? – spytał Jacob ponuro. Zerknęłam na niego, ale stał ze wzrokiem wbitym w podłogę. Czoło miał zmarszczone.

— Wydaje mi się, że poniewierało się w bagażniku. Mogło się gdzieś zaplątać.

Chłopak wyszedł z powrotem na deszcz. Zostaliśmy sami.

Zapadła krępująca cisza. Po kilku sekundach miałam dość, więc przeszłam do kuchni. Mokre koła wózka zaskrzypiały za mną na linoleum.

Wcisnąwszy brązową torbę na zapchaną górną półkę lodówki, odwróciłam się w stronę gościa gotowa na przyjęcie ataku. Twarz Billy'ego była nieprzenikniona.

— Charlie wróci dopiero za ładnych parę godzin. — Zabrzmiało to niegrzecznie, jakbym ich wyganiała.

Indianin przyjął ten fakt do wiadomości skinięciem głowy, ale nadal milczał.

— Jeszcze raz dziękuję za panierkę — spróbowałam z innej beczki.

Znów skinął głową. Westchnęłam ciężko i splotłam ręce na piersi.

Billy wyczuł widocznie, że zrezygnowałam na dobre z gadki--szmatki, bo odezwał się wreszcie:

— Bello...

Czekałam, co ma do powiedzenia.

— Bello, Charlie jest jednym z moich najbliższych znajomych.

— Wiem.

— Zauważyłem — ważył każde słowo — że ostatnio spędzasz sporo czasu z jednym z Cullenów.

— Zgadza się — odparłam cierpko.

Zmrużył oczy.

— Może wpycham nos w nie swoje sprawy, ale uważam, że to nie najlepszy pomysł.

— Masz rację. To wpychanie nosa w nie swoje sprawy.

Zaskoczył go mój hardy ton.

— Pewnie nie wiesz, że rodzina Cullenów ma u nas w rezerwacie bardzo złą reputację.

– Tak się składa, że wiem. – Ponownie go zaskoczyłam. – Nie sądzę jednak, by sobie na nią zasłużyli. Przecież żadne z nich nigdy się tam nie zapuszcza, nieprawdaż? – Ta niezbyt subtelna aluzja do zawartego niegdyś paktu dała Billy'emu sporo do myślenia.

– To prawda – przyznał. Miał się na baczności. – Wydajesz się bardzo dobrze poinformowana. Lepiej, niż się spodziewałem.

Rzuciłam mu wyzywające spojrzenie.

– Może nawet lepiej od pana.

Zamyślił się na moment, zacisnąwszy usta.

– Możliwe – odpowiedział z przebiegłą miną. – Pytanie tylko, czy Charlie jest równie dobrze poinformowany jak ty.

Bingo. Znalazł słaby punkt w mojej linii obrony.

Zrobiłam unik.

– Charlie bardzo lubi Cullenów – przypomniałam. Indianin zrozumiał moją taktykę doskonale. Nie wyglądał na uszczęśliwionego takim obrotem sprawy, ale i nie był zaskoczony.

– Może to i nie mój interes – oświadczył – ale Charliego tak.

– Ale będzie i mój, bez względu na to, czy uważam, że to jego interes, czy nie, prawda?

Miałam nadzieję, że Billy zrozumie tę chaotyczną wypowiedź. Starałam się jak mogłam, by nie powiedzieć niczego, co wskazywałoby na to, że jestem skłonna iść na kompromis.

I zrozumiał widocznie, bo zamyślił się tylko. Bębnienie deszczu o dach było jedynym dźwiękiem zakłócającym ciszę.

– Masz rację – poddał się w końcu. – To twoja sprawa.

Odetchnęłam z ulgą.

– Dzięki, Billy.

– Ale przemyśl to sobie jeszcze, Bello – doradził.

– Jasne.

Spojrzał na mnie z powagą.

– Po prostu daj sobie z tym spokój.

Trudno było się z nim kłócić. Znał mnie od dziecka i martwił się o mnie.

Trzasnęły frontowe drzwi. Drgnęłam nerwowo.

– Wszędzie szukałem – dobiegł nas z przedsionka zrzędliwy głos Jacoba. – W aucie nie ma żadnego zdjęcia.

Wszedł do kuchni. Całą górę koszuli miał przemoczoną, a z włosów kapała mu woda.

– Hm? – Billy obrócił wózek w stronę syna. – Pewnie zostawiłem je jednak w domu.

– No to świetnie. – Jacob teatralnie przewrócił oczami.

– No cóż, Bello, proszę, powiedz Charliemu – Billy zrobił krótką pauzę – że wpadliśmy przejazdem.

– Okej – mruknęłam.

– To już się zbieramy? – zdziwił się Jacob.

– Charlie wróci dopiero wieczorem – wyjaśnił mu ojciec, wyjeżdżając z kuchni.

– Och. No to do zobaczenia.

– Do zobaczenia.

– Uważaj na siebie – rzucił Billy. Nic nie odpowiedziałam.

Jacob pomógł ojcu przejechać przez próg. Upewniwszy się, że moja furgonetka jest już pusta, pomachałam im na pożegnanie i zamknęłam drzwi, zanim odjechali, choć nie miałam zamiaru opuszczać przedsionka. Usłyszałam odgłos zapuszczanego silnika. Gdy hałas ucichł, odczekałam jeszcze dobrą minutę, by zelżały nieco dręczące mnie niepokój i poirytowanie, a potem poszłam na górę, żeby się przebrać w coś mniej wyzywającego.

Przymierzyłam bez przekonania kilka bluz i bluzek – nie byłam pewna, czego się spodziewać po nadchodzącym wieczorze. Kiedy wybiegałam myślami w przyszłość, wszystko to, co niedawno się wydarzyło, zaczynało wydawać się nieistotne. Poza tym uwolniona spod wpływu uroku Jaspera i Edwarda, zaczęłam nadrabiać poranne godziny, kiedy to jeszcze nic a nic się nie bałam. Ze strachem przyszło otrzeźwienie. Przypomniało mi się, że tak czy siak cały wieczór spędzę w wiatrówce, więc zrezygnowawszy ze strojenia się, włożyłam starą flanelową koszulę i dżinsy.

Zadzwonił telefon. Rzuciłam się biegiem do słuchawki. Tylko jeden głos pragnęłam teraz usłyszeć, każdy inny byłby rozczarowaniem. Wiedziałam jednak, że gdyby Edward naprawdę miał mi coś do zakomunikowania, pewnie zmaterializowałby się po prostu w mojej sypialni.

– Halo? – spytałam zadyszanym głosem.

– Bella? To ja. – Dzwoniła Jessica.

– A, cześć. – Dziwnie było powrócić tak nagle do rzeczywistości. Miałam wrażenie, że znałam Jessicę w innym życiu, a przynajmniej, że od naszego ostatniego spotkania minęło ładnych parę miesięcy. – I jak tam było na balu? – spytałam przytomnie.

– Fantastycznie się bawiłam! – Nie potrzebując więcej słów zachęty, dziewczyna przeszła do nadzwyczaj szczegółowego opisu wczorajszej potańcówki. Starałam się wtrącać odpowiednie partykuły w dogodnych momentach, ale miałam ogromne problemy z koncentracją. Jessica, Mike, szkoła – to wszystko było takie nierealne, takie błahe. Zerkałam co chwila przez okno na zachmurzone niebo, próbując ocenić, ile jeszcze do zachodu słońca.

– Czy ty mnie w ogóle słuchasz, Bello? – spytała Jess z irytacją.

– Przepraszam, co mówiłaś?

– Że Mike mnie pocałował! Uwierzysz?

– Gratulacje.

– A co ty wczoraj porabiałaś? – spytała, podkreślając, że jeśli o nią chodzi, jest gotowa słuchać. A może miała mi za złe, że nie chciałam wyciągnąć od niej szczegółów?

– Nic takiego. Głównie kręciłam się wkoło domu, żeby złapać trochę słońca.

Usłyszałam, że Charlie wjeżdża do garażu.

– Edward Cullen się z tobą nie kontaktował?

Trzasnęły frontowe drzwi, a potem słychać było, jak ojciec chowa osprzęt w skrytce pod schodami.

– Ehm – zawahałam się, nie wiedząc, której wersji się trzymać.

– Cześć, maleńka! – zawołał Charlie, wchodząc do kuchni. Pomachałam mu na powitanie.

– Rozumiem, twój tata słucha – powiedziała Jess. – Nie ma sprawy, pogadamy jutro. Do zobaczenia na trygonometrii!

– Do jutra. – Odwiesiłam słuchawkę. – Cześć, tato. – Szorował właśnie ręce w zlewie. – Gdzie ryby?

– Włożyłem do zamrażarki.

– Wyjmę kilka sztuk, zanim stwardnieją na kamień. Billy wpadł dziś po południu i podrzucił ci trochę panierki Harry'ego Clearwatera – dodałam z celowo przerysowanym entuzjazmem.

– Naprawdę? – Oczy Charliego rozbłysły. – To moja ulubiona.

Dokończył toaletę, a ja przygotowałam obiad. Jedliśmy w milczeniu. Charlie rozkoszował się każdym kęsem, ja zaś łamałam sobie głowę, jak dotrzymać danego Edwardowi słowa i przekazać ojcu radosną nowinę. Nie miałam pojęcia, od czego zacząć.

– Jak ci minął dzień? – Charlie przerwał raptownie moje rozważania.

– Po południu kręciłam się po prostu po domu... – Właściwie to tylko przez jakieś piętnaście minut. Starałam się, żeby mój głos nie zdradzał, jak bardzo jestem spięta, i może nawet mi to wychodziło, ale mój żołądek był jednym wielkim supłem. – A rano odwiedziłam Cullenów.

Charlie opuścił widelec.

– Byłaś w domu doktora Cullena? – spytał zszokowany.

– Tak. – Udałam, że nie dostrzegłam nic dziwnego w jego gwałtownej reakcji.

– I co tam robiłaś? – Charlie przerwał na dobre posiłek.

– Widzisz, umówiłam się na coś w rodzaju randki z Edwardem Cullenem na dziś wieczór i chciał mnie przedstawić swoim rodzicom... Tato?

Charlie wyglądał tak, jakby zaraz miał dostać zawału.

– Tato, nic ci nie jest?

– Chodzisz z Edwardem Cullenem? – zagrzmiał.

Oj.

– Myślałam, że lubisz Cullenów.

– Jest dla ciebie za stary! – zaprotestował Charlie.

Nawet nie wiedział, jak trafna jest jego uwaga.

– Oboje jesteśmy z tego samego rocznika.

– Czekaj... – Charlie zamyślił się. – To który jest Edwin?

– Edward, nie Edwin, jest najmłodszy z całego rodzeństwa. To ten rudy.

Ten miedzianowłosy młody bóg...

– Aha. No... to... – Walczył sam ze sobą. – Chyba nie tak źle. Ale ten wielki mi się nie podoba. Z pewnością to bardzo miły chłopak, ale wygląda na zbyt... dojrzałego, jak na ciebie. Czyli ten Edwin to twój chłopak?

– Edward, tato.

– To twój chłopak, tak?

– Można tak powiedzieć.

– A kto mi mówił wczoraj wieczorem, że w Forks nie ma nikogo godnego uwagi?

Podniósł widelec, wiedziałam więc, że najgorsze minęło.

– Edward mieszka poza Forks, tato.

Rzucił mi spojrzenie, które miało mówić: „Ech, te nastolatki".

– Tyle że, tato, zrozum, dopiero zaczęliśmy się spotykać, więc błagam, nie wyskakuj czasem z tym „chłopakiem", dobrze?

– Kiedy ma po ciebie przyjść?

– Och, lada chwila.

– Dokąd cię zabiera?

Jęknęłam głośno.

– Mam nadzieję, że to już koniec przesłuchania, panie inkwizytorze. Będziemy grać w baseball z jego rodziną.

Charlie zdziwił się, a potem zachichotał.

– Ty i baseball?

– Wiem, wiem. Sądzę, że będę głównie kibicem.

– Musi ci naprawdę zależeć na tym chłopaku – zauważył podejrzliwym tonem.

Westchnęłam i przewróciłam oczami, jak przystało na nastoletnią córkę.

Nagle usłyszeliśmy parkujące pod domem auto. Zerwałam się na równe nogi i rzuciłam się zmywać naczynia.

– Zostaw to, ja się tym zajmę. Za bardzo mnie rozpieszczasz.

Zadzwonił dzwonek do drzwi i Charlie poszedł otworzyć. Trzymałam się tuż za nim.

Nie zdawałam sobie sprawy, że zaczęło lać jak z cebra. Edward stał na ganku w aureoli rzucanego przez lampę światła. Wyglądał jak model z reklamy drogich prochowców.

– Ach, to Edward. Zapraszamy do środka.

Odetchnęłam z ulgą, usłyszawszy, że tym razem nie pomylił imienia.

– Dzień dobry, panie komendancie.

– Wchodź, wchodź. Możesz mi mówić po imieniu. Daj no płaszcz, to powieszę.

– Proszę. Dziękuję. – Edward był wcieleniem dobrych manier. Przeszliśmy do saloniku.

– Siadaj, Edward.

Skrzywiłam się, bo usiadł w jedynym fotelu, zmuszając mnie do zajęcia miejsca koło Charliego na kanapie. Rzuciłam mu gniewne spojrzenie. Odpowiedział mrugnięciem, gdy Charlie nie patrzył.

– Jeśli dobrze zrozumiałem, udało ci się przekonać moją córkę do baseballu? – Fakt, że Cullenowie planują mecz, gdy za oknem szaleje ulewa, nie wzbudził jego podejrzeń. Tylko w stanie Waszyngton coś takiego było możliwe.

– Zgadza się, proszę pana. – Nie wyglądał na zaskoczonego tym, że powiedziałam ojcu prawdę. Najprawdopodobniej podsłuchiwał wcześniej jego myśli.

– Cóż, musisz mieć jakiś dar.

Obaj wybuchnęli śmiechem.

– No dobra. – Wstałam. – Dość tych dowcipów moim kosztem. Zbierajmy się. – Przeszłam do przedsionka i włożyłam kurtkę. Podążyli za mną.

– Tylko nie wróć za późno, Bello.

– Nie martw się, Charlie – obiecał Edward. – Odstawię ją o przyzwoitej porze.

– Zaopiekujesz się moją dziewczynką jak należy?

Wydałam z siebie jęk protestu, ale mnie zignorowali.

– Tak jest. Przyrzekam, że będzie przy mnie bezpieczna.

Od Edwarda aż biły szczerość i uczciwość. Charlie nie miał innego wyjścia, jak tylko mu zaufać.

Wyszli za mną z domu, śmiejąc się z mojego poirytowania.

Na ganku stanęłam jak wryta. Za moją furgonetką stał gigantyczny, lśniący czerwienią jeep – jego opony sięgały mi niemal do pachy. Tylne i przednie reflektory otaczały metalowe ochraniacze, a do zderzaka przyczepione były cztery wielkie światła punktowe.

Charlie gwizdnął z wrażenia.

– Zapnijcie pasy – wydusił z siebie.

Podszedłszy do auta od strony pasażera, Edward szarmancko otworzył przede mną drzwi. Kiedy zobaczyłam, jaka odległość dzieli mnie od siedzenia, zaczęłam gotować się do rozpaczliwego podskoku. Edward tylko westchnął i podsadził mnie jedną ręką. Miałam nadzieję, że ten pokaz siły uszedł uwagi Charliego.

Chciałam zapiąć pas, ale okazało się, że wokół fotela zwisa ich kilka. Nie miałam pojęcia, co gdzie wpiąć.

– Co to ma być? – spytałam Edwarda, gdy już obszedł jeepa w powolnym ludzkim tempie.

– To specjalne szelki do jazdy po wertepach.

– Och.

Zaczęłam się zapinać. Szło mi to opornie. Edward znów westchnął i pochylił się, żeby mi pomóc. Dzięki Bogu, rzęsisty deszcz uniemożliwiał ojcu podglądanie z ganku. Dłonie Edwarda zatrzymały się na dłużej przy mojej szyi, ocierały o moje obojczyki... Zrezygnowałam z manipulowania przy pasach, skupiając się na kontrolowaniu swojego chorobliwie przyspieszonego oddechu.

– Eee... Duży ten jeep – wybąkałam, kiedy ruszyliśmy.

– Emmetta. Uznałem, że pewnie nie chciałabyś biec całą drogę.

– Gdzie go trzymacie?

– Przerobiliśmy jeden z budynków gospodarczych na garaż.

– A ty nie zapniesz pasów?

Spojrzał na mnie z niedowierzaniem.

Dopiero wtedy coś do mnie dotarło.

– Nie biec całą drogę? – Mój głos zrobił się piskliwy. – Całą? Czy dobrze rozumiem, że kawałek drogi mimo wszystko przebiegniemy?

– Ty nie będziesz biec. – Edward uśmiechnął się cierpko.

– Za to będę wymiotować.

– Nie, jeśli zamkniesz oczy.

Przygryzłam wargi, próbując opanować narastający we mnie lęk. Edward pocałował mnie w czubek głowy i znienacka głośno jęknął. Zdziwiona podniosłam wzrok.

– Przy deszczowej pogodzie pachniesz intensywniej – wyjaśnił.

– I jest ci z tym przyjemniej czy trudniej?

Westchnął.

– I tak, i tak. Jak zawsze.

Przez ulewę panowały takie ciemności, że nie wiem, jakim cudem udało mu się wypatrzyć drogę, w którą miał skręcić. Właściwie nie przypominało to drogi, tylko jakiś górski szlak. O prowadzeniu konwersacji nie było mowy, bo rzucało mną rytmicznie niczym kozłowaną piłką do koszykówki. Edward tymczasem świetnie się bawił – przez całą drogę z jego twarzy nie znikał szeroki uśmiech.

Nagle szlak się urwał. Z trzech stron otoczył nas las. Deszcz przeszedł w mżawkę i słabł z każdą minutą. Spoza chmur zaczęło nieśmiało przezierać niebo.

– Przykro mi, Bello, ale od tego miejsca trzeba już iść pieszo.

– Wiesz co? Chyba sobie tu poczekam.

– Gdzie się podziała twoja odwaga? Rano byłaś gotowa na wszystko.

– Nie zapomniałam jeszcze, jak to było ostatnim razem.

Trudno mi było uwierzyć, że od tamtego wydarzenia minął zaledwie jeden dzień.

Edward obszedł jeepa w ułamek sekundy i zanim się obejrzałam, wypinał mnie z szelek.

– Sama sobie poradzę. Idź już, idź.

– Hm... – Zamyślił się na chwilę. – Coś mi się wydaje, że będę musiał popracować nad twoimi wspomnieniami.

W okamgnieniu wyciągnął mnie z wozu i postawił na ziemi. Deszcz był już tylko wilgotną mgiełką – Alice miała rację.

– Popracować nad moimi wspomnieniami? – Nie podobało mi się to wyrażenie.

– Zaraz zobaczysz. – Oparłszy dłonie o karoserię samochodu, pochylił się nade mną, przyglądając mi się z uwagą. Przywarłam do auta. Nie miałam jak uciec. Edward pochylił się jeszcze bardziej, nasze twarze dzieliło teraz zaledwie kilka centymetrów. Głęboko w jego oczach żarzyły się iskierki wesołości.

– Powiedz, czego dokładnie się boisz? – zapytał, oszałamiając mnie po raz kolejny samą wonią swojego oddechu.

– Tego, że uderzę o drzewo. – Przełknęłam głośno ślinę. – I zginę na miejscu. I że jeszcze potem zwymiotuję.

Nie pozwolił sobie na to, żeby się roześmiać – pocałował mnie za to we wgłębienie między obojczykami.

– Nadal się boisz? – zamruczał, nie odsuwając chłodnych warg od mojej skóry.

– Tak. – Miałam trudności z koncentracją. – Że uderzę w drzewo. I że zrobi mi się niedobrze.

Przejechał mi powolutku nosem po szyi, od miejsca, w którym mnie pocałował, aż po brodę. Jego oddech był tak lodowaty, że szczypał niczym powietrze w mroźny dzień.

– A teraz? – szepnął wtulony w mój policzek.

– Bez zmian – wymamrotałam. – Drzewa. Wymioty.

Edward złożył delikatne pocałunki na moich powiekach.

– Bello, chyba nie myślisz, że mógłbym uderzyć w drzewo?

– Ty nie, ale ja tak – odparłam, ale już bez większego przekonania.

Zwęszywszy rychłe zwycięstwo, Edward pocałował mnie kilka-krotnie w policzek, zatrzymując się tuż przed kącikiem ust.

– Sądzisz, że pozwoliłbym na to, żebyś się przy mnie zraniła? – Musnął moją rozedrganą dolną wargę swoją górną.

– Nie. – Wiedziałam, że oprócz drzew miałam jeszcze jeden argument, ale zupełnie wyleciał mi on z głowy.

– Sama widzisz. – Nasze wargi dotykały się co chwila. – Nie ma się czego bać, prawda?

Poddałam się.

– Nie, nie ma.

Słysząc to, Edward ujął moją twarz w obie dłonie i pocałował mnie nareszcie tak zupełnie na serio, namiętnie, niemal brutalnie.

Tym razem nie dało się w żaden sposób usprawiedliwić moje-go zachowania – wiedziałam już przecież doskonale, jakie będą jego konsekwencje, a mimo to nie potrafiłam się powstrzymać i postąpiłam dokładnie tak samo. Zamiast, dla własnego bezpie-czeństwa, zastygnąć nieruchomo, przycisnęłam Edwarda mocniej do siebie, rozwierając przy tym wargi i wydając z siebie głośne westchnienie.

Natychmiast bez najmniejszego wysiłku wyrwał się z moich objęć.

– A niech cię, dziewczyno! Wpędzisz mnie do grobu.

Pochyliłam się do przodu, opierając dłonie o kolana.

– Jesteś niezniszczalny – wydusiłam, starając się złapać oddech.

– Może i w to nawet wierzyłem, ale później poznałem ciebie! – warknął. – Ruszmy się stąd lepiej, zanim zrobimy coś naprawdę głupiego.

Podobnie jak wczoraj, wziął mnie na barana. Zauważałam te-raz i doceniałam to, jak bardzo musi się starać, żeby opanować gwałtowność swoich gestów i nie zrobić mi krzywdy. Objęłam go z całych sił nogami w pasie, ręce zamknęłam zaś w mocnym uści-sku wokół jego szyi.

– I nie zapomnij zamknąć oczu! – przypomniał mi srogim to-nem.

Przyciskając twarz do łopatki Edwarda, wsadziłam sobie głowę niemal pod pachę i zacisnęłam powieki.

Podziałało. Ledwie czułam, że się przemieszczamy. Oczywiście jego mięśnie poruszały się pode mną delikatnie, ale równie dobrze mógłby spacerować właśnie po chodniku. Kusiło mnie, żeby podejrzeć, czy naprawdę dziko pędzi przez las, powstrzymałam się jednak, pamiętając wczorajsze potworne zawroty głowy. Pozostawało mi tylko wsłuchiwać się w jego równy oddech.

Nie byłam pewna, czy to już koniec, dopóki nie pogłaskał mnie po głowie.

– Jesteśmy na miejscu, Bello.

Odważyłam się otworzyć oczy. Rzeczywiście, staliśmy. Rozluźniając odrętwiałe mięśnie, zaczęłam ześlizgiwać się na ziemię, wylądowałam jednak na plecach i jęknęłam z bólu i zaskoczenia.

Z początku Edward nie zareagował, uznając najwyraźniej, że jest jeszcze na mnie zły, a zatem powinien mnie wyniośle ignorować. Musiałam jednak wyglądać wyjątkowo komicznie, bo po krótkiej chwili nie wytrzymał i wybuchł głośnym śmiechem.

Podniosłam się i nie zwracając na niego uwagi, zabrałam się do ścierania z kurtki listków paproci i błota. Jeszcze bardziej go to rozśmieszyło. Zirytowana odwróciłam się na pięcie i ruszyłam w las.

– Dokąd to? – Schwycił mnie w talii.

– Na mecz baseballu. Ty, jak widzę, znalazłeś sobie zajęcie, ale jestem pewna, że inni zdołają się bez ciebie świetnie bawić.

– Idziesz w złą stronę.

Zawróciłam, nie patrząc nawet w jego kierunku. Znów mnie przytrzymał.

– Nie wściekaj się, nie mogłem się opanować. Żałuj, że nie widziałaś swojej zdezorientowanej miny.

– Ach tak? – spytałam, unosząc brew. – To tylko tobie wolno się wściekać?

– Wcale nie byłem na ciebie zły.

– „Do grobu mnie wpędzisz"? – zacytowałam oschle.

– To było tylko stwierdzenie faktu.

Próbowałam się odwrócić i odejść, ale trzymał mnie mocno.

– Byłeś wściekły.

– Byłem.

– A dopiero co powiedziałeś...

– Że nie byłem zły na ciebie. Nie widzisz tego, Bello? – Spoważniał. – Naprawdę nie rozumiesz?

– Czego znowu nie rozumiem? – Zaskoczyła mnie ta nagła zmiana nastroju.

– Że nigdy nie jestem zły na ciebie. Jakżebym mógł? Jesteś taka dzielna, ufna... taka ciepła.

– To dlaczego tak się zachowujesz? – wyszeptałam. Zawsze wydawało mi się, że w takich chwilach jest sfrustrowany – i ma do tego pełne prawo. Że irytują go moja powolność, mój słaby charakter, moje spontaniczne reakcje...

Przyłożył mi dłonie do policzków.

– Wpadam w straszliwy gniew – wyjaśnił cichym głosem – bo nie potrafię cię należycie chronić. Sama moja obecność jest dla ciebie ryzykowna. Czasami czuję do siebie wstręt. Powinienem być silniejszy, powinienem móc...

Zakryłam mu usta dłonią.

– Przestań.

Odsunął ją, ale przytrzymał przy policzku.

– Kocham cię – powiedział. – To marna wymówka, ale i szczera prawda.

Po raz pierwszy wyznał wprost, co do mnie czuje, choć może sam nie zdawał sobie z tego sprawy.

– A teraz, proszę, zachowuj się jak należy – oświadczył i pocałował mnie ostrożnie w same usta.

Tym razem ani drgnęłam. Westchnęłam, gdy się wyprostował.

– Przyrzekłeś komendantowi Swanowi odstawić mnie o przyzwoitej porze, pamiętasz? Lepiej już chodźmy.

– Tak jest.

Uśmiechnąwszy się smutno, wypuścił mnie z objęć, wziął za rękę i poprowadził przez las. Przedzieraliśmy się przez wysokie, wilgotne paprocie i zwisające z drzew girlandy mchu, potem minęliśmy olbrzymią choinę i znaleźliśmy się na ogromnej polanie u stóp gór Olympic. Była dwa razy większa od przeciętnego stadionu baseballowego.

Jakieś sto metrów od nas, na niewielkim nagim wypiętrzeniu skalnym, siedzieli już Esme, Emmett i Rosalie. O wiele dalej majaczyły sylwetki Jaspera i Alice. Choć dzieliło ich dobre kilkaset metrów, sądząc z ich ruchów, najwyraźniej coś między sobą przerzucali, nie byłam jednak w stanie dostrzec żadnej piłki. Carlisle z kolei obchodził właśnie polanę i wydawał się zaznaczać bazy, ale trudno było mi uwierzyć, że będą położone tak daleko od siebie.

Zauważywszy nas, trójka na skale podniosła się z miejsc. Esme ruszyła w naszym kierunku. Rosalie oddaliła się z dumnie podniesioną głową, nie obdarzywszy nas choćby jednym spojrzeniem. Emmett przez jakiś czas wpatrywał się w jej plecy, po czym podążył za swoją przyszywaną matką. Poczułam się nieswojo, widząc, że nie przez wszystkich jestem tu mile widziana.

– Czy to ciebie słyszeliśmy przed chwilą, Edwardzie? – spytała Esme, podszedłszy bliżej.

– Myśleliśmy już, że to jakiś niedźwiedź się krztusi – dodał Emmett.

– Tak, to on. – Zerknęłam na Esme z nieśmiałym uśmiechem.

– Belli udało się mnie przypadkowo rozbawić – wyjaśnił Edward, wyrównując między nami rachunki.

Alice podbiegła do nas charakterystycznym dla siebie, tanecznym krokiem. Mimo wielkiej prędkości, potrafiła wyhamować z niesłychanym wdziękiem.

– Już czas – ogłosiła.

Gdy tylko wypowiedziała te słowa, rozległ się grzmot. Błyskawica uderzyła gdzieś na zachód od Forks. Rozkołysały się korony drzew.

– Aż ciarki przebiegają po plecach, prawda? – zwrócił się do mnie Emmett z porozumiewawczym mrugnięciem.

– Chodźmy. – Alice złapała go za rękę i rzuciła się dzikim pędem ku środkowej gigantycznego boiska. W biegu przypominała rączą gazelę. Jej bratu także nie brakowało wdzięku i poruszał się z równie zawrotną szybkością, ale z pewnością nie można było obdarzyć go takim określeniem.

– Gotowa na mecz? – spytał Edward. Jego oczy błyszczały.

– Do dzieła, drużyno! – zawołałam, starając się zabrzmieć odpowiednio entuzjastycznie.

Parsknął śmiechem, zmierzwił mi pieszczotliwie włosy i ruszył w ślad za rodzeństwem. Szybko ich wyprzedził. W jego ruchach było coś z drapieżnika – wyglądał bardziej na geparda niż gazelę. Biła od niego taka moc i uroda, że aż zaparło mi dech w piersiach.

– Podejdziemy bliżej? – Miękki, melodyjny głos Esme wyrwał mnie z zamyślenia. Uświadomiłam sobie, że gapię się na Edwarda z rozdziawioną buzią. Natychmiast się opanowałam i pokiwałam głową. Esme trzymała się ponad metr ode mnie – ciekawa byłam, czy nadal robi wszystko, co w jej mocy, żeby mnie nie przestraszyć. Dopasowała swoje tempo do mojego, ale nie wyglądała na zniecierpliwioną z tego powodu.

– A ty nie grasz? – wybąkałam nieśmiało.

– Nie, wolę sędziować. Lubię pilnować, żeby grali uczciwie.

– Tak często oszukują?

– O tak. Żebyś tylko słyszała, jak się przy tym wykłócają! Albo lepiej nie, pomyślisz jeszcze, że wychowali się ze stadem wilków.

– Mówisz zupełnie jak moja mama – zaśmiałam się zaskoczona.

Też się roześmiała.

– No cóż, nie ma co ukrywać, że rzeczywiście często traktuję ich jak własne dzieci. Nie potrafię zapanować nad swoim instynktem macierzyńskim. Czy Edward wspominał ci, że straciłam dziecko?

– Nie – wymamrotałam zszokowana, zastanawiając się, czy doszło do tego przed czy po jej przemianie.

– Tak było, moje pierwsze i jedyne dziecko. Mój syneczek, biedactwo, zmarł zaledwie kilka dni po urodzeniu. – Westchnęła ciężko. – Złamało mi to serce. To dlatego rzuciłam się z klifu do morza – dodała bez cienia zmieszania.

– Edward mówił tylko, że spa... spadłaś z klifu – wyjąkałam.

– Dżentelmen w każdym calu – skwitowała. – Edward był pierwszym z moich nowych synów. Zawsze tak właśnie o nim myślałam, jak o synu, chociaż poniekąd jest starszy ode mnie. – Uśmiechnęła się do mnie serdecznie. – Właśnie dlatego tak bardzo się cieszę, że cię znalazł, skarbie. – To pieszczotliwe określenie zabrzmiało w jej ustach zupełnie naturalnie. – Zbyt długo sam chodził po tym świecie. Serce mi się krajało, że nie ma nikogo u jego boku.

– Więc nie masz nic przeciwko temu? – spytałam z wahaniem. – Nie uważasz, że nie pasujemy do siebie?

– Nie. – Zamyśliła się. – Taką sobie ciebie wybrał. Wszystko jakoś się ułoży. – Chciała mnie pocieszyć, ale minę miała zatroskaną. Rozległ się kolejny grzmot.

Esme zatrzymała się – doszłyśmy widocznie do skraju boiska. Wszystko wskazywało na to, że gracze podzielili się już na drużyny. Edward stał daleko od nas, po lewej stronie, Carlisle pomiędzy pierwszą a drugą bazą, a Alice miała piłkę w dłoni, musiała więc być miotaczem.

Emmett czekał na piłkę, wymachując aluminiowym kijem. Robił to tak szybko, że niemal nie było go widać. Bijak przecinał wieczorne powietrze, wydając niesamowite, gwiżdżące odgłosy. Spodziewałam się, że chłopak lada chwila przejdzie do ostatniej bazy, ale kiedy przykucnął, gotując się do wybicia, zorientowałam się, że właśnie tam się ona znajduje. Żaden człowiek na miejscu Alice nie zdołałby dorzucić piłki na taką odległość. Jasper, jako łapacz przeciwnej drużyny, stał kilka dobrych metrów za Emmettem. Oczywiście żaden z zawodników nie miał na sobie rękawic.

– Wszystko gotowe! Alice, rzucaj! – zawołała Esme. Wiedziałam, że nawet Edward ją usłyszy.

Alice stała wyprostowana jak struna, jakby wcale nie miała zamiaru się poruszyć. Jak gdyby nigdy nic, trzymała piłkę w obu dłoniach na wysokości pasa. Wolała widocznie działać przebiegle, z zaskoczenia, niż drażnić przeciwnika kąśliwymi uwagami. Nagle wygięła się niczym atakująca kobra, jej prawa ręka ledwie mignęła w powietrzu, i już piłka wbiła się z impetem w nadstawioną dłoń Jaspera.

– Czyli Emmettowi się nie udało? – szepnęłam do Esme.

– Skoro Jasper ma piłkę, to nie – odpowiedziała.

Jasper odrzucił piłkę do Alice. Pozwoliła sobie na szeroki uśmiech, po czym ponownie cisnęła ją w kierunku ostatniej bazy.

Tym razem kij jakimś cudem trafił niewidzialny pocisk, o czym powiadomił nas przeraźliwy huk, który odbił się echem od pobliskich gór. Natychmiast zrozumiałam, czemu niezbędna była im burza z piorunami.

Piłka wystrzeliła nad polaną niczym meteor, poszybowała nad drzewami i zaszyła się głęboko w lesie.

– Stracona – mruknęłam.

– Czekaj, czekaj. – Esme nasłuchiwała czegoś z podniesioną jedną ręką. Rozejrzałam się. Emmett miotał się niemal niewidoczny po boisku, chcąc zaliczyć na czas wszystkie bazy. Carlisle biegł za nim. Zorientowałam się, że brakuje Edwarda.

– Złapana! – zawołała Esme, wykonując swoje obowiązki sędziego. Spojrzałam z niedowierzaniem ku ścianie lasu. Edward wyskoczył spomiędzy drzew, trzymając piłkę wysoko w górze. Nawet z tej odległości widać było, że triumfalnie się uśmiecha.

– Emmett uderza z nas wszystkich najmocniej – wyjaśniła mi Esme – ale Edward z kolei najszybciej biega.

Przyglądałam się dalszym rundom z szeroko otwartymi oczami. Mój marny ludzki wzrok nie nadążał ani za piłką, ani za przemieszczającymi się po boisku zawodnikami.

Wkrótce poznałam drugą przyczynę, dla której grano w baseball wyłącznie podczas burzy z piorunami. Pragnąc wywieść Edwarda w pole, Jasper odbił piłkę w stronę Carlisle'a tak, żeby poleciała tuż nad ziemią, po czym Carlisle przechwycił ją i pognał za miotaczem do ostatniej bazy. Kiedy wpadli na siebie, rozległ się taki łoskot, jakby zderzyły się dwa głazy narzutowe. Przeraziłam się nie na żarty, ale wyszli z tej kolizji bez szwanku.

– Bez straty kolejki! – poinformowała Esme pozostałych.

Drużyna Emmetta prowadziła o jeden punkt – po szaleńczym biegu przez bazy Rosalie zaliczyła dotknięcie, gdy Emmett stał na pozycji odbijającego – a potem Edward po raz trzeci złapał piłkę. Podbiegł do mnie zaraz z uradowaną miną.

– I jak ci się podoba?

– Jedno wiem na pewno. Już nigdy nie będę mogła obejrzeć w całości zwykłego meczu ligowego. Umarłabym z nudów.

– Akurat uwierzę, że cię wcześniej ekscytowały – zaśmiał się.

– Muszę jednak przyznać, że jestem odrobinę rozczarowana – oświadczyłam, chcąc się nieco podroczyć.

– Co cię rozczarowało? – zdziwił się szczerze.

– Cóż, miło byłoby się dowiedzieć, że istnieje choć jedna dziedzina, w której nie jesteś najlepszy na świecie.

Uśmiechnął się łobuzersko, tak jak lubiłam najbardziej. Z wrażenia zakręciło mi się w głowie.

– Czas na mnie – rzucił i poszedł ustawić się na pozycji odbijającego.

Zagrał z rozmysłem, puścił piłkę nisko, z dala od zwinnych rąk Rosalie na polu zewnętrznym, a potem w błyskawicznym tempie zaliczył dwie bazy, zanim Emmett zdołał włączyć piłkę z powrotem do gry. Później piłkę trafił Carlisle – od huku, jaki narobił, aż zabolały mnie uszy – i wybił ją tak daleko, że obaj z Edwardem zdążyli obiec całe boisko. Alice z gracją przybiła im piątki.

Obie drużyny szły łeb w łeb, a strona wygrywająca naigrawała się z drugiej z taką samą energią, co dzieci grające na podwórku. Od czasu do czasu Esme przywoływała ich do porządku. Nieraz jeszcze zagrzmiało, ale deszcz do nas nie docierał, dokładnie tak, jak przewidziała to Alice. Carlisle trzymał akurat w ręku bijak, a Edward miał łapać, gdy dziewczyna znienacka głośno krzyknęła. Odruchowo zerknęłam na Edwarda. W mgnieniu oka poznał myśli siostry i znalazł się u mojego boku, zanim inni zdążyli spytać, co się stało.

– Alice? – W głosie Esme dało się wyczuć napięcie.

– A myślałam... Jak mogłam... Nie, nie potrafiłam...

Rodzina zebrała się wkoło spanikowanej dziewczyny.

– O co chodzi, Alice? – spytał Carlisle stanowczym tonem głowy rodu.

– Przemieszczają się znacznie szybciej, niż myślałam – wyszeptała. – Teraz wiem, że źle to sobie obliczyłam.

Jasper nachylił się nad nią z troską. – Co się jeszcze zmieniło? – spytał.

– Usłyszeli, że gramy, i zmienili kurs – wyznała skruszona, jakby była temu winna.

Poczułam na sobie siedem par oczu, ale zaraz wszyscy odwrócili wzrok.

– Ile mamy czasu? – spytał Carlisle Edwarda.

Zanim odpowiedział, skoncentrował się na czymś intensywnie.

– Mniej niż pięć minut. – Skrzywił się. – Biegną. Nie mogą się doczekać. Chcą się włączyć do gry.

– Wyrobisz się? – Carlisle znów zerknął na mnie przelotnie.

– Nie, nie z obciążeniem – odparł Edward krótko. – Poza tym ostatnia rzecz, której nam trzeba, to to, żeby coś wywęszyli i postanowili zapolować.

– Ilu ich jest? – spytał Emmett Alice.

– Troje – odpowiedziała lakonicznie.

– Troje! – żachnął się. – To niech sobie przychodzą. – Nieświadomie napiął imponujące muskuły ramion.

Przez ułamek sekundy, który ciągnął się w nieskończoność, Carlisle zastanawiał się nad tym, jakie wydać dyspozycje. Tylko Emmett zdawał się nieporuszony całym zamieszaniem – pozostali z napięciem wpatrywali się w twarz doktora.

– Po prostu grajmy dalej – oświadczył w końcu Carlisle. – Alice mówiła, że są tylko nas ciekawi.

Cała ta wymiana zdań od okrzyku dziewczyny trwała najwyżej kilkanaście sekund. Skupiona wyłapałam większość słów, nie wiedziałam tylko, co Esme starała się właśnie przekazać Edwardowi. Spojrzała na niego znacząco, a on dyskretnie pokręcił przecząco głową. Kobieta odetchnęła z ulgą.

– Zastąp mnie, dobrze? – zwrócił się do niej. – Niech ja teraz trochę posędziuję. – Nadal nie odstępował mnie ani na krok.

Wszyscy prócz niego wrócili na boisko, lustrując bystrymi oczami ciemną ścianę lasu. Odniosłam wrażenie, że Alice i Esme zajmują takie pozycje, by mieć mnie na oku.

– Rozpuść włosy – rozkazał Edward cicho.

Ściągnąwszy posłusznie gumkę, potrząsnęłam głową, żeby się równomiernie rozłożyły.

– Obcy są coraz bliżej – powiedziałam, jakby nie wiedział.

– Tak, więc bardzo cię proszę, stój spokojnie, nie odzywaj się, nie hałasuj i trzymaj się blisko mnie. – Nie udało mu się do końca ukryć zdenerwowania. Zaczął przerzucać kosmyki moich długich włosów do przodu, przed ramiona, próbując chyba zasłonić mi twarz.

– To nic nie da – zawołała Alice. – Czułam ją nawet z drugiego końca boiska.

– Wiem – rzucił lekko spanikowanym tonem.

Carlisle zajął miejsce przy ostatniej bazie. Nikomu nie było spieszno rozpocząć gry.

– Co chciała wiedzieć Esme? – spytałam Edwarda szeptem.

Zawahał się przez chwilę, ale zdecydował się mi to wyjawić.

– Czy są głodni – wymamrotał, patrząc gdzieś w bok.

Mijały kolejne sekundy. Gra toczyła się teraz apatycznie – nikt nie miał śmiałości wybijać piłkę poza boisko, a Emmett, Rosalie i Japser trzymali się pola wewnętrznego. Choć byłam coraz bardziej sparaliżowana strachem, dostrzegłam, że Rosalie co jakiś czas zerka w moim kierunku. Wyraz jej oczu pozostawał nieprzenikniony, ale sposób, w jaki wykrzywiała usta, pozwalał mi się domyślać, że jest rozgniewana.

Edward ignorował zupełnie to, co działo się na boisku. Wzrokiem i myślą przeczesywał las.

– Tak mi przykro, Bello – szepnął z pasją. – Tak cię narażam. Zachowałem się bezmyślnie, nieodpowiedzialnie. Mogę tylko przepraszać.

Nagle wstrzymał oddech i nie odrywając oczu od drzew po prawej stronie boiska, zrobił krok do przodu, by znaleźć się między mną a zbliżającymi się gośćmi.

Carlisle, Emmett i inni także obrócili się w tamtym kierunku. Wszyscy słyszeli to, czego mnie słyszeć nie było jeszcze dane – odgłosy przedzierania się przez chaszcze.

18 *Polowanie*

Wynurzyli się z lasu jedno po drugim, w odległości jakichś dwunastu metrów od siebie. Mężczyzna, który wyszedł na polanę pierwszy, cofnął się natychmiast, by pojawić się po chwili ponownie, tym razem jednak za plecami wysokiego bruneta, który, jak z tego wynikało, dowodził całą grupą. Trzecia była kobieta. Z tak dużej odległości mogłam o niej powiedzieć tylko tyle, że ma płomiennorude włosy niezwykłej urody.

Zbliżając się do rodziny Edwarda, mieli się wyraźnie na baczności i trzymali się blisko siebie, jak zresztą przystało na trójkę drapieżników, które napotykają na drodze nieznane, liczebniejsze stado tego samego gatunku.

Gdy podeszli dostatecznie blisko, uświadomiłam sobie, jak bardzo różnią się od Cullenów. W ruchach nieznajomych kryło się coś kociego, jakby w każdej chwili gotowi byli do sprężystego skoku. Strojem nie odstawali zbytnio od zwykłych turystów – wszyscy mieli dżinsy i grube flanelowe koszule. Ubrania te były już jednak mocno wystrzępione, stóp przybyszów zaś nie chroniło obuwie. Obaj mężczyźni mieli krótko przystrzyżone włosy, ale w imponującej ognistą barwą grzywie kobiety roiło się od liści i innych leśnych pamiątek.

Carlisle wyszedł im naprzeciw w asyście Emmetta i Jaspera. On także zachowywał wszelkie zasady ostrożności. Nieznajomi przyjrzeli mu się uważnie. Wyglądał przy nich jak dystyngowany mieszczuch na wakacjach przy grupie prostych drwali. Musiało ich to nieco uspokoić, bo niezależnie od siebie wyprostowali się i rozluźnili.

Z całej trójki najbardziej urodziwy był z pewnością przywódca grupy. Pod charakterystyczną bladością kryła się piękna, oliwkowa cera, pasująca do lśniących czernią włosów. Mężczyzna nie wyróżniał się wzrostem ani wagą, ale z pewnością wielu zazdrościło mu muskulatury, choć rzecz jasna daleko mu było do Emmetta. Uśmiechając się, odsłaniał olśniewająco białe zęby.

Kobieta była bardziej dzika, jej oczy rozbiegane. Zerkała wciąż to na Carlisle'a i jego świtę, to na pozostałych, którzy stali rozproszeni bliżej mnie. Jej potargane włosy drgały w podmuchach lekkiego wieczornego wiatru. Nadal przypominała mi kota. Drugi mężczyzna trzymał się z tyłu, nie narzucał się ze swoją obecnością. Był nieco niższy i wątlejszy od bruneta, miał jasnobrązowe włosy o przeciętnym odcieniu, a w regularnych rysach jego twarzy nie było nic, co przykuwałoby uwagę. Jego oczy, choć zupełnie nieruchome, wydały mi się najbardziej czujne.

To właśnie kolor oczu najbardziej ich wyróżniał. Spodziewałam się, że będą złote lub czarne, tymczasem miały złowrogą barwę burgunda. Po ich ujrzeniu trudno było dojść do siebie.

Nadal się uśmiechając, przywódca grupy podszedł do Carlisle'a.

– Wydawało nam się, że gra tu ktoś z naszych – odezwał się swobodnym tonem. W jego głosie pobrzmiewały śladowe ilości francuskiego akcentu. – Jestem Laurent, a to Victoria i James. – Wskazał na swoich towarzyszy.

– Mam na imię Carlisle, a to moi najbliżsi: Emmett i Jasper, a tam dalej Rosalie, Alice i Esme, i Edward z Bellą. – Nie przedstawił nas po kolei, tylko z rozmysłem parami bądź trójkami. Drgnęłam, gdy wymówił moje imię.

– Znajdzie się miejsce dla kilku nowych zawodników? – spytał Laurent przyjaźnie.

– Właściwie już kończyliśmy – odparł Carlisle podobnym tonem. – Ale możemy umówić się na później. Planujecie na dłużej zatrzymać się w okolicy?

– Po prawdzie kierujemy się na północ, byliśmy tylko ciekawi, kto tu jeszcze przebywa. Od bardzo dawna nikogo nie spotkaliśmy.

– W tej części stanu jesteśmy tylko my, no i czasami trafiają się przypadkowi wędrowcy, tacy jak wasza trójka.

Napięcie stopniowo opadało, a wymiana zdań zamieniała w towarzyską pogawędkę. Domyśliłam się, że to Jasper steruje emocjami nowo przybyłych, wykorzystując swój cudowny dar.

– Jak daleko zapuszczacie się na polowania? – zapytał Laurent. Ot, pytanie kolegi z innego kółka łowieckiego.

– Trzymamy się gór Olympic, tylko czasami odwiedzamy Nadbrzeżne. Osiedliliśmy się na stałe tu niedaleko. Znamy jeszcze jedną rodzinę, mieszkają na północ stąd, koło Denali*.

Laurent odchylił się nieco na piętach.

– Na stałe? – spytał szczerze zdumiony. – Jak wam się to udało?

– To długa historia – odparł Carlisle. – Zapraszam do nas, do domu, tam będziemy mogli rozsiąść się wygodnie i porozmawiać.

Na dźwięk słowa „dom" James i Victoria wymienili zdziwione spojrzenia. Laurent lepiej się kontrolował.

– Brzmi to zachęcająco. – Wydawał się naprawdę uradowany. – Pięknie dziękujemy za zaproszenie. Polowaliśmy całą drogę z Ontario i od dłuższego czasu nie mieliśmy okazji doprowadzić się do porządku. – Zmierzył wzrokiem schludnie odzianego doktora.

---

* Inna nazwa góry McKinley na Alasce, najwyższego szczytu Ameryki Północnej (6194 m).

– Mam nadzieję, że się nie obruszycie, jeśli poprosimy was, abyście powstrzymali się od polowań w najbliższej okolicy. Sami rozumiecie, nie możemy manifestować swej obecności.

– Nie ma sprawy. – Laurent skinął głową. – Nie mamy zamiaru naruszać waszego terytorium. Poza tym najedliśmy się do syta pod Seattle – dodał z uśmiechem. Ciarki mi przeszły po plecach.

– Jeśli chcecie podbiec z nami, wskażemy wam drogę. Emmett, Alice, zabierzcie się z Edwardem i Bellą jeepem – dodał jak gdyby nigdy nic, choć tak naprawdę był to rozkaz, mający zapewnić mi maksymalne bezpieczeństwo.

Kiedy mówił, trzy rzeczy wydarzyły się błyskawicznie jedna po drugiej. Silniejszy podmuch wiatru zmierzwił mi włosy, Edward zamarł, a James odwrócił raptownie głowę i wbił we mnie wzrok. Jego nozdrza pulsowały. Przysiadł gotowy do skoku.

Wszyscy znieruchomieli. Edward przybrał podobną pozycję, obnażając zęby, a z głębi jego gardła dobył się zwierzęcy charkot, niemający nic wspólnego z wesołym warknięciem, którym postraszył mnie w żartach rano. Był to najbardziej przerażający odgłos, jaki dane mi było kiedykolwiek usłyszeć. Od czubka głowy po podeszwy stóp wstrząsnął mną zimny dreszcz.

– A to co ma być? – Laurent nie krył zdziwienia. James i Edward trwali w swoich pełnych agresji pozach, nie zwracając na nikogo uwagi. Gdy obcy wampir zamarkował wyskok w lewo, Edward natychmiast przesunął się w odpowiednią stronę.

– Ona jest z nami – oświadczył Carlisle stanowczym tonem. Zwracał się do Jamesa. Laurent najwyraźniej miał mniej wyczulony zmysł powonienia, ale i on zorientował się już, o co chodzi.

– Przynieśliście przekąskę? – spytał z niedowierzaniem, odruchowo robiąc krok do przodu.

Edward zawarczał ostrzegawczo, jeszcze bardziej dziko. Jego górna warga drżała podwinięta nad połyskującymi złowrogo zębami. Laurent się cofnął.

– Powiedziałem już, ona jest z nami – powtórzył dobitnie Carlisle głosem nieznoszącym sprzeciwu.

– Ależ to człowiek! – zaprotestował Laurent. Nie wymówił tego ostatniego słowa z obrzydzeniem, po prostu czegoś takiego się nie spodziewał.

– Zgadza się – powiedział wpatrzony w Jamesa Emmett. Zwracając uwagę na swoją osobę, chciał zapewne przypomnieć, kto w razie czego ma przewagę, i to nie tylko liczebną. James wyprostował się powoli, nie spuszczał jednak ze mnie wzroku, a jego nozdrza pozostały rozszerzone.

– Cóż, widzę, że nie wiemy o sobie paru rzeczy – stwierdził Laurent z udawaną swobodą, starając się rozładować napięcie.

– W rzeczy samej – przyznał Carlisle chłodno.

– Ale nadal jesteśmy gotowi przyjąć wasze zaproszenie. – Zerkał nerwowo to na Carlisle'a, to na mnie. – Rzecz jasna, waszej ludzkiej dziewczynie włos z głowy nie spadnie. Jak już mówiłem, nie mamy zamiaru polować na waszym terytorium.

Wzburzony James spojrzał na kompana z niedowierzaniem, a potem zerknął na Victorię, która skakała wciąż oczami od twarzy do twarzy.

Przez chwilę Carlisle przyglądał się przywódcy grupy w milczeniu.

– Wskażemy wam drogę – przemówił w końcu. – Jasper, Rosalie, Esme? – Wywołane podeszły do Jaspera. Stanęli ramię w ramię, zasłaniając mnie przed gośćmi. Alice błyskawicznie znalazła się u mojego boku, Emmett zaś odłączył się od doktora i podszedł do nas niespiesznym krokiem, cały czas mając oko na poczynania Jamesa.

– Chodźmy, Bello – powiedział cicho Edward. Był w bardzo ponurym nastroju.

Przez ostatnich kilka minut siedziałam jak przygwożdżona, sparaliżowana strachem. Edward musiał schwycić mnie w łokciu i pociągnąć mocno, żeby wyrwać mnie z otępienia. Alice i Emmett osłaniali tyły. Powlokłam się niezdarnie ku drzewom, nadal oszołomiona. Być może pozostali opuścili już polanę, ale nic nie usłyszałam. Wyczułam tylko, że idącego obok mnie Edwarda bardzo irytuje wymuszone moimi możliwościami ślimacze tempo.

Zaraz po wejściu do lasu, nawet na moment nie zwalniając, wziął mnie na barana i natychmiast nabrał prędkości. Uczepiłam się go kurczowo. Alice i Emmett pędzili tuż za nami. Głowę trzymałam nisko, ale moje szeroko otwarte ze strachu oczu nie chciały się zamknąć. Las tonął w mroku, zapadał już zmierzch. Musieliśmy przypominać przemykające się ostępami zjawy. Edward, zwykle tak podekscytowany wampirzym tempem, tym razem kipiał gniewem, co pozwalało mu biec jeszcze szybciej. Nawet ze mną na plecach nie dawał się prześcignąć pozostałym.

Ani się obejrzałam, a już byliśmy przy aucie. Edward cisnął mnie bezceremonialnie na tylne siedzenie i w mgnieniu oka zasiadł za kierownicą.

– Przypnij ją – rozkazał Emmettowi, który wślizgnął się za mną do jeepa. Alice zdążyła już zająć swoje miejsce, a Edward odpalić silnik. Burczał coś pod nosem, ale wyrzucał z siebie słowa w takim tempie, że nie byłam w stanie nic wychwycić. Brzmiało to w każdym razie jak stek wulgaryzmów.

Wyboje jeszcze bardziej dawały mi się teraz we znaki, a otaczające nas ciemności tylko pogłębiały moje przerażenie. Emmett i Alice wyglądali zasępieni przez boczne szyby.

Wyjechawszy na główną drogę, znacznie przyspieszyliśmy. Zorientowałam się, że zmierzamy na południe, w przeciwnym kierunku niż Forks.

– Dokąd jedziemy? – spytałam zaniepokojona.

Nikt mi nie odpowiedział. Nikt nawet na mnie nie spojrzał.

– Edward, do cholery! Dokąd mnie wywozicie?

– Nie możesz tu zostać. Musimy cię odstawić jak najdalej stąd. Jak najprędzej. – Nie odrywał wzroku od szosy. Według prędkościomierza jechał sto siedemdziesiąt kilometrów na godzinę.

– Zawracaj, kretynie! Odwieź mnie do domu! – Próbowałam zerwać krępujące mnie pasy.

– Emmett – rzucił Edward tonem brutalnego gangstera.

Siłacz posłusznie unieruchomił moje dłonie swoim żelaznym uściskiem.

– Nie! Edward! Nie możesz mi tego zrobić!

– Nie mam wyboru, Bello. A teraz ucisz się, proszę.

– Nie mam zamiaru! Charlie powiadomi FBI! Prześwietlą całą waszą rodzinę, Carlisle'a i Esme! Będą musieli wyjechać, ukrywać się bez końca!

– Uspokój się, Bello! – Wionęło od niego chłodem. – Już to przerabialiśmy.

– Ale nie z mojego powodu! Nie pozwolę ci ich narażać z mojego powodu! – Rzucałam się i wyrywałam ile sił – na próżno.

Wtedy po raz pierwszy odezwała się Alice:

– Edwardzie, zatrzymaj się, proszę.

– Nic nie rozumiesz – zagrzmiał z rozpaczą. Przez sekundę myślałam, że ogłuchnę. Nigdy jeszcze nie słyszałam, żeby ktoś tak głośno krzyczał – w zamkniętej przestrzeni jeepa było to nie do zniesienia. Edward miał już na liczniku prawie sto osiemdziesiąt. – To tropiciel, Alice, nie widziałaś? To tropiciel!

Poczułam, że siedzący obok mnie Emmett cały zesztywniał. Zachodziłam w głowę, czemu akurat słowo „tropiciel" tak bardzo ich przeraża. Chciałam się tego dowiedzieć, ale nie miałam szansy się odezwać.

– Zatrzymaj się, Edwardzie – powtórzyła spokojnie Alice. W jej głosie zabrzmiała nieznana mi władcza nuta.

Wskazówka prędkościomierza przekroczyła sto dziewięćdziesiąt.

– Edwardzie, proszę.

– Posłuchaj, Alice. Czytałem mu w myślach. Tropienie to jego pasja, obsesja. Chce ją dorwać, Alice, właśnie ją, tylko ją. Lada chwila wyruszy na polowanie.

– Przecież nie wie, gdzie ona...

– Jak sądzisz – przerwał jej – ile czasu zabierze mu złapanie tropu, gdy już dotrze do miasteczka? Zaplanował to sobie, jeszcze zanim Laurent zdążył się odezwać.

Złapie trop i dokąd on go naprowadzi? Na kogo? Jęknęłam głośno, gdy to sobie uświadomiłam.

– Charlie! Nie możecie go tam zostawić! Nie! – Miotałam się spętana pasami.

– Ona ma rację – powiedziała Alice.

Edward nieco zwolnił.

– Stańmy choć na minutę i przemyślmy wszystko – zaproponowała przebiegle dziewczyna.

Samochód zaczął coraz wyraźniej wytracać szybkość, aż nagle zjechał na pobocze i ostro wyhamował. Wyrzuciło mnie do przodu, ale szelki zadziałały i przygwoździły z powrotem do siedzenia.

– Tu nie ma się nad czym zastanawiać – wycedził Edward.

– Nie zostawię tak Charliego! – wrzasnęłam.

Zignorował mnie.

– Musimy ją odwieźć – odezwał się wreszcie Emmett.

– Nie! – Edward nawet nie chciał o tym słyszeć.

– Jest nas więcej. Nie przechytrzy nas. Nie będzie miał szans jej tknąć.

– Przyczai się.

Emmett się uśmiechnął.

– My też możemy zaczekać.

– Nie czytałeś mu… Ech, nic nie rozumiesz. Wybrał już ofiarę, teraz nic go nie powstrzyma. Musielibyśmy go zabić.

Wizja ta wydawała się nie martwić Emmetta.

– Zawsze to jakaś alternatywa – mruknął.

– Jest jeszcze ta ruda. Są parą. A jeśli trzeba będzie się bić, Laurent też do nich dołączy.

– Mamy przewagę.

– Istnieje inne wyjście – wtrąciła Alice szeptem.

Edward spojrzał na nią z furią.

– Nie ma żadnego innego wyjścia!!! – W jego głosie brzmiało teraz więcej agresji niż kiedykolwiek.

Emmett i ja wpatrywaliśmy się w niego zszokowani, ale Alice najwyraźniej spodziewała się podobnej reakcji. Zapadła cisza. Alice i Edward patrzyli sobie prosto w oczy. Przez ciągnącą się w nieskończoność minutę toczyli niemy pojedynek.

To ja go przerwałam.

– Czy nikt nie chce poznać mojego planu?

– Nie – uciął Edward. Nie spodobało się to Alice. Po raz pierwszy wyglądała na zagniewaną.

– Wysłuchaj mnie, błagam. Wpierw zabierzcie mnie do domu...

– Nie! – przerwał mi Edward.

Spojrzałam tylko na niego wilkiem i ciągnęłam dalej:

– Wpierw zabierzcie mnie do domu. Powiem ojcu, że chcę wracać do Phoenix. Spakuję się. Poczekamy, aż ten cały tropiciel namierzy mój dom, i wtedy wyjedziemy. Facet ruszy za nami w pogoń i zostawi Charliego w spokoju, z kolei Charlie nie naśle FBI na waszą rodzinę. A potem możecie mnie wywieźć, gdzie wam się żywnie podoba.

Cała trójka była zaskoczona tym pomysłem.

– To nie taki zły manewr – stwierdził Emmett. Był szczerze zdziwiony. Mogłabym się za to na niego obrazić.

– Może się udać. – Alice myślała intensywnie. – Wiesz dobrze, że nie mamy prawa zostawić jej ojca na pastwę losu.

Wszyscy przenieśli wzrok na Edwarda.

– To zbyt niebezpieczne. Nie chcę, żeby zbliżał się do niej nawet na sto mil.

Emmett okazał się niesłychanie pewny siebie.

– Edwardzie, w razie czego na pewno go powstrzymamy.

– Nie widzę, żeby miał zaatakować. – Alice skorzystała ze swojego daru. – Spróbuje poczekać na moment, kiedy zostawimy ją samą.

– A szybko się zorientuje, że taki moment nie nastąpi.

– Żądam, aby odwieziono mnie do domu! – Starałam się, by zabrzmiało to dostatecznie stanowczo.

Edward przycisnął palce do skroni i zamknął oczy.

– Proszę – powiedziałam, spuszczając z tonu.

Nie podniósł głowy, a kiedy się odezwał, miał bardzo zmęczony głos.

– Wyjedziesz jeszcze dzisiaj, niezależnie od tego, czy tropiciel to zobaczy, czy nie. Powiedz Charliemu, że nie wytrzymasz w Forks ani minuty dłużej. Powiedz mu zresztą cokolwiek, byle podziałało. Wszystko mi jedno, jak na to zareaguje. Spakuj, co będziesz miała pod ręką, i załaduj się do swojej furgonetki. Daję ci na to piętnaście minut. Piętnaście minut od wejścia do domu, słyszysz?

Jeep ożył raptownie. Edward zawrócił z piskiem opon. Wskazówka prędkościomierza znów zaczęła przesuwać się w prawo.

– Emmett? – Wskazałam głową swoje uwięzione dłonie.

– Ach, przepraszam, zapomniałem. – Zwolnił uścisk.

Przez kilka minut słychać było tylko warkot silnika, a potem Edward powrócił do wydawania instrukcji:

– Zrobimy to tak. Staniemy pod domem. Jeśli tropiciela tam nie będzie, odprowadzę Bellę do drzwi. Będzie miała piętnaście minut. – Zerknął gniewnie na moje odbicie w lusterku wstecznym. – Emmett, zajmiesz się otoczeniem domu. Alice, zajmiesz się furgonetką. Będę w środku tak długo, póki nie skończy. Gdy wyjdziemy, możecie odwieźć jeepa do domu i opowiedzieć o wszystkim Carlisle'owi.

– Ani mi się śni – przerwał mu Emmett. – Zostaję z tobą.

– Emmett, zastanów się. Nie wiem, jak długo to potrwa.

– Dopóki się tego nie dowiemy, zostaję z tobą.

Edward westchnął.

– A jeśli tropiciel już czeka – dokończył – nawet się nie zatrzymamy.

– Zdążymy przed nim – oświadczyła pewnie Alice.

Edward przyjął tę uwagę bez zastrzeżeń. Może nie podobały mu się niektóre jej pomysły, ale przynajmniej teraz jej ufał.

– Co zrobimy z jeepem? – zapytała.

Znów się najeżył.

– Odwieziecie go do domu!

– Nie, nie sądzę – odpowiedziała spokojnie.

Z ust Edwarda posypały się przekleństwa.

– Zmieścimy się wszyscy w furgonetce – szepnęłam.

Edward udał, że mnie nie słyszy.

– Uważam, że powinniście pozwolić mi wyjechać samej – dodałam jeszcze słabszym głosikiem.

Tym razem mnie nie zignorował.

– Bello, ten jeden jedyny raz zrób, jak ci każę – wycedził przez zaciśnięte zęby.

– Posłuchaj, Charlie nie jest imbecylem. Jeśli i ty znikniesz, zacznie coś podejrzewać.

– To nie ma znaczenia. Dopilnujemy, żeby nic mu się nie stało. Tylko to się liczy.

– A co z tropicielem? Widział, jak się dziś zachowałeś. Domyśli się, że jesteśmy razem.

Emmetta po raz drugi zaskoczyła moja przebiegłość.

– Edwardzie, nie lekceważ jej. Myślę, że Bella ma rację.

– Też tak myślę – przyznała Alice.

– Nie ma mowy – syknął Edward.

– Emmett też powinien zostać – wyjawiłam dalszy ciąg mojego planu. – Ten cały James dobrze mu się przyjrzał.

– Ja też mam zostać? – obruszył się Emmett.

– Będziesz miał więcej okazji, żeby mu dokopać, jeśli zostaniesz – zauważyła Alice.

Edward spojrzał na siostrę z niedowierzaniem.

– Naprawdę sądzisz, że powinienem pozwolić jej jechać samej?

– Nie samej, nie – sprostowała Alice. – Będę ją osłaniać z Jasperem.

– Nie ma mowy – powtórzył Edward, ale już z mniejszym przekonaniem. Logika mojego planu zaczęła do niego przemawiać. Doszłam do wniosku, że mam szansę go przekonać, i zaczęłam działać.

– Przeczekaj tydzień, no, kilka dni – poprawiłam się, widząc w lusterku jego minę. – Pokazuj się w miejscach publicznych, chodź do szkoły. Niech Charlie upewni się, że mnie nie porwałeś, a gdy James ruszy w pogoń, dopilnuj, żeby podchwycił zły trop. To wszystko. Potem przyjedź do mnie, byle okrężną drogą. Jasper i Alice wrócą do domu, a my znowu będziemy mogli być razem.

Widać było, że zaczyna traktować moje rojenia na poważnie. Zamyślił się.

– A dokąd pojedziesz?

– Do Phoenix. – Gdzieżby indziej.

– Przecież to właśnie powiesz ojcu. Tropiciel jak nic będzie podsłuchiwał.

– A ty zrobisz wszystko, żeby był przekonany, że chcemy go wykiwać. W końcu to, że będzie podsłuchiwał, to dla nas żadna tajemnica. Jest tego świadomy. Nigdy nie uwierzy w to, że naprawdę pojadę tam, dokąd obiecałam.

– Ta dziewczyna jest niesamowita. Aż się jej boję – zachichotał Emmett.

– A jeśli nie da się nabrać?

– Zobaczymy. Przecież w Phoenix mieszka kilka milionów ludzi.

– Ale nietrudno zaopatrzyć się w książkę telefoniczną.

– Nie wrócę do siebie.

– Nie? – Zaniepokoił się.

– Edwardzie, nie będziemy jej odstępować ani na krok – przypomniała mu Alice.

– I co zamierzacie robić w Phoenix? – spytał cierpko.

– Nie wychodzić na dwór.

– Hm – mruknął Emmett w zamyśleniu. – Nie ma co, brzmi nieźle. – Chodziło mu zapewne o możliwość dokopania Jamesowi.

– Zamknij się, Emmett.

– Sam pomyśl. Jeśli spróbujemy się z nim porachować, gdy Bella będzie gdzieś w pobliżu, istnieje o wiele większe prawdopodobieństwo, że komuś stanie się krzywda – jej albo tobie, gdy rzucisz się ją bronić. Ale jeśli dorwiemy go, gdy będzie sam... – Emmett przerwał znacząco i uśmiechnął się do swoich myśli. A jednak miałam rację.

Wjechaliśmy do Forks. Edward zwolnił. Mimo że przed chwilą twierdziłam, iż jestem gotowa na wiele, poczułam teraz, że ciarki przechodzą mi po plecach. Pomyślałam o Charliem, siedzącym samotnie w domu, i spróbowałam wykrzesać z siebie choć trochę odwagi.

– Bello – odezwał się Edward czule. Alice i Emmett wbili wzrok w szyby. – Jeśli dopuścisz do tego, by coś ci się stało, cokolwiek, będziesz za to osobiście odpowiedzialna, rozumiesz?

– Tak. – Przełknęłam głośno ślinę.

– Czy Jasper sobie poradzi? – spytał Edward siostrę.

– Okaż mu choć odrobinę zaufania, Edwardzie. Na razie, mimo wszystko, spisuje się bez zastrzeżeń.

– A ty, poradzisz sobie?

W odpowiedzi Alice, ta zwiewna, gibka istota, wykrzywiła znienacka twarz w potwornym grymasie i warknęła gardłowo niczym tygrysica. Przerażenie wbiło mnie w fotel.

Edward uśmiechnął się, ale zaraz rzucił ostrzegawczo:

– Tylko zapomnij o swoim pomyśle.

19 *Pożegnania*

Charlie wyczekiwał mnie niecierpliwie – w domu paliły się wszystkie światła. Nie miałam zielonego pojęcia, jak go przekonać, żeby pozwolił mi wyjechać. Wiedziałam, że czekająca mnie rozmowa nie będzie należała do przyjemnych.

Edward zaparkował powoli, z dala od mojej furgonetki. Wszyscy troje, maksymalnie skupieni, siedzieli teraz wyprostowani jak struny, starając się doszukać w otoczeniu budynku czegoś nietypowego. Żaden dźwięk, żadna woń, żaden cień nie mógł ujść ich uwagi. Zamilkł silnik, ale ani drgnęłam, czekając na hasło.

– Nie ma go – odezwał się Edward. Był spięty. – Chodźmy.

Emmett pomógł mi się wypiąć ze wszystkich pasów. – Nie martw się, Bello – szepnął pogodnym tonem. – Wszystkim się tu zajmiemy.

Poczułam, że lada chwila się rozpłaczę. Wprawdzie ledwie chłopaka znałam, ale trudno mi było pogodzić się z faktem, że nie wiem, kiedy go jeszcze zobaczę. A był to dopiero początek. Miałam świadomość, że prawdziwie bolesne pożegnania są jeszcze przede mną. Na myśl o nich po policzkach pociekły mi pierwsze łzy.

– Alice, Emmett – zarządził Edward. Rodzeństwo wyślizgnęło się bezgłośnie z auta i w mgnieniu oka rozpłynęło w ciemnościach. Edward otworzył moje drzwiczki, przyciągnął do siebie i opiekuńczo objął ramieniem. Ruszyliśmy szybkim krokiem w kierunku domu. Jego sokoli wzrok bezustannie lustrował okolicę.

– Piętnaście minut – ostrzegł mnie cicho.

– Umowa stoi. – Łzy podsunęły mi pewien pomysł.

Znalazłszy się na ganku, ujęłam twarz Edwarda w obie dłonie i zajrzałam mu głęboko w oczy.

– Kocham cię – szepnęłam z pasją. – Zawsze będę cię kochać, niezależnie od tego, co się stanie.

– Tobie nic się nie stanie, Bello – zapewnił mnie z mocą.

– Postępuj tylko według planu, jasne? Opiekuj się Charliem. Nie będzie po tym wszystkim za mną przepadał, ale chcę mieć szansę kiedyś go za to przeprosić.

– Wchodź już – popędził mnie. – Mamy mało czasu.

– Jeszcze tylko jedna rzecz. Nie wierz w ani jedno słowo, które odtąd dziś powiem! – Stał pochylony, wystarczyło więc tylko wspiąć się na palce i już mogłam pocałować go z całych sił w zaskoczone, skamieniałe usta. Potem odwróciłam się na pięcie i celnym kopniakiem utorowałam sobie drogę do środka.

– Spadaj! – zawołałam, wbiegając do środka i zatrzaskując za sobą drzwi. Stał tam jeszcze zszokowany.

– Bella? – Charlie wynurzył się z saloniku.

– Daj mi spokój! – wrzasnęłam, szlochając. Łzy ciekły mi teraz ciurkiem. Wbiegłam po schodach do swojego pokoju, zamknęłam z hukiem drzwi i przekręciłam klucz w zamku. Wpierw rzuciłam się na podłogę wyciągać spod łóżka torbę podróżną, a następnie wyjęłam spod materaca starą, zrolowaną skarpetkę, w której trzymałam sekretny zapas gotówki.

Charlie zaczął walić w drzwi.

– Bella, nic ci nie jest? O co chodzi? – Nie gniewał się, bał się o mnie.

– Wracam do domu! – wydarłam się histerycznie. Głos drżał mi w idealny sposób.

– Zrobił ci krzywdę? – Charlie gotowy był mnie pomścić.

– Nie! – krzyknęłam kilka oktaw wyżej. Edward zmaterializował się przy komodzie i zaczął ciskać we mnie garściami wyjmowanych zeń ubrań.

– Zerwał z tobą? – Charlie nie wiedział, co o tym wszystkim sądzić.

– Nie! – Miałam nadzieję, że nie było słychać, że robię się nieco zadyszana. Wciskałam wszystko na ślepo do torby. Edward obrzucił mnie zawartością kolejnej szuflady. Torba była już niemal pełna.

– To co się stało? – Charlie ponowił stukanie.

– To ja z nim zerwałam! – odkrzyknęłam, mocując się z zamkiem błyskawicznym. Edward odsunął mnie na bok i sam się tym zajął – nie dało się ukryć, miał większe zdolności manualne. Pasek torby zarzucił mi na ramię.

– Będę czekał w furgonetce – szepnął. – Do dzieła! – Pchnął mnie w kierunku drzwi, po czym zniknął za oknem.

Otworzywszy drzwi, przecisnęłam się brutalnie koło Charliego i rzuciłam w dół po schodach, siłując się ze swoją ciężką torbą. Ruszył za mną.

– Ale dlaczego? – krzyknął. – Myślałem, że go lubisz.

W kuchni złapał mnie za łokieć. Oszołomienie nie pozbawiło go siły. Odwrócił mnie, żeby spojrzeć mi w oczy, i gdy zobaczyłam jego twarz, nabrałam pewności, że nie ma najmniejszego zamiaru pozwolić mi wyjechać. Miałam tylko jeden pomysł na to, jak się wymknąć, ale aby wcielić go w życie, musiałam zranić ojca tak bardzo, że nienawidziłam się już za to, iż coś takiego w ogóle przyszło mi do głowy. Nie pozostało mi jednak zbyt wiele czasu, a najważniejsze było dla mnie jego bezpieczeństwo.

Do oczu napłynęły mi świeże łzy. Nie miałam wyboru, musiałam to powiedzieć.

– Lubię go, lubię, i w tym cały problem! Nie mogę tego dłużej ciągnąć! Nie mogę zapuszczać tu korzeni! Nie chcę spędzić swoich najlepszych lat na tym beznadziejnym wygwizdowie! Nie zamierzam popełniać błędów mamy! Nienawidzę tej brudnej dziury! Nie wytrzymam tu ani minuty dłużej!

Ojciec puścił moją rękę, jakbym poraziła go prądem. Na jego twarzy malował się szok i ból. Odwróciłam się na pięcie i ruszyłam do drzwi.

– Bells, nie możesz teraz wyjechać – szepnął. – Już ciemno.

Nawet na niego nie spojrzałam.

– Prześpię się w furgonetce, jeśli poczuję się zmęczona.

– Wytrzymaj jeszcze do końca tygodnia, aż Renée wróci – poprosił. Moje zachowanie było dla niego jak uderzenie obuchem.

– Aż Renée wróci? – Informacja ta zupełnie zbiła mnie z tropu.

Charlie ożywił się, widząc moje wahanie.

– Dzwoniła, kiedy cię nie było. Nie układa im się na tej Florydzie. Jeśli Phil nie dostanie miejsca w drużynie do końca tygodnia, oboje wracają do Arizony. Drugi trener Sidewinders twierdzi, że być może będzie im potrzebny nowy łącznik. – Ojciec paplał, co mu ślina na język przyniosła, byle tylko mnie zatrzymać.

Próbowałam zebrać myśli. Czy ich powrót coś zmieniał? Każda sekunda zwłoki mogła kosztować Charliego życie.

– Mam klucz – mruknęłam, naciskając klamkę. Ojciec stał tuż za mną, wyciągał ku mnie rękę. Nadal był tym wszystkim zdezorientowany. Nie mogłam sobie pozwolić na to, by dłużej z nim dyskutować. Wbiłam mu nóż w serce, a teraz musiałam go przekręcić.

– Po prostu mnie puść, Charlie. Nie pasuję tu i tyle. Nienawidzę Forks, naprawdę nienawidzę! – Słowo w słowo powtórzyłam kwestię mamy, którą pożegnała go przed laty, stojąc w tych samych drzwiach. Wlałam w nią tyle jadu, na ile tylko było mnie stać.

Moje okrucieństwo opłaciło się – Charlie zamarł na ganku, pozwalając mi wybiec w noc. Pusty, ciemny podjazd przed domem wystraszył mnie nie na żarty. Z duszą na ramieniu rzuciłam się w kierunku majaczącej w mroku furgonetki. Wrzuciwszy torbę na tył wozu, zasiadłam za kierownicą. Kluczyk czekał już na mnie w stacyjce.

– Jutro zadzwonię! – zawołałam. Niczego tak bardzo nie pragnęłam, jak móc mu wszystko wyjaśnić, a miałam świadomość, że być może nigdy nie będzie ku temu okazji. Odpaliłam silnik i odjechałam.

Edward dotknął mojej dłoni.

– Zatrzymaj się na poboczu – rozkazał, gdy dom i Charlie znikli nam z oczu.

– Poradzę sobie, mogę prowadzić – powiedziałam przez łzy.

Znienacka chwycił mnie w talii, a jego stopa zepchnęła moją z pedału gazu. Przeciągnął mnie sobie na kolana, oderwał mi dłonie od kierownicy i ani się obejrzałam, a już siedział na moim miejscu. Furgonetka nawet na moment nie zmieniła kursu.

– Nie trafiłabyś do nas do domu – wyjaśnił.

Za nami rozbłysły światła drugiego samochodu. Wyjrzałam przez tylną szybę, trzęsąc się ze strachu.

– To tylko Alice – uspokoił mnie. Znów ujął moją dłoń.

Przed oczami stanął mi osamotniony Charlie na ganku.

– Co z tropicielem?

– Podsłuchał końcówkę twojego popisu – przyznał Edward z ponurą miną.

– Nic nie zrobi ojcu?

– Woli nas. Biegnie teraz na nami.

Przeszył mnie zimny dreszcz.

– Jesteśmy w stanie go zgubić?

– Nie – odparł, ale jednocześnie przyspieszył. Silnik wozu zawył w proteście.

Mój plan przestał mi się nagle wydawać taki wspaniały.

Wpatrywałam się w światła auta Alice, kiedy furgonetka zatrzęsła się, a za oknem mignął złowrogi cień. Wydarłam się na całe gardło. Edward natychmiast zatkał mi usta dłonią.

– To Emmett! – wyjaśnił, zanim odjął rękę. Objął mnie w pasie.

– Nie martw się, Bello. Przyrzekam, włos ci z głowy nie spadnie.

Pędziliśmy przez opustoszałe miasteczko ku drodze szybkiego ruchu na północy.

– Muszę przyznać, że nie zdawałem sobie sprawy, iż nadal aż tak bardzo nuży cię życie na prowincji – zaczął Edward z zupełnie innej beczki. Wiedziałam dobrze, że chce odwrócić moją uwagę od grożących mi niebezpieczeństw. – Wydawało mi się, że czujesz się tu coraz lepiej – zwłaszcza ostatnio. Cóż, może zbytnio sobie schlebiałem, myśląc, że uczyniłem cię nieco szczęśliwszą.

– Zachowałam się podle – wyznałam, puszczając mimo uszu te przekomarzania. Wbiłam wzrok we własne kolana. – Powtórzyłam słowo w słowo to, co powiedziała moja mama, kiedy go rzucała. To był naprawdę cios poniżej pasa.

– Nie przejmuj się. Wybaczy ci. – Edward uśmiechnął się łagodnie.

Spojrzałam mu prosto w oczy i zorientował się, że wpadam w panikę.

– Bello, wszystko będzie dobrze.

– Bez ciebie nie – wyszeptałam.

– Za kilka dni znowu się zobaczymy – pocieszył mnie, obejmując ramieniem. – Nie zapominaj, że sama to wymyśliłaś.

– Jasne, że ja. W końcu to najlepszy plan z możliwych.

Na jego twarzy znów zagościł blady uśmiech, ale zaraz zgasł.

– Dlaczego do tego doszło? – spytałam jękliwym głosem. – Dlaczego ja?

Edward zasępiony wpatrywał się w szosę.

– To wszystko moja wina. Byłem głupi, że tak cię naraziłem. – Jego głos drżał od gniewu. Był na siebie wściekły.

– Nie o to mi chodzi – poprawiłam się. – Przecież tamci dwoje też mnie zobaczyli i co? Jakoś to po nich spłynęło. Poza tym, dlaczego wybrał akurat mnie? Mało to ludzi dookoła?

Edward zawahał się, zanim zdradził mi prawdę.

– Przeczesałem starannie jego myśli – zaczął cicho – i nie jestem pewien, czy mieliśmy szansę zaradzić temu, co się stało. Poniekąd wina leży częściowo po twojej stronie – zadrwił. – Gdybyś nie pachniała tak wyjątkowo kusząco, może nie zawracałby sobie tobą głowy. Ale potem stanąłem w twojej obronie i, cóż, to tylko pogorszyło sprawę. Ten potwór nie jest przyzwyczajony do tego, że nie może zrealizować swoich planów, niezależnie od tego, jak błahych rzeczy dotyczą. Jest myśliwym i nikim więcej, tropienie to całe jego życie, a tropienie z przeszkodami to dla niego największy prezent od losu. Oto niespodziewanie grupa godnych go przeciwników staje w obronie jakiegoś marnego człowieczka. Co za wyzwanie! Nie uwierzyłabyś, w jakiej jest teraz euforii. To jego ulubiona rozrywka, a dzięki nam nigdy nie bawił się lepiej. – Głos Edwarda pełen był obrzydzenia.

Zamilkł na chwilę.

– Z drugiej strony – dodał sfrustrowany beznadziejnością sytuacji – gdybym wtedy nie zareagował, zabiłby cię od razu, bez mrugnięcia okiem.

– Myślałam... myślałam, że mój zapach nie działa na innych tak jak na ciebie.

– I nie działa. Co jednak nie znaczy, że twoja osoba żadnego z nich nie kusi. Ha! Jeśli działałabyś w ten szczególny sposób na tropiciela czy któreś z pozostałych, musielibyśmy stoczyć tam na polanie prawdziwą bitwę.

Zadrżałam.

– Chyba nie mam wyboru – mruknął Edward pod nosem. – Trzeba zabić drania. Carlisle'owi się to nie spodoba.

Po odgłosie wydawanym przez opony odgadłam, że przejeżdżamy przez most, choć było zbyt ciemno, by dostrzec rzekę. Wkrótce mieliśmy być na miejscu. Musiałam zadać to pytanie teraz albo nigdy.

– Jak można zabić wampira?

Zerknął na mnie z nieodgadnionym wyrazem twarzy.

– Jedynym sprawdzonym sposobem – powiedział surowym tonem – jest rozszarpanie ofiary na strzępy, a następnie ich spalenie.

– Czy tamci dwoje przyjdą mu z pomocą?

– Kobieta bez dwu zdań, ale co do Laurenta, nie jestem pewien. Nie łączy ich żadna silna więź – trzyma się z nimi wyłącznie z wygody. Był zażenowany tym, jak James zachował się dziś na łące.

– Ale przecież James i ta kobieta – oni będą próbowali cię zabić!

– Bello, proszę, nie marnuj czasu na martwienie się o mnie. Myśl tylko o własnym bezpieczeństwie i – błagam – spróbuj, choć spróbuj nie postępować zbyt pochopnie.

– Czy on nadal nas goni?

– Tak, ale nie wróci do domu Charliego. Przynajmniej nie dziś.

Skręcił w niewidoczną dla mnie dróżkę. Alice pojechała naszym śladem.

Podjechaliśmy pod sam dom. Wprawdzie w oknach paliły się światła, ale nie na wiele się to zdało – las otaczający budynek nadal wyglądał posępnie i groźnie. Emmett otworzył moje drzwiczki, jeszcze nim samochód stanął. Wyciągnął mnie ze środka, przytulił do swej szerokiej piersi i pędem ruszył w kierunku drzwi.

Wpadliśmy do białego salonu z Edwardem i Alice po bokach. Wszyscy już tam byli – wstali zapewne, kiedy usłyszeli, że nadjeżdżamy. Towarzyszył im Laurent. Powarkując cicho, Emmett postawił mnie na ziemi koło Edwarda.

– Śledzi nas – oświadczył zebranym Edward, wpatrując się gniewnie w Laurenta.

– Tego się obawiałem. – Przywódca nowo przybyłych miał zatroskaną minę.

Alice podbiegła tanecznym krokiem do Jaspera i zaczęła szeptać mu coś do ucha. Sądząc po drganiach jej ust, wyrzucała z siebie słowa z zawrotną prędkością. Gdy skończyła mówić, znikli pospiesznie na piętrze. Rosalie odprowadziła ich wzrokiem, po czym szybko przysunęła się do Emmetta. Jej piękne oczy rzucały przenikliwe spojrzenia, a gdy przypadkowo zerknęła na mnie, odkryłam, że dziewczyna jest wściekła.

– Jak teraz postąpi? – spytał Carlisle Laurenta z powagą.

– Tak mi przykro – odparł tamten. – Gdy wasz chłopak stanął w jej obronie, pomyślałem sobie, że teraz James już nie odpuści.

– Czy możesz go powstrzymać?

Laurent pokręcił przecząco głową.

– Nic nie powstrzyma Jamesa, kiedy już zacznie tropić.

– Ja się nim zajmę – obiecał Emmett. Nie było wątpliwości, co miał na myśli.

– Nie dasz rady. Żyję już trzysta lat i nigdy nie spotkałem kogoś takiego jak on. Pokona każdego. Dlatego właśnie dołączyłem do niego i Victorii.

To James był przywódcą grupy! No tak. Show poddaństwa, który urządzili na polanie, miał za zadanie zamydlić nam oczy.

Laurent pokręcił kilkakrotnie głową. Zerknął na mnie, nadal oszołomiony moją obecnością, a potem na Carlisle'a.

– Czy jesteście pewni, że w ogóle warto?

Ogłuszył nas zwierzęcy ryk Edwarda. Laurent cofnął się przerażony.

Carlisle spojrzał na niego z posępną miną.

– Obawiam się, że musisz teraz dokonać wyboru.

Przybyszowi nie trzeba było nic więcej tłumaczyć. Zastanawiał się przez chwilę, zerkając na każdego z zebranych z osobna, a na koniec rozejrzał się po salonie.

– Intryguje mnie wasz styl życia, ale nie zostanę, by go zasmakować. Nie żywię do nikogo z was złych uczuć – po prostu nie mam zamiaru zmierzyć się z Jamesem. Sądzę, że udam się na północ, do tej rodziny mieszkającej koło Denali. – Zamilkł na moment.

– Nie lekceważcie możliwości Jamesa. Posiada błyskotliwy umysł i niezwykle wyczulone zmysły, a wśród ludzi czuje się równie swobodnie jak wy. Z pewnością nie będzie dążył do bezpośredniej konfrontacji... Jest mi niezmiernie przykro z tego powodu, co się tu wydarzyło. Mówię to szczerze. – Skłonił się, ale zdążył wcześniej posłać w moim kierunku kolejne pełne zadziwienia spojrzenie.

– Odejdź w pokoju – pożegnał go oficjalnie Carlisle.

Laurent jeszcze raz zlustrował całe pomieszczenie i wszystkich zebranych, po czym szybkim krokiem opuścił salon.

Gdy tylko wyszedł, Carlisle zwrócił się do Edwarda:

– Ile jeszcze?

Nie czekając na odpowiedź, Esme wcisnęła jakiś niepozorny przycisk na ścianie i ogromną połać szyby od strony ogrodu zaczęły przesłaniać wielkie, metalowe okiennice. Niemiłosiernie skrzypiały.

– Jest jakieś trzy mile od rzeki. Krąży, czekając na swoją towarzyszkę.

– Jaki macie plan?

– Odwrócimy jego uwagę, a wtedy Alice i Jasper odeskortują Bellę na południe.

– A potem?

– Gdy tylko Bella znajdzie się w bezpiecznej odległości, zapolujemy na gada – oświadczył Edward zimnym tonem wyrachowanego mordercy.

– Chyba nie mamy innego wyboru – przyznał Carlisle ponuro.

– Weź ją na górę – rozkazał Edward Rosalie. – Zamieńcie się ubraniami. – Wytrzeszczyła oczy z niedowierzaniem.

– Dlaczego ja? – syknęła. – A kimże ona jest dla mnie? To ty ją sobie sprowadziłeś na naszą zgubę.

Zadrżałam, tyle jadu było w jej głosie.

– Rose... – zamruczał Emmett, kładąc dłoń na jej ramieniu. Strąciła ją.

Przyglądałam się uważnie Edwardowi. Znając jego wybuchowy charakter, bałam się, jak zareaguje.

Zaskoczył mnie. Puścił uwagę Rosalie mimo uszu. Dla niego mogłaby już nie istnieć.

— Esme? — odezwał się spokojnie.

— Jasne.

Zaraz znalazła się przy mnie. Nie zdążyłam nawet krzyknąć, a już trzymała mnie w ramionach, pędząc po schodach na górę.

— Po co to? — spytałam, starając się złapać oddech, gdy już postawiła mnie na podłodze jakiegoś zaciemnionego pokoju na pierwszym piętrze.

— Żebym pachniała tak jak ty. W końcu się zorientuje, ale może w tym czasie uda ci się wymknąć. — Usłyszałam, że ubrania Esme opadają na ziemię.

— Raczej nie będą na mnie pasować... — zaprotestowałam, ale zdejmowała mi już przez głowę koszulę. Szybko samodzielnie ściągnęłam dżinsy. Podała mi coś, co było chyba bluzką — miałam trudności z trafieniem rękami w odpowiednie otwory. Potem przyszła kolej na spodnie. Podciągnęłam je do góry, ale nie mogłam wydostać stóp z nogawek — były dla mnie o wiele za długie. Esme rzuciła się na kolana i podwinęła je kilkoma zwinnymi ruchami. Jakimś cudem zdołała się już przebrać w moje ciuchy. Wyciągnęła mnie za rękę na korytarz, gdzie czekała na nas Alice z małą, skórzaną torbą. Każda ujęła mnie pod łokieć i niemal przez nie niesiona sfrunęłam schodami do salonu.

Pod naszą nieobecność najwyraźniej wszystko zostało ustalone. Edward i Emmett byli gotowi do wyjścia, a ten drugi dźwigał imponujący wagą plecak. Carlisle podał Esme coś niewielkiego. Kiedy odwrócił się, by wręczyć podobny przedmiot Alice, okazało się, że to maleńki srebrny telefon komórkowy.

— Esme i Rosalie wezmą twoją furgonetkę, Bello — poinformował mnie doktor, przechodząc obok. Skinęłam głową, zerkając z niepokojem na dziewczynę. Wpatrywała się w Carlisle'a z nieskrywaną niechęcią.

— Alice, Jasper — weźcie mercedesa. Na południu Stanów przydadzą wam się przyciemniane szyby.

Tak jak ja, oboje pokiwali głowami.

– My pojedziemy jeepem.

Zdziwiło mnie, że ma zamiar jechać z Edwardem. Nagle zdałam sobie z przerażeniem sprawę, że cała ta trójka wybiera się na polowanie.

– Alice, złapią haczyk? – spytał Carlisle przyszywaną córkę.

Oczy wszystkich spoczęły na dziewczynie. Zacisnęła powieki i znieruchomiała.

Po chwili otworzyła oczy.

– James pójdzie waszym tropem. Kobieta będzie śledzić furgonetkę. – Mówiła z dużym przekonaniem. – Powinniśmy zdążyć im się wymknąć.

– Chodźmy. – Carlisle ruszył w kierunku kuchni.

W mgnieniu oka Edward znalazł się przy mnie, przycisnął mocno do siebie i uniósł tak, by mieć moją twarz przed sobą, po czym pocałował, nie zwracając uwagi na obecność rodziny. Jego lodowate wargi były twarde jak kamień. Trwało to ledwie ułamek sekundy. Postawiwszy mnie z powrotem na ziemi, wpatrywał się jeszcze we mnie jakiś czas z uczuciem, trzymając moją twarz w dłoniach. A potem uczucie zgasło, oczy zmartwiały. Odwrócił się i poszli.

Po mojej twarzy spływały bezgłośnie strumienie łez. Pozostali odwrócili grzecznie wzrok. Zapadła cisza.

Miałam jej już serdecznie dość, kiedy telefon Esme zawibrował. Nie zauważyłam nawet, kiedy przytknęła go sobie do ucha.

– Teraz – powiedziała. Rosalie wyszła gniewnym krokiem, ignorując mnie całkowicie, ale Esme, wychodząc, pogłaskała mnie po policzku.

– Uważaj na siebie. – Jej szept unosił się jeszcze w powietrzu, gdy już wyślizgnęła się frontowymi drzwiami. Moich uszu dobiegł odgłos silnika furgonetki, głośny, potem coraz słabszy.

Jasper i Alice czekali na rozkaz. Wydawało mi się, że dziewczyna sięgnęła po telefon, jeszcze zanim zadzwonił.

– Edward mówi, że kobieta poszła tropem Esme. Podjadę pod wejście. – Znikła w ciemnościach, jak przed nią Edward.

Jasper i ja zmierzyliśmy się wzrokiem. Stał w pewnej odległości ode mnie i... miał się na baczności.

– Wiesz co, nie masz racji – powiedział cicho.

– Co takiego?

– Potrafię wyczuć targające tobą emocje. Uwierz mi, jesteś tego warta.

– Wcale nie – mruknęłam. – Poświęcają się bez sensu.

– Nie masz racji – powtórzył z serdecznym uśmiechem.

Przez frontowe drzwi weszła Alice, choć nie słyszałam nadjeżdżającego pojazdu. Podeszła do mnie z wyciągniętymi rękami.

– Mogę? – upewniła się.

– Ty pierwsza prosisz o pozwolenie. – Uśmiechnęłam się cierpko.

Mimo swej wątłej budowy podniosła mnie bez najmniejszego trudu i dla bezpieczeństwa otuliła własnym ciałem. Wybiegliśmy w noc, zostawiając za sobą zapalone światła.

20 Zniecierpliwienie

Kiedy się obudziłam, nie potrafiłam zebrać myśli. Postrzegałam wszystko jak przez mgłę, rzeczywistość myliła mi się z sennymi koszmarami. Dopiero po dłuższej chwili zdałam sobie sprawę, gdzie się znajduję.

Nijaki wystrój pokoju wskazywał na to, że nocujemy w motelu. Zyskałam stuprocentową pewność, zauważywszy, że lampki nocne są przyśrubowane do szafek. Rzecz jasna sięgające ziemi zasłony uszyte były z tej samej tkaniny co kapa na łóżko, a ściany ozdabiały reprodukcje mdłych akwarelek.

Spróbowałam sobie przypomnieć, jak się tu znalazłam, ale najpierw moja głowa ziała pustką, a potem przed oczami stawały tylko fragmenty układanki.

Pamiętałam, że auto, którym jechaliśmy, było czarne i lśniące, o szybach ciemniejszych niż w zwykłej limuzynie. Silnika tego cuda niemal wcale nie było słychać, choć pędziliśmy autostradą ponad dwa razy szybciej, niż to było dozwolone.

Pamiętałam też, że na tylnym siedzeniu obitym ciemną skórą siedziała ze mną Alice. Nawet nie wiem, kiedy moja głowa opadła na jej ramię. Dziewczyna najwyraźniej nie miała nic przeciwko takiej zażyłości, a dotyk jej chłodnej, przypominającej fakturą granit skóry przynosił mi nieco dziwaczne w swej naturze ukojenie. Łzy ciekły mi ciurkiem, przemoczyły cały przód koszulki mej pocieszycielki, aż w końcu moje czerwone, obrzęknięte oczy wyschły na dobre.

Mijały kolejne godziny. W końcu nad jakąś górą w Kalifornii pokazała się nieśmiało łuna zbliżającego się świtu. Nie mogłam jednak zasnąć. Ba, nie mogłam nawet przymknąć powiek, choć szare światło bezchmurnego nieba raziło mnie boleśnie w oczy. Każda próba kończyła się powtórką z poprzedniego wieczoru, nieznośnie realistyczne obrazy przesuwały się jeden za drugim niczym w szalonym fotoplastykonie: załamany Charlie, Edward z obnażonymi zębami, wściekła Rosalie, bystrooki tropiciel, martwe spojrzenie Edwarda, kiedy całował mnie na pożegnanie... Odpędzałam sen, byle tylko ich nie oglądać. Słońce stało na niebie coraz wyżej.

Nadal czuwałam, gdy zostawiwszy za sobą przełęcz, znaleźliśmy się w Dolinie Słońca*. Było teraz za nami, odbijało się w dachówkach okolicznych domów. Wyprana z wszelkich uczuć, nie zdziwiłam się nawet, że w jedną dobę pokonaliśmy trzydniową trasę. Wpatrywałam się tępo w rozciągającą się przede mną panoramę miasta. Phoenix – pierzaste palmy, pokryte zaroślami połacie kreozotu, przecinające się chaotycznie nitki autostrad, zaskakujące soczystą zielenią pola golfowe, turkusowe plamy przydomowych basenów – wszystko to przy-

---

* Valley of the Sun – lokalna nazwa konurbacji Phoenix.

kryte czapą rzadkiego smogu, otoczone poszarpanymi skalistymi wzniesieniami, zbyt niskimi, by zasługiwać na miano gór.

Szosę przecinały co jakiś czas cienie palm — ciemniejsze niż w moich wspomnieniach, ale nadal zbyt blade. W takim cieniu nic i nikt nie mógłby się ukryć. Trudno było podejrzewać, że coś mi tu grozi, ale mimo wszystko nie czułam ulgi, nie czułam wcale, że wracam do domu.

— Którędy na lotnisko, Bello? — spytał Jasper. Drgnęłam. W jego łagodnym głosie nie dało się doszukać niczego niepokojącego, był to jednak pierwszy dźwięk, jaki przerwał panującą od wielu godzin ciszę.

— Trzymaj się sto dziesiątki — odpowiedziałam odruchowo. — Zaraz będziemy je mijać. — Mój osłabiony brakiem snu mózg działał bardzo powoli.

— Wybieramy się dokądś samolotem? — spytałam po chwili Alice.

— Nie, ale lepiej być blisko, tak na wszelki wypadek.

Ostatnią rzeczą, jaką zapamiętałam, było okrążanie lotniska — okrążanie, nie minięcie. To wtedy musiałam w końcu zasnąć.

Ach, i jeszcze coś, jak przez mgłę — wysiadanie z samochodu. Słońce znikało właśnie za horyzontem. Szłam, powłócząc nogami, obejmując jednym ramieniem Alice, która trzymała mnie mocno w talii. Powietrze nareszcie było ciepłe i suche...

Nie miałam pojęcia, jak znalazłam się w tym pokoju.

Zerknęłam na zegar na szafce nocnej. Podświetlane czerwienią cyfry głosiły światu, że dopiero co wybiła trzecia, równie dobrze mogła być to jednak piętnasta. Grube zasłony okienne nie przepuszczały światła słonecznego, w pokoju paliły się za to liczne lampy.

Zesztywniała podniosłam się z łóżka i dowlokłam do okna. Wyjrzałam na zewnątrz. Za oknem było ciemno.

Trzecia nad ranem.

Autostradą poniżej sporadycznie przemykał jakiś samochód. Rozpoznałam nowo wybudowany, wielopoziomowy parking lotniska. Wiedziałam teraz, gdzie dokładnie jestem i która to godzina. Poczułam się nieco raźniej. Przeniosłam wzrok na własne nogi.

Nadal miałam na sobie ubrania należące do Esme. Były na mnie o wiele, o wiele za duże. Rozejrzałam się po pokoju. Na niskiej komódce stała moja torba turystyczna. Ucieszyłam się na jej widok.

Chciałam już poszukać czegoś do przebrania, kiedy ktoś zapukał cicho do drzwi. Serce podskoczyło mi do gardła.

– Mogę wejść? – spytała Alice.

Wzięłam głęboki wdech.

– Jasne.

Wszedłszy do pokoju, przyjrzała mi się uważnie.

– Przydałoby ci się jeszcze trochę snu – doradziła. W odpowiedzi tylko pokręciłam głową.

Podeszła bezszelestnie do okna i starannie zasunęła zasłony.

– Nie wolno nam wychodzić na dwór – powiedziała.

– Jasne – wychrypiałam.

– Chce ci się pić?

Wzruszyłam ramionami.

– Nie, dzięki. A co z wami, niczego wam nie potrzeba?

– Poradzimy sobie. – Uśmiechnęła się. – Zamówiłam dla ciebie coś do jedzenia, czeka w drugim pokoju. Edward przypomniał mi, że posilasz się znacznie częściej od nas.

Z miejsca się ożywiłam.

– Dzwonił?

– Nie, mówił mi już wcześniej.

Zasmuciłam się.

Alice schwyciła mnie ostrożnie za rękę i poprowadziła do drugiego pokoju. Dobiegał z niego szum głosów cicho nastawionego telewizora. W rogu przy biurku siedział nieruchomo Jasper. Bez cienia zainteresowania w oczach oglądał wiadomości.

Usiadłam na podłodze przy niskim stoliku, na którym czekała na mnie taca z posiłkiem. Wzięłam pierwszy kęs do ust, nie zastanawiając się nawet nad tym, co jem.

Alice przycupnęła na oparciu kanapy i podobnie jak Jasper skupiła się na migoczących obrazkach, nie okazując przy tym żadnych emocji.

Jadłam powoli, przyglądając się dziewczynie, tylko od czasu do czasu zerkając na Jaspera. Stopniowo zaczęło do mnie docierać, że ich znieruchomienie nie jest normalne. Nie odrywali oczu od ekranu nawet wtedy, gdy leciały reklamy. Coś się musiało stać. Odepchnęłam od siebie tacę, czując narastające mdłości. Alice odwróciła głowę.

– Alice, co jest grane?

– Nic. – Jej spojrzenie wydawało się szczere... ale jej nie ufałam.

– Co teraz? – spytałam.

– Czekamy na telefon od Carlisle'a.

– A powinien był już dawno zadzwonić? – Strzał był celny. Alice zerknęła mimowolnie na leżącą na jej torbie komórkę.

– Dlaczego nie dzwoni? Co to oznacza? – Głos mi się łamał, choć starałam się nad nim zapanować.

– Po prostu nie mają nam nic do przekazania – odparła spokojnie, ale jej opanowanie wydało mi się sztuczne, przesadzone. Powietrze zrobiło się jakby gęstsze.

Nagle przy Alice znalazł się Jasper. Jeszcze nigdy nie stał tak blisko mnie.

– Nie masz się o co martwić, Bello. Nic ci tu nie grozi. – Jego pocieszycielski ton tylko rozbudził moje podejrzenia.

– Wiem, wiem.

– Więc czego się boisz? – spytał zdezorientowany. Wyczuwał mój lęk, ale nie wiedział, co go powoduje.

– Słyszałeś, co powiedział Laurent. – Mówiłam bardzo cicho, pewna, że i tak mnie słyszy. – Stwierdził, że James pokona każdego. A jeśli coś pójdzie nie tak, jeśli się przypadkiem rozdzielą? Jeśli coś któremuś z nich się stanie – Carlisle'owi, Emmettowi... Edwardowi...? – Zadrżałam. – A jeśli ta dzika kobieta zaatakuje Esme? – Mój głos robił się coraz cieńszy, zdradzając początek histerii. – Jak mogłabym żyć ze świadomością, że to wszystko przeze mnie? Żadne z was nie powinno ryzykować życia z mojego powodu.

– Bello, przestań, proszę – przerwał mi Jasper. Mówił w wampirzym tempie, więc trudno go było zrozumieć. – Niepotrzebnie się zamartwiasz. Uwierz mi, żadnemu z nas nic nie grozi. Dużo ostatnio przeszłaś, nie zadręczaj się bez potrzeby. Posłuchaj mnie! – rozkazał, bo odwróciłam wzrok. – Nasza rodzina jest silna. To ciebie boimy się stracić.

– Po co sobie mną...

Tym razem to Alice weszła mi w słowo.

– Już niemal sto lat Edward nie może znaleźć dla siebie towarzyszki życia. – Dziewczyna dotknęła mojego policzka lodowatymi palcami. – Teraz pojawiłaś się ty. Tylko my, którzy znamy go od tylu lat, możemy dostrzec, jak wielka zaszła w nim zmiana. Czy sądzisz, że któreś z nas byłoby zdolne spojrzeć mu w oczy, gdyby przez następnych sto lat miał być pogrążony w żałobie?

Im dłużej wpatrywałam się w jej bladą twarz, tym mniejsze czułam wyrzuty sumienia. Spokój był dla mnie zbawienny, zdawałam sobie jednak sprawę, że może być on zasługą szachrajstw Jaspera.

Dzień ciągnął się w nieskończoność.

Nie ruszaliśmy się z pokoju. Alice zadzwoniła do recepcji z prośbą, by nie niepokojono nas sprzątaniem. Okna pozostały zamknięte, a telewizor włączony, choć tak naprawdę nikt telewizji nie oglądał. W równych odstępach czasu dostarczano mi zamówione przez telefon jedzenie. Srebrna komórka milczała i z godziny na godzinę wydawała się coraz większa.

Moi opiekunowie lepiej niż ja radzili sobie z tą sytuacją. Kręciłam się, wierciłam, chodziłam od ściany do ściany, oni tymczasem powoli zamieniali się w dwa posągi – nieruchome, acz śledzące dyskretnie każdy mój ruch. Zabijałam czas, zapamiętując wszystkie detale wystroju. Kanapy na przykład obite były materiałem w paski, których kolory powtarzały się według pewnej reguły: po beżowym szedł brzoskwiniowy, kremowy, matowy złoty, a potem znów beżowy, brzoskwiniowy i tak bez końca. Czasem przyglądałam się abstrakcyjnym wzorom na innych tkaninach i powierzchniach, podobnie jak w dzieciństwie chmurom, doszukując się w nich ukrytych kształtów. Tu leciała w powietrzu błękitna dłoń, tam kobieta czesała włosy, jeszcze gdzie indziej przeciągał się kot. Ale kiedy niewinne czerwone kółko przeobraziło się w ślepie drapieżnika, zdegustowana czym prędzej odwróciłam wzrok.

Po południu postanowiłam wrócić do sypialni, po to tylko, żeby choć przez chwilę czymś się zająć. Miałam nadzieję, że przebywając samotnie w ciemnościach, będę mogła przywołać wszystkie ukryte na granicy świadomości lęki, przed którymi chroniły mnie do tej pory manipulatorskie talenty Jaspera.

Niestety, w moje ślady z miejsca poszła Alice, jakby w tym samym momencie znudziło jej się siedzenie w drugim pokoju. Zaczęłam się zastanawiać, jak dokładnie brzmiały przekazane jej przez Edwarda instrukcje. Położyłam się na łóżku, a ona usiadła po turecku tuż obok. Z początku zrobiłam się senna, więc łatwo przyszło mi ignorować jej obecność, ale już po kilku minutach, gdy mój umysł wyzwolił się spod wpływów Jaspera, orzeźwiła mnie fala narastającej paniki. Zwinęłam się ciasno w kłębek, obejmując rękami kolana.

– Alice?

– Tak?

– Jak sądzisz, co oni teraz robią? – spytałam z udawanym spokojem.

– Carlisle zamierzał wyprowadzić tropiciela tak daleko na północ, jak to tylko możliwe, a potem zawrócić i zaatakować go znienacka. Esme i Rosalie dostały rozkaz kierować się na zachód i nie przerywać jazdy, dopóki Victoria nie zrezygnuje z pogoni. W razie, gdyby dała za wygraną, miały wracać do Forks, żeby pilnować twojego taty. Myślę, że skoro nie dzwonią, wszystko idzie według planu. Nie dzwonią, bo tropiciel jest tak blisko, że mógłby ich podsłuchać.

– A Esme?

– Pewnie wróciła już do Forks. Nie zadzwoni, nie mając pewności, że nie jest podsłuchiwana. Sądzę, że wszyscy są po prostu bardzo ostrożni.

– I bezpieczni?

– Bello, ile razy mamy ci jeszcze powtarzać, że nie grozi nam żadne niebezpieczeństwo?

– Nie kłamiesz?

– Nie. – Zabrzmiało to szczerze. – Nigdy cię nie okłamię.

Zamilkłam na chwilę. W końcu postanowiłam jej zaufać.

– To powiedz mi... jak się zostaje wampirem?

Nie odpowiedziała od razu. Moje pytanie zbiło ją z pantałyku. Obróciłam się tak, by móc jej spojrzeć w twarz, ale nie potrafiłam odgadnąć, o czym myśli.

– Edward nie chce, żebyś wiedziała, jak to się dzieje – oświadczyła stanowczym tonem, wyczułam jednak, że się z nim w tej kwestii nie zgadza.

– To nie fair. Uważam, że mam prawo wiedzieć.

– Rozumiem cię.

Czekałam, nie odrywając od niej oczu.

Westchnęła.

– Wścieknie się, jak się dowie.

– Nic mu do tego. To sprawa między nami. Proszę cię, Alice, jesteśmy przecież przyjaciółkami.

Tak, jakimś cudem byłyśmy teraz przyjaciółkami, a Alice musiała od samego początku wiedzieć, że tak będzie.

Wpatrywałam się uporczywie w jej piękne, mądre oczy. Podejmowała decyzję.

– Powiem ci – odezwała się wreszcie – ale musisz zdawać sobie sprawę, że będzie to czysta teoria. Nie pamiętam, co mi się przytrafiło, nigdy też nikomu tego nie robiłam i nie widziałam, jak komuś innemu to robiono.

Czekałam cierpliwie.

– Natura wyposażyła nas, jako drapieżników, w cały arsenał. Jest tego aż za dużo: siła, szybkość, wyczulone zmysły, nie wspominając o dodatkowych talentach, jak w wypadku Edwarda, Jaspera czy moim. Na dodatek, niczym mięsożerne kwiaty, przyciągamy nasze ofiary atrakcyjnym wyglądem.

Siedziałam zupełnie nieruchomo. Pamiętałam doskonale, jak Edward zademonstrował mi ów arsenał w sobotę na łące.

Alice uśmiechnęła się złowrogo.

– Posiadamy jeszcze jedną broń, poniekąd zupełnie zbędną. – Dziewczyna odsłoniła połyskujące zęby. – To jad. Nie zabija, jedynie unieruchamia, niespiesznie rozchodząc się po krwiobiegu. Ukąszona ofiara jest zbyt obolała, by uciec. Jak już wspominałam, rzadko się to przydaje. Skoro podeszło się na tyle blisko, by ukąsić, ofiara nie ma szans na ucieczkę. Ale, rzecz jasna, zdarzają się wyjątki. Dajmy na to Carlisle...

– Więc jeśli zostawi się kogoś z jadem we krwi...

– Przemiana trwa kilka dni, zależnie od tego, ile jadu i jak daleko od serca dostało się do krwiobiegu. Tak długo, jak serce bije, trucizna się rozprzestrzenia, zmieniając kolejne fragmenty ciała i wspomagając gojenie ran. Wreszcie, gdy przemiana dobiega końca, serce przestaje bić. Cały ten czas ofiara nie marzy o niczym prócz śmierci.

Wzdrygnęłam się.

– Cóż, to doświadczenie nie należy do przyjemnych.

– Edward wspominał, że bardzo trudno jest to komuś zrobić. Muszę przyznać, że nie do końca rozumiem dlaczego.

– W pewnym sensie jesteśmy podobni do rekinów. Kiedy już posmakujemy krwi, ba, kiedy poczujemy sam jej zapach, niezmiernie trudno powstrzymać się nam od ugaszenia pragnienia. Czasami to wręcz niemożliwe. Rozumiesz, gdy się już kogoś ugryzie, wpada się w szał. Obu stronom jest trudno – jedna walczy ze sobą, druga cierpi katusze.

– Jak sądzisz, czemu nic nie pamiętasz?

– Nie wiem – odparła ze smutkiem. – Dla wszystkich, których znam, to najlepiej zapamiętane wydarzenie z ich pierwszego życia. Ja z bycia człowiekiem nie pamiętam niczego.

Leżałyśmy tak jakiś czas razem pogrążone w rozmyślaniach. Mijały minuty. Niemalże zapomniałam o jej obecności.

Nagle, bez żadnego ostrzeżenia, Alice zerwała się na równe nogi. Zaskoczona podniosłam się na rękach.

– Coś się zmieniło – oświadczyła przejętym głosem, było to jednak wszystko, co miała do powiedzenia.

Dopadła drzwi, ale stał już w nich Jasper. Musiał słyszeć całą naszą rozmowę i niespodziewany komunikat Alice. Położył jej dłonie na ramionach i odprowadził do łóżka. Usiadła na jego skraju.

– Co widzisz? – spytał w napięciu, przyglądając się jej uważnie. Oczy dziewczyny skupiły się na czymś oddalonym o setki mil. Przysunęłam się bliżej, by lepiej rozumieć wypowiadane cichym głosem słowa. Mówiła w wampirzym tempie.

– Widzę długą salę. Drewniana podłoga, wszędzie lustra. Jest tam, czeka. Przez lustra... przez lustra biegnie złoty pasek.

– Gdzie jest ta sala?

– Nie wiem. Czegoś brakuje... Kolejna decyzja nie została jeszcze podjęta.

– Kiedy to się wydarzy?

– Wkrótce. Będzie tam dziś, może jutro. To zależy. Na coś czeka. Teraz jeszcze nie wie.

Jasper zachowywał spokój. Działał metodycznie, wypytując o najbardziej praktyczne wskazówki.

– Co robi teraz?

– Ogląda telewizję. Nie, ogląda coś na wideo. Gdzieś indziej. Ciemno tam.

– Rozpoznajesz to miejsce?

– Nie, jest za ciemno.

– A w tej sali z lustrami, co tam jeszcze jest?

– Tylko lustra i złoty pasek. Biegnie po wszystkich ścianach. I jeszcze czarny stolik z wielką wieżą stereo i telewizor. On dotyka wideo, ale nie ogląda tak, jak w tym zaciemnionym pokoju. To sala, w której czeka. – Jej wyraz twarzy zmienił się, przeniosła wzrok na Jaspera.

– Nic więcej?

Pokręciła przecząco głową. Znieruchomieli wpatrzeni w siebie.

– Co to wszystko znaczy? – spytałam.

Nie odpowiedzieli od razu, ale w końcu Jasper odwrócił głowę.

– Oznacza to, że tropiciel zmienił plany. Podjął decyzję, która zaprowadzi go do sali z lustrami i do zaciemnionego pokoju.

– Ale nie wiemy, gdzie one są?

– Tego nie wiemy.

– Wiemy jednak jedno – wtrąciła Alice ponuro. – Nie będzie dłużej uciekał przed nagonką w górach na północy. Wymknie się im.

– Czy nie powinniśmy w takim razie do nich zadzwonić?

Spojrzeli na siebie niezdecydowani.

I wtedy zadzwonił telefon.

Alice miała go w ręku, zanim zdążyłam choćby podnieść głowę. Nacisnąwszy odpowiedni przycisk, przyłożyła komórkę do ucha, ale odezwała się dopiero po pewnym czasie.

– Carlisle – szepnęła, nie wydawała się jednak przy tym ani zaskoczona, ani uszczęśliwiona. Odetchnęłam z ulgą.

– Tak – powiedziała do aparatu, zerkając na mnie. Później długo słuchała najnowszych wiadomości.

– Przed chwilą go widziałam. – Opisała swoją wizję. – Niezależnie od tego, co nakazało mu wsiąść do tego samolotu, prędzej czy później trafi do tej sali i tego pokoju.

Jej rozmówca coś powiedział.

– Tak. Bello? – zwróciła się do mnie, podając mi komórkę. Rzuciłam się do niej biegiem.

– Halo?

– Bella. – To był Edward.

– Och, tak się martwiłam!

– Bello – westchnął zniecierpliwiony. – Przecież ci mówiłem, że masz się o nic nie martwić prócz własnego bezpieczeństwa. – Czułam się wspaniale, mogąc słyszeć jego głos. Wypełniająca moje serce rozpacz ustępowała miejsca nadziei.

– Gdzie teraz jesteście?

– Pod Vancouver. Wymknął się nam, wybacz. Musiał zacząć coś podejrzewać – trzymał się na tyle daleko, żebym nie mógł czytać mu w myślach. Wszystko wskazuje na to, że wsiadł do jakiegoś samolotu. Sądzimy, że wróci do Forks podjąć poszukiwania.

– Za moimi plecami Alice zdawała relację Jasperowi, ale mówiła tak szybko, że nie rozróżniałam poszczególnych słów.

– Wiem. Alice widziała, że uciekł.

– Tylko się nie zamartwiaj. Nie ma szans wpaść na twój trop. Siedź spokojnie w ukryciu, dopóki znów go nie namierzymy.

– Nic mi nie będzie. Czy Esme pilnuje Charliego?

– Tak. Wróciła Victoria. Poszła do waszego domu, ale Charlie był akurat w pracy. Nie przejmuj się, nawet się do niego nie zbliżyła. Z Esme i Rosalie pod bokiem nic mu nie grozi.

– Co ona knuje?

– Najprawdopodobniej próbuje złapać trop. W nocy obeszła całe miasteczko. Rosalie ją śledziła – była na lotnisku, sprawdziła drogi wylotowe, szkołę... Stara się jak może, ale wierz mi, nic nie znajdzie.

– Jesteś pewien, że Charlie jest bezpieczny?

– Esme nie spuszcza go z oka, no i my niedługo wrócimy. Jeśli tropiciel pojawi się w Forks, na pewno go dopadniemy.

– Tęsknię za tobą – wyszeptałam.

– Wiem, Bello, i dobrze rozumiem, co czujesz. Mam wrażenie, że zabrałaś ze sobą połowę mnie.

– To przyjedź po nią – podkusiłam go.

– Przyjadę, gdy tylko będę mógł. Ale najpierw muszę zadbać o twoje bezpieczeństwo – powiedział tonem żołnierza walczącego o ojczyznę.

– Kocham cię – przypomniałam mu.

– Czy wierzysz, że mimo wszystkich tych rzeczy, na które cię naraziłem, też cię kocham?

– Jasne, że wierzę.

– Wkrótce się zobaczymy.

– Będę czekać.

Gdy tylko się rozłączył, znów zrobiło mi się ciężko na sercu.

Odwróciłam się, żeby oddać telefon Alice, i okazało się, że oboje z Jasperem pochylają się nad stołem, a dziewczyna szkicuje coś na kartce papieru z hotelowej papeterii. Zajrzałam jej przez ramię.

Rysowała salę ze swojej wizji. Było to długie prostokątne pomieszczenie z dużą kwadratową wnęką z tyłu. Podłoga zrobiona była z drewnianych desek. Wszechobecne lustra przecinały co jakiś czas pionowe linie wyznaczające koniec danej tafli, a także ciągnąca się na poziomie pasa poręcz – wspomniany przez Alice złoty pasek.

– To studio taneczne – powiedziałam, nagle rozpoznając znajome kształty.

Rzucili mi zaskoczone spojrzenia.

– Znasz je? – Jasper był jak zwykle opanowany, ale w jego pytaniu wyczułam jakąś aluzję. Alice wróciła do szkicowania. Z tyłu pomieszczenia dorysowała wyjście ewakuacyjne, a z przodu po prawej wieżę stereo i telewizor na niskim stoliku.

– Przypomina miejsce, do którego chodziłam na lekcje tańca. Miałam wtedy osiem czy dziewięć lat. Tamto miało taki sam kształt. – Dotknęłam palcem kwadratowej wnęki. – Tam były toalety, wchodziło się przez inną salę. Ale wieża stała po lewej stronie i nie była taka nowoczesna. No i nie mieli telewizora. W poczekalni było takie duże okno wychodzące na tę salę – właśnie tak by to wyglądało, gdyby przez nie zajrzeć do środka.

Opiekunowie przyglądali mi się podejrzliwie.

– Jesteś pewna, że to to samo miejsce? – spytał Jasper spokojnie.

– Nie, nie na sto procent. Chyba wszystkie takie sale są do siebie podobne – lustra, poręcz, no wiecie. Po prostu ta wnęka wygląda znajomo. – Wskazałam na drzwi z tyłu sali, które znajdowały się dokładnie w tym samym miejscu co w mojej szkole tańca.

– Czy teraz masz jakiś powód, żeby tam bywać? – odezwała się Alice.

– Nie, skąd. Nie zaglądałam tam od prawie dziesięciu lat. Byłam beznadziejna, na pokazach zawsze stawiali mnie w tylnym rzędzie – wyznałam.

– Więc ta szkoła tańca nie ma teraz z tobą nic wspólnego? – drążyła.

– Nie. Nie sądzę nawet, żeby prowadziła ją ta sama osoba. To musi być jakaś inna sala, w innym mieście.

– A ta twoja szkoła, gdzie się mieściła? – spytał Jasper, niby to od niechcenia.

– Koło naszego domu, tuż za rogiem. Chodziłam tam spacerkiem po szkole... – Przerwałam, widząc, że patrzą po sobie porozumiewawczo.

– Czyli tu, w Phoenix? – Jasper nadal wydawał się prowadzić zwyczajną rozmowę.

– Tak – wyszeptałam. – Na rogu ulic Pięćdziesiątej Ósmej i Cactus.

Wpatrywaliśmy się w szkic sali w milczeniu.

– Alice, czy nikt nas nie namierzy, jeśli użyję twojej komórki?

– Nie – zapewniła mnie. – Będą najwyżej wiedzieli, że jest z Waszyngtonu.

– To zadzwonię do mamy.

– Na Florydzie nic jej nie grozi.

– Tam nie, ale zamierza wkrótce wrócić do Arizony. Lepiej, żeby nie była w domu, kiedy... kiedy... – Głos mi się załamał. Myślałam intensywnie o tym, co powiedział Edward – partnerka tropiciela przeszukała dom Charliego i szkołę w Forks, gdzie trzymano moje akta.

– Znasz jej numer na Florydzie?

– Nie, nie ma stałego, ale w domu jest sekretarka automatyczna, którą można obsługiwać przez telefon. Mama teoretycznie odsłuchuje regularnie nagrane na niej wiadomości.

– Co o tym myślisz, Jasper?

Zastanowił się.

– Cóż, chyba nic złego się nie stanie. Nie mów tylko, gdzie jesteś, ale o tym, mam nadzieję, nie trzeba ci przypominać.

Szybko wyciągnęłam rękę po aparat i wystukałam tak dobrze znany sobie numer. Automat włączył się po czterech sygnałach. Charakterystycznym dla siebie, energicznym głosem mama poprosiła o pozostawienie nagrania.

– Mamo, to ja. Słuchaj, musisz coś dla mnie zrobić. To ważne. Zadzwoń do mnie, gdy tylko odsłuchasz tę wiadomość. Podaję numer. – Alice napisała go dla mnie szybko pod szkicem. Powtórzyłam ciąg cyfr dwukrotnie. – Proszę, nie wychodź nigdzie, zanim się ze mną nie skontaktujesz. Nie przejmuj się, nic mi nie jest, muszę tylko z tobą pilnie porozmawiać. Możesz dzwonić choćby w środku nocy. Kocham cię, mamusiu. Pa. – Zamknęłam oczy, modląc się z całej siły o to, by za sprawą jakiegoś nieprzewidzianego splotu wypadków mama nie wróciła do domu przed odsłuchaniem mojej wiadomości.

Usadowiłam się na kanapie, skubiąc resztki niedojedzonych owoców. Zapowiadał się długi, nużący wieczór. Przyszła mi do głowy myśl, że mogłabym zadzwonić i do Charliego, ale nie byłam pewna, czy minęło już tyle czasu, ile zabrałaby podróż autem z Waszyngtonu. Skoncentrowałam się na oglądaniu wiadomości telewizyjnych – byłam zwłaszcza ciekawa tego, co słychać na Florydzie. Mogli wspomnieć coś o przyjęciu Philipa do drużyny, liczyłam też na jakiś huragan, strajk bądź atak terrorystyczny.

Doszłam do wniosku, że nieśmiertelność daje nieskończone zapasy cierpliwości. Ani Jasper, ani Alice nie zdawali się odczuwać potrzeby robienia czegokolwiek. Alice przez pewien czas szkicowała zarys drugiego pomieszczenia ze swojej wizji, wszystko to, co zdołała dostrzec w bladym świetle włączonego telewizora, ale gdy skończyła, wzorem Jaspera wbiła po prostu wzrok w ścianę. Ja tymczasem walczyłam ze sobą, by nie zacząć miotać się po pokoju, nie wyglądać co chwila przez okno, a przede wszystkim nie wybiec z wrzaskiem na dwór.

Czekając, aż zadzwoni telefon, musiałam zasnąć na kanapie. Ocknęłam się wprawdzie, gdy Alice niosła mnie do łóżka, zapadłam jednak na powrót w sen, nim moja głowa dotknęła poduszki.

21 Telefon

Obudziłam się, czując, że znów jest o wiele za wcześnie. Najwyraźniej przestawiałam się stopniowo na nocny tryb życia. Przez chwilę wsłuchiwałam się w dochodzące zza ściany głosy dwojga opiekunów. Zdziwiłam się, że rozmawiają tak głośno – gdyby chcieli, nie słyszałabym ich wcale. Wygrzebałam się z łóżka i przeszłam niepewnym krokiem do drugiego pokoju.

Zegar na telewizorze wskazywał drugą nad ranem. Alice szkicowała coś zawzięcie, siedząc na kanapie – Jasper zaglądał jej przez ramię. Nie podnieśli głów, kiedy weszłam, zbytnio pochłonięci rysunkiem.

Podeszłam zaciekawiona.

– Alice miała kolejną wizję? – spytałam Jaspera.

– Tak. Coś kazało mu wrócić do pokoju z wideo, ale teraz nie był już zaciemniony.

Przyjrzałam się wykańczanemu na moich oczach szkicowi. Rysowany pokój miał niski, belkowany ciemno strop i ściany pokryte niemodną, odrobinę zbyt ciemną boazerią. Na podłodze leżała ciemna wykładzina w jakiś wzorek. Jedną ze ścian zajmowało spore okno, a połowę innej kamienny kominek o tak szerokim palenisku, że można było z niego korzystać także z sąsiadującego z pokojem salonu. Na samym środku obrazka, w kącie między oknem a kominkiem, na rachitycznej szafce stały telewizor i wideo. Telewizję można było oglądać z podniszczonej narożnej kanapy. Między sofą a szafką stał okrągły niski stolik.

– A tam stoi telefon – szepnęłam, wskazując odpowiednie miejsce.

Spojrzeli na mnie.

– To dom mojej mamy – wyjaśniłam.

Alice w okamgnieniu dopadła komórki. Nie odrywałam wzroku od szkicu znajomego wnętrza. Jasper przysunął się do mnie bliżej niż kiedykolwiek i delikatnie przyłożył swą dłoń do mojego ramienia. Ledwie czułam jej dotyk, ale podziałało – strach został dziwnie stłumiony, rozproszony.

Alice rozmawiała z kimś przez telefon, ale tak cicho i w takim tempie, że moich uszu dochodził tylko szmer. Przez sztuczki Jaspera i tak nie mogłam się skoncentrować.

– Bello?

Spojrzałam na nią tępo.

– Bello, przyjedzie po ciebie Edward. Wywiezie cię dokądś w asyście Carlisle'a i Emmetta. Przeczekasz tam jakiś czas w ukryciu.

– Przyjedzie Edward? – Poczułam się niczym topielec, który ostatkiem sił chwyta przepływającą nieopodal kamizelkę ratunkową.

– Tak, pierwszym możliwym lotem. Spotkamy się na lotnisku i zaraz polecicie dokądś dalej.

– Ale co z moją mamą, Alice? Ten potwór czatuje na moją mamę! – Mimo bliskości Jaspera w moim głosie pobrzmiewała nuta histerii.

– Nie ruszymy się stąd tak długo, jak długo będzie grozić jej niebezpieczeństwo.

– Tak się nie da, Alice. Nie możecie pilnować w nieskończoność wszystkich moich bliskich. Nie widzisz, jaką przyjął taktykę? To nie mnie stara się wytropić, tylko ludzi, na których mi zależy. W końcu kogoś osaczy, zrobi mu krzywdę. Nie mogę.

– Złapiemy go, Bello.

– A co, jeśli to tobie coś się stanie? Myślisz, że dobrze się z tym czuję? Sądzisz, że moi bliscy ograniczają się do samych ludzi?

Alice rzuciła Jasperowi porozumiewawcze spojrzenie. Ni stąd, ni zowąd ogarnęła mnie potężna fala senności. Oczy same mi się zamknęły. Świadoma tego, co się dzieje, zmusiłam się do rozwarcia powiek i czym prędzej odsunęłam od Jaspera.

– Nie chcę teraz spać – syknęłam, wychodząc z pokoju.

Zatrzasnęłam za sobą drzwi do sypialni. Nie chciałam, żeby ktoś był świadkiem tego, jak mierzę się z rozpaczą i strachem. Tym razem Alice zostawiła mnie w spokoju. Przez trzy i pół godziny, skulona w kłębek, kołysząc się rytmicznie, wpatrywałam się w ścianę. Nie miałam pojęcia, jak wyrwać się z tego koszmaru, nie widziałam dla siebie żadnej drogi ucieczki. Znalazłam się w sytuacji bez wyjścia – czekała mnie okrutna śmierć, a jedyną niewiadomą było to, ile osób zginie przede mną.

Moją ostatnią deską ratunku był Edward. Łudziłam się myślą, że na widok jego twarzy coś się we mnie odblokuje i znajdę jakieś rozwiązanie.

Wyszłam z sypialni dopiero wtedy, gdy zadzwonił telefon. Wstydziłam się trochę za swoje zachowanie. Miałam nadzieję, że nie uraziłam żadnego z moich opiekunów i że oboje zdawali sobie sprawę, jak bardzo jestem im wdzięczna za ich poświęcenie.

Alice jak zwykle wyrzucała z siebie słowa z szybkością błyskawicy, nie zwróciłam więc nawet uwagi na to, co mówi. Moją uwagę przykuło co innego – zniknął Jasper. Zerknęłam na zegarek. Było wpół do szóstej.

– Właśnie wchodzą na pokład samolotu – poinformowała mnie Alice. – Wylądują za piętnaście dziesiąta.

Za kilka godzin znowu mieliśmy się zobaczyć. Do tego czasu warto jeszcze było oddychać.

– Gdzie jest Jasper?

– Poszedł nas wymeldować.

– Nie zostaniecie tutaj?

– Nie, wolimy być bliżej domu twojej mamy.

Na myśl o tym, po co to robią, ścisnęło mnie w gardle. Nie miałam jednak czasu na dalsze rozmyślania, bo znowu zadzwonił telefon. Alice wyglądała na zaskoczoną, ale ja podejrzewałam, kto to może być, i z nadzieją wyciągnęłam rękę po słuchawkę.

– Halo? – powiedziała Alice. – Już ją daję... Twoja mama – szepnęła do mnie bezgłośnie.

– Halo?

– Bella? Bella? – usłyszałam znajomy głos. Znałam też bardzo dobrze jego ton. Jako dziecko słyszałam podobny okrzyk tysiące razy – zawsze, gdy podeszłam zbyt blisko do krawężnika albo zniknłam mamie z oczu w jakimś zatłoczonym miejscu. Była przerażona.

Westchnęłam głęboko. Tego właśnie się spodziewałam, choć starałam się przecież, by wiadomość, którą jej zostawiłam, zmusiła ją do działania, nie napędzając przy tym strachu.

– Uspokój się, mamo – powiedziałam jak najbardziej kojącym głosem. Odeszłam parę kroków od Alice – nie byłam pewna, czy pod jej czujnym okiem będę umiała kłamać dostatecznie przekonująco. – Nic takiego się nie stało. Daj mi minutkę, a wszystko ci wyjaśnię, obiecuję.

Zamilkłam zdziwiona tym, że jeszcze mi nie przerwała.

– Mamo?

– Ani pary z ust, póki ci nie powiem, co mówić. – Nie tego się spodziewałam. W słuchawce odezwał się nieznany mi męski głos, przyjemny baryton podobny do tych, które słyszy się w reklamach luksusowych samochodów. Mężczyzna mówił bardzo szybko. – Rób, co ci każę, a twojej matce włos z głowy nie spadnie. – Przerwał na chwilę. Sparaliżowana strachem czekałam na dalsze instrukcje. – Świetnie – pogratulował mi. – A teraz powtórz za mną, byle naturalnym tonem: „Nie ma mowy, mamo. Zostań tam, gdzie jesteś".

– Nie ma mowy, mamo. Zostań tam, gdzie jesteś – wyszeptałam z trudem.

– Widzę, że nie idzie ci najlepiej. – Mężczyzna wydawał się rozbawiony. Rozmawiał ze mną jak gdyby nigdy nic, jakby był moim znajomym. – Może przejdziesz do innego pomieszczenia, żeby niczego nie zdradzić swoim wyrazem twarzy? Twoja matka wciąż może wyjść z tego cało. No, rusz się. I powtórz: „Mamo, proszę, posłuchaj". Czekam.

– Mamo, proszę, posłuchaj – odezwałam się błagalnym tonem, przechodząc posłusznie do sypialni. Na swoich plecach czułam zatroskane spojrzenie Alice. Zamknęłam za sobą drzwi, usiłując myśleć logicznie mimo obezwładniającego mnie przerażenia.

– Jesteś już sama? Odpowiedz tylko „tak" lub „nie".

– Tak.

– Ale twoi przyjaciele nadal mogą podsłuchiwać tę rozmowę, prawda?

– Tak.

– Dobra nasza. Powiedz teraz: „Mamo, zaufaj mi".

– Mamo, zaufaj mi.

– Nie spodziewałem się, że los będzie dla mnie tak łaskawy. Byłem gotowy czekać, a tymczasem twoja matka zjawiła się dużo wcześniej. I chyba dobrze, że tak się stało, nieprawdaż? Nie musisz się już dłużej zamartwiać.

Czekałam, co powie dalej.

– A teraz słuchaj uważnie. Chcę, żebyś odłączyła się od swoich opiekunów. Sądzisz, że ci się to uda? Odpowiedz „tak" lub „nie".

– Nie.

– Przykro mi to słyszeć. Miałem nadzieję, że jesteś nieco bardziej pomysłowa. Od tego zależy w końcu życie twojej matki. Powtarzam. Czy sądzisz, że uda ci się odłączyć od swoich opiekunów?

Nie miałam wyboru, musiałam coś wymyślić. Przypomniało mi się, że pojedziemy na lotnisko, dobrze mi znane lotnisko międzynarodowe Sky Harbor: zatłoczone, z plątaniną przejść i korytarzy.

– Tak.

– Teraz lepiej. Nie wątpię, że czeka cię trudne zadanie, ale, sama rozumiesz, jeśli tylko się zorientuję, że ktoś ci jednak towarzyszy, cóż, nie będę dłużej taki miły dla twojej matki. Musisz o nas już wiedzieć dostatecznie dużo, żeby zdawać sobie sprawę, jak szybko wyczułbym obecność jednego z pobratymców. I jak szybko w takim wypadku mógłbym odpowiednio potraktować twoją rodzicielkę. Czy wszystko jasne? Tak lub nie?

– Tak – odpowiedziałam łamiącym się głosem.

– Świetnie, Bello. A oto, co będziesz musiała później zrobić. Przyjdź do domu swojej matki. Koło telefonu będzie pewien numer. Zadzwoń pod niego. Powiem ci wtedy, dokąd masz się udać. – Wiedziałam, rzecz jasna, jakie miejsce ma na myśli i jak cała ta historia ma się zakończyć. Mimo to zamierzałam postępować zgodnie z jego instrukcjami. – Poradzisz sobie? Odpowiedz „tak"lub „nie".

– Tak.

– Byle do południa, Bello, bardzo cię proszę – dodał uprzejmie. – Nie mogę tak siedzieć cały dzień.

– Gdzie jest Phil? – zapytałam prosto z mostu.

– Och, niegrzeczna dziewczynka. Miałaś nie odzywać się bez pozwolenia.

Zamilkłam.

– Pamiętaj, że twoi przyjaciele nie mogą zacząć niczego podejrzewać. To bardzo ważne. Powiedz im, że dzwoniła twoja mama i że udało ci się ją przekonać, iż nie powinna na razie wracać do domu. A teraz powtórz za mną: „Dziękuję, mamo".

– Dziękuję, mamo. – Do oczu napłynęły mi łzy, ale robiłam wszystko, co w swojej mocy, żeby się nie rozkleić.

– Powiedz: „Kocham cię, mamo. Niedługo się zobaczymy". No, mów.

– Kocham cię, mamo – wykrztusiłam. – Niedługo się zobaczymy.

– Do zobaczenia, Bello. Nie mogę się już doczekać naszego kolejnego spotkania. – Tropiciel się rozłączył.

Z emocji mięśnie odmówiły mi posłuszeństwa. Nie byłam w stanie oderwać słuchawki od ucha i opuścić ręki.

Wiedziałam, że muszę zastanowić się nad tym, co teraz począć, ale moją głowę wypełniało wspomnienie paniki w głosie matki. Minęło trochę czasu, zanim odzyskałam kontrolę nad własnym umysłem i ciałem.

Powolutku przez mur bólu i rozpaczy zaczęły przebijać się pierwsze myśli. Jak postąpić? Wydawało mi się, że nie mam wyboru – muszę iść do lustrzanej sali i zginąć z rąk wampira. Nie miałam przy tym żadnej gwarancji na to, że jeśli się tam pojawię, mamie nic się nie stanie. Mogłam tylko mieć nadzieję, że James poprzestanie na mnie, że usatysfakcjonuje go samo pokonanie Edwarda. Ogarnęła mnie rozpacz – nie było mowy o żadnym kompromisie, to James dyktował warunki. Nie miałam innego wyjścia. Musiałam spróbować uciec, choć wiedziałam, co mnie czeka.

Odepchnęłam strach na granice świadomości. Decyzja została podjęta, nie było więc sensu zadręczać się jakimiś dramatycznymi wizjami. Musiałam teraz trzeźwo zaplanować każdy swój krok. Lada chwila miałam stanąć twarzą w twarz z Alice i Jasperem, a oni nie mogli się niczego domyślić. Wiedziałam doskonale, jak bardzo jest to istotne i jak bardzo nierealne.

Dziękowałam Bogu za to, że Jasper poszedł do recepcji. Gdyby wyczuł przez drzwi, co przeżywałam, rozmawiając przez telefon, cały mój plan spaliłby na panewce. Po raz kolejny spróbowałam zdławić w sobie lęk. Musiałam się za wszelką cenę uspokoić, chłopak mógł wrócić w każdej chwili.

Skupiłam się na planowaniu ucieczki. Liczyłam na to, że przyjdzie mi z pomocą dobra znajomość zakamarków lotniska. Tylko pod tym względem miałam nad moimi towarzyszami przewagę. Zaczęłam się zastanawiać, jak by tu oderwać się od Alice…

Wiedziałam, że dziewczyna czeka na mnie za ścianą mocno już zniecierpliwiona, została mi jednak jeszcze jedna rzecz, z którą powinnam była poradzić sobie bez świadków, a także przed powrotem Jaspera – musiałam pogodzić się z tym, że miałam już nigdy nie zobaczyć Edwarda.

Niedane mi było choćby zerknąć na niego ze świadomością, że oto staram się wyryć w pamięci obraz jego twarzy, by móc zabrać go ze sobą do lustrzanej sali. Zamierzałam go zranić jak nikt przedtem, a nie mogłam się z nim nawet pożegnać. Przez chwilę pozwoliłam się unieść falom cierpienia, ale wkrótce, tak jak wcześniej pozostałe uczucia, odepchnęłam je od siebie jak najdalej. Teraz pozostawało mi tylko wrócić do Alice.

Jedyną w miarę naturalną miną, na jaką było mnie stać, była twarz zupełnie bez wyrazu, tępa, niemal martwa. W oczach Alice dostrzegłam niepokój. Nie czekałam, aż zada mi jakieś pytanie. Miałam tylko jeden jedyny scenariusz i z pewnością nie poradziłabym sobie z trzymaniem emocji na wodzy, gdybym miała od niego odejść choćby na moment.

— Mama była podenerwowana, chciała wrócić do domu, ale udało się, przekonałam ją, żeby nie ruszała się z Florydy. — Mój głos był równie pozbawiony życia jak mina.

— O nic się nie martw, Bello. Dopilnujemy tego, by nic się jej nie stało.

Odwróciłam się. Gdyby patrzyła na mnie dłużej, mogłaby się zorientować, że coś jest nie tak.

Zauważyłam, że na biurku leży czysta kartka z hotelowej papeterii, i w mojej głowie zaczął się formować pewien plan. Była też i koperta. Świetnie, pomyślałam.

— Alice — odezwałam się, starając się panować nad głosem. — Czy gdybym napisała list do mamy, dopilnowałabyś, żeby do niej trafił? Zostawiłabyś go u nas w domu?

— Jasne — odparła ostrożnym tonem policyjnego negocjatora. Wyczuwała, że jestem na skraju załamania nerwowego. Musiałam, musiałam lepiej się kontrolować.

Przeszłam do sypialni i uklękłam przy szafce nocnej.

Edwardzie, napisałam. Ręka mi się trzęsła, litery ledwie dało się odczytać.

Kocham Cię. Jestem jeszcze taka młoda. James złapał moją mamę. Nie mam wyboru, muszę coś zrobić. Wiem, że może mi się nie udać. Tak bardzo mi przykro.

Nie gniewaj się na Alice ani na Jaspera. To będzie cud, jeśli uda mi się im wymknąć. Podziękuj im w moim imieniu za wszystko, zwłaszcza Alice.

Mam jeszcze jedną ogromną prośbę – nie próbuj odnaleźć Jamesa. Sądzę, że o to właśnie mu chodzi. Nie mogę znieść myśli, że komuś mogłoby się coś stać z mojego powodu – zwłaszcza Tobie. Błagam, zrób to dla mnie. To wszystko, co możesz teraz dla mnie zrobić.

Kocham Cię. Wybacz mi.

Bella

Byłam pewna, że list prędzej czy później trafi w ręce Edwarda. Mogłam tylko mieć nadzieję, że zrozumie, co mną kierowało, i że choć ten jeden raz mnie posłucha. Złożywszy starannie arkusik, wsunęłam go do koperty i ją zakleiłam.

A potem, równie starannie, zapieczętowałam własne serce.

22 *Zabawa w chowanego*

Od złowieszczego telefonu musiało minąć zaledwie parę minut, ale rozpacz, ból i lęk wydłużyły je w nieskończoność. Gdy wyszłam z sypialni, Jasper jeszcze nie wrócił. Bałam się być sama z Alice w jednym pokoju, mogła się czegoś domyślić, z tych samych powodów nie mogłam jednak jej unikać.

Wydawałoby się, że w ciągu kilku ostatnich godzin przeżyłam dość dużo, by nic nie mogło mnie już zaskoczyć, ale myliłam się. Stanęłam jak wryta, widząc Alice pochyloną nad biurkiem, z dłońmi zaciśniętymi kurczowo na jego krawędziach.

– Alice?

Nie zareagowała, kołysała tylko rytmicznie głową. Wtedy zwróciłam uwagę na wyraz jej oczu – były nieprzytomne, puste, zamglone... Natychmiast pomyślałam o mamie. Czyżby było już za późno?

Czym prędzej podeszłam do dziewczyny, chcąc odruchowo schwycić ją za rękę.

– Alice! – usłyszałam krzyk Jaspera. Znalazł się przy niej tak szybko, że dopiero gdy odrywał jej dłonie od blatu, zatrzasnęły się za nim prowadzące na hotelowy korytarz drzwi.

– Co widzisz, to znowu on? – dopytywał się.

Wtuliła twarz w jego pierś.

– Bella – dobyło się z jej ust.

– Jestem przy tobie – odparłam.

Odwróciła głowę w moim kierunku, ale choć patrzyła mi prosto w oczy, jej spojrzenie pozostawało nieobecne. Uświadomiłam sobie, że wcale mnie nie wołała – odpowiadała jedynie na pytanie Jaspera.

– Co zobaczyłaś? – spytałam tak wypranym z wszelkich emocji głosem, że nie zabrzmiało to wcale jak pytanie.

Jasper przyjrzał mi się badawczo. Utrzymując ze wszystkich sił tępy wyraz twarzy, czekałam na jego dalszą reakcję. Spoglądał to na mnie, to na Alice, i widać było, że coś mu się nie zgadza. Wyczuwał panujący w moim sercu chaos – zgadłam bowiem, czego dotyczyła najnowsza wizja dziewczyny.

Nagle zaczął ogarniać mnie błogi spokój. Tym razem ucieszyłam się, że Jasper stosuje swoje sztuczki. Mogłam się dzięki temu skupić na lepszym kontrolowaniu swoich emocji.

Alice doszła wreszcie do siebie.

– Nic takiego, ten sam pokój co wcześniej – z opóźnieniem odpowiedziała spokojnym tonem. Zabrzmiało to całkiem przekonująco.

Spojrzała na mnie w końcu, ale w beznamiętny sposób.

– Zjadłabyś może coś?

– Przekąszę coś na lotnisku. – I ja zachowywałam spokój. Poszłam do łazienki wziąć prysznic, odniosłam bowiem wrażenie, jak gdyby udzieliły mi się zdolności Jaspera, że Alice bardzo zależy na tym, żeby zostać z nim sam na sam, choć świetnie to ukrywa pod maską opanowania. Chciała mu powiedzieć, że muszą coś szybko zmienić w swojej taktyce, bo wkrótce popełnią wielki błąd...

Przygotowywałam się do wyjścia wyjątkowo metodycznie, w skupieniu wykonując każdą najdrobniejszą czynność. Rozpuściłam włosy, pozwalając, by zakryły twarz. Jasper pomógł mi się uspokoić, więc mogłam teraz myśleć logicznie, zastanowić się nad tym, co dalej. Grzebałam w swojej torbie tak długo, aż znalazłam skarpetkę ze schowanymi oszczędnościami. Przełożyłam całą kwotę do kieszeni spodni.

Spieszno mi było znaleźć się na lotnisku. Na szczęście opuściliśmy hotel już koło siódmej. Tym razem siedziałam na tylnym siedzeniu sama. Alice oparła się plecami o drzwiczki, tak że patrzyła na Jaspera, ale co kilka sekund zerkała i na mnie zza szkieł swoich ciemnych okularów.

– Alice? – spytałam niby to od niechcenia.

– Tak? – Miała się na baczności.

– Jak to działa? No wiesz, te twoje wizje. Jak to jest? – Wyglądałam przez boczną szybę ze znudzoną miną. – Edward mówił mi, że nie są stuprocentowo pewne, że pewne elementy się zmieniają, czy tak? – Nie myślałam, że aż tak trudno będzie mi wypowiedzieć jego imię. Musiał wyczuć to Jasper, bo znów zalała mnie fala otępienia.

– Tak, to prawda. Pewne elementy – powiedziała cicho. Miejmy nadzieję, pomyślałam. – Niektóre przepowiednie są pewniejsze od innych, na przykład te dotyczące pogody. Gorzej z ludźmi. Widzę, co zrobią, dopiero wtedy, kiedy się na daną rzecz zdecydują. Gdy zmieniają zdanie, choćby jeden drobiazg, wszystko może potoczyć się inaczej.

Pokiwałam głową w zamyśleniu.

– Czyli zobaczyłaś Jamesa w Phoenix dopiero wtedy, kiedy zdecydował się tu przyjechać?

– Tak – potwierdziła. Nadal była czujna.

Mnie również zobaczyła w lustrzanej sali z Jamesem dopiero wtedy, kiedy zdecydowałam się tam z nim spotkać. Starałam się nie myśleć o tym, co jeszcze widziała. Jasper wyczułby, że panikuję, i zrobiłby się podejrzliwy. Tak czy siak, po najnowszej wizji Alice mieli zapewne zamiar obserwować mnie wyjątkowo uważnie. Moje szanse na ucieczkę były zerowe.

Gdy dotarliśmy na lotnisko, okazało się, że szczęście mi sprzyja, przynajmniej odrobinę. Mieliśmy czekać na Edwarda w terminalu czwartym, tym największym, który przyjmował najwięcej lotów. Nie marzyłam o niczym więcej – terminal ten, zapewne z racji swoich rozmiarów, miał najbardziej skomplikowany układ i, co najważniejsze, pewne drzwi na poziomie drugim, które były moją jedyną nadzieją.

Zostawiliśmy auto na trzecim piętrze olbrzymiego parkingu. Po raz pierwszy znałam drogę lepiej od moich towarzyszy i mogłam służyć im za przewodnika. Zjechawszy windą z masą innych podróżnych na poziom drugi, podeszliśmy pod tablicę z informacjami o najbliższych odlotach. Alice i Jasper omawiali przez dłuższy czas wady i zalety różnych miast – Nowego Jorku, Atlanty, Chicago – miast, w których nigdy nie byłam i których nie miałam już zobaczyć.

Coraz bardziej zniecierpliwiona czekałam na odpowiedni moment. Nie potrafiąc opanować nerwowego odruchu, stukałam rytmicznie butem o posadzkę. Usiedliśmy w jednym z wielu długich rzędów krzeseł nieopodal bramek z wykrywaczami metalu. Jasper i Alice udawali, że przyglądają się przechodniom, ale tak naprawdę nie spuszczali mnie z oczu. Czułam na sobie ich czujne spojrzenia za każdym razem, gdy zmieniałam pozycję choćby o centymetr. Sytuacja była beznadziejna. Czy miałam, ot tak, rzucić się do ucieczki? Czy w publicznym miejscu odważyliby się użyć wobec mnie siły? A może po prostu pobiegliby za mną?

Wyciągnęłam z kieszeni nieopisaną kopertę i położyłam ją na należącej do Alice czarnej skórzanej torbie. Dziewczyna zerknęła na mnie pytająco.

– Mój list – powiedziałam. Kiwając głową, wsunęła go pod górną klapę torby. Już niedługo miał trafić do Edwarda.

Mijały kolejne minuty, od jego przylotu dzieliło mnie coraz mniej czasu. Zadziwiło mnie, że każda komórka mojego ciała zdaje się wiedzieć o tym, że Edward jest coraz bliżej, każda z utęsknieniem czeka na jego powrót. Tym trudniej było mi nie zmieniać powziętej decyzji. Zaczęłam wymyślać przeróżne wymówki, by mieć usprawiedliwienie na to, że podejmę próbę ucieczki dopiero po zobaczeniu swojego ukochanego. Zdawałam sobie jednak oczywiście sprawę z tego, że wymknięcie się moim opiekunom byłoby wtedy jeszcze bardziej nieprawdopodobnym osiągnięciem.

Alice proponowała mi kilkanaście razy, że pójdzie ze mną na śniadanie. Później, zbywałam ją, jeszcze nie teraz.

Wpatrywałam się w tablicę, na której wyświetlane były informacje o przylotach. Co kilka minut kolejny samolot lądował o czasie, a wyraz „Seattle" wskakiwał na coraz to wyższe miejsce w tabeli.

Nagle, na pół godziny przed planowanym przylotem Edwarda, przy numerze jego lotu pojawił się nowy komentarz. Samolot miał się zjawić w Phoenix dziesięć minut przed czasem. Musiałam działać natychmiast.

– Chyba w końcu zgłodniałam – oświadczyłam.

Alice podniosła się z miejsca.

– Pójdę z tobą.

– Jeśli nie masz nic przeciwko, wolałabym pójść z Jasperem, dobrze? Czuję się tak jakoś… – Nie dokończyłam zdania. W moich oczach było dość szaleństwa, by mogła zrozumieć, o co mi chodzi.

Jasper wstał. Alice wyglądała na zdziwioną moją prośbą, ale, dzięki Bogu, chyba nic nie wzbudziło jej podejrzeń. Sądziła zapewne, że jej najnowsza wizja wzięła się ze zmiany planów tropiciela, a nie stąd, że coś przed nią ukrywałam.

Jasper towarzyszył mi w milczeniu, trzymając dłoń na karku, jak gdyby mnie prowadził. Udałam, że w pierwszych kilku barach z brzegu nie zauważyłam nic, na co miałabym ochotę, omiatałam wzrokiem wystawy i menu, niby to szukając czegoś odpowiedniego. Wkrótce skręciliśmy za róg, gdzie Alice nie mogła już nas obserwować, i znaleźliśmy się u celu – przed toaletami damskimi na poziomie drugim.

– Pozwolisz? Zaraz wrócę. – Skinęłam głową w kierunku wejścia do ubikacji.

– Będę tu czekał – obiecał Jasper.

Gdy tylko zamknęły się za mną drzwi, puściłam się biegiem. Pamiętałam doskonale, jak kiedyś się tu zgubiłam, i pamiętałam dlaczego – toaleta ta miała dwa wyjścia. Drugie drzwi tylko kilkanaście metrów dzieliło od wind. Liczyłam na to, że Jasper rzeczywiście nie ruszy się z miejsca, bo wówczas nie miał szans mnie zobaczyć. Wybiegłam z toalet, nie oglądając się za siebie. Wiedziałam, że druga taka okazja się nie powtórzy, więc nawet gdyby mnie dostrzegł, nie wolno mi się było zatrzymać. Gapili się na mnie ludzie, ale ich zignorowałam. Windy kryły się za najbliższym rogiem, a drzwi tej, która akurat jechała w dół wypełniona po brzegi, właśnie się zamykały. Dałam szczupaka w ich stronę i śmiało wsunęłam rękę w szparę, żeby się otworzyły. Udało się. Wepchnęłam się prędko pomiędzy poirytowanych podróżnych, sprawdzając przy okazji, czy świeci się parter. Na szczęście ktoś już wcisnął ten guzik przede mną.

Gdy tylko drzwi windy otworzyły się na interesującym mnie poziomie, wyskoczyłam z niej i popędziłam dalej, nie zważając na protesty potrącanych przechodniów. Zwolniłam jedynie na chwilę przy strażnikach nadzorujących odbiór bagaży. W oddali majaczyło już wyjście. Nie mogłam nawet upewnić się, czy nikt mnie nie goni – miałam tylko kilka sekund przewagi nad tropiącym mnie po zapachu Jasperem. Biegłam tak szybko, że o mały włos nie rozbiłam szyby w otwierających się automatycznie drzwiach – jak dla mnie otwierały się zbyt wolno. Wypadłam na zewnątrz.

Na podjeździe kłębiły się tłumy, ale w zasięgu wzroku nie było żadnej taksówki.

Nie mogłam czekać. Alice i Jasper mieli odkryć mój fortel lada chwila, oczywiście jeśli jeszcze nie zorientowali się, że zniknłam. Oboje byli w stanie dogonić mnie w mgnieniu oka.

Tymczasem kilka kroków ode mnie zamykał właśnie drzwi autokar podwożący z lotniska gości hotelu Hyatt.

– Stać! – wrzasnęłam, ruszając w jego kierunku i machając dziko do kierowcy.

– To autobus do Hyatta – poinformował mnie zaskoczony, otwierając drzwi.

– Wiem – odparłam hardo. – Właśnie tam się wybieram. – Wskoczyłam po kilku stopniach do środka.

Zerknął na mnie podejrzliwie, bo nie miałam bagażu, ale w końcu nieskory do przepychanki wzruszył jedynie ramionami.

Większość miejsc była pusta. Usiadłam tak daleko od pozostałych pasażerów, jak to tylko było możliwe. Wkrótce zostawiliśmy w tyle zatłoczony chodnik i całe lotnisko. Oczami wyobraźni widziałam, jak Edward stoi na skraju drogi, zgubiwszy mój ślad. Nie potrafiłam odgonić od siebie tej natrętnej wizji. Nie płacz, powiedziałam sobie, jeszcze wiele przed tobą.

Szczęście nadal mi sprzyjało. Przed wejściem do hotelu Hyatt zmęczona trudami podróży para wypakowywała właśnie z bagażnika taksówki ostatnią walizkę. Wypadłam z autokaru jak strzała i wślizgnęłam się na tylne siedzenia auta. Kierowca autobusu i para z walizkami wlepili we mnie oczy.

Podałam zdziwionemu taksówkarzowi adres mamy.

– Byle szybko, nie mam czasu do stracenia – dodałam.

– Toż to aż w Scottsdale – jęknął mężczyzna.

Rzuciłam mu cztery banknoty dwudziestodolarowe.

– Tyle starczy?

– Jasne, maleńka. Do usług.

Opadłam na fotel, splatając ręce na podołku. Za oknami przesuwały się znajome ulice, ale nie zwracałam na nie uwagi. Wytężyłam siły, aby jak najlepiej się kontrolować. Za nic nie chciałam się rozkleić, zaszedłszy tak daleko. Udało mi się uciec, więc pogrążanie się w lękach nie miało sensu. Mój los był przesądzony – teraz musiałam mu się poddać.

Tak rozumując, zamiast wpadać w panikę, zamknęłam oczy i spędziłam następnych dwadzieścia minut z Edwardem.

Wyobraziłam sobie, co by było, gdybym została na lotnisku. Stojąc na palcach, wyciągałabym szyję ponad ludzkie kłębowisko, byle tylko jak najszybciej zobaczyć ukochaną twarz. Z jakim wdziękiem, z jaką chyżością Edward przemykałby w rozdzielającym nas tłumie. A potem, gdy zostałoby mu jeszcze tylko parę kroków, lekkomyślna jak zawsze, rzuciłabym się w jego kierunku, by nareszcie znaleźć się w jego marmurowych ramionach. Wtedy byłabym już bezpieczna.

Zastanawiałam się, dokąd byśmy pojechali. Pewnie gdzieś na północ, gdzie i za dnia mógłby przebywać na dworze. A może w miejsce tak odludne, że znów moglibyśmy leżeć razem w słońcu? Wyobraziłam sobie Edwarda nad brzegiem morza, ze skórą iskrzącą się niczym powierzchnia wody. Nie przeszkadzałoby mi to zbytnio, gdybyśmy mieli się tak ukrywać w nieskończoność. Czułabym się jak w niebie nawet uwięziona z nim w pokoju hotelowym. O tyle rzeczy chciałam się go jeszcze zapytać. Moglibyśmy rozmawiać całymi godzinami – nie musiałabym spać, nie musiałabym się ani na moment od niego oddalać.

Stanął mi przed oczami jak żywy, niemal słyszałam jego głos. Mimo grozy sytuacji przez chwilę byłam szczęśliwa. Tak dalece oderwałam się od rzeczywistości, że straciłam poczucie czasu.

– To jaki to był numer?

Pytanie taksówkarza sprowadziło mnie na ziemię. Moje piękne marzenia natychmiast wyblakły, a ich miejsce gotowy był zająć dławiący strach.

– Pięć tysięcy osiemset dwadzieścia jeden. – Słowa z trudem przechodziły mi przez gardło. Taksówkarz spojrzał na mnie zaniepokojony. Bał się pewnie, że zaraz będę miała jakiś atak.

– No to jesteśmy na miejscu – oświadczył, chcąc się mnie jak najszybciej pozbyć z auta. Liczył być może na to, że w takim stanie nie poproszę o resztę z moich osiemdziesięciu dolarów.

– Do widzenia – szepnęłam. Nie ma się czego bać, zrugałam się w myślach, dom jest pusty. Musiałam się spieszyć, mama czekała, umierała ze strachu. Jej życie było w moich rękach.

Podbiegłam do drzwi, sięgając odruchowo po ukryte pod okapem klucze. Dom był wymarły i ciemny, ale poza tym w środku nic się nie zmieniło. Czym prędzej przeszłam do kuchni, zapalając po drodze światło. To tam znajdował się telefon i to tam właśnie, na białej tablicy do zmywalnych pisaków, ktoś o schludnym, drobnym charakterze pisma pozostawił dla mnie dziesięciocyfrowy numer. Zaczęłam go wystukiwać zesztywniałymi z nerwów palcami, ale myliłam się i kilkakrotnie musiałam przedwcześnie odkładać słuchawkę. Dopiero po kilku próbach skoncentrowałam się na tyle, że udało mi się nie popełnić żadnego błędu. Drżącą ręką przyłożyłam słuchawkę do ucha. James odebrał już po pierwszym sygnale.

– Witaj, Bello – odezwał się, jak poprzednio rozluźnionym głosem. – Szybko się uwinęłaś. Jestem pod wrażeniem.

– Co z mamą? Nic jej nie jest?

– Nic a nic. Nie bój się, Bello, jest mi obojętna. Nie tknę jej palcem. No, chyba że pojawisz się z obstawą, rzecz jasna. – Znów wydawał się rozbawiony.

– Nikogo ze mną nie ma. – Jeszcze nigdy nie byłam tak samotna.

– Świetnie. Ale przejdźmy do rzeczy. Czy wiesz, gdzie w pobliżu twojego domu jest szkoła tańca?

– Tak, znam do niej drogę.

– No to już wkrótce się zobaczymy.

Rozłączyłam się.

Wybiegłam pędem z kuchni przez korytarz i drzwi od frontu na skąpany w słońcu chodnik.

Nie miałam czasu oglądać się za siebie, nie chciałam zresztą tak zapamiętać miejsca, w którym spędziłam tyle szczęśliwych lat. Dom rodzinny stał się dla mnie symbolem strachu, a ostatnią osobą, która gościła w znajomych wnętrzach, był ktoś, komu zależało na mojej śmierci.

Niemal dostrzegałam moją matkę, jak stoi w cieniu olbrzymiego eukaliptusa, pod którym zwykłam bawić się w dzieciństwie. Albo jak klęczy przy skrawku ziemi otaczającym skrzynkę na listy, z którego bezskutecznie usiłowała zrobić klomb. Ileż to roślinek straciło na nim życie! Wspomnienia były o stokroć lepsze od wszystkiego, czego miałam dzisiaj doświadczyć, ale musiałam zostawić je za sobą.

Wydawało mi się, że biegnę straszliwie wolno, jakby beton nie dawał moim stopom dość oparcia, jakbym przedzierała się przez mokry piasek. Kilkanaście razy się potknęłam, a raz nawet przewróciłam – upadłam, podniosłam chwiejnie i znowu upadłam. Zdarłam sobie przy tym skórę na obu dłoniach. W końcu dotarłam do najbliższego skrzyżowania. Do pokonania została mi tylko jedna przecznica. Biegłam, ciężko dysząc, po twarzy spływały mi krople potu. Przesadnie jaskrawe promienie słońca parzyły skórę, oślepiały mnie, odbijając się od białej nawierzchni ulicy. Nigdzie nie można się było przed nimi schronić. Nigdy bym nie przypuszczała, że kiedykolwiek będę potrafiła tak mocno zatęsknić za cienistym gąszczem zielonych lasów Forks. Nagle zdałam sobie sprawę, że to tam teraz był mój dom...

Skręciłam za róg w ulicę Cactus i moim oczom ukazał się budynek studia tanecznego. Wyglądało tak samo, jak przed laty. Parking dla klientów był pusty, żaluzje zasłaniały okna. Nie mogłam dłużej biec, nie mogłam złapać tchu – dopadły mnie w końcu strach i wyczerpanie. Żeby zmusić się do dalszego wysiłku, pomyślałam o mamie. Noga za nogą powlokłam się w kierunku wejścia.

Podszedłszy bliżej, zauważyłam, że na jednej z szyb ktoś przykleił od wewnątrz jaskraworóżową kartkę. Odręcznie napisany komunikat informował, że na czas ferii wiosennych szkoła tańca jest zamknięta. Ostrożnie nacisnęłam klamkę. Drzwi były otwarte. Starając się oddychać normalnie, weszłam do środka.

W hallu było ciemno i chłodno, cicho buczała klimatyzacja, wykładzina pachniała szamponem do dywanów. Wzdłuż ścian stały wieże z wciśniętych jedno w drugie plastikowych krzeseł. W sali po lewej, tej większej, paliło się światło, ale żaluzje w oknie, przez które zazwyczaj można było przyglądać się z hallu ćwiczącym, dzisiaj były szczelnie zaciągnięte.

Strach mnie obezwładnił, zupełnie sparaliżował. Nie mogłam zrobić ani kroku dalej.

I wtedy usłyszałam swoją matkę.

– Bella? Bella? – Znów ten histeryczny ton. Odruchowo rzuciłam się do drzwi oświetlonego studia, zza których dobiegał ukochany głos.

– Ale mi napędziłaś strachu, Bello! Nigdy więcej mi tego nie rób! – odbiło się echem od ścian długiej, wysokiej sali.

Rozejrzałam się dookoła, ale sala była pusta. A potem usłyszałam za plecami jej śmiech i odwróciłam się na pięcie.

Rzeczywiście, była tu, a raczej tam – na ekranie telewizora. Mierzwiąc mi włosy, przytulała mnie do siebie z wyrazem ulgi na twarzy. Nagranie to pochodziło ze Święta Dziękczynienia, miałam wtedy dwanaście lat. Po raz ostatni odwiedzałyśmy moją babcię z Kalifornii, która zmarła niespełna rok później. Pewnego dnia pojechałyśmy na plażę i na molo straciłam równowagę, wychylając się przez barierkę. To stąd wzięła się panika w głosie mamy.

Ktoś zdalnie wyłączył film i ekran zrobił się niebieski.

Odwróciłam się powoli. James stał nieruchomo przy tylnym wyjściu. To dlatego z początku go nie zauważyłam. W dłoni trzymał pilota. Przez dłuższą chwilę wpatrywaliśmy się w siebie w milczeniu, a potem na jego twarzy pojawił się uśmiech.

Podszedł do mnie, ale mnie minął, żeby położyć pilota koło wideo. Ani na sekundę nie spuszczałam go z oczu.

– Przykro mi, Bello – odezwał się uprzejmym tonem – ale poniekąd czy nie dobrze się złożyło, że nie trzeba było mieszać w to twojej matki?

I nagle łuski spadły mi z oczu. Mamie nic nie groziło, była nadal na Florydzie. Moja wiadomość jeszcze do niej nawet nie dotarła. Nigdy nie miało jej być dane umierać ze strachu na widok tej nienaturalnie bladej twarzy o ciemnoczerwonych oczach. Mamie nic nie groziło.

– Rzeczywiście – przyznałam głosem pełnym ulgi.

– Jakoś nie masz mi za złe tego, że wystrychnąłem cię na dudka.

– Nie mam. – Moje odkrycie dodało mi odwagi. Nie dbałam o to, co się teraz ze mną stanie. Wkrótce będzie po wszystkim, pomyślałam. James zostawi Charliego i mamę w spokoju, a ja już nigdy nie będę musiała się bać. Zaczęłam odczuwać zawroty głowy. Z krańców świadomości otrzymałam ostrzeżenie, że lada chwila mogę załamać się pod ogromem stresów.

– Hm, nie kłamiesz. Cóż za niezwykła postawa. – Przyjrzał mi się z zainteresowaniem. Tęczówki jego ciemnych oczu, niemal czarne, jedynie przy brzegach połyskiwały rubinowo. Był głodny. – W jednym muszę przyznać rację twojej wampirzej rodzince, wy, ludzie, potraficie jednak zaintrygować. Chyba rozumiem teraz, po co się z wami zadawać. To doprawdy zadziwiające, że można do tego stopnia nie dbać o własne dobro.

Stał z założonymi rękami zaledwie kilka kroków ode mnie i nadal przyglądał mi się z zaciekawieniem. Zarówno w jego wyrazie twarzy, jak i pozie nie dało się doszukać ani cienia agresji. Wyglądał zupełnie przeciętnie, w żaden sposób się nie wyróżniał, no, może wyjątkowo jasną cerą i podkrążonymi oczami, ale do tego zdążyłam się już przyzwyczaić. Miał na sobie wyblakłe dżinsy i błękitną koszulę z długimi rękawami.

– Pewnie teraz postraszysz mnie, że twój chłopak w końcu mnie dopadnie? – Odniosłam wrażenie, że James właśnie na to liczy.

– Nie, nie sądzę, żeby miał mnie pomścić. W każdym razie prosiłam go, żeby tego nie robił.

– I co on na to?

– Nie mam zielonego pojęcia. – Dziwnie łatwo było mi konwersować z moim uprzejmym katem. – Zostawiłam dla niego list.

– List pożegnalny, jakie to romantyczne. I co, myślisz, że ciebie posłucha? – Ton jego głosu zmienił się odrobinę – po raz pierwszy wyczułam nutkę sarkazmu.

– Taką mam nadzieję.

– Cóż, ja mam nadzieję, że stanie się inaczej. Widzisz, trochę za szybko się z tym wszystkim uwinąłem i szczerze mówiąc, nie jestem w pełni usatysfakcjonowany. Spodziewałem się znacznie większego wyzwania. Tymczasem starczyło mieć odrobinę szczęścia.

Milczałam.

– Kiedy Victoria zorientowała się, że nie zdoła osaczyć twojego ojca, kazałem jej dowiedzieć się czegoś więcej o tobie. Tropienie cię z kontynentu na kontynent nie miało większego sensu, skoro mogłem zaczekać na ciebie w komfortowych warunkach w wybranym przez siebie miejscu. I tak, po rozmowie z Victorią, postanowiłem udać się do Phoenix, by złożyć krótką wizytę twojej matce. Poza tym sama twierdziłaś przecież, że masz zamiar wrócić do domu. Z początku nawet nie marzyłem o tym, że mówisz prawdę, ale potem zacząłem się zastanawiać. Ludzkie istoty są w końcu tak bardzo przewidywalne, a znajome strony dają im poczucie bezpieczeństwa. I czy nie byłby to iście diabelski fortel? Schować się w najbardziej nieodpowiednim i nieprawdopodobnym miejscu – właśnie tam, gdzie obiecało się być.

– Oczywiście nie miałem stuprocentowej pewności, tylko przeczucie. Często mi się to zdarza, kiedy poluję. Można by rzec, taki szósty zmysł. Zjawiwszy się w domu twojej matki, odsłuchałem nagraną przez ciebie wiadomość, ale rzecz jasna nie miałem pojęcia, skąd dzwoniłaś. Nie powiem, miło było poznać numer twojej komórki, wiedziałem, że może się przydać, ale mogłaś dzwonić choćby z Antarktydy, a mój plan wymagał tego, abyś była gdzieś w pobliżu.

– I wtedy twój chłopak wszedł na pokład samolotu lecącego do Phoenix. Tak, tak, Victoria nie spuszczała go i pozostałych z oczu. Przy tylu przeciwnikach nie mogłem sobie pozwolić na działanie w pojedynkę. Tak oto dowiedziałem się tego, na czym mi zależało –

że naprawdę przebywasz gdzieś w okolicy. Na tę ewentualność byłem już przygotowany, zdążyłem przejrzeć twoje urocze rodzinne filmiki. Pozostawało mi tylko wcielić mój plan w życie.

– Jak wiesz, wszystko poszło jak z płatka. Co za rozczarowanie. Teraz mogę tylko mieć nadzieję, że mylisz się jednak co do planów swojego przyjaciela. Edward, tak mu na imię, nieprawdaż?

Nie odpowiedziałam. Znów zaczęłam się bać. Wyczuwałam, że przemowa Jamesa powoli dobiega końca. Nie wiedziałam zresztą, po co mi to wszystko opowiada. Byłam przecież tylko małym, słabym przedstawicielem niższej rasy.

– Mam nadzieję, że nie pogniewasz się na mnie bardzo, jeśli i ja zostawię dla Edwarda coś w rodzaju listu?

Zrobił krok do tyłu i dotknął maleńkiej kamery cyfrowej postawionej na sztorc na wieży stereo. Świecąca się czerwona dioda wskazywała na to, że James już wcześniej włączył nagrywanie. Poprawił kilka ustawień, poszerzył kadr. Z przerażeniem przypatrywałam się jego poczynaniom.

– Wybacz, że to powiem, ale uważam, że po tym, jak to obejrzy, Edward nie będzie w stanie zrezygnować z zemsty. A nie chcę, żeby cokolwiek przegapił. W końcu cały ten show jest właśnie dla niego. Ty sama jesteś tylko istotą ludzką, która miała nieszczęście znaleźć się w złym czasie, w złym miejscu i do tego z pewnością w złym towarzystwie.

Uśmiechając się, zrobił krok w moim kierunku.

– Zanim zaczniemy...

Poczułam, że zbiera mi się na wymioty. Takiego obrotu rzeczy się nie spodziewałam.

– Chciałbym wpierw o czymś wspomnieć, nie zajmie to zbyt wiele czasu. Bałem się już, że Edward się domyśli i zepsuje mi tym samym całą zabawę. Otóż jeden jedyny raz, lata temu, wymknęła mi się upatrzona przeze mnie ofiara.

Przeszkodził mi pewien wampir, który darzył ją idiotycznie gorącym uczuciem – nigdy nie zrozumiem, co też takiego niektórzy moi pobratymcy widzą w ludziach. Ów wampir odważył się na coś, przed czym twój słaby Edward się wzdraga. Gdy tylko dowiedział się o moich zamiarach, wykradł dziewczynę z przytułku dla obłąkanych, w którym pracował, i sprawił, że przestała być dla mnie kusząca. Biedulka była tak otępiała, że chyba nawet nie czuła bólu – tak długo przebywała samotnie w celi. Sto lat wcześniej za jej wizje spalono by ją na stosie, w latach dwudziestych dwudziestego wieku zostawał dom wariatów i elektrowstrząsy. Kiedy w końcu otworzyła oczy, silna siłą wiecznej młodości, czuła się tak, jakby nigdy wcześniej nie widziała słońca. Stary wampir zrobił z niej żwawego młodego wampira i nie miałem już powodów, by ją ścigać. – Westchnął ciężko.

– W gniewie zgładziłem więc starego.

– Alice – szepnęłam zszokowana.

– Tak jest, twoja przyjaciółka. Muszę przyznać, że byłem zaskoczony, widząc ją wśród was na polanie. No cóż, być może twoją rodzinkę nieco to pocieszy – wprawdzie dostałem ciebie, ale to oni dostali ją, jedyną ofiarę, jaka kiedykolwiek mi się wymknęła. Poniekąd to zaszczyt.

– A pachniała tak smakowicie... Nadal żałuję, że niedane mi było jej skosztować. Pachniała nawet lepiej od ciebie. Bez obrazy. Masz bardzo ładny zapach, jakiś taki kwiatowy...

Zrobił kolejny krok w moim kierunku, tak że dzieliło nas już tylko parę centymetrów. Dwoma palcami ujął kosmyk moich włosów i zbliżywszy go sobie do nozdrzy, wziął kilka płytkich wdechów. Nie puścił kosmyka ot tak, lecz delikatnie odłożył go na miejsce. Poczułam na szyi jego chłodne palce. Potem, patrząc na mnie z zaciekawieniem, pogłaskał mnie po policzku. Marzyłam o tym, żeby uciec, ale byłam jak sparaliżowana. Nie potrafiłam nawet wzdrygnąć się ze wstrętem.

– Nie – mruknął do siebie James, opuszczając dłoń. – Nie rozumiem. Cóż – znowu westchnął – trzeba się nam już chyba zabierać do roboty. A po wszystkim zadzwonię do twoich przyjaciół, żeby wiedzieli, gdzie znaleźć ciebie i mój, hm, list.

Ponownie zebrało mi się na wymioty. Chciał zadawać mi ból, widziałam to w jego oczach. To, że mnie złapał, nie satysfakcjonowało go. Nie miał zamiaru po prostu pożywić się i odejść. A tak liczyłam na szybką, łatwą śmierć! Zaczęły mi się trząść kolana, przestraszyłam się, że zaraz się przewrócę.

James odsunął się ode mnie i zaczął okrążać, jakby był turystą podziwiającym wystawioną w muzeum rzeźbę. Zastanawiał się zapewne, od czego by tu zacząć, ale nie zmienił wyrazu twarzy i nadal uśmiechał się pogodnie.

Nagle przyjął znaną mi z polany pozę – pochylił się do przodu niczym drapieżnik gotowy do skoku. Jego uśmiech robił się coraz szerszy, aż w końcu przestał być uśmiechem, a stał się palisadą obnażonych połyskujących zębisk.

Tym razem nie potrafiłam opanować naturalnego odruchu – rzuciłam się do ucieczki. Wiedziałam, że nie ma to najmniejszego sensu i że ledwie trzymam się na nogach, ale panika wzięła górę. Ruszyłam w stronę tylnego wyjścia.

James w mgnieniu oka zastąpił mi drogę. Działał tak szybko, że nie zdołałam nawet dostrzec, czy użył ręki, czy też nogi, w każdym razie z ogromną siłą uderzył mnie w pierś. Odrzuciło mnie aż pod ścianę. Tyłem głowy uderzyłam o lustro. Tafla szkła wygięła się w kilku miejscach, a na podłogę spadła kaskada srebrnych odłamków.

Byłam zbyt oszołomiona, by odczuwać ból. Nie potrafiłam nawet złapać tchu.

Mój kat podszedł do mnie powolnym krokiem.

– Ładny efekt, nie powiem – skwitował, lustrując wyrządzone przez siebie szkody. Ton jego głosu nadal był swobodny, uprzejmy. – Właśnie dlatego wybrałem tę salę na miejsce naszego spotkania. Doszedłem do wniosku, że doda mojemu filmikowi wizualnej dramaturgii. I chyba zgodzisz się ze mną, że się nie myliłem.

Puściłam tę uwagę mimo uszu. Stanęłam na czworakach i zaczęłam pełznąć w kierunku drugich drzwi.

Ani się obejrzałam, a już stał nade mną. Z całych sił nastąpił mi na nogę. Zanim poczułam cokolwiek, moich uszu dobiegł trzask, ale tym razem los nie był już dla mnie tak łaskawy i zaraz potem zalała mnie fala potwornego bólu. Nie potrafiłam powstrzymać krzyku. Zwinęłam się w kłębek, żeby dosięgnąć złamanej nogi. James stał wciąż nade mną, uśmiechając się promiennie.

– Nie chciałabyś może zmienić swojej ostatniej prośby? – spytał spokojnie. Dźgnął stopą moją nogę i usłyszałam przeraźliwy wrzask. Ułamek sekundy później zdałam sobie sprawę, że wydobywa się on z mojego własnego gardła.

– Nie wolałabyś teraz, żeby Edward spróbował mnie odnaleźć? – podpowiedział.

– Nie! – wycharczałam. – Nie, Edwardzie! – Przerwał mi kolejny cios. Znów poleciałam na lustra.

Do bólu bijącego od złamanej kończyny dołączył inny, z miejsca, w którym szkło przecięło mi skórę głowy. A potem coś ciepłego zaczęło spływać mi po włosach z przerażającą szybkością. Poczułam, że powoli przemaka mi góra podkoszulka, usłyszałam, jak krople owego ciepłego płynu uderzają o parkiet. Znajomy zapach wywołał kolejną falę mdłości.

Kręciło mi się głowie, było mi niedobrze, powoli odpływałam w niebyt. Ale właśnie wtedy dostrzegłam coś, co niespodziewanie wlało w moje serce odrobinę otuchy. Oczy Jamesa, do tej pory jedynie pełne skupienia, płonęły teraz niepohamowanym pragnieniem. To moja krew – barwiąca czerwienią biały podkoszulek, lejąca się gorącą strugą na podłogę – doprowadzała go do szaleństwa, którego nie był w stanie dłużej kontrolować, choć początkowo miał przecież wobec mnie inne plany.

Byle szybko, pomyślałam. Nie marzyłam już o niczym więcej. Z upływem krwi stopniowo traciłam przytomność. Moje oczy powoli się zamykały.

Zaczęłam odbierać dźwięki tak, jakbym była pod wodą. Usłyszałam ostatnie warknięcie zgłodniałego łowcy, a potem wśród mgły, którą zaszły moje oczy, zamajaczył zmierzający w moją stronę cień. Ostatkiem sił odruchowo przesłoniłam twarz dłońmi. Moje powieki zamknęły się i odpłynęłam w nicość.

23 Anioł

Unosiłam się w pustce, w ciemnych morskich głębinach.

Śniłam. Musiałam śnić, bo usłyszałam najwspanialszy ze wszystkich odgłosów, jakie mogłam sobie wyobrazić, choć równie piękny i podnoszący na duchu, co przerażający. Było to także warknięcie, ale dłuższe – niski, głęboki ryk. Ten drapieżnik był naprawdę rozwścieczony.

Moją dłoń przeszył ostry ból, niemal przywracając mi świadomość, ale nie znalazłam w sobie dość sił, by wypłynąć na powierzchnię.

A potem zyskałam pewność, że już nie żyję.

Pomyślałam tak, ponieważ z oddali, sponad powierzchni wody, dobiegło moich uszu wołanie anioła. Anioł powtarzał moje imię, wzywał mnie właśnie do tego nieba, do którego tak bardzo pragnęłam się dostać.

– Nie! Och, Bello! Nie! – wołał anioł załamany.

Ale oprócz tego cudownego głosu zaczęłam też słyszeć inne dźwięki, dźwięki tak okropne, że mój mózg usiłował mnie przed nimi chronić – jakieś wielkie poruszenie, złowieszczy, basowy pomruk, głośne chrupnięcie i czyjeś wycie, które nagle się urwało...

Wolałam skupić uwagę na tym, co mówi anioł.

– Bello, proszę, tylko nie to! Proszę, Bello! Posłuchaj mnie! Bello, błagam!

Chciałam odpowiedzieć, że jestem gotowa zrobić dla niego wszystko, o co tylko poprosi, ale nie potrafiłam odnaleźć swoich ust.

– Carlisle! – krzyknął anioł z rozpaczą. – Bello, nie! Och, tylko nie to! Nie! Bello! – Anioł zaniósł się spazmatycznym szlochem.

Nie, pomyślałam, anioły nie powinny płakać, choćby i bez łez. Spróbowałam się do niego przedostać, powiedzieć mu, że nic mi nie jest, ale byłam za głęboko, ciężar wody przygniatał mnie, nie pozwalał oddychać.

Poczułam, że coś wciska mi się w czaszkę. Zabolało. A potem, jeden po drugim, obudziły się inne źródła bólu, silnego bólu. Ból przedarł się do mnie przez ciemność, wyrwał mnie z niej, wydobył na powierzchnię. Głośno jęknęłam.

– Bello! – zawołał anioł.

– Straciła trochę krwi, ale rana na głowie nie jest głęboka – oświadczył ktoś opanowanym głosem. – Uważaj na nogę, jest złamana.

Anioł wydał z siebie groźny ryk.

Coś w boku kłuło mnie dotkliwie. Chyba jednak nie trafiłam do nieba. W niebie nie musiałabym tak cierpieć.

– Myślę, że poszło też parę żeber – spokojny głos ciągnął swoją metodyczną wyliczankę.

Ale obrażenia nogi, żeber i głowy nie były już dla mnie takie ważne. Teraz liczył się tylko ból płynący z dłoni, potworniejszy niż wszystkie inne.

Jakby ktoś przypiekał mnie żywym ogniem.

– Edward... – Chciałam mu o tym powiedzieć, ale dźwięki ociężale opuszczały moje gardło. Sama nie rozumiałam tego, co mówię.

– Wyjdziesz z tego, Bello, słyszysz? Kocham cię.

– Edward... – ponowiłam próbę. Tym razem poszło mi lepiej.

– Jestem, jestem przy tobie.

– Boli – jęknęłam.

– Wiem, Bello, wiem. – A potem, do kogoś innego, głosem przepełnionym cierpieniem: – Czy nic się nie da z tym zrobić?

– Podajcie mi torbę – poprosił Carlisle. – Spokojnie, Alice, zaraz poczuje się lepiej.

– Alice? – wykrztusiłam.

– Tak, też tu jest – powiedział Edward. – To ona wiedziała, gdzie cię szukać.

– Ten ból w dłoni... – próbowałam zwrócić jego uwagę.

– Wiem, Bello. Zaraz minie, Carlisle już ci coś zaaplikował.

– Ręka mi się pali! – wrzasnęłam, wreszcie w pełni odzyskując przytomność. Otworzyłam oczy, ale przesłaniało je coś ciepłego i ciemnego. Czy oni poszaleli? Dlaczego nie gasili tego cholernego ognia?

– Bello? – W głosie Edwarda słychać było przerażenie.

– Niech ktoś wyjmie moją rękę z ognia! – krzyczałam. – Niech ktoś go ugasi!

– Carlisle, co z tą ręką?

– Jednak ją ugryzł. – Doktor był zbulwersowany swoim odkryciem.

Usłyszałam jęk zdruzgotanego Edwarda.

– Ty musisz to zrobić – odezwała się Alice tuż nad moją głową. Chłodne palce przetarły do sucha moje mokre oczy.

– Nie! – wydarło się z jego piersi.

– Alice – szepnęłam błagalnie.

– Jest szansa, że się uda – oświadczył Carlisle.

– Co takiego? – spytał Edward z niedowierzaniem.

– Zobacz, może będziesz umiał wyssać jad. Rana jest tylko odrobinkę zabrudzona. – Gdy mówił, znów poczułam, że coś wciska mi się w czaszkę, silniej, że ktoś tam czymś gmera, naciąga mi skórę. Bolało, ale to było nic w porównaniu z bólem bijącym od dłoni.

– I to starczy? – Alice była wyraźnie spięta.

– Nie wiem – przyznał Carlisle. – Ale musimy się pospieszyć.

– Carlisle, ja chyba... – Edward się zawahał. – Nie jestem pewien, czy potrafię to zrobić. – Jego cudowny głos był rozdarty bólem.

– Decyzja należy do ciebie, Edwardzie. Nie mogę ci pomóc. Jeśli masz zamiar wyssać jad, muszę najpierw powstrzymać krwawienie.

Ręka piekła tak przeraźliwie, że odruchowo się skuliłam, co tylko zwiększyło tortury, jakie zadawała mi złamana kończyna.

– Edward! – zawyłam. Chciałam spojrzeć mu prosto w twarz, uświadomiłam sobie jednak, że oczy znowu mam zamknięte. Gdy je otworzyłam, wreszcie udało mi się go zobaczyć. Wpatrywał się we mnie, piękny jak zawsze, z miną pełną udręki i niezdecydowania.

– Alice, rozejrzyj się za czymś, czym można by było usztywnić jej nogę. – Carlisle pochylał się nade mną, majstrując przy mojej głowie. – Edwardzie, musisz działać błyskawicznie, inaczej będzie za późno.

Jako że patrzyłam mu prosto w oczy, byłam świadkiem tego, jak na te słowa zmienił się wyraz jego twarzy. Miejsce wahania zajęła dzika determinacja. Zacisnął zęby. Poczułam, że jego chłodne palce przyciskają w zdecydowany sposób moją zmizerowaną rękę do podłogi. A potem Edward pochylił się nade mną i przytknął wargi do rany.

Z początku ból przybrał na sile. Wiłam się, krzycząc, ale Edward trzymał mnie mocno. Alice przemawiała do mnie łagodnie, usiłując mnie uspokoić. Coś ciężkiego nie pozwalało się ruszyć mojej złamanej nodze, a Carlisle zwarł obie ręce wokół mojej głowy w żelaznym uścisku.

Stopniowo jednak moja dłoń robiła się coraz bardziej odrętwiała. Ogień kurczył się i gasł. Z czasem przestałam się rzucać.

Poczułam, że odpływam. Przestraszyłam się, że znów trafię w głębiny, że zgubię Edwarda w mroku.

– Edward... – Chciałam go zawołać, ale nie słyszałam własnego głosu. Za to usłyszeli mnie pozostali.

– Jest tuż obok ciebie, Bello.

– Zostań, zostań ze mną, proszę...

– Nie ruszę się ani na krok. – Słychać było, że jest wyczerpany, ale w jego głosie pobrzmiewała też nutka triumfu.

Westchnęłam uradowana. Ogień zgasł, a ból w pozostałych częściach ciała zelżał pod wpływem ogarniającej mnie fali senności.

– Jesteś pewien, że wszystko wyssałeś? – spytał Carlisle z oddali.

– Nie wyczuwam już smaku jadu – oznajmił Edward cicho. – Nic prócz morfiny.

– Bello? – zwrócił się do mnie Carlisle.

– Mmm? – wymamrotałam.

– Dłoń cię już nie pali?

– Nie. – Westchnęłam. – Dziękuję, Edwardzie.

– Kocham cię – szepnął w odpowiedzi.

– Wiem, że mnie kochasz. – Byłam taka zmęczona.

Moich uszu dobiegł najsłodszy dźwięk na świecie: cichy śmiech wdzięcznego losowi Edwarda.

– Bello? – Carlisle miał do mnie jeszcze jedno pytanie.

Niezadowolona zmarszczyłam czoło. Chciałam już zasnąć.

– Tak?

– Gdzie jest twoja matka?

– Na Florydzie. – Znów westchnęłam. – Oszukał mnie, Edwardzie. Obejrzał nasze domowe filmiki z kamery. – Byłam tak słaba, że oburzenie w moim głosie było ledwie słyszalne.

Coś mi się przypomniało.

– Alice. – Spróbowałam otworzyć oczy. – Alice, jego nagranie. On ciebie znał, Alice. Wiedział, skąd się wzięłaś. – Nie byłam w stanie przekazać im, jak ważna to wiadomość. – Pachnie benzyną – dodałam zdziwiona, coraz mniej przytomna.

– Czas ją przenieść – zakomunikował Carlisle.

– Nie – jęknęłam. – Chcę spać.

– Śpij, kochanie, śpij – uspokoił mnie Edward. – Ja cię wyniosę.

Już po chwili byłam w jego ramionach, twarz wtuliłam w jego pierś. Ból minął. Odpływałam w niebyt.

– Śpij, śpij – usłyszałam jeszcze przed zaśnięciem.

24 Impas

Kiedy na powrót otworzyłam oczy, otaczało mnie intensywnie białe światło. Znajdowałam się w nieznanym sobie pokoju, całym w bieli. Najbliższą ścianę przesłaniały pionowe żaluzje, nad moją głową wisiały oślepiające mnie lampy. Leżałam na dziwnym łóżku — twardym, z poręczami, o kilku segmentach nachylonych pod różnym kątem. Poduszki były płaskie, a ich wypełnienie zbrylone. Przy moim uchu coś irytująco pikało. Mogłam mieć tylko nadzieję, że oznacza to, iż jeszcze żyję. Nie spodziewałam się zresztą podobnych niewygód po śmierci.

Od moich dłoni biegły przezroczyste rurki, czułam też, że mam coś przyklejone do twarzy pod nosem. Podniosłam rękę, żeby się tego pozbyć.

— Ani mi się waż. — Powstrzymały mnie chłodne palce.

— Edward? — Obróciłam odrobinę głowę. Jego cudowna twarz była tuż obok, brodą opierał się o jedną z moich poduszek. Po raz kolejny uświadomiłam sobie, że żyję, i tym razem bardzo się ucieszyłam. — Och, Edwardzie, mam takie wyrzuty sumienia!

— Spokojnie, tylko spokojnie — uciszył mnie. — Wszystko jest już w najlepszym porządku.

— Jak to się w ogóle skończyło? — Nie pamiętałam szczegółów, a mój umysł buntował się, gdy próbowałam coś z niego wycisnąć.

— Cudem zdążyliśmy na czas. Jeszcze chwila, a byłoby za późno. — Nadal wzdrygał się na samą myśl o tym.

— Byłam taka głupia, Edwardzie. Myślałam, że James złapał mamę.

— Wszystkich nas przechytrzył.

— Muszę zadzwonić do niej i do Charliego. — Mój mózg zaczynał trzeźwieć.

— Alice już to zrobiła. Renée jest tutaj, to znaczy tu, w szpitalu. Poszła tylko coś zjeść.

— Przyjechała? — Chciałam usiąść, ale dostałam gwałtownych zawrotów głowy. Edward powstrzymał mnie delikatnie.

— Niedługo wróci — obiecał. — A tymczasem leż spokojnie.

— Ale jak jej wytłumaczyliście to wszystko? — Przestraszyłam się nie na żarty. Jak mogłam leżeć spokojnie? Moja mama miałaby być świadkiem tego, jak dochodzę do siebie po ataku wampira?

— Co jej powiedzieliście?

– Że spadłaś z bardzo długich schodów, a potem z rozpędu rozbiłaś szybę i wyleciałaś przez okno. – Zadumał się na moment. – Musisz przyznać, że takie rzeczy czasem się zdarzają.

Westchnęłam. Zabolało. Spojrzałam na moje ciało przykryte cienką kołdrą. Zamiast jednej z nóg miałam grubaśną kłodę.

– Jakie właściwie odniosłam obrażenia?

– Masz złamaną nogę, złamane cztery żebra, kilka pęknięć w czaszce i siniaki gdzie się da, a do tego straciłaś dużo krwi. Przeszłaś kilka transfuzji. Nie byłem tym zbytnio zachwycony – przez jakiś czas pachniałaś zupełnie nie tak.

– Musiała to być dla ciebie miła odmiana.

– Skąd. Lubię twój zapach.

– Jakim cudem ci się udało? – szepnęłam. Od razu domyślił się, o co mi chodzi, i uciekł wzrokiem przed moim pytającym spojrzeniem

– Nie jestem pewien. – Ujął moją zabandażowaną dłoń, ostrożnie, tak aby nie zerwać przewodu łączącego mnie z jednym z monitorów.

Czekałam cierpliwie na dalsze zwierzenia.

Westchnął głęboko, nadal nie patrząc w moją stronę.

– Tego nie dało się… nie dało się powstrzymać –'zaczął cicho. – Było to zupełnie niemożliwe. A jednak dopiąłem swego. – Nasze oczy nareszcie się spotkały. Edward uśmiechał się nieśmiało. – Chyba naprawdę cię kocham.

I ja się uśmiechnęłam. Nawet to zabolało.

– Czy smakuję równie dobrze, jak pachnę? – spytałam.

– Jeszcze lepiej. Lepiej, niż przypuszczałem.

– Przepraszam.

Edward wzniósł oczy ku niebu.

– Naprawdę, nie masz już za co przepraszać!

– Za co w takim razie powinnam cię przeprosić?

– Za to, że mało brakowało, a już nigdy więcej bym cię nie zobaczył.

– Przepraszam – powtórzyłam.

– Rozumiem, dlaczego tak postąpiłaś – pocieszył mnie. – Choć oczywiście nie zmienia to faktu, że nie miało to większego sensu. Trzeba było zaczekać na mnie, trzeba było mi powiedzieć!

– Nie puściłbyś mnie.

– Nie – przyznał ponuro. – Nie puściłbym.

Zaczęłam przypominać sobie różne nieprzyjemne szczegóły. Wzdrygnęłam się, a potem skrzywiłam. Edward natychmiast zwrócił na to uwagę.

– Nic ci nie jest, Bello?

– Co się stało z Jamesem?

– Gdy go od ciebie odciągnąłem, zajęli się nim Emmett i Jasper. – Z tonu jego głosu można było odczytać, jak bardzo żałuje tego, że nie mógł im towarzyszyć.

Zdziwiłam się.

– Nie było ich wtedy z wami.

– Musieli przejść do innego pomieszczenia... polało się sporo krwi.

– Ale ty zostałeś.

– Tak, zostałem.

– I Alice, i Carlisle... – dodałam, kręcąc głową z niedowierzaniem.

– Widzisz, oni też cię kochają.

Przed oczami stanęła mi zatroskana twarz pochylonej nade mną Alice. Znów sobie coś przypomniałam.

– Czy Alice obejrzała jego nagranie? – Bardzo mi na tym zależało.

– Tak. – Głos Edwarda przesycony był teraz nienawiścią.

– Zawsze trzymano ją w odosobnieniu, w ciemnościach. To dlatego nic o sobie nie wiedziała.

– Tak. Teraz już wie. – Starał się mówić normalnie, ale jego twarz pociemniała z gniewu.

Chciałam wolną ręką pogłaskać go po policzku, kiedy coś mnie powstrzymało. Zerknęłam w bok. Miałam podłączoną kroplówkę.

– Fuj. – Skrzywiłam się.

– Wszystko w porządku? – spytał zaniepokojony. W jego oczach czaił się jeszcze głęboki smutek, ale całym sercem był przy mnie.

– Igły – wyjaśniłam. Nie miałam najmniejszej ochoty na nie patrzeć. Skupiłam wzrok na wyszczerbionym panelu sufitowym, mimo złamanych żeber usiłując oddychać głęboko.

– Boi się igły – mruknął Edward pod nosem, kręcąc głową. – Sadystyczny wampir, który chce ją zamęczyć na śmierć, prosi o spotkanie – nie ma sprawy, już leci, już jej nie ma. Ale gdy podłączyć ją do kroplówki...

Przewróciłam oczami. Dzięki Bogu, przynajmniej to nie zabolało. Postanowiłam zmienić temat.

– Co tutaj właściwie robisz?

Spojrzał na mnie, najpierw zdziwiony, potem urażony.

– Mam sobie iść? – Zmarszczył czoło.

– Nie, skąd! – zaprotestowałam. Strach mnie zdjął na samą myśl o tym. – Nie o to mi chodziło. Co robisz w Arizonie? Jak wytłumaczyłeś mojej mamie swoją obecność? Muszę poznać twoją wersję, zanim się tu zjawi.

– No tak. – Uspokoił się. Zmarszczki z czoła zniknęły. – Przyjechałem do Phoenix, żeby przemówić ci do rozsądku i skłonić do powrotu do Forks. – Powiedział to z tak szczerą miną, że nieomal sama mu uwierzyłam. – Zgodziłaś się ze mną spotkać i przyjechałaś do hotelu, w którym zatrzymałem się z Carlisle'em i Alice – tak, tak, przyleciałem rzecz jasna pod opieką rodzica. Tyle że, idąc do mojego pokoju, potknęłaś się na schodach. Resztę już znasz. Na szczęście nie musisz pamiętać żadnych szczegółów, masz świetne usprawiedliwienie.

Zastanowiłam się nad tym, co powiedział.

– W twojej historyjce nie wszystko trzyma się kupy. Nie było na przykład żadnego rozbitego okna.

– Ależ było, było – sprostował. – Alice miała niezłą frajdę, fabrykując dowody. Nawet się trochę zagalopowała. Wszystko wyglądało bardzo przekonująco – mogłabyś się pewnie procesować z hotelem o odszkodowanie, gdybyś chciała. Nie martw się, zadbaliśmy o wszystko – zapewnił, głaszcząc mnie czule po policzku. – Twoim jedynym zadaniem jest teraz powrót do zdrowia.

Nie byłam ani na tyle obolała, ani na tyle otumaniona lekami, by nie zareagować na tę pieszczotę. Rytmiczne pikanie jednego z aparatów przeszło w dziki galop – teraz nie tylko Edward był w stanie usłyszeć, co wyczyniało moje serce.

– Boże, chyba zapadnę się pod ziemię – mruknęłam pod nosem.

Edward parsknął śmiechem, a potem przechylił głowę w zadumie.

– Hm, zobaczmy... – Pochylił się nade mną powoli. Pikanie przyspieszyło, zanim jeszcze jego usta dotknęły moich, ale kiedy w końcu złożył na mych wargach pocałunek, choć ledwie je musnął, w pokoju zaległa cisza.

Edward odskoczył ode mnie i przerażony zerknął na monitor. Odetchnął z ulgą, widząc, że moje serce zamarło tylko na chwilkę.

– Coś mi się wydaje, że będę musiał przy tobie uważać jeszcze bardziej niż do tej pory.

– Jeszcze nie skończyłam z całowaniem! – zaprotestowałam. – Nie zmuszaj mnie do tego, żebym spróbowała usiąść.

Rozpromieniony ponowił próbę, a aparat znowu zaczął pikać jak szalony. Zignorowaliśmy go tym razem, jednak już po chwili Edward zesztywniał i wyprostował się.

– Chyba słyszę twoją mamę – szepnął z łobuzerskim uśmiechem na twarzy.

– Tylko mnie nie zostawiaj! – zawołałam. Nie wiedzieć czemu, nagle zaczęłam się bać, że lada moment zniknie i już go więcej nie zobaczę.

Wszystko to wyczytał z moich oczu.

– Nie zostawię cię – przyrzekł z powagą, a potem znów się uśmiechnął. – A tymczasem się zdrzemnę – oświadczył.

Przesiadł się na obity turkusową sztuczną skórą rozkładany fotel stojący w nogach mojego łóżka i przechyliwszy jego oparcie maksymalnie do tyłu, ułożył się na nim i zamknął powieki. Leżał tak zupełnie nieruchomo.

– Tylko nie zapomnij oddychać – rzuciłam z ironią. Edward nabrał powietrza do płuc, ale nie otworzył oczu.

Teraz i ja usłyszałam głos mamy, rozmawiała bodajże z jakąś pielęgniarką. Słychać było, że jest przemęczona i zdenerwowana. Zapragnęłam wyskoczyć z łóżka, żeby pobiec do niej i zapewnić, że wszystko jest w najlepszym porządku, ale ledwie mogłam się ruszać. Pozostało mi wyglądać jej niecierpliwie.

Uchyliła ostrożnie drzwi i zajrzała do środka.

– Mama! – szepnęłam. Moja kochana mama! Tak dobrze było ją widzieć.

Zauważywszy, że Edward śpi u stóp łóżka, podeszła do mnie na palcach.

– Ten to zawsze na stanowisku – mruknęła do siebie.

– Mamo! Jak dobrze, że jesteś!

Uściskała mnie delikatnie. Po policzku spłynęły mi jej ciepłe łzy.

– Bello, tak się bałam!

– Przepraszam za wszystko. Ale nic się nie martw, szybko wyzdrowieję.

– Dzięki Bogu, że wreszcie się ocknęłaś. – Usiadła na skraju łóżka.

Nagle zdałam sobie sprawę, że nie mam pojęcia, którego dzisiaj mamy.

– Jak długo byłam nieprzytomna?

– Już piątek, skarbie. Trochę to trwało.

– Piątek? – powtórzyłam zszokowana. Spróbowałam sobie przypomnieć, w jaki dzień poszłam na tamto spotkanie... ale doszłam do wniosku, że nie mam ochoty się nad tym zastanawiać.

– Przetrzymali cię w takim stanie celowo. Masz sporo obrażeń, kochanie.

– Wiem. – Czułam je aż za dobrze.

– Miałaś szczęście, że pod ręką był doktor Cullen. To taki miły człowiek... tylko taki młody. I wygląda bardziej jak model niż lekarz.

– Poznałaś Carlisle'a?

– Tak. I siostrę Edwarda, Alice. Urocza dziewczyna.

– Jest fantastyczna – przyznałam z entuzjazmem.

Mama zerknęła przez ramię na drzemiącego Edwarda.

– Nic mi nie wspominałaś o tym, że masz w Forks tylu dobrych znajomych.

Jęknęłam głośno.

– Co boli? – Mama natychmiast spojrzała w moją stronę, a i Edward zaniepokojony otworzył oczy.

– Nic, nic – zapewniłam. – Zapominam, że nie mogę się tyle ruszać. – Uspokojony tym Edward ponownie zapadł w „sen".

Uznałam, że to dobry moment na zmianę tematu. Nie było mi spieszno tłumaczyć się, czemu wróciłam do Phoenix.

– A gdzie Phil? – spytałam szybko.

– Został na Florydzie. Ach, Bello, nie uwierzysz! Już mieliśmy pakować manatki, a tu taka niespodzianka!

– Zaproponowano mu kontrakt?

– Tak! Skąd wiedziałaś? The Suns go przyjęli! Niesamowite, prawda?

– Rewelacja. – Starałam się wykrzesać z siebie nieco entuzjazmu, choć nazwa The Suns nic mi nie mówiła.

– Oj, spodoba ci się w Jacksonville, zobaczysz. – Mama rozgadała się na dobre. Wpatrywałam się w nią tępo. – Najpierw trochę się martwiłam, bo była mowa o Akron. Tam przecież jest normalna zima ze śniegiem, a sama dobrze wiesz, jak ja nie lubię zimna. A tu Jacksonville! Słońce cały rok, a ta wilgoć wcale nie jest taka zła, jak mówią. Znaleźliśmy dla nas przecudny dom, żółty z białymi framugami i werandą jak z jakiegoś starego filmu. Rośnie przed nim ogromny dąb, a na plażę jest tylko kilka minut spacerkiem, w dodatku miałabyś jedną łazienkę tylko dla siebie, a...

– Wstrzymaj się na chwilkę – przerwałam jej wywód. Edward nadal leżał z zamkniętymi oczami, ale mięśnie miał tak napięte, że nikt by nie uwierzył, że śpi. – O czym ty mówisz? Nie mam zamiaru przeprowadzać się na Florydę. Mieszkam w Forks.

– Ależ już nie musisz, głuptasku – roześmiała się mama. – Phil będzie teraz o wiele częściej w domu... W ogóle to dużo na ten temat rozmawialiśmy i zdecydowałam, że aby być więcej z tobą, będę z nim jeździć tylko na co drugi mecz.

– Ale mamo... – Zawahałam się, nie wiedząc, które uzasadnienie zabrzmi najbardziej dyplomatycznie. – Chcę zostać w Forks. Przyzwyczaiłam się już do nowej szkoły, mam kilka dobrych koleżanek...
– Słysząc słowo „koleżanki", mama spojrzała na Edwarda, więc postanowiłam pójść w innym kierunku. – ...a Charlie mnie potrzebuje. Siedzi tam zupełnie sam, a ani trochę nie potrafi gotować.

– Chcesz mieszkać w Forks? – spytała zaskoczona. Nie mieściło jej się to w głowie. Ale potem znów zerknęła na Edwarda. – Dlaczego?

– Dopiero co powiedziałam – jest szkoła, jest Charlie – au! – Odruchowo wzruszyłam ramionami i okazało się, że nie był to najlepszy pomysł.

Mama rzuciła się, żeby mnie pocieszająco poklepać, ale przez chwilę tylko wisiała nade mną, nie wiedząc, którą część ciała wybrać. W końcu zdecydowała się na czoło – przynajmniej nie było zabandażowane.

– Ależ, Bello, skarbie, ty nie cierpisz tej dziury – przypomniała mi.

– Nie jest taka zła.

Zacisnęła usta i po raz kolejny zerknęła na Edwarda, tym razem rozmyślnie.

– To o niego chodzi? – szepnęła.

Otworzyłam już usta, żeby skłamać, ale wpatrywała się we mnie z taką uwagą, że z pewnością przejrzałaby mnie na wylot.

– Częściowo – przyznałam. Na razie tyle wystarczy. – Miałaś w ogóle okazję zamienić z Edwardem kilka słów?

– Tak. – Zawahała się, wpatrzona w sylwetkę „śpiącego". – I chciałabym z tobą o nim porozmawiać.

Tylko nie to.

– O czym dokładnie?

– Sądzę, że ten chłopiec jest w tobie zakochany – rzuciła oskarżycielskim szeptem.

– Też tak sądzę – wyznałam.

– A co ty czujesz do niego? – Usiłowała maskować palącą ją ciekawość, ale kiepsko jej to wychodziło.

Westchnęłam, odwracając wzrok. Bardzo kochałam moją mamę, ale nie miałam ochoty się jej zwierzać.

– Mam fioła na jego punkcie – odparłam. Proszę bardzo. Tak nastolatka chyba może powiedzieć o swoim pierwszym chłopaku?

– No cóż, wydaje się bardzo sympatyczny i muszę przyznać, że jego uroda zwala z nóg, ale jesteś jeszcze taka młoda, Bello... – Mama nie była pewna, co o tym wszystkim myśleć. Jeśli mnie pamięć nie myliła, po raz pierwszy, odkąd skończyłam osiem lat, udało jej się niemal przybrać ton głosu godny prawdziwie surowej rodzicielki – stanowczy, ale stonowany zarazem. Głos rozsądku. Próbowała używać go już wcześniej, za każdym razem, gdy rozmawiałyśmy o mężczyznach.

– Wiem o tym, mamo. Nie przejmuj się, to tylko młodzieńcze zauroczenie.

– O właśnie – zgodziła się szybko. Tak bardzo chciała w to wierzyć.

Westchnęła i z miną przepełnioną poczuciem winy zerknęła na wiszący na ścianie zegar.

– Musisz już iść?

Przygryzła dolną wargę.

– Lada chwila powinien zadzwonić Phil, tak się umówiliśmy. Nie wiedziałam, że odzyskasz przytomność.

– Idź, idź. Nie ma sprawy. Będzie ze mną Edward. – Ucieszyłam się, ale starałam się to ukryć, żeby nie urazić maminych uczuć.

– Wrócę raz-dwa. Wiesz, mieszkam teraz w szpitalu – dodała z dumą.

– Och, mamo, nie musiałaś tego robić. Możesz spać w domu, mnie to bez różnicy. – Byłam tak odurzona środkami przeciwbólowymi, że nadal miałam kłopoty z koncentracją, chociaż z tego, co mi mówiono, wynikało, że spałam kilka dni.

– Za bardzo bym się denerwowała – wyznała mama bojaźliwie.

– Po tym, co się stało ledwie przecznicę dalej, wolę nie siedzieć tam sama.

– A co się takiego stało? – spytałam zaalarmowana.

– Jacyś bandyci włamali się do tej szkoły tańca za rogiem i podpalili budynek. Nic z niego nie zostało! A przed wejściem porzucili kradziony samochód. Pamiętasz, skarbie, jak chodziłaś tam na lekcje?

– Pamiętam. – Wzdrygnęłam się.

– Mogę z tobą zostać, jeśli mnie potrzebujesz.

– Nie trzeba, mamo. Nic mi nie będzie. Edward się mną zajmie.

Zrobiła taką minę, jakby to jego osoba była właśnie powodem, dla którego wolałaby zostać.

– Wrócę wieczorem! – Zabrzmiało to nie tyle jak obietnica, ale jak ostrzeżenie. Wypowiadając te słowa, mama znów zerknęła na Edwarda.

– Kocham cię, mamo.

– Ja też cię kocham, Bello. Uważaj na siebie, kochanie, patrz pod nogi. Nie chcę, żebyś znowu trafiła do szpitala.

Edward nie otworzył oczu, ale na jego twarzy pojawił się szeroki uśmiech.

Do pokoju wpadła energiczna pielęgniarka, żeby sprawdzić wszystkie moje kabelki i rurki. Przed wyjściem mama pocałowała mnie jeszcze w czoło i poklepała po zabandażowanej dłoni.

Pielęgniarka przejrzała wydruk z aparatu monitorującego pracę mojego serca.

– Denerwowałaś się czymś, złotko? Serce ci tu coś ostro przyspieszyło.

– Czuję się dobrze.

– Zaraz powiadomię siostrę oddziałową, że się obudziłaś. Za chwilkę przyjdzie cię obejrzeć.

Gdy tylko kobieta zamknęła za sobą drzwi, Edward znalazł się przy moim boku.

– Ukradliście samochód? – spytałam, unosząc brwi ze zdziwienia.

Uśmiechnął się łobuzersko.

– Był świetny, naprawdę szybki.

– Jak tam drzemka?

Zrobił dziwną minę.

– Cóż, dowiedziałem się wielu ciekawych rzeczy.

– Na przykład?

Wbił wzrok w podłogę.

– Zaskoczyłaś mnie. Ten dom na Florydzie, mieszkanie z matką... Myślałem, że właśnie o tym zawsze marzyłaś.

Nie wiedziałam, o co mu chodzi.

– Przecież na Florydzie musiałbyś cały dzień siedzieć w domu. Wychodziłbyś na dwór tylko w nocy, jak jakiś prawdziwy wampir.

Przez chwilę wydawało mi się, że jednak się uśmiechnie, ale nie. Spojrzał na mnie ponuro.

– Gdybyś się wyprowadziła, zostałbym w Forks, Bello – oświadczył. – Albo przeniósłbym się do innego miasteczka na północy. Jak najdalej od ciebie, byle cię dłużej nie narażać na niebezpieczeństwo.

Z początku to do mnie nie dotarło, wpatrywałam się tylko w niego tępo. Stopniowo jednak słowa Edwarda zaczęły się układać w mojej głowie w logiczną całość, przerażającą całość. Oszołomiona nie zwróciłam nawet uwagi na przyspieszone pikanie aparatury. Dopiero ostry ból w żebrach uświadomił mi, że oddycham jak histeryczka, a serce mi oszalało.

Edward nie odzywał się, obserwował tylko czujnie moją twarz, twarz wykrzywioną bólem, który nie miał nic wspólnego z połamanymi kośćmi. Czułam się coraz gorzej.

Do pokoju weszła zdecydowanym krokiem kolejna pielęgniar-ka. Edward nie ruszył się ani na milimetr, gdy lustrowała facho-wym okiem moją zbolałą minę, a potem wszystkie monitory.

– Podać ci coś przeciwbólowego, kotku? – spytała ciepło, po-klepując woreczek kroplówki.

– Nie, nie – wymamrotałam, starając się udawać, że nic mnie nie boli. – Wszystko w porządku. – Nie miałam najmniejszego za-miaru zasypiać w takiej chwili.

– Nie musisz być taka dzielna, skarbie. Lepiej nie nadwerężać organizmu. Musisz odpoczywać. – Czekała, aż zmienię zdanie, ale pokręciłam przecząco głową.

– Niech ci będzie – westchnęła. – Przywołaj mnie przyciskiem, jeśli się zdecydujesz.

Rzuciła jeszcze Edwardowi srogie spojrzenie i po raz ostatni zerknęła na aparaturę.

Gdy wyszła, Edward ujął moją twarz w swoje chłodne dłonie.

– Spokojnie, Bello, tylko spokojnie.

– Nie zostawiaj mnie – poprosiłam łamiącym się głosem.

– Nie zostawię – obiecał. – A teraz leż ładnie, bo zawołam pie-lęgniarkę i każę cię czymś nafaszerować.

Moje serce nie chciało się jednak uspokoić.

– Bello. – Edward pogłaskał mnie po policzku z zaniepokojoną miną. – Nigdzie się nie wybieram. Będę tu tak długo, jak będziesz mnie potrzebować.

– Przysięgasz, że mnie nie zostawisz? – wyszeptałam. Próbo-wałam kontrolować swój oddech, ale bezskutecznie. Moje płuca pulsowały spazmatycznie pod obolałymi żebrami.

Znów ujął moją twarz i pochylił się nade mną.

– Przysięgam – powiedział tonem pełnym powagi.

Jego oddech podziałał na mnie kojąco, ból w klatce piersiowej zelżał. Edward nie spuszczał ze mnie wzroku, czekając, aż zupełnie się odprężę, a tempo pulsowania aparatury wróci do normy. Jego oczy były dziś wyjątkowo ciemne – nie złote, a niemal czarne.

– Lepiej ci już? – spytał.

– Lepiej – potwierdziłam.

Pokręcił głową, mamrocząc coś pod nosem. Wydawało mi się, że wychwyciłam słowo „nadwrażliwa".

– Po co to powiedziałeś? – odezwałam się cicho, opanowując drżenie w swoim głosie. – Zmęczyło cię już to, że ciągle musisz wybawiać mnie z opresji? Chcesz, żebym wyjechała?

– Nie, skąd, co za bzdurne podejrzenie. Chcę być z tobą, Bello. I nie mam nic przeciwko wybawianiu cię z opresji – tyle że to wszystko przeze mnie, to dzięki mnie teraz tu jesteś.

– A tak, dzięki tobie. – Zaczynał działać mi na nerwy. – To dzięki tobie leżę tu żywa!

– Ledwie żywa – szepnął zażenowany. – Cała jesteś w gipsie i bandażach, ledwie możesz się ruszyć.

– Nie miałam zresztą na myśli tego, co się ostatnio wydarzyło, tylko te wszystkie historie z Forks. Mam wyliczać? Gdyby nie ty, już dawno gniłabym na cmentarzu.

Wzdrygnął się na sam dźwięk tych słów, ale widać było, że nie czuje się bohaterem.

– Ale to jeszcze nic. – Wrócił do swojej ponurej wyliczanki, jakbym w ogóle się nie odzywała. – To nic, że widziałem, jak leżysz na podłodze w kałuży krwi – ciągnął zdławionym głosem. – To nic, że myślałem, że przybyliśmy za późno. Że słyszałem, jak krzyczysz z bólu. Całą wieczność będę pamiętał te okropne chwile. Najgorsze było to, że wiedziałem, że nie będę w stanie się powstrzymać. Że sam cię zabiję.

– Ale mnie nie zabiłeś.

– Tak niewiele brakowało.

Wiedziałam, że powinnam zachować spokój... ale przecież usiłował właśnie przekonać siebie samego, że musimy się rozstać. Strach ścisnął mnie za gardło.

– Obiecaj mi – szepnęłam.

– Co?

– Wiesz co. – Naprawdę mnie zdenerwował swoją postawą. Czy musiał tak uparcie doszukiwać się dziury w całym?

Poznał po tonie mojego głosu, że się gniewam. Skrzywił się.

– Na razie wszystko wskazuje na to, że nie mam dość silnej woli, żeby trzymać się od ciebie z daleka, więc chyba postawisz na swoim... choćby miało cię to kosztować życie.

– Świetnie. – Nie uszło jednak mojej uwagi, że niczego mi w końcu nie obiecał. Nadal bałam się o naszą przyszłość, a nie miałam już siły kontrolować kipiącego we mnie rozdrażnienia. – Wspominałeś, że udało ci się pohamować instynkt – zaczęłam hardo. – Teraz chciałabym się dowiedzieć, po co się w ogóle fatygowałeś?

– Jak to: po co?

– Czemu nie pozwoliliście na to, by jad się rozprzestrzenił? Byłabym teraz taka sama jak wy.

Oczy mojego towarzysza w ułamek sekundy zrobiły się zupełnie czarne. Uświadomiłam sobie, że Edward zawsze starannie ukrywał przede mną prawdę o jadzie. To Alice zdradziła mi sekret pochodzenia wampirów, a najwyraźniej była ostatnio zbyt przejęta poznaniem faktów z własnej przeszłości, by zwierzyć się bratu ze swojej niedyskrecji. Być może nawet świadomie to przed nim ukrywała. W każdym razie dowiedział się dopiero teraz. Był równie zaskoczony, co rozwścieczony. Jego nozdrza drgały, a zaciśnięte szczęki wyglądały na wyciosane z kamienia.

Z pewnością nie miał najmniejszego zamiaru odpowiedzieć mi na pytanie.

– Nie kryję, że nie mam doświadczenia w relacjach damsko--męskich – odezwałam się śmiało – ale po prostu wydaje mi się to całkiem logiczne. W każdym związku konieczna jest pewna równowaga. Nie może być tak, że tylko jedna strona bez przerwy ratuje drugą. Obie muszą się ratować.

Edward podparł się łokciami o krawędź mojego łóżka, opierając brodę na splecionych dłoniach. Jego twarz rozpogodziła się, gniew został pohamowany. Zdecydował widocznie, że to nie ja tu zawiniłam. Miałam nadzieję, że zdążę ostrzec Alice, zanim dobierze jej się do skóry.

– Raz mnie uratowałaś – powiedział cicho.

– Nie mogę zawsze grać roli ukochanej Supermana – upierałam się. – Też chcę być Supermanem.

– Nie wiesz, jak to jest. – Siedział tak, wpatrując się w brzeg poduszki. W jego głosie nie było słychać irytacji.

– Myślę, że wiem.

– Bello, wierz mi, nie masz pojęcia. Miałem prawie dziewięćdziesiąt lat na rozmyślania i nadal nie wiem, czy warto.

– Wolałbyś, żeby Carlisle cię nie ocalił?

– Nie, nie żałuję, że tak się stało. – Zamilkł na moment. – Ale moje ludzkie życie dobiegało wówczas końca. Niczego i nikogo nie musiałem się wyrzekać.

– To ty jesteś całym moim życiem. Tylko ciebie nie chciałabym stracić. – Rozkręcałam się. Zapewnianie go o tym, jak bardzo go potrzebuję, przychodziło mi z łatwością.

Nie robiło to jednak na nim wrażenia. Dawno powziął decyzję.

– Nie mogę, Bello. Nie zrobię ci tego.

– Czemu nie? – Z emocji dostałam chrypki i nie udało mi się wypowiedzieć tych słów tak głośno, jak zamierzałam. – Tylko nie mów, że to cię przerasta! Po tym, czego dokonałeś dzisiaj... a raczej ileś tam dni temu. Mniejsza o to. Po tym, czego dokonałeś, pójdzie ci jak z płatka!

Patrzył na mnie spode łba.

– A ból? – spytał.

Zadrżałam. Nie umiałam się powstrzymać. Ale postarałam się, by moja mina nie zdradziła tego, jak dobrze pamiętam tamto uczucie... ogień w moich żyłach.

– To moja sprawa – odparłam. – Wytrzymam.

– Były już w historii takie przypadki, że odwaga przekraczała granicę szaleństwa.

– Ból mnie nie zraża. Trzy dni? Wielkie mi co.

Edward znów się skrzywił, bo przypomniałam mu, że wiem o wiele więcej, niżby sobie tego kiedykolwiek życzył. Stłumił jednak gniew i skupił się na wyszukiwaniu argumentów.

– A Charlie? – rzucił prosto z mostu. – A Renée?

Zamilkłam na długo, szukając w głowie celnej riposty. Otworzyłam usta, ale nie wydobył się z nich żaden dźwięk. Zamknęłam je zmieszana. Edward czekał cierpliwie z triumfującym wyrazem twarzy. Wiedział, że nic nie wymyślę.

– Słuchaj no, to też nie jest problem – wymamrotałam w końcu. Nie zabrzmiało to zbyt przekonująco, nigdy nie byłam dobrym kłamcą. – Renée zawsze postępowała tak, żeby to jej było wygodnie. Z pewnością nie miałaby nic przeciwko temu, żebym i ja poszła w jej ślady. A Charlie ma grubą skórę, szybko dojdzie do siebie, poza tym jest przyzwyczajony do mieszkania w pojedynkę. Nie mogę robić wszystkiego pod nich, to moje życie.

– Właśnie – warknął. – A ja nie mam zamiaru ci go odbierać.

– Jeśli uważasz, że możesz mi to zrobić dopiero na łożu śmierci, to muszę ci przypomnieć, że kilka dni temu byłam umierająca!

– Byłaś, ale wyzdrowiejesz – poprawił mnie.

Wzięłam głęboki wdech, żeby się uspokoić, ignorując bolesną reakcję swoich żeber. Wpatrywaliśmy się w siebie w milczeniu. Edward nie był gotowy na kompromis.

– Umrę – powiedziałam dobitnie.

Zmarszczył czoło.

– Nie umrzesz, nie umrzesz. Może będziesz miała parę blizn, ale...

– Mylisz się – przerwałam mu. – Ja naprawdę umrę.

– Co ty wygadujesz, Bello? – zdenerwował się. – Wypiszą cię stąd za kilka dni, góra za dwa tygodnie.

Patrzyłam mu prosto w oczy.

– Może nie umrę tak od razu... ale kiedyś na pewno. Z każdym dniem jestem bliższa śmierci. Zestarzeję się! Osiwieję, będę miała zmarszczki...

Spochmurniał, pojmując z wolna, o co mi chodzi. Przyłożył sobie palce do skroni i zamknął oczy.

– Tak właśnie ma to wyglądać. Tak właśnie powinno być. I tak by się stało, gdybyś mnie nie spotkała, gdybym nie istniał, a nie powinienem istnieć.

Prychnęłam. Zdziwiony otworzył oczy.

— To głupie. To tak, jakbyś podszedł do kogoś, kto wygrał w totka i właśnie odbiera pieniądze, i powiedział mu: „Zostaw to, wróć do dawnego życia. Taki jest właściwy porządek rzeczy. Tak będzie dla ciebie lepiej". Ja tam tego nie kupuję.

— Trudno mnie porównywać do wygranej w totka.

— Masz rację. Jesteś czymś o niebo lepszym.

Wzniósł oczy do góry.

— Starczy tej dyskusji, Bello. Nie ma mowy. Nie skażę cię na życie w wiecznej nocy, koniec, kropka.

— Jeśli myślisz, że sobie odpuszczę, to się grubo mylisz! — ostrzegłam go. — Nie zapominaj, że nie jesteś jedynym wampirem, którego znam.

Oczy Edwarda znów pociemniały.

— Alice się nie ośmieli.

Przez chwilę wyglądał tak przerażająco, że mu uwierzyłam — nie mogłam sobie wyobrazić, że ktoś mógłby mieć dość odwagi, by mu się przeciwstawić. Ale zaraz potem uświadomiłam sobie, co jest grane.

— Alice miała wizję, prawda? Wie, że kiedyś będę taka jak wy. To dlatego denerwują cię jej różne komentarze.

— Alice się myli. Widziała też ciebie martwą, a przeżyłaś.

— Ja tam wolałabym się nigdy o nic nie zakładać wbrew jej wizjom.

Wpatrywaliśmy się w siebie gniewnie przez ładnych parę minut. W pokoju zapanowała cisza — względna cisza, bo coś nieprzerwanie brzęczało, pikało i skapywało, a wielki ścienny zegar tykał głośno.

Edward pierwszy dał za wygraną.

— I co dalej? — spytałam, widząc, że patrzy na mnie łagodniej.

Wzruszył ramionami.

— Impas. Tak to się chyba nazywa.

Westchnęłam. Znów się zapomniałam. Jęknęłam cicho z bólu.

— Wszystko w porządku? — Edward zerknął znacząco na guzik wzywający pielęgniarkę.

– Tak, tak – skłamałam.

– Nie wierzę ci – oświadczył spokojnie.

– Nie mam najmniejszej ochoty dalej spać.

– Musisz dużo odpoczywać. Te zażarte dyskusje tylko ci szkodzą.

– To mi ustąp – zaproponowałam.

– Ach, jakaś ty sprytna. – Wyciągnął rękę w stronę przycisku.

– Nie!

Zignorował mnie.

– Słucham – przemówił interkom.

– Pacjentka prosi o kolejną dawkę środków przeciwbólowych – oznajmił Edward, nie zwracając uwagi na moją rozwścieczoną minę.

– Już przysyłam pielęgniarkę. – Głos nieznajomej był bardzo znudzony.

– Nie wezmę do ust ani jednej tabletki – zagroziłam.

Mój towarzysz wskazał głową na wiszący nad łóżkiem podłużny woreczek. – Nie sądzę, żeby kazali ci cokolwiek połykać.

Serce zaczęło mi bić szybciej. Edward zobaczył w moich oczach strach i westchnął zniecierpliwiony.

– Bello, wszystko cię boli. Żeby wyzdrowieć, musisz się zrelaksować. Czemu robisz trudności? Nie będą ci już nic wkłuwać.

– Nie o igły mi chodzi – bąknęłam. – Boję się zamknąć oczy.

Uśmiechnął się najpiękniejszym ze swoich uśmiechów i po raz kolejny ujął moją twarz w obie dłonie.

– Już ci mówiłem, że nigdzie się nie wybieram. Nie masz się czego bać. Tak długo, jak ci to sprawia przyjemność, będę tu siedział dzień i noc.

I ja się uśmiechnęłam, nie zważając na ból w policzkach.

– Twoja obecność zawsze będzie sprawiać mi przyjemność. Zawsze.

– Och, przejdzie ci. To tylko młodzieńcze zauroczenie.

Pokręciłam głową z niedowierzaniem. Świat na moment zawirował.

– Byłam w szoku, kiedy Renée wzięła moje słowa za dobrą monetę. Ale wiem, że ty znasz prawdę.

– Prawda jest taka, że ludzie mają pewną wspaniałą cechę. Zmieniają się.

– I co, już nie możesz się doczekać?

Śmiał się jeszcze, kiedy do pokoju weszła pielęgniarka. W ręku miała strzykawkę.

– Pan wybaczy – odpędziła go chłodno.

Edward przeszedł na drugi koniec pomieszczenia, oparł się o ścianę i założył ręce. Nadal pełna obaw, nie spuszczałam go z oka. Spojrzał na mnie ze spokojem.

– Proszę bardzo. – Pielęgniarka uśmiechnęła się, wstrzykując medykament do jednej z rurek. – Zaraz poczujesz się lepiej, złotko.

– Dziękuję – mruknęłam bez entuzjazmu. Lek zaczął działać szybko, niemal natychmiast ogarnęła mnie senność.

– Tyle chyba starczy – oceniła kobieta, widząc, że oczy same mi się zamykają.

Musiała wyjść z pokoju, bo na twarzy poczułam chłodną gładkość.

– Zostań. – Nie byłam już w stanie mówić wyraźnie.

– Będę przy tobie – obiecał. Miał taki piękny głos, brzmiał jak kołysanka. – Tak długo, jak ci to sprawia przyjemność... Tak długo, jak jest to dla ciebie najlepsze rozwiązanie...

Próbowałam zaprotestować, ale moja głowa zrobiła się zbyt ciężka, by nią ruszyć.

– To nie to samo – wymamrotałam z wysiłkiem.

Zaśmiał się.

– Nie myśl teraz o tym, Bello. Podyskutujemy sobie znowu, kiedy się obudzisz.

Chyba się uśmiechnęłam, a przynajmniej taki miałam zamiar.

– Okej.

Poczułam jego wargi na moim uchu.

– Kocham cię – szepnął.

– Ja też cię kocham.

– Wiem. – Znów się zaśmiał, cichutko.

Obróciłam głowę w stronę jego twarzy. Zgadł, o co mi chodzi. Pocałował mnie w usta.

– Dzięki – westchnęłam.

– Do usług.

Tak właściwie to już odpłynęłam, ale mimo to resztką sił walczyłam ze snem, by coś jeszcze Edwardowi powiedzieć.

– I wiesz co? – Musiałam się bardzo namęczyć, żeby mówić wyraźnie.

– Co?

– Ja stawiam na Alice.

A potem zapadłam się w ciemność.

Epilog: Wyjątkowy wieczór

Edward pomógł mi wsiąść do swojego samochodu. Musiał bardzo uważać – na fałdy jedwabiów i szyfonu, na kwiaty, które dopiero co samodzielnie wpiął mi w misternie ułożone loki, na moją nogę w gipsie. Zignorował jedynie moją zagniewaną minę.

Kiedy w końcu usadził mnie w fotelu, zasiadł za kierownicą i zaczął wycofywać auto z długiego wąskiego podjazdu.

– Kiedy masz zamiar powiedzieć mi wreszcie, dokąd, u licha, jedziemy? – odezwałam się zrzędliwie. Nienawidziłam niespodzianek. Dobrze o tym wiedział.

– Jestem zdumiony, że jeszcze się nie domyśliłaś. – Spojrzał na mnie z ironią. Zaparło mi dech w piersiach – czy kiedykolwiek miałam się przyzwyczaić do jego uroku?

– Mówiłam ci już, że bardzo fajnie dziś wyglądasz, prawda? – upewniłam się.

– Mówiłaś. – Uśmiechnął się promiennie. Nigdy wcześniej nie widziałam go od stóp do głów w czerni, a musiałam przyznać, że kolor ten wspaniale kontrastował z jego jasną karnacją. Uroda Edwarda robiła kolosalne wrażenie. Był tylko jeden kłopot – to, że miał na sobie smoking, napawało mnie niepokojem.

Jeszcze bardziej denerwowałam się ze względu na suknię. No i but. But, nie buty, bo moja druga stopa nadal kryła się pod grubą warstwą gipsu. Cóż, szpilka wiązana w kostce na satynowe wstążeczki z pewnością nie zapewniała mi należytego oparcia, gdy próbowałam kuśtykać z miejsca na miejsce.

– Jeśli twoja siostra ma zamiar jeszcze kiedyś potraktować mnie jak lalkę Barbie, nigdy więcej nie przyjdę już do was w odwiedziny – warknęłam. – Nie jestem świnką morską dla kosmetyczek amatorek.

Większą część dnia spędziłam w przytłaczającej swoimi rozmiarami łazience Alice, jej właścicielka zaś wyżywała się na mojej skórze i włosach. Za każdym razem, gdy próbowałam zmienić pozycję albo narzekałam na niewygodę, przypominała mi, że ani trochę nie pamięta, jak to jest być człowiekiem, i błagała o cierpliwość, bo tak świetnie się bawi. Na koniec przebrała mnie w wyjątkowo idiotyczną sukienkę – granatową, falbaniastą, odsłaniającą ramiona, z francuską metką, której nie potrafiłam rozszyfrować – sukienkę rodem z harlequina, a nie z Forks. Nasze wieczorowe kreacje nie zapowiadały niczego dobrego, co do tego byłam przekonana. Chyba że... ale sama przed sobą bałam się przyznać, że snuję podobne przypuszczenia.

Moje rozmyślania przerwał dzwonek telefonu. Edward wyciągnął komórkę z wewnętrznej kieszonki marynarki, a zanim odebrał, zerknął sprawdzić, kto dzwoni.

– Witaj, Charlie – przywitał mojego ojca, bacząc na każde swoje słowo.

– Charlie? – Skrzywiłam się.

Odkąd wróciłam do Forks, Charlie był nieco... trudny w pożyciu. Na moją nieszczęśliwą przygodę zareagował dwojako – z jednej strony wręcz wielbił teraz Carlisle'a, wdzięczny za uratowanie mi życia, z drugiej upierał się, że winę za wszystko ponosi Edward. Gdyby nie on, przede wszystkim nie wyjechałabym przecież do Phoenix. Edward myślał zresztą podobnie. W rezultacie po raz pierwszy w życiu byłam kontrolowana przez rodzica: musiałam na przykład wracać do domu o określonej porze i o określonej porze wypraszać gości.

Coś, co powiedział Charlie, sprawiło, że na twarzy Edwarda pojawiło się niebotyczne zdumienie, a zaraz potem szeroki uśmiech.

– Żartujesz sobie ze mnie! – Parsknął śmiechem.

– O co chodzi?

Zignorował moje pytanie.

– To może daj mi go do telefonu – zaproponował ojcu. Widać było, że trafiła mu się jakaś gratka. Odczekał kilka sekund.

– Cześć, Tyler. Tu Edward Cullen. – Zabrzmiało to całkiem przyjaźnie, ale znałam Edwarda już na tyle dobrze, by móc wychwycić w jego głosie złośliwą nutkę. Co, u licha, Tyler robił u mnie domu? Nagle zaczęłam kojarzyć fakty. O nie, pomyślałam, zerkając na dziwaczną sukienkę, którą wcisnęła mi Alice.

– Bardzo mi przykro, zaszło tu chyba jakieś nieporozumienie. Jeśli chodzi o dzisiejszy wieczór, Bella jest już zajęta. – Im dłużej Edward mówił, tym wyraźniej było słychać, że ma zamiar delikatnie nastraszyć swojego konkurenta. – Szczerze mówiąc, ma już partnera na każdy wieczór w najbliższym czasie, a tym partnerem jestem ja. Bez obrazy. Jeszcze raz przepraszam za wszelkie wynikłe niedogodności. Może jeszcze kogoś znajdziesz – dodał zjadliwie na pożegnanie i zamknął telefon.

Spurpurowiałam z oburzenia. Do oczu napłynęły mi łzy wściekłości.

Takiej reakcji Edward się nie spodziewał.

– Co, przesadziłem z tym ostatnim? Przepraszam, ciebie nie chciałem urazić.

Puściłam tę uwagę mimo uszu.

– Zabierasz mnie na bal absolwentów! – wydarłam się.

Tak mi było wstyd, że wcześniej na to nie wpadłam. Gdyby owo wydarzenie towarzyskie choć trochę mnie obchodziło, z pewnością zwróciłabym uwagę na datę widniejącą na rozwieszonych po szkole plakatach, nie podejrzewałam jednak, że Edward skaże mnie na podobne męczarnie. Skąd ten pomysł? Czyżby nic o mnie nie wiedział?

Sądząc po minie Edwarda, moja reakcja była mocno przesadzona. Zmarszczył czoło i zacisnął wargi.

– Uspokój się, Bello.

Wyjrzałam przez okno – przebyliśmy już połowę drogi do szkoły.

– Czemu mi to robisz? – spytałam przerażona i zła.

– Włożyłem smoking. Czego się spodziewałaś, jeśli nie balu?

Nie wiedziałam, co odrzec. Przegapiłam najbardziej oczywisty z powodów. Rzecz jasna, gdy Alice próbowała zmienić mnie w królową piękności, w mojej głowie zrodziły się pewne niejasne i budzące grozę podejrzenia, ale okazały się tak naiwne... Jakkolwiek by patrzeć, wyszłam na idiotkę.

Wiedziałam, że szykuje się wyjątkowy wieczór. Ale bal absolwentów? Nawet nie przyszło mi to do głowy.

Po policzkach pociekły mi łzy. Przypomniałam sobie z przerażeniem, że mam wytuszowane rzęsy – nie byłam do takich rzeczy przyzwyczajona – szybko więc wytarłam oczy, żeby zapobiec ich rozmazaniu. Dłoń okazała się czysta – Alice przewidziała widocznie, że przyda mi się wodoodporny makijaż.

– To śmieszne. Dlaczego płaczesz?

– Bo jestem wściekła!

– Bello. – Spojrzał mi prosto w oczy, wykorzystując swój magnetyczny urok.

– Co? – mruknęłam zdekoncentrowana.

– Zrób to dla mnie – poprosił.

Pod wpływem jego złocistego spojrzenia ulatniał się cały mój gniew. Z kimś, kto miał w zanadrzu taką broń, nie dało się wygrać. Poddałam się bez klasy.

– Niech ci będzie. – Naburmuszona wydęłam usta. Chciałam patrzeć na niego nienawistnie, ale nie za bardzo mi to wychodziło. – Usiądę sobie cichutko w kąciku. Ale ostrzegam! Od dłuższego czasu nic mi się nie przytrafiło. Jak nic złamię drugą nogę. Spójrz tylko na ten pantofelek! To śmiertelna pułapka! – Wyciągnęłam obutą stopę przed siebie.

– Hm... – Wpatrywał się w nią dłużej, niż to było konieczne. – Alice nieźle się spisała. Muszę zaraz jej za to podziękować.

– To Alice też tam będzie? – Poczułam się nieco pewniej.

– I Alice, i Jasper, i Emmett – przyznał. – I Rosalie.

Dobry nastrój prysł jak bańka mydlana. Rosalie nadal nie mogła się do mnie przekonać, choć jej „narzeczony" lubił moje towarzystwo. Cieszył się, gdy do nich wpadałam, bawiły go moje człowiecze zachowania – a może raczej to, że tak często się przewracałam. Rosalie traktowała mnie tymczasem jak powietrze. Mniejsza o nią, pomyślałam, odpędzając złe myśli. Zastanowiło mnie coś innego.

– Czy Charlie wiedział o wszystkim?

– Jasne. – Edward znów szeroko się uśmiechnął, a potem zachichotał. – Ale biedny Tyler najwyraźniej nie.

Pokręciłam głową z niedowierzaniem. Jak Tyler mógł być aż tak zaślepiony? W szkole, dokąd nie sięgały macki Charliego, Edward i ja byliśmy nierozłączni – z wyjątkiem, rzecz jasna, owych rzadkich słonecznych dni.

Zajechaliśmy już na miejsce, na parkingu rzucał się w oczy czerwony kabriolet Rosalie. Niebo było dziś przesłonięte jedynie cienką warstwą chmur, przez którą na zachodzie przebiło się kilka wiązek słonecznych promieni.

Edward okrążył auto, by otworzyć przede mną drzwiczki. Wyciągnął w moją stronę pomocną dłoń.

Splótłszy ręce na piersi, uparcie nie ruszałam się z miejsca. Miałam teraz dodatkowy powód, by obstawać przy swoim – licznych świadków. Edward nie mógł wyciągnąć mnie bezpardonowo z samochodu, jak by zapewne uczynił bez wahania, gdybyśmy byli sami.

Ciężko westchnął.

– Kiedy ktoś chce cię zabić, twoja odwaga nie zna granic, ale kiedy w grę wchodzi wyjście na parkiet... – Pokręcił głową.

Przełknęłam głośno ślinę. Brr. Taniec.

– Bello, nie pozwolę, żeby ktokolwiek zrobił ci krzywdę, żebyś sama sobie zrobiła krzywdę. Przyrzekam, że nie wypuszczę cię z objęć ani na sekundę.

Nagle poczułam się znacznie raźniej. Odgadł to szybko po mojej minie.

– No – dodał zachęcająco. – Nie będzie tak źle.

Złapałam go za rękę, a drugą przytrzymał mnie w talii. Gdy już stanęłam o własnych siłach, objął mnie mocno ramieniem i tak podpierana pokuśtykałam w kierunku szkoły. Wspierając się na Edwardzie całym ciężarem ciała, musiałam tylko pamiętać o przesuwaniu nogi do przodu.

W Phoenix na bale absolwentów wynajmowano sale balowe eleganckich hoteli, ale w Forks musiała wystarczyć sala gimnastyczna. Był to najprawdopodobniej jedyny zdatny budynek w okolicy. Gdy weszliśmy do środka, parsknęłam śmiechem. Ściany przyozdobiono pastelowymi girlandami z krepy i łukami z powiązanych ze sobą balonów.

– To wygląda jak scena z tandetnego horroru – szydziłam. – Tuż przed rzezią.

– Cóż – stwierdził Edward – na sali jest już aż za dużo wampirów.

Spojrzałam na parkiet. Na samym środku poza dwiema parami nie było nikogo. Czwórka tancerzy wirowała profesjonalnie z porażającą gracją – pozostali zbili się pod ścianami, nie mając ochoty z nimi konkurować. Wiedzieli, że nie mają szans. Jasper i Emmett w klasycznych smokingach byli niedoścignieni. Alice wyglądała cudownie w czarnej satynowej sukni ze strategicznie rozmieszczonymi otworami, które odsłaniały spore trójkąty jej śnieżnobiałego ciała. A Rosalie... Cóż, widok Rosalie zapierał dech w piersiach. Jej obcisłą krwistoczerwoną kreację bez pleców kończył falbaniasty tren, a wąski dekolt sięgał samej talii. Żal mi było każdej dziewczyny na sali, ze mną włącznie.

– Czy mam zabić deskami wszystkie drzwi – szepnęłam – żebyście mogli bez przeszkód zmasakrować nic niepodejrzewających gości?

– A ty do której ze stron się zaliczasz, co?

– To chyba oczywiste, że jestem z wami.

Uśmiechnął się z oporem.

– Czego się nie zrobi, żeby trochę potańczyć.

– Właśnie.

Kupiwszy dla nas bilety wstępu w kasie zrobionej ze zwykłego biurka, Edward ruszył w stronę parkietu. Uczepiłam się kurczowo jego ramienia i zaparłam nogami.

– Mamy przed sobą cały wieczór – pogroził.

W końcu udało mu się dowlec mnie do swojego rodzeństwa. Tamci nadal wirowali wdzięcznie, co poniekąd zupełnie nie pasowało ani do tandetnych dekoracji, ani do nowoczesnej muzyki. Im dłużej się im przyglądałam, tym większy był mój lęk.

– Edwardzie, uwierz mi. – Tak bardzo zaschło mi w gardle, że musiałam szeptać. – Ja naprawdę, naprawdę nie umiem tańczyć.

– Nie martw się, głuptasku – odparł. – Ważne, że ja umiem. – Położył sobie moje obie dłonie na szyi i uniósł mnie delikatnie, żeby wsunąć swoje stopy pod moje.

Ani się obejrzałam, a i my wirowaliśmy po parkiecie.

– Czuję się jak przedszkolak – wykrztusiłam z siebie po kilku minutach walca.

– Tyle że nie wyglądasz jak przedszkolak – zamruczał uwodzicielsko, przyciskając mnie na moment mocniej do siebie, przez co moje stopy wisiały przez chwilę kilkanaście centymetrów nad ziemią.

Przypadkowo spotkały się spojrzenia moje i Alice. Dziewczyna uśmiechnęła się do mnie dopingująco. I ja się uśmiechnęłam. Ze zdziwieniem zdałam sobie sprawę, że właściwie jest mi przyjemnie. No, dość przyjemnie.

– Nie jest tak źle – przyznałam.

Ale Edward patrzył w stronę drzwi. Coś go rozgniewało.

– O co chodzi? – spytałam. Obracając się w kółko, miałam trudności z podążeniem wzrokiem za jego spojrzeniem, w końcu jednak mi się udało. Otóż szedł ku nam Jacob Black. Nie miał na sobie smokingu, jedynie białą koszulę z krawatem, a długie włosy jak zwykle związał w koński ogon.

Zaskoczyła mnie jego obecność na balu, ale zdumienie szybko wyparło współczucie. Indianin najwyraźniej nie czuł się zbyt pewnie – najchętniej wziąłby chyba nogi za pas. Miał skruszoną minę i jak ognia unikał mojego wzroku.

Edward warknął cicho.

– Zachowuj się! – syknęłam.

– Chłopak chce z tobą pogadać – oświadczył pogardliwym tonem.

Jacob stanął koło nas. Widać było, jak bardzo jest skrępowany. Tylko uśmiech Indianina był tak samo serdeczny jak zawsze.

– Cześć, Bella. Miałem nadzieję, że cię tu zastanę. – Zabrzmiało to jednak tak, jakby modlił się wcześniej, żebym jednak nie dotarła.

– Hej. – Odwzajemniłam uśmiech. – Jak leci?

– Mogę ją porwać na chwilkę? – spytał niepewnie Edwarda. Dopiero teraz zauważyłam, że obaj są niemal równego wzrostu. Od naszego pierwszego spotkania na plaży Jacob musiał urosnąć kilkanaście centymetrów.

Edward zachował spokój, jego twarz nie wyrażała żadnych emocji. Wysunął ostrożnie swoje stopy spod moich i w milczeniu zrobił krok do tyłu.

– Dzięki – powiedział Jacob z wdzięcznością w głosie.

Edward skinął tylko głową i odszedł, rzuciwszy mi znaczące spojrzenie.

Kiedy Jacob schwycił mnie w talii, położyłam mu dłonie na ramionach.

– A niech mnie, Jake. Ile masz teraz wzrostu?

– Metr osiemdziesiąt osiem – poinformował mnie z dumą.

Mój gips uniemożliwiał nam normalny taniec – mogliśmy tylko chwiać się dziwacznie, nie odrywając stóp od podłogi. I dzięki Bogu, bo mój nowy partner, nieprzyzwyczajony jeszcze do swoich zwiększonych raptownie gabarytów, miał chyba kłopoty z koordynacją ruchową i był pewnie równie marnym tancerzem jak ja.

– Co cię tu sprowadza? – spytałam, znając już właściwie odpowiedź. Gwałtowna reakcja Edwarda mówiła sama za siebie.

– Ojciec dał mi dwadzieścia dolców, żebym przyszedł do was na bal – wyznał. – Uwierzysz? – Nadal był nieco tym faktem zażenowany.

– Wierzę ci, wierzę – mruknęłam ponuro. – No cóż, mam nadzieję, że przynajmniej będziesz się dobrze bawił. Jakaś laska wpadła ci w oko? – prowokowałam go, wskazując głową rząd wystrojonych dziewczyn pod ścianą.

– Tak – westchnął. – Ale jest już zajęta.

Spojrzałam na niego zaciekawiona. Zerknął w dół i na chwilę nasze oczy się spotkały, ale zawstydzeni zaraz odwróciliśmy głowy.

– Tak w ogóle to ślicznie dziś wyglądasz – dodał Jacob nieśmiało.

– Eee, dzięki. Czemu Billy zapłacił ci, żebyś tu przyszedł? – rzuciłam szybko, chociaż i na to pytanie znałam odpowiedź.

Jacob nie wydawał się wdzięczny za zmianę tematu. Spojrzał gdzieś w bok. Wróciło skrępowanie.

– Powiedział, że to „bezpieczne" miejsce na rozmowę z tobą. Mówię ci, na starość zupełnie traci rozum.

Zareagowałam, jakby był to niezły dowcip, choć nie było mi do śmiechu.

– Mniejsza o to. Obiecał, że jeśli ci coś przekażę w jego imieniu, załatwi mi ten cylinder, na którym mi tak zależy.

– No to wal śmiało. Też chcę, żebyś wreszcie wykończył to auto. – Uśmiechnęliśmy się do siebie. Ulżyło mi, bo wszystko wskazywało na to, że Jacob wciąż nie wierzy w plemienne podania.

Oparty o ścianę Edward obserwował bacznie mój wyraz twarzy – jego własna pozostawała nieprzenikniona. Jakaś dziewczyna z klasy niżej, w różowej sukience, stała nieopodal, zastanawiając się, czy czasem nie jest wolny, ale nie zdawał sobie chyba sprawy z jej istnienia.

Jacob znów się zawstydził i spuścił wzrok.

– Tylko się nie wściekaj, dobra?

– Cokolwiek powiesz, na pewno nie będę na ciebie zła. Nawet na Billy'ego nie będę zła. Po prostu wykrztuś to z siebie.

– Widzisz... Kurczę, to taki idiotyczny tekst. Przepraszam. Widzisz, tata chce, żebyś zerwała ze swoim chłopakiem. Mam ci przekazać, że błaga cię, żebyś go posłuchała. – Chłopak pokręcił głową z zażenowaniem.

– Nadal wierzy w legendy?

– Tak. Kiedy się dowiedział, co się stało w Phoenix... Jak on to przeżywał! Był przekonany, że... No wiesz.

– Naprawdę spadłam ze schodów – wycedziłam.

– Jasne. Ja tam z tym nie mam problemów.

– Billy myśli, że to przez Edwarda wróciłam taka pokiereszowana... – To nie było pytanie. Mimo obietnicy danej jego synowi byłam na niego zła.

Jacob unikał mojego wzroku. Przestaliśmy się już nawet kołysać, choć nadal trzymał mnie w talii, a ja obejmowałam go za szyję.

– Posłuchaj mnie uważnie. – Spojrzał mi prosto w oczy, zaintrygowany energią w moim głosie. – Wiem, że Billy i tak mi pewnie nie uwierzy, ale Edward naprawdę uratował mi wtedy życie. Gdyby nie on i jego ojciec, nie stałabym tu teraz przed tobą.

– Wiem – przytaknął. Moje żarliwe słowa wywarły chyba na nim jakieś wrażenie. Mogłam mieć tylko nadzieję, że zdoła przekonać ojca. Chciałam, żeby Billy zrozumiał, jaką rolę odegrali Cullenowie, niezależnie od tego, co istotnie wydarzyło się w Phoeenix.

– Nie przejmuj się, już po wszystkim – pocieszyłam chłopaka. – I jeszcze dostaniesz swój cylinder, prawda?

Mruknął tylko coś pod nosem, kręcąc się niespokojnie w miejscu.

– To jeszcze nie koniec? – spytałam z niedowierzaniem.

– Zapomnijmy o tym – zaproponował. – Znajdę sobie robotę. Sam zdobędę te pieniądze.

Szukałam jego wzroku długo, aż nasze oczy się spotkały.

– Wyduś to z siebie – rozkazałam.

– Ale to taka głupota.

– Nic sobie nie pomyślę. No, śmiało.

– Niech ci będzie. Ech... – Pokręcił głową. – Ojciec mówi, ba, ostrzega cię nawet, że – i tu zwróć uwagę na liczbę mnogą – „będą cię mieli na oku". – Jacob zamarł w oczekiwaniu na moją reakcję.

Zabrzmiało to niczym pogróżka z jakiegoś filmu gangsterskiego. Parsknęłam śmiechem.

– Boże, Jake, współczuję ci, że musiałeś przez to przejść.

Odetchnął z ulgą.

– Już się bałem, że mnie pogonisz. – Uśmiechnął się i śmielej przyjrzał mojej kreacji. – To co – spytał z nadzieją – mam mu przekazać od ciebie: „Spadaj na drzewo, dziadu"?

– Nie, skąd. Podziękuj mu za troskę. Wiem, że to wszystko dla mojego dobra.

Piosenka dobiegła końca, zdjęłam więc ręce z jego szyi. Jacob zawahał się, a potem zerknął na mój gips.

– Chcesz zatańczyć jeszcze jedną? A może pomóc ci gdzieś przejść?

Wyręczył mnie Edward.

– Dzięki, Jacob. Przejmuję pałeczkę.

Indianin wzdrygnął się i spojrzał na Edwarda zdziwiony.

– Kurczę, zupełnie nie zauważyłem, kiedy podszedłeś. To do zobaczenia, Bello – zwrócił się do mnie. Zrobił krok do tyłu i pomachał mi nieśmiało.

– Do zobaczenia. – Pożegnałam go ciepłym uśmiechem.

– Jeszcze raz przepraszam – bąknął, zanim ruszył w stronę drzwi.

Przy pierwszych taktach nowej piosenki Edward schwycił mnie w talii. Miała nieco za szybkie tempo jak na tulenie się do siebie w parze, ale najwyraźniej mu to nie przeszkadzało. Z zadowoleniem oparłam głowę o jego pierś.

– I jak tam, ulżyło ci? – zażartowałam.

– Też coś – prychnął gniewnie.

– Nie złość się na Billy'ego – poprosiłam. – Tu nie chodzi o ciebie. Martwi się o mnie, bo jestem córką Charliego.

– Nie jestem zły na Billy'ego – wyjaśnił Edward cierpko – ale ten jego synalek działa mi na nerwy.

Odsunęłam się od niego na moment, żeby sprawdzić wyraz jego twarzy. Mówił na serio.

– Z jakiej to przyczyny?

– Po pierwsze, musiałem przez niego złamać daną ci obietnicę.

Nie zrozumiałam.

– Przyrzekłem, że nie wypuszczę cię dziś wieczór z objęć ani na sekundę.

– Ach, to. Wybaczam ci.

– Dzięki. Ale to nie wszystko. – Zmarszczył czoło.

Czekałam cierpliwie.

– Użył wobec ciebie słowa „śliczna" – przypomniał mi w końcu. Zmarszczki na jego czole pogłębiły się. – Biorąc pod uwagę to, jak dziś wyglądasz, to praktycznie obelga. Nawet „piękna" nie oddaje twojej urody.

Zachichotałam.

– Jako mój chłopak chyba nie możesz dokonać obiektywnej oceny.

– Mogę, mogę. A poza tym mam doskonały wzrok.

Znów wirowaliśmy po parkiecie niczym pięciolatka z tatusiem.

– Czy masz zamiar mi wyjaśnić, czemu to zrobiłeś? – spytałam.

Z początku nie zrozumiał, o co mi chodzi, ale pomogłam mu, wskazując głową krepowe ozdoby.

Zamyślił się na moment, a potem, nie przerywając tańca, zaczął lawirować przez tłum w stronę tylnego wyjścia z sali. Przechwyciłam zdziwione spojrzenia Mike'a i Jessiki. Dziewczyna pomachała mi, ale zdążyłam tylko się uśmiechnąć. Nieopodal nich tańczyła Angela, na oko niebotycznie szczęśliwa w ramionach Bena Cheneya – choć był niższy od niej o głowę, bezustannie patrzyła mu prosto w oczy. Lee i Samantha, Lauren i Conner – Lauren oczywiście przyglądała mi się zjadliwie – znałam imiona wszystkich mijanych przez nas osób...

Wyszliśmy. Słońce już niemal skryło się za horyzontem. Zrobiło się chłodno.

Ledwie zdążyłam to zauważyć, gdy Edward wziął mnie na ręce i zaniósł przez ciemny trawnik ku stojącej w cieniu drzew ławce. Usiadłszy, przytulił mnie mocno do siebie. Na niebie nad nami widoczny był już księżyc, prześwitywał przez cienką warstwę chmur. W jego białym świetle twarz Edwarda wyglądała na bledszą niż zwykle. Miał też zaciśnięte usta i zmartwione oczy.

– Co tobą kierowało? – przypomniałam.

Puścił moje pytanie mimo uszu. Wpatrywał się w tarczę księżyca.

– I znów zmierzch – zamruczał pod nosem. – Kolejny dzień dobiega końca. Choćby nie wiem, jaki był piękny, jego miejsce zajmie noc.

– Niektóre rzeczy mogą trwać wiecznie – szepnęłam, nagle spięta.

Edward westchnął ciężko.

– Wziąłem cię na bal – zaczął wreszcie, starannie dobierając słowa – ponieważ nie chcę, żeby cokolwiek cię w życiu ominęło, ominęło przez to, że jesteś ze mną. Zrobię wszystko, żeby wynagrodzić ci jakoś moją odmienność. Chcę, żebyś żyła tak jak inni ludzie. Żebyś żyła tak, jakbym rzeczywiście zmarł w roku 1918, tak jak wypadało.

Wzdrygnęłam się na tę wzmiankę o śmierci, ale zaraz rzuciłam gniewnie:

— Ciekawa jestem, w której równoległej rzeczywistości z własnej nieprzymuszonej woli poszłabym na bal absolwentów. Gdybyś nie był tysiąc razy ode mnie silniejszy, taki numer nie uszedłby ci na sucho.

Niemal się uśmiechnął.

— Nie było tak źle, sama mówiłaś.

— Tylko dlatego, że byłam z tobą.

Przez minutę siedzieliśmy w ciszy: on wpatrywał się w księżyc, a ja w niego. Żałowałam, że nie umiem mu wytłumaczyć, jak mało interesuje mnie zwykłe ludzkie życie.

Edward zerknął na mnie z nieco filuterną miną.

— Odpowiesz mi na pewne pytanie? — zapytał.

— Czy kiedykolwiek ci odmówiłam?

— Obiecaj, że nie będziesz się wymigiwać — zażądał, szczerząc zęby w uśmiechu.

— Obiecuję. — I zaraz poczułam, że będę tego żałować.

— Wydałaś się szczerze zaskoczona, zorientowawszy się, dokąd cię wiozę.

— Bo byłam zaskoczona — wtrąciłam.

— No właśnie — przytaknął. — Musiałaś mieć jednak jakąś własną teorię, prawda? Jestem jej bardzo ciekaw. Myślałaś, że po co cię tak kazałem wystroić?

I po co się zgodziłaś na zwierzenia, pomyślałam. Zawahałam się, przygryzłam wargi.

— Nie powiem.

— Obiecałaś.

— Wiem, że obiecałam.

— W czym problem?

Myślał pewnie, że po prostu wstydzę się swoich domysłów.

— Boję się, że się wściekniesz — wyjaśniłam — albo że będzie ci smutno.

Zastanawiał się przez chwilę.

– Mimo to chcę wiedzieć. Proszę.

Westchnęłam. Czekał.

– Widzisz... Podejrzewałam oczywiście, że chodzi o jakiś... o jakąś szczególną okazję. Ale nie, coś tak człowieczego, tak trywialnego jak bal absolwentów! – Prychnęłam.

– Człowieczego? – powtórzył sucho. Wychwycił słowo klucz. Zapadła cisza. Ze wzrokiem wbitym we własne kolana zaczęłam nerwowo bawić się luźnym kawałkiem szyfonu.

– No dobra. – Postanowiłam powiedzieć całą prawdę. – Miałam nadzieję, że jednak zmieniłeś zdanie... że jednak zostanę jedną z was.

Przez twarz Edwarda przemknął tuzin różnych emocji, jedna po drugiej. Niektóre rozpoznawałam: gniew, ból... W końcu uspokoił się i spojrzał na mnie rozbawiony.

– Sądziłaś, że to okazja wymagająca strojów wieczorowych? – szydził, odchylając wymownie połę swojego smokingu.

Zrobiłam nadąsaną minę, by ukryć zakłopotanie.

– Nie wiem, jak to jest. Odniosłam tylko wrażenie, że to wydarzenie poważniejsze niż taki bal. – Wyraz twarzy Edwarda nie zmienił się. – To wcale nie jest zabawne – zaprotestowałam.

– Masz rację, to nie jest zabawne – przyznał, poważniejąc. – Wolę jednak myśleć, że żartujesz, niż że mówisz na serio.

– Kiedy ja nie żartuję.

Westchnął ciężko.

– Wiem. Naprawdę jesteś taka chętna?

W jego oczach dostrzegłam ból. Pokiwałam głową.

– Chętna zakończyć swoje życie, nie zaznawszy dorosłości – szepnął, jakby do siebie. – Chętna uczynić z młodości zmierzch swego życia. Gotowa wyrzec się wszystkiego.

– To nie koniec, to dopiero początek – mruknęłam.

– Nie jestem tego wart – powiedział ze smutkiem.

– Pamiętasz, jak mi powiedziałeś, że nie jestem zbytnio świadoma własnych zalet? Widocznie cierpisz na ten sam rodzaj ślepoty.

– Wiem, jaki jestem.

Westchnęłam. Udzielił mi się jego ponury nastrój.

Edward wpatrywał się we mnie badawczo, z zaciśniętymi, ustami.

– Naprawdę jesteś gotowa? – spytał po dłuższej chwili.

– Hm. – Przełknęłam głośno ślinę. – Tak.

Z uśmiechem wolno przybliżył twarz do mojej szyi, by w końcu musnąć chłodnymi wargami skórę policzka koło ucha.

– Choćby zaraz? – Poczułam na szyi jego zimny oddech i mimowolnie zadrżałam.

– Tak. – Musiałam zniżyć głos do szeptu, żeby się nie załamał. Jeśli Edward myślał, że blefuję, miało go spotkać rozczarowanie. Podjęłam już decyzję i nie miałam żadnych wątpliwości. Mniejsza o to, że cała zesztywniałam ze strachu, zacisnęłam pięści i zaczęłam spazmatycznie oddychać…

Zaśmiał się złowrogo i odsunął ode mnie. Na jego twarzy rzeczywiście malowało się rozczarowanie.

– Chyba nie uwierzyłaś, że poddałbym się tak łatwo. – Naigrawał się ze mnie, ale z nutką goryczy.

– Każda dziewczyna ma prawo do marzeń.

Uniósł brwi.

– O tym właśnie marzysz? Żeby zostać potworem?

– Niezupełnie – sprostowałam niezadowolona z jego doboru słów. Ładny mi potwór. – Głównie marzę o tym, by już nigdy się z tobą nie rozstawać.

Szczery ból w moim głosie sprawił, że Edward spoważniał i posmutniał.

– Bello. – Przesunął palcami po moich wargach. – Nie opuszczę cię. Czy to ci nie wystarcza?

Uśmiechnęłam się pod jego dotykiem.

– Na razie tak.

Zirytował go nieco mój upór. Tego wieczoru nikt nie miał zamiaru ustąpić. Po raz kolejny westchnął ciężko, tak ciężko, że niemal warknął.

Dotknęłam jego twarzy.

— Pomyśl — odezwałam się — kocham cię bardziej niż wszystkie inne rzeczy na świecie razem wzięte. Czy to ci nie wystarcza?

— Wystarcza — odpowiedział z uśmiechem. — Starczy na wieczność. — I pochylił się, by raz jeszcze pocałować mnie w szyję.

Podziękowania

Z całego serca dziękuję moim rodzicom Steve'owi i Candy za miłość i wsparcie, które okazywali mi przez te wszystkie lata, za to, że kiedy byłam mała, czytali mi fantastyczne książki, i za to, że są przy mnie we wszystkich trudnych momentach.

Dziękuję mojemu mężowi Pancho i moim synkom Gabiemu, Eliemu i Sethowi za to, że pozwalają mi spędzać tak dużo czasu z moimi wymyślonymi znajomymi.

Dziękuję moim przyjaciołom z Writers House, Genevieve Gagne-Hawes, za danie mi szansy i agentce Jodi Reamer za urzeczywistnienie moich najbardziej nieprawdopodobnych marzeń.

Mojej redaktorce Megan Tingley za to, że dzięki jej pomocy ta książka jest lepsza niż na początku.

Moim braciom Paulowi i Jacobowi za eksperckie odpowiedzi na wszystkie pytania związane z samochodami.

I wreszcie mojej internetowej rodzince, czyli wszystkim pracownikom i pisarzom z fansofrealitytv.com, a zwłaszcza Kimberly „Shazzer" i Collinowi „Mantennie" – za rady, pomysły i słowa otuchy.

Spis treści

GRUPA WYDAWNICZA
PUBLICAT S.A.

Firma rozpoczęła swoją działalność w 1990 roku pod nazwą Podsiedlik-Raniowski i Spółka.
W 2004 roku przyjęto nazwę PUBLICAT S.A., w tym samym roku w skład grupy PUBLICAT
weszło wrocławskie Wydawnictwo Dolnośląskie. W 2005 roku dołączyło do niej katowickie
Wydawnictwo Książnica. Rok 2006 to objęcie nazwą Papilon programu książek dla dzieci.
W roku 2007 częścią grupy stała się warszawska Elipsa.

Papilon
baśnie i bajki, klasyka
polskiej poezji dla dzieci,
wiersze i opowiadania,
książki edukacyjne, nauka
języków obcych dla dzieci

Publicat
książki kulinarne, poradniki,
książki popularnonaukowe,
literatura krajoznawcza,
hobby, edukacja

Elipsa
albumy tematyczne:
malarstwo, historia,
krajobrazy i przyroda,
albumy popularnonaukowe

Wydawnictwo Dolnośląskie
literatura faktu
i poradnikowa, historia,
biografie, literatura
współczesna, kryminał
i sensacja, fantastyka,
literatura dziecięca
i młodzieżowa

Książnica
literatura kobieca, powieść
historyczna, powieść
obyczajowa, fantastyka,
sensacja, thriller i horror,
beletrystyka w wydaniu
kieszonkowym, książki
popularnonaukowe